KB269011

이야기문학 실타래

이야기문학 실타래

이야기문학 실타래

조 희 웅

　필자는 전부터 강의와 연구의 속박을 벗어나면 그 동안 써왔던 글을 모두 모으고 또 늘 생각으로만 가지고 있었던 글감들을 문자화해야겠다는 염원을 가져 왔다. 지난 늦봄에 정년을 앞두고 모처럼 여유 있는 시간을 가지게 되었다 싶어 별쇄철을 꺼내어 그 내용들을 파일화하는 작업에 착수하였으나 생각보다 지연되는 바람에 편집과 교정 과정까지 마치고 나니 어느새 세모를 눈앞에 두기에 이르렀다.

　이 책의 이름을 좀 유별나게 붙이게 된 데에는 나름대로의 이유가 있다. 이전에 『설화학 강요』라는 책을 내었을 때의 일이다. 책을 받아본 국사학을 하는 친구가 대뜸 하는 소리가 "책은 잘 받았지만 나이에 맞지 않게 '강요'가 무엇이냐?"며 엉뚱한 핀잔을 준다. 책의 제목이 아마 너무 시대에 뒤떨어지고 고티가 난다는 뜻이겠다. 내 딴에는 그 책의 내용을 생각하여 '입문'보다는 좀더 전문적인 내용까지도 아우른 뜻을 담으려 고른 어휘였는데 말이다. 처음에는 선학들이 사용한 '요강'이라는 말을 생각해 내었지만 너무 음향이 좋지 않은 것 같아 슬쩍 '강요'로 뒤집어 놓는 지혜(?)까지 발휘했건만 그 모양이다. 이런 연유로 뒤에는 '모꼬지'란 용어를 사용해 보았는데 뜻밖에도 평판이 괜찮았다. 여기에 힘을 얻어 이번에도 이런 책이름을 붙이게 되었다. '실타래'란 잘 정리되어 있고 슬슬 잘 풀려나간다는 의미를 가지고 있어서 그리한 것이다.

　이 책에 담긴 글 중에는 필자가 글쓰기를 시작하였을 때의 오랜 것부터 최근에 이르기까지의 새것들이 두루 섞여 있다. 글들을 읽어 가노라니 어떤 글은 너무 유치하여 책으로 묶기에 부끄러움이 앞서고, 혹은 글의 일부가 중복되기도 하여 아낌없이 내칠까도 생각했지만, 개인적인 사고의 흐름을 정리한다는 구실로 그냥 남겨 두기로 하였다. 이미 세상에 공표한 글들을 세월이 흐른 후에 부끄러워 지워 버린다고 한들 완전히 없어지는 것도 아니고, 마음에 들지 않는다고 하여 제외한들 그 동안에 저지른 일들이 없어지는 것도 아니라는 생각에 부끄러움을 무릅쓰기로 하였다.

여기에 싣는 글들은 대중용이나 학술용의 글들을 함께 모았기 때문에 글의 성격들이 다양하고 수준의 차이도 적지 않다. 그중에는 이미 낡은 지식이 되었거나 전문가에게는 새삼스럽지도 않은 내용의 글도 포함되어 있다. 이런 저런 이유로 혹 저자의 안목이나 지식의 정도가 너무나 현격해 보이는 글도 있으리라 생각된다. 원고를 실었던 원 게재지의 성격 탓도 있지만, 시간의 흐름으로 변명하고 싶다.

제1부 제1장에는 한국설화의 특질에 대한 글들을 모았고, 제2장은 설화와 타 장르 간의 비교 및 특정 유형의 이야기에 대해 집중적으로 다룬 글들이다. 제2부 제1장에는 구비문학에 대한 입문이 될 글들을 모았고, 제2장에는 현전 자료를 바탕으로 우리나라의 구비문학의 삶을 통시적으로 재구해 보려한 글들을 모았다. 그중 일부 내용은 미처 마무리 짓지 못한 상태라 유감이지만 완결을 앞으로의 과제로 삼겠다. 제3장은 속담과 수수께끼에 대한 제문제를 다룬 글들이다.

이 책을 계획하면서 당초 발표했던 원고의 오기를 바로잡는 선에서 글을 손질하다가 기왕의 글이지만 새 책에 담는 바에야 문장을 고치는 일 외에도 일부 내용을 추가하여 보다 충실한 책을 만들려고 힘썼다. 가급적 한자 사용은 억제하되 난해하거나 오해의 소지가 있는 단어들에는 한자를 작은 활자체로 병기하였다. 그리고 한자나 일본어, 그 밖의 서구어를 병기할 경우에는 괄호 없이 작은 활자체로 표기하였다.

처음에 글을 발표하였던 원 게재지가 학술지이냐 대중지이냐에 따라 주註의 유무에 차이가 있고 문장의 난이도도 다르며 더구나 중복된 서술도 있으리라 여겨진다. 한 가지 다행스런 것은 당초에 제 각각으로 표기되었던 문장 부호를 본서를 간행하면서 일관성 있게 통일할 수 있었다는 점이다. 서명에는 『　』, 작품명에는 ＜　＞, 논문 제목에는 "　", 간접 인용이나 강조에는 '　' 기호를 붙였다. 표기법 규정이 바뀌었거나 기관 명칭이 바뀐 경우는 당연히 현재 것을 따랐다. 원문에 없던 각주를 이번 간행시에 첨가해 넣은 경우도 있지만, 원 수록지의 성격상 일일이 주를 달지 않았던 것을 이번에도 고치지 않고 무단 인용한 경우가 있을 수 있으리라 생각되어 매우 염려스럽다. 나아가 일부 글의 경우 미처 원 게재사 측의 동의 없이 재수록한 글도 있으리라 생각한다. 행여 이런 점들을 문제 삼아 지적해 주신다면 차후에 성실히 수정할 것을 약속드린다.

끝으로 이 책이 태어나는 데 크나큰 기여를 해 주신 김주필 교수에게 깊은 감사를 드린다. 김 교수는 본서의 전체적 구성 및 표현과 같은 사항은 물론 세세한 교정 작업에도 커다란 도움을 주셨다. 그리고 보잘것없는 이 책의 간행을 선뜻 받아들인 글누림출판사 최종숙 사장 및 지루할 정도로 반복된 편집과 교정 작업을 훌륭히 마무리해 주신 편집부 직원 여러분께도 크나큰 고마움을 표한다.

아차산 자락 파정재에서

2008. 11. 11.

III. 한국설화의 세계성과 상징

III. 속담과 수수께끼

제1부 한국설화 살피기

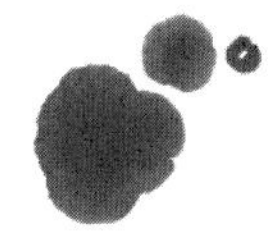

Ⅰ. 한국설화의 특질 연구

1. 설화에 나타난 세계관

1) 머리말

　인간의 삶을 나타내는 한국어 어휘 중에 '이승'과 '저승'이라는 낱말이 있다. '이승'은 '이곳의 삶[생生]' 곧 '차생此生'을 가리키는 말이고 '저승'은 '저곳의 삶[생生]' 곧 '피생彼生'을 가리키는 말이다. 그런데 이들 어휘는 다만 시간적인 개념만이 아니고 공간적인 개념도 아우르고 있다. 이승은 가시可視의 세계로서, 거기에서는 현실적인 시간이 흐르는 데에 비하여, 저승은 비가시非可視의 세계로서, 거기에서는 초현실적인 시간이 흐른다.

　중국의 옛 문헌인 『회남자淮南子』에 의하면, '고금왕래古今往來를 우宇라 하고 상하와 사방을 주宙라 한다.'(往古來今謂之宙 四方上下謂之宇)고 하였다. '우주'란 단어는 '상하사방' 곧 공간을 뜻하는 '우宇'와 '고금왕래' 곧 시간을 뜻하는 '주宙'의 결합인 셈이다. 따라서 우리가 만일 '우주관'이란 말을 사용한다면, 그 말 속에는 자연적으로 '시간과 공간에 대한 관념'이란 뜻을 내포하게 된다. 실제로 공간에는 반드시 시간이 따르고 시간에는 공간이 따르기 마련이다. 공간 없는 시간이 있을 수 없고 시간 없는 공간은 있을 수 없다.

　주지하다시피 설화란 민간전승의 이야기다. 설화는 특정 개인의 창작이 아니라 민간 공동의 창작이므로 그 속에는 민중의 관념들이 녹아 있고, 그 중에는 민중의 우주관도 스며들어 있다. 전통적으로 공간과 시간에 대한 민중의 관념은 '3중관三重觀'과 '3생관三生觀'으로 요약해 볼 수 있다. 공간적으로는 상·중·하의 세계요, 시간적으로는 전前·현現·내來의 세계이다. 이들을 우리는 흔히 천계·지계·수계水界라 한다거나 전세·현세·내세라는 식으로 표현한다. 위에서 말한 '우주'가 공간과 시간 관념의 결합이듯, '세계'도 이처럼 시간과 공간의 의미를 지니므로, '우주관'은 곧 '세계관'으로 바꾸어 말할 수도 있겠다.

　이 글은 '설화 속에 나타난 민중의 세계관'을 살펴보고자 하는 것이다. 그러나 한정된 지면 속에서 설화에 나타나는 민중의 시·공간관을 모두 아울러 살핀다는 것은 무리일 듯싶으므로, 여기에서는 공간관을 중심으로 이야기해 보기로 하겠다.

2) 세계의 양상樣相

　인간이 현재 살고 있는 지상계가 아닌 세계는 사실상 이계異界란 말로 뭉뚱그릴 수가 있다. 이 이계에는 천계·수계는 물론이고 지하계, 나아가 선계仙界까지 포괄된다. 설화 속에 나타나는 이계 중 천계는 하느님[천제天帝]이 다스리는 천상세계로, 이 '하느님'은 종교적으로 상제上帝·석제釋帝 등으로도 불린다. 또한 수계는 용왕이 좌정하는 수중세계이다. 반면 지하계나 선계는 그리 간단치 않다.

　민간에서는 흔히 인간이 죽어 땅속에 묻히는 것을 두고 '저승', '구천九泉' 혹은 '황천黃泉'으로 갔다고 한다. '저승'·'구천'·'황천' 들에 어느 정도 지하계라는 의식이 담겨져 있는 것이다. 그러나 설화 속에 나타나는 '저승' 등이 반드시 지하계를 뜻하는 것만은 아니다. 왜냐하면 설화에서는 저승이 천계에 자리를 잡기도 하고, 지상계의 수평적 연장선 상에 자리를 잡기도 하며, 드물게는 수계에도 자리를 잡기도 하기 때문이다. 그리고 말뜻으로 생각해 보아도 지하계는 지상계와 아울러 지계地界에 속하는 것이다. 따라서 '저승계'는 이계의 하나임이 분명하지만, 지계와 구별되는 별계別界로 독립시킬 필요는 없을 것으로 보인다. 이와 마찬가지로 선계의 경우도 천상선계는 물론, 지상선계(고도孤島 선계 포함), 수중선계가 모두 존재한다. 그러므로 선계 역시 3중계를 벗어나는 제4의 공간이라고 할 수는 없다.

설화의 줄거리는 주인공의 공간과 시간 이동을 따라서 진행된다. 주인공은 수직축을 따라 승강乘降하기도 하고 수평축을 따라 왕래하기도 한다. 주인공이 비상飛翔·하강하는 공간은 수직적 공간이요, 그가 현실계의 연장선상으로 여행하는 공간은 수평적 공간이다.

3) 천지간의 수직적 공간 이동

잘 알려진 건국신화를 예로 하여 보자. 먼저 고조선 건국신화이다.

> 옛날 환인의 서자 환웅이 자주 천하에 뜻을 두고 인간세상을 탐내므로 아버지가 아들의 뜻을 알고 삼위태백을 내려다 보니 널리 인간세상을 이롭게 할 만하므로 천부인天符印 세 개를 주어 가서 다스리게 했다. 환웅이 이에 3천 명의 무리를 거느리고 태백산 꼭대기 신단 나무 밑으로 내려와 그 곳을 '신시'라 하니 이 분이 곧 환웅천왕이시다(昔有桓因[謂帝釋也]庶子桓雄 數意天下 貪求人世 父知子意 下視三危太伯 可以弘益人間 乃授天符印三箇 遣往理之 雄率徒 三千 降於太伯山頂神壇樹下 謂之神市 是謂桓雄天王也).

이로써 보면, 천제天帝 환인桓因의 아들 환웅桓雄은 늘 인간 세상에 뜻을 두고 지내다가 무리를 이끌고 지상에 내려 신시神市를 연 것으로 된다. 여기에서 태백산은 지계地界의 정점이요, 신이 하강 좌정한 성소聖所이다. 그

리고 그 곳에 우뚝 솟아 있는 신단수神檀樹는 천계와 지계를 이어주는 우주
수宇宙樹이다. 이 신화는 수직적 공간의식을 잘 보여주는 것으로 생각된다.
　다음으로 고구려의 <해모수解慕漱 신화>를 보기로 한다. 그는 원래 천
제의 아들로 천계에서 지상으로 내려왔다고 하는데, 이규보李奎報의 <동
명왕편東明王篇>에 다음과 같이 나타나 있다.

　　천제가 태자를 부여왕의 옛 도읍에 내려 보내 놀게 하였는데, 태자의
　이름은 해모수라 하였다. 태자가 하늘에서 내려올 때 다섯 마리의 용이
　끄는 수레를 타고, 종자 백여 인은 모두 고니를 탔다. 이때 채운이 그들의
　위에 떴고 음악소리가 구름 속에서 울려 나왔다. 웅심산에 머물다가 십여
　일이 지나서야 비로소 내려왔다. 머리에는 오우관을 쓰고 허리에는 용광
　검을 찼다(天帝遣太子降遊扶餘王古都　號解慕漱　從天而下　乘五龍車　從者百餘人　皆騎白鵠
　彩雲浮於上　音樂動雲中　止熊心山　經十餘日　始下首戴烏羽之冠　腰帶龍光之劍]).

　여기에서 특히 주목되는 것은 이 신화의 자연신화적인 면모이다. 인용
문 중 '오룡거'라든지 '백곡', '채운', '오우지관', '용광지검' 따위는 모두
해모수의 태양신적 성격을 말해주는 것이다. 더구나 <동명왕편>에는 해
모수의 일과日課를 '아침에 인간 세상에서 살다가(朝居人世中) 저녁에 하늘
의 궁으로 돌아간다(暮反天宮裏)'고 하여, 태양의 운행을 상징하되, 그 구체
적 움직임은 동서의 수평축이 아닌 상하의 수직축에 의한 공간 이동으로
나타내고 있다.

예부터 명 받은 임금이	自古受命君
무엇인들 하늘 주심이 아니리오마는	何是非天賜
한낮에 푸른 하늘에서 내려온 일은	白日下靑冥
예부터 보지 못한 일이다.	從昔所未目示
아침에는 사람의 세상에서 살고	朝居人世中
저녁에는 하늘 궁전에 산다.	暮反天宮裡
아침에는 백성을 다스리고	朝則聽事

저녁에는 하늘로 올라가니	暮卽升天
세상에서 일컫기를 천왕랑이라 한다.	世謂之天王朗
내가 옛사람에게 듣자니	吾聞於古人
하늘에서 땅까지의 거리가	蒼穹之去地
2억만 팔천 칠백 팔십리라 한다.	二億萬八千七百八十里
사다리를 밟고 오르기도 어렵고	梯棧躡難升
깃과 날개로 날다가 쉽게 지칠 텐데	羽翮飛易痒
아침저녁으로 마음대로 오르니	朝夕恣升降
이 이치가 또 어떠한가.	此理復何爾

물론 하늘 궁전에서 압록강 가의 청하淸河까지의 거리를 2억 8천 7백 80리라 측정한 것은 작가의 상상에 의한 문학적 수식에 지나지 않지만, 이 머나먼 거리를 신화의 주인공은 매일 비상·하강하는 것으로 되어 있는 것이다.

『삼국유사』 <가락국기駕洛國記>에 기록되어 있는 <수로왕首露王 탄생 신화>에도, 수로왕이 구지봉龜旨峰에 내려 "하늘이 내게 명하여 이곳에 나라를 세우고 임금이 되라 하시므로 여기에 왔다(皇天所以命我者 御是處 惟新家邦 爲君后 爲茲故降矣)."고 하였으니, 수직적 공간의식을 보여주는 예이다. 해모수신화의 웅심산이나 수로왕신화의 구지봉 역시 태양이 솟아날 때 — 신화 속에서는 신이 하강하는 것으로 표현되어 있지만 — 잠시 머물게 되는 산정이요, 성계와 속계를 가름하는 지점이 될 것이다.

신라의 혁거세赫居世나 김알지金閼智도 알[란卵]의 형태로 하늘에서 수직 하강하였음을 알 수 있다. 『삼국유사』의 기록에 의하면, 신라가 아직 나라를 열기 전에 여섯 마을의 촌장들이 모여 임금을 세우고 국가를 세우려는 공론을 세우고 높은 곳에 올라 남쪽을 바라보니 양산楊山의 아래 나정蘿井에 전광과 같은 이상한 빛이 땅에 드리우고(異氣如電光垂地) 흰 말이 땅에 엎드려 절하는 것을 보고 찾아가 보니 커다란 '붉은 알'[자란紫卵]이 하나 있었다. 그때 말이 사람들을 보고 길게 울며 하늘로 올라갔다. 그

알을 깨어 사내아이를 얻었으니 그가 바로 혁거세였다. 여섯 마을에 촌장들은 그를 세워 임금으로 삼았다. 그런데 원문에 '혁거세'란 신라말로 '밝은[혁거赫居] 누리[세世]'의 뜻이며, '밝게 세상을 다스린다'는 뜻으로 붙여진 이름이라고 한다(蓋鄕言也 或作弗矩內王 言光明理世也). 하여튼 이 혁거세 신화가 천계에서 지계로의 수직적 공간 이동을 보여주는 태양신화임은 문면으로 미루어 충분히 알 수 있다.

　<혁거세신화>와 매우 유사한 것은 <김알지金閼智신화>이다. 호공瓠公이란 사람이, 하늘로부터 시림始林에 드리워진 붉은 기운을 보고 찾아가 보니 빛나는 황금궤 하나가 구름에 싸인 채 나뭇가지에 걸려 있고 그 아래에서 흰닭이 울고 있었다. 호공이 궤를 내려 열고 보니 사내아이가 들어 있어, 아기 이름을 '알지'('아기')라 하였다. 이 김알지의 후손 중에 미추未鄒가 왕위에 올라 박혁거세·석탈해와 아울러 신라 3왕족의 하나를 이루게 되었다. <김알지신화>가 <혁거세신화>와 차이가 있다면, 혁거세는 알의 형태를 가졌음에 비하여 김알지는 궤짝 속에 아이가 들어 있었다는 점이라 하겠다. 하지만 '알'이나 '궤' 모두 모태母胎 즉 자궁 상징이란 점에서 동궤의 것으로 생각되며, 양자 모두 수직적 공간의식을 보여주고 있음도 같다.

4) 지계에서의 수평적 공간 이동

　다음은 수평적 공간 이동을 살펴볼 차례다. 설화에서의 수평적 이동은 기마 행위를 포함한 도보여행이나 도해渡海의 형태를 띤다. 주몽朱蒙이 동부여 금와왕金蛙王의 억압에서 도망하여 물고기와 자라 들의 도움을 얻어(어별성교魚鼈成橋) 엄수淹水를 건너 졸본부여卒本夫餘 곧 고구려를 건국한 것이나, 이 주몽왕(동명왕東明王)의 아들 온조溫祚와 비류沸流가 적자嫡子 유리類利(유리왕琉璃王)를 피해 새터를 찾아 남하하여 국가를 세운 이야기는 모두 수평적 공간이동으로 이루어졌다. 그 밖에 적녀국積女國 공주가 용성국龍城國 왕비가 되었다가 큰알을 낳고, 그 알이 궤짝에 담겨져 부해浮海하여 신라 아진포구阿珍浦口에 도착하여 석탈해昔脫解가 태어난 것이나, 혹은 아유타국 阿踰陁國 공주 허황옥許黃玉이 부해浮海하여 가야국伽倻國의 수로왕비首露王妃 가 된 것, 혹은 연오랑延烏郞 세오녀細烏女나 호공瓠公이 각각 도해渡海하여 동서로 간 것 등도 모두 수평적 공간의식을 보여주고 있는 사례들이다.

제주도 신화의 예를 보자. <한락둥이> 이야기에서 한락둥이는 부친을 찾으러 저승으로 떠난다. 그는 지하로 하강하거나 천상으로 비상하지 않고, 산을 넘고 강을 건너 마침내 저승에 도착한다. 또한 <강림도령> 이야기에서도 강림은 염라대왕을 맞아 오기 위해서 점심을 싸들고 물을 건너고 걸은 끝에 저승을 왕래한다. 결국 이들 이야기에서도 현실계의 연장선상에 이계가 설정되어 있음을 확인할 수 있다.

5) 수계 소묘

천지간의 공간의식이 신화들에는 매우 빈번히 보이고 있음에 비하여, 지수간의 교류를 보여주고 있는 상대 신화 자료들은 그다지 흔치 않다. 아마도 수계가 이야기문학 속에서 분명한 모습을 취하고 나타나게 된 것은, 수계의 지배자인 용 내지 용왕에 대한 인식이 점차 형성됨에 따라 용궁계란 공간이 설정되면서부터가 아닐까 생각된다.

신화 속에 수계가 나타나는 가장 현저한 예는 <해모수신화>의 하백河 伯에서 찾을 수 있다. 하백은 문자 그대로 수신水神으로서, 이러한 사실은 <동명왕편>에 그의 거주처가 압록강 웅심熊心못(擘出鴨頭波 往遊熊心淵)이라 는 수계로 설정되어 있음을 통하여 알 수 있다. 이 '하백'에 대하여 중국 의 옛 문헌인 『산해경山海經』의 해내북경海內北經에는 '인면人面', 『유양잡 조酉陽雜俎』에는 '인면어신人面魚身', 『시자尸子』에는 '백면장인어신白面長人

魚身’ 등으로 적고 있음으로 보아, 그 면모를 어느 정도 엿볼 수 있다.
<동명왕편>에서 하백 및 그의 딸들에 관한 대목을 좀 더 살펴보자.

하백의 세 딸은 해모수가 이름을 보고 물속으로 들어가 피하였다(三女見 君來 入水尋相避).……하백의 맏딸 유화가 해모수에게 잡히었다(長女曰柳花 是 爲王所止).……(해모수가) 하늘을 가리키니 용수레가 내려왔다. 그것을 잡아타고 곧장 깊숙한 바다 궁전에 이르렀다(指天降龍馭 徑到海宮邃).……(하백이 해모수가) 만취한 틈을 타서 (해모수를) 가죽수레에 태우고 유화도 그 옆에 함께 태웠다(伺醉載革輿 并置女於輢). 그 뜻은 그 딸과 더불어 함께 천상에 오르게 하려 함이었다(意令與其女 天上同騰轡). 수레가 물에서 나가기 전에 해모수가 술에서 깨어 홀연 놀라 일어났다(其車未出水 酒醒忽驚起). 해모수는 유화의 황금비녀를 빼어 가죽을 뚫고 구멍으로 나왔다(取女黃金 刺革從竅出). 해모수는 혼자 붉은 하늘을 타고 올라서 소리없이 다시는 돌아오지 않았다(獨乘赤霄上 寂寞不廻騎).……하백은 딸을 책망하여 입술을 잡아당겨 석자나 늘여놓고(河伯責厥女 挽吻三尺弛) 우발수 중으로 추방하고 비복 두 사람만 딸려 보냈다(乃貶優渤中 唯與婢僕二). 어부가 물결 속을 들여다 보니 이상한 짐승이 돌아다녔다(漁師觀波中 奇獸行苤騷). 금와왕에게 고하여 쇠그물을 깊이깊이 던졌다(乃告王金蛙 鐵網投淡淡). 돌에 앉은 여자를 끌어당겼는데 얼굴 모양이 심히 무서웠다(引得坐石女 姿貌甚堪畏). 입술이 길어 말을 못하므로 세 번 자른 뒤에야 이를 보였다(脣長不能言 三截乃啓齒).

여기에는 천계인天界人 해모수가 잠시 지계로 나온 하백의 딸들을 쫓아 수계로 들어가 하백의 딸 유화에게 접근하려다가, 하백의 계략에 떨어져 만취한 채 유화를 동반하여 천계로 귀환하던 중 술에서 깨어나자 유화를 버리고 혼자 상승하는 모습이 그려져 있다. 유화는 하백의 딸이니 물론 수족水族이고, 그 모습도 어류를 닮았다. ‘입술을 세 번 자른 후에야 이를 드러냈다’고 했으니 이는 바로 ‘인면어신人面魚身’을 말한 것이 아닌가? 그러고 보면 그물에 걸려 바위 위에 앉은 유화의 모습은 바로 동화 속에 나오는 ‘인어공주’와 그다지 다르지 않다.

6) 이계 왕래

민중들의 독특한 세계관 즉 천계니 수계니 하는 이계관은 왜 생겼을까? 인간은 늘 괴로운 삶의 현장 속에서 숱한 좌절을 맛보게 마련이다. 이러한 현실의 고난을 뛰어넘기 위해서 인간은 절대자 혹은 신적인 존재가 상정想定되고, 나아가 그가 거처하는 이계가 형성되었을 것으로 믿어진다. 이계에서는 이승에서의 인간의 무능력, 빈곤, 수한壽限 등등 갖가지 결핍 상태가 보상될 수 있다. 그곳은 상춘常春의 땅이며 장보藏寶의 세계이다. 그곳은 지계와는 전혀 다른 시간 단위가 흘러서, 시간의 흐름이 완만하거나 정지되어 있다. 그곳에는 악과 추가 용납되지 않는 지선至善의 세계이다.

이야기문학에 나타나는 천계를 살펴보자. 천계는 '하느님'[천신天神]의 세계이자 지선의 세계다. 따라서 천계에 오르려는 자는 자신이 지닌 덕목을 하늘로부터 인정받지 않으면 안 된다. 반대로 하늘에서 지계로의 하강은 천신의 뜻에 의한 파송으로 이루어진다. 따라서 천인의 하강은 천신의 뜻을 지상에 전하기 위한 것이거나 혹은 적강謫降이라는 형태를 띠게 되는데, 전자의 경우에는 흔히 꿈을 통한 간접적인 형태를 취하는 경우가 많고, 후자의 경우에는 직접적인 탄생으로써 나타난다. 물론 천계인의 적강은 한시적인 도래到來이니만큼 언젠가 되돌아감을 전제로 한다. 이러한 이야기문학의 원리는 많은 고전소설에 계승되었다.

인간의 선계 방문은 초청 방문의 경우도 가끔 나타나지만, 보다 일반적으로는 우연한 방문으로 나타난다. 그리하여 널리 알려진 <신선 바둑> 이야기나 <도화원桃花源>계의 설화에서는 초부 혹은 어부가 우연히 선계에 이른다. 반면 수계와의 교통은 보은의 형태를 띠는 경우가 많다. 인간이 용왕을 대신하여 용궁의 화근을 제거해 준다든지(<거타지居陀知>·<작제건作帝建>), 용궁인의 생명을 구원해 준다든지(<방리放鯉>) 하는 것이 용궁 방문의 실마리가 된다. 물론 이 경우에는 대체로 사은의 뜻이 담긴 보물을 얻어 돌아오게 된다.

7) 저승 왕래

　한편 저승계 방문은 대체로 인간의 수한과 관계된다. 이야기의 줄거리가 사후의 사건을 보고하는 것이므로, 그 속에는 필연적으로 '죽었다가 다시 살아난 경과'를 담게 마련이다. 즉 인간의 환생담還[換]生譚이나 재생담의 형태를 띠게 된다. 환생담은 일단 죽은 인간의 육신이 분리되었다가 다른 육신을 빌어 태어나는 것이고, 재생담은 일단 분리되었던 육신이 다시 결합하는 것이다. 때문에 환생의 경우는 천민이 귀인으로 혹은 그 역으로 태어나거나, 경우에 따라서는 다른 생물이나 무생물로도 태어난다. 재생은 '죽었다가 다시 살아나기'이다. 어느 경우이든 궁극적인 결과로 나타나는 것은 '연명延命'이며, 부라든가 배우자 등이 부수적으로 얻어지기도 한다. 그리고 죽었다 되살아온다는 이야기의 특성 때문에 이런 이야기들에는 그 왕복 과정을 설명하기 위해 상당히 복잡한 삽화가 개재되기 마련이고, 거기에는 흔히 민간신앙이 얽혀진다.

　민간신앙에 의하면 사자死者의 세계는 흔히 '저승'이라 일컬어지며, 생물은 무엇이든 일단 유한한 생명이 다하여 그곳에 이르러 생시의 행위에 따라서 심판을 받게 되어 있다. 인간의 경우에도 각자의 수한이 다하면 저승의 지배자 곧 염라대왕이 보낸 사자使者 혹은 차사差使에 의해 잡혀 가게 된다. 이때 저승사자는 보통 3인조, 예컨대 '강림'을 조장으로 하는 '일직사자日直使者'와 '월직사자月直使者'이며, 인간은 어디까지나 곧 도래하게 될 저승 재판의 피의자 신분이므로 쇠사슬이나 '넋그물'(망령 사슬)에 묶여 끌려가게 된다. 이때 이승의 가족들은 망자의 편안한 저승 여행을 빌어 주기 위하여 차사들의 신발과 음식, 혹은 노자까지 마련하여 영송迎送한다. 이승과 저승의 경계에는 '망향대望鄕臺'라는 곳이 있어 망자는 이곳에 올라 마지막으로 고향(지계地界)을 돌아보게 되는데, 일단 이곳을 지나 저승계에 접어든 망자는 이승에서의 모든 기억을 잊어버린다고 한다. 별설에 의하면 이승과 저승의 경계에 주막집이 있어 먼길 여행자들에게 술을 파는데, 주막집 노파는 무슨 수로든 망자에게 술을 먹게 하여 전생일을 까맣게 잊게 한다고도 한다.

염라대왕 앞에 나아간 망자는 염왕의 사령(최판관崔判官)이 관리하고 있는 생사부에 쓰인 수한壽限에 의하여 그의 죽음이 틀림없는가를 확인받게 된다. 설화 중에는 이때 생사부에 쓰여 있는 원 숫자를 고쳐 써 연명하는 경우도 적지 않다. 혹은 망자의 생시에서의 선행에 감동한 염왕에 의하여 영원한 삶이 보장되는 이계로 보내지거나 지계로의 '다시 태어남'을 명령받게 되는 경우도 있다. 이 경우 저승사령이나 심지어 염왕까지도 원래 지계인으로 저승왕이 되었다는 이야기도 있다.

창작문학에서는 흔히 망자에 대한 최후의 심판이 공포적인 분위기를 보여주는 데에 비하여 구비 설화에서는 희화적戱畵的으로 그려지기도 한다. 실제로 설화에 나타난 저승의 인물들은 매우 인간적 면모를 보여준다. 예컨대 망자를 잡으러 인간계로 온 차사들은 착오에 의하거나 혹은 망자의 음식을 받아먹고 인정에 이끌려 엉뚱한 사람을 잡아가기도 한다(함경도 무가 <황천혼시> 등). 또한 민간에 널리 전하는 <삼천갑자 동방삭東方朔> 설화에 의하면, 인간인 주제에 감히 3,000갑자나 장수한 동방삭을 잡으러 지계로 온 저승차사가 그를 잡지 못하여 애쓰던 중 꾀를 내어 냇가에 앉아 숯을 씻고 있을 때, 곁을 지나치던 동방삭이 이를 보고 조롱하여 말하기를, "내가 삼천 갑자를 살았어도 숯을 희게 만든다는 사람은 처음 본다."고 하였다. 이에 저승차사들이, "옳다, 바로 네가 동방삭이로구나!" 하고 그를 잡아갔다고 한다. 이 이야기는 저승차사도 맘대로 하지 못하는 인간이 있어 어쩔 수 없이 사술詐術을 쓸 수밖에 없었다는 것을 희화적으로 이야기해 주고 있는 것이다.

다음은 구비 설화를 재창작한 『삼설기三說記』의 <삼사횡입황천기三士橫入黃泉記>란 이야기의 줄거리를 보자.

(1) 낙양 동촌東村에 사는 세 선비가 백악산白岳山에 올라 술을 마시며 즐

기다가 만취하여 인사불성이 되었다.

(2) 그때 하루 천 명씩 잡아가던 지부地府 염라대왕의 차사가 잡아갈 사람을 찾아다니다가 실패하자 반생반사 상태의 세 선비를 잡아갔다.

(3) 최판관이 생사부를 찾아 보니 10년 후에 잡아와야 할 사람들이므로 염라대왕에게 말하니 즉시 돌려 보내라 했다.

(4) 세 선비는 그 동안에 자신들의 시신을 매장하여, 돌아가 의탁할 육신이 없음을 들어 항의하고 소원대로 환생시켜 줄 것을 요구했다.

(5) 염왕이 각자의 소원을 글로 적어 올리라고 했다. 첫째 선비는 용맹이 절륜한 영웅으로서 무관으로 출세하여 병조판서 대사마 대장군을 역임하며 위용威勇을 떨치며 살게 해 달라고 했다.

(6) 둘째 선비는 선풍도골仙風道骨 선비로서 문관으로 크게 출세하여 높은 관직을 두루 거치며 명신名臣의 칭호를 얻고 영화를 마음껏 누리는 것이 소원이라 했다.

(7) 셋째 선비는 인간생활의 모든 즐거움을 누리면서 평화롭게 천명대로 사는 것이 소원이라 했다.

(8) 염왕은 첫째·둘째 두 선비의 소원은 들어주고, 셋째 선비는 욕심 많고 무거불측無據不測한 놈이라 꾸짖으며 그대로 될 수만 있다면 자신이 먼저 하겠다고 했다.

다음은 문헌 설화집 『천예록千倪錄』에 수록되어 있는 <염라왕탁구신포閻羅王托求新袍>라는 이야기이다.

(1) 해서海西 연안延安의 한 거사居士가 병을 앓고 있었는데 갑자기 저승차사가 나타나 그를 수백 리 밖으로 데려갔다.

(2) 염라대왕이 그에게 거주지, 성명과 생업을 묻자 거사는 사실대로 말하고 염불을 하고 시주 다니는 것이 자신의 일이라 했다.

(3) 염왕이 그의 말을 듣고 차사가 잘못하여 동명이인을 잡아왔음을 깨닫고 되돌려 보내면서, 자신은 본래 서울 아무 데 살던 아무개인데, 도포가 헐어 못 입게 되었으니, 이승에 돌아가거든 자신의 집을 찾아가 새 도포를 보내 달라고 했다.

(4) 거사가 그 말을 증거할 신표信票를 달라 하자, 염왕은 자기 집 『시전詩

傳』의 아무 책장 사이에 옥관자玉貫子 조각이 있을 것이라고 했다.

(5) 거사가 차사에게 떠밀려 물에 빠졌다가 깨어 보니 이승이었다.

(6) 거사가 염왕의 본가를 찾아가 사실을 말하니 모두 믿지 않으므로 옥
   관자를 확인케 하였다.

(7) 염왕의 자손들이 새 도포를 불에 태워 저승으로 보냈더니 그날 밤 꿈
   에 염왕이 된 선친이 현몽하였다.

이 설화들은 전능全能할 것으로 여겨지는 염라대왕도 사실은 한계를 지
닌 존재임을 알려 주는 이야기이다. 앞의 이야기에서는 염왕에게도 불만
이 있다는 것, 뒤의 이야기에서는 망자를 잘못 잡아갔을 뿐만 아니라 도
포도 마음대로 얻을 수 없었다는 것이 그러하다.

8) 시간과 공간의 원근법

이계로의 수평적 공간 이동은 보통 여행의 형태를 취한다. 따라서 이계
에 도달하는 데에 소요되는 시간의 길이는 곧 그 거리에 비례하기 마련
이다. 이계에의 공간적 거리가 멀수록 그곳에 도달하기 위한 시간은 더
많이 소요된다. 하지만 설화에서의 공간적 원근법은 현실적 거리로써 표
현되는 것이 아니라, 도중에 소요되는 시간의 다과多寡로써 표현된다. 다
시 말한다면 공간의 길이가 시간의 길이로 치환되는 것이다. 이 점에 대
해서 스위스의 설화학자 맥스 뤼티는 "설화는 내적內的 거리를 가시적으
로 나타내므로, 현실계와 이계 차원의 차이는 선線의 길이에 의해 감지感
知된다."라고 한 바 있다.

하지만 시간의 길이라고 하여도 그것은 '정확한 소요 시간'의 개념이
아니라 '대략적인 소요 시간'으로써 표현되는 것이다. 예컨대 <구복여
행>이란 설화에서 주인공은 자신에게 결여된 복을 구하기 위해 천계로
여행을 떠났다가 보통 3일을 경과하여 비로소 이계와의 경계선에 도착한

다. 그런데 이 설화의 이본 중의 하나인 <원천강>이란 무가에서는 다음과 같은 과정을 거친다.

   (1) 주인공이 부모를 찾아 원천강으로 떠났다.

   (2) 도중에 여자(백씨부인)를 만나 원천강으로 가는 길을 알려 달라고 하니, 백모랫가 별층당에서 글 읽는 도령에게 물어보라 하였다.

   (3) 백모랫가 별층당에 이르니, 도령이 나와 연화못 가에 있는 연꽃나무에게 물어보라 알려 주고, 원천강에 가거든 왜 자신은 그 곳에서 글만 읽어야 하고 성 밖으로는 나갈 수 없는지 이유를 알아다 달라고 부탁하였다.

   (4) 연화못 가의 연꽃나무에게 가 원천강 가는 길을 알려 달라 하니, 연꽃나무는 가는 도중에 청수와당(바다) 가에 누워 있는 대사大蛇에게 물어보라 일러주며, 왜 자신의 윗가지에만 꽃이 피고 다른 가지에는 꽃이 피지 않는지 알아다 달라고 부탁하였다.

   (5) 청수와당에 이르러 대사에게 원천강 가는 길을 물으니, 대사는 다른 뱀들은 야광주夜光珠를 하나만 물어도 승천을 하는데, 왜 자기는 셋이나 물어도 용이 되어 승천을 못하는지 알아봐 달라고 하며, 등에 태워 와당을 건네주고, 가는 도중 사람(매일)을 만나거든 길을 물어보라 하였다.

   (6) 사람을 만나 길을 물으니, 가다가 울고 있는 시녀 궁녀들에게 물어보라 일러주며, 대신 왜 자기는 늘 글만 읽어야 하는지 팔자를 물어다 달라 하였다.

   (7) 길을 가다가 시녀를 만나 울고 있는 이유를 물으니, 자기들은 원래 하늘 옥황의 시녀들이었는데, 득죄하여 물을 푸게 되었는바 물을 다 퍼내어야 하늘에 돌아갈 수 있음에도 불구하고 바가지가 새어 물을 풀 수 없어 울고 있노라 하며 도와주기를 요청하였다.

   (8) 풀을 베어 베개를 만들고 송진을 녹여 구멍을 막고 축도祝禱를 한 후 물을 푸니 물이 순식간에 없어졌다.

   (9) 시녀들이 기뻐하며 주인공을 원천강에 데려다 주고 축도해 준 후 떠나갔다.[1)]

설화에서는 이계에 도착하기 위한 시간적 경과 표시를 '3주야' 혹은 '석달 열흘', '3년' 이런 식으로 표현된다. 이는 곧 이계에의 공간적 거리가 시간적 거리로 바뀌어 나타내어진 것이다. 그리고 시간·공간적 길이의 대소는 주인공이 여행 도중 맞게 되는 장애물의 다과, 난제의 수로써도 표현될 수 있다. 주인공이 부딪히고 해결해야 할 난제가 많으면 많을수록 ― 대개 점층적으로 어려워지기 마련이지만 ― 시간은 더 오래 걸리며 거리도 더 길 수밖에 없기 때문이다. 그래서 위에 든 <원천강> 설화에서처럼 주인공은 천계에 도착하기까지 거듭 유숙하게 되며, 그때마다 난제 해결의 부탁을 받게 되는 것이다.

9) 양계의 관문

설화의 주인공이 마지막에 도착하게 되는 지계의 끝, 즉 수평적 공간의 경계에는 흔히 강물이 놓여져 있으며 그 입구는 좁은 문으로 설정되어 있다. 앞서 든 <구복여행>이나 <강림도령> 등의 이야기에서 주인공은 도보여행 끝에 강물을 건너 이계에 도착한다. 무속신화 <바리공주>에서도 바리공주는 부모의 회생약을 구하기 위하여 도보여행을 하게 되는데, 바다를 건너 이계를 왕복했다. 역시 무속신화 <도랑선비와 청정각시>에서도 저승에 간 도랑선비는 큰 강물을 통하여 이승과 저승을 왕래했다. 다음은 <강림>의 예다.

> 강림은 조왕 할머니가 가리켜 준 대로 한없이 걸어갔다. 길은 멀고 험했다. 드디어 일흔여덟 갈림길이 나타났다. 강림은 어느 길로 가야 할지 몰라 주저앉아 울고 있었다. 얼마 안 되어 백발이 성성한 할아버지가 걸

---

1) 아카마쓰 도모시로[적송지성赤松智城]·아키바 다카시[추엽륭秋葉隆], 『조선 무속의 연구朝鮮巫俗の研究』 상.

어왔다.……할아버지는 말을 이었다. "강림아 이게 일흔여덟 갈림길이다. 이 길을 다 알아야만 저승에 가는 법이란다."……길을 보니 좁기가 말할 수 없어 개미 왼쪽 뿔 한 쪼가리 만큼한 길이었다.……강림은 팔을 헤치고 그 험한 길로 헤쳐 들어갔다. 한참을 가다보니 아닌게 아니라 길토래비(길을 보수하는 사람)가 길가에 앉아 소닥소닥 졸고 있었다. 전대에서 떡을 꺼내어 길토래비 앞에 놓아 주었다. 길토래비는 떡을 보자 시장한 김에 허겁지겁 삼세 번을 끊어 먹는다.……"이승 동관님아, 어딜 가는 길입니까?" 길토래비는 저승의 차사 이원사자였다. "나는 저승 염라대왕을 잡으러 가옵니다." "아이고 이승 동관同官님아, 이게 무슨 말입니까? 저승을 어떻게 갈 수 있습니까? 검은 머리가 백발이 되도록 걸어 보십시오. 저승에 가지는가. 못 가는 법입니다."……강림은 몇 번이고 애원했다. 이원사자가 생각해 보니 남의 음식을 공으로 먹으면 목에 걸리는 법이라, 도와주어야 하겠다는 생각이 들었다.……이원사자는 저승 가는 길을 다 가르쳐 준 후에 적삼을 흔들어 혼을 불러 주었다. 삼혼三魂을 불러 주니 강림의 삼혼은 저승의 포도리청·호안성을 지나 행기못 가에 순식간에 이르렀다. 못가에는 이원사자의 말대로 저승에도 못 가고 이승에도 못 온 영혼들이 들끓고 있었다.……사방에서 옷자락을 잡아 끄는 것이었다. 강림은 전대의 떡을 꺼내어 자잘하게 끊어서 동서로 뿌렸다. 모여든 군중은 배고픈 김에 떡을 주워 먹으려고 옷자락을 놓고 흩어졌다. 강림은 눈을 질끈 감고 행기못 속으로 텀벙 뛰어들었다. 정신을 차려 보니 저승의 연추문延秋門에 닿아 있었다.2)

16세기 초의 설화적 소설 작품 <설공찬전>에는 '혼령의 저승에 이르는 길'이 다음과 같이 기술되어 있다.

저승 기별을 물은대, 저승 말을 이르되, 저승은 바닷가이로대 하 멀어예서 게 감이 사십 리로되, 우리 달림은 하 빨라 예서 술시戌時에 나서 자시子時에 들어가 축시丑時에 성문을 열거든 들어가노라

---

2) 현용준玄容駿, 『제주도신화』(1976).

이계와의 접점에는 양계를 구획해 주는 장벽이 존재한다. 이계란 지계의 아무나 들어갈 수 있는 그러한 평상적 공간이 아니다. 그 곳은 문자 그대로 현실계와 전연 다른 공간인 동시에, 그 곳에서는 전연 다른 시간 단위가 흐르고 있다. 공간의 바뀜은 당연히 시간의 바뀜을 의미한다. 따라서 선계나 용궁이나 천계에는 지계와 전연 다른 계절의 바뀜이 존재한다. 혹은 그 곳에서는 시간의 흐름이 정지되어 있기도 하고 지상의 10년 혹은 100년이 그 곳의 1년 혹은 하루에 해당하기도 한다. <신선바둑> 이야기에서 선계에서 신선들의 바둑 구경을 하고 돌아온 나무꾼은 몇 대 후의 후손을 만나게 된다. 또 <강림도령>의 이야기에서 강림은 이승의 원님에게 한 달 말미를 얻어 저승으로 갔지만, 실제 저승에서 귀환한 건 3년 만이었다.

양계를 구획하여 주는 흔한 장치로 관문이 설정되곤 한다. 이 어구는 조개껍질로 덮여 있거나(<지하국대적퇴치>), 혹은 석문(<홍길동전>)으로 되어 있거나, 야삼경에야만 열리는 협로(<최치원전>)가 나타나기도 하는 것이다. 십승지지十勝之地의 하나로 알려진 자개동子開洞은 가상적 이상촌이다. 전설에 의하면 이곳으로 들어가려면 석성문石城門을 거쳐야 하는데, 이 문은 밤 자시에만 열려 축시에 닫힌다. <최치원전> 이야기에서나 <자개동> 설화 모두 양계의 넘나듦에는 시간적 제한이 따른다는 뜻이겠다.

이계로 이르는 길은 장애로 가득찬, 말하자면 구절양장九折羊腸을 통과하는 것과 같은 험난한 여로이다. 따라서 설화 속에 나타나는 이계는 시간적으로는 '한 해가 끝나는 곳'이나 공간적으로는 '하늘과 땅이 맞닿은 곳'이고, 혹은 '망령이 아닌 한 어떤 인간도 이를 수 없는 곳'에 존재하고 있는 것이다. 이는 말하자면 상상적인 이계를 경험적인 시간·공간 의식으로 바꾸어 표현한 결과인 것이다. 이러한 맥락 속에서, 우리가 설화에서 흔히 듣게 되는 다음 구절도 더욱 잘 이해될 수 있다.

> 네가 사람이냐 귀신이냐, 날짐생 길버러지도 못 들어오는 곳이어든 엇
> 지하야 들어 왔느냐.[3]

위에서 나는 새도 못 오는 곳을 들어왔다고 함은, 위험한 길의 통과를 의미하며 이계(저승)로의 도달을 뜻하는 것이다. 이처럼 이계로의 여행은 전형적인 모습으로 나타난다. 희랍 신화에서 오르페우스는 황천의 나룻배 사공 케이론과 망령계의 성문을 지키는 괴견怪犬 케르베로스를 리라 소리로 홀려 황천문을 무사히 통과하였고, 길가메시는 사자들을 죽인 후 다시 반은 사람이고 반은 전갈 꼬리가 달린 용이 지키고 있는 태양의 산을 지나, 사공 우르샤나비의 배를 타고 죽음의 바다를 통과하였으며, 그림 형제의 <생명수> 이야기에서 셋째왕자는 지팡이를 두드려 성문을 열고 빵을 던져 문을 지키던 사자들을 달랬다.

제주도 설화의 <강림도령>이나 <한락둥이>도 희랍 신화의 경우와 비슷하다.

> (1) 강림은 노인이 가르쳐 준 길을 가니, 아니나 다를까 한 연못이 있었다. 그 연못이 어찌나 크고 깊어 보이는지, 감히 뛰어들 생각이 나질 않아, '이젠 죽는구나' 하는 두려움에 머뭇거리는데, 어디선지 하얀 개 한 마리가 등 뒤에서 왕왕거리며 달려들었다. 그는 얼결에 물 속으로 뛰어들었다. 그런데, 분명히 물 속으로 뛰어들었지만, 자기 몸은 편한 딴 세계에 서 있는 것이 아닌가! '염라대왕이 사는 곳이구나', 그는 사방을 둘러보았다. 모든 것이 휘황한 색채에 휩싸여 있었다.[4]

> (2) 한락둥이는 메밀 범벅을 셋으로 나누어 명주천에 잘 싸고, 아버지가 남기고 간 용얼레빗 반쪽과 대님 한 쪽을 가지고 저승으로 길을 떠났다. 얼마 안 갔는데, 개가 왕왕 짖으며 달려들었다. 한락둥이는 명주에 싼 범벅을 개에게 던져 주었다. 개가 범벅을 뜯어먹는 사이에 열심히 뛰어

---

3) 아카마쓰 · 아키바 공편, 『조선 무속의 연구朝鮮巫俗の硏究』, 1937.
4) 진성기秦聖麒, 『남국의 전설』, 1968.

서, 물이 발목에 차는 곳까지 왔을 때 개가 또 달려들었다. 한락둥이는 다
시 범벅 한 덩이를 던져 주고, 이번에는 물이 허리께에 차는 곳까지 이르
렀다. 범벅을 다 먹고 난 개는 다시 쫓아왔다. 마지막 범벅을 던져 주고,
한락둥이는 저승에 닿았다.5)

이계에 이르기 위한 협로, 협문이 지니는 의의는 무엇일까. 일찍이 종
교사학자 M. 엘리아드는 그의 저서 『성과 속』에서 다음과 같이 갈파喝破
한 바 있다.

　　양 공간 사이에 있는 문은 성과 속의 두 존재 양식의 현격함을 나타내
고 있다. 문은 두 개의 세계를 분리하는 울타리이며, 경계선·한계의 선
임과 동시에 이들 세계가 서로 만나고, 속된 세계로부터 성스런 세계로의
이행이 이루어질 수 있는 역설적인 장소인 것이다.

요컨대 여러 설화에 나타나는 좁은 통로는 현실계에서 이계로 이행을
하기 위한 관문인 셈이다.

하지만 이계 방문은 언제나 1회로써 끝난다. 재차의 이계 방문은 금지
되어 있는 것이다. 때문에 선계를 한 번 방문했던 사람은 다시는 선계를
찾지 못한다. <나무꾼과 선녀> 설화에서 지상에 남긴 노모를 만나러 지
계를 방문했던 천계의 나무꾼은 결국은 천계로 돌아가지 못했다. 땅(흙)
에 발을 대어서는 안 된다는 아내(천녀)의 부탁(금기)을 지키지 못했기 때
문이다. <용궁색시> 설화에서는 용궁에서 용녀를 아내로 맞아온 주인공
은 돌아간 아내를 찾아 용궁으로 돌아가지는 못했다. 역시 아내의 부탁인
금기를 어겼기 때문이다.

---

5) 위와 같음.

10) 에필로그

　지금까지 설화에 나타난 세계관에 대하여 다소 잡박雜駁하게 이야기해 왔다. 물론 이 짧은 설명 속에서 세계관의 전모를 파악한다는 것은 애초에 무리였음을 잘 알고 있다. 더구나 그 중의 상당수는 하등 신기할 것도 없는 범상한 것들일 수도 있다. 하지만 이야기 속에 드러나는 세계관에 관한 주요한 문제들은 대충 정리되었을 것으로 자위하며 이것으로써 그치려 한다.

● **참조 원고**

이 글의 중심 생각은 원래 "한국 고대서사문학의 공간관념"이란 제목으로 『고전문학연구』 1(고전문학연구회, 1971. 9)에 발표했던 것이다. 본문은 그를 바탕으로 2003년 12월 일본 센다이대학에서 열린 학술세미나에서 새로 발표한 원고이다.

2. 전설의 보편성

비바람을 맞으며 들 가운데 외로이 서 있는 석탑石塔, 그 주위에 피어 있는 온갖 초목, 이따금 찾아드는 새와 곤충들의 떼……. 이러한 신묘한 피조물에 대하여 인간은 흔히 의구심疑懼心을 갖는다. 이것은 당해當該 사물의 시원始原과 역사에 대한 호기심의 발로요, 과학적 정신의 결과이다.

그리하여 전설은 흔히 설명론적으로 되기 마련이다. 어떠한 사물이 어떻게 하여 현재와 같이 존재하게 되었는가 하는, 말하자면 존재에 대한 현상학적 파악인 것이다. 가령 뒷동산에 오롯이 피어 있는 허리 굽은 할미꽃에는 갈 곳 없는 할머니의 한스런 넋이 서려 있고, 야삼경이면 창가에 와 울어대는 접동새에는 아홉이나 되는 오랍 동생을 못 잊어 하는 어느 누이의 애틋한 호소가 담겨 있다. 이들은 모두 사물의 형상이나 성질에 대한 민중들의 합리적인 설명에서 비롯된 것이다. 따라서 전설은 흔히 어원설, 특히 민간어원설folk etymology의 형태를 띠게 된다. 전설의 대부분이 산천초목과 같은 자연물이나 유적·유물과 같은 인공물의 명칭에 관련된 연기설화緣起說話인 것이다. 물론 모든 연기설화가 곧 민중들의 작위적作爲的인 설명에서 생겨난 것은 아니고, 개중에는 역사적 근거가 충분히 있는 것도 상당수 발견된다.

그렇지만 전설의 상당수는 역시 민중들의 공상에서 생겨난 것이 아닌가 한다. 민중어원설이 분명한 하나의 예를 들어보기로 하자. 지금의 공주公州는 '곰나루'라고도 불린다. 이 '곰나루'에 관하여는 한 나무꾼과 암곰과의 로맨스가 얽혀 있는 전설이 전해지고 있다. 암곰에게 붙잡혀 본의 아니게 동거하게 되었던 나무꾼이 가까스로 도망하여 물을 헤엄쳐 나루까지 건넜으나, 이를 뒤쫓던 암곰은 물에 빠져 죽고 말았다. 그리하여 '곰나루'란 명칭이 생겼다는 것이 민중들의 설명이다. 그러나 언어학자들은 '곰나루'는 '웅진熊津'이 아니라 '후진後津'일 것이라 한다. 지금도 '곰배−님배', '고물−이물', '발곰치', '팔곰치' 따위의 어휘들에서 찾을 수 있는 바와 같이 '곰'은 원래 '뒤쪽'(후방後方)을 의미한다. 그러므로 곰나루는 뒤쪽에 있는 나루란 의미였던 것이 차차 민중의 기억 속에서 '곰'의 원의미는 망각되고, 대신 동음이의어인 곰[웅熊]으로 대체되어 그럴싸한 전설까지 생겨났던 것으로 생각된다.

전설의 가장 큰 특성인 증거물이 현존한다는 것은 전설의 설명성과도 유관하다. 왜냐하면, 설명적 전설aetiological legend의 배후에는 반드시 '무엇을 설명하느냐'라고 물을 때 '그 무엇'에 해당하는 대상체가 전제되어야 하기 때문이다. 그러나 설명의 대상체, 곧 전설의 증거물이 반드시 유형물有形物인 것만은 아니다. 습관이나 신앙에 관한 전설은 구체적인 증거들이 없어도 신앙의 형태로 증거물은 남아 있을 수도 있는 것이다.

전설이 어떤 사물의 기원을 설명하려고 하기 때문에 전설은 흔히 단일 모티프로써 이루어지게 된다. 예컨대 학의 보금자리였다는 <학소대鶴巢臺>, 아직도 역사力士의 발자국이 뚜렷이 남아 있다는 <장수암將帥巖>, 선녀들이 이따금 놀던 곳이라는 <선녀탕>, 그 밖에 <떠내려 온 바위>(부래암浮來巖) 등, 전국 도처에 산재해 있는 전설의 거의 대부분이 이와 같은 단일 모티프로 이루어진 것이다. 전설 중에는 물론 여러 개의 모티프가 혼합되어 있는 경우도 없지 않으나, 그들은 이미 전설이라기보다 민담적인 범주에 속하는 것이라 할 수 있다. 또한 경우에 따라서는 민담의 끝부분에 전설의 설명적 요소가 첨가되어 민담이 전설처럼 보이기도 하나, 이들은 근본적으로 민담의 장르에서 다루어져야 할 것으로 생각된다.

전설은 단일 모티프로 이루어져 있어서 기억하기도 용이하고, 구성이 단순하여 끊임없이 구구 전승되어 갈 수가 있다. 이른바 본격 민담과 같은 복잡한 구성을 지닌 구비 전승은 특수한 이야기꾼에 의하여 전승되는 수가 많지만, 전설은 역사에 대한 관심을 갖고 있는 사람이라면 누구나 쉽게 기억하여 구연口演할 수 있다. 그리하여 유사한 전설이 전국 도처에서 전승되고 있는 것이다. 가령 <장자늪> 전설과 같은 형태는 현재까지 학계에 보고된 것만 하더라도 백여 개처에 이른다. 물론 이러한 다른 지역 간의 유사한 전설의 존재가 반드시 전파에 의한 것이라는 확증은 없다. 복잡한 구성을 지닌 민담과 달라서 단일 모티프로 된 전설의 경우는 각개 발생일 가능성도 많은 것이다. 가령 <날개 달린 아기장수>의 전설은 장수의 도래에 의한 이상국 건설을 희구希求한 민중의 신앙에서 쉽게 만들어질 수 있는 것으로 보인다.

그러나 앞서 말한 <장자늪> 전설의 광포성은 전파의 소산임이 분명하다. 비교적 짜임새 있는 모티프의 구성이 그 세부적 사항에 이르기까지 유사성을 보이고 있기 때문이다. 더구나 최근 관광 붐으로 인하여 급조된 전설의 경우는 더 말할 필요조차 없는 것이다. 필자와 근 30여 년 지면知面이 있던 서울 근교 모지역에 '벼락쏘[소沼]'라는 곳이 있는데, 이제껏 들어보지도 못하던 <장자늪> 전설이 결부되어 있는 것을 본 적이 있다. 또한 무주 구천동 아흔아홉(?) 구비를 돌아가며 어느 관광 안내원이 갖다 붙이던 설명은 정녕 이 나라 전설을 집대성한 것으로 생각되어 필자가 쓴웃음을 지었던 경험을 가지고 있는 것이다.

한편 전설의 범주 중에 인물 전설이라는 것이 있다. 이것은 역사상 유명한 인물의 행적에 대한 이야기인 것이다. 이러한 인물 전승을 전설의 범주에 배속시키는 것은 잘못이라 생각된다. 전설을 판별해 주는 구체적 증거물도 없거니와, 흔히 동일 내용의 이야기들이 각각 다른 인물들과 결부지어 설화되기도 하고, 또한 아예 주인공의 이름을 빼 버린 채 민담으로 전승되는 경우도 많기 때문이다. 똑같은 이야기를 그 행위자의 구체적 이름이 드러나느냐 그렇지 않느냐에 따라 전설과 민담을 각각 달리 분류할 수는 없지 않을까 한다.

사실 모티프의 내용으로 말한다면 전설과 민담의 구별은 무의미하다. 모티프 상으로 보면 이 양자 사이에는 차이가 거의 없기 때문이다. <선녀와 나무꾼> 이야기는 금강산에 결부된 전설로도 전승되지만, 민담으로도 널리 전승된다. 또한 <까치의 보은>(혹은 <까치가 종을 쳐서>)이란 민담은 치악산雉岳山 상원사上院寺의 전설로도 설화된다. 기원적으로 보아 이들의 경우 민담과 전설 가운데 어느 쪽이 선행하는가를 판별할 수 없다. 거듭 말하지만 민담과 전설의 구별을 모티프의 내용에서 찾으려고 하는 것은 무모한 일이다. 민담이나 전설 또는 신화의 모티프 인덱스나 또는 그러한 모티프가 모여서 이루어지는 유형들의 인덱스가 각각 따로 존재하지 않고, 하나의 설화 인덱스 안에 내포되어 있다는 점은 이러한 사실을 반영해 주고 있는 것이다.

전설이 민담과 다른 현저한 특성 중의 하나는 그 비극적 결말에 있다. 이것은 민담의 주인공이 초인적 능력을 보여주는 데 반하여 전설의 주인공은 너무나 인간적이기 때문이다. 그리하여 민담의 주인공은 자신의 능력이 없으면 원조자의 조력에 의해서 난관을 극복하고 행복을 성취하지만, 전설의 주인공은 난관을 극복하지 못한 채 늘 좌절해 버린다. 다음 이야기는 충남 보령군保寧郡 웅천면熊川面 독산리獨山里에서 채집한 것이다.

충남 보령군 웅천면 독산리 뒤편 바닷가에는 두 쪽으로 쪼개져 있는 둥근 큰 바위가 있다. 그 옆에 약 500미터 떨어진 곳에 동굴이 있는데, 예전에 한 노파가 바닷가엘 다녀오는데 동굴 안에서 짐승의 울음소리가 났다. 그래서 그 속을 들여다보니 한 마리의 말이 울고 있다가 노파의 인기척을 알아차리고 동굴 속 깊숙히 도망갔다. 한데 이상한 것은 그 후 동굴 근처에 있는 둥근 돌이 하루하루 자라나는 것이었다. 처음에는 물속에 잠겨 있더니 차차 커져서 물 위로 나오게 되었다. 이 이야기가 동네에 퍼지고 관가에까지 알려지자, 당시 마음이 좋지 못한 고을 원님은 이 돌이 큰 장군이 태어날 징조라는 걸 예감하고 빨리 깨버리라고 명령했다. 그래서 돌을 깨 보았더니 그 속에서 날개가 나 있는 아기가 나왔다. 마지막 깃이 미처 나지 않아 날지 못하는 아기를 원님은 죽여 버리라고 명령했다. 그 아기가 죽은 후 동굴 속에서 말이 뛰어나와서 발광을 하다가 돌에 머리를 부딪쳐 죽었다. 이 말은 하늘에서 내려온 말(천마天馬)이었는데 장차 나라를 다스릴 예정이었던 아기가 죽어 버리자 자기도 따라 죽은 것이었다. 그 후부터 이 동굴을 '말구멍'이라고 부르기 시작했다.[1]

역설적으로 들릴지도 모르나 '새 시대'에 대한 민중들의 갈구渴求를 이와 같은 설화 속에서 엿볼 수가 있다. 현실에서는 결코 민담에서와 같은 행복스런 상태가 일어나지 않는 것이다. 물론 민담에도 매우 드문 예로서 비극적 결말을 가진 것이 있긴 하지만, 그것은 문학적 재창작의 결과로 보인다.

똑같은 <아기장수>라 하여도 초인적 능력으로서 적대자를 굴종시키고 장래를 예견할 수 있는 민담의 <아기장수>에 비하면, 윗이야기에서와 같은 아기장수의 능력은 너무나 약소하고 제한적이어서 결과적으로 전설의 주인공은 일상적인 인간의 테두리를 벗어나지 못하여 비극이 초래된다. 일상적인 인간의 능력의 범위를 벗어나지 못하는 전설의 주인공은 흔히 비정非情을 저지를 수밖에 없기 때문이다. <에밀레종> 전설에서는 자신의 아기를 끓는 물속에 던져 버렸고, <오뉘 힘내기> 전설에서는 철저한 남아선호주의의 결과 딸편을 희생시켰다. 유명한 <김유신金庾信과 천관녀天官女> 이야기에서 실책을 범한 것은 참살斬殺된 애마가 아니라 오히려 김유신 자신이었다. 그는 자신의 실책을 애마에게 전가하여 애마를 참살하게 되는 결과를 초래되는 바, 이와 같은 결과는 <용마총龍馬塚> 전설에서도 찾아볼 수 있다. 말의 주인은 화살보다 빨리 달린 용마를 화살

---

1) 장덕순・조동일・서대석・조희웅 공저, 『구비문학개설』(일조각, 1971), p. 251.

보다 늦은 것으로 착각하고 죽여 버렸던 것이다. 요컨대 이들 이야기 속에서는 인간의 비정함으로 인한 비극이 초래되고 있는 것이다.

전설이 역사적 사실과 결부되고 있다는 데에서 전설은 늘 역사와 착종錯綜된다. 기록된 문헌 자료가 희귀한 경우일수록 구비적 자료는 역사 속으로 유입된다. 사실 전설로 구전되어 오던 전통이 참역사로 확인되는 일도 그리 드물지 않다. 이러한 특성으로 인하여 희랍이나 로마의 전설을 통하여 많은 역사가 확인될 수 있었듯이, 우리나라의 대왕암大王巖의 전설에도 전설에 반영된 역사적 사실들이 단순히 전설에 그치지 않고 실재하였다는 역사적 사실이 밝혀지기도 했던 것이다. 그러나 『삼국유사』와 같은 문헌 속에 풍부히 거두어져 있는 설화적 자료들이 역사적 사실을 반영하고 있기 때문에 중요한 것이 아니라, 근본적으로 인간의 문학적 소산이기 때문에 중요하다는 사실도 잊어서는 안 되겠다.

● **참조 원고**
『성대신문成大新聞』 797(1979. 8. 28).

3. 탄생설화와 상징

1)

원시인들은 물이 생명력을 가지고 있으며, 모든 생명은 물에서 탄생되었다고 생각하였다. 그리하여 그들은 물을 만물의 근원이요 여성의 상징으로 보았다. 대부분의 민족에 있어서 창세신화가 원수原水 혹은 세계홍수에서 시작되고 있음은 이를 잘 반영해 주고 있다.

태초에 하나님이 천지를 창조하시고 세상은 물로 가득하였다. 물에서 다시 땅이 나타나고 땅은 풀과 씨 맺은 채소와 각기 종류대로 씨 가진 과목을 내었고 조류도 태어났다. 한편 물에서는 물고기가 번식하였다(『구약성서』, 창세기). 『일본서기』에도 이와 유사한 이야기가 실려 있고 그리스와 남북구 신화에도 그러하다.

그런데 우리나라에는 창세신화라 할 것이 그다지 남아 있지 않고, 다만 단편적 부스러기만 남아 있다. 가령 '대홍수 후에 형매兄妹만이 남게 되자 할 수 없이 결혼하여 인류의 조상이 되었다.'든지, '선문대할망이 다도多島를 만들었다.'든지, 또는 '거인의 배설물이 산천을 이루었다.'든지 하는 따위의 이야기들이다. 또한 충북 영동군永同郡 영동읍 소화산맥小樺山脈 정상에는 대홍수 때에 배를 매었었다는 말뚝이 이야기로 전해지고 있다.

그러나 이와 같은 것들은 극히 단편적인 설화에 불과한 것으로 원수原
水에 의한 탄생을 명확히 말해주고 있지는 못하다. 그보다 <탈해>, <남
평문씨 시조南平文氏始祖>, <봉가지奉哥池>, <파평윤씨 시조坡平尹氏始祖>
전승 같은 것들이 원수 탄생의 면모를 살펴보는 데에 더 좋을 것으로 생
각된다. 이 인례引例들에서 물은 생명을 실어 나르고 탄생과 관계한다. 여
기에서 물은 말하자면 여성 상징이다.

프로이트는, "인간의 조상을 포함한 모든 육서陸棲 포유동물哺乳動物은
수서동물水棲動物에서 진화해 왔을 뿐만 아니라, 모든 포유동물이나 인간
도 그 생명의 제1단계는 물, 즉 태아로서 모체의 양수 속에서 생활하고
출생과 더불어 물속으로부터 나왔다."고 하고 있다.[1]

물이 생명력을 지니고 있음은 <생명수 찾기> 이야기에서도 추출해 낼
수 있다. 이 이야기들의 대체적인 줄거리는 어떤 히어로(우리 설화에서는
효자인 경우가 많다.)가 먼 곳에 있는 샘으로 생명수를 떠오려고 길을 떠
나서, 중도에 갖은 시련을 극복하고야 목적을 달성한다는 내용이다. 그
물에 내재하고 있는 생명력 또는 주력呪力으로 사자死者는 생명을 되찾고,
병자는 건강을 회복하고, 노인은 젊음을 되찾는다. 이러한 생명수 찾기의
가장 전형적인 설화로 <바리공주> 이야기를 들 수 있다. 또한 <지하국
대적퇴치> 설화에서도 물이 힘을 주며, 제주도 설화 <녹일국정명수>는
부모의 병을 치유治癒시킨다.

이러한 물에 대한 원시신앙은 하천 숭배, 천정泉井 숭배로 발전한다. 그
러므로 민간신앙에서 물은 생명력을 가진 것으로 숭앙된다. 아키바 다카
시[추엽륭秋葉隆]는,

성모전설聖母傳說이 산신의 신앙을 중심으로 하는 데 대해서, 사희捨姬
(필자 주 : 바리공주)의 전설을 금일 아직도 조선 민속에 있어서 신앙의
대상으로 되어 있는 약수를 중심으로 하는 것이어서 전자가 산로山姥(산

---

1) 프로이트 / 이용호李庸護 역, 『정신분석학입문』(백조출판사白潮出版社, 1959), p. 202.

마누라)를 받들고 있듯이, 후자는 수구水嫗(물할머니)를 받들고 있는 것이다. 우리는 현재 반도의 각지에 약수라 불리는 저명한 영천靈泉이 존재하는 것을 볼 수가 있다.[2]

고 하고 있다.

2)

전항의 인례들과 <김알지> 설화는 상자[궤櫃] 혹은 그것의 대리물로써 생명 탄생이 이루어지고 있다. 이러한 표함 설화漂函說話들에서 상자 속에는 생명의 비밀이 있고, 상자는 하나의 생명체로서 신성 중의 신성이었다. 즉 상자 속은 따뜻하고 어둡고 그리고 자극이 없는 상태를 의미하며 그러므로 적어도 태어나기 이전의 상태, 즉 태내 생활을 상징한다고 보인다.

프로이트는 성 상징을 논하는 자리에서 여성 상징으로 다음과 같은 것을 제시하고 있다.

(1) 구멍, 우묵한 곳, 동굴, 항아리, 병, 상자, 궤, 트렁크, 주머니, 배[선船] : 속에 물건을 넣을 수 있는 공간을 가지고 있는 물건은 여성기 상징

(2) 찬장, 난로, 방, 솥 : 자궁 상징

(3) 문짝, 대문, 신, 슬리퍼, 마당 : 여성기 상징

(4) 목재, 종이 등속의 원료와 그 원료에 의해 제조된 솥, 책상, 책 등도 여성상징. 또 신체의 부분 중 입이라든지, 건물 중 교회 · 예배당도 여성 상징. 기타 흰 속옷, 리넨 등도 동류同類

(5) 사과, 복숭아 같은 과일은 유방 상징 : 유방도 여성기의 일부로 보아야 한다.

(6) 보석 상자 : 여성 상징

---

2) 아카마쓰 · 아키바, 『조선무속의 연구朝鮮巫俗の硏究』 하, p. 9.

(7) 꽃·화초는 여성기 상징. 특히 처녀성 상징 : 꽃은 식물의 성기

(8) 물

(9) 시나 신화에서의 도시, 성채城砦, 누각, 요새要塞는 여성 상징[3]

한편 존·뉴턴John Newton에 의하면 여성 상징의 구체물로서 초승달, 어둠, 물과 물의 상징물, 삼각형(특히 정점을 밑으로 한), 요니Yoni, 물을 퍼붓기 위한 그릇이나 컵, 반지 혹은 반지와 같이 생긴 물건, 달걀, 마름모꼴, 좁은 틈, 자연적이건 인공적이건 아치arch나 출입구, 보트나 배, 열매를 가지고 있는 나무, 새끼를 데리고 있는 염소, 물고기, 많은 씨를 가지고 있는 열매(석류나무 같은 것), 조개껍질, 동굴, 정원, 샘, 정자Bower, 장미, 무화과 등등을 들고 있다.[4]

또한 프로이트에 의하면 영어의 'box'는 독어의 'büchse'(그릇·상자)에 유사하고 통속적으로 여성기는 'büchse'로 불린다고 한다. 그렇다면 우리의 표함漂函 설화들에서 '상자 속의 아이'란 즉 자궁 속의 태아를 의미하지나 않을까? 언어학자들은 'Schiff(배)'는 원래 흙으로 만든 그릇의 이름으로, 'Schaff(통)'와 똑같은 낱말이라고 한다.[5] 그러므로 국어에 있어서 배[선船]와 배[복腹]가 동음이의어임도 어떤 시사를 주는 듯하다. 하여튼 이러한 예들로 미루어서도 한국 설화 중에 많이 등장하는 '표함 모티프'의 상징적 의미를 읽을 수 있으리라 생각된다.

---

3) 프로이트 / 이용호 역, 『정신분석학입문』, pp. 196 ff.

4) Sanger Ⅱ Brown, *The Sexworship and Symbolism of Primitive Races* (Boston : Richard G. Badger, 1916), pp. 39~41 passim.

5) 프로이트 / 이용호 역, 『꿈의 해석』 상(백조출판사, 1961), p. 189.

3)

똑같은 탈해왕 전승에 대한 『삼국유사』와 『수이전殊異傳』의 기록 사이에는 후자가 '난생'이란 점에 특징이 있다.

> 남해왕 때에[남해왕시南解王時] …… 배 가운데 궤짝 하나가 있었는데 [舡中一櫝子] …… 조금 있다가 열어 보니 단정한 남자가 있었다(俄而乃開見 有端正男子).6)
>
> 용성국 왕비가 커다란 알을 낳았다(龍城國王妃生大卵) …… 남자아이가 있어, 스스로 '탈해'라고 했다(有童男 自稱脫解).7)

여기서 궤와 알[란卵]이 앞에서 말한 바와 같이 여성 상징임은 물론이다. 그런데 알은 모체의 양수羊水를 지니고, 궤에 비해서 그 성적 생명력은 더욱 분명하다. 우리의 고문헌에 있어서 난생설화가 상당수 있으니, '주몽', '혁거세', '탈해', '알지', '6가락왕六駕洛王' 등이 그것이다.

'알'은 인류의 의식 속에서 오랫동안 지구나 생명 자체 혹은 영혼의 거처를 상징하고 있는 것으로 생각된 듯하다. 얼핏 보아 생명이 있을 것 같지 않은 딱딱한 껍질 속에서 어린 생명이 태어나는 것이 원시인에게는 커다란 경이요 신비일 수밖에 없었을 것이다. 그들의 단순한 생각으로는 인간도, 아니 더 나아가서 창조주도, 이 우주도 역시 그와 같이 '세계란世界卵 world egg'에서 생겨났으리라고 유추하였음에 틀림없다. 『삼국유사』를 비롯한 각종 문헌에 실려 전하는 난생계의 설화가 이를 방증하여 주는 것이리라.

알과 연계되어 '구슬'이 생명력을 가지고 설화 속에서 등장하는 예도 허다하다.

---

6) 『삼국유사』 권1, 제4탈해왕.
7) 『수이전』 일문逸文(『삼국사절요三國史節要』 권10).

> 도선의 어머니 강씨의 꿈에 어떤 사람이 구슬 한 개를 주며 삼키게 하
> 여 마침내 아이를 가졌다(道詵母姜氏夢 人遺明珠一顆 使吞之遂有身).[8]
> 명랑법사는 처음에 그 어머니가 꿈어 푸른 구슬을 삼키고 잉태하였다
> (明郎初母夢 吞靑色珠而娠).[9]

등은 설화의 예요, 고전소설 <박씨전>·<권익중전權翼重傳> 들은 이름
만 들어둔다. 이들에서 구슬이 탄생의 전조前兆가 되거나 힘이 되거나 한
다. 좀 더 나아가서 '아기구슬'의 탄생을 보면 구슬이 가지는 성적 상징
은 더욱 분명해진다. 즉 <금방울전>의 구슬 탄생은 말할 것도 없이 생명
력을 가지고 태어난 것이다. 이것이 어느 일정한 시기에 이르면 인간의
탄생에 이르는 것이다. 마치 뱀이 껍질을 벗고 인간으로 탄생하듯이.

그런데 비록 구슬의 경우는 아니나, 이와 유사한 물체를 삼키고 회임懷
妊하는 설화들이 많이 존재한다. 우리는 앞서 존·뉴턴이 나열한 수다한
상징물 가운데서 '열매를 가진 식물이 여성 상징으로, 또는 프로이트가
과실을 여성기의 상징으로 간주하였던 것을 기억하고 있다. 왕선겸王先謙
의 『동화록東華錄』에,

> 천녀 셋이 있어, 맏이는 은고륜이요, 다음은 정고륜이요, 그 다음은 불
> 고륜이라 하였는데, 연못에서 목욕을 하였다. 목욕을 끝내자 신작이 말하
> 기를, "붉은 과일을 막내의 옷에 놓아두었다."라고 했다. 그것을 막내가
> 입 속에 물었더니 갑자기 뱃속으로 들어가고 드디어 아이를 갖게 되었다
> (有天女三 長恩古倫 次正古倫 次弗古倫 浴於池 浴畢 有神鵲曰 朱果置季氏衣 季女含口中
> 忽已入腹 遂有身).[10]

이라 한 것이라든지, 또 『동국여지승람』에 '최씨의 딸이 뜰 가운데에 있
는 척여尺餘의 오이를 먹고 임신하여 아들을 낳으니 이가 곧 도선道詵이

---

8) 『대동운부군옥大東韻府群玉』 권3, '주珠', 몽탄명주夢呑明珠.
9) 『삼국유사』 권5 신주神呪 제6 명랑신인明郎神印.
10) 『동화록東華錄』

다.'라 한 것과, 『화순읍지和順邑誌』 고적조에 전하는 진각국사眞覺國師 탄생설화들은 모두 그러한 예들이라 할 수 있겠다.

난생설화와 연관하여 일·월·성의 숭배가 전 세계적으로 성행되었던 증거가 있다. 고대 인도의 디아우스는 튜톤족의 티르, 고대 이탈리아의 유피테르, 그리스의 제우스, 로마의 주피터에 대응되는데, 이들은 모두 광명신들이다. 또한 이집트의 라, 페니키아의 바르, 앗시리아의 아슈르, 그리스의 헬리오스(후기의 아폴로) 같은 태양신이나 잉글랜드의 스톤헨지, 중미 및 페루의 태양 숭배도 너무나 잘 알려진 것이다. 일본의 아마테라스 오미카미[천조대신天照大神]도 태양신이다. 몽고에도 태양 내지 천신 숭배가 역시 그러하여 몽고의 환웅이라 할 만한 게세르 보그도는 하나님의 열셋째 아들이라 한다. 『사기』 흉노열전匈奴列傳에 '선우가 아침에 영문을 나서서 갓 떠오르는 해에 절을 하고 또 저녁에 달을 향해 절을 했는데, 절을 하기 위해 앉는 자리는 왼쪽으로 길쭉하며 북향이었다.'(單于朝出營 拜日之始生 夕拜月 其坐 長左而北鄉)[11]고 하였다. 터키족도 태양을 '빛의 아버지'라 하여 숭배하며, 터키족인 야쿠트족도 태양 숭배를 한다고 한다.

일찍이 육당六堂은 '단군'이 무당의 일명인 '당굴 / 당골'의 사음寫音이고, '당굴'은 몽고어 'Tengri'(천天·배천자拜天者)와 공통된 말이며, 마한 여러 나라의 신읍神邑의 우두머리인 '천군天君'도 이와 마찬가지의 말이라고 한 바 있다.[12] 또한 '밝사상설'을 제창하여 '환桓 = 광명 = 한울(하늘)'로서, 단군신화의 '환국桓國'은 곧 천국이요, 천주天主는 곧 하느님으로, 태양 숭배의 발로라 보았고, <박혁거세 신화>도 '혁거세赫居世 = 불구내弗矩內 = 밝안의 아이 = 해의 아들(일자日子) = 천자天子'의 설을 주장하였다. 이 이른바 '밝사상설'은 이후 우리 신화 해석의 주류를 이루어 많은 학자들이 동조하여 왔다.[13] 한편 <연오 세오延烏細烏>의 전승도 태양신화계일

---

11) 『사기史記』 권110, 흉노열전匈奴列傳 제50.

12) 최남선, "불함문화론不咸文化論", 『조선급조선민족朝鮮及朝鮮民族』 1(1927). 『육당최남선 전집』 2, 한국사 Ⅱ : 단군 고조선 기타(현암사玄岩社, 1993, p. 60 및 p. 157 참조).

가능성이 많을 것으로 생각된다.

그러면 태양은 왜 이같이 많은 민족의 숭앙의 대상이 되었을까? 태양은 만물의 발아發芽, 생명의 근원이며 생명력의 원천이다. 그러므로 일광의 명멸明滅, 생소生消에 의하여 초목 군생群生이 싹트고 생장하여 사멸하고, 죽음의 겨울이 지나가고 삶의 봄이 오며, 또 낮과 밤이 교체하는 등의 여러 현상에서 원시인은 생명력, 재생력을 감지하였을 것으로 추정된다. 요컨대 인류의 선조는 태양에 절대 지고력至高力을 부여하였으며, 태양 즉 일광에게 수태력授胎力이 있다는 것을 믿었던 그들은 인간도 태양에 의하여 회임할 수 있다는 사고에까지 이르렀을 것으로 간주된다.

고구려의 국모 유화는 일광으로 잉태하였으며, 보조국존普照國尊은 '해가 뒤쪽으로 들어오고 빛이 배에 비친 지 3일이 지나서 잉태(日輪入尾 光射于腹者 凡三夜 因而有娠)'되어 태어났다. 손진태의 『조선민담집』(p. 107)에도 일광에 의하여 잉태하는 민담이 수록되어 있다. 또한 『고사기』 중권 응신기應神記)에는 신라의 왕자 '천일지모天日之矛'(아메노히보코[천일창天日槍])의 아내도 일광에 의해 임신을 한 것으로 되어 있으며,14) 도요토미 히데요시[풍신수길豊臣秀吉]도 일광으로 인하여 태어났다는 전설이 있다.15)

'일륜입회日輪入懷'하는 태몽으로 탄생한 예는 고려 때의 김이金怡나 조인규趙仁規가 그 대표적 문헌 설화의 예지만(『고려사』 참조), 이러한 태몽 설화의 이야기는 지금까지도 민간신앙 속에 널리 퍼져 있어 귀자 탄생을 예언해 주고 있다.

해와 마찬가지로 달도 어떤 생명력을 지니고 있음을 본다. 달은 그 끊임없는 영측盈昃으로 인하여 원시인들에게 끊임없는 생명력을 느끼게 하고, 인력引力으로 인한 조수현상에서 물과의 끈이 연결되고, 나아가서 여성의 주기적인 생리현상으로 이어져, 달은 곧 여성 상징으로 간주되었다.

---

13) 윗책, "단군론" 및 "아시조선兒時朝鮮" 등(전집 2, pp. 173~174 등).
14) 『고사기古事記』 중권 응신기應神記.
15) 나카지마 에쓰지[중도열차中島悅次] 역, 『고사기 평석古事記評釋』.

그러므로 달은 원시인에게 있어서 여성 신이었다. 아메리카 인디언의 경우에 달은 곧 물의 여신이었으며 해의 아내였다. 우리 민속에서 정월 상원야上元夜에 우물에 비친 달에 빌어서 그 달을 용란龍卵 삼아 아기를 낳게 되는 것으로 믿고 그럼으로써 '노용란撈龍卵'의 행사가 행해졌던 것도 달의 생생력을 나타내 주는 일례일 것으로 생각된다.

한편 원시인들은 푸른 하늘에서 꺼지지 않고 빛나는 별들에서도 신비적인 생명력을 감지하였다. 우리의 많은 설화들이 별을 품고 잉태한다는 태몽을 보여주고 있음은 그러한 본보기가 아닐까 한다.

● 참조 원고

"Phallicism과 Sex-worship", 『우리문화 월보』 48(우리문화연구회, 1969. 9)을 바탕으로 『국민대학보』 216(1976. 9. 15)에 게재.

4. 귀신의 정체

　우리는 흔히 '죽음'의 상태를 일컫는 말로 '얼이 빠졌다'·'넋을 놓았다'·'혼이 나갔다'라는 표현을 쓴다. 제 정신이 아닌 상태를 일컬어 '신이 씌웠다'라 하기도 한다. 이로써 보면 '넋'·'얼'·'혼'·'신' 따위는 무언가 우리의 정신 상태나 삶과 깊은 관계가 있음이 분명하다. 삶과 죽음에 따라 있다가도 사라지며 사라졌다가도 다시 나타나 육체와 정신을 맘대로 드나드는 것, 도대체 이들의 정체는 무엇일까? 물질인 것 같으면서도 정신인 듯도 하고, 경우에 따라서는 의인화하여 사람의 꿈속에 들어와 보일 수도 있고, 혹은 현실 속에 나타나 보일 수도 있는 것, 이것이 바로 '귀신'이 아닐까?

　우리가 일상생활 속에서 종종 접하게 되는 '귀신'이라는 말에는 상당히 다양한 의미가 내포되어 있다. 그것은 일반적으로 사령死靈뿐만 아니라 경우에 따라서 신적인 존재, 혹은 사물의 정령에 이르기까지 매우 광범위한 개념을 지칭하는 말이다. 따라서 '귀신'의 개념을 정확히 파악하기 위해서는 우선 그 유의어들의 뜻을 살펴볼 필요가 있다.

　우리 언중言衆은 '귓것'이나 '넋'·'얼'과 같은 순수 국어 어휘도 사용하지만, '귓것'은 물론 '귀鬼의 것'으로 국어와 한자어의 합성어이다. 흔히 '넋'이나 '얼'보다는 '귀신'·'혼령'·'혼백'·'신령' 따위의 한자어를 더 많이 사용하는 듯하다. 한자 어휘 속에 들어 있는 귀鬼·신神·혼魂·백魄·영靈 들의 낱자들은 뜻이 공통되는 부분도 있지만 실제로는 상당한 차이가 있다. 따라서 그 각각의 원뜻을 고찰해 봄으로써, '귀신'이란 말의 실체에 좀 더 명확히 접근할 수가 있기 때문에, 먼저 이들의 자원字源을 여러 자전에서 찾아 종합해 보기로 하자.

(1) 귀鬼 : 귀두鬼頭를 상형한 '유甶' 상象에, 사람이 돌아가면(歸, 죽으면) 귀鬼로 되므로 'ㄦ(= 인人)' 자를 더하고, 귀는 음기陰氣로서 적해賊害하는 고로 'ㅿ'(= 사私) 자를 더한 것이다. '귀鬼'와 '귀歸'의 음이 같다는 사실을 바탕으로 양자를 관련시키려는 견해도 있으나, 이는 후세에 덧붙인 말에 불과한 것이라 한다.

(2) 신神 : 성부聲符는 신申. '신申'은 번개가 꺾이며 내달리는 모양을 말한다. 그래서 초기에는 만물을 끌어내는 것, 곧 천신을 가리켰다. 반면 조령신祖靈神 곧 인령人靈은 신과 구별하여 귀鬼라 하다가, 차차 조령의 지위가 상승되어 상제의 좌우에 있다고 여겨지면서 신과 동렬에까지 서기에 이르렀다.

(3) 혼魂(회의會意) : 성부는 '운云'. 운은 운기雲氣를 나타낸 모양이므로, 혼은 운기가 되어 떠도는 것. '운'과 '혼魂'의 소리는 매우 가깝다.

(4) 백魄(형성形聲) : 성부는 '백白'으로 생기를 잃은 두골의 형태, 곧 촉루髑髏이다. 백은 정기를 잃고 백골화한 것을 말한다.

(5) 영靈(회의) : 중간 부분에 있는 세 개의 'ロ(= 둥근 형태의 ㅂ)'자는 원래 축도祝禱의 그릇 모양을 나타낸 것이다. 따라서 윗글자는 '비[雨]'가 내리기를 비는 모양이고, 밑에 있는 '무巫' 자는 글자 그대로 '무당'을 의미한다. 따라서 '영靈' 자의 전체적 의미는 원래 무당이 기우祈雨함을 의미했던 것인데, 후에 이 글자가 '신령의 내림'을 빌 때에도 쓰이게 되자, '신령'을 가리키는 말로 전화轉化하였다.

다음은 중국 고대 여러 문헌에 나타나는 이들 단어들에 대한 설명을 요약해 본 것이다.

(1) 혼백은 '신령'을 가리키는 이름으로, 형形에 붙는 영靈을 백魄이라 하고 기氣에 붙는 신을 혼이라 한다(『疏』：魂魄 神靈之名 附形之靈爲魄 附氣之神爲魂也).

(2) 신이 성한 것이 기요, 귀가 성한 것이 백다. 귀와 혼이 합함은 교敎의 지극한 것이다(『禮記 祭義』：氣也者, 神之盛也, 魄也者, 鬼之盛也. 合鬼與神, 敎之至也).

(3) 기가 펼쳐진 것이 신이요, 기가 굽은 것은 귀다(『正字通』：陽魂爲神 陰魄爲鬼 氣之伸者爲神 屈者爲鬼).

(4) 신은 양이고 귀는 음이다(『淮南子 說山訓』：魄問於魂「注」魄人陰神也 魂人陽神也 ;『說文』：魂[云下鬼字] 陽气也 從鬼云聲「段注」各本篆體作魂 今正 ;『左氏 昭七』：人生始化曰魄 旣生魄 陽曰魂)

(5) 사람이 죽으면 혼백이 귀신으로 되는데, 무릇 사람이 음양의 기운을 갖추면 형을 이루나, 음양이 흩어지면 사람은 죽게 된다. 처음에 사람이 죽기 전에 이미 음이 끊어지고 죽은 후에는 음이 돌아오지 않는다(『正字通』：人死 魂魄爲鬼 凡人具陰陽之氣成形 陰陽散而人死 初死前陰已絶 後陰未來 謂之中陰 通謂之鬼), 사람이 죽으면 혼은 하늘[陽, 天]로 날아오르고 백은 땅[陰, 地 혹은 土]으로 들어가게 된다(『段注』：禮運曰 魂[云下鬼字]氣歸於天 形魄歸於地) ; 혼기는 하늘로 돌아가고 사백은 땅으로 돌아간다. 고로 제를 지냄은 음양의 뜻을 구하는 것이다(『禮記 郊特牲』：魂氣歸于天, 形魄歸于地, 故祭, 求諸陰陽之義也), 중생은 반드시 죽어서 흙으로 돌아가니 이를 귀라 일컫는다. 육체가 땅속에 묻혀 음기가 흙으로 된다(『禮記 祭義』 衆生必死, 死必歸土, 此之謂鬼. 骨肉斃于下, 陰爲野土).

이상에서 살펴본 바를 종합해 보면 다음과 같다. 인간은 육체[신身]와 정신[심心]으로 분리될 수가 있는데, 이 중 육체, 곧 '형'은 가시적인 부분이고, 정신, 곧 '기'는 불가시적인 것이다. '형'에 붙는 영靈을 '백'이라 하고, '기'에 붙는 신을 '혼'이라 한다. 또한 '혼'을 신이라고도 하고 '백'을 '귀'라고도 한다. 그런데 '신'은 '양'이요 '귀'는 '음'이다. 따라서 사람이 죽으면 혼신은 하늘로 날아오르고, 귀백은 땅으로 들어가는 것이다.

음양철학에서 발원된 이러한 귀신론은 우리나라에도 받아들여져 대체로 통용되었다. 여기서 우리 선인들의 귀신론에 대해서 잠깐 살펴보기로 하자.

여말 선초의 사상가였던 정도전鄭道傳(?~1398)은 그의 문집 『삼봉집三峰集』에서 사람의 삶과 죽음을 불과 나무에 비유하여 설명하고 있다. 즉 사람의 태어남은, 나무에 불이 붙듯 백에 혼이 붙어 생기는 것인데, 나무에 불이 붙어 타 버리면 나무가 없어지는 대신 연기는 하늘로 날아오르고 재는 땅에 남게 된다. 마찬가지로 사람도 죽으면 육체는 없어지지만 혼기가 날아오르고 체백은 땅으로 돌아간다. 한번 불에 타 재로 된 나무가 다시 살아날 수 없듯이 사람도 일단 죽어 혼백이 흩어진 후에는 다시 합해져 살아날 수 없다.

조선조 초의 문인 김시습金時習(1435~1493)은 그의 소설 작품인 <남염부주지南炎浮洲志> 속에서 귀신에 대해 대체로 이렇게 설명하고 있다. 천지 우주 만상萬象은 음과 양이라는 두 기운의 활동으로 나타나는 것인데, 이것을 생·사의 두 범주로 나누어, 생의 상태에 있는 것을 사람[인시]이나 물物이라 하고, 죽음의 상태로 된 것을 귀신이라 한다. 그러므로 사람이든 물이든 천지간에 생겨나는 것은 모두 그 사후에 귀신이 된다. 단지 음양 합산이나 신굴선울伸屈宣鬱에 따라, 속히 흩어져 자취 없이 사라지거나 혹은 오래 흩어지지 않고 응결하여, 위에 있는 것은 올라가서 신명이 되고 아래 있는 것은 내려가서 각종의 요마와 정령이 된다. 어찌하여 울결鬱結해서 인·물에 섞여 물처物處에 의탁하여 생겨나는[탁생托生] 것이라도, 필경은 흩어지고 없어져 영구히 멸하지 않는 것은 없다. 따라서 영靈은 죽은 후에 일정 기간 존재하지만, 절대로 불멸하는 것은 아니다. 이처럼 김시습은 자신의 작품을 빌어 귀신 멸실론과 아울러 탁생론托生論을 주장하였다. 나아가 그는 같은 작품 속에서 귀신의 빙의론憑依論 및 지옥과 영구 윤회 부재론에 대해 설명하고, 제사는 귀신을 경원敬遠하려는 의례에서 비롯된 것이라는 설명을 덧붙였다. 다음은 그의 빙의론을 간추린 것이다.

　귀신은 모두 천지의 조화로서, 음양의 두 기가 합해 이루어진다. 기가 펼쳐지는 것은 신이 되고 펼쳐지지 않아 울결하는 것은 요가 되므로, 본체로 보면 귀신이나 요마妖魔는 별개가 아니다. 그리하여 사람은 죽은 후 귀신이 되었다가도 필경은 흩어져 없어지게 마련이다. 다만 원혼冤魂이나 횡귀橫鬼처럼 죽음을 얻지 못하고 기를 펼 수 없었던 것이 혹은 무녀의 입을 빌려 자신의 바람을 말하거나 혹은 사람에게 씌워 원한을 호소하기도 하지만, 죽은 후 지옥에서 괴로움을 당한다는 일은 있을 수 없다.

　조선조 후기의 실학자 이익李瀷(1681~1763)은 『성호사설星湖僿說』에서 귀신에 대한 매우 정세한 고찰을 하였다. 이를 요약하면 다음과 같다.

　귀는 음의 영靈이고 신은 양의 영이다. 그런데 원래 음과 양은 같은 기의 왕래에 지나지 않아 기가 펴지면(신伸, 왕往) 신이 되고, 기가 쇠하면[귀歸] 귀가 되는 것이기 때문에, 결국 신과 귀는 본체에 있어서 하나인 것이다. 무릇 이 세상 모든 것에 기가 없는 것은 없다. 만물은 기의 정영精英이 뭉쳐서 이루어진다. 『역易』에도 "정기가 물物을 이룬다."라고 했다. 같은 책 전傳에 '처음 화하는 것이 백'이라 했는데, 백은 음이다. 음으로써 형이 이루어지고, 형이 생기면 백도 그 가운데 존재하게 된다. 양은 음에서 생긴다. 양기의 정영을 '혼'이라 한다. 따라서 백이 있으면 혼도 있게 마련이다. 이 혼백이 합해서 눈과 귀의 총명, 입과 코의 허흡噓吸 및 인간의 허다한 정신과 근력筋力을 이루게 된다.

　사람이 늙어 죽으면 우선적으로 양기가 흩어진다. 이 흩어진 혼기가 천지간에 있게 된다. 마치 화롯불이 꺼져도 온기가 실내에 남아 있는 것과 같다. 그 융결融結이 굳거나 덜함에 따라 빠르고 더딘 차이는 있겠지만, 결국에는 흩어져 사라지게 되고, 영원히 남는 것은 없다. 이 흩어진 것이 하늘로 날아오른 것, 곧 양을 '신'이라 하고, 땅으로 갈아앉은 것, 곧 음을 '귀'라 한다. 신이 기보다 성하거나 반대로 귀가 백보다 성한 것은 마치 물物이 기器보다 성하여 넘침과 같은 것이다. 따라서 귀신은 인간에게만 있는 것이 아니라, 산 것은 모두 귀와 신으로 이루어지는 것이다. 왜냐하면 산 것은 반드시 죽게 되는데, 죽을 때에는 그 음양의 정精이 귀와 신으로 되기 때문에 만물이 귀신으로 된다고 할 수 있다.

지금까지 중국과 우리나라에서의 '귀신'에 대한 관념을 간략히 살펴보았다. 그 밖에도 오늘날 일상생활 속에서 '귀신'이란 어휘와 더불어 종종 착종되어 사용되는 어휘로는, '영혼'·'유령'·'정령'·'요정'·'요괴' 따위가 있다.

영혼 혹은 혼령은 귀신과 별 구별 없이 거의 같은 개념으로 사용되고 있는 낱말이다. 하지만 일반적으로 이것은 동물 특히 인간의 사령을 가리키는 말로 쓰인다. 영혼은 사람의 체내에 있으면서 체내의 초자연체를 다스린다고 한다. 그리하여 미개인들은 사람의 죽음은 영혼이 육체를 떠나 밖에 거주하게 된 결과이고, 꿈은 영혼이 잠시 육체를 떠났을 때 생기는 현상이라 믿었다. 그리고 인류가 무덤을 만들기 시작한 것도 사람이 죽은 후에도 영혼이 남아 있으리라는 믿음에서 생겨난 것이다. 그러나 사후 영혼의 향방에 대한 생각은 매우 다양하여, 영혼이 밑으로 내려가 일정한 장소에 머문다고 믿거나, 혹은 다른 생물에 의탁하여 다시 태어난다고 믿거나, 혹은 이승에서 행한 선악의 결과에 따라 각각 하늘과 지옥에 이르러 영생을 하거나 벌을 받기도 한다고 믿었으며, 혹은 세상을 오랫동안 정처 없이 떠돌기도 한다고 믿었다. 이처럼 '떠돌아 다니는 영혼' 혹은 '어둠에서 출몰하는 영혼'이 곧 유령이다. 유령은 주로 제사를 받지 못한 사령, 혹은 이 세상에 원한이 남아 타계에 안주할 수 없는 원령怨靈이다. 가끔 현실 속에서 유령을 만났다는 사람이 있기도 하지만, 이는 실제라기보다 환상이나 착시 현상일 것으로 여겨진다.

영혼에 비해 정령은 대체로 식물이나 사물의 경우에 한하여 사용되는 낱말이다. 예컨대 버드나무 귀신이라든가 쇠붙이 귀신, '이야기'의 귀신들이 그러하다. 이런 정령들은 대체로 오래 묵은 것에 깃든다는 공통 특징이 있다. 정령은 신과 인간의 중간에 자리잡고 있는 초자연적 존재이기 때문에 신통력을 가진 경우가 대부분이다. 심성적으로는 선량한 것이 있는 반면 악한 것도 있어, 선한 것은 인간에게 도움을 주지만, 악한 것은 인간에게 해를 끼친다.

요괴는 사건 자체를 가리키기는 말이기도 하지만 피조물로서 나타나는 경우가 많다. 그리하여 요괴는 피와 살을 갖춘 초자연적 괴물로 나타난다. 일반적으로 요괴는 각종 생물이나 무생물들이 어떤 과정을 거쳐 본래 지녔던 정체를 변화시켜 나타나는 것으로 여겨져 왔다. 그리하여 이들은 민간신앙 속에서 공포의 대상이 되기는 하지만, 실제로는 착각이나 환상, 혹은 상상에 의해 구체화되어 이야기 속에서만 등장하는 일이 많다. 도깨비는 우리 민속에 등장하는 가장 대표적인 요괴로, 흔히 귀신과 혼동되기도 하지만, 양자는 사실상 여러 면에서 차이점을 보이는 별개의 것이다.

요정도 귀신과 꽤 비슷한 개념을 가진 것이지만, 이것은 사령과 관계가 없으며, 인간에게 화를 끼치지 않는다. 특히 문학 작품에서 요정은 인간에게 친밀한 것으로 등장하는 경우가 많다. 이런 점으로 미루어 요정은 다분히 문학적 상상력에서 만들어진 피조물로 생각된다. 그러나 외국에서는 요정에 관련된 많은 사례를 찾을 수 있지만, 우리 민속이나 문학 속에 요정이 등장하는 경우는 그다지 찾아볼 수 없다.

'신'이라 하면 대체로 천신天神을 가리키는 경우와 인간의 정령을 가리키는 경우로 나누어 볼 수가 있다. 『정자통正字通』에 "신은 천신으로 만물을 낳게 한다."고 한 것이나 <서호전徐灝箋>에 "천지는 만물을 낳는데, 만물을 주재하는 것이 신이다."라 한 것은 전자의 경우이다. 이런 '천신'의 의미를 따른다면, 우리가 일상생활 속에서 사용하는 '귀신'이란 용어는 '천신'과 '인귀' 혹은 '망령'의 통합 개념일 수 있다. 천신은 그 형상과 거주처가 확실하지 않지만, 이 세상의 최고위자로 인간이나 귀신은 물론 만물을 지배한다는 인격신이다. 어느 사회의 문화에서든 최고 천신의 밑에는 수많은 하위의 특정 신이 존재한다. 하지만 오늘날과 같은 인격신들의 위계 질서가 생겨나기 이전에는 이른바 물신物神 신앙이 있었을 것으로 생각되는데, 이러한 원초적 단계에서 아마도 귀신에 대한 생각이 형성되었을 것으로 생각된다. 원초적 귀신관이 시간의 경과에 따라 차차 고위신의 개념으로 발전되어 가는 한편 여전히 만유에 정령이 존재한다는 생각이 계속되어 갔을 것이다. 초기에는 만물의 정령을 가상하고 나아가 자연에도 귀신이 있을 것으로 생각하여, <손돌바람> 전설이나 여러 성신星神들, 역신疫神이나 아귀귀신, 야광귀 따위의 이야기가 이루어졌을 것이다.

그러나 오늘날 일상생활 중에 사용하는 '귀신'이란 말은 '천신'의 의미를 내포한 것이라기보다 후자, 즉 인간의 정령이란 뜻으로 사용됨이 보통이다. 원래 '귀신'이란 '귀'와 '신'을 아울러 일컫던 말이었지만, 차차 '신'보다는 '귀'에 중점이 두어지게 되어, 오늘날에는 '신'의 원뜻은 소멸되거나 혹은 변화를 일으켜, 다만 '귀'를 가리키는 한정적인 뜻으로써 쓰이고 있는 것이다.

도대체 귀신은 무엇이며 왜 나타나는 것일까? 귀신은 일반적으로 신적 존재, 가족이나 지인知人, 미지인의 셋 중 하나로 나타난다. 이 중 신적 존재는 이야기 속에서 '귀신'이라 불리지만 실은 신적 존재라고 할 수 있다. 예컨대 저승차사나 도선적道仙的 존재가 그러하다. 따라서 귀신은 지인이나 미지인 같은 죽은 자의 넋으로서 산 자에게 도움을 주거나 해를 끼치러 다가온다. 즉 은혜를 갚거나 조력을 위한 것이든가 아니면 원한에 대한 보복으로 위해를 끼치기 위해 귀신이 나타나는 것이다.

우리가 보통 '귀신'이라 하면 무언가 신보다 저급한 것, 왠지 모르게 거리껴지고 피해야만 할 것으로 인식함이 보통이다. 하지만 귀신이 모두 인간에게 해를 끼치는 것만은 아니다. 우리가 귀신을 회피함은 그것이 다만 정처를 찾지 못하고 떠돌거나 되돌아온 죽은 자의 넋으로서, 인간에게 해를 끼치는 악령이란 선입견 때문인데, 귀신 중에는 인간에게 도움을 준다고 여겨지는 선귀도 있는 것이다.

억울하게 죽거나 억울함을 가지고 죽은 귀신을 원혼冤魂이라고 한다. 원혼은 이 세상에 대해 미련을 가지게 마련이므로, 좀처럼 이승을 떠나지 못하고 정처 없이 떠돌아다니다가 자꾸 돌아온다. 하지만 귀신은 인간과 같은 스스로의 행동력은 가지고 있지 못하다. 자칫하면 산 자에게 박축되기도 하고, 영악한 인간에게 속임을 당하기도 한다. 그는 이미 육신을 잃어 버렸기 때문에 인간으로 되돌아갈 수 없다. 때문에 귀신은 산 자에게 나타나 대신 신원伸寃할 것을 하소연하거나, 병귀病鬼로서 인간의 육체에 들어가 산 자를 죽음에 이르게 하기도 한다. 그의 원한은 대개 자신에게 가해진 도덕적·육체적 불명예 때문이거나, 이것에 관련한 억울한 피살, 가족이나 이성에 대한 사랑의 미성취 때문에 생긴다.

귀신이 나타나는 경우는 대체로 몇 가지 유형이 있다. 첫째, 귀신이 나타나는 이유는 사람에게 화를 가져다주기 위해서인데, 귀신은 느닷없이 나타나 산 자를 패가망신시키거나, 곧장 죽음으로 인도하거나 혹은 병기病氣로 침입하여 서서히 죽음에 이르도록 한다. 둘째, 귀신이 꿈 혹은 이와 유사한 비몽사몽의 상태로 나타나, 인간에게 장래의 화복에 대한 예언을 해주며, 그 결과 연명延命을 할 수 있게 하거나, 부귀나 재산 등을 얻을 수 있도록 한다. 셋째, 생전에 미진한 일을 남기고 죽은 귀신 특히 원혼이 나타나 산 자의 힘을 빌려 복수를 한다. 넷째, 귀신이 산 사람처럼 이성에게 접근하여 생전에 못다한 사랑을 나누고 일정한 기간 후에 사라진다. 이러한 예들의 종말에는 어떠한 형태로든 인과응보라든가 보은의 성격이 뚜렷이 수반되는 것이 일반적이다. 그러나 매우 드문 경우이긴 하지만, 어떤 악귀는 까닭없이 무구한 인간을 끝내 파멸로 이끄는 경우도 있다. 이는 다분히 귀신에 대한 경외감 때문에 만들어진 이야기일 것이다. 다섯째, 여느 경우와 매우 다르지만, 귀신이 인간에게 패퇴되어 쫓겨나는 일이 있다. 이때 귀신을 쫓아내는 인물은 초인적 신통력을 가진 영웅적 인물이다. 그는 의도적으로 귀신이라는 존재 자체를 부정하고 귀신과 싸운 끝에 귀신을 물리치고, 귀신의 섬김이 부질없는 짓이라는 교훈을 던져준다. 나아가 그가 실제 인물일 경우 그는 사당을 철폐하여 역사적 모범도 보여준다.

대체로 귀신이 나타나는 때와 장소는 제한적이다. 귀신이 대낮에 제 모습을 드러내는 경우란 아마 문학 작품의 경우가 아니라면 없을 듯하다. 귀신은 꿈이나 야음을 틈타 나타나며 그 출몰 장소도 대개 음습한 곳이다. 특히 무덤이나 상가喪家·흉가 따위가 귀신의 주거처이다. 밤이나 음습한 곳이 귀가 활동하는 시간이요 장소이기 때문에, 귀신은 새벽 동이 틀 무렵이 되면 양계를 떠나야 한다. 귀신은 제 모습을 그대로 드러내는 경우가 드물다. 사령은 생전의 모습을 드러내 보이기도 하지만, 대개는 흐릿한 모습으로 나타난다. 심지어 도깨비불처럼 혼불의 형태로만 보여지기도 하며, 경우에 따라서 형체는 전연 보이지 않은 채 소리로만 들리기도 한다. 귀신은 검은색이나 흰색의 옷을 좋아한다고 한다. 검은색이나 흰색은 '주검'의 색이다.

　귀신 중에는 인간에 대해 매우 호의적이며 은혜를 베푸는 귀신이 없는 것은 아니지만, 일반적으로 귀신은 무서운 것, 거리껴지는 것, 멀리해야 할 것으로 인식되었다. 그리하여 인간은 그들의 범접을 피하기 위한 갖가지 방법을 생각해 냈다. 물론 미약한 인간의 능력으로 귀신을 완전 소멸시킨다는 것은 거의 불가능하므로, 기껏해야 그들의 혐오를 가정하고, 귀신이 가까이 이르지 못하도록 하거나 혹은 쫓아내는 방법을 사용할 수밖에 없었다. 따라서 귀신에 대처하는 민간의 전통적 방식은 대체로 음양론을 근간으로 한 것이 많다.

　민속에 의하면 귀신 특히 사령에게 드리는 제사는 원칙적으로 밤에 드려야 하는 것으로 되어 있다. 귀신은 음기로서 한밤중에만 나타나 어둠 속에서 활동을 하기 때문이다. 따라서 양기인 빛이 나타남으로써 음기인 귀신은 필연적으로 사라지게 마련이다. 이야기 속에 흔히 나타나는 바이지만, 귀신은 '새벽 닭' 소리와 함께 이승을 떠나야 한다. 이 경우 산자와 죽은 자와의 관계가 혈육이나 연인 간이라면 그들의 이별은 너무나 서러운 것이지만, 반대로 적대적 관계라면 새벽이야말로 산 자에게 악귀의 위협에서 벗어날 수 있는 안도의 시각이 되는 셈이다. 그런데 빛은 불에서 나온다. 때문에 귀신은 불빛을 싫어하는 것이고, 역으로 사람은 불로써 귀신을 쫓을 수 있는 것이다. 나아가 불의 색깔은 붉다. 음양론으로써 보아도 불(빛)과 적색은 양에 속하여, 음에 속하는 물과 검은색에 대립한다. 귀신은 불이나 빛을 싫어하고, 붉은색을 싫어하기 때문에, 귀신을 쫓아버리는 데에는 붉은색 식물食物이나, 붉은색 흙, 피 따위를 사용한다. 붉은 글씨의 부적이 이용되기도 하는데, 이는 붉은색이 지닌 주력과 아울러 거기에 쓰인 주문의 위력에 기대려는 심리에서 비롯된 것이다. 주문이나 경문의 염송念誦은 부적이 언어 형태로 변용된 것이다.

귀신을 제어하기 위한 수단으로 소리를 이용하는 방법도 자주 사용된다. 쇠소리[철성鐵聲]라든가 북소리 따위가 귀신을 쫓는 도구로 사용되는 것이다. 음양오행설에 의하면 쇠는 방위로는 서방에 속하며, 색의 성질은 백색이다. 따라서 쇠 자체로 본다면 그것은 귀의 영역에 속하는 것이지만, 귀신을 쫓는데 이용하는 것은 '시끄러운 금속성'이다. 즉 물질 자체가 아니라 소리인 것이다. 칼이나 방울로써 귀신을 쫓는 것도 쇠의 소리를 이용한 것이라 할 수 있다.

또한 귀신을 쫓는 데에는 동남쪽으로 뻗은 나뭇가지, 특히 버드나무나 복숭아나무의 가지가 유용하다, 동쪽은 해가 뜨는 곳이고 양기의 근원이다. 음기로 가득 찼던 겨울이 지나고 봄이 오면 양기가 퍼지기 시작한다. 버드나무나 복숭아나무는 봄이 되면 맨 처음 돋기 시작하는 봄의 전령과 같은 식물들이다. 말하자면 양기가 서려 있는 주물呪物인 셈이다. 때문에 귀신이 이들을 꺼려하는 것이다. 반면 서방은 동방에서 솟아났던 태양이 사라져버리는 방위이다. 말하자면 양기가 사라지고 다시 음기의 세계로 돌아가는 것이므로, 서방은 귀신의 세계라고 볼 수 있다. 인간은 세상에서 태어나 한 생애를 끝낸 후 서방으로 돌아간다. 저승계는 서쪽, 곧 좌左의 세계이다. 때문에 그곳에서는 인간에서와 달리 좌단左袒을 하고, 왼손질을 하며, 밥그릇도 이승과 달리 오른쪽에 놓는 것이다.

오늘날 귀신에 대한 통념은 과학적으로 불신하지만 심정적으로 부정하지도 않는 것 같다. 이제까지 동서양의 수많은 사상가들이 유물론과 유신론, 혹은 음양론이나 귀신론 등에 대해 논쟁을 벌여 왔지만, 그 어떤 해결도 이루어진 바 없으며, 앞으로도 마찬가지일 것으로 생각된다. 애초에 모든 철학적 사고의 결과가 과학적으로 실증될 수 있다고 생각하는 것 자체가 무리일 듯싶다. 영혼의 실재나 그 불멸론의 옳고 그름은 그만두고라도, 정신의 실재를 부정할 수 없는 노릇이고, 아무리 많은 사례를 들어 정교하게 따져 본다 하더라도, 결코 가시적이지 않은 귀신의 정확한 정체를 파악할 수는 없을 것으로 여겨진다.

◉ 참조 원고

『한국학논집』 30(계명대 한국학연구소, 2003. 12).

II. 한국설화의 비교문학적 연구

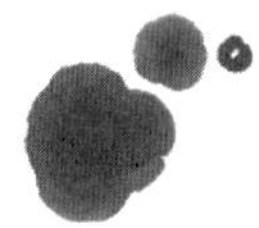

1. 설화와 고전소설

문학의 범주에는 '구비문학'(말로 된 문학)과 '기록문학'(글로 된 문학)이 공존하고 있다. 그럼에도 불구하고 이제까지의 문학사는 거의 기록문학에 치중하여 왔다. 그러나 역사적으로 따져 볼 때 기록문학은 구비문학에 비하여 너무나 역사가 짧을 뿐만 아니라, 기록문학은 구비문학으로부터 끊임없이 필요한 영양소를 섭취하여 왔다. 더구나 기록문학이 시작된 후에도 글로 쓰이지 않은 방대한 양의 노래, 이야기 등이 공존하여 왔다. 그러므로 비교적 짧은 세월 동안에 소수의 독자에 의해 향유된 기록문학보다 그 훨씬 이전에 생성되어 기록문학에 영향을 주어 가며 오랜 세월 동안 민중 속에서 살아온 구비문학에 대하여도 커다란 관심과 주의를 기울일 필요가 있다.

우리 문학사에서는 다음과 같은 이유로 인하여 구비문학이 차지하는 비중이 보다 커져야 할 것으로 생각된다. 우리의 고유 문자가 만들어지기 이전까지 오랜 세월 동안 문학적 표현의 수단으로서 거의 구비문학에만 의존해 왔다는 사실, 그리하여 많은 문학 장르들이 — 예컨대 향가, 고려가요 — 구전되다가 훨씬 후에야 글로 정착되었다. 뿐만 아니라 한글이 만들어진 이후에도 여전히 서민층이나 부녀자층에서는 기록문학보다 구비문학이 더 큰 세력을 가지고 향유되어 왔다. 요컨대, 우리 문학사에서는 기록문학이 구비문학에 크게 의존하고 있어서, 기록문학의 원천으로서 구비문학에 대한 연구는 중대한 의의를 지닌다고 보겠다.

이 글은 그러한 뜻에서 구비문학 중에서도 고전소설에 큰 영향을 미친 설화에 대하여 이야기해 보고자 한다. 문학의 원천으로서 설화에 대한 연구는, 서구에서 비교 문학 또는 신화비평의 주요 대상이 되어 온 지 오래이다. 가령 독일의 <파우스트> 전설은 <파우스트 박사 이야기>(1527)로, 말로의 희곡 <파우스트>로, 레싱의 극이나 괴테의 2부작 <파우스트>(1825)로, 구노의 오페라 <파우스트>(1859)로 되는 등 허다한 작품의 소재가 되어 왔다. 또한 스페인의 <돈 후앙> 전설은 몰리나의 작품 <코메디아>로 되었다가, 치코니니가 다시 각색하여 작품화하였고, 몰리에르도 5막 희극(1665)으로 만든 일이 있으며 바이런, 뮈세, 뒤마, 졸라 등이 또한 취재하였고, 리하르트 슈트라우스의 오페라(1888)까지 나오게 되었다. 물론 우리 문학사에 이처럼 끊임없이 영향을 주어 온 설화를 다 들어 말한다는 것은 상당히 곤란한 일일 줄 믿으나, 다음에 보이려는 예들은 그러한 보기 중의 하나가 될 것이다.

우리 민간에 가장 널리 유전되어 온 민담으로 <지하국 괴물 퇴치> 설화가 있다. 이 이야기와 고전소설과의 관계를 말하기 전에 우선 그 대강의 줄거리부터 소개해 보기로 하자.

(1) 여인이 괴물에게 납치당한다.

(2) 여인의 부모가 재산과 딸을 현상하고 용사를 구한다.

(3) 용사가 등장한다.

(4) 혼자(혹은 부하와 함께) 용사가 출발한다.

(5) 괴물의 거처를 알게 된다.

(6) 지하로 이르는 좁은 문을 발견한다.

(7) 밧줄을 내려 부하들을 차례로 내려 보내려 하였으나 모두 중도에 기권한다. 드디어 용사 자신이 지하국에 도착한다.

(8) 우물가 나무 위에 숨어 있다가 물 길러 나온 여인의 물동이에 나뭇

　　잎을 뿌려 구원하러 왔음을 알린다.

(9) 괴물의 집 문을 무사히 통과한다.

(10) 여인이 용사의 힘을 시험하려 바위를 들어 보게 하였으나 용사가 바위를 들지 못한다.

(11) 여인은 용사에게 '힘 내는 물'을 먹인다.

(12) 드디어 용사가 괴물을 죽인다.

(13) 납치되었던 사람들을 구원한다.

(14) 부하들이 무사를 지하에 남겨 둔 채 여인을 가로채어 가 버린다.

(15) 신령의 도움을 받아 용사는 지상으로 오르게 된다.

(16) 부하들을 모두 처벌하고 여인과 결혼한다.

　이상과 같은 내용을 지닌 <지하국 괴물 퇴치> 설화는 아마도 우리 설화 중에서 가장 복합적인 구성을 가지고 있는 설화 중에 대표적인 것이 될 것이다. 이러한 설화는 이미 완전한 소설적인 허구성을 지니고 있어서 소설로의 이행이 쉬웠으리라고 생각된다. 사실 고전소설 중 상당수가 이 설화를 채용하고 있음을 찾아볼 수 있으니, 가령 <김원전>, <금령전>, <최치원전> 등과 같은 작품들이 그것이다. 또한 『전등신화』의 <신양동기>나, 우리나라의 <홍길동전>, <설인귀전> 등에서도 <지하국 괴물 퇴치> 설화가 사용되고 있음으로 보아 이 설화의 민간 전승은 시간적으로 매우 오랜 역사를 가지고 있으며, 또 공간적으로도 널리 퍼져 있었음을 알 수 있다.

　실제로 이제까지 채집 보고된 사례들은 제주, 부산, 동래, 대구, 홍성, 서산, 춘천, 정평 등등의 전국적인 분포를 보이고 있다. 이 중 정평에서 채집된 것은 <김원전>의 내용과 거의 비슷하고, 부산에서 채집된 것은 <최치원전>의 내용과 유사하다. 이 가운데 <김원전>의 내용을 살펴보면 다음과 같다.

(1) 공주가 괴물에게 납치당한다.
(2) 나라에서 공주를 구할 용사를 구한다.
(3) 용사가 등장한다.
(4) 보물을 얻은 용사는 부하들과 함께 괴물의 거주지에 이른다.
(5) 용사가 괴물을 죽이고 공주를 구출한다.
(6) 부하들이 배반하여 용사를 동굴 속에 남겨둔 채 공주를 데리고 돌아간다.
(7) 동굴 속에서 용의 아들을 구출한 덕으로 용궁에 이르러 용왕의 딸을 아내로 얻는다.
(8) 드디어 용사가 귀환하여 부하들을 처벌하고 공주와 결혼한다.

다음은 <최치원전>의 내용을 살펴보자.

(1) 원님의 부인들이 여러 번 납치당한다.
(2) 새로 온 원님이 비취향 두 개를 만들어 부부가 한 개씩 차고, 또 긴 당사唐絲실로 부인의 발목을 매어 둔다.
(3) 부인이 납치당하자 실끝을 찾아가 보았으나 바위 속으로 들어가 어쩔 도리가 없었다.
(4) 한밤중쯤이면 바위 문이 열린다는 사실을 알아낸다.
(5) 드디어 원님 자신이 지하국에 이른다.
(6) 괴물의 정체가 커다란 돼지란 사실을 알게 되고, 또 사슴 가죽이나 매운 재를 돼지의 콧속에 넣으면 죽일 수 있다는 사실도 알게 된다.
(7) 가죽으로 된 열쇠끈을 침으로 불려 돼지의 몸에 붙여 살해한다.
(8) 부인과 전관 사또들의 부인들을 모두 구한 후 귀향한다.

한편 <홍길동전>에서 홍길동이 '율도국'을 세운 후, 요괴굴에서 요괴를 퇴치하고 그 요괴에게 납치되었던 여인을 아내로 삼는다는 점에서 <홍길동전>도 <지하국 괴물 퇴치> 설화와 유사하다. 또한 <금령전>에서도 주인공 해룡이 머리 아홉을 가진 괴물에게 납치당한 공주를 구출한 후 공주와 결혼한다는 점이 일치한다.

이상의 고전소설들이 내용에 있어서 일부 유사성을 보임은 두말할 것
도 없이 똑같은 소재의 원천으로서 <지하국 괴물 퇴치> 설화를 사용했
기 때문이다.

설화란 민중의 기억 속에서 유전되는 것이니만큼 언제 어디서나 반복
재현될 수 있다. 이것은 마치 땅 밑을 흐르는 샘의 원천에서 비롯된 물이
땅 위의 곳곳에서 솟아나는 것과 같다. 그러므로 설화의 전승은 반드시
한 민족 안으로만 한정되지는 않는다. 경우에 따라서는 민족과 국경을 초
월하여 전 세계로 전파되어 나가는 것이다.

세계적인 분포를 보이고 있는 설화 중에는 이른바 '괴물 퇴치 설화'유
형도 중요한 것이다. 가령 타입Type 300 <용 퇴치자>, 타입 301 <곰 아
들>, 타입 303 <두 형제>(타입 번호는 톰슨S. Thompson)이란 미국의 민
담학자가 전 세계의 주요 민담을 수집 분류하여 붙인 것이다.)와 같은 것
은 특히 유명한 것인데, 랑케Ranke에 의하면, 타입 300은 368개 유화, 타
입 303은 770개 유화가 채집되었다.

우리나라의 설화는 타입 301과 매우 비슷하다. 타입 301은 <납치당한
세 명의 공주>로도 널리 알려지고 있어 명칭부터가 우리 설화와의 관련
성을 짐작하게 하여 준다(우리나라의 예에서는 흔히 세 명의 원님 딸(혹
은 부잣집 딸이나 공주)이 납치된다).[1] 유화에 따라 조금씩 세부적인 차
이점은 있으나 대체적으로 내용이 같은 것으로 보아, 우리의 설화는 타입
301의 전파임에 틀림없는 것으로 판단된다. 즉, 세계적인 표준형이 '3공
주의 납치 – 영웅의 등장 – 초인적 능력은 가진 세 명의 부하 – 밧줄을 타
고 지하계에 도착 – 괴물 퇴치 – 공주들을 먼저 지상으로 올려 보냄 – 세
명의 부하가 영웅을 지하국에 버려 둠 – 신령 또는 독수리의 도움으로 영
웅이 지상으로 올라옴 – 부하들을 처벌하고 막내공주와 결혼함'의 순서로
진행하는데, 우리나라 설화도 이와 별다름이 없다.

---

1) 손진태孫晋泰, 『조선민담집』(동경 : 향토연구사, 1930), pp. 265~282 ; 『조선민족설화의
   연구』(을유문화사, 1947), pp. 106~116.

그런데 타입Type 301의 역사를 살펴보면 어떤 학자는 <베어울프> 이야기의 전반에 나타나는 베어울프와 그레텔과의 싸움이, 실은 유럽에 널리 전하던 설화(Type 301)에서부터 이루어진 것으로 추정한다면, 이 이야기는 적어도 1,000여 년의 역사를 가진 것이라고 할 수 있다. 이 유형의 설화는 분포 지역도 매우 넓어서 타입 301이 전승되고 있는 지역만 훑어보아도 유럽 전역(특히 발틱해 연안의 여러 나라와 러시아), 근동, 인도, 극동, 북아프리카, 미국, 캐나다 등 세계의 거의 전 지역에 분포하는 것으로 알려지고 있다. 이 중 극동에서는 중국, 몽고, 우리나라, 일본 등지에 고루 분포되어 있는데, 이들은 원래 몽고의 <부론다이> 설화가 전파된 것이라고 한다.[2]

끝으로 중국 측 자료에 대해서 몇 마디 덧붙여 둔다. 앞에서도 말한 바 있지만, 중국 소설의 번역인 <설인귀전>이나, 『전등신화』의 <신양동기>가 <지하국 괴물 퇴치> 설화를 사용하고 있는데, 이들은 모두 한국의 예에서처럼, 지상계로부터 지하계에 이르는 통로가 '좁은 문'으로 나타나고 있어 매우 주목된다. '좁은 문'의 의미에 대해서는 다른 곳에서 언급한 바도 있어 지면 관계상 생략하기로 한다.[3] 그리고 <신양동기>가 우리나라 설화가 가지는 주요 요소를 거의 가지고 있는 점으로 미루어 이 설화의 연대 하한선에 주요한 단서가 되지 않을까 한다.

● **참조 원고**

"설화와 고전소설", 『유아발달』 3 : 6[21](유아발달사, 1975. 7).

---

2) 손진태, 『조선민족설화의 연구』(을유문화사, 1947), pp. 130~132.
3) 조희웅, 『설화학강요說話學綱要』(새문사, 1989), pp. 98~99.

2. 설화와 시가詩歌

　고전 시가사의 현저한 특징은 대부분의 시가들이 독립되어 있지 않고 설화에 병행되어 있거나 혹은 부수付隨되어 있다는 점이다. 따라서 이러한 시가의 의미 해석을 하기 위해서는 먼저 설화의 문맥을 파악하는 것이 필요하다. 물론 특정 작품에서의 시가와 설화의 결합은 발생론적으로 별개이었던 것이 전승 과정 속에서 훨씬 후대에 혼효混淆된 것일 수도 있지만, 그럴 경우라도 양자의 결합에는 필연적 내밀內密의 관계가 있었다고 보이므로, 양자를 분리하여 논할 수는 없다. 가령 우리가 <황조가>를 논하려 할 때, 그것이 유리왕 전설 속에 끼어든 민요라는 가설은 충분히 가능하며, 나아가 설화는 떼어버리고 시가만을 문제 삼을 수도 있겠다.

　그러나 <구지가> 같은 시가와 설화가 연계되어 나타나는 작품 구조(이하 '설화―시가'로 약칭) 중에서 설화를 제거해 버린 시가만으로 도대체 무슨 문학적 의미를 찾을 수 있을 것인가? '설화―시가'의 구조에서는 그 시가 자체의 표면적 의미가 중요한 것이 아니라, 그것을 있게 한 원인 및 그로 말미암아 초래되는 결과가 중요한 것이라고 할 때, 이 같은 인과관계를 드러내 주는 것이 바로 설화이다. 따라서 이러한 시가의 의미 파악에는 설화의 의미 해명이 전제되어야 한다. 더구나 시대가 오래된 시가일수록 그 원문이 사어화死語化하거나 기록자의 오기誤記로써 의미를 알 수 없게 된 예들이 허다하므로, 그 의미 규명에는 설화를 참조하지 않을 수 없게 되는 것이다. 이 같은 이유로 이 글에서는 시가와 설화와의 발생론적 관계나 갖가지 유형적 양상 따위를 살펴보고자 한다.

문학사에 나타나는 '설화—시가'적 작품은 일반적으로 두 가지로 나누어 볼 수 있다. 하나는 설화 속에 시가가 포함되어 있는 경우이고 다른 하나는 설화가 시가로써 나타나는 경우이다. 이를 좀 더 세분하면 전자는 다시 시가에 유래하는 설명적인 설화가 부수되어 있는 것(시가의 앞이든 뒤이든)과 설화 스토리 속에 시가가 내포되어 있는 것이 있다. 이 중 시가에 이어 설화가 부수되어 있는 것이나 혹은 설화에 부수되어 있는 시가의 경우는 특정 시가에 대한 유래를 설명하는 것이다. 반면 설화 속에 내포되어 있는 시가는 아마도 '설화—시가'가 동시 혹은 별도로 발생된 것으로 볼 수 있다. 물론 흔한 예는 아니겠지만, 어떤 특정 사건(설화) 속에 다른 시대의 시가가 개재되는 경우도 상정할 수 있으나, 일반적으로 이런 예는 추정의 차원에 그칠 뿐 그렇다고 확증할 도리는 없다. 한편 설화가 시가로써 나타나는 경우란 시가 작가가 설화적 모티프를 시가로써 표현한 경우인데, 그 현저한 예는 서사시일 것이다.

시가와 설화 장르는 어느 것이 먼저 생겼을까? 시가가 먼저 생겼다고 볼 수도 있고, 설화가 먼저 생겼다고 볼 수도 있다. 아니면 양자는 거의 동시에 생겼다고 볼 수도 있다. 그러나 한 가지 분명한 사실은, 논리적으로써 본다면 '닭이 먼저냐, 달걀이 먼저냐' 하는 명제보다 훨씬 결론이 쉬우리라는 점이다. 왜냐하면, 시가와 설화는 원래 별개의 장르이기 때문에 그 어느 것이 먼저일 수도 있고, 양자가 동시에 발생했을 수도 있기 때문이다. 만약 시가가 먼저 발생했다면 이에 수반된 설화는 분명 후세에 호사가가 덧보탠 것일 터이고, 반면 설화가 먼저 발생했다면 거기에 수반된 시가는 후인이 끼워 넣은 작품일 것이다. 그러나 시인의 실제 행위 과정 중에서 시가가 발화發話되었다면 설화와 시가가 동시에 발생한 것으로 볼 수 있을 것이다. '설화—시가'의 구조를 지닌 과거의 작품들은 이러한 과정 속에서 생성된 것으로 보인다.

　발생적으로 보았을 때, 시가의 기원은 매우 막연한 것이기는 하지만 몇 가지 경우를 떠올려 볼 수가 있다. 우리가 먼저 생각해 볼 수 있는 것은 기능적으로 시가가 무언가 실제의 기능을 가지고 발생하였으리라는 추정이 가능하다. 예컨대, 시가는 풍요나 안녕과 질서를 기원한다든지 혹은 통과의례의 과정 중에서 설화에 수반되어 불리어졌을 수가 있다는 것이다. 이러한 제의발생설은 그 개연성은 매우 높으나 실제의 시가 작품이 그러한 소산所産임을 확증해 주는 경우란 매우 드물며, 현전 시가 및 설화적 맥락 속에서 유추해 볼 수 있을 뿐이다. 반면 노동에 연관되어 시가가 발생하였다는 노동기원설을 뒷받침해 주는 예들은 더러 찾을 수 있다. 물론 이 경우 그러한 심증을 갖게 해주는 것은 시가에 부가되어 있는 설화적 문맥이 있을 때에 가능한 것이다. 그 밖에 시가의 발생에 대해 표현본능설이나 유희본능설도 유력한 것이지만, 제의기원설이나 노동기원설 따위가 외적, 수동적, 유목적적인 데에서 원인을 찾으려는 것이라면, 이들은 내적, 주동적, 무목적적 충동에 문예의 기원을 두려는 관점이라 할 수 있다. 따라서 이러한 후자의 설에 따른다면, ‘설화-시가’의 발생도 그 어떤 실제적 목적에서보다 작자 자신의 억제할 수 없는 미적 표현 욕구의 분출로써 이루어진 것이 된다. 하지만, 특정 ‘설화-시가’적 작품에 대하여 위의 양극적 기원설 중 어느 하나를 획일적으로 적용시킬 수는 없고, 현전 자료로 보아 상고의 것일수록 제의 혹은 노동기원설이, 반면 후대의 것일수록 표현 혹은 유희본능설이 적용될 가능성이 높은 것으로 여겨진다.

　전前과학적 시대의 인간이 그 어떤 신비적 존재를 가상하고 그에 대하여 외경의 염念을 품었으리라고 생각한다 해도, 그 생각이 그다지 엉뚱한 발상은 아니다. 왜냐하면 그 같은 태도의 일단이 과학시대를 살아가는 현대의 우리에게도 여전히 남아 있기 때문이다. 시간과 공간을 초월하여 신비적 존재에 대한 만남은 우연히 이루어지기도 하지만, 고정화된 의례를 통하여 이루어지기도 한다. 물론 의례라는 것은 매우 간단한 것에서부터 매우 복잡한 절차와 형식을 갖추고 있는 것에 이르기까지 다양한 양상을 띠고 있다. 따라서 단순한 기도문을 발發하거나 주문을 외움으로써 신비가 드러나거나, 혹은 어떠한 복잡한 제의의 과정을 통하여 초월적 존재력이 현현顯現함을 바랄 수도 있다. 이 경우 주관적 영탄詠嘆이나 기원祈願 같은 정서 표현에 더하여 제의 자체에 대한 설명이나 대상 신격에 대한 서술 같은 객관적 서사가 곁들여지면 '설화─시가'가 성립된다. 아마도 <구지가>와 <처용가>는 '설화─시가'의 시초적인 단순 형태로부터 후대의 복잡한 형태까지를 아울러 보여주는 현저한 예라 할 것이다. 그 밖에 샤머니즘적 또는 주술적 면모를 드러내 주고 있는 '설화─시가'의 예로는 <두솔가>(월명사)・<혜성가>・<원가怨歌>・<달도가怛忉歌> 따위를 들 수 있겠고, 명복을 비는 축원의식과 연관되는 작품으로 <원왕생가>・<제망매가>・<천수대비가> 등을 들 수 있겠다.

한편 시가가 발생적으로 노동과 밀접한 관계에 있음은 새삼 거론할 바도 없을 것이다. 문학사가들이 말하는 문학의 노동기원설의 요체要諦를 보면, 고대시가는 작업시의 무의미한 '힘줌 소리'에서부터 시작되어, 차차 복잡한 인간의 감정이 혼입되어 발전해 간 것이라고 한다. 이 경우 노동의 주체자 및 노동의 성질 여하에 따라, 생성된 시가의 내용도 다르게 나타날 것이다. 가령 수렵이나 어로漁撈, 혹은 집안 노동이나 들일 따위에 따라 가요의 종류가 갈래 지워질 수 있는 것이다. 이러한 집단 또는 개인 노동요들에 설화가 결합되면 '설화─시가'가 생겨나는데, 삼국시대의 <풍요風謠>・<회소곡會蘇曲>・<대악碓樂> 고려 때의 <상저가相杵歌> 따위가 그러한 예로 간주된다.

'설화─시가'의 맥락을 보여주는 가요들 중에서 그 대다수를 차지하고 있는 것은 물론 개인 감정의 표출을 드러내 주는 작품들이다. 시인은 기쁨과 슬픔, 원망怨望과 추억, 도덕적 충고 따위를 직설법을 사용하여 때로는 우의적 수법으로 형상화한다. 이 경우, 그 작시의 현장 분위기 묘사가 곁들여지면 그것이 바로 '설화─시가'의 관계를 만들어내는 것이다. 그러나 위에서도 말한 바 있듯이 현장론적 진술의 대부분은 시인 자신에 의한 것이 아니라 전언자에 의한 것이기 때문에, 시·공간이 멀어질수록 양자간의 결합에 대한 신뢰도는 희박해지기 마련이다.

그러므로 '설화—시가'의 구조를 지닌 문학작품을 해석하려 할 때 특히 유의하지 않으면 안 될 문제는, 설화와 시가의 분리 가능성 문제이다. 가령 기왕의 국문학사가들의 논의 초점이 되어 왔던 <황조가>나 <원왕생가>처럼, 이들 가요는 '설화—시가'의 문맥에서 파악하였을 때와 분리시켰을 때의 의미가 전혀 다를 수 있는 것이다. 이 같은 문제의식은 비단 이들 가요뿐만 아니라 여타의 가요들에 대해서도 충분히 가능할 것으로 보인다. 왜냐하면, 현전 '설화—시가'의 구조는 수백 년의 구전을 통하여 이루어진 것으로서, 양자는 원래 별개이던 것이 후대에 통합되었을 수도 있을 것이며, 또한 문헌기록이란 원래 지식인들의 의도적인 취사선택이 가해지는 만큼, 거기에는 상당한 왜곡과 굴절이 개재되었을 수도 있기 때문이다.

어떤 작품은 특히 실제 역사와 밀접히 관계되는 것으로 여겨져 왔다. 그러므로 작품 속에 가정되는 비유가 특정사건에 대한 은유로써 설명되기도 한다. 그러나 그 작품은 시간의 경과 속에서 새로운 해석이 가해져 재해석되고, 때때로 필요에 따라 가사가 개변되기도 한다. 그 한 예로써 고려 때의 <안동자청安東紫靑>과 <제위보濟危寶>를 들 수 있다. 이들 가요를 둘러싸고 이루어지는 여러 논의를 종합하면 현전 <소악부>와 『고려사』악지의 해설을 따른다고 하더라도, 자유 의지를 표방하는 민중들의 시각과 도덕적 자제를 권장하는 지배계층의 시각이 대립되고 있는 것이다.1) 이 같은 시각의 문제는 『시경』의 작품 해석을 놓고서 인간 성정性情의 자제自制라는 측면을 강조하여 왔던 전통적·도덕적인 해석 태도와 이와는 반대로 자유분방한 해석 태도에서도 찾아볼 수 있다.2) 그러므로, 일

---

1) 이우성李佑成, "고려 말기의 소악부小樂府", 정규복丁奎福 편, 『한국 고전문학의 원전비평』, pp. 88~89 참조.
2) 후자의 예로 20세기 초 프랑스의 그라네Marcel Granet의 연구를 들 수 있다.

단 문헌 기록 속에 나타나는 '설화—시가'의 구조를 전반적으로 재검토해 볼 필요성은 충분하다고 하겠다. 특히 원 의미를 가늠하기 어려운 향찰식 표기를 지닌 향가의 경우나 오랜 세월 동안 구전되어 오던 것을 훨씬 후대에 문자로 기록한 여타의 고대가요들은 특히 그러하다.

일반적으로 '설화—시가'의 형태는 세 가지 형태로 나타난다. 그 첫 번째는 서사와 시가가 반복되어 나타나는 강창식講唱式의 것이다. 후대의 판소리 양식에서 뚜렷이 나타나는 이 같은 양태의 것이, 판소리 이전에 구체적으로 어떻게 존재하였을까를 가늠할 수 있는 자료를 찾기란 매우 어렵지만, 그것이 실재했을 가능성은 열려 있다. 현전 무가에서 그 잔존 형태를 충분히 찾을 수 있기 때문이다. 다음 두 번째는 서사적 내용을 시가로 읊어내는 경우이다. 고전시가 시대에는 일반적으로 시詩와 가歌가 분리되지 않았던 터이므로, 시에 서사적 내용이 담기어 노래로써 구전되었다. 이러한 양상은 비교적 단편의 서사적 작품의 낭송에 그치지 아니하고 근대에 이르러서는 장편의 설화 혹은 소설 작품까지 낭송되어, 이른바 '전기수傳奇叟'라고 일컫던 강독사講讀師 혹은 구송口誦 이야기꾼이 실재하였었다. 끝으로 들 수 있는 '설화—시가'의 형태는 서사의 틀 속에 시가가 내포되든가, 혹은 시가에 설명설화가 부가되는 것이다. 일반적으로 말하는 '설화—시가'의 형태는 바로 이것을 가리키므로, 이하의 서술도 이 세 번째 형태를 중심으로 진행해 나가기로 한다.

문헌의 인멸로 인한 우리의 상고시가의 참모습은 찾아볼 길이 거의 없다. 겨우 남은 편린片鱗들도 선학先學들의 결론처럼, 혹은 신화 속에서 겨우 흔적을 찾을 수 있을 뿐이든가, 혹은 국적을 가늠하기 어려운 형편이다. 어쨌든 살아남은 상고시가 모두가 '설화—시가'의 틀을 지니고 있다는 것은, 다시 말한다면, 상고시가의 경우에는 '설화—시가' 형식이 그만큼 중요하였음을 말해주는 반증이 아닐까 한다. 이는 아마도 상고시가의 경우에는 그 단형이라는 형식적 특성으로 인하여 전승성이 비교적 용이하였을 뿐만 아니라, 나아가 그 생명력을 강화시켜 주는 것으로서 이들

시가의 유래를 설명해 주는 설화의 틀이 있었을 것으로 생각되기 때문이다. 물론 문자가 사용된 이후에는 설화적 틀의 중요성이 차츰 미약해지게 마련이지만, 시가가 노래에 얹혀 구전되는 한 그 시공의 폭을 넓히기 위한 수단으로서 설화적 틀은 여전히 필요했을 것이다. 따라서 후대에 인구에 회자되는 시가들 중에서 '설화—시가'의 형태를 띤 작품들을 어렵지 않게 예거할 수 있는 것이다.

유감스럽게도 삼국 정립시대의 작품들 중에서 시가의 원모습을 그대로 보여주고 있는 작품은 지금 남아 있지 않다. 다만 '설화—시가'의 틀을 겨우 드러내주고 있는 시가의 편린만이 몇 개 남아 있어 궁금증을 일으켜 줄 뿐이다. 고구려의 <내원성來遠城>·<연양延陽>·<명주溟州> 및 백제의 <선운산禪雲山>·<무등산無等山>·<방등산方等山>·<정읍井邑>·<지리산智異山> 등이 곧 그것인데, 현전하는 설화의 내용으로 미루어 본다면, 이들 중 <내원성>과 <무등산>은 임금의 덕을 찬양하는 '송덕가'류에 속할 듯하며, <연양>은 다분히 오늘날의 '초부가樵夫歌'류에 속하고, <방등산>·<선운산>·<정읍>은 모두 '원부가怨夫歌'류에 속할 듯하다. 이들은 모두 간략한 설명론적 설화의 틀만 남아 있고, 그 설화적 내용도 너무 소략하고 평범한 것들이어서 별 흥미를 자아내지 못하나, 나머지 <명주>와 <지리산>의 경우는 좀 다르다. 물고기의 뱃속에서 나온 편지로 인해 이별을 했던 남녀가 사랑을 성취했다든가(<명주>), 자색이 뛰어난 여자가 임금의 탈취 강압에도 불구하고 죽음을 무릅쓰고 저항했다(<지리산>)는 내용은, 남녀 간의 사랑을 둘러싼 갈등의 폭이 매우 큰 데에다 극적인 구성까지 갖추어서, 서사시 내지는 소설의 기본 요건을 만족시키는 것으로 보인다. 비록 원모습은 상고할 길이 없지만, 테마론적 측면에서 추정해 본다면 이러한 '설화—시가'의 패턴은 후일에도 거듭 반복될 수 있는 것이 아닌가 한다.

통일신라시대의 '설화—시가'의 형태로는 불찬佛讚 같은 것을 생각하여 볼 수도 있지만, 아무래도 그 중심은 향가鄕歌에 있다. 향찰식 표기라는 독특한 기사법記寫法에 의해 기록된 이 시가는 바로 그 표기의 특성 때문에 아직까지도 의미 해석에 많은 의문이 남겨져 있다. 대부분의 연구가가 이러한 의문의 상당 부분을 바로 시가를 둘러싸고 있는 외핵外核의 설화 해석으로 해결하려 하고 있으나 아직 충분하다고 할 수 없다. 한편 신비평의 이론에 충실하여 '설화-시가'의 고리에서 설화를 제외한 시가의 분석만을 시도할 수도 있겠지만, 그 형성을 고려하여 볼 때 양자의 완전한 분리 처리가 가능할지 의문이다. 또한 향가 작품의 대부분은 상당 기간을 경과한 뒤에 특정 기록자에 의해 기록되었을 것이므로 기록문학 작품성에 못지 않게 '설화-시가'의 측면, 곧 구비문학성도 고려하여야만 할 것이다. 예컨대, 원래 유동적·집단적 작자의 구비문학 작품은 고대의 어떤 전설을 둘러싼 것으로 전승되는 것이 많고, 이것이 후에 특정인물에 고착되어 그의 작품으로 전해지는 경향이 있다. 그 좋은 예는 '희명希明'이나 '광덕廣德' 등과 같은 향가 작자에 대한 비특정인설非特定人說일 것이다.3)

  '설화-시가'들 중에는 시공時空을 달리하는 작품임에도 불구하고 그 취의趣意가 서로 유사한 예들이 종종 있다. 자신을 알아주지 않는 군주를 원망하는 노래인 <물계자가勿稽子歌>·<원가怨歌>·<정과정곡鄭瓜亭曲> 같은 것이 그러하지만, 상황론적 근거로 보아 이들은 물론 독자적인 발생의 것임이 분명하다. 대체로 '설화-시가'의 유형들을 분석해 보면, 과거에 대한 긍정적 평가에서 나타나는 찬양이라든가, 혹은 부정적 평가에서 비롯되는 원망怨望, 혹은 과거에 대한 현재의 회억回憶, 아니면 과거와 현재에 비추어 본 미래에 대한 기원祈願 따위가 그 주조를 이루고 있다. 따라서 상기 <물계자가> 따위도 유사한 상황에서 기원된 시가이기 때문에, 설사 그들 사이의 유사성이 발견되더라도 영향의 수수를 쉽사리 논할 수는 없다. 그런데 신라의 <앵무가>에 대한 '설화-시가'의 경우는 매우 흥미로운 문제를 던져 준다. 우선 내용부터 소개하겠다.

---

3) 최철崔喆, 『신라가요연구』(개문사開文社, 1979).

제42대 흥덕대왕은 보력寶曆 2년(826)에 왕위에 올랐다. 얼마 아니 되어 어떤 이가 당나라에 사신으로 갔다가 앵무새 한 쌍을 가지고 왔다. 그러나 얼마 아니하여 암놈이 죽었다. 혼자 남은 수놈은 슬피 울며 울음을 그치지 않았다. 왕은 사람을 시켜 그 앞에 거울을 걸어 놓게 했다. 앵무새는 거울 속의 그림자를 보고 짝을 얻은 줄 알고 거울을 쪼더니 그림자임을 알자 슬피 울다가 죽었다. 이에 왕은 노래를 지었다고 하는데 그 노래는 알 수 없다.4)

다음은 '조신調信' 설화5)조에 인용되고 있는 중국의 '척난유경隻鸞有鏡'의 고사이다.

계빈왕罽賓王6)의 짝 잃은 난鸞새 한 마리가 3년 동안이나 울지 않았다. 부인이 말하기를 "그림자를 보면 울 것이다." 하고 거울을 매달아 비추게 하였더니, 난새는 제 그림자를 보고 슬프게 울더니, 한밤중에 몸을 떨고 나서 죽어버렸다.7)

물론 위에 인용한 두 설화 사이에 '앵무새'와 '난새'라는 차이가 있고, 그 내용상의 유사함도 우연일 가능성이 있다. 그러나 그 특이한 소재로써 본다면, <귀토 설화龜兎說話>의 경우처럼 외래설화가 국내 역사 속에 스며든 것이 아닌지나 모르겠다. 하여튼 여기에서 지적해 놓고 싶은 것은 '설화-시가'의 패턴은 시간의 경과에도 불구하고 그 패턴은 반복될 수 있다는 점이다.

고려 때의 다채로운 '설화-시가'의 양상을 집중적으로 보여주고 있는 문헌은 『고려사』 악지樂志이다. 물론 악지의 사례들 중 원 노래의 모습을

---

4) 『삼국유사』 권2의 '흥덕왕興德王 앵무鸚鵡'조.
5) '……與其衆鳥之同餒　焉知隻鸞之有鏡'(『삼국유사』 권3, '낙산 2대성 관음 정취 조신洛山二大聖觀音正趣調信').
6) '계빈'은 서역에 있던 국가로써, 한나라 때부터 당나라 때의 중국 사서史書에 보이는데, 오늘날의 인도의 북부 지방에 있는 캐시미르 지역을 가리킨다.
7) 중국 송나라의 유경숙劉敬叔 찬撰, 『이원異苑』.

보여주는 경우가 거의 없으나, 설화적 면모가 거의 빠짐없이 나타나 있다. 다시 말하면 시가는 사라지고 관련 설화만 남은 것이다. 그 내용을 유추해 보면, 치민治民이나 교화의 목적을 지닌 작품들이 많은 점은 전대에 비해 별로 다를 바 없으나, 남녀 간의 적나라한 애정을 읊은 작품들이 현저하게 늘었고, 문학적 형상화를 위한 상징 혹은 우의적 수법을 많이 사용하고 있다는 점이 발전된 면모가 아닌가 한다. <동백목冬栢木>의 경우를 보면 '충숙왕 때 채홍철蔡洪哲이 죄로 먼 섬에 유배되어 갔는데, 덕릉德陵(충숙왕)을 사모하여 이 노래를 지었다. 왕이 그 이야기를 듣고 그 날로 소환했다.'고 한 데 이어 '어떤 사람은 말하기를 옛부터 이 노래가 있었는데, 홍철이 그 노래 즉 가사를 고치어 자기의 뜻을 붙였다'고도 했으니, 이 시가는 구전되던 노래를 개작한 것인 듯싶으며, 혹시 그 노래가 정서鄭叙의 <정과정곡>을 가리키는 것이 아닌지 모르겠다. 한편 <한송정>에 대한 악지의 기록은,

> 세상에 전해지기는, 이 노래는 슬瑟의 밑바닥에 씌어져 강남에까지 흘러갔으나, 강남 사람들은 그 가사의 뜻을 풀지 못했다. 광종光宗 때 나랏사람 장진공張晉公이 사명을 받들고 강남에 갔는데, 강남 사람들이 그에게 가사의 뜻을 물었다. 진공은 시를 지어 노래의 뜻을 풀이하였다.

고 하고 있다. 시기로써 본다면, 슬의 밑바닥에 씌어 있었다는 시는 분명 한문으로써 기사記寫되었을 터임에도 불구하고 강남인들이 그 뜻을 몰랐다는 것은, 아마도 그것이 향찰식 표기법으로 씌어 있었기 때문이 아닌가 한다. 『균여전均如傳』을 남긴 석균여釋均如가 광종 때 인물이고, 설화의 틀 속에 한시가 개재되기보다 향가의 경우처럼 구어체의 시가가 개입되는 것이 자연스러웠을 것으로 생각되기 때문이다.

그렇다고 하여, '설화—시가'가 한시로써는 이루어지지 않는다는 말은 아니다. 고려 때부터 성행했던 시화詩話는 그 좋은 예가 되겠다. 어떤 의미로 본다면, '설화—시가'의 면모를 가장 뚜렷이 그리고 다량으로 보여주

고 있는 예가 바로 이 '시화'가 아닌가 한다. '시화'란 용어 자체가 '시가'
와 '설화'의 약어인 만큼, '설화-시가'의 다양한 양상을 보여주고 있는
장르가 바로 시화이다. 그러므로 시화에는 시와 결부된 일화 내지 설화의
내용을 찬양하여 시로써 읊은 것들은 물론 더 나아가 전문적인 시평이나
시론까지가 내포되어 있다. 하나의 예를 들어 본다.

> 학사 김황원金黃元이 부벽루에 올라가 예로부터 지금까지 써 붙인 시들
> 을 읽어보고 그 뜻이 모두 마음에 들지 않아 서판書板을 거두어 불살라
> 버렸다. 종일 기둥에 기대어 애써 읊조렸으나, '긴 성 한쪽에는 질펀히 흐
> 르는 물이요, 큰 들 동쪽에는 점점이 솟은 산이로다(長城一面溶溶水 大野東頭
> 點點山)'이라는 구만을 얻고는 뜻이 매말라 울고 갔다.[8]

이 같은 시화의 예들은 고려조의 『파한집』·『보한집』·『역옹패설』을
비롯하여 조선조에 들어서서도 꾸준히 집성되었으며, 그 뒷끝이 근세에까
지 이어졌음은 주지하는 바와 같다.

여기서 하나 더 짚고 넘어가야 할 것은 '참요讖謠'의 존재이다. 참요는
어떤 목적을 달성하기 위하여 우의적인 뜻을 담아 고의적으로 퍼뜨리는
시가이다. 따라서 시가의 원작자는 예언적 성격에 의탁하여 민심의 동요
를 노리게 되고, 그 의미 해독에는 흔히 수수께끼 풀기와 같은 지혜가 요
구된다. 그리고 이 참요의 후대적인 전승에는 그것을 있게 한 배경적인
설화가 병행되기 마련이다. 참요 역시 백제 무왕의 〈서동요〉, 신라 원효
元曉의 〈몰가부가沒柯斧歌〉를 비롯하여, 조선조말의 〈파랑새요謠〉에 이
르기까지 매우 면면한 전통을 지녔다.

『고려사』 악지 및 고려 말의 익재益齋 이제현李齊賢 및 급암及庵 민사평
閔思平의 〈소악부小樂府〉를 종합해 보면 〈장암長巖〉·〈거사련居士戀〉·
〈제위보濟危寶〉·〈사리화沙里花〉·〈처용處容〉·〈오관산五冠山〉·〈수

---

8) 이인로李仁老, 『파한집破閑集』 권중卷中.

정사水精寺>·<북풍선北風船>·<월정화月精花>·<안동자청安東紫靑>·
<삼장三藏(쌍화점雙花店)> 따위의 '설화—시가'적 작품들을 끄집어 낼 수
가 있다. 이들 여러 시가가 '중국'의 '악부'처럼 '해동'의 '소악부'로서 채
록되었다는 것은 그만큼 이들의 민요로서의 성격을 확실히 해주는 것이
라 여겨진다. 따라서 이들 작품 속에는 민중들의 감정이나 생활 모습이
솔직하게 담겨져 있을 터이다. 그러나 원래의 시가는 지배자 혹은 지식인
에 의한 굴절 과정을 거치면서 상당한 변개가 이루어진 듯하니, 이러한
사정은 <제위보>나 <안동자청>의 경우처럼, 『고려사』 악지의 기록과
'소악부'에 실려 있는 한역 시가의 내용이 상반된 듯한 모습을 드러내고
있다는 사실을 통해서도 알 수 있다. 『고려사』 악지의 기록에는 다분히
유자儒者들의 도덕적 관점에서 시가가 해석되고 있음에 비하여 '소악부'
의 작품 내용에는 인간의 자유스러운 감정의 유로流露가 비교적 솔직히
표현되어 있다.9) '설화—시가'의 맥락에서 보면 악지의 그러한 해석 태도
가 얼마나 작위적인가 함은 금방 감지될 수 있다.

문학사의 발달에 있어서 후대에 이를수록 장르의 세분화 혹은 산문화
가 이루어짐에 따라 '설화—시가'의 분리 양상이 현저해짐은 자연스런 추
세였다. 조선조에 들어 이런 현상은 두드러졌는데, 그렇다고 하여 '설화
—시가' 양식이 완전히 사라진 것은 아니었다. 우선 시조 장르에 있어 그
러한 예들을 찾아볼 수 있다. '설화—시가'의 틀을 지닌 시조들에서 설화
를 제외한 시가만이 따로 전승되었을 경우와 설화와 시가가 함께 전승되
었을 경우를 가상해 본다면, 그 생명력의 차이는 자명한 것이 아닐까 한
다. 가령 왕방연王邦衍이나 홍낭洪娘의 시조들은 각각 그들의 군주에 대한
충정이나 연인에 대한 열정 등과 관련된 배경적 설화를 알고 있을 때 더
욱 감흥이 일어날 수 있는 것이다. 물론 시조 장르에서는 이 같은 '설화
—시가'의 형식이 적용될 수 있는 작품들의 수가 전대前代에 비하여 현저

---

9) 이우성李佑成, "고려 말기의 '소악부'", 『한국고전문학의 원전비평』(새문사, 1990), pp.
88~89 참조.

히 약화되는 특징을 보여준다. 이는 시조 장르가 전성기에 달하게 되는 조선조 중반기에는 이미 산문과 운문의 분리 현상이 뚜렷해졌기 때문에 생긴 현상이라 생각된다.

가사 장르에 있어서 '설화─시가' 형식의 이용은 대충 세 가지 경우를 생각할 수 있지 않을까 한다. 첫째는 일부의 내방가사처럼 설화적 내용이 가사의 형식을 빌어서 표현되는 것을 들 수 있는데, 이 경우 형식은 시가 형식을 빌되 내용은 설화를 넘어 소설적인 것으로 발전하기까지 한다. <괴똥어미전>이나 <고독각씨전>이 그러한 예에 속한다. 다음 둘째는 이른바 '삽입 가요'라 일컫는 것을 들 수 있겠는데, 이것은 설화적 내용 속에 가사가 삽입되는 것이다. 이 경우 '설화적 내용'이란 단순한 '민간설화'의 차원을 넘어서, 협의의 설화뿐만 아니라 소설 같은 광의의 '이야기 문학' 전반을 포괄한다. 이 경우에 해당하는 예로 <춘향전>이나 <조웅전> 등에서의 삽입 가요를 들 수 있겠다. 셋째는 두 번째 경우와 대조적으로 가사 속에 일부의 설화가 개재되는 경우이다. 이것은 고사故事 차용시에 흔히 나타나는 예들이다.

구비문학 속의 '설화─시가' 양식도 위의 기록문학상의 제반 양상과 큰 차이가 없다. 민요에는 '서사민요'나 '이야기요謠'라는 것이 있었고, 무가에도 '서사무가' 같은 것이 있어서, 기록문학에 비하여 오히려 '설화─시가'의 틀을 잘 유지하여 왔다. 일찍이 손진태孫晉泰선생은 엄필진嚴弼鎭의 『조선동요집』에서 <삼년아부三年啞婦> 설화가 민요화한 예를 인용한 바 있거니와,[10] 필자도 충북지방의 현지조사시에 '쥐설화'를 노래로 불러준 이야기꾼을 만났던 경험이 있다. 또한 임석재 선생의 『옛날이야기선집』에서도 <녹두영감>·<빈대와 이와 벼룩과 모기>·<장자못과 며느리 바위>(이상 권1)·<우렁이 속에서 나온 색시>·<구렁덩덩 신선비>(권2)·<꼬마 신랑>·<꼭둑각시와 요술병>·<수양버들잎과 연엽

---

10) 손진태, 『조선민족설화의 연구』(을유문화사, 1947), pp. 150~154.

이>·<문도령과 자청비>(권3) 등과 같이,11) 설화 속에 시가가 삽입된 예들을 풍부히 볼 수 있다. 물론 동서同書는 동화집이라는 성격으로 인하여 흥미를 제고提高하기 위한 방편으로 편자 임의로 설화 속에 시가를 창작하여 삽입시켰다고 볼 수도 있다. 그러나 현지 조사를 바탕으로 간행된 다른 설화집에도 이런 예들이 더러 눈에 띄고, 이런 예들을 매우 풍부히 보여주는 『그림설화집』의 경우까지 참작하면, 운문이 주류를 이루던 시대의 설화에는 오히려 이 같은 형식이 더 보편적이었을 가능성이 큰 것으로 생각되기도 한다.

이상에서 살펴본 바와 같이 '설화―시가'의 형태는 오랜 세월을 걸쳐 다양한 장르들에 이용되어 온 문학적 형식이다. 이제까지 논의한 바를 정리하면 다음과 같다. 첫째, '설화―시가' 형식의 기원은 근본적으로 과거의 구비문학적 전통 및 시·가의 미분리 상태와 깊은 관련이 있을 것이다. 그러므로 '설화―시가'의 해석시에는 양자를 분리시켜 논의하기보다 설화적 문맥 속에서 시가의 내용을 파악하여야 할 것이다. 둘째, '설화―시가'의 형식은 서사와 시가가 반복되는 형태, 서사적 내용은 시가로 읊는 형태, 서사의 틀 속에 시가가 내포되든가, 혹은 시가에 설명적 설화가 부가되는 형태 등으로 나타난다. 셋째, 문학사의 주류가 구비문학에서 기록문학으로 전환되어 감에 따라 '설화―시가'의 형식이 시간의 흐름에 따라 점점 약화되어 갔다. 그리고 이러한 논의 내용을 바탕으로 국문학의 각 장르에 걸쳐 나타나는 '설화―시가'의 면모 및 문제점들에 대하여 약술하여 보았다.

● **참조 원고**

"고전시가와 설화의 관계", 일민 최철교수 화갑기념논총 간행위원회, 『한국고전시가사』(집문당, 1997. 11).

---

11) 임석재 엮음, 『옛날이야기선집(우리나라)』(전 5책, 교학사, 1971).

3. 구비 설화·문헌 설화·고전소설의 관계

　『임석재전집』(이하『임전』으로 약칭)이 우리 설화학상에서 차지하는 위치가 탁월하다고 할 수 있다. 그 이유는 대체로 세 가지로 요약된다. 첫째 그것은 시기적으로 해방 이전과 해방 이후의 자료를 포괄하고 있고 ; 둘째 공간적으로 남북한의 자료들을 아우르고 있으며 ; 셋째 순수 설화 자료뿐만 아니라 여타의 이야기문학 자료에까지 영역을 확대하고 있기 때문이다. 그리하여 동『임전』에는 신화·전설·민담뿐만 아니라 서사무가·서사민요 같은 서사시 자료들도 상당수 포함되어 있다. 따라서『임전』은 여느 설화 자료집과 달리 '이야기문학 자료집'이라 하여도 좋을 듯하다. 보기에 따라서『임전』에 수록된 <바리공주>·<제석풀이>, 또는 제주도 무가 자료들이나, <꼬부랑 할머니>·<꼬리 따기>·<통타령>·<바늘 하나 주위서> 등의 율격을 지닌 서사적 자료들에 대하여 설화 여부를 둘러싼 논란이 제기될 소지도 있어 보인다. 그러나 필자는 '설화문학'의 범주를 '이야기문학'으로까지 확대하여도 좋을 것으로 생각하여 문제 삼지 않기로 하였다. 실제 이야기가 구연되는 현장에서 이야기가 노래로써 구송되거나 내용적으로도 분명 무가에서 왔을 것으로 생각되는 내용들이 설화로써 구연되는 경우가 적지 않고, 서사무가들의 기반을 유추해 본다면 아무래도 설화와 절대로 무관한 것이 아니겠기 때문이다.

현전 자료로써 볼 때 고려대에 이르러서야 비로소 시작된 이 땅의 구비 설화의 결집은 시대 미상의 『수이전』이나 여말의 일부 패관 문학서들이 산출되기에 이르렀고, 조선조에 이르러 수많은 잡록집을 비롯하여 본격적인 문헌 설화집들이 산출되었다. 물론 민간에서 유전되던 모든 구비 설화가 문자로 채록된 것은 아니지만 상당수의 구비 설화가 문헌 설화로 정착된 것이 사실이다. 실제 『임전』 수재收載의 설화들은 그 종류의 다양함은 말할 것도 없거니와 주요한 유형들이 거의 망라되어 있다. 특히 종류 및 유형의 다양성으로는 지금까지 출간된 어떤 자료집보다 탁월하다. 구전으로만 들어오던 동물담, 형식담, 소담(음설담 포함)들을 이 책에서 대부분 확인할 수 있으며, 기간 문헌 설화집 자료의 이본들도 상당수 이 책에서 발견할 수 있다. 앞으로 본고는 주로 『임전』 수재의 자료들을 중심으로 이야기를 진행하면서, 그 자료적 가치를 드러내는 일에 주력할 것이다. 따라서 새로운 이론의 도출이라든가 비판적 작업과 거리를 두고 내용을 전개해 나갈 것임을 미리 언급해 두기로 한다.

문학사상의 경과로써 미루어 보면 구비문학과 기록문학의 상호 교섭은 끊임없이 이루어져 왔다. 물론 시대의 선후로 보아 양자의 교섭은 문자가 발명된 이후 구비문학이 기록문학으로 유입되는 데에서부터 비롯되었을 터이지만, 문학의 중심이 기록문학으로 옮겨진 이후에는 기록문학이 구비문학으로 유입되는 경우도 적지 않았을 것으로 생각된다. 그럼에도 문학사가들은 대체로 구비 설화는 문헌 설화로, 그리고 설화는 고전소설로 발전되었다는 공식을 일반화하고 있다. 물론 이러한 대전제는 어느 정도 보편적 사실을 지적한 것으로 보인다. 그러나 이러한 보편적 사실을 인정한다고 하더라도, 그 반대되는 유입 과정을 아예 배제하는 것은 문제라고 생각된다. 가령 문헌 설화가 구비 설화로, 고전소설이 구비 설화로 유전된 경우는 없었다고 단정할 만한 근거를 찾기가 어렵기 때문이다. 사실 『임전』에 채록된 일부 구비적 자료들은 실은 『삼국유사』나 그 밖의 야담집들에서 온 것이다. 물론 그렇다고 하여 이들 문헌 설화집들의 자료가 태생적으로 구비문학과 무관한 것이라 강변하려는 것은 아니며, 여기에서는 다만 양자간의 끊임없는 상호 교류가 있을 수 있음을 간과해서는 안 된다는 점을 지적해 두고자 한다.

구비 설화의 채록은 역사 시대 이래로 계속되어 왔음이 틀림없다. 아마도 우리의 선조들이 독자적인 문자 발명에까지 이르지 못했던 상태에서는, 차용 문자로써 그들의 역사를 기록하려 하였을 것이다. 역사라야 구비 전승된 신화나 전설의 범주를 넘어서지 않았겠지만, 세월이 흐름에 따라 그 중에 외래적인 이야기 자료들도 상당수 내포되어 차차 전승 모티프들을 이용한 민담 창작이 활발히 이루어졌을 것이다. 그러나 우리는 그런 논거의 일단을 『삼국사기』나 『삼국유사』에 이르러서야 비로소 확증할 수 있음을 유감스럽게 여긴다.

『삼국사기』 열전의 <귀토지설龜兎之說>과 『삼국유사』의 <경문대왕의 귀> 이야기는 똑같은 세계 광포 설화의 차용이다. 그러나 전자가 역사와 무관한 비유담으로써 기능하고 있다면, 후자는 경문대왕이라는 특정 인물에 결부되어 직접 역사의 일부로써 기능하고 있다. 이 같은 예로 <야래자夜來者 전설>에 결부된 『삼국유사』의 <견훤구인甄萱蚯蚓>도 들 수 있겠다. 하지만 어떤 경우든 모두 전래 설화의 이용이라는 점에서 실재 사실과 근본적으로 거리가 있음은 두말 할 여지도 없다. 때문에 <귀토지설>은 <토끼전>으로, <경문 대왕의 귀>는 <사벌왕沙伐王설화>(『송간이록松澗貳錄』)로, 혹은 <당나귀 귀만한 귀를 가진 임금>(『임전』6-83)으로 재창작되었던 것으로 보인다. <귀토지설>이 '지혜'를 암시해 줌에 비하여, <토끼전>은 이에서 나아가 '충성'이라는 시대적 덕목을 추가한 문맥 속에서 이루어졌다. 반면 <경문대왕의 귀>가 '경문대왕'이라는 군주의 신비성을 돋보이게 하는 문맥 속에서 설화되고 있다면, <사벌왕설화>는 '사부랑대다 ; 사부랑거리다' 같은 어휘의 민간어원설과 결부되어 구연되고 채록되었다. 그리고 『임전』의 <당나귀 귀만한 귀를 가진 임금>의 내용은『삼국유사』의 것과 상당한 차이를 보이고 있는데, 특히 복두장이 임금의 신체상의 비밀을 퍼뜨리게 된 과정이 그러하다. 즉 죽음을 앞에 둔 그가 마지막으로 노모老母 보기를 간청하여 집으로 돌아가던 도중 산속 고목나무에서 밤을 맞아 임금의 비밀을 공동空洞 속에 쏟아놓았다거나, 임금의 신체적 흉을 안 백성들이 도리어 임금이 자신들의 말을 널리 들어 좋은 정사를 하려고 그런 귀를 가진 것으로 생각하여 더욱더 임금을 우러르게 되었다는 내용은, 설화자의 의도적 창작으로 생각된다.

고전소설들이 설화적 주제·모티프·삽화의 차용으로 이루어진 것임을 필자는 따로 검증한 바 있는데,[1] 이러한 특징은 『임전』의 검토에서도 확인된다. 예컨대 <최치원전>[2] · <강감찬전>[3] · <임진록> · <서산대사전> · <사명당전> · <임경업전>[4] · <박문수전>[5] · <오성과 한음>[6] ·

---

1) 필자의 "설화와 소설",『사재동 박사 회갑기념 논총』(동 간행위원회, 1995. 10.), pp. 61~71. '설화가 이용된 고전소설 목록 일람'을 보충하여 『이야기문학 모꼬지』(박이정, 1995)에 재수록.

2) 이른바 <지하국대적퇴치> 유형을 비롯한 '최치원' 일화는 <군수 잡아가는 괴물>(『임전』1-142) ; <군수 잡아가는 괴물>(『임전』1-144) ; <신랑과 괴적怪賊>(『임전』2-79 ; 『임전』2-80 ; 『임전』2-83 ; 『임전』2-85 ; 『임전』2-88) ; <신랑과 괴승怪僧>(『임전』2-80) ; <괴적을 치다>(『임전』2-90 ; 『임전』2-92) ; <도적에게 잡혀간 색시>(『임전』5-248) ; <최고운 출생담>(『임전』6-40) ; <악한에게 잡혀간 누이를 구해낸 남동생>(『임전』6-372) ; <최치원>(『임전』7-68) ; <최치원 일화>(『임전』7-70) ; <괴적 토벌討伐>(『임전』7-309) ; <원님 마누라를 잡아가는 금돼지>(『임전』8-160) ; <금돼지 자손>(『임전』8-161) ; <최치원>(『임전』9-38) ; <최치원의 지혜>(『임전』10-56) ; <지하도地下盜 정벌>(『임전』12-73) ; <대도大盜 정벌>(『임전』12-75) 등을 찾을 수 있다.

3) 『임전』4-131~132 ; 5-48 ; 6-253 등 참조.

4) 『임전』6-270 참조.

5) 박문수의 일화는 『임전』에 상당히 많이 채록되어 있다. 몇몇 예를 들어보이면 다음과 같다. <처녀 원한을 풀어준 박어사>(『임전』5-67) ; <마음씨 착한 총각과 박어사>(『임전』6-145) ; <박문수 어사의 여러 가지 사적>(『임전』6-279) ; <박문수와 열녀>(『임전』6-290) ; <박문수와 추녀>(『임전』6-291) ; <박문수를 도운 아이>(『임전』8-174) ; <지아智兒와 박어사>(『임전』9-156) ; <박문수 어사 일화>(『임전』10-75) ; <홍진사의 누명을 벗겨준 박어사>(『임전』10-77) ; <박어사 일화>(『임전』10-78).

6) <오성 내외 수작>(『임전』3-205) ; <오성 대감의 일화>(『임전』6-59) ; <한음과 오성의 장난 수작>(『임전』6-259) ; <오성 대감의 기지>(『임전』7-79) ; <오성 대감의 기지>(『임전』7-80) ; <오성 대감 일화>(『임전』7-82) ; <오성이 똥 먹다>(『임전』8-28

<신립신대장실기>[7] · <한씨보응록> · <신단공안> 들의 줄거리는 구비와 문헌을 막론하고 특정 인물 전설이나 민간 설화의 결집으로 이루어졌다. 너무 과소 평가하는 것이 아닌지 모르지만 이러한 소설들의 창작에 있어서 가상 작자의 역할은 다만 설화적 자료들을 모아 연결 배열하며, 특히 어떤 특정 인물에게 어떤 설화를 결부시키는 단순 작업에 그쳤을 가능성이 크다. 그리고 이처럼 전래 민간 설화의 수렴으로 이루어진 소설류들은 대체로 창작 시기가 근대였다는 사실도 지적하지 않을 수 없다. <최치원전>이나 <임진록>과 같은 경우는 예외라 하겠으나, 여타의 실기류에 속하는 작품들은 거의가 신문학기 이후의 작품으로서 독립적인 전래 설화들을 특정 인물 중심으로 재편시켜 작품화한 것으로 보인다. 특히 <신단공안>(1906)은 모두 7회로 이루어져 이 중 제1회~제3회는 중국 공안소설公案小說인 『용도공안龍圖公案』의 제1화~제3화를, 동 제4화는 우리나라의 <봉이鳳伊 김선달金先達> 이야기[8]를 작품화한 한문소설이다. 나머지는 미처 확인해 보지 못했지만 역시 중국 이야기의 작품화일 것으로 생각된다. 그러므로 이 작품집은 전반적으로 <명관치옥名官治獄>에서 모티프를 다루는 주조主調로 보아 민간 유행의 <박문수 박어사> 설화와 동궤同軌의 것이라 하겠다. 이에 앞서 19세기 초반에 이루어진 『삼설기』도 민간 설화들을 작품화한 단편집이라는 점에서는 같은 성격을 띠고 있다. 상론은 피하지만, 필자는 문헌 설화 특히 야담은 설화와 소설을 이어

---

6) ; <오성과 정녀貞女>(『임전』8-288) ; <장가들기 전에 신부될 처자를 본 오성>(『임전』8-288) ; <오성 내외의 수작>(『임전』8-289) ; <오성과 한음 장난>(『임전』8-291) ; <오성과 대장장이>(『임전』8-292) 등.

7) 이상 서산 대사·사명당·신립 등에 관한 설화로는 <일본을 항복시킨 신승>(『임전』1-141) ; <일본을 항복시킨 신승>(『임전』1-141) ; <사명당과 왜장 청정>(『임전』5-56) ; <서산 대사와 사명당>(『임전』6-47) ; <용감한 사명 대사>(『임전』7-79) ; <사명당 일화>(『임전』10-68) ; <사명당>(『임전』10-69) ; <신립과 처녀 원귀>(『임전』5-57) ; <신립과 원녀>(『임전』6-52) ; <신립장군과 여원귀>(『임전』6-54) ; <신립 신대장과 원녀>(『임전』6-57) 등이 있다.

8) 『임전』1-266~286 ; 2-184~195 등 참조.

주는 과도기적 장르라는 생각을 가지고 있다.

역사 지리적으로 보아 우리 설화의 주요 원천지로 인도와 중국을 거론하지 않을 수 없다. 인도는 주로 불전佛典을 통하여, 그리고 중국은 각종 문헌을 통하여 간접적으로나 직접적으로 우리 설화 형성에 크게 기여하였다. 물론 그 밖에 몽고나 아랍권, 또는 일본과의 관계도 상정할 수 있겠으나, 이들 지역과의 관계에 대해서는 구체적인 증거를 찾아내기가 어려워 아직껏 검증된 바가 별로 없으나 개연성은 충분히 있다.

인도 설화의 경우 불교의 전래와 함께 그 문헌들이 대체로 중국지역을 통하여 입수됨에 따라 우리 설화에 커다란 영향을 미쳤을 것으로 생각된다. <두더지 사위>(『임전』8-327)는 『카타사리트사가라』에서, <옹고집전>9)은 『본생경本生經』에서 온 것으로 알려져 있다. 그 밖에도 불전에서 온 것으로 <내 복으로 산다>10)·<도둑 잡은 명판>11)·<방생 보은>12)·<안락국전>13)·<적성의전>14) 등을 들 수 있다.

주지하다시피 고전소설 <두껍전>에는 두 종류, 즉 쟁장형爭長型(혹은 쟁년형爭年型)과 적강형謫降型 설화의 파생작이 알려져 있다. 전자는 동물 담계로써 <두껍전> 외에도 <섬동지전>을 비롯하여 <금섬노인전>, <노

---

9) <인색인吝嗇人의 책벌責罰>(『임전』3-299) ; <괴서怪鼠>(『임전』4-175) ; (『임전』6-324) ; (『임전』7-209) ; (『임전』7-21) ; <쥐좆도 모른다>(『임전』7-211) ; <옹고집>(『임전』7-213) ; <괴서>(『임전』11-92).
10) <내 복으로 잘 산다>(『임전』1-111) ; <내 복으로 잘 산다>(『임전』1-112) ; <내 복으로 잘 산다>(『임전』3-265) ; <내 복에 산다>(『임전』4-193) ; <제 복에 산다>(『임전』5-171) ; <내 복에 산다>(『임전』6-339) ; <내 복에 산다>(『임전』6-340) ; <내 복에 산다>(『임전』7-231) ; <내 복에 산다>(『임전』7-232) ; <내 복에 산다>(『임전』7-233) ; <내 복으로 산다>(『임전』9-289) ; <내 복으로 산다>(『임전』10-131) ; <내 복으로 산다>(『임전』10-132) ; <제 복에 산다>(『임전』12-93).
11) <도둑 잡는 기지>(『임전』6-386) ; <도둑 잡는 기지>(『임전』6-386).
12) <살려준 고기의 보은>(『임전』1-63) ; <살려준 고기의 보은>(『임전』1-64) ; <살려준 잉어의 보은>(『임전』1-65) ; <살려준 붕어의 보은>(『임전』1-63).
13) <할라궁>(『임전』10-125).
14) <착한 아우의 효심>(『임전』5-289) ; <효심이 많은 아우>(『임전』6-428) ; <효성 있는 아우와 나쁜 형>(『임전』12-97).

섬상좌기>, <녹처사연회>, <섬공전>, <섬노장전>, <섬로전>, <섬설록>, <섬자호생의 설전>, <섬호전>, <옥섬전>, <옥포동기완록>, <장선생전> 등의 이칭 혹은 이본이 파생되었는데, 이들은 대체로 '누가 가장 나이가 많은가' 하는 불전 계통의 민간 설화가 근간을 이루고 있다.15) 이 설화는 또한 연암 소설 <민옹전>에도 인용되고 있어 그 전승 연대가 상당히 오래되었음을 증언해 주고 있다. 반면 적강형 <두껍전>은 신이담계의 내용으로써 <섬처사전>, <금섬전>, <인두껍전> 등의 이칭이 있으며, <두꺼비 신랑>이라는 민간 설화가 근간이 되고 있다. <두꺼비 신랑> 설화 역시 유명한 세계 광포 설화로써 우리는 『그림 설화집』의 제1화 <개구리 대왕Der Frosch König>'을 상기할 수 있다. 『임전』에 채록된 자료는 단 하나뿐(『임전』1-38, <두꺼비 신랑>)이지만, 종래의 전래 동화집들에는 이 이야기가 설화력說話曆이 제시되지 않고 수록되어 있음에 반하여, 이 책에는 명백한 설화력이 제시되어 있어 민간 전승의 사실을 확증해 주고 있다. 그러나 이 설화의 구체적인 전파 경로에 대해서는 지금까지 검토된 바 없다.

　<쏟은 물은 다시 담을 수 없다>는 격언, 혹은 <매미의 유래>에 관한 민간 설화16)는 중국 설화의 유입으로 보인다. 단, 이 이야기는 전승자에 따라 동일 내용의 설화가 '강태공' 혹은 '주매신'이라는 각각 다른 역사적 인물에 부착되어 전승되었는데, 이는 대체로 전승자의 망각에 따른 결과일 가능성이 크다. 그러나 특정 설화를 역사상 특정 인물에 결부시키는 행위는 제보자들에게 흔히 있는 일로서 꼭 망각 현상으로만 볼 수는 없

---

15) <두꺼비와 토끼와 호랑이>(『임전』1-95) ; <나이 자랑>(『임전』4-239) ; <두꺼비와 토끼와 거북의 나이 자랑>(『임전』11-56).

16) <부은 물은 다시 담을 수 없다>(『임전』2-274) ; <쏟은 물은 다시 담을 수 없다>(『임전』2-275) ; <쏟은 물은 다시 담을 수 없다>(『임전』2-275) ; <강태공 부처>(『임전』3-309) ; <돌무더기>(『임전』4-121) ; <강태공과 마씨부인>(『임전』5-281) ; <매미>(『임전』6-355) ; <강피 훑는 여자와 글만 읽는 남편>(『임전』10-163) ; <매미가 된 각시>(『임전』10-164) ; <강피 훑은 여자>(『임전』11-63) ; <매미>(『임전』12-136).

으며, 신빙성 제고나 권위 부여를 위한 제보자의 의식적 행위의 결과였을 가능성도 있다.

역사적 여건으로 보아 중국 설화의 유입은 끊임없이 이루어졌을 것으로 생각된다. 유학서儒學書나 제자백가류諸子百家類, 각종 사서史書들은 물론, 그 외에도 『수신기』·『유양잡조』·『태평광기』를 비롯한 3언2박三言二拍·4대기서四大奇書와 같은 소설류가 우리의 설화에 중심적인 영향을 미치었다. 따라서 우리는 <당태종 설화>17) · <양산백·축영대>18) · <천량점>19) · <효자 곽거郭巨>20) 같은 중국 설화 유형이 우리 민간에서도 널리 전해지고 있음을 기이하게 여길 필요가 없는 것이다. 물론 문헌 설화와 아울러 중국인과의 직접 접촉을 통한 구비 설화의 유입도 생각할 수가 있겠는데, 가령 중국에서 유명한 민간 전설인 <양산백과 축영대> 같은 것은 구비 설화의 유입일 수도 있겠다. 한편 <효자 곽거>의 이야기는 『삼국유사』의 <손순매아孫順埋兒>로 변모되기도 하였으며, 민간에서는 '황금 단지'를 캐내거나 <동자삼童子蔘> 이야기로도 발전하였다.

특정 민간 설화 유형의 소설화는 기왕에 <토끼전> · <흥부전> · <콩쥐팥쥐전>의 경우가 많이 거론되어 왔다. 하지만 이 중에 <콩쥐팥쥐전>은 소설 판본 중 필사본으로 전하는 것이 전혀 없고, 활자본으로는 기껏해야 <무쌍언문삼국지>(1918)의 광고에 비로소 그 이름이 보이는 것으로 보아, 동 설화 자체의 국내 유입 시기가 매우 늦을 것으로 여겨져 왔다.

---

17) <용한 관상쟁이>(『임전』8-96).

18) <흰 나비의 유래>(『임전』6-353) ; <양산박과 수영대>(『임전』10-123) ; <양산박과 수영대>(『임전』11-33) ; <수양재와 장사복>(『임전』12-117) ; <채금대와 양산복>(『임전』12-118) ; <흰 나비의 유래>(『임전』6-353) ; <양산박과 수영대>(『임전』10-123) ; <양산박과 수영대>(『임전』11-33) ; <수양재와 장사복>(『임전』12-117) ; 금대와 양산복>(『임전』12-118).

19) <용한 점>(『임전』2-304) ; <용한 점>(『임전』2-305) ; <인지위덕忍之爲德>(『임전』6-140) ; (『임전』6-409) ; <명점 4구名占四句>(『임전』6-41) ; <명점>(『임전』8-92) ; (『임전』8-93) ; (『임전』10-229) ; (『임전』10-230) ; <명점 셋>(『임전』12-133).

20) <효자>(『임전』9-105).

구비 설화의 채집도 전래 동화집들에 상당히 변개되어 수록된 예들 외에는 현지조사를 통한 채록이 거의 이루진 바가 없었다. 그러나『임전』에 이 설화의 이본이 다수 채록되어 있음은 지금까지의 통설을 충분히 재고할 만한 것으로 생각된다. 다음은『임전』에 채록된 동 설화의 자료들이다.

『임전』1-133 〈콩쥐팥쥐〉   『임전』3-251   〈콩쥐팥쥐〉
『임전』6-307 〈콩쥐팥쥐〉   『임전』7-263   〈콩쥐팥쥐〉
『임전』9-71   〈콩쥐와 팥쥐〉   『임전』9-261   〈콩쟁이 폿쟁이〉
『임전』9-262 〈콩쟁이 폿쟁이〉   『임전』10-298 〈콩쥐팥쥐〉
『임전』10-301 〈콩쥐팥쥐〉   『임전』11-57   〈콩쥐팥쥐〉

이와 유사한 설화로 〈손 없는 색시〉를 들 수 있다. 이 유형도 구비 설화의 채록은 별로 이루어진 적이 없다. 반면 일본에서는 이 설화가 다수 채록됨으로써 이 설화가 일본으로부터 유입된 것은 아닌가 하는 가정도 가능하지만, 이 설화를 소설화한 다수의 고전소설 이본들이 최근 속속 발굴됨으로써 그러한 가정은 부정되기에 이르렀다. 〈손 없는 색시〉 유형의 소설 작품으로는 여승구 소장 〈김연단전〉 ; 김광순 소장 〈순금전〉 ; 조동일 소장 〈연당전〉 ; 조병순 소장 〈연당전〉 ; 홍윤표 소장 〈연단전〉 ; 한중연 소장 〈황연당전〉 들을 들 수 있다.[21] 이들은 모두 필사본으로 전해지고 있으며, 또 그 중에는 명백히 1900년대 이후에 필사된 것도 있지만, 대체로 그 이전에 작품화되었을 것으로 추정되므로 일본으로부터의 도래는 회의적일 수밖에 없다. 더구나 이 유형이 세계 광포 설화임을 고려하면, 〈연당전〉계 소설들은 그 근원이 전래 설화에 있음이 분명하다. 그러한 의미에서 최고 조사례가 되는『임전』의 〈계모가 팔을 자르고 내쫓은 처녀〉(『임전』1-131) ; 〈계모와 전실 딸〉(『임전』8-54)은 매우 귀중한 자료가 된다.

---

21) 조희웅,『고전소설 이본목록』(집문당, 1999), p. 388, 〈연당전〉조 참조.

우리의 민간 설화 <손 없는 색시> 유형의 줄거리는, ① 계모의 의붓딸 학대 ; (② 조작된 처녀임신) ; ③ 양손 절단 및 추방 ; ④ 과목果木 위의 주인공 ; ⑤ 귀가 도령과의 결혼 ; ⑥ 과거 시험을 보러 상경한 남편 ; ⑦ 득남 사실을 알리는 아내의 편지 ; ⑧ 도중에 바뀌어진 편지 ; ⑨ 시가媤家에서 쫓겨난 모자母子 ; ⑩ 물에서 재생된 손 ; ⑪ 모자의 기식寄食 ; ⑫ 남편의 아내 탐색 ; ⑬ 부자 인지認知 및 부부 상봉 ; ⑭ 계모 처벌로 이루어져 있다.[22] 이에 대비해 보면 『임전』1-131에는 ②가 결여되어 있는데, 사실 이 삽화는 외국 설화에는 전연 나타나지 않고 국내 이본에도 일부에만 나타나는 것으로,[23] 아마도 이는 <장화홍련전> 같은 소설의 영향인 듯하다.

<손 없는 색시> 유형이 소설화한 이본 중 <순금전>을 제외한 여타 작품들의 내용은 대체로 위에서 말한 설화적 내용과 큰 차이가 없다. 다만 기록문학화에 따른 인물·배경·문체 따위에서 변모를 보이며, 세부 묘사 또는 잡다한 창작 삽화의 부가 따위가 두드러져 보일 뿐이다. 그런데 이들에는 모두 쥐로써 낙태를 가장하는 삽화가 들어 있지 않으며, 여주인공('황연당' 혹은 '황연단')이 계모의 책동으로 양팔이 잘리어 축출되고, 배나무에 열린 배를 입으로써 따 먹다가 남주인공[24]을 만나 혼인하며, 부부간에 오가는 편지가 중로에서 계모에 의해 개서改書되고, 시가에서 쫓겨난 여주인공이 도중 기갈이 심하여 엎드려 샘물을 마시려다 등에 업은 아이가 떨어지려는 서슬에 무심결에 아이를 잡으려다 양팔이 재생한다는 결구結構는 『임전』의 것과 똑같다. 그러나 소설이 설화와 달라진 몇 가지 예를 보면, 계모가 여주인공을 쫓아내려 무당의 말을 듣고 어떤 식물[25]부분을 먹여 헛배를 부르게 하여 임신 누명을 씌워 내쫓게 한다든

---

22) 조희웅, "손 없는 색시(AT 706) 고考", 『수여성기열박사환갑기념논총水余成耆悅博士還甲紀念論叢』(인하대출판부, 1989) 참조.

23) 조희웅, 『한국구비문학대계』 1-9(한국학중앙연구원, 1984), pp. 252~257, <손 없는 색시>와 최정여崔正如, 동 7-14(1985), pp. 684~697, <계모에게 쫓겨난 손 없는 처녀>.

24) 한중연 소장 <황연단이라>에서는 '허진' ; 조동일 소장 <연당전>에서는 <김허진> ; 홍윤표 소장 <연단전이록>에서는 '전형'으로 되어 있다.

가, 남주인공이 오작교를 건너 요지瑤池로 가 여주인공과 재회하고, 부부가 여주인공의 친가親家를 찾아가 사건의 진상을 폭로시키며, 계모 및 무녀, 편지 심부름을 하던 하인들이 범에게 물려 처벌당하고, 부부가 부귀를 누린 끝에 구름을 타고 승천한다든가 하는 것들을 들 수 있다. 이러한 것들은 대체로 기록자 내지는 작자의 창작으로 보인다.

한편 또 다른 이본 <순금전>은 소설화의 과정에서 상당한 변모를 겪었음을 알 수 있는데, 일반적인 설화와 비교하면 이 소설은 많은 차이를 보인다. 좀 장황하지만 차이점을 중심으로 줄거리를 요약하면 다음과 같다. 즉,

세조대왕 즉위 초에 장안 닐리리골에 황공이라는 재상이 있었는데, 그 부인 최씨가 딸 순금을 낳은 후 세상을 떠나 순금의 권유로 황정승이 정씨를 후처로 맞이하여 처음에는 가사를 잘 다스려 칭찬이 자자했으나, 아들을 낳은 후 점점 교만해지고 전처 소생인 순금을 모해하기 시작하였다. 반면 정씨 소생인 황생은 여주인공 순금에게 호의적이었다. 계모 정씨가 순금에게 돌메물을 먹여 몸을 붇게 하였다. 계모가 쥐로써 낙태를 가장시켜 모함하여 쫓겨난 순금은 중로에서 화주승을 만나 황금을 시주한 대신 홍도를 받아 먹고 한 쪽 눈과 한 쪽 다리마저 잃게 되었다. 날짐승이 와 순금을 덮어주고, 그들이 가져다 준 과일로 순금은 아픔과 배고픔을 모르게 되었다. 선녀로 변한 호랑이가 약과 물로써 순금을 다시 완인으로 만들어 주었다. 목장자집으로 가 대접을 받고 목장자의 천치 아들 목선과 혼인하게 되었다. 목선이 색시에게 글을 배워 천하 문장이 되고, 과거를 보러 상경한 목선이 황정승댁(주인공의 본가) 근처 순금의 유모집에 기식하였다. 목선이 꿈에 한 여인에게서 처부모를 찾아보지 않는다는 꾸중을 듣고 깨어나 주인에게 꿈 이야기를 하는 과정에서 그는 순금이 황정승의 딸일지도 모른다는 생각을 하였다. 목선과 황생이 모두 장원 급제하였다.

---

25) 조동일 소장본에서는 ‘심산 궁곡 초가 지붕 위에 나는 돌메물과 여자귀 열매’ ; 한중연 소장본에서는 ‘심산 궁곡의 어사 나무’ ; 홍윤표 소장본에서는 ‘백년 지난 무덤 위의 절로 난 돌메물과 냇가의 넛(엿)사리 열매’로 나타난다.

상경한 순금이 목선과 함께 황정승집에 묵으려 하니 황생이 황정승을 설득하여 순금 부부를 옛 순금의 거처인 영춘당에 들게 하였다. 순금을 본 계모는 무척 놀랐으나 팔이 온전함을 보고 마음을 놓았다. 순금이 벽에다 글을 쓰고 떠났는데, 그 글을 본 황생이 비로소 순금임을 알고 좇아가 이복 오뉘가 상봉하였다. 순금 부부와 황생이 황정승에게 사건의 전말을 실토하니, 황정승은 임금에게 표를 올렸다. 임금이 정씨를 불러 문초하자, 정씨는 쥐를 낙태의 증거로써 제시하였다. 쥐의 배를 가르자 쥐똥이 나와 순금의 누명이 벗겨지고 정씨는 참살되었다. 순금이 6자 3녀를 낳고 복록을 누리다가 승천하였다.

이상에 나타난 바처럼 이 작품과 설화의 중요한 차이는 잘려졌던 팔의 재생 과정이 전연 다르다는 점과, 편지를 바꿔치는 삽화가 없고, 주인공의 결혼 과정이 판이하다는 점을 들 수 있다. 그리고 단순한 설화적 내용이 이 작품에서는 전반적으로 도선적道仙的 색채가 가미된 소설로써 복잡화되었음도 지적할 수 있다.

한편 일본 설화의 유입 가능성을 알려 주는 또 다른 예는 <혹부리 영감> 설화이다. 『간양록看羊錄』을 쓴 강항姜沆은 이 설화를 일본 피로시被擄時에 처음 듣고 기록하였다고 하고 있다. 그러나 이 이야기도 국내에 널리 전하고 있을 뿐만 아니라, 이웃 중국에도 있음으로 보아, 그 전파 경로는 역시 대륙을 통하여 전파되어 간 것으로 볼 수밖에 없다. 그러나 <복숭아에서 나온 아이>의 경우는 좀 다르다. 이 유화의 경우는 국내 채록본이 단 하나밖에 없을 뿐만 아니라, 중국에서는 채록 예가 전혀 없는 반면, 일본에서는 <모모따로[도태랑桃太郎] 이야기>로 범국민적인 사랑을 받고 있는 점으로 미루어, 국내 채록본(『임전』9-64, <복숭아에서 나온 아이>)26)은 일본설화의 유입이 아닌가 한다. 더구나 이 이야기는 신소설기

---

26) 원래 1968년 8월 저자의 다도해 지역의 조사에서 채록되었던 자료인데, 제보자는 전남 여천군麗川郡 삼산면三山面 초도대동草島大洞의 13세 윤장현(남)으로 되어 있다(무형문화재 조사보고서 제45호 『다도해 지역의 설화와 민요』, pp. 45~48).

에 『박천남전』으로 번안된 바도 있다. 필자는 1970년대 초반 경기도 광주의 현지 조사시에 일본인들이 가장 좋아하는 이야기 중의 하나인 <학아내[학녀방鶴女房]>을 들었던 기억이 있다. 이들 자료의 민간 유전은 생각건대 일제 치하에서의 교육이나 독서의 결과로 재전승되었을 가능성이 큰 것으로 생각된다.

『기문奇聞』 제1화 <작겁호갈鵲怯虎喝> 같은 것은 구비 전승의 동물담이 문헌에 기록된 희귀한 예인데, 우리는 『임전』에서 이 유형의 원화에 속하는 민간 전승으로 다음과 같은 예들을 찾아볼 수 있다.

> 『임전』1-30 : <까치와 여우와 왁새>
> 『임전』1-31 : <까치와 여우와 왁새>
> 『임전』1-32 : <까치와 호랑이와 메추라기>
> 『임전』1-100 : <까마귀와 범과 토끼>
> 『임전』5-135 : <까치와 여우와 학>

이처럼 『기문』의 <작겁호갈>의 '까치－여우－대조大鳥'의 3자 구도가 『임전』 채록의 자료들에서는 '까치·까마귀－여우·호랑이－왁새·메추라기·토끼·학' 들로 다양하게 변개되어 있지만, 이들이 모두 동종 설화의 이본임에 틀림이 없다.

고전소설인 <메기장군전> 혹은 <잉어해몽설>,[27] <황새 결송>[28] 들은 구비 설화가 소설로 재창작된 것으로 보인다. 반면 민간에서 전승되는 설화 중에는 그것이 애초에 소설이었던 것이 이야기꾼에 의하여 재구연되었음이 분명해 보이는 작품들이 있다. 예컨대 <장화홍련전>[29]이나

---

27) <망두기·가재미·낙지>(『임전』3-51) ; <붕어의 꿈>(『임전』3-51) ; <메기의 꿈>(『임전』6-439) ; <메기 입과 병어 입>(『임전』7-157).

28) <노래 소리 판정>(『임전』1-30) ; <오한평생무이와吾恨平生無二蛙>(『임전』3-277) ; <소리 자랑>(『임전』6-348) ; <한무대와恨無大蛙>(『임전』4-238) ; (『임전』6-348) ; <무와無蛙>(『임전』7-355) ; <노래 소리 판정>(『임전』7-356) ; <노래 소리 판정>(『임전』7-357).

<사명당전>계 설화들[30] <장끼전>[31] 들이 그러하다. 그러나 『임전』 2-295, <어떤 선비의 경력>이나 『임전』5-232, <지녀智女> 따위는 분명 <정수경전>과 매우 유사해 보이지만, 그것이 소설에서 온 것인지, 아니면 애초부터 설화였던 것인지를 판별하기란 쉽지 않다. 다만, 범인을 찾아내게 되는 단서가 되는 수수께끼 풀이에 있어서 <정수경전>(하버드대본 <정두경전>)에는 '흰 종이에 누런색 참대가 그려져 있는 그림'으로 '백황죽白黃竹'을, 『임전』2-295는 '누런 종이 한 장과 흰 종이 석 장'으로 '황백삼黃白三'을, 동 5-232는 '하얀 기에 석 삼자가 쓰여 있는 기'로 '백기삼白旗三'을 해석한다는 결구[32]로 보아, 이 이야기는 아무래도 기록문학에 근거를 두고 있는 듯하다. 한편 『임전』1-24, <꿩과 쥐>는 명백히 <서동지전>과 <장끼전>의 핵심적인 삽화를 혼합하여 만들어낸 이야기임을 쉽사리 알 수 있다.

기록문학 작품이 구비 설화 모티프 내지는 삽화를 차용한 예는 매우 흔하다. 예컨대 고전소설 <금강탄유록>의 삽화 중에는 <말 오줌 먹은 목사>(『임전』5-304) ; <말오줌 먹은 감사>(『임전』8-231) 등을 변용시킨 것으로 보이고, <불가살이전>은 <불가살이> 전설(『임전』5-199 <불가사리>)이 바탕을 이루었을 것으로 보인다. 반면 민간에서 유통되던 인물 전설 또는 명인 일화의 대부분은 이른바 야담집 기원일 것으로 보인다. 예컨대 <주금령酒禁令과 효부>(『임전』5-290)나 <이완과 허생>(『임전』7-92), <김우항이 재상된 까닭>(『임전』7-127), <김하서의 문재>(『임전』7-94)가 그러하다.

---

29) <장화와 홍련의 원혼>(『임전』1-129).

30) 각주 7) 참조.

31) <꿩과 쥐>(『임전』1-26) ; <꿩의 죽음>(『임전』1-26) ; <꿩과 쥐>(『임전』1-27).

32) 참고로 살핀다면, 『교수잡사攪睡襍史』 제56화 <신복기험神卜奇驗>에서는 '누런 종이 위에 그린 개 세 마리'로 범인 '황삼술黃三戌'을 색출하는 것으로 되어 있고, 필자가 1979년 도봉구 미아동에서 채록한 <장한영을 살린 금낭 : 황백삼黃白三> 이야기와 같은 해 인권환印權煥이 충남 당진에서 채록한 <황백삼 이야기>에서는 '노란 종이에 쓰인 흰 백자 셋'으로 범인 '황백삼'을 잡는 것으로 되어 있다.

　　민간 설화가 기록된 예 중 특이한 예는 음설담의 경우이다. 분명 하찮은 이야기로 극히 폄기되었을 법한 이런 종류들의 이야기가 지식층에 의하여 『고금소총』 소수의 제 문헌으로 집성되었음은 유학 사회를 표방한 조선조의 사상적 분위기로 보아서 이해하기 힘들다. 그러나 도덕의 굴레를 벗어나 모처럼 문자 그대로 '해이解頤'를 원했던 인정의 추이는 고금 동서라고 차이가 있는 것은 아니다. 『임전』 수재의 다수의 음설담들은 외설의 극에 서는 것들이 많지만, 그렇다고 하여 우리에게 전혀 낯선 것들이라 할 수는 없다. 그들은 우리가 아직까지도 시간과 장소에 따라서 흔히 들을 수 있는 이야기들이기 때문이다.

　　<호랑이와 곶감> 유형담은 우리에게 매우 친숙한 이야기인데, 동 이야기 속에서 '곶감' 모티프는 매우 다양하게 나타난다. 예컨대 '(소낙)비'·'에비' 등인데, 문헌 설화에서는 '주지注之'라는 것도 보이며, 삽화 속에는 호랑이뿐만 아니라 곰, 토끼, 당나귀, 수달 들이 등장하여 어리석음을 범하게 된다. 『임전』1-23, <호랑이와 당나귀와 토끼>에 이르면 이 이야기가 음설담화되기까지에 이른다. 다음은 『임전』에 등재된 동 설화의 이본들인데, 『어면순』 소재 제50화 <호겁웅모虎怯熊毛>와도 비교해 볼 만하다.

　　　　『임전』1-13　：<비에 놀란 호랑이>
　　　　『임전』1-14　：<호랑이와 토끼>
　　　　『임전』1-15　：<호랑이와 토끼와 곰>
　　　　『임전』1-16　：<호랑이>
　　　　『임전』1-17　：<호랑이와 곰>
　　　　『임전』1-19　：<호랑이와 토끼>
　　　　『임전』1-21　：<호랑이와 토끼>
　　　　『임전』1-23　：<호랑이와 당나귀와 토끼>
　　　　『임전』3-238：<토끼와 호랑이>
　　　　『임전』3-238：<토끼의 꼬리>

『임전』5-137 : <수달과 호랑이>

『임전』5-142 : <호랑이와 토끼와 노루>

『임전』6-327 : <수달과 호랑이와 토끼>

『임전』6-330 : <수달과 호랑이와 토끼>

『임전』6-331 : <수달과 호랑이와 토끼>

『임전』6-332 : <수달과 호랑이와 토끼>

『임전』7-317 : <곶감에 놀란 호랑이>

『임전』7-369 : <늙은 당나귀와 호랑이와 토끼>

『임전』9-58 : <곶감, 도둑, 호랑이, 곰>

『임전』9-67 : <수달과 호랑이와 토끼>

『임전』10-94 : <호랑이와 에비>

　'영웅의 일생'을 보여주는 대표적인 원형적 이야기로 우리는 '주몽 전승'을 들 수 있다. 이 이야기의 다양한 변용은 민간 전승 속에서 매우 풍부하게 찾을 수 있는데, <제석 본풀이>는 그러한 예일 것이다. 신이담 중에서도 가장 핵심 요소는 탐색 모티프일 것으로 생각된다. 그 이유는 아마도 신이담이 결핍의 상황에서 시작되어 결핍의 해소로 끝나기 때문일 것이다. 그리하여 설화학자들은 대체로 <지하국대적퇴치>를 가장 완결된 유형으로 보았다. 이러한 관점에서 우리의 <주몽> 전승이나 <제석 본풀이>, <바리공주> 들은 그와 상당히 합치되는 면모를 지닌다고 할 수 있다. 『임전』5-210, <아버지를 찾은 아이>는 <주몽과 유리> 이야기의 동공이곡同工異曲이지만, 섣불리 전자가 후자의 영향을 받았다고 보기 어렵고, 양자의 유사성은 공통적인 '영웅의 일생'의 선을 따른 이야기라 보는 것이 옳겠다.

　이제까지 필자는 『임전』에 나타난 설화를 중심으로 구비 설화와 문헌 설화·고전소설 들의 관계에 대하여 대충 살펴보았다. 그 결과 구비 설화가 문헌 설화 혹은 소설로 변모되는 사례들을 거론하였고, 반면에 일반 통설로서 '구비 설화→소설 혹은 문헌 설화'의 과정이 실제로는 반대의 방향인 '소설 혹은 문헌 설화→설화'의 과정을 취한 경우도 적지 않을 것임을 지적하였다. 또한 설화적 주제나 모티프·삽화가 고전소설들에 차용된 많은 실례들을 『임전』에서 찾아보았다. 이 과정에서 단일 설화 유형이 고전소설로 작품화한 새로운 예를 『임전』의 <계모가 팔을 자르고 내쫓은 처녀>(『임전』1-131)에서 찾고 이를 바탕으로 <연당전>계 다수 이본들과 비교할 수 있었음은 커다란 소득이었다. 또한 필자는 이 글에서 역사·지리적으로 밀접한 관계에 있는 동아시아 지역 간의 설화 수수授受 관계에 대하여 살펴보았으며, 문헌 설화나 소설로 나타났던 동물담들의 구비 설화들도 일부 거론하였다. 또한 본격 신이담의 스토리상의 유사성은 반드시 직접적인 차용이라기보다 구조적으로 보아 '영웅의 일생'을 모방한 것으로 볼 수도 있음을 말하였다.

  설화와 소설 간의 관계를 살핌에 있어 국내의 현전 모든 설화를 대상으로 한 것이 아니라, 『임전』이라는 특정 자료집에 맞추어 논의를 진행시키다 보니 적례를 제시하기 어려워, 이렇다 할 결론을 얻지 못했음은 매우 유감이다. 그리고 너무 서두른 나머지 깊이 있는 천착을 하지 못하고 피상적인 사례 나열 정도로 그친 점도 자책하지 않을 수 없다. 면책을 위한 군더더기말이긴 하지만, 『임전』 소수의 자료들은 장르적 편중이 심한 편이며, 지역에 따른 자료 채록 수의 편차가 심하고, 유사 자료의 경우 설화력만 제시되고 만 것 등을 단처로 지적해 두지 않을 수 없다. 마지막으로 논지에서 좀 벗어난 이야기이지만, 북한 지방에 대한 신빙할 만한 설화 자료집이 거의 없었던 터에, 그나마 『임석재전집 : 한국 구전 설화韓國口傳說話』 전 12권으로써 설화 지도의 공백을 일부 메울 수 있게 된 것을 천행으로 여기며, 새삼 저자의 선구적 업적에 찬사를 드린다.

● 참조 원고

  "구비설화·문헌설화·고전소설의 관계 : 『임석재전집 : 한국구전설화』 수록 자료를 중심으로", 『비교민속학』 20(비교민속학회, 2001. 2)

4. <색시 찾은 신랑> 설화

인류가 전승해 온 이야기문학 중에서 '배우자 얻기' 혹은 '배우자 찾기'(탐색)의 유형은 아마도 인간의 사회화 시기까지 소급될 수 있는 가장 오랜 이야기의 하나가 아닌가 생각된다. '짝짓기'의 개인적 욕구는 점차 사회가 형성됨에 따라 '개체 전승 본능'의 차원을 넘어 필연적으로 '집단 유지 의무'의 차원으로까지 확대되었을 것이다. 개인의 삶이 지속되려면 필연적으로 집단 형성이 요구되며, 그것의 유지를 위하여는 당연히 혼인 행위가 성립되기에 이르렀을 것으로 추정되기 때문이다. 하지만 생명체의 탄생이 유전자 결합으로 이루어진다는 과학적 지식이 거의 없었던 당시로서 혼인의 상대, 즉 배우자의 범주가 인간에게만 머문 게 아니라 신이나 혹은 천인天人, 나아가 지상계의 인류가 아닌 동물에게까지 넓혀지고, 심지어 그 밖의 상상적 생물에게까지 미치기도 하였다. 이 같은 연유로 '이류교혼담'이 만들어진 것이고, 따라서 그 기원은 시간적으로 매우 오랜 것으로, 공간적으로 범세계적인 것으로 인정할 수 있는 것이다.

'이류교혼담'은 문자 그대로 인류가 아닌 신이나 신적인 존재, 혹은 동식물 배우자와의 혼인을 이야기하는 민간 전승 설화를 일컫는다. 물론 비인류의 배우자는 이야기 속에서 일단 인간으로 변신하여 혼인 상태를 유지하게 된다. 이류교혼담 중 배우자가 비인간의 원형 그대로 교혼을 하는 경우란 매우 드물다. 그런데 이류교혼이 이루어지는 설화적 사례들을 살펴보면 혼인은 일방적 접근이거나 혹은 보은의 성격을 띠게 되고, 그 결과는 세 가지 양태로 진행된다. 즉 (1) 배우자 얻기에 성공으로 끝나는 단순 민담적 유형, (2) 배우자를 얻었다가 잃는 것으로 끝나는 전설적 유형, (3) 배우자를 얻었다가 잃고 다시 찾는 복합 민담적 유형 구조가 그것이다.

한국 설화에도 이류교혼담 유형은 상당히 많다. <야래자夜來者>나 <영교靈交>와 같은 일군의 유형은 물론 단일 유형으로도 <우렁색시>(혹은 <잉어색시>)·<나무꾼과 선녀>·<구렁덩덩 신선비>·<당금애기> 같은 것들을 들 수 있다. 이 중 <우렁색시>나 <나무꾼과 선녀>는 위에서 말한 세 가지 양태 중 첫째 유형으로 끝나는 경우도 있지만, 그 밖에 둘째 혹은 셋째의 유형을 보이는 것도 많다. 특히 세 번째 유형과 같은 것은 단순 구조에 부가적인 삽화가 결합되어 복합 구조로 변모된 것들이다. 예컨대 <구렁덩덩 신선비>와 <당금애기> 같은 것은 망각의 경우가 아니라면 첫 번째 유형과 같은 만남으로 혼인 상태가 완결되는 법은 없고 반드시 탐색 여행에 이어 난제 해결 따위의 과정을 거쳐 재결합하게 된다. <우렁색시>나 <나무꾼과 선녀>는 남자가 여자 배우자를 찾는 이야기이고, <구렁덩덩 신선비>나 <당금애기>는 반대로 여자가 남자 배우자를 찾는 이야기이나, 모두 이야기의 진행 과정은 거의 유사하다. 효과적인 논의를 위하여 <우렁색시>계에 초점을 맞추어 논의해 보기로 하겠다.

세계적으로 '이류異類 아내를 잃었다가 고생 끝에 다시 만나는 이야기'의 역사는 매우 오랜 듯하며, 그만큼 이 이야기는 오늘날 전 세계적으로 광포되어 있다. 일찍이 굴드B. Gould가 작성한 '인구설화의 제유형'(Some Types of Indo-European Folktales)에는 이 이야기가 총 70개 유형 중 제32번 '색시 얻기 유형'(Bride Wager Type)으로 등재되어 있는데, 그 대체적인 내용은 이러하다. 즉, 아내(좀 드물게는 남편)가 다음과 같은 행위에 의해 얻어진다. 즉 (1) 일련의 수수께끼 풀기, (2) 몇 개의 테스트 수행하기, (3) 괴물과 싸우기, (4) 미녀를 웃기기, (5) 비밀 알아내기 — 이상의 난제 중 어느 한 조건을 이행함으로써 아내(드물게는 남편)를 차지한다.[1]

한편 이 이야기를 아아르네-톰슨의 『설화의 유형』에서 찾아보면 AT 400(The Man on a Quest for His Lost Wife)과 AT 465(The Man Persecuted Because of His Beautiful Wife)를 들 수 있고, 여기에 AT 571(Making the Princess Laugh)을 더할 수 있겠다. 한편 톰슨의 유형집에는 <백조처녀白鳥處女 Swan Maiden>, 한국의 <나무꾼과 선녀>를 독립된 유형으로 설정하지 않은 반면 AT 313(The Girl as Helper in the Hero's Flight), AT 400, AT 413(Marriage by Stealing Clothing), AT 465, AT 465A(The Quest for the Unknown) 등과 같은 유형들에 두루 포함되어 있는 모티프로 보았다. 그리하여 톰슨은 <백조처녀> 이야기가 AT 465의 발단부로 사용되기도 함을 지적한 바 있는데,[2] 사실 한국에서도 <백조처녀> 이야기는 <우렁색시> 이야기와 착종되기도 한다. 톰슨은 이런 이야기의 기본 줄거리가 성경에 나타나는 <데이비드와 배스쉬바의 이야기 David and Bathsheba>[3]와 매우 유사함을 지적하고, 바로 이 같은 문헌 전승이 동 설화의 발생과 전파에 커다란 역할을 담당하였을 가능성을 시사하였다. 어쨌든 이 이야기에서 주인공은 초인적인 아내 — 백조처녀, 변신의 능력을 지닌 동물, 혹은 직접 주인공이 신에게서 받은 아내 — 를 얻게 되는데, 호색적인 임금이 그녀를 차지하려는 욕망을 품고 남편을 제거하려는 음모를 꾸민다. 결국 임금은 그에게 일련의 불가능한 과제를 부여하지만 그는 종종 초인적 도움을 얻거나, 대개는 그의 아내의 도움을 얻어 과업을 이루어 내는 데 성공하여 임금의 기도를 물리쳐 버린다.[4]

---

1) C. S. Burne, *The Handbook of Folklore*(Lodon, 1914), p. 32.
2) S. Thompson, *The Folktale*(New York, 1946), p. 93.
3) 『구약성서』, <사무엘>, 하, 제11장~제12장.
4) Thompson, loc. cit.

톰슨의 연구 결과에 의하면, <백조처녀 이야기>를 비롯하여, 잃어버린 아내를 고난 끝에 다시 찾게 되는 일련의 사건들의 이야기는 '매우 오래된 것이며, 전 세계에 광포되어 있는' 이야기로, 『천일야화*Thousand and One Nights*』나 11세기경의 『이야기의 바다*Kathāsaritsāgara ; Ocean of Story*』와 같은 동양의 설화집이나 옛 북구의 시집인 『에다*Edda*』에도 들어 있으며, 구전설화로는 유럽과 아시아에 고르고 두텁게 분포되어 있다. 또한 아프리카의 거의 모든 지역에서도 이본들이 발견되며, 대양주 지역 일부, 북미 인디언의 모든 지역, 그 밖에 중남미의 자메이카, 유카탄 반도와 구이아나 지역에서도 이러한 이야기가 보고되어 있고, 심지어 북극에서 수백 마일 정도 떨어진 스미스 사운드 에스키모인들 간에서도 발견될 정도라고 하였다.5) 특히 AT 465는 주인공의 아내가 백조인가, 변신한 동물인가, 신이 보내준 아내인가에 따라 주인공이 행하게 되는 과제에 변화가 일어나며, 이에 따라서 이 설화도 세 가지로 나누어진다고 한다. 그리고 이 유형은 원래 동부 유럽에서 전승되어 온 것으로 중부 유럽이나 남부·서부 유럽, 아프리카에서는 나타나지 않는 반면, 러시아, 발틱해 연안 및 스칸디나비아 지역에서 흔히 발견되며, 인도와 한국에서도 가끔 발견됨을 지적하였다.6)

일반적으로 한국의 <우렁색시>계 유형은 다음과 같은 네 가지 유형이 개별적, 혹은 혼합 형태로 나타난다.

(1) <우렁색시>
(2) <아내의 초상화>(약탈 미녀)
(3) <웃지 않는 미녀> / <난제 시합>
(4) <새털옷 신랑>

---

5) Ibid., p. 88.
6) Ibid., p. 93.

이 중 (1)유형은 남녀의 행복한 혼인으로 끝나거나, 혹은 여자가 어떤 이유(대개 시간적 금기의 파기)[7]로 돌아가 버리는 것으로 끝나는 경우의 두 가지가 있다. 편의상 행복한 결말로 끝나는 것을 '우렁색시 +형'이라 하고, 불행한 결말로 끝나는 것을 '우렁색시 -형'이라고 하자.

한국의 <우렁색시> 유형 설화를 중국에서는 <나녀형 고사螺女型故事>라고 한다. 이 유형은 주로 절강성浙江省과 연해주 지역에서 주로 구전되고 있는데, 절강성 21편, 복건성福建省 19편의 채록 보고 예가 있다고 한다.[8] 그 전승 유형은 대체로 양 계열로 나눌 수 있는데, 그 중 (1)유형은 <사단謝端과 백수소녀白水素女> 이야기라 하는 것으로, 현존 최고最古 자료는 서진西晉의 속석束晳(261~300)의 『발몽기發蒙記』(3세기, 부전不傳)에서 찾을 수 있으며, 그 후로 당唐 서견徐堅의 『초학기初學記』의 약인略引을 거쳐 5세기 도잠陶潛(365~427)의 『수신후기搜神後記』 및 6세기 양梁 임방任昉(460~508)의 『술이기述異記』(504)에 이르기까지 다수의 문헌 예가 조사된 바 있다. 이 중 『발몽기』의 것은 '우렁색시 +형'인데 비해 『수신후기』의 것은 '우렁색시 -형'이다. 『술이기』의 것도 결말에 선녀가 '하늘로 날아갔다(天昇而去)'고 한 것으로 보아 '우렁색시 -형'이라 할 수 있다.

　　<사단과 백수소녀>(『수신후기』) : 진晉 문제文帝 때 민閩 땅에 사단이란 노총각이 우렁이를 얻어 집으로 돌아와 항아리에 넣어 키웠다. 어느날 집으로 돌아와 보니 누군가 밥상을 차려 놓았다. 숨어서 엿보았더니 우렁이가 색시로 변했다. 우렁이 껍질을 감춘 후 색시를 붙들고 곡절을 물으니, 처녀는 하늘에 사는 소녀素女로 천제天帝의 명을 받고 왔으나 훔쳐 보았기 때문에 10년 연분이 끝났다고 하며 떠나갔다. 색시는 우렁이 껍질에

---

7) C31.1.2. Tabu : looking at supernatural wife on certain occasion ; 31.1.2. Tabu : looking at supernatural wife on certain occasion ; C31.2. Tabu : mentioning origin of supernatural wife ; C31.9. Tabu : revealing secrets of supernatural wife ; C31.10. Tabu : giving garment back to supernatural (divine) wife ; C932. Loss of wife for breaking tabu ; C952. Immediate return to other world for broken tabu 등.

8) 유괴립劉魁立, "중국형 우렁각시형 설화의 역사적 발전 과정에 대하여", 최인학崔仁鶴 편, 『한중일 설화 비교연구』(민속원, 1,999), p. 231.

쌀을 담아 보면 화수분임을 알 것이라고 일러주고 갔다. 그래서 색시가
일러준 대로 해 보았더니 과연 그러했다. 그 후 소녀를 위해 사당을 짓고
제사를 지내게 되었는데, 지금의 소녀사素女祠가 그것이다.9)

　중국에는 위의 <사단과 백수소녀> 이야기와 병행하여 또 다른 계통으
로 (2)유형인 <오감吳龕[塪]의 이야기>가 전승되어 왔다. 이 유형은 5세기
남조南朝 송宋나라 때 유경숙劉敬叔(?~468)의 『이원異苑』에 있는 <오감吳龕
과 채석화녀彩石化女> 이야기를 비롯하여 6세기 임방任昉의 『술이기』에
있는 <오감과 채석화녀>가 초기적인 것으로, 이야기 자체는 매우 단순
하여 '부석浮石의 여화女化'라는 것으로 끝난다. 하지만 이 이야기는 송나
라 때 홍매洪邁(1123~1202)의 『이견지夷堅志』에 나오는 <오감吳湛10)과 옹
중백라瓮中白螺>11)에서는 좀 더 진전되어 나부螺婦가 주인공을 위하여 조
찬操饌하다가 일정한 기간 후에 다시 하늘로 돌아가는 것으로 되어 있다.
하지만 황보씨皇甫氏의 『원화기原化記』(『태평광기』)에 있는 <오감吳塪과 나
녀螺女>12) 이야기는 미녀 약탈 및 그 미녀 아내의 도움으로 난제를 해결
하는 상당히 복잡한 내용으로까지 변모한다.
　이 <나녀형고사>를 중국 최초의 설화 유형집이라 할 수 있는 에버하
르트W. Eberhard의 『중국설화의 유형』에는 다음과 같이 요약하고 있다.

---

9) 『예문유취藝文類聚』나 『태평환우기太平寰宇記』에도 『수신기』의 것을 인용하고 있으나
　출처는 밝혀져 있지 않다.
10) 『이견지』 원문에 '오담吳湛'으로 되어 있지만 이는 다른 문헌, 즉 『원화기原化記』의
　'오감吳塪'이나 『이원異苑』의 '오감吳龕'의 오기誤記 또는 오전誤傳일 것으로 생각된다.
11) 청나라 『고금도서집성古今圖書集成』이나 장영張英이 찬한 『연감유함淵鑒類函』 등은 『이
　견지夷堅志』의 것을 인용했음을 밝히고 있다[유괴립劉魁立, 앞의 책, p. 253 참조].
12) 명나라 때의 『설부說郛』나 청나라 때의 『고금도서집성』 같은 유서類書에 인용된 '오
　감'의 이야기는 『원화기』본의 간략본이며, 풍몽룡馮夢龍의 『정사情史』 권19 정의류情
　疑類 <백라천녀白螺天女>는 이 이야기를 부연했으되, 그 원전이 『원화기』임을 주註로
　써 밝히고 있고, 또 풍몽룡과 동 시대 사람인 듯싶은 주읍周揖의 『서호이기西湖二記』
　권29, <조통제현령구가祖統制顯靈救駕>의 입화入話에도 이 이야기가 나타나는데, 전반
　적인 내용은 『원화기』와 별로 큰 차이가 없다고 한다(유괴립, 앞의 책, pp. 251~252
　참조).

35. 우렁색시Das Schneckenmärchen

(1) 어떤 남자가 우렁이를 발견하여 집으로 가져 온다.

(2) 우렁이가 처녀로 변하여 요리를 하고 청소를 한다.

(3) 며칠 후 남자는 숨어서 엿보다가 처녀를 붙잡아 억지로 아내로 삼는다.

(4) 오랜 시간 후 여자는 남자가 감춘 우렁이 껍질을 찾아내어 사라진다.

이 이야기의 내용에 의하면 에버하르트 유형35는 '우렁색시 — 유형'임을 알 수 있는데, 이 이야기의 분포 지역은 절강浙江(8화), 광동廣東(1화), 강소江蘇(2화)등지라고 한다.13)

종경문鍾敬文이 작성한 "중국민간고사형식中國民間故事型式"의 <나녀형 고사螺女型故事>의 개요도 위의 에버하르트의 것과 거의 같다.14)

(1) 어떤 사람이 물가에서 우렁(혹은 그 밖에 작은 동물)을 얻었다.

(2) 그 사람이 외출한 사이에 우렁이 처녀로 되어 집안 일을 해 놓자 남자가 돌아와 이상히 생각했다.

(3) 어느 날 그 남자가 엿보니 우렁색시가 방안에서 일을 하고 있으므로 달려들어 끌어안고 부부가 되었다.

(4) 그 후 우렁색시가 남자가 감춘 껍질을 찾아 쓰고 가 버렸다.

한편 AT 유형집에 맞추어 1976년에 간행된 Ting Nai-Tung(정내통丁乃通)의 『중국설화 유형집』15)에는 <우렁색시> 유형이 400C로 등재되어 있다.16) 팅Ting의 이 유형 번호는 아아르네-톰슨의 유형집에는 원래 없던

---

13) 이상은 W. Eberhard, *Typen Chinesischer Volksmärchen*(FFC 120, Helsinki, 1937), pp. 59~60 참조.

14) 종경문, "중국민간고사형식" 중국민속학회 편, 『민속학집전民俗學集鑄』, 제1기(동방문화서국東方文化書局, 1974), p. 363.

15) Nai-Tung, Ting, *A Type Index of Chinese Folktales*(FFC 223, Helsinki, 1978), pp. 68~69.

16) 위의 책에는 유형 명칭이 'Snail Wife'로 되어 있던 것을, 중국어역본인 동일 저자(정내통丁乃通)의 『중국민간고사유형색인中國民間故事類型索引』(심양沈陽 : 춘풍문예출판사, 1983), pp. 41~42에는 '사처蛇妻'라 되어 있는데, 이는 오역일 것으로 생각된다.

것을 중국 설화의 특이성을 고려하여 새로 설정한 것으로, 이야기의 결말은 '<우렁색시> ―형'으로 되어 있다.

> 400C Snail Wife : 초인 아내는 우렁이 혹은 다른 갑각류甲殼類, 수중 동물이며, 젊은이에 의해 물통에 넣어진다. 그녀는 그를 위해서 음식이라든가 그 밖의 가사를 하기 위해 사람의 모습으로 수조에서 나온다. 그녀는 보통 그의 아들이 다른 아이들로부터 '우렁이 엄마를 가졌다'는 놀림을 받은 후 그를 떠나 다시는 돌아오지 않는다.

또한 AT 유형집과는 상관없이 편찬된 애백화艾伯華의 『중국민간고사유형』에는 똑같은 이야기가 제35번 <전라낭田螺娘>으로 등재되어 있는데, 이 유형 역시 '<우렁색시> ―형'으로 끝난다.

> (1) 한 사람이 밭에서 우렁이를 발견하여 집으로 가져 간다.
> (2) 우렁이가 그가 없을 때를 엿보아 일개 처녀로 변하여 밥을 하거나 청소를 한다.
> (3) 며칠 후 그녀를 숨어 엿보던 그가 그녀를 뒤에서 껴안아 아내로 삼는다.
> (4) 그 후 아내는 남편이 숨겨 둔 우렁 껍질을 찾아내자 떠나가 버린다.
> (절강 6화 ; 강소 2화 ; 광동 1화 ; 미상 2화)

'<우렁색시> ―형'은 시취봉施翠峰이 쓴 대만 설화집에도 보인다. 이 책에는 <바지라기의 정精>이란 이야기가 수록되어 있는데, 이 이야기 역시 '금기 파기'가 빌미가 되어 '가 버린 아내'의 형태로 끝나는 '<우렁색시> ―형' 이야기임을 알 수 있다. 또 동 자료의 끝에는 이 이야기가 대만 남단의 고사족高砂族(바이완족)에게도 주인공이 '소라'로 되어 있을 뿐 거의 같은 이야기가 구전되고 있다고 부기附記되어 있다.[17]

---

17) 시취봉施翠峰, 『대만의 석화臺灣の昔話』(삼미정서점三彌井書店, 1977), pp. 199~201.

　　일본의 경우에 이 유형 계열에 속하는 이야기들로는 <합여방蛤女房>[18]・
<어여방魚女房>[19]・<용궁여방龍宮女房>[20]・<학여방鶴女房>,[21] <천인여
방天人女房>[22]과 같은 것들이 있다. 이 가운데 특히 <합여방>은 한국의
<우렁색시> ; <어여방> 혹은 <용궁여방>은 <잉어색시> 혹은 <용궁
아내> ; <학여방>은 <학아내> ; <천인여방>은 <나무꾼과 선녀> 들과
대비되나, 이들 유형의 결말 부분은 남녀 주인공의 해로로 끝나는 것도
일부 있으나, 남주인공이 금기를 위반하여 그 아내가 이계로 돌아가는 것
으로 끝나는 경우가 많다(C31.1.2. Tabu : looking at supernatural wife on
certain occasion ; C932. Loss of wife(husband) for breaking tabu ; C750
Time tabus). 그리고 남주인공이 '관탈미녀官奪美女'로 아내를 빼앗기게 되
고 그 결과 남주인공 혹은 여주인공이 자결 혹은 변신하는 비극적인 결
말로 되어 있는 경우도 간혹 있다. 후자의 경우 한국에서는 남녀 주인공
이 새 등으로 변신한다(D157 Transformation : man (woman) to parrot).
이상과 같이 <우렁색시> 유형의 일반적인 형태는 대체로 '아내 찾기' 모
티프 혹은 삽화가 결여되어 있다. 따라서 이러한 것들은 탐색담探索譚과는
무관하므로 본 논의에서는 일단 제외한다.

　　그러면 먼저 한국에서 현재까지 채록된 <우렁색시>계 '아내 찾기' 이
야기의 총 자료들을 들어본다.[23]

---

18) 세키 게이고[관경오關敬吾], 『일본석화집성日本昔話集成』[이하 『집성』으로 약인略引], 6
　　(각천서점角川書店, 1958), no. 112 ; Ikeda Hiroko, A Type and Motif Index of Japanese
　　Folk-Literature(FFC 209, Helsinki, Suomalainen Tiedeakatemia, Academia Scientiarum
　　Fennica, 1971), no. 413B ; 세키 게이고 외, 『일본석화대성日本昔話大成』[이하 『대성』
　　으로 약인]], 2(각천서점角川書店, 1978), no. 112.
19) 『집성』, no. 113B ; Ikeda Hiroko, no. 413B, 『대성』, no. 113B.
20) 『집성』, no. 114 ; Ikeda Hiroko, no. 470B ; 『대성』, no. 114.
21) 『집성』, no. 115 ; Ikeda Hiroko, no. 413A ; 『대성』, no. 115.
22) 『집성』, no. 118 ; Ikeda Hiroko, no. 400 ; 『대성』, no. 118.
23) 중국 동북 3성에서 채록된 조선족 자료들에서도 이 유형 이야기를 7편이나 찾을 수
　　있었으나, 국외 자료는 일단 제외함을 원칙으로 삼아 할애하는 대신 참고삼아 목록
　　만 제시해 보기로 하자. ①『길림성민간문학집성吉林省民間文學集成』, 하(1987), pp.
　　542~546, <백조구百鳥裘>(1956, 혼춘현琿春縣, 진희준陳熙俊) ; ②『사랑산』(1978), pp.

관계 자료 목록(채록 연대순)

순번	제목	채집연월	채집장소	제보자	게재문헌
(1)	<일월놀이푸념>	1930	평북 강계	전명수 田明守	『청구학총靑丘學叢』28(1937. 5), 140~145
(2)	<돈전풀이>	1965.9	부산 서구	강춘옥姜春 玉(여·74)	『관북지방의 무가』(1965), 149~201
(3)	<전라여방田螺女房>		서울	박홍근朴洪 根(남·47)	최인학崔仁鶴, 『조선석화 백선朝鮮昔話百選』(1974), 75~79
(4)	<중국에 건너가 천 자가 되다>	1967.1	경기 양평	권영식權寧 植(남·64)	성기열成耆說, 『한국구비전 승의 연구』(1976), 211~214
(5)	<우렁이색시>	1969.9	경북 안동	조차기 (여·61)	유증선柳增善, "조개색시 구혼 민담求婚民譚 소고小 考", 『한국민속학』5(한국 민속학회, 1972. 10), 51~52
(6)	<쫓겨난 임금>	1972.8	경기 연천	이금손 (남·59)	최운식, 『한국의 민담』 (1987), 359~362
(7)	<쫓겨난 임금>	1975.7	경북 월성	김정순 (여·61)	성신여대 국어교육과, 『향 란문학香蘭文學』6(1976), 169~170
(8)	<고동처녀 덕에 임 금된 조서방>	1979.4	경북 성주	박삼선 (여·73)	대계 7-4, 221~224
(9)	<임금이 된 총각>	1979.6	충남 서산	한준구 (남·??)	한상수韓相壽, 『충남의 구비전승』, 상(1987), 민 담, 532~535
(10)	<양반집 며느리가 숯 장사에게 시집가다>	1979.7	전북 남원	임규임 (여·62)	대계 5-1, 455~459
(11)	<새옷 입은 신랑>	1979.8	경기 여주	한춘분 (여·64)	대계 1-2, 254~257
(12)	<우렁색시 2>		전주 풍납	이순옥 (여·85)	대계 5-2, 165

316~330, <모자간의 깊은 정>(1978.3, 연길현, 허영준) ; ③『백일홍』(1979), pp.
56~68, <새털옷>(길운 정리) ; ④『삼태성』(1983), pp. 116~129, <처사의 딸> ; ⑤『김
덕순고사집金德順故事集』(1983), pp. 126~132, <수궁공주와 농부[水宮公主和農夫]> ; ⑥
『팔선녀』, 上(1987), pp. 44~50, <왕거지>(차병걸車炳杰 구술口述) ; ⑦『해동의 여왕』
(1989), pp. 185~191, <연꽃 2 : 농부와 연꽃공주>.

(13)	<달팽이(우렁이) 각시>	1980.7	충남 대덕	윤민녀 (여·70)	대계 4-2, 525~527
(14)	<아내의 초상화>	1980.10	의정부 가능	이항훈 (남·71)	대계 1-4, 188~190
(15)	<우렁이 각시>	1981.1	경남 밀양	김도연 (여·68)	대계, 8-7, 541~545
(16)	<남편을 가르친 우렁색시>	1981.7	전북 부안	최경호 (남·65)	대계, 5-3, 415~421
(17)	<솔개미가 된 대국천자>(아내의 초상화)	1981.8	경기 강화	윤태선 (남·62)	대계 1-7, 731~736
(18)	<참새 잡다가 임금 된 사람>	1982.1	경남 의령	김채란 (여·63)	대계 8-10, 470~475
(19)	<참새 잡다가 임금 된 사람>	1982.7	충북 영동	박임순 (여·71)	대계, 3-4, 328~334
(20)	<빼앗긴 아내와 새 두루마기>	1982.8	전북 옥구	조석준 (남·56)	대계 5-4, 799~803
(21)	<우렁에서 나온 처녀 2>	1982.8	전북 옥구	나보옥 (여·43)	대계 5-4, 836~839
(22)	<왕이 된 새잡이>	1983.7	강원 횡성	이재옥 (남·79)	대계 2-7, 524~528
(23)	<부인의 지혜로 임금된 사람>	1983.8	대구 동구	서상이 (여·78)	대계 7-13, 153~156
(24)	<우렁이 색시 덕에 임금된 사람>	1984.7	경북 선산	권옥이 (여·67)	대계 7-16, 119~121
(25)	<자라색시>	1985.11	경기 남양주	김금순 (여·??)	경희대, 『한국의 민속』 3(1986), 290~293
(26)	<우렁이각시>	1996.8	충남 홍성	박종문 (남·65)	최운식 외, 『한국구전설화집』 6(2002), 207~212
(27)	<붕어각시>	1998.6	충북 청주	성명미상 (여·??)	박종익, 『한국구전설화집』 1(2000), 174~177
(28)	<우렁이각시 이야기>	1999.4	경남 창녕	성모연 (여·62)	『영남구전자료집 7 : 창녕군』(2003), 144~146
(29)	<메뚜기 각시>	1999.5	충북 청주	이영순 (여·62)	박종익, 『한국구전설화집』 1(2000), 195~197
(30)	<우렁각시 이야기>	2000.12	충남 청양	심현택 (여·70)	김기창 외, 『한국구전설화집』 9(2004), 163~164
(31)	<우연히 만난 색시 덕에 왕이 된 외동아들>	2003.1	충남 논산	김범회 (남·77)	동상, 『한국구전설화집』 9, 298~299
(32)	<남편 임금 만든 예쁜 각시 이야기>	2004.10	강원 홍천	권순예 (여·87)	『강원의 설화』 II(2005), 286~287

이처럼 한국의 <우렁색시> 유형은 위에서 살펴본 '우렁색시 +'나 '우렁색시 −' 유형으로 끝나는 이야기도 많지만, 중국의『원화기』의 경우처럼 또 다른 모티프(혹은 삽화나 유형)가 부가되어 상당히 복잡하게 변모된 이야기도 있다. 그러한 예 중의 하나는 <우렁색시>와 <아내의 초상화>란 유형이 결합된 상태로 나타난다. 하지만 <아내의 초상화> 이야기는 그 자체가 독립적인 유형으로 전승되는 경우도 많은데, 이 경우 배우자가 반드시 이류異類인 것은 아니다.

(1)

   1) 총각이 가난하게 산다.

   2) 총각이 일을 하다가 우렁이를 발견하여 집으로 가져다 갈무리한다.

      (F302.3. Fairy wooes mortal man ; etc.)

(2)

   1) 총각이 미녀와 혼인한다.[24]

   2) 우렁이가 색시로 변함을 엿보게 된 총각이 미녀를 졸라 혼인한다.[25]

(3)

   1) 세력자가 미녀를 보고 재산을 걸거나 난제로써 강탈하려 한다.

      (N2.6. Wife as wager ; etc.)

   2) 세력자가 바람에 날려 떨어진 미녀의 화상을 보고 미녀를 찾아 빼앗으려 한다.[26]

---

24) 관련 모티프 : F301. Fairy lover ; F302. Fairy mistress : Mortal man marries or lives with fairy woman ; J414. Marriage with equal or with unequal ; L161. Lowly hero marries princess ; L161.1. Marriage of poor boy and rich girl ; etc.

25) 관련 모티프 : C15. Wish for supernatural wife realized ; F302.4.4. Man binds fairy and forces her to marry him ; F303. Wedding of mortal and fairy ; L161. Lowly Hero marries princess. ; T91.3. Love of mortal and supernatural person ; T111. Marriage of mortal and supernatural being ; T111.1.1. Woman from sky-world marries mortal man ; T121. Unequal marriage ; etc.

26) 관련 모티프 : H1381.3.1.1.1 Quest for bride for king like picture he has seen ; H1381.3.1.2.1. Quest for unknown woman whose picture has aroused man's love ; H1385. Quest for lost persons ; H1385.3. Quest for vanished wife (mistress) ; T11.2. Love through sight of picture ; etc.

(4)

1) 미녀가 세력자와의 혼인을 일정 기간 동안 유예하게 한다.

2) 미녀가 웃지 않는다.

(H341. Suitor test : making princess laugh. Sad faced princess has never laughed ; etc.)

(5)

1) 남자가 아내의 도움으로 난제를 해결하거나 혹은 경합한다.27)

2) 남자가 새털옷 차림으로써 나타나 미녀를 웃게 한다.

(H341.3. Princess brought to laughter by foolish actions of hero. ; etc.)

(6)

1) 남자가 내기에서 이겨 세력자의 재산이나 지위를 차지한다.

2) 세력자가 남자의 흉내를 내어 새털옷을 바꿔 입었다가 지위를 빼앗긴다.

(7)

1) 부부가 재결합하여 잘 산다.

(K800. Fatal deception ; Q551.10. Person miraclous lifted into air and dashed to death ; etc.)

2) 세력자는 쫓겨난다(혹은 살해되거나 동물로써 변신).28)

<아내의 초상화> 유형의 핵심적 모티프는 '바람에 불려 떨어진 초상화'라 할 수 있다. 따라서 이 유형의 내용 전개는 미녀의 초상화가 바람에 날려 떨어지고 그것을 주운 인물이 그림의 주인공을 찾아 차지하려

---

27) 관련 모티프 : H217. Decision made by contest ; H335.0.1. Bride helps suitor perform his tasks ; H911. Tasks assigned at suggestion of jealous rivals ; H931. Tasks assigned in order to get rid of hero ; H931.1. Prince envicious of hero's wife assigns hero tasks ; H971.3. Tasks performed with help of supernatural wife ; H1010. Impossible tasks ; H1233.2.1. Quest accomplished with aid of wife ; H1371. Impossible quests ; L160. Success of the unpromising hero(heroine) ; N10. Wagers on wives, husbands, or servants ; etc.

28) 관련 모티프 : L165 Lowly boy becomes king ; Q244.0.1 Ravisher is forced to marry girl and then is executed ; Q244.1 Punishment for attempted rape ; Q411.7 Death as punishment for ravisher ; Q551.3.2 Punishment : transformation into animal ; etc.

함으로써 주인공과의 갈등이 생기는 것으로 진행된다. 사실 초상화란 어떤 인간의 분신이며 이를 소유하는 자의 힘이 바로 그림의 당사자에게도 힘을 미칠 수 있다는 생각은 매우 오래된 원시적인 심성 중의 하나이다. 따라서 한 인물의 신체의 일부나 그가 소유했던 물건이 당사자의 분신처럼 생각되는 것은 당연하다. '물에 떠내려 온 머리카락의 임자를 찾는' 이야기도 바로 그러한 예다(T11.4.1 Love through sight of hair of unknown prince ; H75.1. Identification by hair found floating on water). '머리카락'과 '초상화'를 놓고 생각한다면 아마도 전자의 경우가 훨씬 자연적이며, 발생적으로도 앞서는 것이 아닌가 생각된다. 자연적 형태의 '머리카락'보다 '초상화', 더구나 '미인의 초상화'는 매우 인공적으로 세련된 예술 형태로서 훨씬 후대적인 것이며, 따라서 설화 속에 나타나는 양 모티프의 시대적 선후 관계도 자명해 보인다.

실제로 '머리카락 임자를 찾는 이야기'는 기원전 13세기 초반의 이집트의 설화인 <두 형제담>까지 소급될 수 있다. 이 모티프는 <아누푸 Anupu와 바투Batu 형제에 관한 긴 이야기>[29] 중 뒷부분에 포함되어 있는데, 파피루스에 쓰인 원사본은 현재 대영박물관에 유일본으로 소장되어 있다고 한다.[30] 이 이야기의 개요는 신들이 아우Batu에게 미녀를 주어 살게 하였는데 미녀가 머리를 감다가 빠뜨린 머리카락이 파라오의 궁전으로 흘러가고 이것을 주운 파라오가 미녀를 빼앗아 데려간다는 내용이다. 이 모티프는 이후에도 세계 각처에서 설화의 주요 모티프로 거듭 나타나는데, 예컨대 11세기 인도의 소마데바Somadeva의 『시귀屍鬼 25화*Vetālapan cavimśatikā*』 및 이의 연장선 상에 있는 것으로 여겨지는 몽골의 고전 설화

---

29) M. Lichtheim, *Ancient Egyptian Literature*, vol. Ⅱ : The New Kingdom(Los Angeles : Univ. of California Press, 1976), pp. 202~211 참조.

30) S. Thompson, *The Folktales*, op. cit, pp. 275~276 ; 야시마 후미오[시도문부矢島文夫] 편, 『고대 이집트의 물어古代エジプトの物語』(현대교양문고 835, 사회사상사, 1974), pp. 94~95. 이 이야기의 필사 연대에 대하여 앞책에서는 1550년경, 뒷책에서는 1220년경이라 하고 있다.

집 『싯디 쿨*Siddhi-Kür*』이 그러한 예다. 몽골의 이야기는 어떤 기혼의 초자연적인 여자의 머리카락이 물 위로 흘러 내려가는 것을 임금의 시종이 발견하여 임금에게 바치고, 이를 본 임금이 병사를 보내어 머리카락 임자인 미녀를 찾아내어 데려가나, 후에 미녀가 임금을 속이고 그녀의 남편을 왕위에 오르게 한다는 이야기로, '초상화'가 '머리카락'으로 바뀌었을 뿐 <아내의 초상화> 이야기 그대로임을 알 수 있다.[31]

한편 바그너의 오페라로 너무나 잘 알려진 <트리스탄과 이졸데>의 이야기에도 이 모티프가 들어 있다. 원래 이 이야기는 영국의 켈트인에 의해 성립되어 오랫동안 구전되어 오던 것으로, 12세기 경 프랑스에서 번역한 필사본이 남아 있다. 이것에 의하면, 마르케왕의 궁전에 한 올의 황금 머리카락이 흘러오고(혹은 두 마리의 제비가 왕 앞에 머리카락을 떨어뜨린다), 왕이 그 머리카락 임자를 찾아(H75.4 Identification by golden hair) 혼인하기에 이른다.[32]

톰슨의 『설화 유형집』에서 이에 맞는 설화 유형을 찾는다면 AT 465 (The Man persecuted because of his beautiful wife) 및 그 하위 유형들이 이에 해당되겠지만, 사실 AT 465계들은 <아내의 초상화> 유형이라기보다는 오히려 <백조처녀>, 곧 한국의 <나무꾼과 선녀> 이야기에 합치된다. 하지만 한국의 각편들 중에도 <나무꾼과 선녀> 이야기가 <아내의 초상화> 이야기로 접속되고 있는 이야기가 있는 것을 보면, 원래 이류교혼 설화로써 이들은 뿌리를 같이 하는 것임을 추정케 하여 준다.

한국의 경우 '머리카락' 모티프는 아직 찾지 못하였지만 '초상화' 모티프는 전국적인 분포를 보이고 있다. 우선 문헌에서 관계 자료를 찾아보면 주목할 만한 자료는 고전소설 <숙영낭자전>을 들 수 있다. 다음은 이 소설의 첫머리 부분에서 일부를 인용한 것이다.

---

31) 『싯디 쿨』, 제23화, <붉은 개의 이야기>(AT 465A) 참조.

32) 위의 『싯디 쿨』과 『트리스탄과 이졸데』의 개요는 세키 게이고[관경오關敬吾], 『석화의 역사昔話の歷史』(지문당至文堂, 1978 중판), pp. 274~275를 참조했다.

낭지 갈오디 첩갓튼 아녀즈을 스럼하여 병을 일우니 엇지 장뷔라 칭호
리오 그러나 우리 맛눌 긔한이 삼년이 격흐여스니 그 씨 쳥조로 미파을
보고 샹봉으로 뉴네을 미즈 빅년동낙흐려니와 만일 이졔 몸을 허흔즉 텬
긔 누셜하미 되리니 낭군은 아직 써을 기디리소셔

<숙영낭자전>의 발단 부분을 요약하면, 남주인공인 선군이 꿈에 한번
본 이류 배우자인 숙영을 잊지 못해 병이 더욱 깊어지자, 숙영이 다시 꿈
에 나타나 자신을 옥연동으로 찾아오라 이른다. 선군을 만난 숙영이 하늘
에서 정해준 그들의 결연이 아직 3년이나 남았음을 일러주나, 선군은 이
를 가다릴 수 없다 하니, 숙영이 마침내 선군의 강청에 응하고 만다는 내
용이다.

낭지 할 일 업서……화상을 쥬며 왈 이 화상은 첩의 용뫼오니 힝듕의
두어다가 만일 빗치 변흐거든 첩이 편치 못 혼 줄 아옵쇼셔

여기에 나타나는 '초상화' 모티프는 '바람에 날려 떨어지는 초상화'와
는 다소 거리가 있다. 그러나 일반적인 <아내의 초상화> 설화에서 남주
인공이 여주인공을 잊지 못해 하자 여주인공이 자신의 초상화를 대신 준
다는 점, 그리고 초상화의 주인공을 찾아 간다는 점, 또 '시각의 금
기'(C943. Loss of sight from breaking tabu ; C756. Tabu : doing thing before
certain time ; C750 Time tabus)를 어겨 주인공이 고난을 겪게 된다는 점
에서 양자는 동일하다. 그러므로 이것은 아무래도 전래 민담 모티프가 변
형된 형태로 사용된 것이 아닌가 한다.

한국의 <아내의 초상화>의 구전설화 이본으로 가장 최초의 채록 예는
1930년 손진태가 평북 강계의 무격巫覡 전명수田明守의 구술을 채록한 자
료(1) <일월日月노리[놀이]푸념>이라 할 수 있다.[33] 이 자료의 채록 시기

---

33) 손진태, "조선 무격의 신가朝鮮巫覡の神歌", 『청구학총』 28, pp. 140~145). 『문장』
   (1940. 9) ;『사조』(1958. 6) ;『손진태선생전집』 5(1981), pp. 311~321 등에 재록.

는 비록 1930년대이지만 무가로 전승된 것을 채록한 자료인 만큼 어느 정도 이 설화 유형의 고태를 지니고 있을 가능성이 있다. 자료(2)는 바로 자료(1)의 계통을 직접적으로 이어받은 이본이다. 두 자료 모두 북한 지역에서 전승되던 무가로, <일월日月놀이푸념>은 손진태가 1930년 평북 강계 무격에게서, <돈전풀이>는 임석재·장주근이 1965년 함흥 출신 무녀에게서 채록한 것이다.[34] 양본의 내용을 보면 등장인물이 궁산(궁상)선비, 명월각시, 배선비 세 사람으로서, 그 내용도 거의 합치한다. 하지만 채집 일시는 광복 이전과 이후, 그리고 채집지도 북한과 남한이라는 차이가 있고, 또 옷 바꿔 입기 경쟁에서 전자는 배선비가 지상으로 다시 내려오는 방법을 몰라 죽어서 솔개가 되었다는 데 비해, 후자는 부부가 배선비에게서 도망하여 해로하였다는 점에서 다소의 차이를 보인다. 또 전자는 궁산과 명월각시가 해로하다 죽어 일월신으로 되었지만, 후자는 '돈신[전신錢神]으로 된다는 차이도 있다.

자료(1) <일월日月놀이푸념>

  궁산선비가 명월각시에게 3년간 공을 들여 장가를 갔는데, 궁산이 명월각시 곁을 떠나지 못해 벌이 나갈 생각을 하지 않았다. 명월각시가 궁산에게 자신의 화상을 그려 주며 일하러 나가게 했다. 궁산이 일하는 사이에 나뭇가지에 걸어놓았던 화상이 바람에 날려 아랫녁 배선비네 집에 떨어졌다. 배선비가 화상을 보고 반하여 궁산에게 자신의 재산과 명월각시를 걸고 내기장기 두기를 제안했다. 궁산이 연거푸 세 번이나 져서 각시를 빼앗기게 되었다. 내기장기에서 지고 돌아온 궁산이 식음을 전폐하고 눕자, 사실을 알게 된 각시는 궁산을 안심시키는 한편 여종을 변장시켜 대신 보내려 했다. 배선비가 이를 눈치채고 좋은 옷을 입은 종 대신 헌옷을 입은 각시를 요청하니, 각시는 배선비에게 닷새 말미를 얻어, 그 사이에 궁산이 바지 저고리에 포육脯肉을 누벼주고 명주실 한 꾸러미와

---

34) 임석재任晳宰·장주근張籌根, 『중요무형문화재지정자료 : 관북지방의 무가』(문화재관리국, 1965), pp. 149~201. 부산시 서구西區 계정동鷄井洞, 강춘옥姜春玉(여·74)의 구술을 채록.

바늘 한 쌈을 넣어주고 배선비를 따라 나섰다. 각시가 도중에 궁산을 섬 중에 내려놓고 갔다. 궁산은 먹을 것 없는 섬 중에 살면서 제 옷을 뜯어 소고기 포육을 꺼내 먹고 명주실과 바늘로 낚시를 만들어 고기를 낚아 연명했다. 그때 옥황 전에 죄를 짓고 잡혀간 영지학의 새끼가 굶어 죽게 된 것을 궁산이 보고 제 고기를 나누어 먹여 살려 놓았다. 죄에서 풀려 돌아온 영지학이 은공에 대한 보답으로 궁산을 업어다 육지에 내려 주니, 궁산은 거지가 되어 얻어 먹고 다녔다. 한편 배선비의 집에 간 명월각시 는 말도 하지 않고 웃지도 않자, 배선비가 그 까닭을 물으니 각시는 거지 들에게 잔치를 사흘만 베풀어 주면 말을 하겠노라고 했다. 배선비가 거지 잔치를 열자 궁산이 참석하여 각시와 다시 만나게 되었다. 각시가 남자들 에게 구슬옷을 입어보는 시험을 제의하여 궁산은 시험을 통과하고, 배선 비는 그 옷을 입고 중천에 올라갔으나 그 옷 벗는 재주를 몰라서 죽어 솔 개가 되었다. 궁산과 명월각시는 함께 살다가 죽어서 일월신이 되었다.

자료(2) 〈돈전풀이〉

　궁상선비는 부자였는데 재색을 겸비한 명월각시를 아내로 삼아 살고 있었다. 배나라 배선비는 꾀가 많은 자로서 궁상선비의 재산과 명월각시 를 탐내어 간사한 꾀를 써서 궁상선비의 재산과 명월각시를 빼앗고는 궁 상선비를 무인고도에 버린 다음 자신의 나라로 가 버렸다. 궁상선비는 명 월각시가 옷에 솜 대신 넣어준 쇠고기 포를 빼내어 먹으며, 또 바다에서 물고기를 낚아 먹으며 겨우겨우 연명해 나갔다. 명월각시는 배선비의 끊 임없는 유혹을 물리치고 피하면서 정조를 지켰다. 수십 년이 지나 명월각 시는 키우던 학을 시켜서 궁상선비를 섬에서 배나라로 데려왔다. 궁상선 비는 걸인이 되어 이리저리 빌어먹으며 돌아다녔다. 명월각시는 사흘 동 안 걸인들을 위한 잔치를 베풀어 모든 걸인들을 모이게 했다. 명월각시는 옷을 내들고, 이 옷을 입을 수 있는 사람을 남편으로 삼겠다고 말했다. 배 선비는 물론 모든 걸인이 모두 입어 보려 했지만 그 옷을 입지 못하고, 궁상선비만 그 옷을 입을 수 있었다. 명월각시는 궁상선비와 부부가 되어 배선비에게서 떠났다. 궁상선비와 명월각시는 돌아다니다가, 원하는 대로 돈이 나오는 망태기를 얻었다. 이렇게 하여 궁상선비와 명월각시는 전신 錢神이 되었다.

자료(10)은 줄거리만으로 보면 여타의 다른 자료들과 전혀 무관한 것으로 보인다.

> (1) 가난한 양반과 부자 종이 살았다.
> (2) 양반이 종의 딸을 며느리로 삼았다.
> (3) 여자(아내)가 남편에게 새 가죽옷을 만들어주고 집을 나왔다.
> (4) 도중에 여자가 숯구이총각의 어머니를 만났다.
> (5) 여자가 숯구이총각과 결혼하여 결국에는 남편을 임금으로 만들었다.
> (6) 여자가 본 남편을 찾고자 잔치를 열었다.
> (7) 잔치를 찾아온 본 남편이 옥새를 차지해 임금이 되었다.
> (8) 여자는 본 남편과 잘 살았다.

이야기 중 여자가 새 남편과 살게 되는 것, 그리고 거지 잔치를 열고 본 남편이 '옷 바꿔 입기'로 임금까지 된다는 것 등은 여느 <새털옷신랑> 유형과 다를 바 없다. 하지만 이 이야기는 아무래도 제보자의 망각 때문인지 <내 복에 산다>(<숯구이총각>) 유형과 <새털옷 신랑> 유형이 착종된 것으로 간주된다. 전반적인 이야기의 전개가 너무나 억지인 듯한 느낌이 들기 때문이다.

그 밖에 박영만朴英晩의 『조선전래동화집』(1940)에 수록되어 있는 <황정승의 아가씨>라는 유화는 평남 순안順安에서 채록된 것으로,35) 그 내용은 '(1) 다락방을 열어 보지 말라는 금기 파기, (2) 다락방 안에 갈무리되어 있는 초상화의 주인공을 찾아서(T24.1. Love-sickness), (3) 새들의 말(조력자), (4) 세 가지 난제 해결, (5) 행복한 혼인'으로 되어 있다. 이것은 <아내의 초상화>와는 근본적으로 별종의 이야기라 할 수 있다. 세력자에 의한 미녀 탈취가 들어 있지 않다는 점이 근본적으로 다르고, 또 남편이 아내를 찾는 탐색담도 아니기 때문이다. 하지만 '초상화의 미녀 찾기'라는 점, 그리고 미녀와 혼인하게 되는 과정 속에서 '난제 풀기'라는 모

---

35) 박영만, 『조선전래동화집』(학예사, 1940), pp. 179~198.

티프가 수행된다는 점에서 이 이야기는 <아내의 초상화>와 상당히 근접되어 있는 이야기로 생각된다.

하여튼 현재까지 채록된 한국의 <우렁색시>계 혹은 <아내의 초상화>를 포함하고 있는 탐색담은 위에 적은 총 32편36)이다. 이들 이야기들이 보여주는 근본적인 차이점은 아내가 이류인가 아니면 인간인가에 있다. 그리고 초상화가 바람에 날려가 미녀의 존재가 알려지는가, 혹은 세력자가 우연히 미녀를 발견하는가도 주요한 차별점이다. 이 유화들 중 상당수는 남녀 주인공의 재결합이 난제 해결을 통해 이루어지는가 아니면 상호 경쟁에 의해 이루어지는가로 구별되지기도 한다.

1) '인간 아내－초상화의 풍비風飛'의 예

자료(4) <중국에 건너가 천자가 되다>

(1) 촌의 부잣집 자제가 서울 구경을 갔다가 전 재산을 기생에게 탕진했다. (2) 도둑질을 하러 대가大家로 침입했다가 후원 별당에서 글공부하는 처녀를 만났다. (3) 처녀가 남자에게 "활쏘기 3년, 뜀뛰기 3년, 춤추기 3년, 도합 9년을 공부한 후에 함께 살자."고 했다. (4) 남자가 처녀 말대로 9년 공부를 하여 명인이 된 후 처녀를 데리고 가출했다. (5) 한 산중 마을에 이르러 집 한 채를 사서 살게 됐다. (6) 남자가 아내를 잠시라도 잊지 못해 일하러 나가려 하지 않았다. (7) 처가 자신의 모습을 그려주며 일을 하다가 생각이 나면 펼쳐 보라고 했다. (8) 남자가 그림을 지게에 걸고 일을 하는데 갑자기 세찬 바람이 불어 그림을 몰아가 버렸다. (9) 그림을 얻은 천자가 그림 속 미인을 찾아오게 했다. (10) 천자의 신하가 그림 속 미녀를 찾아내어 궁중으로 데려 갔다. (11) 미녀가 웃는 법이 없었다. (12) 천자가 미녀에게 웃지 않는 이유를 묻자, 미녀는 천하의 거지 잔치를 열어 달라고 부탁했다. (13) 잔치 소식을 들은 미녀의 본남편이 새털옷을 지

---

36) 국내 채록은 아니지만 중국 거주의 조선족 사이에서도 이 유형의 유화는 꽤 많이 채록된 바 있다. 필자는 각종 설화집에서 총 7화를 찾아냈으나 국내 자료로 보기 어려운 데다가 설화력 등도 미비한 점이 많아 일단 배제하였다. 하지만 이들 자료도 광역의 설화 비교 연구에 매우 유용한 자료임에는 틀림없다.

어 입고 궁중으로 갔다. (14) 잔치석상에서 새털옷을 입은 남편이 춤을 추자 미녀가 웃었다. (15) 천자가 미녀를 즐겁게 해 주려고 남자에게 새털옷과 자신의 옷을 바꾸어 입기를 청했다. (16) 천자가 새털옷을 입고 춤을 추자, 미녀는 본남편에게, "뜀뛰기는 왜 배웠소."라고 하니 남자가 깨닫고 껑충 뛰어 부인 앞으로 다가갔다. (17) 남자가 천자를 활로 쏘아 죽이고 스스로 천자가 되어 나라를 다스렸다.

2) '이류 아내 – 관장의 우견偶見'의 예

자료(8) <고동처녀 덕에 임금된 조서방>

(1) 밭일을 하던 가난한 총각이 큰 고동(우렁)을 가져다 물독에 담가 놓았다. (2) 밥때마다 누군가 밥상을 차려 놓곤 했다. (3) 숨어서 엿보았더니 고동 속에서 처녀가 나와 밥을 해 놓고 다시 들어가려 했다. (4) 총각이 처녀를 붙잡고 함께 살기를 부탁하니 아직 때가 안 되었다고 했다. (5) 그래도 강청하여 함께 살게 되었다. (6) 어느 날 미인 아내가 관장에게 발견되어 끌려가게 되었다. (7) 미녀가 남자에게 글쓰기, 활쏘기, 깨금뛰기 3년씩을 배워서 찾아 오라고 이르고 떠났다. (8) 관장에게 끌려간 미녀가 전혀 웃지를 않았다. (9) 9년 만에 아내를 찾아간 남자가 헌옷을 입은 채 활 쏘고 깨금뛰는 걸 보더니 미녀가 웃었다. (10) 관장이 남자를 자기 자리에 앉히고 대신 자신이 남자의 차림을 하고 미녀를 웃겨 보려 하였다. (11) 미녀가 누더기차림의 관장을 쫓아 버리고 제 남편을 관장으로 받들게 하여 해로한다.

이 <우렁색시>계 이야기의 남주인공은 대부분 '이 농사(나무)를 지어(하여) 누구랑 먹고 사나!'라고 자탄하는 가난한 농사꾼(나무꾼) 총각이다. 반면 여주인공의 경우는 이류인 설화가 18편, 나머지 14편은 이류가 아닌 경우로서 양자의 경우가 각각 반반 정도로 갈린다. 이류인 경우는 패각(갑각)류가 13편,[37] 어류가 3편, 곤충류가 1편이다. 패각류의 경우 우렁이가 9편으로 대다수를 차지하고, 나머지는 달팽이가 5편, 고동(자료8),

---

37) 자료(3), (5), (6), (8), (12), (13), (15), (19), (21), (24), (25), (26), (28).

골뱅이(자료24), 자라(자료25)가 각각 하나씩 보이지만, 후자들 역시 우렁이와는 방언적 차이 정도에 불과하여 근원적으로 동일한 것으로 여겨진다. 자라의 경우가 좀 특이하지만 역시 딱딱한 등껍질을 가지고 있다는 점에서 상통하는 것이다. 그리고 어류인 경우 붕어(자료7), 잉어(자료9), 붕어(자료27) 들이 나타나는데, 이들은 대체로 <용궁색시>(<잉어색시>, <방리득보>) 설화의 영향을 받은 것으로 보이며, 역시 수서 동물이라는 점에서 우렁이와 같은 성격을 지닌 것으로 생각된다. 즉 이 계통의 이야기들에 나타나는 모든 동물들은 수계水界와 관계가 있는, 여성적 동물임이 분명하다. 예외적인 것으로는 '메뚜기'로 되어 있는 자료(자료 29)인데, 이것은 여타의 예에 견주어 보면 아무래도 원형이라 여길 수 없을 것 같다.

이 이야기에서 갈등이 시작되는 것은 모두 세력자에 의해 미녀가 약탈되거나 혹은 그럴 위기에 몰린다는 점이다. 총 32편의 자료 중 <아내의 초상화> 이야기가 포함된 설화는 총 14편이다. 이 중 이류 아내의 경우는 9편이고 인간 아내의 경우는 5편이다.[38] 반면 미녀가 세력자에게 우연히 발견되는 경우는 이류 아내 중 9편, 인간 아내 중 8편으로서 총 17편이다. 자료(10)의 경우는 앞서 살폈듯이 전혀 별종의 이야기이므로 이 통계에는 포함시키지 않고 제외한다.

미녀의 약탈자는 임금 혹은 천자(자료4, 자료17)로 되어 있는 경우가 총 26편으로 압도적 다수를 차지한다. 그 밖에 원님 2(자료12, 자료16), 부자 3(자료1, 자료2, 자료25)편이다. 자료(10)은 아내가 왕인 현 남편 대신 전 남편을 왕으로 삼는다. 요컨대 모든 이본이 미녀의 약탈자는 임금을 비롯한 관장이나 부자 같은 세력자들로서, 이것은 이 이야기를 전승해 온 민중들의 특권층에 대한 적대 의식을 어느 정도 엿볼 수 있게 하는 대목이 아닐 수 없다.

---

38) 이류異類 : 자료(7), (9), (12), (13), (15), (21), (29), (31), (32) / 인간人間 : 자료(1), (4), (11), (14), (17).

미녀를 상실하거나 혹은 상실할 위기에 처한 주인공은 여러 가지 시련 끝에 미녀를 되찾거나 지키게 되는데, 이 과정에서 우리는 두 가지 방향으로 진행되는 설화 유형과 만나게 된다. 그 하나는 '<웃지 않는 미녀>－<새털옷신랑>' 유형이고, 다른 하나는 <난제 해결>(혹은 <내기>) 유형이다.

3) '<웃지 않는 미녀>－<새털옷신랑>' 유형의 예

자료(22) <왕이 된 새샙[잡]이>

  (1) 옛날에 새만 잡아 먹고 사는 새샙이가 살았다. (2) 가을이 되어 곡식이 모두 익자 동네 사람들이 새샙이에게 새를 잡으라고 부탁했다. (3) 새샙이가 어떤 집 배나무 위에 새 한 마리가 앉아 있는 걸 보고 쏘아 맞혔지만 새가 울안으로 떨어져 버렸다. (4) 새를 찾으러 울안으로 들어가서 예쁜 아가씨가 베를 짜고 있는 것을 보았다. (5) 새샙이가 새를 찾아 구워서 반을 찢어 그 아가씨에게 먹으라고 주었다. (6) 이런 일이 여러 날 반복되었다. (7) 아가씨가 베짜기를 마치자 새샙이는 새고기 값을 내놓으라고 했다. (8) 아가씨는 돈이 없다며 그 대신 자기 초상화를 내어 주었다. (9) 그 때 나라에서는 황후를 찾고 있었다. (10) 새샙이가 아가씨의 초상화를 보며 좋아하고 있는데 황후를 찾던 관리들이 와서 화상의 미녀를 내놓으라고 했다. (11) 관리들이 아가씨를 찾아 데려가려 하자 새샙이가 길을 막고 못 가게 했다. (12) 가마를 태운 아가씨가 새샙이에게 "3년 동안 새를 잡고, 3년 동안 글공부하고, 3년 동안 뜀뛰기를 한 후 나를 찾아오라."고 당부하고 떠났다. (13) 황후가 된 여자는 웃음을 잃었다. (14) 9년이 되자 황후는 임금에게 거지 잔치를 열어 달라고 했다. (15) 잔치에 참석한 새샙이가 새털로 만든 옷을 입고 춤을 추니 황후가 드디어 웃었다. (16) 임금이 기뻐하며 자기 옷과 새샙이의 새털옷을 바꿔 입었다. (17) 새샙이가 뜀뛰기를 해서 임금을 쫓고 스스로 임금이 되어 황후와 잘 살았다.

4) '내기' 유형의 예

자료(15) <우렁이각시>

(1) 혼자 사는 총각이 밭을 매면서 "이 농사는 지어 누구랑 먹고 사나?" 하고 한탄하자, 어디선가 "나랑 먹고 살지." 하는 소리가 들려왔다. (2) 그래서 찾아보니 우렁이가 있어 집으로 가져다 잘 간수해 놓았다. (3) 이후 총각이 외출했다 돌아와 보면 누군가 밥상을 차려 놓곤 했다. (4) 숨어서 엿본 결과 우렁이가 각시로 변하여 밥을 해놓는 것을 발견하고 청하여 함께 살게 되었다. (5) 사냥 나왔던 임금이 우렁이 각시를 발견하였다. (6) 임금이 말타기 시합을 해서 자신이 이기면 우렁이 각시를 데려가고 지면 천 냥을 주마고 했다. (7) 남자가 아내가 써 준 글을 바다에 띄워 비루먹은 말을 얻어 시합에서 이겼다. (8) 임금이 다시 빈대 닷 말, 벼룩 닷 말을 구해 오라고 했다. (9) 남자가 또 아내의 지시에 따라 메밀 닷 말과 기장 닷 말을 구해 임금님 방에 부으니 빈대, 벼룩으로 변했다. (10) 임금이 또 웃는 꽃과 말하는 돌을 구해 오라고 했다. (11) 남자가 아내가 시킨 대로 꽃 한 송이와 돌덩이를 임금님 방에 던졌더니, 돌은 임금의 머리를 치면서 "군장님도 내 아들놈" 하고, 꽃은 웃으며 뛰어 다녔다. (12) 그래서 임금은 우렁이 각시 데려가기를 포기하고, 부부는 잘 살았다.

<웃지 않는 미녀> 삽화는 <새털옷신랑> 유형 대부분에서 병행되어 총 21개 이본들에서 나타난다.[39) 물론 몇 개의 이본에서는 '웃지 않는 미녀'의 삽화가 약화 또는 생략되었거나, '새털옷'이 '가죽옷' 따위로 변형되어 있는 경우도 있다. 외국의 경우 <웃지 않는 미녀> 이야기가 다양한 유형들에서 나타나나, 한국의 경우에는 대체로 <새털옷신랑> 유형과 접속된다. 자료(29)만은 '아내의 초상화' 삽화로써 시작되었다가, 미녀 아내를 임금에게 빼앗긴 남주인공이 원앙새로 변신하여 색시의 방 창가에 앉아 울다가 죽는다는 특이한 결말로 되어 있다. 한편 남주인공이 새털옷을 입게 되는 것은 스스로 그렇게 한 경우도 있으나, 미녀의 수수께끼 같은

---

39) 관계 자료 : (1), (2), (4), (6)~(8), (11)~(14), (17), (18), (20)~(24), (27), (28), (31), (32).

부탁을 그대로 따른 결과이기도 하다. 그리고 또한 남주인공은 미녀의 당부에 의하여 소용도 모른 채 '활쏘기·뜀뛰기·춤추기' 등 여러 가지 기술을 연마하는데, 이렇게 습득한 기술들은 후일 적대자와의 승부에서 아주 유용하게 사용된다.[40] 그리고 남주인공은 자의든 타의든 간에 새털옷을 입은 결과 미녀를 웃게 하고, 이러한 행위가 세력자로 하여금 남주인공과 옷을 바꾸어 입게 하여, 마침내 그가 지닌 모든 것을 잃게 한다.

자료(17) <솔개미가 된 대국천자>는 새털옷(날개옷)을 바꿔 입은 임금이 주인공처럼 하늘로 비행하는 데는 성공했으나 지상으로 내려오는 방법을 몰라 '솔개'로 변신했다는, 다분히 주술적인 이야기로 변질된 점이 특이하다. 이러한 환생설화적 모티프는 위에서 살펴본 무가 자료(1)과도 합치된다. 양자는 아마 발생적으로 동일 기원의 것일지도 모르겠다.

자료(17) <솔개미가 된 대국천자>

(1) 어느 산골에 나이 많은 숯구이 총각이 있었다. (2) 지나던 여자가 하룻밤 유숙을 청했다. (3) 총각의 어머니가 총각에게 여자를 색시 삼기를 권유하여 총각과 색시는 부부의 연분을 맺었다. (4) 신랑이 색시에게서 잠시도 떨어지려 하지 않자, 색시가 자화상을 그려 주어 일터로 내보냈다. (5) 화상이 바람에 날려갔다. (6) 화상을 얻은 중국 천자가 화상 속의 주인공을 널리 찾게 한 끝에 색시를 찾아냈다. (7) 색시가 끌려가며 남편에게 뛰기 운동을 하고, 새털옷을 입고, 걸인 잔치에 오라 했다. (8) 궁궐에서 살게 된 색시가 웃는 법이 없었다. (9) 3년이 지난 후에 색시가 천자에게 걸인 잔치를 열어 달라고 했다. (10) 한편 색시를 빼앗긴 신랑은 색시 말대로 걸인 잔치에 참석했다. (11) 색시가 새털옷을 입은 신랑을 보고 웃었다. (12) 신랑이 천자 앞에서 새털옷을 입고 뜀뛰기를 하여 하늘에 올랐다 다시 내려왔다. (13) 색시가 천자에게 그 새털옷을 입고 춤춰 보라고 했다. (14) 천자가 새털옷을 입고 춤을 추자 하늘로 올랐으나 땅으로 내려오는 방도를 몰라 죽어서 솔개가 되었다. (15) 신랑이 천자가 되어 색시와 잘 살았다.

---

40) 관계 자료 : (1), (2), (4), (8), (10), (21), (23), (24).

<새털옷신랑> 유형이 아닌 나머지 10개 각편들(자료10은 예외)에는
모두 '난제 해결' 혹은 '내기'로써 진행되는 것들이다.[41] 내기의 종류를
정리하면 다음과 같다.

    (3) 나무베기 – 냇물 건너기 – 바다 건너기

    (5) 나무심기 – 말 타고 강 건너기

    (9) 내기 바둑 – 강 건너기 – 집 짓기 – 싸움하기

    (15) 말 타기 시합 – 빈대 닷 말, 벼룩 닷 말 구해 오기 – 웃는 꽃과 말하는
        물 구해 오기

    (16) 장기 두기 – 말 타고 강 건너기

    (19) 웃는 꽃과 말하는 물 구해 오기 – 메뚜기 석 섬 잡기 – 말 타고 강 건
        너기

    (25) 하얀 똥 누기 – 나귀 타고 물 건너기

    (26) 나무 베기 – 강 건너 뛰기

    (27) 싸움하기

    (30) 150가지 반찬 해 오기

이상을 종합하면 주인공은 결국 현실적으로는 불가능한 난제들을 미녀
의 조력을 얻어 해결하거나 내기에서 이긴다. 대단원에서 남자 주인공은
모두 24개 예[42]에서 임금이 되는 것으로 되어 있고, 그냥 잘 살게 되는
것 6개[43] ; 원님이 되는 것은 1개(12) ; 죽어 원앙새로 되는 것 1개(29)이
다. 이 중 (1), (2)는 무가로 전승된 것인 만큼 남녀 주인공은 사후에 신神
으로 되고, 반면 악역의 배선비는 '솔개'로 변신한다(1).

임석재의 『임석재전집 2』(1988)[44]에 수록되어 있는 <하늘을 날을 수
있는 조끼>라는 이야기는 원래 광복 이전(1937. 7) 함북 정주定州 및 평

---

41) 관계 자료 : (3), (5), (9), (15), (16), (19), (25), (26), (27), (30).
42) 관계 자료 : (3)~(11), (13)~(14), (17)~(24), (26)~(28), (31)~(32).
43) 관계 자료 : (1), (2), (15), (16), (25), (30).
44) 임석재, 『임석재전집 2 : 한국구전설화 평안북도편 Ⅱ』(평민사, 1988), pp. 220~221.

북 신의주 양 지역에서 채록한 것으로, 내용은 <아내의 초상화> 또는 아내 탐색담과는 전혀 무관한 이야기이다. 즉 주인공이 정처 없이 길을 가다가 조끼를 놓고 싸우고 있는 토끼들을 만나게 되고, 그들을 화해시켜 준 보답으로 비행조끼를 얻어 부자를 찾아간다. 부자에게 비행조끼의 시범을 보여 주나, 내려 오는 방법을 일러주지 않아, 부자가 지상으로 내려오지 못한 채 솔개가 되고, 주인공은 부자의 셋째 딸과 혼인한다는 결구로 되어 있다. 따라서 이 이야기도 <미녀 아내 찾기>와는 무관한 별종의 유형임을 알 수 있다.

그런데 톰슨은 AT. 400 유형에 대하여 위의 이야기처럼 '마법의 소유를 다투는 존재(악마나 괴물)로부터 속임수로써 그 물건을 입수하고, 그 것을 이용해 다른 것들(공주 구출 등)도 얻게 되는 모티프'(D832.)가 들어 있음을 지적하였다. 그리고 이 유형은 6세기 중국의 불전이나 『민담의 바다*Ocean of Story*』, 『천일야화』 등에도 나타나고, 유럽과 아시아 전체에 분포하고 있을 뿐만 아니라, 북아프리카에서도 보편적으로 볼 수 있고, 나아가 아프리카 남부에서도 종종 발견된다고 하였다.[45]

톰슨의 『설화 유형집』 중 '아내 찾기 탐색담'에 속하는 각 유형들의 주요 플롯을 살펴보면 다음과 같다(비교에 거리가 먼 삽화들은 생략함).

AT. 400 <잃어버린 아내를 찾아서*The Man on a Quests for his Lost Wife*>
(종종 <백조처녀>담의 도입부처럼) 주보呪寶 또는 조력자인 동물들 포함
Ⅱ. 주술에 걸린 공주. (f)남주인공이 공주 혹은 처녀와 혼인한다.
Ⅳ. 아내의 상실. (b)금기 중 하나를 깨뜨린다.
Ⅴ. 탐색. (a)남주인공이 그녀를 찾아 떠난다. (h)그는 주보를 놓고 다투고 있는 사람들을 만나 속임수 거래를 하여 그 물건을 손에 넣는다.
Ⅵ. 원상 회복. (b)주보를 사용하여 그는 공주가 막 혼인식을 올리려는 장소에 도착한다. (c)새(가짜) 신랑은 살해된다. (e)때로는 실행해야 할 과업이나 변신 비행 따위가 이어지기도 한다.

---

45) Thompson, *The Folktale*, p. 76.

AT. 465 <어여쁜 아내 때문에 박해받은 사내*The Man Persecuted Because of his Beautiful Wife*>

Ⅰ. 아름다운 아내 얻기. (b)신이 그녀를 그에게 보낸다.

Ⅱ. 과업. (a)탐욕스런 임금이 그녀를 얻기를 바라고, 악한 상담자의 조언을 받아, 남주인공은 불가능한 탐색이나 과업을 부여받게 된다. (a1)미지의 음식 가져 오기, (a4)이상한 꽃 얻어오기 (a6)하룻밤 사이에 추수하기(등등), 혹은 (a7)그 밖의 과업, (b)남주인공은 아내의 도움으로 이들 과제를 이루어낸다.

465A <미지未知의 것을 찾아서*The Quest for the Unknown*>

백조 처녀. 탐욕스런 임금이 주인공의 아내를 욕심내어 주인공에게 미지의 것(음식)을 찾아 오라는 수행 불가능한 과업을 부여한다. 아내의 도움을 받아 주인공은 물건을 바꾸는 데에 성공한다.

다음은 중국 설화 유형집들에 들어 있는 AT. 465 계통의 이야기를 살펴보겠다.

5) 에버하르트Eberhard

no. 35 <우렁색시*Das Schneckenmädchen*>
(예화 생략)

no. 36. <그림에서 나온 미녀*Die Frau aus dem Bild*>
(예화 생략)

no. 195 <새털옷*Das Federkleid*>
(1) 한 남자가 아름다운 아내를 얻은 후 잠시라도 곁을 떠나려 하지 않았다. (2) 그는 생계를 위하여서라도 일하지 않으면 안 되었다. (3) 그래서 남편이 아내의 얼굴을 볼 수 있도록 아내가 남편에게 자화상을 그려 주며 일하러 가게 했다. (4) 화상이 바람에 날려 임금님의 대궐 안으로 가 떨어졌다. (5) 임금이 화상의 본인을 찾게 하여 미녀를 데려오자 왕비로 삼았다. (6) 남편은 새의 깃으로 옷을 만들어, 하루는 아내와의 약속 하에

궁궐 근처로 가 야채를 사라고 외쳤다. (7) 아내가 남편을 보고 비로소 웃었다. (8) 미녀가 웃지 않음에 매우 상심해하던 임금은 자신의 옷과 남자의 새털옷을 바꿔 입기를 제안했다. (9) 남자는 깃옷을 입은 임금을 죽이고 스스로 왕이 되었다.[46]

6) 종경문, "중국민간고사형식"

<백조의형 고사百鳥衣型故事>

(1) 한 사람이 미녀를 얻어 아내로 삼았다. (2) 그가 일을 하지 않자, 아내는 자신의 화상을 그려 주며 일을 하게 했다. (3) 화상이 바람에 날려가 귀인의 손에 들어가니, 귀인은 화상의 미녀를 널리 찾았다. (4) 아내가 남편과 헤어지며 백 마리의 새털로 만든 옷을 입고 장사꾼 흉내를 내라고 당부했다. (5) 귀인이 계략에 떨어져 부부가 다시 만나게 되고 또 부귀도 얻었다.[47]

<나녀형 고사螺女型故事>

(1) 어떤 남자가 물가에서 우렁(혹은 그 밖에 작은 동물)을 얻었다. (2) 남자가 외출한 사이에 우렁이 처녀로 되어 집안일을 해 놓자 남자가 돌아와 이상히 생각했다. (3) 어느 날 남자가 엿보니 우렁색시가 방안에서 일을 하고 있으므로 달려들어 끌어안고 부부가 되었다. (4) 그 후 우렁색시가 전에 썼던 껍질을 찾아 쓰고 가 버렸다.[48]

7) 정내통Nai-Tung Ting

400 <잃어버린 아내를 찾아서*The Man on a Quest for His Lost Wife*>

Ⅱ. (e1)여주인공이 조개껍질[패각貝殼]에서 나와 남주인공의 가사를 돕다가 발각된다. (g)남주인공이 선녀를 꿈꾸었는데, 그녀가 정말 동거하기 위해 찾아온다. (g1)남주인공이 선녀의 초상을 찬미한다. (g3)신적인 존재가 선녀를 남주인공에게 보낸다. (g5)초인적 존재가 스스로 남

---

46) 절강 3 ; 강소 1 ; 광동 3 총 7화의 종합 개요이다(W. Eberhard, *Typen Chinesischer Volksmärchen.* FFC 120, Helsinki, 1937, pp. 251~252).
47) 중국민속학회 편, 『민속학집전民俗學集鐫』, 제1기(동방문화서국東方文化書局, 1974), p. 369.
48) Ibid. p. 363.

주인공을 찾아 온다. (h)남주인공이 선녀인 아내와 살게 되자, 그는 자연 (h1)부富 (h2)지혜를 받거나, 혹은 (h3)그의 아버지가 목숨을 연장하게 된다. 혹은, (i)남주인공은 처음 그녀를 꿈 속에서 만난다.

Ⅲ. (d1)그녀는 그에게 특정한 장소에 가까이 이르기를 금한다. (j)그가 여러 해가 지난 후 고향으로 돌아왔을 때 그의 집이 폐허가 되었음을 안다.

Ⅳ. (b1)그는 그녀에 대해 불만을 표하거나 싸운다. (b4)천제天帝 혹은 그녀의 아버지가 그녀를 천계로 소환한다. (b6)그녀의 아들이 다른 아이들에게 모욕을 당하고 집으로 돌아와 그녀에게 정체에 대해 묻는다. (b8)악인이 그녀를 차지하려 한다. (b9)기타의 이유. (c2)그녀가 초상화 속으로 들어간다. (e)그는 지상으로 돌아오고 그 후 다시는 아내를 보지 못하게 된다. (f)그는 그녀 곁을 떠나자마자 그가 지녔던 모든 부富를 잃는다.

Ⅴ. (a1)그의 아들이 어머니를 찾아 간다. (b)주력呪力을 가진 존재들. (c)흔히 그의 여행 중에 독수리가 태워 준다. (c1)다른 동물들이 그를 돕거나 조언助言을 한다. (g1)그는 여러 가지 용감한 행위를 한다.

Ⅵ. (a1)그의 전처가 혼인하려 하지 않는다. (c1)그는 그녀가 이미 다른 사람과 혼인했으므로 옛날로 돌아갈 수 없다. (f2)그는 오랜 만에야 보통 까치가 놓은 다리를 건너 한 번 만날 수 있을 뿐이다. (f3)그녀는 다시는 그에게 올 수 없거나 오지 않을 것이다. (f5)그녀의 아버지가 그녀를 그에게 다시 돌아가게 하였다. (f5)그 (또는 그녀)는 상심한 나머지 죽는다.

400B <아내 혹은 연인의 초상화*Girl-in-Painting as wife or Paramour*>

남주인공이 그림 속에 있는 처녀를 사랑하게 된다. 그녀가 얼마 동안 인간으로 변하여 그와 동거하나, 후에 여러 가지 이유로 그에게서 떠나간다. 그는 종종 슬픔 때문에 죽는다. 때로 그는 그녀를 찾아 떠났다가 그녀를 찾아 데리고 돌아온다.

400C <우렁색시*Snail Wife*>

초인 아내는 우렁이 혹은 다른 갑각류甲殼類의 수중 동물로서, 젊은이에

의해 수조水槽에 넣어진다. 그녀는 그를 위해서 음식이라든가 그 밖의 가
사를 하기 위해 사람의 모습으로 수조에서 나온다. 그녀는 보통 그의 아
들이 다른 아이들로부터 '우렁이 엄마를 가졌다'는 놀림을 받은 후 그를
떠나 다시는 돌아오지 않는다.

408 <세 개의 귤*The Three Oranges*>
465 <아름다운 아내 때문에 고난을 당한 남자*The Man Persecuted Because of his Beautiful Wife*>[49]

Ⅰ. (b1)여주인공 스스로 남주인공에게 온다(보은을 위해, 때로는 동물의
　　형태로). (b2)그녀는 용왕의 딸이다. (c)그녀는 원래는 인간이다.

Ⅱ. (a)호색의 임금(고관, 부자 등). (a1)임금이 불가능한 일을 남주인공에
　　게 요구한다. (a8)내기에 이기기. (a9)단기간 안에 집 짓기. (a10)하룻밤
　　사이에 매우 많은 동물 혹은 물건 가져 오기. (a11)짧은 시간 안에 그
　　밖의 어려운 일을 끝내기. (a12)특정 새나 과일이 없는 계절에 그들을
　　가져 오기. (a14)낱알을 고르기. (a15)수수께끼 같은 질문에 답하기 위
　　하여 수수께끼 같거나 불가능한 일을 하기(과업은 가끔 남주인공의
　　아내에게 직접 주어지기도 한다). (c)임금이 남주인공의 아내가 남주
　　인공에게 가져다 준 재산을 탐낸다. (d)임금이 그녀를 납치하려 하거
　　나 실제로 납치한다. (e)남주인공(드물게는 그의 아내)이 임금에게 살
　　해당하나, 그는 후에 아내에 의해 소생되기도 한다. (g)남주인공이 들
　　에서 일을 하고 있을 때 가졌던 아내의 초상화가 바람에 날려 떨어진
　　것을 임금이 본다. (h)임금은 시종에게서 그녀의 아름다움이나 재능에
　　대해 알게 되고 그의 남편에게 한겨울에는 구할 수 없는 생물을 가져
　　오게 하는 등 불가능한 과업을 명령한다. 그러나 그의 초인 아내가
　　이 일을 수행케 해 준다. (i)임금은 그녀의 아름다운 머리카락을 발견
　　하고 그녀를 갖기를 원한다.

Ⅲ. (a1)'미지의 존재'는 실은 '불을 내뿜는 괴물'이거나 폭발적인 물체로
　　임금(혹은 부자)를 죽인다(때로는 다만 상처를 입힌다). (c)남자 주인공
　　이 임금 혹은 부자가 된다. (c1)옷을 바꿔 입거나 (그의 아내를 포함

---

49) Nai-Tung Ting(정내통丁乃通), *A Type Index of Chinese Folktales*(Helsinki, 1978), pp.
　　80~81.

한) 그의 물건과 바꾼다(남편은 보통 처음에 행상인으로 변장한다).

465A1 <바뀌어진 옷 또는 부속물*The Exchange of Clothes and/or Other Properties*>

애백화艾伯華, 『중국민간고사유형』 195. 백조의百鳥衣.[50]

36. <화중인畵中人>

(1) 한 홀아비가 한 장의 미녀의 초상화를 얻는다. (2) 어느 날 그가 집으로 돌아와 보니 밥상이 차려져 있었다. (3) 며칠 후 그가 숨어서 엿보다가 그림에서 나온 미녀를 꽉 껴안고 아내로 삼았다. (4) 오래 후에 몇 명의 아이들을 낳은 후 아내는 그림 속으로 들어가 버렸다. (섬서 1 ; 절강 1 ; 광동 1 ; 미상 2)

195. <백조의百鳥衣>

(1) 한 남자가 우연히 만난 한 여자를 아내로 삼아 한시도 떨어지지 않았다. (2) 그는 생계를 위해 어쩔 수 없이 돈을 벌러 떠나게 되었다. (3) 아내는 그에게 자신의 초상화를 주며 수시로 보게 했다. (4) 그림이 바람에 불려 궁중으로 날아갔다. (5) 황제가 신하를 시켜 초상화의 주인공을 찾아오게 하여 황후로 삼았다. (6) 남편이 새털옷을 입고 아내와의 약속대로 궁궐로 가서 채소를 파는 척했다. (7) 그가 왔을 때 아내가 비로소 처음으로 웃었다. (8) 그녀가 웃지 않아 고심하던 황제가 매우 유쾌해져 자신의 옷과 그의 옷을 바꾸어 입었다. (9) 남주인공이 새털옷을 입은 황제를 죽이고 스스로 황제가 되었다.

이로써 보면 중국의 이 이야기 유형만에 보이는 특이한 점은 그다지 없다. 다만 구체적인 각편들[51]을 검토해 보면 이야기의 발단 부분에서 중국 설화들에서는 여주인공이 '용궁색시'(혹은 '잉어색시')로 되어 있거나

---

50) 애백화, 『중국민간고사유형』(북경 : 상무인서관商務印書館, 1999), p. 289.

51) 세키 게이고[관경오關敬吾], 『석화의 역사昔話の歷史』(지문당至文堂, 1966)에는 운남 납서족納西族・서장족西藏族・운남 백족白族・출처 미상[임란林蘭, 『어부적漁夫的 정인情人』 인용]・귀주貴州 묘족苗族・동족僮族의 6개 예화가 요약・제시되어 있고, 일본의 『비교민속학회보』 10 : 7[통권 52](1989. 7)에는 장족藏族・납서족・장족壯族・수족水族 등의 예화가 요약・제시되어 있다.

'인간'으로 되어 있는 경우가 많은 데 비해, 한국의 경우는 대부분 '우렁 색시'로 되어 있다는 점이 다르다고 할 수 있다.[52] 그리고 중국 이본들에 서는 대체로 <아내의 초상화> 이야기가 결여되어 있는 이야기에 <웃지 않는 미녀>나 <새털옷신랑> 이야기가 접속되고 있다.[53] 다시 말하면 같 은 이야기 속에 <아내의 초상화>과 <새털옷신랑>이 접속되는 경우가 전혀 없는 것은 아니지만 매우 드물다는 말이다.[54] 또한 이러한 검토를 통하여 중국에도 '옷 바꿔 입기' 유형(Eb. #195)과 아울러 '난제극복형' 이 공존함을 알 수 있다(물론 이 유형은 양자의 혼합형이지만).

8) 중국 구전자료의 예

① 운남성雲南省 서장족西藏族

한 욕심 많은 임금이 온 나라에 궁궐 건축 명령을 내리고 상으로 세 개 의 보물을 주겠다고 포고한다. 젊은 목수가 3일 만에 준공하고 미모의 공 주를 아내로 한다. 둘이서 밭일을 하러 갔는데 목수는 아내가 보일 때에 는 밭을 깊이 팠지만 아내가 뒤로 가면 앞으로 나아가지를 못했다. 공주 는 자화상을 그려 주며 자기는 한쪽 밭두렁에 서고 반대편에는 화상을 세워 놓았다. 돌풍이 불어 그 화상이 날아가 다른 나라 임금의 손에 들어 갔다. 대신을 보내 그 그림의 미녀를 찾은 끝에 억지로 공주를 빼앗아 갔 다. 공주가 붙잡혀 가는 길에 곡식을 뿌려 놓았다. 목수가 아내의 간 곳을 알고 양의 껍질을 두른 채 찾아 갔다. 한편 잡혀 간 공주는 전혀 웃지를 않더니, 석 달 만에 갑자기 모든 백성이 참가할 수 있도록 잔치를 열어 준다면 혼인을 승낙하겠다고 하여, 임금은 기꺼이 잔치를 벌여 주었다. 그때 목수가 잔치에 참석하여 양피를 뒤집어쓰고 춤을 추자 이를 본 공 주가 비로소 웃었다. 임금도 목수의 옷을 빌려 입고 춤을 추었지만, 공주 의 명령으로 양피를 입은 임금은 붙잡혀 물에 던져졌다. 목수는 공주와

---

52) 한국 설화 각본에서도 자료(9)와 같은 것은 <용궁색시>로 이야기가 시작된다.
53) 이에 든 예 중 관경오가 제시한 납서족의 자료만이 <아내의 초상화>, <웃지 않는 미녀>, <새털옷신랑>이 모두 나타난다.
54) 양자가 접속된 예는 서장족과 묘족의 예화뿐이다.

도망하여 행복하게 살았다.[55]

② **백족白族, <현명한 아내>**

농사짓기와 사냥하기에 뛰어난 남자 공작랑孔雀郎이 길쌈에 뛰어난 미녀와 혼인했다. 공작랑이 아내에게 빠져 일을 하지 않았다. 아내가 화상을 두 장 그려주며 일터로 가지고 가게 했다. 화상이 바람에 날려 임금의 처소에 떨어졌다. 임금이 미복微服으로 미녀를 찾으러 떠났다. 들일을 하는 남자를 만나 문답했다. "하루 몇 번 호미질하는가?" 남자는 아내의 조언에 따라 대답했다. "당신의 말은 하루에 몇 걸음을 걷는가?" 남자가 임금을 동반하여 집으로 갔다. 임금이 미녀를 발견하고, 시험하기 위해 물었다. "내가 말을 탈 것인가? 말 것인가?" 여자가 문지방 양쪽에 발을 놓고 "나갈 것인가 들어갈 것인가?" 되물었다. 임금이 돈을 꺼낸 다음 또 하인에게는 공기에 쌀을 담아 오게 한 후, "이 돈으로 9종의 채소를 사오고, 이 쌀로 7공기의 밥을 지을 수 있을까?" 하니, 여자가 푸른 부추를 그릇에 가득 담고 붉은 칠을 한 공기에 쌀밥을 넣어 바쳤다. 임금이 여자의 지혜에 놀라 억지로 데려가려 했다. 여자가 작별시에 남자에게 가만히 이르기를, "떠난 후 새 100마리를 잡아 새깃옷을 지어 입고 찾아 오라."고 했다. 궁중에 들어간 후 여자가 웃지를 않았다. 남자가 새깃옷을 지어 입고 궁궐 문 앞으로 가 춤을 추자 여자가 비로소 웃었다. 이를 본 임금이 남자에게 옷을 바꾸어 입기를 청하였다. 미녀의 명으로 거지 차림의 왕이 추방되고 남자가 임금의 자리에 올랐다.[56]

③ **귀주貴州 묘족苗族**

아수阿秀라고 하는 미소년이 황제의 집에 지붕을 만들 것을 명령받았다. 두 공주로써 현상懸賞했다. 아수가 침을 뱉자 그것이 앵두로 변했다. 아우 공주가 이것을 먹자, 아수는 공주와 부부가 될 것을 임금에게 간청했다. 그러자 임금은 재로 만든 새끼로 왕궁을 삼중으로 묶을 것, 세 말의

---

55) 중국민간문예연구회 편, 『택마희澤瑪姬』[장족고사집藏族故事集](1959). 세키 게이고[관경오關敬吾], 『석화의 역사昔話の歷史』(지문당至文堂, 1966), p. 261 중인.

56) 이성화李星華 편저·기미시마 히사코[군도구자君島久子] 역. 『중국 소수민족의 민담中國少數民族の民譚 : 백족 민간고사 전설집白族民間故事傳說集』(삼미정서점三彌井書店, 1980), pp. 88~97.

삼[麻]으로 만든 모래 주머니와 세 되의 물고기 눈을 가져올 것, 용의 머리카락을 세 개 빼어 올 것을 명했다. 아수는 고양이, 수달 등의 도움으로 과업을 해결했지만, 마지막으로 120개의 가마 속에 공주와 하녀를 각각 태우고 성을 나서 도중에 공주가 탄 가마를 알아맞혀야만 했다. 아수는 뱀의 암시를 받아 제일 더러운 가마에 공주가 탔다고 알아맞혔다. 혼인 후 공주는 남편에게 자신의 초상화를 주었지만, 아수가 충고를 잊고 휘파람을 불었기 때문에 바람을 초래하게 되었고, 이 바람을 타고 공주의 초상화는 남쪽 나라의 국왕 손에 들어가게 되어 국왕이 공주를 찾아 왔다. 공주는 붙들려 갈 때 아수에게 백 마리의 새깃으로 만든 옷을 입고 버들피리를 불며 서울로 찾아 오라고 당부했다. 공주는 궁성에서는 전혀 웃지를 않았다. 어느 날 아수의 새털옷을 보고 웃자 황제는 아수와 옷을 바꾸어 입었다. 아수는 공주의 명령으로 임금을 죽이고 스스로 임금이 되었다.[57]

④ 한족漢族

왕보王保가 부잣집 딸에게 구혼하자 색시 아버지는 백 마리 기러기의 보물 알을 가져 오라고 했다. 왕보는 고난 끝에 구렁이의 뱃속에 있는 두 개의 보물 알을 입수하여 부자의 딸과 혼인한다. 어머니와 여자와 셋이서 야채를 가꾸며 행복하게 사는데, 왕보는 여자 곁을 한시도 떠나지 않고 일을 하지 않았다. 여자가 자화상을 주며 일을 하도록 하거나 야채를 팔러 보냈는데 갑자기 돌풍이 불어 그림이 날려 황제의 손에 떨어졌다. 황제의 명을 받은 신하가 왕보 처를 데려간다. 여자는 "9근 양의 무게의 커다란 배추를 만들고 백 가지 종류의 짐승피로 옷을 만들고 49일간을 기다리라."는 말을 남기고 갔다. 여자가 조금도 웃지 않아서 황제는 전국에 포고령을 내려 백성들을 모았다. 여자는 왕보를 보고 비로소 웃고 그가 입고 있는 옷이 재미있다고 하자 황제가 용포와 그 옷을 바꾸어 입었다. 황제가 잡혀 죽었다. 왕보 부부는 고향에 돌아가 행복한 생활을 했다.[58]

---

57) 귀주성민간문예공작조貴州省民間文藝工作組 편, 『묘족민간고사찬苗族民間故事撰』(1962). 세키 게이고[관경오], 『석화의 역사』, p. 265.

58) 안휘민간출판사安徽民間出版社 편, 『일통반건—桶飯乾』(1955). 세키 게이고, 『석화의 역사昔話の歷史』, pp. 265~266.

일본에서는 <아내의 초상화> 유형이 <회자여방繪姿女房>이란 이름으로 널리 알려져 있고, 야나기다 구니오[유전국남柳田國男]이 1930년에 연구의 선편을 잡은 이래 세키 게이고의 혼인담에 대한 집중적인 연구에서 이 유형이 많이 다루어진 이후 여러 연구가들의 연구 업적이 축적되어왔다. 일본의 이류교혼담 중 한국의 <우렁색시> 유형과 관련이 있다고 생각되는 것들을 세키 게이고의 『일본석화집성』[59]에서 찾아보면 다음과 같다.(괄호 내의 숫자는 세키(1966)의 유형 번호임)

no. 112 (143) <합여방蛤女房 *The Clam Wife*>
  한 사내가 조개를 구해준다. 조개가 여자로 변하여 남자를 찾아온다. 남자의 아내가 되어 하녀처럼 그의 집에서 일을 한다. 그녀는 매일 맛있는 음식을 만든다. 남편이 몰래 그녀가 냄비 속에 오줌을 누어 요리하는 것을 보게 된다. 자신이 하는 일을 남편이 엿보았음을 알게 되자 아내는 자신의 정체를 드러내어 영영 떠나 버린다.

no. 113 (144) <어여방魚女房 *The Fish Wife*>
no. 114 (145) <용궁여방龍宮女房 *The Wife from Ryûgû ; Dragon Palace*>
no. 115 (146) <학여방鶴女房 *The Crane Wife*>
no. 118 (149) <천인여방天人女房 *The Wife from the Upper World*>
no. 120A (189A) <회자여방繪姿女房 — 도매형桃賣型 *The Picture Wife A*>
no. 120B (189B) <회자여방繪姿女房 — 난제여방難題女房 *The Picture Wife B*>

『일본석화사전』에 의하면 <회자여방> A. '물건팔이형[物賣り型]'은 전국적 분포를 가지고 있으며(특히 동북 지방—오끼나와를 중심으로 니이가타 쥬고꾸 지방에 집중되어 있음.) 1970년대 중반까지 약 40화가 채록되었다. 반면 B와 같은 난제형도 전국적인 분포를 보이나 특히 서일본에

---

59) 유형 목록 부분의 영역인 Seki Keigo, "Types of Japanese Folktales", *Asian Folklore Studies*, vol. 25(Society for Asian Folklore, 1966)나, 이 목록에 의거한 방대한 자료선집 『대성』 2(각천서점角川書店, 1978. 2) 등 참조.

치우쳐 나타나고 있으며 A와 같은 시기까지 약 25화가 채록되었다. 그리고 이들 이야기의 서두 부분이 <용궁 아내> 이야기와 결합된 형태로 된 것도 많다고 한다.60) 『일본석화사전』에서 일본의 <회자여방>의 경개 요약을 인용한다.

> A형 : 가난하거나 혹은 조금 모자란 농사꾼 총각이 미녀를 색시로 얻는다. ─남자가 여자의 얼굴만 보느라고 일하러 가지 않는다.─여자가 초상화를 그려 주어 일터로 가지고 가게 한다.─바람이 불어 초상화가 날려 임금님이 있는 곳에 떨어진다.─임금이 초상화의 인물을 찾게 한다.─미녀를 찾아내어 데려갔으나 미녀가 전혀 웃지 않는다. ─남편이 장사꾼 차림으로 궁궐 근처로 가 물건을 사라고 외친다. ─이 소리를 들은 미녀가 웃는다.─임금이 장사꾼을 불러 들여 옷을 바꿔 입는다.─문지기가 장사꾼 차림의 임금을 궁궐 밖으로 쫓아낸다.─남편이 왕이 되어 미녀와 행복하게 살게 된다.
> B형 : (앞부분 동일)─초상화를 본 임금이 미녀를 빼앗으려 미녀의 남편에게 난제들을 준다.─미녀가 지혜로써 난제들을 해결케 한다.

일본에는 이 유형이 역사적으로 에도[강호江戶]시대 초기의 '호키[ホキ 簠簋]'에도 나오지만, 보다 유사한 것은 고와카마이[행약무幸若舞]의 <에보시오리>[오모자절烏帽子折]이라는 곡 중에 나오는 산로山路 이야기가 <회자여방>과 유사한 줄거리를 가지고 있다고 한다.61)

<에보시오리[오모자절烏帽子折]>[무본舞本]
용명천황用明天皇[요메이덴노]이 16세 때에 공경전公卿前의 상인上人들에게 부채 66개에 미녀의 그림을 그리게 한 뒤 온 나라에 보내어, "아무리 천생賤生이라도 이 그림과 비슷한 미녀를 찾아 오라."고 명했다. 모두 그

---

60) 이나다 고지[도전호이稻田浩二] 외 4인 편, 『일본석화사전』(홍문당弘文堂, 1977), pp. 126~127 참조.

61) 고지마 요슈키[소도영례小島瓔禮], "시디쿨설화의 전망과 문제의 홍미シディキュル說話の展望と問題の興味", 『비교민속학회보』 3 : 12[통권 33], p. 5.

림과 비슷한 미인은 없다고 부채를 돌려 보냈다. 그때 붕고노쿠니[풍후국 豊後國] 우치야마리[내산리內山里]의 한 부자가 아기가 없어 성관음聖觀音에 게 빌어 딸이 태어나 옥여희玉與姬라고 이름짓고 14세가 되었는데 그 모 습이 그림과 똑같아, 그림이 오히려 미녀를 시새워할 정도였다. 이를 안 천황이 그녀를 후비로 삼겠다는 명령을 내렸다. 부자는 외동딸임을 핑계 로 명령을 거절하려 하자, 황제는 개자芥子씨를 하루 만에 1만 석을 가져 오라 명했다. 부자의 아내가 모아 두었던 개자를 갖다 바치자, 천황은 다 시 붉은 비단으로써 양계兩界의 만다라曼陀羅를 스무 발이 되게 짜 가져오 되 그렇지 못하면 딸을 내놓으라고 명했다. 그런데 성관음이 칠석언성七夕 彦星에게 짜게 해서 바치게 했다. 천황은 할 수 없이 몸소 붕고[풍후豊後] 의 우치야마로 갔다. 그리고 스스로 부잣집의 소치기가 되어 낮에는 꼴 (풀)을 베고 밤에는 피리를 불어 미인에 대한 사모의 정을 나타냈다. 3년 이 지난 후 부자 부부도 자신들의 딸 때문에 천황이 머슴살이를 했음을 알게 되어 마침내 두 사람의 혼인을 허락했다. 두 사람에게서 쇼토쿠태자 [성덕태자聖德太子]가 탄생하고 불교도 널리 퍼지게 되었다. 옥여희는 관 성음, 용명천황은 아미타여래의 화신이라고 한다.62)

세키 게이고는 『석화의 역사昔話の歷史』에서 <회자여방> 난제구혼형 예화 4편과 물매형物賣型 예화 1편, 복합형 1화를 제시하고 있다.63) 이 중 난제구혼형 제1예(후쿠시마켄[복도현福島縣]) 채록]는 한국 자료(29)처럼 비극적으로 끝나는 것이고, 동 제2예(오이타켄[대분현大分縣])도 혼인이 세 력자의 약탈 형식으로 이루어지는 것이 아니라 난제 해결에 의해 자연적 으로 이루어지는 것으로 되어 있다. 동 제3예(시오 무로쓰한토[주방周防 실진반도室津半島])의 전반부는 제2화와 거의 동일하나 결말부에 이르러서 는 미녀가 용신에게 약탈되어 가던 도중 익사하는 내용으로 되어 있다. 제4예는 미인의 그림이 그려진 부채를 보고 그 그림의 주인공을 찾는다

---

62) 야나기타 쿠니오[유전국남柳田國男], 『모모타로의 탄생桃太郎の誕生』[이하 『도태랑』으 로 약인略引], p. 237 ; 세키 게이고[관경오關敬吾], 『석화의 역사昔話の歷史』, pp. 262 ~263.

63) 세키 게이고, 윗책, pp. 254~263.

는 점 외에는 전연 다른 계통의 이야기라고 할 수 있다.

물매형의 예(『내량현풍속지료奈良縣風俗誌料』)는 매우 복잡한 구성을 취하고 있는 이야기로서, 평민인 남녀 주인공이 '경왕慶王'과 '양귀비楊貴妃'라는 중국의 역사적 인물로 설정되어 있음이 매우 특이하다. 이 자료의 제1단은 여느 <아내의 초상화> 이야기와 마찬가지로 미녀의 초상이 바람에 날려 궁궐에 떨어지자, 이를 발견한 임금의 명에 의해 미녀가 약탈되고, 결국 부부가 모두 죽게 된다. 제2단에서는 부부의 망령이 벌레로 환생하여 복수를 하게 되는데, 그 전반적인 내용은 한국의 <불가살이> 이야기와 똑같다. 이것은 아마도 독립 전승의 이야기가 복합된 결과로 생각된다. 그리고 일본 자료들의 경우 어떤 특정 지역에 결부되어 전승되는 자료[전설傳說]가 많음을 하나의 특징적 현상으로 지적할 수도 있겠다.

9) 일본의 참고 자료

후쿠시마켄[복도현福島縣] 고리야마시[군산시郡山市], <아사카야마[안적산安積山]의 누카지로[강차랑糠次郎]>

누카지로[강차랑糠次郎]라는 가난한 젊은이가 아름다운 부잣집 딸과 혼인했다. 남편이 아내의 곁을 떠나 일하러 가려 하지 않자, 아내가 자화상을 그려 주었다. 남편이 그것을 장대 끝에 매달아 놓고 바라보며 일을 하노라니까, 갑자기 화상이 회오리바람에 날려 나량[내량奈良]의 가쓰라노오키미[갈성왕葛城王]의 뜰에 떨어졌다. 왕자가 그 그림을 주워 오슈[오주奧州]로 내려가 누카지로의 아내를 찾아서 우네메[채녀采女]로 삼아 서울로 데려갔다. 채녀는 남편에 대한 그리움을 달랠 길 없어 궁궐에서 도망쳐 옛집으로 돌아갔지만, 남편은 아내와의 이별을 슬퍼하여 이미 죽어 버렸기 때문에 낙담한 나머지 늪에 몸을 던져 죽고 말았다.[64]

---

64) 야나기다 쿠니오, 『도태랑桃太郎』, pp. 229~230 ; 세키 게이고 외, 『대성』 2, p. 271.

오이타켄[대분현大分縣] 오노군[대야군大野郡], <내산장자內山長者 전설>

우치야마[내산內山]의 사람이 고고로[소오랑小五郎]의 딸 한야희메[반야희般若姬]의 얼굴을 그려 연[궤凧]을 띠우자 실이 끊어져 날아가 천황[용명천황用明天皇] 앞에 떨어졌다. 천황이 그림 속의 여자를 찾았던바 내산에 사는 부자의 딸임을 알았다. 곧 하인을 보냈지만 부자가 응낙하지 않았기 때문에 결국 스스로 서국西國으로 내려가 여러 가지 난제를 풀어 보인 후 결국에는 희메[희姬]를 취하게 되었다. 그런데 여자를 데리고 황도로 돌아가던 중 오바다케[대전大畠]의 세도[뇌호瀨戶]에 이르렀을 때 용신이 나타나는 바람에 배가 전복되고 겨우 뭍에 올랐으나 미녀는 죽고 말았다. 그곳에 절을 세워 한야지[반야사般若寺]라 하였고, 후에 용명천황의 묘도 이곳으로 옮겼다고 한다.65)

야마구치켄[산구현山口縣] 시오 무로쓰한토[주방周防 실진반도室津半島] 미야마[기산箕山], <한야지[반야사般若寺]의 한야희메[반야희磐若姬]>

요메이덴노[용명천왕用明天皇]가 태자였을 때 바람에 날려 떨어진 연을 주웠다. 연에는 미녀의 모습이 그려져 있었다. 여러 나라를 찾아 다닌 끝에 붕고노쿠니[풍후국豊後國] 만노쵸시[만능장자滿能長者]의 딸임을 알았다. 태자가 구혼했지만 거절당하고, 천부賤夫의 모습으로 가장하여 그 이름도 구사카리산조[초예삼장草刈三藏]라 고쳐 서국西國으로 내려갔다. 만능장자의 집에 들어가 난의難儀를 거친 후에 희메[희姬]를 취하고 도성으로 돌아갔다. 도중 오바다케[대전大畠]의 세도[뇌호瀨戶]에서 희메는 용신에게 발견되어져 타고 가던 배가 뒤집혀 가까스로 뭍에 상륙했지만 절명하고 말았다. 이곳에 절을 세워 한야지[반야사般若寺]라 하고 후에 용명천황의 능도 이곳으로 옮겼다고 한다.66)

『내량현풍속지료奈良縣風俗志料』

당唐나라 땅에 경왕慶王과 양귀비라는 부부가 살았는데, 남자는 여자와 떨어지기를 싫어하여 밭에 나가 일하려 하지 않았다. 여자가 할 수 없이

---

65) 세키 게이고, 『석화의 역사』, p. 255.

66) 야나기다 쿠니오, 『도태랑』, p. 231 ; 세키 게이고, 『석화의 역사』, p. 255 ; 세키 게이고 외, 『대성大成』 2, 269.

자화상을 그려 주며 밭에 걸어 놓고 일을 하라 했다. 그런데 그림이 갑자기 불어온 바람에 날려 궁전 뜰에 떨어지고 말았다. 임금이 그것을 보고 그림 속 미녀를 찾게 했다. 그리하여 양귀비는 궁중으로 끌려가게 되자 경왕과 양귀비는 서로 애타하다가 죽고 말았다. 그 후 궁중의 여자가 신년을 축하하기 위한 풀을 뜯으러 밭에 갔다가 옥처럼 아름다운 벌레를 보았다. 벌레를 가져다 바늘 상자 속에 넣어 두었더니 이 벌레는 바늘을 먹어 치우고 크게 자라났다. (이후 생략) 이 벌레는 원통히 죽은 경왕과 양귀비의 죽은 혼이라고 한다.[67]

이와테켄[암수현岩手縣] 시와군[자파군紫波郡], <모모우리도노사마>[도매전양桃賣殿樣]

한 사내가 여름에 냇가를 지나다가 세 명의 천녀天女가 목욕하고 있는 것을 보았다. 사내가 그 중 한 명의 옷을 감추어 그 천녀는 하늘로 돌아가지를 못했다. 사내가 천녀를 집으로 데려다 아내로 삼았다. 그런데 사내가 아내 곁을 잠시라도 떠나려 하지 않았으므로 여자는 자신의 그림을 그려 주며 가지고 나가 밭옆에 걸어두고 일을 하라고 했다. 그런데 갑자기 회오리바람이 일어나 그림이 바람에 날려가 성주의 궁전에 떨어졌다. 마침내 성주의 명령을 받은 관리들에게 발견되어 관리들이 미인을 데려가게 되었다. 미녀는 아내에게 복숭아씨를 주면서 당부했다. "이것을 심어 3년째 되면 열매가 달릴 테니 그걸 따서 궁전으로 팔러 오라." 3년 후 과연 사내는 복숭아 따 성주의 궁궐 근처로 가서 큰소리로 그것을 사라고 외쳤다. 한편 성주의 궁궐로 끌려 온 미녀는 3년간 단 한 번도 웃지를 않더니 복숭아 사라는 소리를 듣자 갑자기 웃기 시작했다. 성주는 자신도 복숭아장사를 해 볼 생각으로 사내를 불러들여 옷을 바꿔 입고 문 밖으로 나가 복숭아를 사라고 외쳤다. 다시 문 안으로 들어가려고 했지만 문지기는 문을 열어 주지 않았다. 천녀는 원래의 남편을 성주로 삼아 오래오래 잘 살았다.[68]

베트남에도 <우렁색시> 유형의 설화가 있음을 알았으나, 이 이야기는

---

67) 생략한 부분의 개요는 우리가 잘 아는 고려 말의 '불가살이' 전설과 같다. 야나기타 쿠니오, 『도태랑』, pp. 246~247 ; 세키 게이고, 『석화의 역사』, pp. 258~259.
68) 야나기타 쿠니오, 『도태랑』, pp. 223~225 ; 세키 게이고 외, 『대성』 2, p. 274.

<새털옷신랑>(<백조의百鳥衣>) 유형이 아니라 중국의 <화중인畵中人> 유형과 같은 것이다. 본격적인 내용 비교는 다른 기회로 미루겠다.[69] 그리고 동북 아시아를 제외한 기타의 지역에서는 <우렁색시> 유형이 '우렁색시 → 아내의 초상화 → 새털옷신랑 → 웃지 않는 미녀'와 같은 삽화들의 결합으로 진행되는 예를 별로 찾지 못하였다. 이것은 이 유형이 오랜 세월을 경과하는 도중 각각의 지역적 특징을 지닌 채 독자적으로 이야기를 형성해 갔기 때문인 것으로 생각된다.

다음에는 동북 아시아 이외 지역의 이 유형 설화의 예로 희랍의 AT 465에 속하는 <거북과 병아리콩*The Turtles and the Chickpea*>이라는 이야기의 개요를 살펴보자.

홀아비로 사는 한 어부가 어느 날 고기잡이를 나갔다. 온종일 고기를 잡지 못하다가 겨우 거북이 한 마리를 잡아서 집으로 가져갔다. 그 다음 날 어부가 외출했다 돌아와 집안을 보고 깜짝 놀랐다. 쓰레기로 가득 찼던 집안이 말끔히 치워졌을 뿐만 아니라 풍성한 식탁까지 마련되어 있었다. 이상히 여긴 어부가 외출하는 척하고 집안을 엿보니 거북이가 껍질을 벗고 미녀로 변하여 집안일을 하는 것이었다. 어부는 살그머니 미녀에게 다가가 뒤에서 껴안고 아내가 되어 주기를 요청했다. 그렇게 하여 어부는 거북 미인을 아내로 맞았다. 한편 그 나라의 임금에게 왕비가 없던 차라 나라 안의 모든 처녀들에게 면사포를 내려주며 수를 놓게 하여 간택하려 했다. 면사포에 수놓기 임무는 어부의 집에도 부과되었다. 어부의 아내를 그의 딸로 잘못 알았기 때문이었다. 결국 수놓기 솜씨는 어부 아내의 우승으로 결판이 났다. 임금은 어부의 아내를 불러 혼인을 명했다. 어부의 아내가 이미 혼인을 했음을 밝히자 임금은 어부를 불러 "내 군사 모두에게 먹일 생선을 마련하든지 아니면 네 아내를 내어 놓아라."라고 명령했다. 불가능한 난제를 받은 어부는 집으로 돌아가 이 이야기를 아내에게 말하였다. 그랬더니 아내는 남편에게 염려하지 말기를 당부하며, 처음 자

---

69) 오바야시 타로[대림태랑大林太郎]. "설화에 있어서의 동양과 서양說話における東洋と西洋", 『강좌 동양사상』, v. 9, pp. 157~159 참조.

신을 얻었던 물가로 나가, "바다의 장모님, 내 소청을 들어주십시오." 하고 외치고, 어머니에게 자그마한 냄비를 받아 오라고 일렀다. 아내 말대로 하여 냄비를 얻어 온 어부 부부는 그로써 임금의 군사 모두에게 충분한 음식들을 제공할 수 있었다. 며칠 후 임금은 다시 어부에게 막대한 양의 포도를 요구했지만 이 난제 역시 다시 얻어온 냄비로써 해결하였다. 그로부터 또 며칠 후 임금은 이번에는 '두 뼘 크기의 수염을 가진 세 뼘 크기의 사람'을 데려 올 것을 명령했다. 어부는 다시 바다에 나아가 아내의 말을 전하고 임금이 요구한 크기의 처남(병아리콩 Chickpea)을 데리고 집으로 돌아왔다. 어부를 따라 임금 앞에 나아간 처남은 자신의 존재를 확인시킨 후 타고 갔던 수탉에게 명령하여 임금의 눈을 빼어 버려 죽게 한 다음 임금의 신하들을 협박하여 어부를 임금의 자리에 오르게 했다.[70]

이 이야기에서도 알 수 있는 바와 같이, 여기에는 엄밀한 의미의 '아내 찾기' 삽화는 없다. 그러나 '수서동물의 여자 곧 이류 여자와의 혼인이나 임금의 억혼抑婚강요－난제 부여－이류 아내의 도움으로 난제 해결－세력자를 내어쫓고 임금이 된다'는 과정은 한・중・일에 유행하는 '난제 풀기' 계통의 이런 종류의 설화와 거의 근접되어 있음을 알 수 있다.

결론적으로 '아내 찾기' 유형 설화의 전체적 구성을 '기－승－전－결'의 4단 구조로써 살펴보면 다음과 같다.

제1단은 '행운의 혼인' 단락(L160 Success of the unpromising hero(heroine) / L161 Lowly hero marries princess. / L161.2 Fool wins beautiful woman as wife. / T121 Unequal marriage)이다. <우렁색시>나 <나무꾼과 선녀> 이야기에서 잘 알 수 있는 것처럼, 일반적으로 남자 주인공은 가난한 평민 총각임에 비해 여자 주인공은 '이계의 배우자'로 되어 있다. 물론 <손 없는 색시>나 <새털옷신랑>의 경우처럼 '인간 배우자'의 예도 적지 않으나, <손 없는 색시>의 경우 '상실된 손의 복원'이라는 신비적 색채로써 종결

---

70) Georgios A. Megas, *Folktales of Greece*(The University of Chicago Press, 1970), pp. 74~79.

되고 있고, <새털옷신랑>의 경우도 '이계 아내'의 경우는 더 말할 것도 없으나, '인간 아내'의 경우도 대개는 이인적 색채를 보여준다는 점에서 는 동질적인 성향을 보여 준다.

제2단은 '아내의 상실' 단락이다. 여기에서는 종종 금기 위반(C932. Loss of wife(husband) for breaking tabu)이 그 원인이 되기도 한다. 그리고 이 부분은 초상화가 바람에 날려가거나, 좀 더 고태古態스러운 것으로는 머리카락이 물결을 타고 흘러감으로써(H75.1. Identification by hair found floating on water / H75.4 Identification by golden hair) 미녀의 존재가 드러 난다. 혹은 우연히 그녀가 세력자에게 발각됨으로써 위기에 처하게 된다.

제3단은 '아내 찾기' 단락(H1385.3. Quest for vanished wif (mistress))이 다. 이 부분은 대체로 '관탈미녀官奪美女'라는 성격이 강하게 나타나고 있 어, 봉건주의 시대의 계급 갈등 모습을 잘 보여 준다. 그리하여 '미녀 아 내'를 지키려는 본 남편과 이를 강제로 빼앗으려는 세력자와의 갈등이 전 개되는데, 그 유형은 두 가지로 나타난다. 첫째 유형은 '아내 찾기'라기보 다 '아내 지키기'라는 것이 더 적절하겠다. 즉 '탐색 여행'보다는 '난제 풀기'가 (H911 Tasks assigned at suggestion of jealous rivals. / H931. Tasks assigned in order to get rid of hero. / H931.1. Prince envicious of hero's wife assigns hero tasks. / H931.1.1. Husband assigns tasks for king who has stolen his wife. / H941. Cumulative tasks : second assigned so that first can be done. / H1211 Quests assigned in order to get rid of hero.) 중심이 되어 있다. 둘 째 유형은 <새털옷신랑>과 <웃지 않는 미녀> 삽화가 복합되어 나타난 다. 따라서 남주인공은 필수적으로 세력자와의 싸움에서 궁극적인 승리 를 얻는 데에 필수적인 '새털옷'을 얻는 전체적 과정을 거친다. 이 '새털 옷'이 주보呪寶(magic object)인 경우(D1051. magic cloth / D1069.2. Magic feather dress)에는 앤타고니스트와 프로타고니스 간의 '공중 비행' 경쟁이 나타나지만, 그렇지 않은 경우에는 세력자와의 희화적인 '옷 바꿔 입기' 로 나타난다. 특히 <새털옷신랑>의 유형에서는 <웃지 않는 미녀>(AT 571 Making the Princess Laugh / H341 Suitor test : making princess laugh. / H341.3 Princess brought to laughter by foolish actions of hero.)라는 유형이 선행되어 나타나고 있음은 위에서 살펴본 바와 같다. 그리고 어떤 경우이 든 <아내 찾기> 유형담에서는 남주인공이 승리를 얻는 데에 '아내의 조

력'(H1233.2.1. Quest accomplished with aid of wife)이 절대적인 힘으로 작용하며, 앤타고니스트와 프로타고니스 간의 싸움에서 주인공은 흔히 '속임수'(K800. Fatal deception)로써 상대방을 제압한다.

제4단은 '경쟁에서의 승리' 단락이다(L176. Despised boy wins race. / L177. Despised boy wins gambling game.). 온갖 곡절 끝에 남주인공은 마침내 연적을 징치(살해, 추방 등. S110 Murders etc.)하고, 왕위에 즉위하거나(L165. Lowly boy becomes king) 재산을 차지하여, 다시 아내와 행복한 삶을 누리게 된다.

이상에서 필자는 '이류 배우자 얻기' 또는 '이류 배우자 찾기'의 대표적 설화라고 할 수 있는 <우렁색시>계 유형을 택하여, 그 역사적 발전 및 지리적 분포를 살펴보았다. 그 결과 이 설화 유형은 처음에는 '아내 얻기' 차원의 <우렁색시> 이야기로 형성되었다가, 차차 시간과 공간이 변화함에 따라 다양한 삽화들이 부가되어 초기의 이야기보다 훨씬 복잡한 양상을 띠게 되었음을 알 수 있었다. 즉 이 유형은 최초의 단순한 '아내 얻기' 이야기에서 차차 복잡한 '아내 찾기' 이야기로까지 진전된 모습을 띠게 되었다는 것이다.

단순 형태의 <우렁색시> 유형에 부가된 삽화 중 중요한 것은 <아내의 초상화>나 <웃지 않는 미녀>, <새털옷신랑>과 같은 것이다. 그리고 이 같은 유형적 특징은 다른 어느 곳보다도 동북아시아 일대에서 뚜렷이 나타난다는 사실을 확인하였다. 이 점은 오늘날 설화 연구자들에게 널리 이용되고 있는 아아르네-톰슨Aarne-Thompson의 유형집에는 동북아 지역에서 시·공간적으로 폭넓게 유전되어 온 <우렁색시>계 설화에 딱 들어맞는 독립 항목이 설정되어 있지 않다는 데에서도 확인된다.

그렇다고 하여 이 유형 설화가 동북아 지역에만 있다는 것은 아니다. 여타의 지역에서도 이 설화가 존재했었음은 앞서 예로 들었던 희랍 신화를 참조해 보면 잘 알 수 있다. 또 이 유형에 내포된 모티프들은 동북아 이외의 다른 지역에서도 광범위하게 발견된다. 그리하여 위에서 필자는

<아내의 초상화> 이야기가 역사적으로는 기원전 13세기경에 이집트에서 전승되던 <두 형제>담과 밀접한 관계에 있음을 논하였고, 나아가 국내적 소원溯源으로는 고전소설 <숙영낭자전>과도 잇닿을 수 있음도 지적하였다.

앞으로 좀 더 광범위한 자료 조사를 통하여 많은 자료를 입수 비교한다면 좀 더 나은 결과를 얻을 수 있지 않을까 한다. 동아시아 이외의 자료와도 비교가 이루어져야 할 것이다. 여러 가지 제한적 여건에 묶일 수밖에 없었던 이번 논고는 앞으로의 본격적 연구를 위한 기본 얼개를 그린 데에 불과하고, 현재로서는 소략하나마 대체적인 윤곽만을 그릴 수 있었다는 것으로 만족해야겠다.

● **참조 원고**

"색시 찾은 신랑 : '아내의 초상화'·'웃지 않는 미녀'·'새털옷신랑'을 중심으로", 『어문학논총』 25(국민대 어문학연구소, 2006. 2).

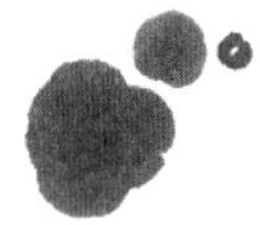

III. 한국설화의 세계성과 상징

❖ ❖ ❖

1. 영웅서사시와 동명왕 이야기

우리 속담에 '남의 떡이 더 커 보인다.'라는 말이 있다. 사람은 항상 제 것보다 남의 것에 관심이 가게 마련인가 보다. 그리하여 선조들이 남겨 준 위대한 문학적 유산들을 흔히 망각해 버리고, 우리에게는 작품다운 작품이 없다든가, 설사 있다손 치더라도 매우 보잘것없는 것으로 생각하는 사람들이 적지 않은 듯하다. 대개 이러한 오해와 편견은 외국 것에 대한 무조건적인 동경과 우리 것에 대한 무지가 원인이 되고 있지 않나 생각된다. 물론 현대문학의 출발이 이 땅에선 서구보다 다소 뒤지고, 수적으로 양적으로 훨씬 처진다는 주장을 부인할 생각은 조금도 없다.

그러나 현대문학에서 눈을 일단 돌려 그 이전을 돌아다보면 형편은 어떠한가? 관점의 차이는 있겠지만, 이 땅을 포함한 동양의 고전문학이 저들보다 훨씬 앞서고 있다는 것은 부인할 도리가 없다. 다른 예는 그만 두고라도, 필자가 이제부터 이야기하려는 영웅서사시 <동명왕편>의 경우도, 성립 시기라든가 작품적 가치가 결코 뒤떨어진다고 할 수는 없다고 본다. 이러한 관점에서 영웅서사시와 <동명왕편> 이야기가 세계 문학사상 점유하는 위치를 재확인하고, 이를 바탕으로 우리 고전문학에 대한 올바른 인식을 갖도록 하는 것이 이 글의 중요 목적이 될 것이다.

그럼 영웅서사시란 어떠한 것인가? <동명왕편>을 소개하기 전에 우선 일반적인 영웅서사시의 특징을 말해 두는 것이 순서일 것이다. 영웅서사시는 신화나 전설 같이 옛날에 실제로 있었다고 생각되는 이야기에 기초를 둔다. 즉, 각 민족의 과거 역사로서 간주되어 구전되어 오던 위대한 전설적 영웅들— 주로 초자연적 능력을 지닌 — 의 이야기가 시대의 흐름에 따라 점점 통합되고 변개·첨삭을 거쳐 갈수록 풍부하고 흥미 있는 이야기로 변모되는 것이다. 그러므로 그 속에는 항상 전 집단 구성원에게 중대하고도 현저한 사건들이 포함되어 있고, 그 주인공들도 어느 것이나 민족의 생존을 위해 위대한 공훈을 남긴 인물들이 등장한다.

　영웅서사시는 한 개인에 의해 창작된 것이 아니라 수세기를 통하여 일반 대중들에 의하며 공동 제작된 것이 대부분이다. 설령 호머의 <일리아드>나 <오디세이> 또는 우리의 <동명왕편>의 경우와 같이 작자가 알려져 있는 경우라 하더라도, 그것들이 문자로 기록되기 이전에는 구전되던 것들이었음에 틀림없다. 그러므로 그 내용 속에는 개인보다 집단의 객관적인 사회성과 운명에 기초를 둔 집단정신이 강조되어 있고, 그것을 낳은 민족이나 시대의 상위에 따라 각각 다른 특징을 드러내게 된다. 또한 영웅서사시가 문자로 정착되기에 이르는 것은 오랜 세월의 구비 전승 끝에 훨씬 후대에 이루어지는 것이 보통이므로, 영웅서사시에 담겨 있는 내용은 기원전으로 소급된다 하여도 그 작품의 실제 완성 시기는 기원후 그것도 훨씬 후대까지 내려오는 경우가 대부분이다.

　<동명왕편>의 세계 문학사적 위치를 규명하기 위해서는 현전하는 여러 민족들의 영웅서사시를 초들어 대비해 보는 것이 좋을 듯하다. 내 것과 남의 것의 대비를 통하여 내 것이 갖는 보편성과 특성성이 드러난다면 내 것의 소중함이 더 한층 드러날 수 있기 때문이다.

　영웅서사시의 출발은 흔히 <일리아드>와 <오디세이>로 잡는다. 이 두 작품은 그리스의 호머가 구전되어 오던 신화·전설들을 바탕으로 B.C. 9세기 경에 집대성한 것으로 알려지고 있다. 일부에서 <일리아드>와 <오디세이>를 호머의 창작으로 보는 견해도 없는 것은 아니지만 그에

대해서는 이설도 많고, 또 의심하는 사람도 적지 않다. 오히려 문학 연구가들의 견해에 의하면, <일리아드>나 <오디세이>는 어떤 개인의 순수한 창작이 아니고 이오니아 민족 사이에서 자연 발생하여 시대가 흐름에 따라 개작되고 보태져서 전승되어 오다가, 어느 일정한 시기에 어떤 특정 개인에 의해 기록문학상으로 정착된 것이라는 의견이 지배적이다. 그런데 <일리아드>는 그리스인과 트로이인과의 싸움을 노래한 것이고, <오디세이>는 이 싸움에 참가했던 오디세이가 그의 고향 이타카섬으로 돌아가는 도중에 만났던 가지가지 모험을 노래한 것이다.

한편 고대 인도의 <마하바라타>와 <라마야나>도 일대 장편 서사시로서, 그 성립 시기는 확실치 않으나 대략 B.C. 4~5세기 경으로부터 생성되어진 것으로 추정되고 있다. <마하바라타>는 인도 바라타국의 왕위 계승을 둘러싼 판다바와 카우라바 왕자들의 싸움을 그린 것이요, <라마야나>는 코오사라국의 왕자 라아마의 어린 시절과 사랑·방랑·모험·비운·전쟁 그리고 승리를 얻어 왕위에 오르기까지의 운명을 주제로 한 것이다.

이러한 고대 그리스와 인도의 영웅서사시의 형태가 중세에 이르면 서구 제 민족들에 의해서 각기 독특한 특색을 지닌 작품들로 발전하게 된다. 가령 영국에서는 <베어울프>가 11세기에(대영 박물관 소장본), 프랑스에서는 <롤랑의 노래>가 역시 11세기에, 독일에서는 <니벨룽겐의 노래>가 13세기에 성립되었다. 이들 속에는 각 민족의 독특한 성격이 반영되어 있다. <베어울프>에는 영국인의 특성인 현실적 양식과 행동에 대한 경향이 나타나 있는 반면, <롤랑의 노래>에는 비극이면서도 프랑스적인 명쾌함이 나타나 있고, <니벨룽겐의 노래>에는 독일의 산림과 같이 어두우며, 이따금씩 우주와 인생과의 신비감에 젖어드는 경향이 드러난다는 각각의 특성을 지적할 수 있다.

그 외에도 세계 문학사상 널리 알려진 영웅서사시로는 러시아의 <이고리 군담>, 스페인의 <엘·시드의 노래>, 핀란드의 <칼레발라*Kalevala*>

등이 유명한데 이들은 모두 12세기 이후에 이루어진 것들이다.

이규보의 <동명왕편>이 창작된 것은 1193년의 일이었으니, 이때 저자의 나이는 26세였다. 이제 <동명왕편>의 서문을 인용하여 그의 창작 동기를 살펴보면 다음과 같다.

세상에서 동명왕의 신이神異한 일을 많이들 말하며 비록 어리석은 사나이와 어리석은 여자라도 제법 그 일들을 얘기한다. 내가 일찍이 듣고 웃기를 '일찍이 공자께서 괴력난신怪力亂神을 말씀하시지 않았는데 이 동명왕의 일은 실로 황당하고 기괴한 일이니 우리들이 얘기할 것이 못된다.' 하였다. 뒤에 『위서魏書』, 『통전通典』을 읽어 보니 역시 그 일을 실었는데 간략하고 자세하지 못하였으니, 국내 것은 자세히 하고 외국의 것은 소략하게 한 때문인지 모른다. 계축년 4월에 『구삼국사舊三國史』를 얻어서 동명왕의 본기本紀를 보니 그 신이한 사적이 세상에서 말하는 것을 넘었다. 그러나 처음에는 믿지 못하고 귀신이요 요술이라고 생각하였으나 세 번 반복하여 탐독하고 그 근원에 들어가니 요술이 아니요 성聖이며 귀신이 아니요 신神이었다. 하물며 국사는 직필로 쓴 글이니 어찌 허탄하게 전하였으랴? 김공 부식이 거듭 국사를 편찬할 때에 그 일을 많이 소략하게 하였으니, 생각건대 공이 생각하기를 국사는 세상을 바로잡는 글이니 크게 이상한 길로 후세에 보일 수 없다 하여 소략히 하였나보다.

이로써 본다면 작자 이규보는 민간전승의 전설을 바탕으로, 지금은 흔적조차 볼 수 없는 『구삼국사』까지 참조하여, '후세에 이 성인의 사적이 전하지 않을까 하여 작시'하였음을 알 수 있다. 정말 이규보가 없었다면, 이 거대한 민족의 영웅서사시 중 『삼국사기』에 기록된 내용 이상의 것은 전연 어둠 속으로 묻힐 뻔하였다.

<동명왕편>은 오언五言으로 280여 구 1,400여 자의 본시와 430여 구 2,200여 자의 주로 구성된 총 4,000자에 가까운 장편 서사시다. 그 내용은 대략 영웅 동명왕의 탄생 이전의 계보를 밝힌 서장과 영웅의 출생으로부터 나라의 건국, 그 삶의 종말까지를 기록한 본장, 그리고 그의 아들

유리태자의 즉위까지를 그린 종장으로 이루어져 있는데, 그 내용을 요약
해 보면 다음과 같다.

서장 : 천제의 아들인 해모수解慕漱가 인간계에 내려와 부여의 왕 금와왕金
　　　蛙王의 옛 서울을 빼앗아 나라를 세운 뒤, 낮에는 인간계를 다스리
　　　고 저녁이면 하늘로 돌아갔다. 어느 날 청하에서 놀고 있는 유화柳
　　　花, 훤화萱花, 위화葦花 세 자매를 발견하고 후계자를 얻을 뜻이 있어
　　　꾀어 구리 궁궐에 초대하여 연회를 열어서 세 여인 중 유화를 붙잡
　　　는 데에 성공하였다. 그러나 이를 안 유화의 아버지 하백河伯은 크
　　　게 노하여 결투를 신청하였다. 그리하여 수중 싸움을 벌인 결과 해
　　　모수가 승리하였다. 하백이 잔치를 열어 해모수를 대접하고 하늘로
　　　오르는 가마 속에 유화를 함께 태웠다. 그러나 곧 술에서 깬 해모
　　　수는 유화의 비녀로 가죽을 뚫고 유화를 버린 채 혼자 올라가 버렸
　　　다. 홀로 남은 유화는 하백의 분노로 입술을 석 자나 늘여진 채 버
　　　림받게 되었다. 마침 사냥을 나왔던 금와왕이 유화를 발견하여 해
　　　모수의 왕비임을 알자 데려다가 별궁에 유폐·보호하였다.
본장 : 유화는 햇빛을 받아 잉태하였는데 낳고 보니 알이었다. 금와왕은
　　　부정하다 하여 내다 버리게 하였으나 온갖 짐승들이 그 알을 보호
　　　하였다. 그래서 알을 다시 유화에게 보냈더니 마침내 알에서 주몽
　　　이 태어났다. 주몽은 자라나면서 현명하고 온갖 무술에 능하였으므
　　　로 금와왕의 아들에게 미움을 사게 되었다. 끝내 어머니의 곁을 떠
　　　난 그는 세 벗을 얻어 압록강까지 도착하였으나 강을 건널 배가 없
　　　었다. 갑자기 물고기들과 자라들이 다리를 놓아주어 강을 건넌 주
　　　몽은 드디어 고구려를 건설하였다. 그러나 비류국沸流國의 왕인 송
　　　양松讓이 신선의 후손임을 자랑하고 동명왕에게 항복하기를 청하였
　　　다. 이에 두 영웅은 결투를 하여 동명왕이 이겼다. 동명왕은 드디어
　　　하늘의 도움으로 궁궐을 낙성한 뒤 40세의 나이로 승천하였다.
종장 : 동명왕의 아들인 유리가 아비 없는 설움으로 천대를 받다가 어머
　　　니를 홀로 두고 아버지의 유물인 부러진 칼을 찾아 고구려로 찾아
　　　왔다. 부자의 기적적인 해후로 유리는 고구려의 두 번째 임금이
　　　되었다.

그러면 우리 민족의 <동명왕편>이 세계 어느 민족의 영웅서사시에 비하여 조금도 손색이 없는 것이며, 세계 문학사상 뛰어난 걸작임은 무엇으로 증명할 수 있을까?

첫째, 위에서 본 바와 같이 그 성립 연대가 그다지 뒤지지 않는다. 오히려 어떤 것보다는 훨씬 앞선다. 즉 이 작품이 이루어진 것이 1193년의 일이니, 이는 영국의 <베어울프>나 프랑스의 <롤랑의 노래>보다 조금 뒤지는 것이나, 러시아의 <이고리 군담>, 바바리아의 <로다왕>과 거의 동년대의 것이고, 독일의 <니벨룽겐의 노래>보다 다소 앞서며, 핀란드의 <칼레발라>보다 훨씬 앞선 것이 된다.

둘째, 이 이야기 속에는 한국 민족, 아니 전 인류 보편적 설화 모티프들이 다수 포함되어 있다. 영웅의 출생과 성장, 고난과 시련의 극복, 사업의 성취를 말해주는 인류 공통의 '영웅의 일생'이 이 땅에서도 거의 어김없이 재현되어 나타나고 있는 것이다.

● **참조 원고**

"영웅서사시와 동명왕 이야기", 『유아발달』 3 : 4(19)(유아발달사, 1975. 5).

2. 이야기문학 속의 매화

1) 설화

이른 봄 겨우내 세찬 풍설을 견뎌내고 꽃몽오리를 터트리는 매화의 모습은 그야말로 청절·고결의 화신이 아닐 수 없다. 따라서 서사 작품 속에 나타나는 매화의 이미지도 대체로 고결·청절·정절 혹은 미인 등으로 나타난다. 선인들 특히 문인들은 자신의 아호 중에 '매梅' 자를 써서 그 이미지를 추종한 경우가 매우 많았고, 기녀들 중에도 매화를 이름으로 삼아 자신을 드러내고자 한 경우가 적지 않았다. 예컨대 '매월당梅月堂'이나 '매계梅溪' 같은 학자가 그러했으며, '매월梅月'이나 '설중매雪中梅' 같은 기녀가 그러했다.

매화에 얽힌 일화로 널리 알려져 있는 것은 중국 송나라 때 임화정林和靖 곧 임포林逋의 이야기이다. 그는 생래의 자연을 향한 그리움을 어쩌지 못하여 드디어 벼슬살이와 처자까지 버리고 서호西湖로 가 은둔하면서 오직 매화와 학을 벗 삼아 살았다고 한다. 이러한 그의 생활 태도를 두고 '매처학자梅妻鶴子'라는 말이 생겼을 정도였다.

이와 비슷한 맥락에서 널리 알려진 이야기로 한나라 때 사람 매복梅福의 고사를 들 수 있다. 그는 수춘壽春 땅 사람으로 젊어서는 장안에서 공부하여 『상서』와 『곡량춘추』에 정통하였다. 그는 군문학郡文學이 되었다가 남창위(현령의 하위 관리)에 임명되었으나 후에 벼슬을 버리고 칩거했다. 원시元始 연간에 왕망王莽이 정치를 농단하게 되자 그도 처자를 버리고 구강九江으로 갔는데, 세상사람들이 일컫기를 그는 신선이 되었다고 했다. 후일 회계會稽 땅에서 그를 본 사람이 있었는데, 그는 변성명하여 오시吳市의 문졸門卒이라 하였다 한다. 이 매복의 경우는 매화와 직접적 관련은 없지만, 그의 성이 매화와 동일하다. 아마도 이러한 이야기들과의 연관 속에서 후일 서사문학 속에서의 매화의 상징성이 신선과 매우 밀접한 관계를 이루게 되었던 것이 아닌가 한다.

중국 광동성廣東省 증성현增城縣 동쪽에 나부산羅浮山이라는 산이 있다. 예부터 이 산 기슭은 매화의 명소로 이름 높던 곳이다. 전해 오는 이야기에 의하면, 수나라 때에 조사웅趙士雄이란 사람이 나부산을 구경하다가 날이 저물어 산기슭 매화촌에서 하룻밤을 묵다가 꿈속에서 미녀로 화한 매화나무의 정령을 만났다고 한다. 이 고사를 일컬어 '나부지몽'이라 하는데, 옛글에서 남녀 간의 정사를 일컫는데 사용하는 비유어인 '운우지몽雲雨之夢'과 더불어, 이 말은 매우 자주 사용된다. 또한 조사웅이 꿈속에서 만났던 매화의 정은 '나부소녀'라 하여, 후에는 미녀를 가리키는 뜻으로 변하여 사용되었다.

매화의 미녀 상징성은 우리나라의 구전설화에도 나타나는데 <임경업 탄생전설>이 그 한 예다. 서울 근교 남한산성 서쪽 등성이에 커다란 무덤이 하나 있는데, 이 무덤은 임경업 장군의 조상 무덤이라 하며 다음과 같은 전설이 전해지고 있다. 즉,

임경업의 조상 중에 한 사람이 조실부모하고 걸식을 하며 떠돌아 다녔
다. 어느 날 산속에서 날이 저물어 민가를 찾아가 문을 두드리니 한 예쁜
여자가 나와 맞았다. 알고 보니 미녀는 실은 500년 묵은 암구렁이로 본래
는 용왕의 딸이었다. 임총각과 하룻밤을 지낸 용녀는 이튿날 승천하며 자

신의 비늘 세 개가 떨어진 곳에 총각의 묘를 쓰라 당부하였다. 그래서 용
녀의 비늘이 떨어진 곳을 찾아 보니 비늘들이 세 그루의 매화로 변해 있
었다. 임총각이 죽은 후 유언에 따라 매화나무 밑에 무덤을 쓰니 그 후손
가운데 임경업이 태어났다.[1]

이 설화에는 인간과 이류異類와의 혼인담인 이류교혼설화, 용녀의 암구
렁이 및 매화로의 변신설화, 이무기의 승천설화, 묘지 선정 및 명인 탄생
에 관한 풍수설화 같은 여러 설화 유형들이 혼재되어 있지만, 특히 주목
되는 바는 용녀의 매화나무로의 변신이다. 용녀의 신체 일부 곧 비늘이
매화나무로 변하였다는 설정은 매화나무가 곧 미녀의 화신임을 알 수 있
게 해준다. 이와 비슷한 매화의 상징성을 보여주는 설화로 <매화나무와
휘파람새> 전설이 있다.

옛날 고려 초에 매우 훌륭한 그릇을 빚을 수 있는 도공이 있었다. 그에
게는 아름다운 약혼녀가 있었는데, 불과 혼인을 사흘 앞두고 그녀가 갑자
기 죽고 말았다. 슬픔이 너무나 컸던 나머지 그는 좀처럼 아름다운 그릇
을 만들 수가 없었다. 어느 날 그가 약혼녀의 무덤을 찾아갔더니 거기에
매화나무 한 그루가 돋아나 있었다. 그는 그 나무를 집 뜰에 옮겨 심고
그녀를 대하듯 사랑하였다. 어느덧 늙어 백발이 된 그는 자기가 죽은 뒤
에 매화를 가꾸어 줄 사람이 없음을 늘 한탄하며 살았다. 그가 죽은 후
그의 주검 옆에는 예쁜 그릇이 하나 놓여 있었다. 그 속에서 예쁜 새 한
마리가 나오더니 매화나무에 가 앉아 슬피 울었다. 그 새가 바로 휘파람
새였다.[2]

이 설화에서 휘파람새는 남자의 넋이고 매화나무는 여자의 넋이다. 혹
자는 휘파람새가 꾀꼴새[꾀꼬리]라고 하기도 하지만, 식물학상으로 휘파

---

1) 김봉현金奉鉉, 『조선의 전설朝鮮の傳說』(국서간행회國書刊行會, 1976), pp. 155~160, <목
   화나무의 요마梅花木の妖魔>.
2) 최영전崔榮典, 『백화보百花譜』(창조사, 1963), pp. 14~15.

람새와 꾀꼴새는 엄연히 별종의 조류이다. 물론 휘파람새와 꾀꼴새[꾀꼬리]의 동일 혹은 별종 여부는 이 설화의 의미 구명과는 아무런 상관이 없다. 예부터 봄철에 제일 먼저 꽃을 피우는 매화와 한겨울 추위를 이겨내고 봄날을 찬양하듯 지저귀는 꾀꼬리는 시인묵객들에 의하여 매우 밀접하게 묘사되어 왔다. 더구나 꽃과 새는 여자와 남자의 상징으로 여겨져왔다. 따라서 함께 봄의 재생을 알려주는 매화와 휘파람새가 앞의 이야기에서 남녀의 환생으로 나타남은 매우 그럴 듯한 것이다.

황량한 들판에서 북풍한설을 견뎌내는 매화의 꿋꿋한 자세에서 우리의 선조들은 군자의 기풍을 보았다. 그리하여 매화는 사군자 중에서 첫 번째로 여겨졌던 것이다. 한편 여린 듯하면서도 화사한 모습에서 매화는 부녀자들의 사랑을 받아왔다. 앞에서 매화가 기생들의 이름으로 즐겨 사용되었음을 지적한바 있지만, 매화는 민간설화 속에서 기생뿐만 아니라 여자의 정절의식을 상징하는 경우도 있었다. 먼저 한 예를 들어보자.

> 옛날 한 마을의 부잣집에 딸이 있었다. 부자는 딸이 장성하자 적당한 곳을 택하여 시집보내려 하였으나 좀처럼 마음에 드는 상대가 없었다. 그런데 부자의 딸은 한 마을에 사는 가난한 집 아들과 사랑을 하게 되었다. 물론 이를 알게 된 부자가 그들의 결혼을 응낙했을 리 만무하다. 어느 추운 겨울날 밤, 마침내 두 남녀는 그들만의 자유로운 삶을 찾아 도망치고 말았다. 그러나 깊은 산중에서 추위와 배고픔에 지친 그들은 결국 서로 부둥켜안은 채 숨지고 말았다. 그 후 그 산 속에는 차디찬 눈보라에도 아랑곳하지 않고 빨간 매화꽃과 하얀 매화꽃이 피어나기 시작했는데, 빨간 매화꽃은 처녀가 죽은 화신이요, 하얀 매화꽃은 총각이 죽은 화신이라고 한다.3)

이 이야기에는 생전에 못 다 피운 사랑의 꽃을 죽어서 매화로 재생하게 된 남녀의 애뜻한 사연이 담겨 있다. 그리고 이 설화에서는 여자뿐만

---

3) 김선풍·리용득 공편, 『전설 속에 피어난 꽃이야기』(집문당, 1995), pp. 80~82.

아니라 남자도 매화로 환생하였다는 점이 특이하다. 그만큼 이 자료는 매화가 정절의식의 상징임을 강조해 주는 것이라 할 수 있다. 그리고 처녀의 넋이 '빨간 매화'였다는 것은 색상 이미지에 의하여 그녀의 정절의식을 더욱 돋보이게 한 것이라 볼 수 있다.

다음은 또 다른 매화의 유래담이다.

> 옛날 한 임금이 어느 봄날 궁녀들을 데리고 궁정을 산책하다가 곱게 핀 매화의 자태에 함빡 취하여 탄상을 금치 못하였다. 이를 곁에서 본 매화라는 궁녀가 자신도 역시 매화이지만 아직 꾀꼬리가 날아온 적이 없는 가련한 신세임을 슬퍼하였다. 이를 가련히 여긴 임금은 그 후부터 그 매화라는 궁녀를 매우 총애하게 되었다. 그러나 호사에는 반드시 궂은 일이 따르는 법. 매화에 대한 임금의 총애를 시기한 무리들의 간계로 매화는 역적 무리들과 밀통하여 임금을 죽이려 한다는 참소를 받아 처형되었고, 임금은 매화에 대한 증오심으로 전국의 모든 매화나무를 없애 버리라는 엄명을 내렸다. 이때 먼 시골에서 매화나무를 끔찍히 사랑하던 한 소녀가 차마 임금의 명령을 따르지 못하고 몰래 키우려 했다. 마침내 이 일이 탄로나 관리가 닥쳐 심문을 받게 되자 소녀는 이 나무는 여늬 매화와 다른 홍매화라고 우겼다. 관리들이 소녀가 한 말의 진위를 확인하려 꽃이 피기를 기다리는 동안 소녀는 매일 밤 매화나무에게로 다가가 꽃망울에 손끝의 피를 찔러 흘려 넣었다. 결국 소녀는 과도한 피를 흘린 탓에 죽고 말았으나 놀랍게도 활짝 핀 매화는 그때까지 전혀 보지 못하던 홍매화였다.[4]

이 설화 역시 매화라는 궁녀의 맑은 마음과 소녀의 붉은 마음이 결합되어 피어난 '청절의 꽃'임을 말해주고 있다. 다음은 야담 중에서 뽑은 자료로, 매화라는 기생의 정절의식을 보여주는 것이다.

> 곡산谷山 땅의 기생 매화는 용모가 매우 아름다워, 늙은 양반이 황해감

---

4) 윗책, pp. 83~88.

사가 되어 순행하다가 그녀를 총애하게 되었다. 한편 곡산부사 또한 그녀에게 반하여, 집을 찾아가 그녀의 어미를 후대한 후에 매화를 만나게 해 줄 것을 부탁하였다. 이에 기모가 칭병하여 딸 매화를 불러내 곡산부사를 만나게 하니, 그녀 역시 부사에게 반하였다. 매화는 일단 황해감사에게 돌아갔다가 거짓으로 미친 체하여 빠져나왔다. 이 사실을 간파한 감사가 부사를 만나 자신이 그 진상을 알고 있음을 말하고 강박하였다. 이에 부사가 상경하여 요로에 힘을 써 감사를 파직시키고자 하였으나, 도리어 병신옥사에 연루되어 옥에 갇히고 말았다. 부사의 본처가 매화를 돌려보내려 했지만, 매화가 돌아가지 않겠다고 하였다. 결국 부사는 매 맞아 죽고 그 처도 자살하였는데, 매화 역시 이들을 장사 지내 준 뒤 따라 죽고 말았다.5)

이처럼 위에서 예를 든 세 가지 이야기는 모두 매화라는 이름의 주인공들이 정절의식의 실천자임을 드러내 주고 있는데, 이는 곧 매화의 상징성을 말해주는 것이기도 하다.

이 밖에도 매화는 상당히 다양한 성격을 드러내고 있는데, 예컨대 널리 알려진 <의적 일지매>의 이야기에서는 일지매가 도둑질을 한 후 자신의 내방 사실을 알리기 위한 징표로써 '매화가지'를 놓아두곤 하였다고 한다. 이 설화에서 매화가 꼭 무엇을 상징한다고 단언할 수는 없으나, 일반적으로 매화가 반가운 손님을 뜻한다고 하더라도 그것을 지나친 속단이라 할 수는 없겠다. 또한 『능엄경』에도 '매화의 이야기를 들으면 침이 고인다'는 비유적인 설법이 있듯, 중국의 고사성어에도 '망매지갈忘梅之渴' 또는 '매림지갈梅林之渴'이라는 말이 있다. 이 말은 삼국시대 위나라의 조조가 행군하다가 길을 잃었을 때 전군이 목마름을 호소하자, 조조가 크게 외쳐 앞길에 매림梅林이 있다 하고, 매화가 틀림없이 열매를 맺고 있을 것이므로 기갈을 면할 수 있을 것이라 하였기 때문에, 사졸들이 입속에 침

---

5) 『동야휘집』 8, no. 248, <소기양광부방약少妓佯狂赴芳約> ; 『청구야담』 6 <영기양수곡쉬營妓佯狂隨谷倅> ; 『기문총화』, <매화자곡산기야梅花者谷山妓也> 등 참조.

을 머금어 일시에 기갈을 면했다고 하는 고사에서 나온 것이다. 이 이야기에 의하면 매화나무 자체보다는 그 열매가 '신맛'이나 '떫은 맛'을 상징한 것인데, 매화는 매실을 범칭한 것이라 하겠다.

2) 소설

문학 작품 속에 매화가 등장하는 것은 그것이 소재로써 사용된 경우이거나 등장인물로 나타나는 경우의 두 가지이겠다. 그러나 한국의 고전소설에서 매화가 주인공으로 되어 있는 작품은 <매화전>이 거의 유일한 예일 것이다. <매화가> 혹은 <매화타령>이란 작품도 있지만 이것은 판소리에 속하는 것으로 별도의 항목이 설정되어야 하므로 논급을 피하고, 여기에서는 우선 <매화전>의 내용을 약술한다. 이 작품의 발단 부분은 이러하다.

> 경기도 장단골 연화동 명문가에 김주부라는 사람이 있었다. 그는 도술이 매우 높았으나 벼슬살이에 나가지 않고 향리에서 책읽기와 글짓기로 세월을 보내다가 나이 사십이 되어서야 겨우 딸 하나를 낳아 그 이름을 매화라고 하였다. 김주부가 관리들의 음해를 입어 목숨이 위태롭게 되니, 외동딸에게 남복 차림을 시켜 황해도 연안 땅으로 보내고 자신은 부인과 함께 황해도 구월산으로 들어갔다. 열세 살의 어린 나이에 갑자기 부모와 헤어진 매화는 이리저리 떠돌아다니다가 우연히 한 동네를 찾아 들어갔는데, 마침 물 길러 나온 조병사댁 시비 옥란의 눈에 띄어 그 집에 몸을 의탁하게 되었다. 조병사에게는 삼대독자인 양류라는 매화와 동갑인 아들이 있었다. 그는 매화의 자태가 아름다움을 보고 찬탄하였으나, 매화가 남장을 하고 있었기 때문에 여자인 줄 알지 못했다.

이처럼 이 작품의 여주인공이 매화이며 남주인공은 양류이다. 매화는 잘 알다시피 이른 봄 그 어느 꽃보다도 먼저 화려한 꽃을 피우고, 양류 역시 재빨리 잎을 돋워 봄소식을 전해준다. 따라서 이 두 식물은 시인들에 의해 흔히 봄을 상징하는 대명사로 사용되어 왔다. 더구나 이 작품에서처럼 매화와 양류는 병칭되는 경우도 흔하고, 이를 의인화하였을 때는 당연히 매화는 여성으로, 양류는 남성으로 됨이 보통이다. 이 작품의 전개 부분을 좀 더 살펴보자.

> 어느 봄날 두 사람은 봄경치를 구경하며 서로 시를 지어 화답하였다. 먼저 양류가 시를 짓기를 '양류는 먼저 봄빛을 얻었는데, 매화는 어찌 즐거워하지 않는가?' 하니, 매화도 화답시를 지어 '나비는 꽃을 알아보지 못하고, 원앙새는 물을 얻지 못했구나!'라고 하였다. 이에 비로소 양류는 매화가 여자임을 알아채고 기뻐하였다.

이 부분에서 남주인공은 별의미 없이 두 사람의 이름을 넣어 시 한 구절을 지었는데, 이에 화답한 여주인공의 시구를 보고 비로소 그는 상대방의 성별을 눈치 채게 되었다. '나비'와 '꽃' 또는 '새'와 '물'은 진부하리만큼 전통적인 남녀의 상징어이기 때문이다. 이 작품은 결국 두 남녀 주인공이 주변인물들의 온갖 방해에도 불구하고 사랑을 쟁취하는 것으로 끝난다. 따라서 작품 속의 주인공 매화는 봄날의 매서운 꽃샘추위를 이겨내고 만개하는 '고매·청절'한 매화꽃의 이미지를 잘 드러내주고 있다.

또 다른 고전소설 <강릉추월>에도 매화가 등장하기는 하지만, 여기에서는 매화가 소재로써 사용되고 있고, 그 상징성이 너무나 사적私的이라는 특성이 있다. 이 작품에서는 매화가 두 번 등장한다. 즉 첫 번째는 남녀주인공인 이춘백과 조낭자가 혼인을 한 후 본집으로 돌아간 지 얼마되지 않아 집 뒤뜰의 해묵은 매화나무에 꽃이 활짝 핀 것을 보고 춘백의 아버지 이진사가 매우 기뻐하면서, "경사가 있을 때면 이 나무에 미리 꽃이 활짝 피곤하였는데, 올해에도 이렇게 만발한 것을 보니 좋은 일이 있을 것 같다.”고 말하는 대목이고, 두 번째에는 춘백 부부가 낳은 아들 운학이 도둑에게 납치되어 장해룡이란 이름으로 변성명되어 양육되고, 장성 후 과거를 보기 위해 상경하던 중 우연히 이진사의 집에서 유숙하게 되는 대목에서 나타난다. 물론 그들은 조손간祖孫間임을 알지 못한다. 그때 마침 뒤뜰에 있던 고목에 매화꽃이 피자, 이진사는 매화꽃이 피는 것을 보니 경사가 있을 징조이나 자기 집안에는 그런 일이 있을 까닭이 없으니 아마도 해룡이 과거에 급제할 징조라 하며 기뻐하였다. 이 두 경우 모두 이진사에게는 매화꽃의 개화가 곧 경사의 예조豫兆였던 셈인데, 첫 번째는 후일의 부귀영화를, 두 번째는 과거급제를 뜻한 것이었다. 하지만 이러한 매화의 상징성은 작가가 이진사라는 인물을 빌어 토로한 사적인 것에 지나지 않으며, 그것이 전통적 상징성을 띤 것이라 보기는 어렵다.

고전소설 중에는 동식물 혹은 사물이 의인화되어 있는 작품, 곧 가전假傳이라 분류되는 작품들이 많이 있고, 개중에는 매화가 등장하는 작품도 상당수 있다. 그러나 작품 전체를 통하여 매화가 주류적 역할을 하는 작품으로는 <유여매쟁춘>과 <화사>(부분) 정도를 들 수 있을 뿐이고, 그 밖의 작품들에는 매화가 나타나기는 하나 부차적 인물이거나 소도구로써 사용되고 있을 뿐이다. <유여매쟁춘>은 앞서 살핀 바와 같이 봄의 대표적 식물인 매화와 버드나무를 등장시켜 ‘쟁춘爭春’하게 하는 내용이다. 이 한문소설은 현재 많은 이본이 전하고 있고, 각 이본에 따라 세부적인 내용의 편차가 심한 편이지만, 전체적 내용은 비슷하게 전개된다. 한 이본의 예를 들어 내용을 살펴보자.

매생梅生(매화)과 유군柳君(버들)이 서로 깊이 사귄 지 오래 되었다. 어느 봄날 둘은 동군東君(봄의 신)을 맞이하려 하였다. 유군이 앞섬을 주장하니 매생도 응낙했다. 이윽고 동군이 이르자 유군이 나아가 맞으려 하는데 매생이 앞장서 나아가 맞이했다. 이에 유군이 매생의 약속 어김을 나무라고, 누가 앞서야 하는지 겨루어 보자 했다. 매생이 응낙하니, 유군이 먼저 자신의 여섯 가지 장점을 하나하나 들어가며 이야기했다. 이에 매생이 또 자신의 여섯 가지 장점을 들어 이야기하였다. 둘의 다툼은 석 달이 되도록 해결되지 않았다. 그리하여 결코 지려 하지 않던 그들은 마침내 동군 앞에 나아가 판결을 들어 보기로 하였으나 동군이 어느 새 수레를 타고 훌쩍 떠나버리자 비로소 유군과 매생은 서로 다투기를 그만 두고 마주보며 웃으며 봄을 양보하였다.

어떤 이본에서는 버드나무와 매화나무가 청의자靑衣者와 소복자素服者로 나타나기도 한데, 이는 대유법代喩法을 사용한 것으로 결국은 동일한 대상을 가리킨다고 볼 수 있다. 이 작품에서 매화와 버드나무는 서로 계절적인 선행을 다투다가, 봄이 떠난 후에야 계절의 경과, 즉 기나긴 시간의 흐름 속에서 순간의 다툼이 무의미하다는 것을 자각하게 된다는 의미를 담고 있다.

또 어떤 이본에서는 매화를 일컬어 신선 매복梅福의 자손으로서 대대로 서호西湖에 살며 현달顯達을 구하지 않고 살다가, 당나라 건안建安 연간에 이르러 우림 싸움에서 군사들이 목말라 하다가 자신의 이름만 듣고도 모두 침을 흘리고 목마른 것을 잊어버려, 그 공으로 매림군梅林君에 봉해졌지만 사양하여 받지 않고 나부산羅浮山에 들어가 살았다고 한다. 그러다가 개원 연간에 매화의 딸이 궁중에 뽑혀 들어가 매비梅妃가 되어 당명황의 총애를 받다가 양귀비로 인하여 내침을 받아, 그 후로 양씨楊氏와 원수지간이 되었다고 하였다. 또 버들[양楊]은 실로 양귀비의 형으로 천보天寶 연간에 난리를 일으키게 한 장본인인데, 어찌 감히 낯을 들고 자신[매梅]과 은택을 다투겠는가 하였다.

매화와 버드나무에 연관된 갖가지 중국 고사를 잘 알지 못하는 독자라면 이 글의 상징성을 읽어낼 수 없으리라. '매화를 아내로 삼고 학을 자식으로 삼아 살았다'(梅妻鶴子)는 것은 중국 송나라 때의 임포林逋의 이야기이며, '처자를 버리고 은둔하여 신선이 되었다'는 것은 한나라 때의 매복梅福의 이야기이고, 나부산 기슭 매화촌에서 머물다가 매화의 정령과 정을 나누었다는 것은 수나라 때의 조사웅趙士雄의 이야기이며, 앞길에 매림梅林이 있다고 속여 사졸들의 입속에 침을 머금게 하여 기갈을 면하게 했다고 하는 것은 삼국시대 위나라 때의 조조의 이야기이다. 그 밖에 당나라 때의 양귀비와 매비 및 양귀비의 오빠 양국충楊國忠의 이야기 등 이 작품은 자못 고사의 점철로써 이루어진 감이 있다.

임제의 작품이라 하는 고전소설 <화사>의 도陶나라 편도 실은 매화를 상징화한 것이다. 이 부분에 등장하는 임금 도열왕陶烈王은 눈속에서 핀 매화를 일컬은 것이다. 이 도열왕을 일컬어 '성은 매梅, 이름은 화華, 자는 선춘先春이며, 나부羅浮사람으로 고공사古公楂'의 장남이라 하였는데, '선춘'은 곧 '이른 봄'이요, '고공사'는 '매화의 그루터기'를 말한 것이다. 그 밖에 <사대기>, <오화전>, <화왕전> 같은 가전 작품들에도 매화는 봄의 꽃으로 등장하는데, 이들 작품에서 매화는 '은일지사隱逸之士'라는 상징적 의미를 지닌다.

● 참조 원고
....

"이야기 속의 매화", 이어령 편, 『매화』(생각의나무, 2003. 10). 단, 윗글은 처음 작성하였던 원문으로, 『매화』에 실린 축약된 내용과 상당한 차이가 있다.

❖ ❖ ❖

3. 이야기문학 속의 소나무

1) 설화

소나무는 잣나무와 함께 우리나라 산야에서 흔히 볼 수 있는 나무이다. 어떤 식물학자에 의하면 우리가 소나무를 안다면 우리나라의 나무 중 1/3을 아는 셈이고, 게다가 잣나무까지 그알면 2/3를 아는 셈이라고 한다. 이 말이 어느 정도 정확한 것인지 알 수는 없으나, 이 땅에는 그만큼 이 두 수종이 많다는 뜻으로 받아들여도 좋을 것이다. 그래서인지 우리 선인들은 예부터 이들 나무를 자신의 예술 작품의 제재로써 흔히 사용하였다. 아마도 소나무는 우리 예술 작품 속에서 가장 빈도수가 높게 나타나는 나무 중의 하나일 것이다.

소나무가 이토록 예술가들의 애호를 받게 된 까닭은 도대체 어디 있을까? 사시사철 푸르름을 잃지 않고 굳건히 서 있는 자태에서 변함 없는 기개와 지조를 보았음직하기도 하고, 천년을 살면서 푸르름을 잃지 않고 버티는 그 무한한 생명력에 찬탄하고 감동하였음직하다. 나아가 소나무가 신성성까지 갖추게 됨은 필연적인 결과일 것이다. 우리는 그러한 예들을 무수한 예술 작품에서 찾을 수 있고, 이러한 사정은 서사 문학도 마찬가지이다.

① 소나무로의 변신

함남 함흥에서 1923년에 채록되었던 서사무가 <창세가>에 의하면, 태초에 화식을 거부했던 두 명의 승려가 죽어 바위와 소나무로 변했다는 내용이 들어 있다. 이는 말하자면 소나무의 기원설화라 할 만하다. 기원설화라고 하기는 어렵지만 변신설화 혹은 환생설화에 속하는 이야기도 있다. 충남 아산군 인주면의 <형제소나무> 전설에 의하면, 이 소나무들은 임진란 때 왜병과 싸우던 형제가 죽은 자리에서 솟은 것이라고 한다. 그리고 지금도 이 나무를 자르려 하면 피가 난다고 하여 베지 않는다고 한다. 또한 민간에 널리 전하고 있는 최치원 전설에 의하면, 그는 생애의 끝 무렵에 가야산으로 들어가 신선이 되었다고 하는데, 이때 그가 꽂아놓고 간 지팡이에서 싹이 돋아 소나무가 되었다는 이야기도 있다. 이들은 대체로 소나무에 대한 민중들의 신성의식에서 만들어진 비롯된 것으로 생각된다.

② 소나무와 신령

지금은 많이 없어졌지만 전에는 나라 안 어느 곳에나 마을의 경계 혹은 입구에는 서낭당이 있었다. 서낭당이란 엄밀히 말하면 서낭신을 모시는 사당을 말하지만, 사실 집보다는 돌을 쌓아 만든 돌무더기일 경우가 많았고, 그 옆에는 대개 신령이 깃들어 있다는 나무가 있게 마련이다. 이것이 서낭나무다. 그런데 서낭나무가 꼭 특정한 수종일 필요는 없겠지만 대체로 오래된 소나무인 경우가 많다. 사실 우리나라의 대표적인 나무가 소나무이고 또 그것은 장수하기 때문에, 늙은 소나무는 자연적으로 신수神樹처럼 여겨져 왔던 것 같다. 소나무는 신이 머무는 나무이거나 신 자체이기도 한 것이다. 『삼국유사』와 『동국여지승람』에 수록되어 있는 설화를 들어본다.

원효가 의상의 뒤를 이어 낙산사로 관음보살의 진용眞容을 뵈러 떠났다. 남쪽 교외에 이르렀을 때 벼를 베는 흰옷 입은 여자를 만나자, 원효는 그 벼를 달라는 등 희롱을 하였다. 이어 다리 밑에 이르러서 서답을 빠는 여자를 만나 물을 달라고 청했다. 여자가 서답을 빤 물을 주자 더러운 생각에 물을 버리고 다시 냇물을 떠서 마셨다. 이때 소나무 위에 있던 파랑새가 당장 그 일을 멈추라고 말한 뒤 신발 한 짝을 남기고 사라졌다. 낙산사에 다다른 원효는 관음보살상 앞에 앞서 파랑새가 남기고 갔던 신발의 다른 한 짝이 놓여져 있는 것을 보고 비로소 앞서 만났던 여자들이 관음보살의 변신임을 깨달았다. 사람들이 이 소나무를 '관음송'이라 불렀다.[1]

이 이야기에서 소나무는 애초에 신이 머물렀던 나무에 지나지 않았겠지만, 후세에는 언제나 신이 머물고 있는 나무로 변화되고 숭앙되기에 이르렀다. 안동의 제비원 전승도 마찬가지다. 옛날 신계의 성조[주]신이 인간계로 내려왔다. 안동 땅 제비원에 이른 성조신은 그 곳에 있던 소나무에서 솔씨를 받아 사방에 뿌렸다. 그 솔씨에서 소나무가 자라났고 커다란 재목감이 되자 성주는 그것을 베어 집을 짓고 대들보에 좌정했다. 이렇게 하여 성조신은 상량신으로서 각 가정의 안녕과 질서를 맡아보는 신이 되었다. 따라서 성주굿에서 대주[가장家長]가 잡는 성줏대는 성조신이 내리는 신체로서 소나무가지를 사용하게 된다.

세종의 왕후이자 세조의 어머니인 소헌왕후는 소나무의 정기로 태어났다고 한다. 즉 '청송靑松'의 옛이름은 '송생松生'이다. 언젠가 이곳 용선암이란 바위 위에 소나무가 생겨나 자랐기 때문에 이 같은 이름이 생겼다. 심온이란 대신이 바위 위에서 놀다가 취해 졸았다. 갑자기 백발노인이 현몽하여 이르기를, "이 소나무의 정기를 그대에게 내려 주니 배양하여 큰 그릇을 만들라."고 했다. 심온이 꿈에서 깨어난 후 소나무에 치성을 드렸다. 그 후 1년 만에 딸을 낳았는데 그 딸이 '소헌왕후'라고 한다.[2]

---

1) 『삼국유사』 3, 탑상塔像 4, 낙산사 2대성 관음 정취조신洛山寺二大聖觀音正趣調信.
2) 『대한매일신보大韓每日申報』 No.258(1908. 4. 15). 원문의 '심회'는 '심온'의 잘못이다.

③ 소나무와 신선

소나무 자체가 장수 식물로 유명하다. 그 때문일까, 신선술을 배우고자 하는 사람에게는 소나무 열매[송실松實]의 복용이 매우 중요한 요건 중의 하나로 여겨지기도 했다. 식품 영양학적으로 말한다면 인간이 다람쥐가 아닌 한 이건 말도 안 되는 이야기겠지만, 전해 오는 신선들의 이야기에 의하면 송실은 인공식이 아닌 자연식, 화식이 아닌 생식에 있어서 최선의 식품이었다. 중국의 『신선전』에 의하면 악전偓佺이란 사람은 송실을 즐겨 먹었는데, 그로 인해 걸음이 마치 달려가는 말과 같았고 수백 세까지 살았다고 한다. 그리고 항간에서는 송실을 먹으면 300세까지 살 수 있다고 한다. 그래서 '복송실服松實'이란 어휘는 소나무 열매를 먹고 선술을 배운 다는 뜻을 지닌다.

내친 김에 신선의 수명과 관계가 있는 성어 하나를 더 소개하면 '송교지수松喬之壽' 혹은 '교송지령喬松之齡'이란 말을 들 수가 있다. 이것은 문자의 의미로 보면 소나무와 관계가 있을 듯하나, 사실은 소나무와 관계가 있다기보다 옛날 중국의 장수한 선인으로 유명한 적송자赤松子와 왕자교王子喬의 이름에서 각각 한 글자씩을 따서 이루어진 말이다.

④ 대부송大夫松과 정이품송正二品松

중국에서는 대부大夫벼슬을 다른 이름으로 '송위松位'라고도 하는데 그 유래는 이러하다. 즉 진시황제가 동쪽지방을 순시하고 돌아오다 태산 북쪽에 이르렀을 때 폭우를 만났는데 다섯 그루의 소나무 아래에서 피할 수 있었다. 시황제가 후일 그 소나무들의 그 은혜를 생각하여 인간이 아닌 나무들에게 대부[오대부五大夫]에 봉했다는 것이다. 따라서 대부는 '소나무의 벼슬자리[송위松位]'가 되었다는 것이다.

그런데 흥미로운 것은 우리나라에도 이와 거의 흡사한 설화가 있다는 점이다. 그것은 저 유명한 보은 속리산 입구의 천연기념물 제103호 '정이품송正二品松'에 얽힌 이야기이다. 정이품송正二品松은 세조가 연輦(가마)을 타고 이곳을 지나다가 나뭇가지에 걸려 지날 수 없던 것을 신기하게도 나뭇가지가 스스로 들어올려져 무사히 지나갈 수 있었다. 세조가 이 소나무의 신이함에 탄복하여 정이품의 벼슬을 내렸다.[3] 경북 안동지방에 있는 대부송 전설도 이 이야기와 흡사하다. 세종이 제비원 미륵불에 참배차 내려 오던 중도에 큰 소나무가 몸채로 길을 덮어 연이 통과할 수 없었다. 이때 갑자기 소나무가 들리고 연이 지나매 다시 내려졌다. 왕이 감탄하여 '대부송'이란 벼슬을 내렸다고 한다.[4]

또한 정조가 여주 영릉에 행차하던 중 남한산성 동문 밖 주필암駐蹕岩에서 쉬던 중 우연히 언덕 위의 소나무를 바라보고 그 절묘한 모습에 감탄하여 그 소나무에 정삼품을 하사했다는 이야기도 있다. 요컨대 이들 전설에서 임금이 세종이라거나 세조라거나 정조라는 차이가 있고, 또 그 나무에 내린 벼슬도 한결같은 것은 아니지만, 임금이 소나무의 행위나 자태에 감동하여 벼슬을 내렸다는 줄거리는 똑같은 것으로, 이들은 모두 소나무의 신성성을 말하고 있는 것이다.

⑤ 소나무를 사랑한 임금

위에서 정조가 사랑했던 정삼품송 이야기를 한 바 있지만, 정조는 하고 많은 나무 중에서도 소나무를 끔찍이 사랑했던 것 같다. 역사적으로 보면 문인들이 어느 특정 초목, 특히 화초류를 사랑했던 이야기는 문학 작품의 제재로써 끊임없이 등장한다. 예컨대 중국의 임포와 매화, 도잠(도연명)과 국화 사랑 이야기 들이 그러하다. 그런데 사실 여부를 기록으로 확인할

---

3) 최영전, 『백화보』, p. 221.

4) 성균관대학교 국어국문학과, 『제2차3개년계획 안동문화권학술조사보고서 1967~1969』 (성균관대학교, 1967), no.87, pp. 132~133.

수는 없지만 우리나라의 정조는 소나무를 애호했다는 이야기가 전해온다. 첫 번째 예화는 종로구 연건동의 '어애송御愛松터'에 있었던 반송에 관한 이야기이다. 이 소나무는 원래 영조 43년(1767)에 강릉부사 조진세가 심었는데, 정조가 경모궁景慕宮에 배례한 후 문희묘文禧廟터를 구경하기 위해 가던 중 우연히 이 소나무 아래를 지나다가 그 아름다움을 표창하여 '어애송'이라 하였다고 한다. 두 번째 예화는 수원의 노송지대 소나무들에 관한 이야기이다. 원래 이곳의 소나무들은 정조가 심은 것으로서, 땔감으로 베어가는 일이 잦아지자, 정조는 이 나무들에 엽전을 매달아 놓고, 차라리 이 돈으로써 땔감을 사다 쓰라고 했다는 이야기다. 세 번째 예화는 소나무 자체에 대한 사랑 이야기라고는 할 수 없겠으나 궁극적으로는 소나무와 관련되는 이야기이다. 즉 정조는 비참하게 죽은 부친 사도세자를 잊지 못하고 수원(화성)에 모신 부친의 능을 자주 왕래하였다. 그런데 어느 해 송충이가 번성하여 능묘의 소나무를 갉아 먹어 산림이 황폐화되는 것을 보고, 몸소 송충이를 입에 넣고 씹으며 '송충이 박멸' 의지를 선언했다고 하는데, 그 정성이 하늘까지 사무쳤던지 갑자기 까막까치가 몰려들어 송충이를 퇴치했다고 한다. 이러한 이야기들로 미루어 보면 정조는 소나무를 특별히 사랑하였으며, 이에서 나아가 자연 사랑 내지는 그 보호에 유달리 힘을 기울였던 임금이었던 것 같다.

⑥ 세한도에 보이는 소나무의 지조

계절적으로 보아, 소나무의 진가가 발휘되는 것은 짙은 녹음으로 불볕 더위를 가리는 여름일 수도 있겠지만, 모진 풍상에도 여전히 푸르름을 유지하는 겨울이 아닐까 한다. 가을이 되어 대부분의 나무들이 잎들을 떨어뜨리고 겨울잠을 자는 데 비해 소나무나 잣나무와 같은 이른바 소수의 상록수들은 여전히 '독야청청獨也靑靑' 푸르름을 잃지 않는다. 옛 선비들이 이를 두고 '지조'나 '절개'에 빗대어 묘사했던 것은 조금도 이상한 일이 아니다.

『세설신어世說新語』에 수록되어 있는 이야기를 예로 들어보자. 간문제簡文帝가 어느 날 동갑인 고열顧悅의 머리가 새하얀 것을 보고 물었다. "경은 어찌하여 머리가 나보다도 하얀가?" 이에 고열이 대답했다. "하늘하늘하는 부들이나 버들은 가을이 되면 떨어지지만, 소나무나 잣나무는 하얀 서리를 맞고서 더욱 무성해지지요."

『삼국지』에는 이런 이야기도 있다. 명장 방덕龐德이 조조에게 투항한 지 얼마 되지 않아 관우와 싸우게 되었다. 싸움에서 패한 방덕은 결국 절개를 지켜 목숨을 버리고 말았다. 여기에서 '소나무와 잣나무의 곧은 기상은 겨울이 되어야만 알 수 있다(歲寒之松柏)'는 말이 나왔다.

위의 두 이야기가 나오게 된 실제 상황은 상당히 다른 차원의 것이기는 하지만, 겨울이 되어서 더욱 무성해진다든가, 혹은 변함 없는 기상을 보인다는 점에서, 소나무는 인간에게 지조의 표상이 되는 것이고, 이 '지조'는 또 한편으로는 '충성' 바로 그것을 의미할 수도 있다. 예컨대 영월의 장릉莊陵 주위에 있는 소나무들은 모두 능을 향해 마치 읍揖하는 것 같은 모습으로 굽어져 있다고 하는데, 이는 단종端宗을 애도하고 그에 대한 충절을 나타낸 것이라고 한다. 또 화양동 만동묘는 명나라 황제를 제사지내는 곳인데, 그 근처의 소나무들이 모두 만동묘를 향하여 고개를 숙이고 있다는 속전도 같은 뜻을 지닌 것으로 보인다.

2) 소설

고전소설 중 의인소설에는 소나무가 제재로 등장하는 작품이 많다. 아마도 이것은 소나무 자체가 가진 상징성 때문인 듯하다. 그런데 소나무는 의인소설 속에서 대체로 두 가지 성향을 나타낸다. 즉 조정에서는 충신으로, 재야에서는 은일군자로 그려진다.

① <화사花史>와 <화왕전花王傳>

　임제의 작품으로 알려지고 있는 <화사>는 도陶 및 동도東桃, 하夏, 당唐 3대에 걸친 국가 흥망사를 그린 장편 의인소설로서, 이 작품 속에는 수많은 초목들이 임금과 신하로서 설정되어 있다. 예컨대 도나라 및 동도나라의 임금은 매화요, 하나라의 임금은 모란이며, 당나라의 임금은 부용이다.

　도나라가 처음 일어났을 때에 소나무인 진봉秦封이 대나무인 오균烏筠과 더불어 매화梅華를 추대하여 왕으로 삼고, 나라 이름을 '도陶'라 하게 한 후, 진봉은 그 공로로 대부大夫 벼슬에 올랐다. 이것은 봄이 되면 봄을 대표하는 매화와 더불어 소나무가 화려하게 등장함을 이야기해 주는 것이다. 이어 소나무 진봉은 잣나무 백직栢直과 함께 등륙滕六(눈)을 쳐 멸망시키고 대장군이 된다. 이것은 봄과 함께 겨우내 온세상을 뒤덮었던 눈이 사라져 버리고 소나무와 잣나무가 그 푸르름을 더해 감을 이야기해 준다. 하지만 세상만사가 다 그렇듯, 성함이 있으면 반드시 쇠함도 있는 법. 이 진봉·백직의 대단한 세력도 세월이 흐름에 따라 점차 쇠해지고, 도나라가 점점 기울어 마침내 서울을 동쪽으로 옮기고 나라 이름을 동도東陶라 하게 되었을 때, 대나무 오균은 이미 죽고, 진봉·백직 등도 조정에서 물러난다.

　이처럼 <화사>의 초반에서는 매화·대나무·잣나무 및 소나무가 주요 인물로 등장한다. 이 중 이른 봄에 활짝 피었다가 져버리는 매화를 제외한 나머지 셋은, 봄뿐만 아니라 사계절을 통하여 푸르름을 유지하는 늘푸른나무[상록수常綠樹]의 대표적인 것들이니, 작가가 이들 나무의 특성으로써 인간의 충성이나 지조 따위를 상징화한 것은 극히 자연스런 귀결이다.

　조선조 중엽의 문인 채소권蔡紹權(1480~1547)이 쓴 <화왕전>도 모란꽃을 화왕으로 내세우고 그 밖에 여러 초목류를 신하로써 의인화한 작품이다. 이 작품에서는 화왕이 화암花巖에 숨어 사는 국선생菊先生(국화)을 맞아 박사를 제수하게 되는데, 국선생은 송대부松大夫·연군자蓮君子와 힘을 합하여 왕정을 보필하여 태평성대의 기틀을 마련한다. 여기에서도 송대부는 물론 소나무를 뜻하고, 연군자는 연꽃을 뜻한다. 이 작품에서 송대부가 태평성대의 기틀을 마련했다는 것은 그 곧 소나무가 곧 국가의 대들보 역할을 했음을 뜻한다고 할 수 있다.

② <진현전陳玄傳>과 <문방사우전文房四友傳>

이 두 작품은 각각 조재도趙載道(1725~1791)와 안엽安曄(생몰연대 미상)이 쓴 가전 작품인데, 둘 다 문방사우[지필묵연紙筆墨硯, 종이·붓·먹·벼루]를 재재로 한 작품이라는 점에서 공통점을 갖는다. 그리고 둘 다 문방사우 중 하나인 먹의 조상이 소나무로 설정되어 있어 흥미롭다. 먹을 만드는 원료가 '송연松煙'이므로 이런 설정을 한 것으로 보인다. 그리고 두 작품 모두 먹 혹은 그 후손이 송자후松滋侯에 봉해졌다고 했는데, '자滋'는 '붇다, 번식하다'는 뜻으로, 이들이 '송자' 즉 '소나무의 후손'이라는 뜻을 말한 것이다. 이처럼 소나무는 자신을 굽히지 않고 굳건하게 자라나는 성질 때문에, 소설 속에서는 흔히 '동량지재棟梁之材(대들보감)'를 대표하는 인물로 의인화되곤 했다.

그러나 소나무는 언제나 곧고 높게만 자라는 것은 아니다. 바위 틈에 돋는 소나무처럼 때로는 자신을 굽히고 살아갈 줄 아는 미덕도 지녔으며, 깊은 산골짜기나 거친 들판에서도 모진 바람과 추위, 더위, 가뭄, 홍수들에도 버티는 끈기를 지녔다. 때문에 소나무는 스스로 세상을 피하여 살아가는 '은일지사隱逸之士'일 뿐만 아니라, 세상을 '은일지사'로서 살아가는 사람들의 좋은 벗이 되었다.

③ <안빙몽유록安憑夢遊錄>·<대부송전大夫松傳>·<포절군전抱節君傳>

<안빙몽유록>은 기재企齋 신광한申光漢(1484~1555)이 지은 단편으로,

『기재기이寄齋紀異』라는 소설집에 수록되어 있는 네 편 중의 한 편이다. 이 소설에 등장하는 인물 중 조래선생徂徠先生은 소나무, 수양처사首陽處士는 매화, 동리은일東離隱逸은 국화를 의인화한 것이다. '조래'란 중국의 산동성 태안현泰安縣 동남쪽에 있는 소나무로 유명한 지역으로서, 옛날 송나라 때 석개石介가 이 산 아래 살면서 자호를 '조래선생'으로 했다고 한다. 이 조래산과 관련된 고사는 조찬한趙纘韓(1572~1631)이 지은 단편 <대부송전>과 정수강丁壽崗(1454~1527)이 지은 <포절군전>이란 소설 작품에도 등장한다. 두 작품의 첫머리 내용을 간략히 소개하면 다음과 같다.

"대부의 본명은 송松이요, 어릴 때 자는 목공木公이라 했으니, 그 기질이 순박하면서도 고집이 있어 그리한 것이다. 그 계통은 조래산徂徠山에서 나왔는데, 어떤 사람은 말하기를, 그 조상은 백예栢翳(잣나무 그늘)의 후예로서 산림에서 살았는데, 속되지 않고 고상했던 까닭에 칭송을 받았다고 한다."

"포절군(대나무)은 고죽군의 끝 무렵의 세대였다. 그는 고결한 뜻이 있어 세상에 널리 알려지지 못했었다. 십팔공十八公과 방외方外의 친구가 되고자 조래산徂徠山에 이주하다가 중도에 이르러 기오淇澳에서 살게 되었다."

이상의 작품에서 작가는 소나무를 매화, 국화, 대나무 등과 함께 초야에 파묻혀 명리를 초월해 사는 고결한 선비로 형상화하고 있음을 알 수 있다. 그리고 <포절군전>에 보이는 '십팔공'이란 '소나무 송松' 자를 파자破字한 것인데, 작자는 예부터 중국에서 소나무의 별칭을 '십팔공'이라 했던 어법을 이용한 것이다.

이 밖에도 고려말 이곡李穀(1298~1351)이 지은 가전소설 <죽부인전>에서는 소나무 송대부松大夫와 대나무 죽부인이 부부로 설정되고, 송대부는 선술을 배워 곡성산에 노닐다가 신선이 되어 돌아오지 않는 것으로 묘사되고 있는데, 이것은 소나무가 깊은 산에 산다는 사실과 장수한다는 사실을 신선 사상과 연결시킨 것으로 여겨진다.

● **참조 원고**

이 글은 원래 이어령 편 『소나무』(생각의나무, 2005)에 기고했던 것이나, 동서에는 위의 내용 중 극히 일부분만이 수록되었다.

해설

　민담의 분류는 ① 동물담animal tale, ② 본격담ordinary folktale, ③ 소담jest and anecdote의 셋으로 유분함이 보통이다.[1] 그러나 이러한 3분법은 다소 무리인 것 같이 보인다. 왜냐하면, 본격담이란 용어 자체의 모호성은 말할 것도 없거니와, 또 본격담에는 서로 등치等置될 수 없는 성격을 지닌 두 종류의 민담, 즉 신이담과 일반담이 포괄되고 있기 때문이다. 이러한 3분법의 문제점을 해소하기 위해서는 차라리 본격담을 신이담과 일반담으로 양분하여 4분법을 취함이 좋을 듯하다. 그리고 소담의 한 갈래라고 할 수 있는 형식담을 독립시켜 본다면, 민담의 분류는 ① 동물담, ② 신이담, ③ 일반담, ④ 소담笑譚, ⑤ 형식담으로 5분될 것이다. 그러므로 흔히 이용되는 3분법보다는 본격담을 신이담과 일반담으로 나눈 4분법이 좋고, 4분법보다는 소담의 한 갈래에 해당하는 형식담을 독립시킨 5분법이 우리 민담의 분류법으로서 좋다고 판단된다. 이에 따라 한국 민담에 관한 필자의 일련의 연구계획 및 인덱스Index 작업은 앞으로 이러한 5분법에 따라서 진행될 것이다.

　동물담은 의인화된 동물들의 이야기이다. 다시 말하면, 동물담 속에 등장하는 동물들은 인간화된 인격을 가지고 인간처럼 행동하고, 대화하고,

---

1) 장덕순 외 공저, 『구비문학개설』, p. 55.

선善·악惡, 현賢·우愚와 관련된 갈등을 일으킨다. 이러한 동물담의 특성에 따른다면 인격화된 식물들이 등장하는 민담들[2]이 없으라는 법도 없다. 이런 점에서 인간화된 인격을 가지고 등장하는 식물들의 이야기를 식물담이란 명칭 하에 하나로 묶어서 동물담에 대칭시킬 수 있을 것이다. 그러나 식물담은 하나의 독립 분야로 설정하기에는 우리나라에서 전해지는 해당 민담이 너무나 적다. 그러므로 무의미한 이론적인 분류를 하기보다 실제를 참작하여, 식물담을 차라리 동물담 속에 포함시킴이 좋을 듯하다. 이런 점에서 동물담이란 용어는 엄격히 따진다면 동식물담이라야 옳을 것이지만, 간편함을 쫓아서 축약된 '동물담'이란 범주 속에 인격화된 동물이나 식물의 이야기들을 모두 포괄하고자 한다.

앞에서 필자는 동물담을 '의인화된 동물(또는 식물)들의 이야기'라 정의하였지만, 다음과 같은 경우는 설사 동식물들이 등장한다손 치더라도, 동물담의 범주로부터 제외될 것이다.

첫째, 인간으로 둔갑한 동물, 또는 동물화한 인간들이 등장하는 이야기, 즉 둔갑—가령 <둔갑한 여우>—의 이야기는 동물담으로 분류하기보다 신이담에 배속시킴이 좋을 것이다.

둘째, 동물이 인간으로, 혹은 인간이 동·식물로 변형·탈신脫身·환생하는 것 역시 신이담으로 처리된다. 예컨대, <잉어색시>, <우렁이 속에서 나온 처녀>, <구렁덩덩 신선비>, <개구리 신랑>, <할미꽃 전설>, <접동새 전설> 등과 같은 것이다.

셋째, 상상적 동물(가령 용, 이무기, 불가사리 등등)이 등장하는 민담들도 신이담에 유속類屬된다.

넷째, 동물의 보은담 역시 신이담으로 처리된다. 예컨대 <두꺼비의 보은>, <의구義狗>, <의마義馬> 등과 같은 것이다.

다섯째, 동물이 이야기 속에 등장하기는 하나, 그 이야기가 극히 부분

---

2) 이 글에서 다룬 58유형 중에는 #8A와 #29A의 둘밖에 없다. 그것도 29A는 의인화된 식물이 부분적인 역할을 하는 데 불과하다.

적인 삽화를 이룰 때, 예컨대 <새의 말을 알아듣는 형제>와 같은 이조담 異助譚도 동물담으로 분류하기보다 신이담으로 분류하는 것이 타당할 것이다. <효감호孝感虎>, <효자와 잉어>와 같은 이조담들에서 동물이 중요한 역할을 하고 있음을 보지만, 이들 역시 주인공의 행위를 돋보이게 하기 위한 하나의 방편이라는 점에서, 신이담으로 처리함이 마땅할 것이다.

여섯째, 동물의 포획담捕獲譚도 신이담으로 처리된다. 가령 <기름강아지로 호랑이를 잡은 총각>, <참새잡기>와 같은 일군의 이야기들은 대개가 소담에 속한다.

일곱째, <고래 뱃속에서의 도박>, <고래와 새우의 크기>와 같은 과장담 역시 소담에 속한다.

여덟째, <늙은 닭과 그 동료들>, <심보 나쁜 호랑이와 할머니>, <두더지 사위>와 같은 이야기들은 그 내용상으로 보아 훌륭한 동물담임에 틀림없지만, 그 ‘형식적 특성’으로 말미암아 동물담으로 취급하기보다 형식담으로 처리하기로 한다.

그러므로 본고에서 다룰 민담들은 이상에서 예거한 여러 경우를 제외한 모든 동물담이 될 것이다.

동물담은 다시 ① 기원담(유래담), ② 지략담, ③ 치우담癡愚譚, ④ 경쟁담으로 세분된다. 기원담이란 원시적 심성이 자연계 현상 전반에 대하여 강한 의문을 가졌을 때 생겨나는 것이다. 원시적인 인류의 지혜가 괴이한 모습의 자연계 현상과 조우遭遇하여 불가해의 것을 과학적이고도 합리적인 것으로 설명하려 의도하였다면, 자연 설명적인 허구가 그로부터 생겨나지 않을 수 없다. 이것이 곧 기원담이다.

그러므로 기원담은 ① 우주의 기원을 논하고, ② 생물의 창생創生을 이야기하며, ③ 동・식물의 성질[습성習性]이나 형상의 원인을 설명하려 들고, ④ 특정류의 동・식물의 기원을 말하게 된다. 이 중 동물담에 속하는 기원담은 ③뿐이고 ①, ②, ④는 신이담에 속한다. 말하자면 우리가 그냥 기원담이라 하였을 때, 그것은 동물담이나 신이담에 속하는 기원담을 모두 가리키는 것이라는 뜻이다. 그러므로 본고에서 다루고자 하는 기원담은 ③ 동·식물의 형상이나 성질의 유래를 설명하는 이야기에 한정되는 것임을 전제해 둔다.

지략담과 치우담은 '꾀 있는 동물'과 '어리석은 동물'의 이야기이다. 이 양자는 각각 독립적으로 설화되기도 하지만, 종종 하나의 이야기 속에 같이 등장하여 서로 대조적인 성질을 지니는 수가 많다. 가령 꾀는 많지만 약한 동물이 어리석지만 강한 동물을 만나 여러 번(혹은 한번) 위기에 봉착하지만, 약한 동물은 꾀로써 위기를 벗어나고, 드디어는 강한 동물을 징치懲治·처벌하게 된다는 내용의 줄거리이다. 이것은 민중의 소박한 철학 정신의 발현發顯이라고 볼 수 있다. 즉 약과 강, 현과 우, 선과 악의 대립이라는 세태를, 동물우화로써 풍자하고자 한 것이다. 좀 더 구체적으로 말한다면, 민중은 동물담 속에서 약자에게 동정감을 표시하고, 권선징악을 은근히 시사示唆하려고 한 것이다.

그러므로 앞서 말한 기원담이 민중의 원시적인 과학정신에서 생겨난 이야기라면, 지략담과 치우담은 교훈적인 의미를 전달하고자 한 목적의식하에서 만들어진 이야기라고 볼 수 있다. 위에서 말한 바와 같이 원래 지략담과 치우담이 따로 존재하는 경우는 드물다. 그럼에도 불구하고 색인 작성에 있어 양자를 별도의 유형으로 나누었던 이유는 다음과 같은 기준을 근거로 하였다.

첫째, 이야기 속에서 '어리석은 동물'의 등장이 없고, '꾀 있는 동물'만이 등장하여 지혜로운 행동을 한다면 그 이야기는 당연히 지략담에 속할 것이다. 이와 반대로 '어리석은 동물'의 '어리석은 행동'이 이야기의 중심 내용을 이룬다면 그 이야기는 치우담에 속할 것이다.

둘째, 지자智者와 치자癡者가 함께 등장하고, 이야기의 내용에서 '동물의 어리석음'보다 '동물의 꾀'에 역점을 두는 이야기가 있다면 그것을 지략담에 배속시킨다.

셋째, '지혜 있는 사람'과 '어리석은 동물'의 대립담은 치우담에 배속시킨다.

끝으로 경쟁담은 문자 그대로 동물들의 경쟁을 이야기해 주는 민담이다. 지자와 치자가 모두 등장한다는 점에서 앞의 유형들(지략담과 치우담)과 별다른 점이 없어 그것에 포함시켜도 좋겠으나, 다만 형식상의 특징이 독특한 바 있으므로, 이 일군을 따로 떼어 내어 한 유형으로 삼는다. 여기서 말하는 형식상의 특징이란 말하자면 '누가 더 XX한가?' 하는 식의 동물의 '능력 다툼이나 내기의 형식을 갖는 이야기들이라고 보면 좋을 것이다.

끝으로 본 인덱스Index에 있어서 유의해야 할 사항은 다음과 같다.

(1) 이 인덱스Index는 아아르네-톰슨Aarne-Tompson의 민담유형 분류와는 무관하게 작성되었다.

(2) 색인 작성의 대상으로 한 민담자료들은 이미 간행된 민담집 또는 전래 동화집은 물론 단편적인 기사들, 필자의 수집분을 총망라하였다. 그러나 여기에 수록된 동물담이 한국 동물담 전체는 아니므로 앞으로의 계속된 보충작업이 필요할 것이다.

(3) 유형번호 다음의 A, B, C, …… 등은 이형異型임을 나타낸다. 즉 1A와 1B는 같은 유형에 속하였던 민담이 민간에 유전되면서 다소 다르게 변형된 결과인 것이다.

(4) 각 유형의 모티프 분석은 될 수 있으면 정세精細함을 원칙으로 하여 개개의 모티프가 각각 독립된 번호(①, ②, ③, …… 등)를 가질 수 있도록 배려하였다. 그러나 경우에 따라서는 몇 개의 모티프로 합쳐 넣기도 하였다.

(5) 본고에서 부여한 민담유형을 지칭할 때에는 '#'표를 붙이도록 하겠다. 가령 <쥐에게 몰매 맞은 날짐승들>을 가리키고자 할 때에는 '#8'로 하는 따위이다. 그러므로 본고에서 사용하는 '#'은 민담유형을 나타낼 때 쓰이는 부호이다.

(6) '*'표를 붙인 민담유형은 본 동물담 인덱스 아닌 다른 것(가령 신이

담 인덱스, 또는 형식담 인덱스 등)을 참조하라는 뜻이고, '→'표는 다른 범주의 인덱스에 있는 특정의 민담으로 가서 그 내용을 참조하라는 표시이다.

인덱스

(1) 기원起源

1A. <눈과 비단띠를 바꾼 가재와 지렁이>

① 옛날 가재는 눈이 없는 대신 고운 비단띠를 가졌었다. ② 지렁이가 부럽게 여겨 자기 눈하고 비단띠를 바꾸었다. ③ 지렁이가 눈을 되찾으려 하자 가재는 뒷걸음질 쳐 도망했다. ④ 지렁이에게 뽑히다 만 가재의 눈은 톡 튀어 나오고, 걸음도 뒷걸음질을 치게 되었다. ⑤ 그때부터 지렁이는 하도 원통해서 땅속에서 살며 '애또르르 애또르르' 울게 되었다.

1B. <눈과 수염을 바꾼 가재와 굼벵이>

① 수염을 가진 가재와 눈을 가진 굼벵이가 서로 만났다. ② 가재와 굼벵이는 수염과 눈을 바꾸기로 하였다. ③ 먼저 눈을 받은 가재는 그냥 도망했다. ④가 광경을 본 개미는 웃다가 허리가 잘록해졌다.

2. <개가 한 다리를 들고 오줌 누는 까닭>

① 옛날 반고왕盤古王이 만물을 창조할 때, 다리를 소에게는 넷, 개에게는 셋을 주었다. ② 개들이 항의를 하자 바꾸어 주기로 하였다. ③ 개들은 특별히 왕이 하사下賜해 주신 다리에 오물汚物이 묻을까 보아 그때부터 그 다리를 들고 오줌 누는 습관이 생겼다.

3. <닭 쫓던 개>

① 황소가 닭에게 놀고 먹는 비결을 물었다. ② 닭은 시간을 알려 주는 덕분이라고 대답했다. ③ 닭이 개를 놀려 주고 지붕 위로 도망했다. ④ ⓐ개는 분함을 참지 못하고 지붕 위를 올려다 보며 짖어대어 주둥이가 뾰족해졌고, ⓑ황소도 발을 탕탕 구르다가 네 굽이 모두 찢어졌으며, ⓒ닭

의 벼슬이 톱니 모양으로 생긴 것은 개의 이빨자국이라고 한다.

4. <게으름뱅이 개미와 토끼>

① 게으름뱅이 개미들이 토끼 등에 집을 짓고 살고 있었다. ② 토끼가 꾀를 내어 주먹밥으로써 개미들을 유인하였다. ③ 온종일 쫓았지만 개미들은 토끼를 붙잡을 수 없었다. ④ 나무 위로 올라간 토끼는 주먹밥을 다 먹어 버렸다. ⑤ 허기와 피로에 지친 개미들의 눈은 쏙 들어가고 허리도 잘룩해졌다. ⑥ 그때부터 개미들은 개심改心하여 토끼를 의지하지 않고 자활하는 방도를 찾게 되었다.

5. <게와 원숭이의 다툼>

① 게와 원숭이가 떡을 해 먹기로 하였다. ② 떡이 다 되어 먹으려 하자 원숭이가 가로채어 나무 위로 올라가 버렸다. ③ 게가 꾀를 내어 "떡을 썩은 나뭇가지에다 걸어 놓고 먹으면 더 맛이 있다."고 했다. ④ 나뭇가지가 부러져 떡이 땅에 떨어지자 게가 얼른 주워가지고 굴속으로 도망갔다. ⑤ 사정을 해도 듣지 않으니까, 원숭이는 궁둥이로 게의 굴을 막았다. ⑥ 게가 앞발로 원숭이의 궁둥이를 꽉 집어 ⓐ오늘날까지 원숭이의 궁둥이는 털이 없이 빨갛고, ⓑ게의 앞발에는 원숭이의 궁둥이 털이 그대로 붙어 있다.

6. <마음씨 고운 게와 간사한 쥐>

① 쥐가 게에게 초대되어 대접을 잘 받은 후 답례로 게를 초대하였다. ② 게가 쥐를 찾아가자 모른 척하였다. ③ 다시 찾아온 쥐의 불신不信을 책하자, 쥐는 도를 닦느라고 몰랐다고 사과하였다. ④ 게가 마음을 풀고 다시 대접을 잘하였다. (이하 ②·③이 세 번 반복된다.) ⑤ 그 후부터 게와 쥐는 절교하고, 게는 바닷가나 물가에서, 쥐는 집이나 들에서 살게 되었다.

7. <꿩의 울음소리>

① 하느님의 병환에 백약이 무효하였다. ② 토란이 명약이란 말을 듣고 꿩을 인간 세계에 보내어 구해 오게 하였다. ③ 상 풍물風物에 취한 꿩은 본무本務를 잊어 버렸다. ④ 천둥소리가 나면 그제서야 임무를 깨닫고 날개를 치며 '캡니다, 캡니다' 하고 우는 것이라 한다.

8A. <쥐에게 몰매맞은 날짐승들>

① 흉년이 들어 꿩이 쥐를 찾아가 오만불손한 태도로 양식을 청하였다. ② 부젓가락으로 꿩의 뺨을 때려 내쫓았다. ③ 그때부터 꿩의 뺨은 붉게 되었다. ④ 비둘기가 쥐를 찾아가 역시 마찬가지 태도로 양식을 구걸하였다. ⑤ 쥐에게 얻어맞은 비둘기의 머리는 그래서 푸르게 되었다. ⑥ 쥐를 찾아간 까치는 공손한 태도로 대하여 목적을 달성하였다.

8B. <쥐에게 동냥간 꿩과 토끼>

8A의 ①과 ⑥으로만 이루어져 있음.

9. <녹두와 팥>

① 팥과 녹두가 씨름으로 힘을 겨루게 되었다. ② 팥은 너무 힘을 주다 온몸이 빨갛게 되었고, 녹두도 핏기가 가셔져 노랗게 되었다.

10. <돼지의 유래>

산돼지가 토끼에게 속아 털과 꿀통에 질려 꿀꿀거리다가 사람에게 잡혀 사육당하게 되었다.

11. <돼지와 오리의 생식기가 꼬불꼬불한 까닭>

① 만물 창조시에 옥황상제가 동물의 멸종을 우려하여 번식기관을 배급케 되었다. ② 늦게 도착한 돼지와 오리는 절품된 탓에 지푸라기로 대신하게 되었다. ③ 그래서 두 동물의 생식기는 꼬불꼬불하게 되었다.

12. (생략)

13. <두꺼비와 토끼와 호랑이의 떡 차지하기 경주>

① 두꺼비와 토끼와 호랑이가 떡을 산 위에서 내리굴려 먼저 잡는 자가 차지하기로 하였다. ② 떡이 구르다가 나뭇가지에 걸린 것을, 호랑이와 토끼는 너무 빨리 내려뛰었기에 못 보고, 슬슬 걷던 두꺼비가 발견하여 실컷 먹었다. ③ 두꺼비가 떡을 어찌 많이 먹었던지 눈알과 배가 튀어나오고, 토끼와 호랑이를 주려고 지고 가던 나머지 떡이 등에 눌어붙어 오늘날과 같이 우툴두툴하게 되었다.

14. <멸치(메기)의 꿈>

① 멸치(메기)가 이상한 꿈을 꾸었다. Ⅰ. ⓐ천상에 올라 보고 ⓑ지하에 떨어져 보고 ⓒ남의 걸음을 걸어 보고 ⓓ흰 눈이 펄펄 날리고 ⓔ더웠다 추웠다 하는 꿈. 혹은, Ⅱ. ⓐ열 사람이 모셔다가 ⓑ큰 관을 씌우더니 ⓒ좋은 자리에 앉히고 ⓓ금띠를 둘러주며 ⓔ호령 한번 크게 지르게 한 다음 ⓕ어두운 방에 들어앉히고 ⓖ흰 구름을 뭉게뭉게 일게 하더니 ⓗ차돌 방아를 찧어 ⓘ붉은 고개를 넘기더니 ⓙ노적관을 씌우는 꿈. ② 멸치(메기)의 꿈에 대한 망둥이의 해몽 Ⅰ. ⓐ용이 되어 용문에 오를 징조. ⓑ용이 비를 주려고 물을 자아올리려 지상地上에 내려온 것. ⓒ용이 구름을 타고 다니는 것. ⓓ겨울에 비를 주어 찬 기운에 백설로 변하는 것. ⓔ용이 사시四時 조화를 마음대로 하는 것. Ⅱ. ⓐ~ⓔ용이 되어 맘대로 할 수 있다는 것. ⓕ용이 비를 주려고 먹구름으로 하늘을 덮은 것. ⓖ날을 개게 하는 것 ……. ③ 가재미의 해몽. Ⅰ. ⓐ낚싯대를 툭 채니까 천상에 올라간 모양. ⓑ땅에 툭 떨어진 것. ⓒ어부가 망태기에 넣어 가지고 감. ⓓ소금을 훌훌 뿌림. ⓔ화롯불에 석쇠 놓고 부채질하니 추웠다 더웠다 함. Ⅱ. ⓐ두 손으로 잡는 것. ⓑ다래끼에 집어넣는 것. ⓒ도마 위에 올려놓는 것. ⓓ칼을 갖다 대고 베는 것. ⓔ죽느라고 찍소리 내게 하는 것. ⓕ냄비 안에 집어넣는 것. ⓖ불을 때서 김이 오르는 것. ⓗ입안에서 이빨에 짓씹히는 것. ⓘ목구멍을 넘어가는 것. ⓙ똥이 되어 나오는 것. ④ ⓐ멸치가 분을 못 이겨 가자미의 따귀를 때리니 가자미의 두 눈이 한 편으로 몰리고 ⓑ멸치에게 맞을까 보아 꼴뚜기(낙지·문어)는 미리 눈을 빼어 꽁무니에 달다가 ⓒ메기는 대가리를 몹시 밟혀 기가 막혀 웃다가 입이 귀 뒤까지 찢어지고 ⓓ병어는 메기의 찢어진 입을 보고 입을 잔뜩 부둥켜안고 호호 웃다가 입이 뾰족해졌으며 ⓔ새우는 하도 우스워 웃다가 허리가 구부러지게 되었다.

14A. <개미와 메뚜기와 물새>

① 메뚜기가 헤엄을 치다가 개미와 물새의 칭찬을 받고 으쓱해져 제 이마를 탁 쳤더니 홀랑 벗겨졌다. ② 개미가 웃다가 너무 웃어 허리가 잘룩해졌다. ③ 물새도 양손으로 입을 쥐고 소리 죽여 웃다가 주둥이가 뾰족해졌다.

14B. <개미와 메뚜기와 물새>

① 메뚜기와 개미와 물새가 잔치를 벌이기로 하고, 개미는 밥을, 메뚜기와 물새는 찬을 마련하러 각각 떠났다. ② 들로 나간 개미는 밥광주리를 이고 가는 아낙네의 넓적다리를 깨물어 밥광주리를 밀어뜨리게 한 후 목적을 달성하였다. ③ 메뚜기가 개울 옆 풀섶에 올라 앉아 있으니 물고기들이 잡아 먹으려고 모여 들었다. 이를 엿본 물새가 날쌘 솜씨로 물고기를 낚아챘다. ④ 메뚜기와 물새는 서로 자기의 공임을 주장했다. ⑤ ⓐ개미가 웃다 못해 허리가 잘록해졌으며, ⓑ메뚜기는 물새에게 얻어 맞아 이마가 벗겨졌고, ⓒ물새는 메뚜기에게 부리를 잡아 뽑혀 오늘날과 같은 뾰족한 모양이 되었다.

14C. <개미와 메뚜기와 물새>

① 개미와 메뚜기와 물새가 음식을 만들어 먹기로 하고 각기 음식을 구하러 헤어졌다. ② 개미는 찰밥을, 물새는 물고기를 얻어 돌아왔으나, 메뚜기는 소식이 없었다. ③ 냇물에 붕어가 떠내려오는 것을 보고 물새가 채어다 배를 갈랐더니, ④ 메뚜기가 튀어 나오며 제 이마를 탁 쳤다. 그래서 메뚜기 이마는 홀랑 벗겨졌다. ⑤ 메뚜기와 물새는 붕어를 제가 잡은 것이라고 주장했다. ⑥ ⓐ물새는 메뚜기가 못마땅해서 입을 삐죽 내밀고 있었더니 주둥이가 길게 늘어났고, ⓑ그 꼴을 본 개미는 하도 웃으워서 웃다가 허리가 잘록해졌다.

15. <방아깨비의 이마>

① 한 사람이 고개를 넘다가 뚝딱뚝딱하는 소리를 들었다. ② 방아깨비(땅개비)가 신골을 박는 소리였다. ③ 하도 같잖아서 이마를 탁 쳤더니 방아깨비의 이마가 홀렁 벗겨졌다.

16. <꾀 있는 메추라기와 여우>

① 메추라기가 여우에게 "배부른 꼴을 보여주겠다." 하고 밥광주리를 이고 가는 여인을 유인하여 목적을 달성했다. ② "재미있는 구경을 시켜주겠다." 하고 옹기장사의 짐 위에 앉았다. ③ 옹기장사들로 하여금 서로 옹기짐을 쳐 박살을 내게 했다. ④ "아프고도 눈물 나는 꼴을 보여주겠다."고 약속했다. 마당질하는 농부의 집 북데기 속에 여우를 숨기고, 그

머리 위에 메추라기가 앉으니, 농부가 작대기로 여우를 내려쳤다. ⑤ 화가 난 여우에게 잡히자 메추라기가 "우리 어머니를 보는 것이 마지막 소원이니 대신 불러 달라."고 하여 여우가 입을 연 사이에 도망쳤다. ⑥ 메추라기는 여우에게 꽁지를 물려 꽁지가 뭉툭해졌고, 여우의 콧잔등에는 메추라기가 흰 똥을 싸서 하얗게 되었다.

17. <모기와 파리가 생긴 까닭>
　① 하느님이 게으른 인간을 일깨우기 위해 파리와 모기를 인간 세계에 내려보냈다. ② 파리는 낮잠 자는 사람을 깨우고 모기는 초저녁 잠을 자는 사람을 깨워서 일하도록 했다. ③ 사람들은 모기의 성화를 벗어나기 위해서 풀을 베어 모깃불을 만들고 거름으로도 쓰게 되었다.

18. <모기와 벼룩과 이의 글짓기 내기>
　① 모기와 벼룩과 이가 글을 지은 후 빈대에게 심사를 부탁했다. ② 벼룩에게 장원을 준즉 모기와 이는 불복不服하고 싸움을 시작하였다. ③ ⓐ이에게 볼을 쥐어 박혀 벼룩의 입이 뾰족하게 되었고, ⓑ벼룩에게 다리를 잡아 뽑혀 모기 다리가 길게 되었고, ⓒ벼룩에게 걷어채여 이의 가슴은 퍼렇게 멍이 들었으며, ⓓ빈대는 싸움을 말리노라 사이에 끼어들었다가 납작해졌다.

19. <빈대집의 잔치>
　① 빈대가 부친의 환갑잔치에 벼룩과 이를 초대하였다. ② 성미 급한 벼룩은 이보다 먼저 가버렸다. ③ 빈대가 이를 마중 나간 사이, 벼룩은 술을 혼자 다 마셔 버렸다. ④ 이와 벼룩의 싸움이 벌어져 ⓐ빈대는 말리다 납작해졌으며, ⓑ이는 가슴을 채여 멍이 들었고, ⓒ벼룩은 구석에 몰려 조그마해졌고, 또 술을 많이 마신 탓으로 온몸이 빨개졌다.

20A. <해와 달이 된 오누이>
　① 세 남매를 둔 어머니가 고개 너머로 품팔이를 나갔다가 돌아 오고 있었다. ② 호랑이를 만나 '떡—치마—저고리—속옷—팔—다리—온몸'의 순으로 잡아먹혔다. ③ 어머니로 변장한 호랑이가 세 남매의 집을 찾아갔다. ④ 꺼칠꺼칠한 손과 목소리를 이상히 여긴 아이들을 속이고 문을 열

게 했다. ⑤ 불을 땐다고 하다가 젖먹이를 잡아먹고 아이들에게 콩을 볶아 먹는다고 하였다. ⑥ 오누이는 뒤가 마렵다고 핑계대고 밖으로 나가 우물가 큰 나무 위로 올라갔다. ⑦ 호랑이가 우물 속에 비친 그림자로 아이들을 발견했다. ⑧ 호랑이는 기름을 바르고 올라갔다는 아이들의 말을 흉내 내려다 실패했다. ⑨ 호랑이의 꾐에 빠진 철없는 막내의 발설로 호랑이가 도끼와 자귀를 빌려 나무를 찍으며 오르기 시작했다. ⑩ 하느님께 동아줄을 빌어, 오누이는 새 동아줄을 타고 승천하고, 호랑이는 헌 동아줄로 오르다가 메밀밭(수수밭)으로 떨어져 죽었다. ⑪ 메밀대(수숫대)가 빨간 것은 호랑이의 피가 묻은 것이다. ⑫ 하늘로 올라간 오누이는 해와 달이 되었다. → Cf. 신이담 "해와 달이 된 오누이"

20B. <해·달·별이 된 오누이>
   18A에서 ① 세 남매가 세 자매로, ⑤는 없고, ⑫ 하늘로 올라간 세 자매가 해·달·별로 되었다는 점 외에는 18A와 똑같다.

21. <까치의 참새와 파리에 대한 처벌>
   ① 참새와 까치가 서로 상대방을 헐뜯다가 까치에게 심판을 받기로 하였다. ② 까치는 파리보다 참새가 더 인간에게 해를 끼친다고 판결했다. ③ ⓐ까치에게 종아리를 맞은 참새는 지금까지 깡충깡충 뛰어다니고, ⓑ 파리는 죄를 용서해 준 까치에게 앞발이 닳도록 싹싹 빈다고 한다.

22. <불효 청개구리(맹꽁이)>
   ① 부모의 말을 정반대로 듣는 청개구리(맹꽁이)가 있었다. ② 어머니(아버지)가 임종에 강변에 묻어 주기를 부탁했다. ③ 불효를 뉘우친 청개구리는 유언대로 하였다. ④ 비가 올 듯하면 무덤이 떠내려 갈까봐 청개구리는 운다.

23. <수달과 호랑이와 토끼>
   ① 한라산 수달이 금강산을 구경하다가 호랑이를 만났다. ② 꾀를 내어 "나는 백두산 산신령인데 하느님의 명령으로 너를 잡으러 왔으니 목숨을 바치라."고 호령했다. ③ 호랑이가 겁을 내어 도망치다가 토끼를 만나 사실 이야기를 했다. ④ 서로 다리를 잡아매고 수달을 찾아갔다. ⑤ 수달이

토끼에게 "네 할애비가 호피虎皮 33장을 바칠 것을 32장만 바치더니 이제 마저 채워 바치러 오는구나!"라고 소리쳤다. ⑥ 호랑이가 다시 도망하니 토끼는 끌려가다 죽었다. ⑦ 그때부터 토끼의 입과 밑구멍은 세 갈래로 찢겨지고 꼬리는 뭉툭하게 되었다.

24. <호랑이 털이 얼룩진 이유>

① 호랑이 담배 먹던 시절에 담배를 입어 문 채 잠이 들었다. ② 담뱃불로 털을 군데군데 태웠다. ③ 그리하여 호랑이의 털이 얼룩얼룩하게 되었다.

25. <새들의 노래 자랑>(황새 목이 길어진 유래)

① 꾀꼬리와 까마귀(혹은 꾀꼬리와 비둘기와 왜가리)가 목청 자랑을 하였다. ② 두루미(황새)에게 심판을 부탁하였다. ③ 까마귀(왜가리)가 두루미(황새)에게 뇌물을 바쳤다. ④ 까마귀(왜가리)가 판정승하였다. ⑤ 황새가 꾀꼬리와 비둘기에게 목을 비틀려 기다랗게 비틀어지고 소리도 내지 못하게 되었다.

(2) 지략智略

26. <두꺼비와 게>

① 두꺼비가 게 한 마리를 잡아 "발을 떼어 먹어보자."고 중얼거렸더니, 게가 "홀가분해서 좋다."고 대답했다. ② "구워 먹자."고 했더니 "따끈해서 좋다."고 하였다. ③ "조려 먹자."고 했더니 "짭잘해서 좋다."고 했다. ④ "물에다 넣겠다."고 하였더니 "그럼 난 죽는다."고 하였다. ⑤ 물에 넣었더니 게가 도망갔다.

26B. <소금장수와 게와 고기>

① 소금장수가 게를 잡아 "구워 먹자."고 했더니 "구워 먹어도 좋다." ② "삶아 먹을까?"라 했더니 "그래도 좋다."고 했다. ③ "물에 빠뜨려 버릴까?"라 했더니 "물에는 넣지 말라."고 했다. ④ 물에 넣었더니 게가 도망갔다. ⑤ 물고기를 한 마리 잡아서 "끓여 먹을까?"라 했더니 "좋지."라고 대

답했다. ⑥ "삶아 먹자."라 했더니 "좋지."라 답했다. ⑦ "구워 먹자."라 했더니 "좋지."라고 하였다. ⑧ "물에다 던져 버릴까?"라 했더니 "좋지."라고 하였다. ⑨ 물에 던졌더니 물고기가가 도망갔다. ⑩ 징검다리를 건너려다 게와 물고기의 조롱을 받고, 이들을 잡으려다 물에 빠져 죽었다.

  * 늙은 닭과 그 동무들→ 형식담

27. <양은 소의 사촌四寸>

  ① 하느님이 세상의 쓸모없는 동물을 없애려 하여 양을 지목했다. ② 양이 소에게 빗대어 "나는 형님(소) 덕분에 살므로 인간에게 무해하다."고 주장했다. ③ 발굽과 뿔이 다 각각 둘인 것이 그 증거이며, 꼬리가 소는 길고 양이 짧은 것은 어머니편의 유전이라고 대답했다.

28. <여우의 꾀>(호랑이의 위엄을 빌은 여우, 호가호위狐假虎威)

  ① 호랑이를 만난 여우가 도리어 호랑이에게 호령을 했다. ② 산중의 동물들이 자기를 보고 도망가는 것을, 호랑이는 여우가 무서워 도망가는 것으로 오해했다.

29A. <은혜 모르는 호랑이A>(여우의 재판)

  ① 함정에 빠진 호랑이를 나그네가 구해주었다. ② 호랑이가 은혜를 잊고 도리어 나그네를 잡아먹으려 했다. ③ 여우(혹은 토끼나 원숭이나 두꺼비 등등)가 심판을 맡아 호랑이를 다시 함정 속으로 들어가게 했다.

29B. <은혜 모르는 호랑이B>(소나무 · 황소 · 여우의 재판)

  내용은 29A와 동일. 단 심판자로 인간에게 악의적인 나무(소나무) · 바위 · 칡 · 까마귀 · 황소 등이 등장하는 반면, 호의적인 여우 · 토끼 등등이 등장한다.

30. <여우와 곰>

  ① 여우가 곰이 잡은 산토끼를 독버섯을 먹은 토끼라고 속여 빼앗았다. ② 여우가 인가에서 닭을 훔치다 들켰다. ③ 사람들이 여우를 잡으려고 큰길에 함정을 파고 닭을 올려 놓았다. ④ 이를 엿본 여우가 곰에게 가서

닭을 훔쳐 놓았다고 거짓말을 하였다. ⑤ 사람들이 계획을 변경하여 뒷길에 함정을 파고 닭을 올려 놓았다. ⑥ 여우가 모르고 닭을 훔치려다 함정에 빠졌다. ⑦ 곰이 여우를 구해주었다.

31. <원숭이의 재판>(살코기 나누기)

① 여우와 개가 고깃덩어리를 놓고 서로 싸웠다. ② 원숭이가 분배해 준다고 자르다가 한쪽이 커지자 조금 떼어 먹었다. ③ 이번엔 반대쪽이 커지자 또 떼어 먹었다. ④ 결국 원숭이가 살코기를 전부 다 먹어버리고 도망갔다.

32. <벌받은 여우>

① 산중의 왕인 사자가 병이 들었다. ② 여우가 아첨을 하느라고 이리의 병문안이 늦다고 무고했다. ③ 이리가 꾀를 내어 여우의 간이 천하 명약이라고 꾸며댔다.

33. <쥐임금>

① 쥐나라에 외눈박이 임금이 있었는데 부하 쥐들의 환영을 받지 못하였다. ② 부하들이 솥뚜껑을 열고 밥을 꺼내 먹을 도리가 없어 곤란해 할 때 쥐임금이 솥발을 파보라는 의견을 제시했다. ③ 솥이 기울어져 뚜껑이 저절로 열리자, 지혜에 감동한 부하들이 진심으로 임금을 섬기게 되었다.

34. <토끼의 꾀>(제 그림자에게 달려 든 호랑이) → Cf. #48

① 산중의 동물들이 차례로 사자의 밥이 되어 가고 있었다. ② 토끼의 차례가 되자, 토끼는 일부러 늦게 도착하여 사자의 노여움을 돋운 다음, 사자보다 더 센 짐승을 도중에서 만나 지체되었다고 하였다. ③ 성을 낸 사자를 이끌고 웅덩이로 간 토끼는 물속에 미친 사자의 그림자를 가리켰다. ④ 사자는 싸우려고 덤벼들다가 물에 빠져 죽었다.

35A. <꼬리로 물고기 잡는 호랑이A>

① 토끼(개)가 호랑이에게 잡혀 먹히게 되자 꾀를 내어 물고기를 많이 잡게 해 주겠다고 했다. ② 토끼가 호랑이에게 꼬리를 강물에 넣고 얼리게 했다.

35B. <꼬리로 물고기 잡는 호랑이B>
　① 까치가 새끼들을 호랑이에게 빼앗기고 울고 있었다. ② 토끼가 모면할 방도를 가르쳐주었다. ③ 이하 35A와 동일함.

36. <돌떡 먹는 호랑이>
　① 호랑이에게 잡힌 토끼가 떡을 구워주겠다고 하고 조약돌 열한 개를 불에 올려 놓았다. ② 간장을 얻으러 마을로 내려갔다 올테니 열 개의 떡이 타지 않나 지켜보라고 당부했다. ③ 떡이 한 개 더 있음을 알게 된 호랑이는 슬쩍 집어 먹으려다 내장을 데었다.

37. <참새 잡는 호랑이>
　① 호랑이에게 잡힌 토끼가 꾀를 내어 참새를 잡게 해 주겠다고 약속했다. ② 억새(혹은 대나무) 숲 속에 호랑이를 앉혀 놓고 눈을 감고 있게 했다. ③ 억새 타는 소리를 참새가 몰려드는 소리로 알았다가 화상을 입었다.

38A. <두고온 토끼의 간 A>(별주부전)
　① 용왕(혹은 용왕의 딸)이 병이 들어 백약이 무효하였다. ② 토끼의 생간이 약임을 알고 자라(혹은 거북)를 육지로 보내어 꾀어 오게 했다. ③ 자라에게 속아 용궁에 이른 토끼가 사실을 알고 간을 빼놓고 왔다고 핑계를 대었다. ④ 토끼가 무사히 위기를 벗어났다.

38B. <두고온 토끼의 간 B>(백학이 가져다 준 영약)
　①~④ 38A와 동일함. ⑤ 백학이 용왕에게 영약을 가져다 주었다.

38C. <토끼에게 속은 용왕과 나무꾼과 독수리>
　①~④ 38A와 동일함. ⑤ 토끼가 덫에 걸렸다. ⑥ 쉬파리에게 쉬를 잔뜩 쓸게 하여 위기를 벗어났다. ⑦ 독수리에게 채였다. ⑧ 토끼가 꾀주머니를 못쓰게 되었음을 한탄했다. ⑨ 굴속에 숨겨 두었다는 토끼의 꾀주머니를 욕심내었다가 토끼마저 잃게 되었다.

39. <녹두영감>(팥이영감)
　① 토끼들이 녹두영감이 애써 가꿔 놓은 녹두를 자꾸 훔쳐 먹었다. ②

녹두영감이 녹두밭에서 죽은 체하고 누워 있던 것을 모르고 영감을 묻어 주려다 토끼 한 마리가 잡혔다. ③ 영감이 토끼를 잡아 먹으려고 솥에 넣고 성냥을 찾으러 간 사이에 토끼는 도망쳤다. ④ 토끼가 울타리를 빠져 나가려다 영감에게 뒷다리를 잡혔다. ⑤ 토끼가 꾀를 내어, "잡으려면 토끼다리를 잡을 것이지, 왜 울타리 다리를 잡고 있는가?" 하니, 영감이 깜박 속고 토끼다리를 놓아 버렸다.

40A. 〈교활한 토끼〉
　38C의 ⑤~⑥과 동일함.

40B. 〈교활한 토끼의 죽음〉
　① 호랑이가 두부를 팔아 단지를 사려고 하다가 교활한 토끼를 만나 일곱 모 중 여섯 모를 빼앗겼다. ② 남은 한 모로 작은 단지를 사 가지고 오는 길에 또 토끼를 만났더니, "좋은 소리가 난다."며 두드리다 깨뜨려 버렸다. ③ 35A와 같음. ④ 마을로 내려가 식칼을 빌려다 호랑이를 잡아 고기를 다 먹고 식칼 임자에게는 치분齒糞(혹은 썩은 고기)만을 가져다주었다. ⑤ 36세기의 ⑤~⑦과 같음. ⑥ 토끼가 옥황상제에게 심부름 가는 길이라고 독수리를 위협했다가, 독수리(혹은 수리)가 겁을 내어 토끼를 놓는 바람에 도끼가 떨어져 죽었다.

40C. 〈교활한 토끼〉
　40B의 ④와 38C의 ⑤~⑥의 복합.

(3) 치우癡愚

41. 〈우물 안 개구리〉
　① 우물 밖 세상을 전혀 모르는 개구리가 우물이 세상에서 제일 넓으며 자신이 가장 힘 센 자라고 믿고 있었다. ② 개구리가 갑자기 뛰어든 거북에게서 바깥세상의 넓음을 전해 듣고 놀랐다.

42. 〈두꺼비 눈물〉
　① 용왕의 잔치에 갈치란 놈이 춤을 추다가 용왕의 눈을 꼬리로 쳐서

멀게 했다. ② 몹시 노한 용왕은 모든 꼬리가 붙은 고기들을 잡아들이게 했다. ③ 가재와 게가 명령을 받고 돌아다니다 울고 있는 두꺼비를 만났다. ④ 두꺼비는 꼬리가 없지만 올챙이 적 생각이 나서 운다고 했다.

43. <까투리의 설움>(장끼전)

44. <도둑 지키는 돼지>

① 돼지가 개에게 주인의 사랑을 받는 까닭을 물었다. ② 돼지가 개의 말을 듣고 도둑을 지키느라 밤새도록 꿀꿀거렸다. ③ 돼지가 제 분수를 지키지 못한 탓에 백정에게 끌려갔다.

45. <해오라비의 교훈>

① 물오리가 해오라비의 고기 잡는 법을 듣고 흉내내었으나 실패했다. ② 여우가 숲속에 숨어 있다가 지친 몸을 쉬러 뭍으로 올라온 물오리를 잡아 버렸다.

46. <고양이 목에 방울 달기>

① 쥐들이 회의를 열어 고양이를 예방하는 방법을 강구하였다. ② 고양이 목에 방울을 달자는 묘안이 나와 일동을 기쁘게 하였다. ③ 고양이 목에 방울을 달 재주는 없었다.
　*두더지 사위 고르기 → 형식담

47A. <호랑이와 곶감>

① 먹이를 구하여 인가로 내려온 호랑이가 우는 어린애를 달래는 어느 어머니의 말을 엿듣게 되었다. ② 호랑이가 왔다고 해도 그치지 않던 어린애가 곶감이라는 말에 뚝 그쳤다. ③ 곶감이 저보다 힘센 자인 줄로 알고 호랑이가 도망갔다.

47B. <호랑이와 도둑>

①~② 위와 같음. ③ 호랑이가 외양간으로 도망가 숨어 있는데, 마침 소도둑이 소를 훔치러 왔다가 호랑이를 소로 오인하고 집어탔다. ④ 호랑이는 소도둑을 곶감으로 오인하고 도망하였다. ⑤ 호랑이인 줄 안 소도둑

은 큰 고목나무를 지나칠 때 나무 위로 올라가 위기를 모면하였다.

47C. <호랑이와 도둑과 곰>

　①~⑤ 위와 같음. ⑥ 곶감을 떼어 놓고 도망가던 호랑이가 곰(혹은 토끼)을 만났다. ⑦ 호랑이가 곰(토끼)의 설득을 받고 고목나무 밑으로 되돌아갔다. ⑧ 곰이 나무 위로 올라가 사람이 숨어 있던 공동을 막고 걸터앉았다. ⑨ 사람이 가지고 있던 칼로 곰을 죽여 불을 피워 구워 먹었다. ⑩ 배고픔을 이기지 못한 호랑이가 곰 고기를 나누어 줄 것을 청하였다. ⑪ 사람이 돌을 구워 던져주며 떨어뜨리지 말고 받아 먹으라고 했다. ⑫ 호랑이가 받아 먹었다. ⑬ 호랑이가 뜨거움을 이기지 못하고 물가로 가 물을 마시다가 뱃속에 든 물의 무게로 엎드러져 죽었다.

　*47C는 위의 ①~⑥에 계속되는 다음과 같은 유형도 있다.

　⑦ 호랑이가 토끼의 설득으로 서로 꼬리를 잡아매고 고목나무 밑으로 되돌아갔다. ⑧ 사람이 호령하니 호랑이가 겁에 질려 도망하였다. ⑨ 토끼는 끌려가다가 갈갈이 찢겨져 죽었다.

48. <제 모습 보고 도망간 호랑이>

　① 한 사람이 어린 아이를 데리고 낮잠을 잤다. ② 호랑이가 잡아먹으러 달려들자 어린아이가 얼른 거울을 꺼내 놓았다. ③ 호랑이가 거울 속에 비친 제 그림자를 보고 도망갔다. *cf.* #32.

49. <효성스런 호랑이>(호랑이 형님)

　① 나무꾼이 숲속에서 호랑이를 만나자 얼른 꾀를 내어 형님이라 부르고 사유를 이야기했다. ② 나무꾼이 호랑이에게 말하기를, "형님이 어릴 때 산으로 나무를 갔다가 소식이 없더니 어느날 호랑이가 되어 산중에 있음을 어머니에게 현몽하였다."고 했다. ③ 호랑이가 사실로 곧이 듣고 매월 두 번씩 돼지 한 마리씩을 나무꾼의 집에 물어다 주었다. ④ 나무꾼의 모친이 죽은 후로는 호랑이가 나타나지 않았다. ⑤ 나무꾼이 산중에서 새끼 호랑이 세 마리를 만났는데 모두 베헝겊을 달고 있었다. ⑥ 새끼 호랑이가 나무꾼에게 말하기를, "우리 할머니는 호랑이가 아니고 인간인데, 얼마 전 들어가시자 부친이 조석을 폐하고 애통해 하다가 역시 별세하였다."고 했다.

50. <웃다가 밥을 놓친 호랑이>

① 허기에 지친 호랑이가 웃통을 벗고 밭을 매고 있는 농부를 만났다. ② 호랑이가 어찌 좋든지 산등성이를 넘어가 싫컷 웃고 돌아와보니 농부는 이미 귀가한 후였다.

 * 심보 사나운 호랑이와 할머니 → 형식담

(4) 경쟁競爭

51A. <나이 자랑>(여우와 두꺼비)

① 염소의 환갑연에서 나이로써 상좌를 차지하려는 경쟁이 벌어졌다. ② 두꺼비가 울면서 말하기를, "내 자식이 천지개벽을 막느라고 은행나무를 베어서 하늘을 버티더니 지쳐서 죽었다. 그 은행나무가 싹이 나서 몇천 년 자랐더니 저같이 자랐으므로 자식 생각이 나서 운다."고 했다.

51B. <나이 자랑>(호랑이와 토끼와 두꺼비)

① 위와 같음. ② 호랑이가 천황씨 때 태어났다고 하고, 토끼는 반고씨 때 태어났다고 하니까, 두꺼비가 울면서, "반고씨 때에 죽은 아들과 천황씨 때 죽은 손주 생각이 나서 운다."고 했다.

52. <높은 곳에 오르기>

① 호랑이와 토끼와 두꺼비가 제일 높이 올라가 본 자者가 떡을 먹기로 했다. ② 호랑이가 "하늘까지 올라가 보고 왔다."고 했다. ③ 토끼가 "하늘 위까지 올라가 보고 왔다."고 했다. ④ 두꺼비가 토끼에게 "하늘 위에 무엇이 있더냐?"고 물어, 토끼가 "눈이 있을 뿐"이라고 하자, 두꺼비는 "그 눈 위에까지 올라갔다 왔다."고 했다.

53. <술 못 먹는 자랑>

① 거북(호랑이)과 토끼와 두꺼비가 가장 술을 못 먹는 자者에게 상좌上座(혹은 떡)을 주기로 약속했다. ② 거북이 "술 냄새만 맡아도 취한다."고 하자 ③ 토끼가 "밀밭 옆을 지나가기만 해도 취한다."고 했다. ④ 두꺼비가 갑자기 비틀거리며, "술 이야기만 들어도 취한다."고 했다.

54. <호랑이(여우)와 거북(게)의 달리기 시합>

① 호랑이(여우)와 거북이(게)가 달리기(강 건너기) 시합을 하였다. ② 거북(게)이 호랑이(여우)의 꼬리를 물고 뛰어가(건너가) 먼저 도착한 체했다.

 * 두꺼비와 토끼와 호랑이의 떡 차지하기 경주→ #12
 * 모기와 벼룩과 이의 글짓기 내기→ #18
 * 새들의 노래 자량→ #25

55. <호랑이의 힘내기>

① 세상에서 제일 힘이 세다고 자만하던 강원도 호랑이와 함경도 호랑이가 서로 만났다. ② 서로 싸우다 지쳐 자신들의 어리석음을 깨닫고 도망하였다.

56. <뽐내다 망신당한 땅강아지>

① 자만自慢스런 땅강아지가 약한 개미를 만나 으스댔다. ② 황새를 나무로 잘못 알고 힘껏 들여받았다. ③ 황새와 땅강아지가 물고기 잡기 내기를 했다. ④ 땅강아지가 물고기에게 달려들었다가 오히려 잡아 먹혔다. ⑤ 황새가 물고기를 잡아 배를 가르고 보니 땅강아지가 나왔다.

57. <여우(토끼)와 개구리(두꺼비)의 말싸움>

① 여우가 개구리를 만나 잡아먹을 구실을 찾으려 했다. ② 여우의 질문에 개구리가 척척 답했다. ③ 반대로 개구리의 질문에 여우는 당하기만 하였다.

58. <호랑이와 방아깨비의 달리기 경주>

① 호랑이와 방아깨비가 달리기 시합을 하기로 했다. ② 방아깨비는 제 동족과 짜고 곳곳에 숨어 있다가 호랑이보다 먼저 뛰어나오게 하였다.

● 참조 원고

"한국 동물담Index", 『문화인류학』 5(문화인류학회, 1972. 12).

제2부 **구비문학 알음알이**

Ⅰ. 구비문학이란 무엇인가?

1. 구비문학

1) 특징

  문학이란 한 마디로 규정하기 매우 어려운 낱말이긴 하지만, 이제까지 문학 연구가들의 대체적인 의견은, 인간의 이성이나 오성悟性에 호소하기보다 감정이나 정서에 호소하는, 언어로써 이루어진 예술이라는 것이다. 그리고 문학의 내용은 사실의 재현(복사)이 아니라 허구적 창작이요, 그 표현은 글을 포함한 언어로써 이루어진다고 한다. 우리는 문학이 지닌 이러한 특성을 '문예성'이라 부를 수 있다. 다시 말한다면 문예성이란 어휘 속에는 인간의 사상과 감정을 나타낸 것, 사실적이 아니라 허구적인 것(따라서 더 나아가 비유적인 특성을 지닌 것), 오락성을 띠는 경향이 많은 것이라는 의미를 내포하고 있다고 하겠다.

  그런데 지난날까지는 '문학'을 문자 그대로 '문文의 학學', 즉 글로써 이루어진 작품 및 그것에 대한 연구로 한정시키려는 태도도 있었다. 가령 과거 동양에서는 글로 된 학예學藝를 지칭하는 술어로써 문학이란 낱말을 사용하였던 것이다. 그리하여 과거의 '문학'이란 말 속에는 오늘날 우리가 말하는 문학뿐만 아니라 역사나 철학 따위도 포괄되어 있었다. 이처럼 동양에서 넓은 의미의 문학에서 역사와 철학이 분리되고, 문학이 비로소 현대적 의미로 축소된 시기는 얼마 되지 않는다. 이 점은 서양의 경우도 같다. 서양에서도 문학을 뜻하는 'literature'는 'litera(문자)'란 어근語根에서 형성되었으며, 그 의미 범주도 동양의 경우와 마찬가지로 매우 포괄적이었던 것이다.

그런데 문학이란 단어가 가진 외형적인 의미에도 불구하고, 문학의 실상은 글보다 말에 의해 주로 창작되고 전승되어 왔다는 데 문제점이 있다. 사실 방대한 공간·장구한 시간에 걸쳐 생성되고 전승되어 온, 말로 된 문학은 말할 것도 없고, 인류가 산출해 낸 기록된 문학작품들의 대부분이 말로 된 문학을 기록한 것에 지나지 않는다. 이러한 사정을 고려한다면, 문학의 범주를 글로 된 문학에만 한정시킬 수 없음은 더욱 분명해진다.

문학을 문자로 기록된 작품에만 한정시킨다면, 과거의 문학이란 문자를 소유했던 극히 소수의 지식계급—가령 승려나 귀족 등—의 전유물일 수밖에 없고, 따라서 그 수도 극히 적을 수밖에 없다. 그러나 문학은 문자를 갖지 못한 대부분의 민중들 사이에서도 존재해 왔다. 그들에게 문학의 전승은 기록에 의지하기보다 구송口誦에 의지하는 편이 더욱 효과적이었다. 이러한 특성으로 인하여 문학작품이 문자로써 기록된 역사는 비교적 짧다. 말하자면 문학은 오랫동안 문자가 아닌 말에 의해서 전승되다가 훨씬 후대에야 문자로써 정착될 수 있었던 것이다. 기나긴 인류의 역사에서 문자의 발명은 기원전 3천 년 내지 4천 년 이상을 소급하지 않는다. 이것은 인류의 100만 년 역사에 비하면 바로 엊그제 정도의 일에 지나지 않는다. 더구나 구전되던 문학작품이 기록으로 정착된 것은 문자의 발명 후 상당 기간이 경과된 후에 천천히 이루어졌다. 이러한 몇 가지 이유로 인해 본격적인 기록문학의 시대는, 문자 발명 수천 년 뒤에야 비롯되었던 것이다. 따라서 문학의 역사는 기록문학시대로부터 시작되었던 것이 아니라, 문자로 기록되기 훨씬 이전부터 구비문학의 형태로 형성되고 전승되어 왔다고 할 수 있다.

 과거 중요한 문학작품의 일부는 문자를 갖지 못한 사람들에 의해 이루어졌고, 읽거나 쓰지 못하는 사람들에 의해서 전승되었다. 뿐만 아니라 이 지구상에는 문자를 갖지 못하고, 문학 행위를, 듣고, 기억하며, 보고, 모방하는 것에 의존하는 사람들도 상당수 있다. 또한 비록 문자를 소유한 계층이라 할지라도 그들의 문학 행위가 구비전승에 원천을 두고 이루어지는 경우가 적지 않았다는 사실도 간과해서는 안 될 것이다

 '구비문학' 또는 '구전문학'은, 문자로 기록되어 전해지는 문학의 대칭어로서, 입에서 입으로 전해지는 문학이란 뜻이다. '구전'이 '입으로 전한다'는 뜻의 낱말임은 새삼 들출 필요도 없겠으나, '구비'란 말의 뜻도 '구전'과 같다. '입' 속의 비석[구중비口中碑]란 뜻을 갖는 '구비'의 '비', 즉, 비석이란 오랫동안 없어지지 않는 것으로서 '구비'란 사람의 입을 통하여 영구히 계속된다는 뜻이다. 옛 사람의 글(『서재야화書齋夜話』)에도 '이름을 하필 굳은 돌에 새길 것인가? 길 가는 사람의 입이 바로 돌이어늘'(유명하필전완석有名何必鐫頑石 노상행인구사비路上行人口似碑)이라 한 것이 있다. 이는 돌 비碑의 기록도 언젠가는 비바람에 깎여 사라질 날이 있겠지만, 인간의 입, 즉 구비를 통한 전승은 결코 다할 날이 없음을 지적한 말이라 하겠다.

 어떤 구비문학 장르에 속하는 하나의 작품 유형, 또는 그것을 이루는 최소 모티프는 애초에 한 특정 개인에 의해 창작되지만, 시간과 공간을 넘어 구전되는 과정에서 새로운 전승자에 의하여 개변改變되는 것이 보통이다. 이것은 구비문학 작품이 문자로 고정되지 못하고 구전된다는 특성에서 생기는 필연적인 결과이다. 구비문학은 전달되는 동안 의식적·무의식적으로 원작이 개변된다는 특징을 갖는다. 이러한 변화의 원인은 첫째, 전승자의 망각 또는 착각에 의한다. 이 경우 전승자는 해당 부분을 아예 빼 버리거나, 아니면 다른 것으로 바꿔 넣거나, 새로 꾸며댈 것이다. 둘째, 화자話者·창자唱者 및 청자聽者의 반응 여하에 따라 원작이 개변되는 경우도 있다. 전승자는 청자의 흥미도를 높이기 위하여 작품의 내용을

첨삭하기도 하기 때문이다. 따라서 구비문학의 전승과정에 있어서 전승자의 구연口演 능력 못지않게 수용자의 반응 여하도 매우 중요하다. 셋째, 장소적 또는 시간적 정황에 의한다. 동일 유형의 구비문학 작품이 지역적·시대적 특징을 띠고 나타남은 바로 이 때문이다.

그러나 아무리 전승자의 개변이 행해진다 하더라도, 그것은 전승자가 상상력을 제멋대로 발휘하여 작품 전체를 새로 창작해 내는 것이 아니다. 전승자에 의한 개변은 어디까지나 그 자신이 그 이전의 전승자로부터 물려받은 구비문학 유산의 테두리 안에서 이루어진다. 만약 전승자의 임의적인 창작이 심할 경우, 그것을 듣는 사람은 그 사람의 전승 행위 자체를 믿지 않게 된다. 내용의 참과 거짓을 의심한다는 뜻이 아니라, 충실한 전승 여부를 청자가 의심한다는 뜻이다. 그것은 이미 청자가 알고 있는 구비문학의 전통과 합치되지 않기 때문이다. 구비문학 작품은 전승자나 청자 모두 원본과 과히 어긋나지 않음을 인정할 수 있는 것일수록 훌륭한 각편各篇 version이 될 수 있다. 그렇지 못한 것은 개인 창작에 불과할 뿐이다. 구비문학은 앞의 전승자와 뒤의 전승자의 공통 기반 위에 성립되는 것이므로, 공동작이라는 특성을 갖게 된다. 물론 전승과정 속에서 원작과 매우 다른 새 작품이 탄생될 수도 있지만, 우리가 구비문학 작품의 유형을 논할 때 문제가 되는 것은 변하는 부분이 아니라 변하지 않는 부분이라는 점을 항상 기억해 두지 않으면 안 된다.

구비문학 작품에서 변하지 않는 부분은 구조와 표현이다(표현 전체가 그렇다는 것이 아니라 독특한 전승적 표현이 있다는 뜻이다). 이들이 어느 정도 고정되어 있지 않다면 원본대로의 전승 행위는 좀처럼 이루어질 수가 없을 것이다. 이러한 불변적 요소가, 이야기꾼 또는 소리꾼으로 하여금, 다른 전승자의 구연을 기억시켰다가 재연할 수 있게 해 주는 주요한 계기가 되는 것이다. 기록문학 작품처럼 문자에 의하여 고정적으로 전달되는 것이 아니라, 오로지 기억에 의해 전승되어야 하는 구비문학 작품의 구조와 표현은 단순할 수밖에 없다. 복잡한 것은 기억하기도 곤란하거니와, 설령 그것이 가능하더라도 청자의 이해에 곤란을 일으키게 한다. 구비문학의 청자는 기록문학의 독자처럼 내용상의 혼선 따위를 확인·수정하기 위하여 구연(독서)을 잠시 중단하고 앞으로 되돌아갈 수가 없다. 기록문학의 경우에는 들려주는 사람이 눈과 뇌, 다시 말하면 자신의 내부에 있지만, 구비문학의 경우에는 들려주는 사람과 듣는 사람이 늘 따로 존재한다. 언어의 전달 면으로 볼 때 기록문학이 공간예술임에 비해 구비문학은 시간예술이므로, 후자의 전승에는 단순성과 명료성이 고려되지 않으면 안 된다. 따라서 구비문학에는 투어套語 formula 및 반복·나열 어법이 흔히 사용된다. 이러한 장치는 흥과 리듬감을 조성시키는 외에, 전승자의 기억을 도와주고, 실제 구연시 기억을 되살릴 수 있는 시간적 여유도 갖게 해 준다.

 구비문학의 전승은 이야기·노래·말의 세 가지 형태로 이루어진다. 그렇다고 하여 구비문학의 여러 장르들이 이 셋 중의 어느 하나로만 되어 있다는 뜻은 아니다. 하나의 장르 속에 이 세 가지가 동시에 나타나기도 하지만, 그 중 어느 형태가 주류를 이루느냐에 의하여 이처럼 구분할 수가 있다는 뜻이다. 가령 서사민요나 서사무가·판소리처럼 노래 속에 말과 이야기가 들어 있는 경우도 있으며, 설화나 민속극처럼 이야기 속에 말과 노래가 끼어드는 경우도 있는 것이다. 이처럼 노래로 된 장르 속에 이야기가 동반된다거나, 이야기로 된 장르 속에 노래가 동반된다고 하여, 서사민요나 서사무가·판소리를 이야기문학 속에, 설화나 민속극을 노래문학 속에 포함시킬 수는 없다. 또한 구비문학의 어느 장르라도 말로써 이루어지지 않는 것은 없지만, 속담이나 수수께끼와 같은 것은 단순한 언술言述로 전승되는 경우도 있다.

2) 속담

속담은 요요謠·속언俗言[요요謠]·속어俗語·이언俚言[언諺]·이어俚語 등으로도 불려 왔다. '상말'로써 '속담'에 대응하기도 하였다. 이상의 '속俗-'이나 '이俚-', '상常-'이란 말뜻 속에는 유식계급이 아닌 무식계급, 또는 일반 민중을 지칭하는 태도가 내포되어 있음을 알 수 있다. 따라서 위에 열거한 여러 말들을 자의字義 그대로 정의한다면 대충 '민중들(민간)의 말'이 되지 않을까 한다. 라틴어 'proverbium'에서 파생된 영어 'proverb'나 불어 'proverbe'도 'pro[전前·공公]'와 'verbium(말)'의 합성어로서, '사람 앞에서(공공연히) 하는 말'의 뜻을 지녀, 역시 비슷한 뜻을 나타내고 있다. 그러나 민간의 말이 모두 속담이 될 수 있는 것은 아니다. 거기에는 좀 더 제한적인 개념 규정이 필요하다.

속담은 민간에서 고정된 형태로 구비 전승되어 온 짧고 명쾌한 언술言述이다. 그 내용 속에는 대개 경험을 바탕으로 한 교훈이나 풍자들이 포함되어 있어, 어떤 상황에 대한 판단이나 행동의 방향을 제시하여 준다. 속담의 특징을 일컬어 일찍이 17세기 영국의 작가였던 하우웰James Howell(C.1594~1666)은 3S, 즉 '간결Shortness'·'의미Sense'·'침미鹹味 Salt'를 들었다고 한다. 물론 속담 중에는 이에 맞지 않는 것도 있지만, 대체적으로 하우웰의 지적은 적절한 표현의 묘를 얻고 있는 것으로 볼 수 있다. 다시 말한다면, 속담의 본질적인 특징으로는 그 전승성과 교훈성을 들 수 있고, 표현상의 특징으로는 일반적인 진리를 단순한 진술에 의하여 표현한다는 점, 극단적인 경우를 반어적 또는 역설적으로 표현한다는 점, 불가능한 것에 비유함으로써 웃음을 자아내게 한다는 점 등을 들 수 있다.

속담은 관찰에서 생겨난 비유어이거나 경험에서 얻어진 응축어凝縮語이다. 속담은 과거 어떤 개인의 일상생활 속에서 반복 발생되는 어떤 문제에 대한 경험적 대응 수단이 공식화되어 차츰 세상(민간)에 유전하게 됨으로써 성립된 것이다. 따라서 속담을 창작하고 전승시키는 데에는 발명자나 수용자 모두가 반드시 필요하다. 물론 처음에는 개인의 생활상의 지혜에서 응축된 언술을 다른 사람들이 받아들이기까지에는, 그것은 격언적인 발언이거나 진리에 대한 교훈적 예언에 불과했을 것이다. 이러한 개인의 격언적·경구적인 발언과 민간에서 전승적으로 통용되는 속담은 구별되어야 한다.

거듭 말하지만 속담은 다수의 민간 속에서 전승될 때 비로소 참다운 의미로서의 속담으로 되는 것이다. 그러므로 속담을 한 개인의 발언으로 귀속시키는 것은 잘못된 생각이다. 가령 '황금 보기를 돌같이 하라'라는 말이나 '뭉치면 살고 헤어지면 죽는다'는 말은 한 개인의 경구적인 발언이기 이전에, 민중들의 생활상의 지혜가 속담화한 것을 개인이 차용한 것에 지나지 않는다. 물론 개인의 저술 속에서 속담으로 변모될 수 있는 구절이나 관념이 전연 발견되지 않는다는 것은 아니다.

속담이 어떤 관념을 나타내기 위해 완전히 다른 표현을 취할 때, 우리는 그것이 전파과정에서 생긴 것인지, 혹은 두 속담이 전연 별개의 기원인지 판별하기 매우 곤란할 때가 많다. 왜냐하면 속담은 그 형태가 매우 단순하므로 다원多元 발생이 용이하겠기 때문이다.

똑같은 테마, 비슷한 구절까지도 동시에 여러 곳에서 생길 수 있다. 이러한 유사한 속담이 존재하는 것은 인간의 발상이나 생활상의 지혜가 공통성과 보편성을 띠고 있다는 증거이다. 물론 이에 반하여 전파의 가능성도 있게 마련이며, 일단 전파된 속담이라도 지역적 특성에 맞게 변모될 수도 있다.

속담 간의 아이디어의 병존현상은 그들 사이에 어떤 기원상의 관계를 이야기하는 데 별 도움이 되지 못함이 분명하다. 속담은 그 특성상 확실한 발생연대를 밝힐 수 없지만, 그것이 매우 오래된 것임은 현전 문헌 예로 미루어보아 분명히 알 수 있다. 『구약성서』에 들어 있는 <잠언집*The Book of Proverb*>은 궁극적으로 기원전 천 년경 솔로몬왕 시대까지 소급될 수 있겠지만, 그것이 현재의 형태로 기록된 것은 기원전 6백 년경이라고 한다. 이집트의 옛 문서 중에는 기원전 2천 5백 년경이나 천 년경의 자료를 포함하고 있는 것도 있다. 고대 중국에서도 윤리적 교훈을 위해 속담을 사용하기도 하였으며, 인도의 베다문학에서도 철학적 관념을 설명하기 위해 속담을 종종 사용하였다고 한다.

우리나라의 경우에는 문헌의 인멸로 인해 상고詳考하기 어려우나,『삼국유사』권5 '욱면서승郁面西昇'조에 보이는 이야기가 속담을 사용한 현전 최고례最古例가 된다. 이로써 민간에 전하는 '내 일 바빠 한댁(대가大家) 방아'란 속담의 발생은 적어도 13세기, 아니 어쩌면 경덕왕 때(8세기 중엽)까지 소급할 수 있을지도 모른다.

속담이 지닌 효용성 때문에, 과거의 지식계급들은 민간에서 떠돌아다니는 속담을 자신의 글 속에 차용하거나, 또는 다수의 속담을 의도적으로 수집하여 모아놓기도 하였다. 이러한 점은 다른 구비문학 장르들에는 좀처럼 보기 어려운 현상이다. 가령 홍만종洪萬宗(1637~?)은 『순오지旬五志』(1678)에서 노수신盧守愼・양경우梁慶遇・허균許筠・어숙권魚叔權・윤근수尹根壽・박지원朴趾源 같은 유학자들의 글 속에 인용된 속담 예들을 지적하고, 나아가 그 자신 당시 유행되던 속담 124개를, 해설을 곁들여 기록해 놓았다. 그 후에도 이덕무李德懋(1741~1793)의 『열상방언洌上方言』, 조재삼趙在三(순조조純祖朝)의 『송남잡지松南雜識』, 정약용丁若鏞(1762~1836)의 『이담속찬耳談續纂』, 편자 미상의『동언해東言海』등은 조선조에 편찬한 속담집으로 손꼽을 만한 것들이다

물론 이들 문헌에 기록된 속담들은 당시 민간에서 널리 유행하던 속담을 기록해 놓은 것이나, 그 중에는 현재 사용되지 않는 것들도 들어 있다. 이처럼 속담은 생활의 장場을 떠나서는 잠자거나 죽은 존재에 지나지 않는다. 다시 말한다면 사용 상황이나 사용 문맥에 대한 설명 없이 해당 구절이나 문장으로만 기록된 속담은 이미 그 생명을 잃은 것으로 생각된다. 왜냐하면 문장이나 구절 정도만 기록된 문헌 속담으로는 그 속담의 참

의미를 알기 어렵기 때문이다. 문헌 속담은 현전 구전 속담과 비교해 보는 데는 매우 귀중한 자료이다. 반면 구전 속담은 문헌 속담의 현용 여부를 확인시켜 주고, 그 사용 경우를 알려주는 중요한 자료이므로, 그것을 해독할 때에는 사용 문맥까지 포함시켜야 할 것이다.

속담은 넓은 의미로 말한다면, 격언·관용어(좁은 의미)·금기어·은어 따위와 같은 일종의 관용구(넓은 의미)라고 할 수 있다. 따라서 이들 사이에 엄격한 한계를 정한다거나 명확한 개념 규정을 내린다는 것은 매우 어려운 일이나, 이들 사이에 구별되는 특징들이 전연 없는 것은 아니다. 가령 격언은 도덕적 교훈을 주기 위한 축약적 언술로서, 대개 성인이나 위인들의 말이며, 그 출전은 문헌이다('교언영색巧言令色은 인仁에 멀다,' 공자, 『논어』). 한편 좁은 의미의 관용어는 대체로 직유·은유로써 표현되는데(직유로써 표현될 경우는 보통 비교 형태로 서술된다. 예 : '눈처럼 희다', '눈곱보다 적다', '쥐 죽은 듯하다', '양 같다' 등), 속담의 경우와 달리 일반화된 진리를 말하는 경우가 매우 드물다. 이들에 비하여 속담은 형태가 거의 고정된 완전한 문장으로 되어 있으며(생략되는 수도 있지만), 행동이나 사건에 대한 일반적 진리를 은유로써 표현한다.

속담의 종류를 표현상으로 구분한다면, ① 단순한 사실의 진술인 것 ('세 살 적 버릇이 여든까지 간다')과 ② 일종의 은유적 진술인 것('백지장도 맞들면 낫다')의 둘로 나눌 수가 있고, 사용 목적으로 구분한다면, ① 비판을 위한 것(특정 개인에 대한), ② 교훈을 위한 것(불특정 다수에 대한), ③ 오락을 위한 것의 셋으로 나누어 볼 수가 있다. 그 밖에 속담의 특수한 종류로는 전고典故나 고사故事를 밑바탕으로 한 기원론적인 속담이 있다. 이것도 다시 ① 단순한 고사에서 파생된 것('강태공의 곧은 낚시질') 과 ② 민간어원론(설)民間語源論(說)적으로 설명해 주고 있는 배경설화에 부수된 것('포천 소 까닭')의 두 가지 종류로 나눌 수가 있다. 앞의 것이 보통 널리 알려진 전고나 고사를 바탕으로 이루어진 것이라면, 뒤의 것은 별로 알려지지 않은 신기한 이야기를 주로 한 것이므로, 이런 속담의 청자聽者는 배경설화를 알고 있지 못하면 그 속담의 참뜻을 이해할 수 없다. 이런 종류의 속담은 대개 설화의 결말 부분에서 기원론적 어사語辭와 함께 제시되게 마련이다.

속담의 언술은 대개 1~2구로 성립되며, 그 자수는 5~20자 정도가 보통이다. 이런 짧은 문장 속에서 자주 사용되고 있는 문체적 의장으로는 대비·병치·도치·압축·비유·의인·역설·율격 등등을 지적할 수가 있는데, 이들은 모두 문학—특히 시에서 즐겨 사용되는 수사법들이다. 따라서 속담의 표현 방법은 시에 매우 가깝다고 할 수 있겠다. 이들 속담의 표현 방법 가운데 대비법은 속담 문체에서 가장 현저하게 나타나는 수사법으로서, 이로 인해 속담은 병행적 구조를 취하는 경우가 많다('낮말은 새가 듣고 밤말은 쥐가 듣는다'). 이런 경우 속담은 대체로 중간 부분에서 양분될 수 있으며, 이 두 부분들은 동질의 동사, 혹은 인과관계를 나타내는 동사로써 연결된다.

속담은 인생에 대하여 다방면에 걸친 도리나 지식을 교시해 줌으로써 그가 처한 상황에 올바르게 대처할 수 있게 하여 준다. 이러한 속담의 교훈적 기능은 문명사회에서나 미개사회에서 똑같이 적용된다. 속담은 말하자면 인간사회에서 규범으로 존재하여 교훈적인 의미를 전달하는 기능을 가졌다고 할 수 있다. 이와 아울러 과거 미개사회에서는 좀처럼 해결하기 어려운 난제가 생겼을 때 속담이 일종의 판례로써 법률적인 효력을 나타냈을지도 모른다. 또한 속담은 구구한 설명을 필요로 하는 언술을 단 한두 마디로 축약시킴으로써 놀랄 만한 효과를 거둘 수 있게 해준다. 그리하여 속담은 일상 담화 속에서는 물론이요, 기록문학 속에서도 장면을 산뜻하게 요약할 필요가 있을 때에 흔히 사용되었으며, 특히 향토성이 짙은 소설작품에서는 이런 경향이 뚜렷하였다. 속담의 이런 기능을 일컬어 화술적인 기능이라고 할 수 있을 것이다. 속담이 훌륭한 문학적 효과를 거둘 수 있었던 것은 그것이 교훈적·화술적 기능으로써 인간의 마음을 감동시킬 수 있었기 때문이다.

3) 수수께끼

현대 표준어인 '수수께끼'는 일부 방언에서는 '수수적기'(강원)·'수지적기'(전남) 등으로 나타나고, 17세기 말 『박통사언해重刊朴通事諺解』에는 '슈지엣말', 19세기 초(?)의 『물명고物名考』·『물보物譜』에는 '슈지겻기'·'수시겻기'로도 나타난다. '수수께끼'를 어원적으로 분석해 보면 이 낱말은 '숫다／슻다'와 '겻구다'의 명사형 합성어임을 알 수 있다. '숫다'는 『초간두시언해初刊杜詩諺解』에는 '수수다', 『중간두시언해重刊杜詩諺解』에는 '수슷다'로 되어 있어, 모두 '들레다／떠들다'의 뜻을 지니고 있으며, '겻구다'는 『석보상절釋譜詳節』 등에서 '겨루다'의 뜻으로 쓰이고 있다. 따라서 '수수께끼'란 낱말은 '말로써 겨루기'란 뜻을 지녔음을 알 수 있게 된다. 이는 현대어 '수수꾸다'의 사전적 정의가 '실없는 장난말로 남을 부끄럽게 만들다'(이희승李熙昇, 『국어대사전』)로 되어 있음으로도 방증된다. 수수께끼에 해당하는 한자어 '미謎'도 어원적으로 '미迷'와 '언言'의 합성어로서, '풀기 어려운 말' 또는 '은어隱語'의 뜻을 갖고 있다. 중국에서는 수수께끼에 대한 말로 '미謎'·'미어謎語'·'미은謎隱'·'수사廋辭'·'은어隱語' 등이 사용되었다. 한편 영어의 'riddle'은 '어림짐작하다(guess)'를 뜻하는 'raedan'에서 파생된 말이라 한다.

수수께끼는 일부러 전혀 다른 무엇을 암시할 의도를 가진 말로 어떤 사물을 묘사하고, 상대방으로 하여금 그 대상물을 찾아내도록 요구하는, 문학형식의 일종이다. 그것은 겉으로 보아 서로 관련짓기 어려워 보이는 두 물체 사이의 예기치 못했던 유사성을 발견하는 재미 때문에 민중들 사이에서 애호되고 전승되어 왔다. 수수께끼의 제1 특징은 은유적 표현이란 점을 들 수 있다. 이 점은 이왕에 수수께끼 장르에 관하여 주목하였던 많은 학자들이 누누이 지적했던 바이다. 아리스토텔레스(B.C. 384~322)는 이미 기원전 4세기에 그의 저서 『시학』이나 『수사학』에서 비슷한 의견을 말하였다.

속담과 수수께끼를 형성하는 기본적인 표현방식인 은유는 어디서나 널리 활용되는 일반적인 것으로, 그것은 사물의 속성을 관찰하여 유사점과 차이점을 이용하는 기초적 정신과정의 결과를 표현하는 방법인 것이다. 따라서 속담과 수수께끼 모두 인간의 개인적 경험을 기반으로 한 연상작용에서 생겨난 문예형식이라 할 수 있다. 속담이 비록 뒤의 숨은 의미를 가지고 있지만, 그 문면文面 자체는 명백히 진술되는 데 비해, 수수께끼의 문면은 처음부터 정답을 찾아내려는 청자聽者의 노력을 일부러 잘못된 방향으로 이끌려는 의도가 내포되어 있다. 수수께끼는 어떤 사물의 의미를 감추어서 그 결과 청자의 지적 상상력을 혼란시키기 위하여 의도적으로 애매한 말들을 차용한다. 간단히 말한다면, 수수께끼는 오도성誤導性을 띠고 있다. 명백한 진술로만 이루어진 속담에 비하여, 수수께끼는 인간의 풍부한 상상력에 호소하고, 고도의 정신적 민첩성을 요구한다는 점에서, 문예성에 있어 한 단계 위의 정신작용을 요구한다고 할 수 있다. 수수께끼가 비교적 짧은 언술로서 이루어진다는 점에서 속담의 경우와 같지만, 속담은 화자話者만의 발화로 끝나는데 비해, 수수께끼는 반드시 화자·청자의 문답이 갖춰질 때 완결된다는 점에서 차이가 있다. 또한 양자는 그 향유 대상에 있어서도 속담이 주로 어른들임에 비하여, 수수께끼는 주로 아동이라는 점에서 차이가 있다. 또한 수수께끼는 언제나 쉽게 끄집어낼 수 있으므로, 누구나 쉽게 채록할 수 있음에 비하여, 속담은 일상 언어생활 속에서 우연히 말해지므로, 그것을 채록하는 데에는 훈련된 기술과 인내심 및 주의력이 갖춰지지 않으면 안 된다.

앞서 말한 바와 같이 본질적으로 은유적 표현인 수수께끼는 두 사물 사이의 유사점과 차이점에 대한 비교 내지 연상에서 생긴 것이므로, 그것의 발생은 거의 언어의 발생 초기까지 소급될 수도 있다. 그리하여 수수께끼의 발생이 어느 특정 지역에서뿐만 아니라, 모든 지역 시대에서 있었던 것은 분명하지만 이를 뒷받침해 줄 만한 증거는 별로 없다. 다만 우리는 어느 특정 문화권에서 매우 오래 전에 형성된 수수께끼가 상당히 복잡한 형태로 변모되어 오늘날까지도 전해지고 있는 몇 가지 예로써 그것을 짐작할 수 있을 뿐이다. 현전 수수께끼 가운데 최고最古의 것은 『구약성서』에 나오는 삼손의 수수께끼일 것으로 추정되는데 이것은 대략 기원전 12세기의 것이다. 그러나 엄격히 말한다면, 이처럼 개인적이고도 우연한 경험을 바탕으로 하고 있는 것은 참된 수수께끼라 할 수 없다. 개인적인 경험이라도 보편타당성을 지닌 것이라야만 한다. 그런 의미에서 소포클레스(B.C. 496?~406)의 작품 〈콜로누스의 오이디푸스〉에 들어 있는 저 유명한 '스핑크스의 수수께끼'는 참수수께끼의 대표적인 예라 할 것이다. '아침에는 네 발로 걷고, 낮에는 두 발로 걷고, 저녁에는 세 발로 걷는 것은?'(답 : 사람)이란, 이 꽤 낯익은 수수께끼는 희랍뿐 아니라 전 유럽·근동·미국·남미·피지, 그리고 우리나라에서도 전승되고 있다. 이 예는 수수께끼의 전파 가능성을 알려 주는 특수한 예이지만, 그렇다고 세계 각지에서 유행되는 모든 동일한 수수께끼들을 한결같이 전파의 결과로 단정할 수는 없다. '깎을수록 커지는 것은?'(답 : 구멍)의 예와 같이, 특정한 사물에 대한 묘사를 짧막한 은유로써 나타내는 수수께끼 형식은 언제·어디에서나·누구에 의해서든지 유사하게 나타날 수 있을 것이기 때문이다.

　우리나라에서 수수께끼 자료를 담고 있는 최고 문헌은 『삼국유사』이다. 이 책에는 수수께끼적 자료들이 상당수 포함되어 있는데, 가령 '열어 보면 두 사람이 죽고 열지 않으면 한 사람이 죽는다.'(개견이인사開見二人死 불개일인사不開一人死)란 미어를 일관日官이 "두 사람이란 서민이요, 한 사람이란 임금이다."(이인자서민야二人者庶民也 일인자왕야一人者王也, 권1 사금갑射琴匣)로 푼 것이나, 당唐나라 소정방蘇定方이 보낸 의미 불명의 그림(화독주난畵犢畵鸞)3)을 원효元曉가 '속환速還'의 뜻으로 푼 것이나(권1 태종춘추공), 거득공車得公이 남기고 간 "나는 서울 사람으로 집은 황룡사와

---

3) 원문 '화독주난畵犢畵鸞'은 반절로 풀어 '속환速還'이 되는 '서독화난書犢畵鸞'의 오각誤刻일 듯하다.

황성사의 두 절 가운데 있고 이름을 단오라고 하니, 주인이 서울에 오게 되면 찾아주기 바라오.”란 미어를 “두 절 사이에 있는 집은 대궐이고 단오란 거득공이다.”[4]라 풀었다는 이야기가 그러한 예들이다. 우리나라에서 수수께끼는 속담과 달리 간간이 극소수의 자료들이 문헌에 기재되었을 뿐, 개화기를 맞기까지 한 번도 집대성된 적이 없었다. 시대 및 편자 불명의 『이언총림俚諺叢林』이란 한장본漢裝本 고서 속에 다수의 수수께끼가 실려 있으나, 그 지질로 보아 금세기 이전 것으로 보기는 어려운 형편이다. 현재 연대가 확인되는 가장 오래된 수수께끼집으로는 1923년 덕흥서림德興書林에서 발간한 『무쌍주해無雙註解 신구문자집新舊文字集』인데, 이 책 속에는 총 365개의 자료가 모아져 있다.

　수수께끼의 종류로는 수수께끼(참수수께끼)와 퀴즈의 두 가지가 있다. 일반적으로 수수께끼라고 할 때 이 두 가지를 모두 포함하여 통칭하는 경향이 있으나 원칙적으로 퀴즈는 수수께끼와 구별되어야 할 것이다. 따라서 앞으로 ‘참수수께끼’라 함은 편의상 퀴즈류를 제외한 본래적인 수수께끼만을 지칭하는 것임을 말해둔다.

　참수수께끼는 대상물의 겉모양, 동작, 성질 따위를 비유적으로 묘사하는 것이다. 묘사 대상은 화자가 일상생활 속에서 자주 접촉하고 있는 것 — 즉 동물·식물·사물·자연현상·신체의 부위들이며, 반면 추상적인 관념을 등장시킨 경우는 극히 드물다(‘아무리 많은 사람에게 주어도 조금도 줄지 않는 것은?’(지식), ‘얼릴수록 뜨거워지는 것은?’(사람)).

　참수수께끼의 질문항은 일반적으로 두 부분으로 나누어질 수가 있으며, 그 문맥을 통사적으로 보면 아무런 잘못이 없으나, 의미상으로 보면 모순성을 띠고 있다(‘감으면 보이고 뜨면 안 보이는 것은?’(꿈), ‘입으로 먹고 입으로 내는 것은?’(절구)). 참수수께끼의 질문항은 대체로 시늉을 묘사한 것이 많으나, 개중에는 소리에 관한 것도 상당수 있다(‘밥은 밥인데 못 먹

---

4)　僕京師人也　吾家在皇龍·皇聖二寺之間　吾名端午也　主人若到京師　尋訪吾家幸矣 …… 二寺間一家　殆大內也　端午者　乃車得公也(삼국유사 권2 기이2 문호왕법민文虎王法敏).

는 밥'(톱밥), '술 먹고 돈 안 주는데'(공주空酒 = 공주公州). '부르기 전에 대답하는 자字'(미리 예豫), '앉은 고리, 선 고리, 뛰는 고리, 나는 고리'(반짇고리·문고리·개고리[=개구리]·꾀꼬리)). 이러한 종류는 그 언술 속에 해답을 위한 열쇠가 내포되어 있다는 점에서 참수수께끼임이 분명하나, 그 해답의 엉뚱스런 점으로 보아서는 오히려 퀴즈나 퍼즐에 가깝다.

퀴즈는 재치나 특별한 지식에 의해서만 풀릴 수 있는 질문 형식이다. 대개의 경우 해답자는 현답賢答을 하려 노력하지만 우답愚答으로 그치는 수가 많다. 종국적으로 질문자가 제시하게 되는 해답이란 합리적인 것이라기보다 엉뚱하거나 엉터리없는 것이 대부분이다. 문항보다 오히려 답항에서 설명이 필요하기 때문에, 답항이 하나의 문장으로 되는 경우가 대부분이며, 하나의 단어인 경우라도 추가적인 이유나 설명이 있어야 한다. 또 답항은 '무엇'에 관한 것이라기보다는 '어떻게·왜·누구·어디'에 관한 것이므로, 문항의 내용에 따라 방법·이유·선택·촌수·수 따위를 묻는 것으로 세분될 수 있다.

수수께끼의 특이한 형태로 파자破字 수수께끼와 그림 수수께끼가 있다. 이들을 굳이 위의 분류 속에 배속시킨다면, 앞의 것은 참수수께끼에, 뒤의 것은 퀴즈에 넣을 수 있다. 파자 수수께끼란 한자의 자획을 우리말로 형용한 다음, 이들을 짜 맞추어 해당 글자를 찾아내게 하는 문자 놀음이다. 흔히 오락을 목적으로 행해지지만, 가끔 한자의 복잡한 자형字型과 필순筆順을 가르치려는 교육적 의도로도 사용되어 왔다(士一工口寸 → 壽). 한편 그림 수수께끼는 말로써가 아니라 몸짓이나 그림을 보여준 다음 '이것이 무엇인가?'라는 질문만을 하게 된다. 이러한 유형의 질문에 대해 평범한 답을 그렇지 않은 관점으로 하려는 데에서 흔히 오류를 범하게 된다.

수수께끼의 표현은 주로 은유와 동음이의어를 이용한 '말장난'의 두 가지를 바탕으로 이루어지며, 수사법상의 기교로는 대조·열거·생략·은유·점층·중의重義 등의 방법이 흔히 사용된다. 수수께끼는 설화에서처럼 표현상의 상투어구를 지니기도 한다. 가령 수수께끼의 결말 부분은 흔히 '―은 무엇인가?'라고 하는 의문문의 형태를 띠고 있는 것이다. 그러나 수수께끼에는 고정된 서두 부분이랄 것이 없다. 다만 그것이 행해지는 구연방식이 일정한 형태를 취할 뿐이다.

수수께끼의 기능으로는 오락적·교육적·사회적 기능을 생각할 수 있다. 오늘날 우리는 수수께끼를 무엇보다도 오락을 위해서 말하는 경우가 많다. 그러나 어떤 사회에서는 수수께끼가 매우 중요한 기능을 수행하기도 하였던 것으로 보인다. 가령 문화인류학자들은 수수께끼에 특정의 사회적 기능이 있음을 증명해 주고 있다. 즉 어떤 민족에 있어서는 수수께끼가 통과의례와 매우 밀접한 관계를 맺고 있다고 한다. 말하자면 수수께끼를 푸는 행위는 성인이 되기 위한 전제 조건이었던 것이다. 이러한 경우의 수수께끼는 상대방의 지적 능력을 시험하는 한 방편이 되겠거니와, 일반적으로 수수께끼는 아동들의 지적 능력을 계발하거나 의미해석에 유연한 사고를 키우기 위하여 제시되기도 한다. 이런 경우 수수께끼는 매우 중요한 교육적 기능을 수행하기도 함을 알 수 있다.

4) 민요

민요는 민중 속에서 자연발생적으로 창작되어 구전되어 온 노래이다. '민요' 대신에 '속요·속가俗歌·민가民歌' 등의 용어도 사용되고 있으며, 서구에서는 흔히 'folk song'이란 용어가 사용된다. 민중이란 낱말은 '지식층·상층'이 아닌 '하층'이란 개념을 갖고 있다. 따라서 민요는 상층이 아닌 하층, 지식계급이 아닌 무문자無文字 계급에서 향유되던 노래임을 알 수 있다. 민요는 이러한 계층 속에서 생겨나 입과 귀를 통하여 전승되는 것이므로, 그 작가를 알 수 없다는 특징이 있다. 물론 최초에는 작자가 있었을 것임에는 틀림없지만, 오랜 세월 전승되는 과정에서 그 작자가 잊혀지게 마련이다. 민요의 전승은 주로 신혼자·여행가·상인들에 의하여 공간적으로, 신구세대에 의하여 시간적으로 전파된다. 그것은 기록이 아니라 기억에 주로 의존하기 때문에, 흔히 전승자의 의식적·무의식적인 개변이 가해져 수많은 변형이 생겨나게 된다.

　민요는 속담처럼 민중의 일상생활과 매우 밀접한 관계를 지니고 있는 예술이다. 그것은 생활의 괴로움을 잊기 위해서, 또는 흥을 돋우기 위해 작업 중이나 여가 시간에 불려진다. 민요는 상대방에게 들려주기 위한 것이라기보다 스스로의 필요에 따라 부르는 것이다. 따라서 그것을 부르는 데에는 별다른 재능이 필요하지 않고, 다만 흥에 따라 전통적인 가락이나 가사를 흉내 내어 부르면 그뿐이다. 악보 및 기록된 가사에 의한 가창歌唱이 아니므로 똑같은 형식이나 내용의 반복이란 있을 수 없고, 늘 창자唱者 임의대로 개변할 수도 있기 때문에 전통에 대한 신축성을 보이게 된다. 물론 민요를 누구나 부를 수 있다는 것과, 민요를 잘 부른다는 것과는 별개의 문제다. 훌륭한 이야기꾼이 따로 있듯이, 민요의 명창자도 따로 있을 수 있는 것이다. 이러한 사람은 뛰어난 청(성대聲帶)과 뛰어난 총기(기억력)를 지니고 있어야 한다. 그리하여 민요 수집자가 현지 조사시 흔히 부딪는 바와 같이, 그는 어느 마을에서건 근방에 이름난 창자를 현지인의 귀띔에 의해서 쉽게 찾아낼 수 있다. 이런 제보자는 천부적인 목소리로 수많은 노래들을 거침없이 불러댄다. 그들의 음악적 소양은 그들의 교육 경력과 아무런 상관이 없다.

　'민요'란 말은 가사 자체를 가리킴과 동시에 가락 자체를 의미하기도 한다. 각편에 따라서는 가사보다 가락이 뛰어나다든지 혹은 반대로 가락보다 가사가 뛰어나다는 경우도 있다. 아무리 듣기에 좋은 민요라도 그 가사만을 적어 놓으면 보잘것없는 민요도 있으며, 반대로 가사의 내용은 훌륭한데 듣기에는 신통치 못한 민요도 있는 법이다. 이러한 민요의 두 측면, 즉 문학적 측면과 음악적 측면으로 인하여 그것은 종합예술이라고도 불린다. 따라서 민요는 연구자의 관심 분야에 의하여 매우 다각적인

연구방법이 있을 수 있으며, 그 본질의 구명을 위해서는 궁극적으로 다각
도의 연구 방법이 필요하다.

민요는 전통적인 사회(흔히 도시가 아닌 농촌)에서는 어느 곳에서나 구
전되어 왔다. 그러나 기록으로 남겨진 것은 거의 없으며, 설사 있다손 치
더라도 그들은 지식인이 특별한 목적을 위하여 내용의 일부만을 적어 놓
은 것에 지나지 않는다. 근대에 이르러 비교적 많은 채록이 이루어진 편
이지만, 대부분은 문학연구자들에 의해 채록된 것이어서, 앞서 말한 종합
적 연구에 이바지할 수 있는 자료는 못 된다. 또한 음악계에서도 민요를
되살리고자 하는 노력이 없었던 것은 아니지만, 채록 자료들은 대체로 상
업적 흥행을 위해 전문 가수를 통해 대량 전달되고 있으므로, 이들을 진
정한 의미의 민요라고 할 수는 없다.

민요에 문학과 음악, 그리고 때로는 무용까지 혼재되어 있다는 사실은,
예술이 분화되기 이전 즉 원시종합예술 형태를 시사해 주고 있다는 점에
서 주목된다. 나아가 민요의 발생은 예술의 시원시대始源時代까지 소급될
수 있다고 생각할 수 있다. 그러면 민요는 처음 어떻게 하여 생겨났을까?
민요학상의 집단기원설과 개인기원설이라는 확증될 수 없는 논쟁을 되풀
이할 필요도 없이, 민요가 개인의 주위에서 관찰되는 규칙적인 소리들의
모방으로부터 비롯되었을 것이라는 추정은 가능하다. 가령 개인의 호흡이
나 맥박 또는 솔바람 소리, 쇠망치 소리와 같은 자연적 · 인공적 소리들에
서, 인간은 규칙적인 소리가 지닌 아름다움을 느끼고, 이들로부터 처음에
는 아무런 의미 없는 소리, 즉 단순한 의성어 · 의태어들의 반복으로만 된
극히 간단한 리듬을 만들어 냈을 것이다. 이것이 좀 더 발전하였을 때,
약간의 의미 있는 소리가 끼어들거나, 나아가 감정을 표현하는 어구로까
지 바뀔 수 있었을 것이다.

이치로 따질 때, 우리나라의 상고에 이미 많은 민요가 있었을 것임은
두말할 필요도 없겠지만, 불행히도 이를 증명해 줄 자료란 별로 남아 있
지 못하다. 다만 중국 측 사서인 『삼국지』나 『후한서』 등에 단편적으로

실려 전하는 기록을 통하여, 우리 선조들이 농경 및 제천의식에서 집단적으로 가무를 즐겼음을 짐작할 수 있을 뿐이다

　민요, 나아가 문학의 기원이 원시종합예술— 특히 제천의식이나 조상숭배와 같은 의례에서 행해진— 과 관계되었던 것임은 지금까지의 문학사가들이 이구동성으로 주장해 온 바이다. 우리나라 최고의 시가 작품이라고 할 만한 <구지가龜旨歌>(A.D. 40년경?)의 경우를 보더라도 그렇다. <구지가>는 분명 구지봉 상에서 땅을 두드리며 하늘에 군장을 내려줄 것을 기원했던 민중들의 노래이며, 그 내용도 일반적인 주가呪歌의 그것과 거의 일치하고 있다. 즉 '대상의 환기— 대상에 대한 명령— 명령에 대한 거부 가정— 처벌 제시'라는 공식에 합치되고 있는 것이다. 뿐만 아니라 이와 거의 동일한 작품이 6세기 이상을 경과한 후 <해가海歌>로 다시 기록되어 있다는 점에서 <구지가>나 <해가>는 구전 민요였던 것으로 확인할 수 있다. 삼국시대 및 통일시대의 채록으로 생각되는 민요작품은 그 밖에도 몇 편 더 찾아볼 수 있다. <서동요>는 참요讖謠이며, <풍요風謠>·<회소곡會蘇曲>(현 부전)·<대악碓樂>(일종의 방아타령이라 하나 역시 부전) 등은 노동요였다고 할 수 있다. 특히 <풍요>는 신라의 중 양지良志가 영묘사靈廟寺의 장륙존상丈六尊像을 만들 때에, 온 성의 남녀가 진흙을 옮기면서 불렀다고 하는데, 반복 음을 사용하고 있는 방식으로 미루어 현대 운반 노동요와 유사함을 알 수 있다.

　고려시대에도 현전하는 민요 자료가 희귀하기는 전대와 별다를 바가 없었다. 정치적 목적을 위해 사용되었음직한 참요들이 여러 문헌 속에 겨우 몇몇 작품이 산재되어 있으며, 그 외에 이른바 '고려 속요'라 칭해지는 작품들이 남아 있을 뿐이다. 그러나 이들이 과연 고려의 민요였으며, 고려시대의 원전 그대로일까 하는 점 등에 대하여는 의심이 가지 않을 수 없다.

　채집된 자료가 현전하지 않는 것은 조선시대도 마찬가지이다. 이 시대에 좀 나아진 점이 있다면, 개인의 문집이나 가집歌集 속에 약간의 민요작

품이 기재되어 있고, 조선조 말에 이르러 국문소설 속에 약간의 민요들이 삽입된 외에, 가사집 속에 상당수의 잡가(혹은 속가라고도 함)들이 거두어 졌다는 점 등을 들 수 있겠다. 그러나 잡가류는 그 내용으로 보나 형식으로 보나, 또는 그것을 향유했던 계층으로 보나 순수 민요로 볼 수는 없다. 결국 우리는 이 땅 최초의 민요집의 명예는 1924년에 엄필진嚴弼鎭이 펴낸『조선동요집』으로 돌릴 수밖에 없다. 김소운金素雲의『언문 조선구전민요집』이 간행된 것은 이 민요집이 간행되고 나서 거의 10여 년이 지난 1933년의 일이었다.

민요를 분류하는 관점에 따라 매우 다양한 방법이 있을 수 있다. 그 어느 방법을 따르더라도 각각 장단점이 있으므로, 어느 하나만을 고집할 것은 아니다. 그러나 여기서는 우선 민요를 기능에 따라 노동요·의식요·유희요·기타 비기능요로 나누어 설명하고자 한다. 노동요는 혼자 또는 집단이 일을 하면서, 행동을 통일시키거나 즐거움을 갖기 위해 부르는 노래이다. 노동요는 일의 종류에 따라, 농업 노동요(<논매기>·<모내기>·<밭갈기>·<밭매기>·<보리타작> 등), 어업 노동요(<그물 당기기>·<노 젓기> 등), 운반 노동요(<상여메기>·<목도 메기> 등), 토목 노동요(<땅 다지기>·<말뚝 박기>·<집터 다지기> 등), 채취採取 노동요(<초부가樵夫歌> 등), 가내家內 노동요(<길쌈노래>·<방아노래>·<맷돌노래> 등)로 세분할 수 있다.

의식요는 의례를 행할 때 부르는 노래이다. 대표적인 것으로는 <상여메기>와 <묘터 다지기>·<지신밟기> 등이 있다. 이들은 일을 하면서 부른다는 점에서는 노동요라 할 수 있으나, 그 실행이 반드시 민간신앙적인 의례와 연결된다는 점에서 일반적인 노동요와 구별된다. 그 밖에 집안의 안녕과 행복을 빌어주는 <고사반告祀飯>과 같은 것은 의식요에 속한다. 의식요는 필요에 따라 짧게 부를 수도 있지만, 의례 자체가 대개 장시간을 요하는 경우가 많으므로 장편으로 된 것이 많고, 또 그 때문에 아무나 다 부를 수 있는 것이 아니라, 숙달된 전문인을 필요로 하게 된다.

유희요는 놀이를 하면서 부르는 노래이다. 가령 <강강수월래>, <쾌지나칭칭나네>, <놋다리밟기>, <줄다리기 노래>, <대문놀이>와 같은 집단 유희요, <윷노래>, <장기노래>, <그네노래>, <널뛰기노래>, <연노래>와 같은 개인 유희요가 그것이다.

이제까지 살펴본 노동요·의식요·유희요는 각각 고유의 기능을 갖고 있는 데 비하여, 비기능요는 이러한 특별한 기능 없이 그저 즐거움만을 위해 불린 노래들을 말한다. 비기능요 중에는 시대의 변천에 따라 기능요가 그 고유 기능을 잃고 전환된 것도 많으며, 이러한 추세는 앞으로 점점 심해질 것으로 생각된다.

민요는 남자만이 부르는 남요와 여자만이 부르는 여요, 아동들이 부르는 동요로 구분되기도 하지만, 때에 따라서는 성별과 연령의 구별이 힘든 경우도 많다. 또한 민요를 부르는 방식에 따라 혼자 부르는 독창, 한꺼번에 모두 함께 부르는 제창, 선창자가 먼저 부르고 난 다음 후창자가 후렴을 부르는 선후창, 선창자와 후창자가 교대로 부르는 교환창으로 나눌 수도 있으나, 이러한 가창방식이 민요에 따라 고정되어 있는 것은 아니다.

민요 중에는 스토리가 들어 있는 것이 있다. 이런 것을 서사민요라 부르는데, 외국의 경우 러시아의 서사시byliny, 유고슬라비아나 핀란드의 영웅시, 서구의 담가譚歌 ballad 등이 유명하다. 서구에서는 엄청난 양의 서사민요가 수집 연구되고 있지만, 우리나라의 경우는 영남 특히 경북지방으로부터 보고된 예들 외에는 아직까지 보고된 바가 거의 없다.

민요는 연聯의 수에 따라 단련체單聯體와 다련체多聯體로 구분될 수 있다. 단련체는 후렴구가 없는 것이 일반적 경향이나, 다련체는 이와 반대이다. 한 연의 길이는 가장 짧게는 2행의 것(<모내기노래>, <맷돌노래> 등)으로부터, 긴 것은 행수의 제한이 없다. 한 행은 2~7자, 1~6음보音步로 이루어지나, 그 중 흔한 것은 3~5자, 2~4음보의 것이며, 표준형이라 할 만한 것은 대체로 4자 2음보의 것으로 생각된다.

민요의 기능으로는 노동적·의례적·정치적(사회적)·오락적 기능들을

들 수 있다. 노동적 기능이란 노래하는 사람으로 하여금 생활의 고됨을
잊게 해주거나, 집단노동에서 개인들의 행동을 통일시켜 주는 실질적 기
능을 말한다. 의례적 기능은 민요를 부름으로써 화를 멸하고 복을 부를
수 있다는 속언俗言을 채워주는 것으로, 주술적 또는 종교적 기능이라고
할 수도 있겠다. 사회적 기능은 격동기에 사회의 변혁을 예고하는 참요들
이 가장 잘 드러내 준다. 그리고 민요의 구연이 즐거움을 위한 것이라면,
민요에 오락적 기능이 있음은 더 말할 필요조차 없겠다.

5) 설화

설화란 구비 전승되는 산문형식의 이야기 전체를 가리키는 학술 용어
이다. 그러나 비전문인들 사이에서는 '옛날이야기'나 '고담古譚', '야담'
등의 용어가 흔히 쓰인다. 또는 설화의 하위 범주 명칭인 '전설'이나 '민
담' 따위로써 '설화'에 대용하는 경우도 있다. 설화에 대응되는 서구어는
'folk tale'이나, 이것이 좁은 뜻의 '민담'만을 나타내는 것으로 생각하여,
설화 양식의 총칭으로 'folk narrative'란 조어造語를 사용하는 경향도 있
다. 설화를 문자 그대로 뜻풀이하면 '이야기'가 될 것이다. 그러나 모든
이야기가 설화가 될 수 있는 것은 아니다. 이야기, 즉 설화가 문학 장르
상의 명칭으로 되기 위해서는 적어도 네 가지의 제한 요건이 필요하다.
그 요건이란 ① 민중적, ② 구전적, ③ 허구적, ④ 산문적이어야 한다는 것
을 말한다. 따라서 설화는 민중 속에서 구비 전승된 비사실적인 산문 이
야기로 정의될 수 있다.
　설화는 민중들에 의한, 민중들을 위한 민중들의 이야기이다. 왜냐하면
그것은 민중 속에서 발생되어, 그들에 의하여 즐겨 구연된 것이기 때문이
다. 물론 어떤 설화라도 처음에는 특정 개인에 의하여 창작되었을 것이라
고 할 수 있다. 그러나 그것이 민중들 사이에서 입에서 귀로 전해지는 동

안, 원작자는 어느덧 잊혀져 버리고 새로운 환경, 새로운 전승자에 의하여 곧잘 내용의 일부가 고쳐진다. 이런 과정이 거듭되면 원작자는 무의미해지고, 대신 그것은 민중의 공동작이 될 수밖에 없다.

설화는 민중 사이에서 살아 숨쉬는 이야기이다. 다시 말하면, 설화는 민중 속에서 구전될 때만이 참 생명력을 가지게 된다. 따라서 그것이 일단 문자로 기록되면, 그것은 이미 삶의 현장을 떠난 것이므로, 구비문학의 영역으로부터 멀어진 것이라 할 수 있다. 문헌 설화는 생명이 굳어진 화석과 같다. 지나치게 기록자의 창의가 더해진 문헌 설화는 설화라기보다 창작 단편이다. 창작 단편이 아닌 설화의 특정은, 전승자에 의한 내용상의 개변이 이루어진다 하더라도, 전혀 새로운 내용을 만들어 내는 것이 아니라, 그들의 의식 속에 쌓여진 공동의 설화 자산(예컨대 모티프들)으로부터 이끌어내진다는 특성이 있다. 설화의 청중은 신기한 것을 좋아하는 성향이 있긴 하지만, 설화적 습관이나 예상을 벗어난 내용의 설화는 별로 좋아하지 않는다. 그들은 전에 들은 적이 있는 설화라도 그것이 다시 한 번 정확히 반복될 때 즐거워하며, 내용상의 착오에 대해서는 이의를 제기하거나 정정하여 주기도 한다. 훌륭한 이야기꾼이란 시간에 별로 얽매임 없이 많은 이야기들을 거의 그대로 반복하거나, 설령 착오나 망각을 깨달았을 경우라도, 청중이 눈치 채지 못하게 그들이 잘 알고 있는 설화적 단편들을 교묘히 배합시켜 거침없이 이야기해 나갈 수가 있는 것이다.

설화는 전승력이 다른 어느 구비문학 장르보다도 강하여, 가장 넓게 뻗어가고, 가장 복잡한 형태를 이루었으며, 가장 많은 수의 각편과 유형들을 발생시켰다. 뿐만 아니라, 설화는 인류 역사상 가장 일찍부터 기록되기 시작하였다. 예컨대 '홍수설화'를 포함하고 있는 〈길가메시〉 이야기와 같은 작품은 바빌로니아 최고最高의 주민인 수메르인이 남긴 것으로, 기원전 2천 년경의 단편이 지금까지 토판 형태로 남아 있는데 적어도 그 형성은 거의 기원전 3천 년경까지 소급되는 것으로 추정된다. 또한 완결된 단일 형태의 설화 중에서 최고의 것으로는 이집트의 〈진실과 거짓〉,

<두 형제> 따위를 들 수 있는데, 이들은 기원전 3천 년경의 사본이 현전하고 있는 것들이다.

근대에 이르러 설화 수집에 큰 자극제가 되었던 것은 프랑스의 문학가 뻬로C. Perrault의 『설화집』을 들 수 있다. 그러나 참다운 의미의 설화 수집 또는 설화연구의 출발점을 이루었던 것은 독일의 그림 형제의 『아동과 가정을 위한 설화집』(1812년 제1권 초판 간행)을 들지 않을 수 없다. 초판 이후의 편찬을 거의 전담하다시피 한 아우 빌헬름 그림Wilhelm Grimm은 그 서문과 주석서를 통하여 설화이론에도 매우 주목할 만한 업적을 남겼는데, 이것은 후대 설화 이론가들의 좋은 모범이 되었다. 그의 이론 중에서 특히 두드러졌던 것은 기원문제에 대한 다각적인 추론이었다. 19세기 그림 형제에 의해 설화연구의 길이 열린 이래, 많은 학문적 업적들이 쏟아지기 시작하였다. 이렇게 시작된 설화연구는 당분간은 기원과 전파 문제에 집중되었다. 이러한 기원과 전파에 관한 연구를 수행하면서 학자들은 시·공간적으로 멀리 떨어져 있는 지역의 설화들 속에서 유사한 테마들이 발견된다는 사실에 커다란 흥미를 느끼게 되었던 것이다. 가령 <콩쥐팥쥐> 이야기는 3백 이상의 이본들이 여러 언어권 내에서 구연되고 있음이 밝혀졌다. 이 많은 이본들은 모두 하나의 원 발생지로부터 전파된 것일까, 아니면 도처에서 각각 우연히 유사성을 띠고 생겨난 것일까?

설화의 기원에 대한 논의를 간추려 보면 대략 '어디서 시작되었는가?' 하는 문제와 '무엇으로부터 시작되었는가' 하는 문제로 집약될 수 있다. 설화가 구체적으로 어느 곳에서 생겨났는가 하는 문제는 다시 일원론과 다원론, 즉 전파론과 독립 발생론으로 구분된다. 일원론에 의하면, 각지에서 유전되는 설화유형들의 유사성은, 그것이 원래 특정 장소에서 발생되었지만, 혼인·전쟁·유배·천재지변·이민과 같은 인구 이동이나, 혹은 교육·문헌 교류와 같은 요인 때문에 다른 장소로 전파되어 생겨난 것이라 한다. 물론 그 특정 장소가 어디인가에 대하여는 학자에 따라 이설이 있다. 가령 인구어족印歐語族의 원향原鄕이라는 설, 인도설, 지중해 연안설, 기타 설화별 특정지 발생설 등이 그것이다. 한편 다원론자들은 인류는 진화론적으로 유사한 발달 과정을 밟아왔기 때문에, 유사한 환경 속에서 인류는 그 심리의 유사성으로 말미암아 얼마든지 비슷한 이야기를 만들어 낼 수 있다고 주장한다. 말하자면, 다른 지역 사이의 비슷한 내용의 설화들은 서로 아무런 영향을 주고받는 일 없이 각각 독립적으로 발생하였다는 것이다(Andrew Lang(1844~1912)과 같은 인류학파).

설화가 무엇으로부터 생겨났는가에 대하여, 앞서 이야기한 인류학파와 같은 다원론자들은 원시시대의 습관을 들고 있다. 가령 설화 속에서 자주 나타나는 식인食人의 행위는 미개인들이 보편적으로 지녔던 식인 풍습의 유흔遺痕이라는 것이다. 이보다 조금 앞서 자연신화학파라 통칭되는 일군의 학자들(맥스 뮐러 등)은 설화 속에서 자연현상의 풍유적인 표현을 찾아내려 애썼다. 그들은 설화 속에서 태양·달·구름·바람·벼락 따위의 자연현상이 의인화되어 있음을 발견하였던 것이다. 이들의 주장은 인류학파들의 열띤 공격으로 이내 사라지는가 싶더니, 후에 신천체학파로 부활되어 여전히 명맥을 유지하였다. 그 밖에도 심리학파에 속하는 학자들은 설화가 꿈이나 몽환상태, 또는 성적인 무의식으로부터 생겨났다고 주장하는가 하면, 제의학파에 속하는 학자들은 설화가 입사식入社式이나 풍년제 등의 의례儀禮에서 생겨났다고 주장하기도 한다.

우리나라의 설화 수집이 언제부터 시작되었는지 문헌의 인멸로 확실히 알 수는 없다. 다만 현재 남아 있는 기록으로써 말한다면, 고려조 박인량朴寅亮(?~1056)의 편찬이라 전하는 『수이전殊異傳』이 최초의 것이 아닌가 싶다. 그러나 이 책은 현재 산일散佚되어 그 원 모습이 어떠했는지는 알 수 없다. 다만 여러 책 속에 흩어져 전하는 일문佚文들에 의하건대, 대체로 민간설화를 바탕으로 재창작된 것으로 여겨진다. 같은 고려조의 승僧 일연一然(1206~1289)이 편찬한 『삼국유사』는 그 내용으로 보아 역사서라기보다 오히려 설화집이라 하는 편이 나을 것 같다. 그러나 이 책의 설화들은 대부분 종교(불교)적 전설에 국한되어 있다. 설화 연구자의 입장에서는 이 점이 매우 아쉽지만, 이 책은 당시 민간에 구전되던 설화들을 상당수 수록하였고, 후대 설화에 지대한 영향을 미쳤다는 점에서 중시되지 않으면 안 된다. 『삼국사기』, 『삼국유사』 편찬 이후에도 고려·조선조를 지나면서 많은 설화적 자료들이 사서·지리서·개인문집들에 거두어졌다. 하지만 순수 설화집이라 할 만한 문헌은 별로 없었다. 다만 후대 『고금소총』 속에 수록된 제서諸書 및 19세기에 들어 편찬된 『계서야담溪西野談』, 『청구야담靑丘野談』, 『동야휘집東野彙集』 등과 같은 문헌 설화집들은 국문학 연구에 매우 귀중한 문헌으로 재평가되어야 할 것이다.

　20세기에 들어 간행된 설화집 중에서 중요한 것은 무엇보다 손진태의 『조선민담집』을 들 수 있다. 이 책은 일본어로 되어 있다는 흠은 있지만, 현지조사를 바탕으로 채록된 것이고, 간단한 제보자 상황이나 채집 일시·장소 등이 밝혀져 있다는 점에서 그 학술적 가치를 인정해도 좋다. 그러나 설화연구에 가장 중요한 문헌은 한국학중앙연구원(당시 한국정신문화연구원)에서 간행한 『한국구비문학대계』라 할 수 있다. 이 책은 1980년 이래 5개년에 걸쳐 도·군별로 70여 권이 간행되었는데, 그 자료가 방대함은 물론 구연 그대로의 표기, 상세한 설화력 기재 등 설화연구에 필요한 사항을 대체로 갖추고 있어 중시된다.

　설화의 종류에는 어떤 것들이 있는가? 설화는 구비문학 중에서 가장 복잡 다양한 형태로 발전하여, 경우에 따라 신화·우화·영웅담·신이담·동물담·형식담·소담·일화·야담 등등으로 불리는 온갖 양식들을 포괄하고 있다. 물론 이들 양식은 명확히 배타적으로 구분될 수 있는 성질의 양식들이 아니라, 서로 상당 부분이 중복되어 있다. 또한 이들 각 양식에 대한 기호도 지역이나 민족에 따라 매우 다르게 나타난다. 그리하여 영웅담이 특히 많이 있는 지역이 있는가 하면, 전설이 풍부한 지역도 있으며, 반면 신화는 별로 나타나지 않는 지역도 있는 것이다.

　설화의 분류법은 논자에 따라 매우 다양하게 제기된 바 있지만, 여기에서는 가장 보편적으로 사용되어 온 신화·전설·민담의 3분법을 택하도록 하겠다. 신화는 본질적으로 종교적 제의와 관련되며, 먼 과거 ― 즉 사물이 아직 현재적 질서와 같지 않았을 때의 이계異界나 혹은 전세계前世界에 배경을 둔 이야기이다. 그러므로 신화는 대체로 어떤 사물이 어떻게 하여 현재와 같이 되었는가를 설명하려 한다. 전형적으로 신화에는 신이나 반신半神, 혹은 문화 영웅이 등장하여 활동하며, 그 내용은 세계 및 인간 창조, 자연현상, 동물·식물의 특징, 사회현상(제의·금기·관습)의 기원 등을 이야기한다. 신화에 대한 화자의 태도는 그것을 진실한 것으로 믿으며 신성스럽게 여긴다는 특징을 지니고 있다. 이러한 신화를 내용에 따라 더욱 세분하면 대체로 우주기원 신화·인류기원 신화·문화기원 신화의 셋이 될 것이다.

　전설은 진실한 것으로 여겨지는 점에서 신화와 같다. 그러나 전설은 대체로 세속성이 강하며, 역사적 과거에 이계異界가 아닌 이 땅에 배경을 두고 있고, 등장인물도 역사적 혹은 반역사적 인물이라는 점에서 신화와 다르다. 전설은 역사적 사실을 기초로 한 것이기는 하지만, 다분히 민중의 기대가 첨가되어 왜곡된 역사이다. 그리고 전설의 주인공은 운명을 쉽사리 극복하는 초인이 아니라, 운명 앞에서 좌절당하고 마는 한계성을 지닌 인간이므로, 전설은 흔히 비극적인 결말을 보여준다. 전설은 발생적으로 사물의 시원始源에 대한 의구심에서 생기며, 민족의 역사와 국토나 자연의 성립을 설명하고 해석하려 한다. 그것은 자연 현상이나 사건을 민중의 경험에 의해, 믿는 그대로, 그 자신의 언어로 이야기하려 한다. 따라서 믿는 것에 대한 설명만 해주면 되므로, 이야기하려는 내용도 단순하고 그 언어도 퍽 절약되어 있어서, 전설은 대체로 단순 모티프로 성립된다. 따라서 전설은 그들이 단편적이고 무정형이라는 점 때문에 하위 분류하기가 매우 곤란하다. 대충 전승 범위에 따라 이주적移住的 전설과 지역적 전설로 나누거나, 혹은 발생 목적에 따라 설명적·역사적·신앙적 전설로 나눌 수가 있다.

민담은 공상적 경이와 신이한 사건을 그려주는 이야기로서, 그 구연에 몇 시간 또는 며칠이 걸리는 긴 이야기로부터, 집약적인 플롯을 단 몇 분 내에 이야기해 버리는 짧은 이야기까지 포괄한다. 민담은 개인(또는 의인화된 동물·식물·사물)의 생애와 운명을 이야기하게 되는데, 대체로 주인공은 능력이 모자라며 결점이 많은 인물에 지나지 않지만, 늘 초월자의 도움을 받아 시련을 극복하고 해피엔딩에 이르는 경우가 많은데, 인간적인 능력 그 자체로써 성공하기도 하고 실패하기도 한다. 진실보다는 시적 공상에 의해 꾸며진 이야기이므로, 화자 자신이 이야기 속에 진실이 아님을 드러내 주는 어사들을 혼입시킨다. 따라서 민담은 진실을 전달하려는 면보다 등장인물의 성격 묘사에 더 주력하는 특성을 보인다. 이러한 특성으로 인하여 민담은 흔히 유형화되어 쉽게 전파되는 특성을 지닌다. 민담의 하위분류는 동물담·신이담·소담·형식담·일반담으로 나눌 수 있지만, 이것은 신화·전설·민담을 총괄하는 설화의 하위분류로도 유효하다. 즉 우리나라의 설화의 분류는 신화·전설·민담의 3분법보다는 위에 든 5분법으로 세분하는 편이, 분류의 난점이나 자료의 편재성 등을 해결하는 데에 도움이 될 수 있다.

일반적으로 구비 서사문학 장르가 모두 그러하듯이, 설화는 인간의 기억을 통하여 구전되는 특성으로 인하여 기억을 돕기 위한 수법들로 가득 차 있다. 그것은 에피소드의 반복일 수도 있고, 공식적인 어법의 표현일 수도 있다. 다시 말한다면, 등장인물이나 그들의 행위, 또는 발단과 결말, 어떤 인물이나 장소에 부속된 형용어구 따위들은 흔히 고정적인 표현으로 나타난다. 이런 공식어법이 설화에서 풍부하다는 것은 그만큼 그것이 구비전승에서 비롯되었음을 말해 주는 증거인 것이다.

인류의 초기 단계에 있어서 설화는 신적인 존재를 찬양하고, 자신의 복을 빌기 위한 공사公私의 의식석상에서 사용되었을 것으로 짐작된다. 때로는 설화가 사회의 규범을 알려 주기 위한 수단이기도 했을 것이다. 그러나 시대가 흐름에 따라 이러한 종교적·사회적 기능은 차츰 쇠퇴하여 점차 교훈적 기능이나 오락적 기능으로 바뀌어졌을 것으로 추정된다. 설화는 호기심을 돋우는 줄거리를 통하여 듣는 사람에게 무언의 교훈을 느끼게 해준다. 마치 양의良醫가 쓰디쓴 약을 달콤한 것으로 싸서 주듯, 화자는 청자에게 흥미 있는 줄거리 속에 역사에 대한 감계鑑戒나 생활상의 지혜를 넌지시 암시하여 자각심을 갖게 한다. 또한 설화는 아무런 교훈적 의도가 없이 단순히 즐거움 때문에 구연되기도 한다. 잠시의 심심파적을 위하여, 때로는 기나긴 항해, 병영, 일터, 혹은 겨울밤의 무료함을 달래기 위하여 이야기판이 벌어지기도 하는 것이다. 설화의 구연 기회가 적어짐에 따라 그 교훈적 기능도 매우 약해지고 있지만, 설화의 오락적 기능은 여전히 왕성하게 남아 있다.

6) 판소리

판소리는 '판'의 '소리', 즉 '판(집합 장소)에서 하는 소리이며, 판(고정 형태)으로 된 소리'이다. 다시 말하면, 판소리는 많은 사람이 모인 장소에서 일정한 장단을 가진 노래로써, 일정한 줄거리를 이야기하는 예술의 한 형식이다. 판소리는 노래로써 불리니 음악성을 띤 것이요, 이야기를 포함하고 있으니 문학성을 띤 것이며, 간단한 몸짓까지 포함되니 연극성을 띤 것으로서, 종합예술의 하나라고 할 수 있다. 종합예술적인 측면으로 말한다면, 판소리는 무가나 민속극과 공통점을 지닌다. 판소리 무가·민속극은 각각 소리판·굿판·춤판에서 구연되며, 모두 노래와 말로써 이루어진다는 점에서 판소리와 같다. 또한 이들은 모두 보통사람이 아닌 전문인에 의해서 행해지며, 일반적으로 응분의 보수가 따른다는 점에서도 같다. 그러나 판소리가 음악성이 두드러지는 데 비해, 무가(구비문학적 무가)는 문학성이 두드러지고, 민속극은 연극성이 두드러진다는 점에서 차이가 있다.

종합예술인 판소리의 음악성을 강조할 때 '창악', 연극성을 강조할 때

'창극'이라 부르기도 하며, 음악성이나 연극성을 함께 고려하여 '극가劇歌'라 부르기도 한다. '판소리'란 용어 역시 음악성이 두드러져 보이는 듯하나, 이제껏 음악과 문학 부문에서 장르 명칭으로 공용하여 왔으며, 또 '소리'는 반드시 '노래'만을 의미하지 않고, '이야기'의 뜻으로도 사용될 수 있다는 점에서, 문학 용어로서 그대로 사용하여도 좋을 듯하다.

판소리의 '판'은 판소리꾼[광대廣大]·고수鼓手·청중이 삼위일체를 이룰 때 비로소 성립된다. 판소리꾼은 아무나 쉽게 될 수 있는 것은 아니다. 민요는 누구나 쉽게 배워 부를 수 있지만, 판소리는 장기간에 걸친 피나는 수련 끝에야 비로소 부를 수 있게 된다. 훌륭한 판소리꾼이 되려면 기본적으로 갖추어야 할 몇 가지 요건들이 있다. 이에 대하여 일찍이 판소리의 정리자인 신재효申在孝는 <광대가> 속에서 다음과 같이 말한 바 있다.

광대힝세 어렵고 또 어렵다. 광대라 하난 것은 제일은 인물치례 둘재난
사설치레 그 즉차 득음이요 그 즉차 너름새라.

이상과 같이 판소리꾼은 인물치례·사설치레·득음得音·너름새의 네 가지 요건이 필요하다. 판소리는 대중 앞에서 공연하는 예술이니 인물치레가 앞서지 않을 수 없다. 외모가 뛰어난 배우일수록 대중의 인기가 좋은 것은 예나 지금이나 변함이 없다. 또한 판소리는 사설이 뛰어나야 한다. 청중이 사설에 흥미를 갖지 못하고 감동을 하지 못하게 된다면, 그 판소리의 연창演唱은 실패한 것이다. 그리고 판소리는 노래로 부르는 것이니, 그 노래가 뛰어나지 않으면 안 될 것임은 두말할 필요도 없겠다. 노래를 잘 하려면 각 장면들에 알맞은 장단·고저·강약·음색·창법을 적절히 구사할 수 있어야 한다. 그러나 훌륭한 사설을 훌륭한 소리에 맞춰 불렀다 하더라도, 거기에 알맞은 몸짓—즉 너름새가 뒷받침되었을 때 비로소 판소리 창은 최고도의 효과를 나타내게 된다. 한편 판소리란 남에게 들려주기 위한 것이므로 청중이 없는 판소리란 상상할 수 없고,

'일고수一鼓手 이명창二名唱'이란 말이 있듯이, 소리에는 반드시 고수의 장단이 따르기 마련이다.

　판소리의 연창은 판소리꾼의 소리와 말과 몸짓과, 고수의 흥을 돋우는 소리로 이루어진다. 이 네 가지는 판소리창의 네 가지 요소라 할 수 있는 것으로, 이들을 전문적인 용어로 말한다면, 판소리꾼의 소리는 '창'[훈訓], 말은 '아니리'[백白], 몸짓은 '발림'[과科] 또는 '너름새', 고수의 소리는 '추임새' 또는 '보비위'라 한다.

　학계의 통설에 의하면, 판소리가 형성된 확실한 시기는 숙종조(1675~1720) 전후, 즉 18세기 초라 한다. 그 이유는 다음과 같다. 첫째, 현전 최고의 기록들인 만화晩華 유진한柳振漢의 <춘향가>(한문)와 양주익梁周翊의 <춘몽연春夢緣>(한문)이 각각 1754년과 1756년에 이루어졌다. 둘째, 전도성全道成의 구술에 의하면, 명창 이날치李捺致(1820~1892), 박만순朴萬順(1835~1907) 등이 역대 명창을 호명하는 '소리풀이'에, 권삼득權三得(1771~1841)에 앞서 하한담河漢譚(또는 하은담河殷譚·최선달崔先達)을 부르는 것을 들었다고 한다.5)

　판소리의 발생지에 대해서도 종래의 남방계설에 비하여, <배뱅이굿>이나 <변강쇠가> 등의 예를 바탕으로 중中·북방계설北方系說이 제기된 바 있다. 남방계설의 골자는 판소리가 호남지방의 무가에서 비롯되었다는 점을 바탕으로 하고 있다. 즉 전라도의 무巫의 당골조직에서는 여무가 가무로써 굿을 맡고, 무부巫夫는 주로 반주를 담당하지만, 때로는 조무助巫로서 창과 무舞를 담당하기도 하였다. 이들(남무)은 생활 형편상 능력에 따라 판소리꾼이나 고수, 또는 재인才人(땅재주나 줄타기꾼)으로 변신하기도 하였는데, 판소리 창에 무가의 창과 비슷한 점이 많은 원인은 이러한 데에 말미암은 것으로 추정하는 것이다. 가령 판소리 대목 중에 '시나위'(무가) 가락이 튀어나온다든가, 양자의 발림·추임새도 비슷하게 행해지고

---

5) 정노식鄭魯湜, 『조선창극사』, 1940.

그 공연 형태도 유사하다든가, 나아가 과거 판소리꾼의 출생지가 '시나위권' 즉 호남·충남·경기 남부 지역으로 한정되어 있다든가 하는 것은 양자의 관련성을 암시해 준다는 것이다.

결국 판소리가 어찌 출발되었건, 소리꾼들이 전국을 유랑하면서 청중을 의식하고 단편적 서사물들을 노래하던 것이, 점점 복잡해져 드디어는 전문적 소리꾼의 노래로까지 발전되었을 것이다. 이런 점에서 판소리의 성립은 개인이 아닌 민중의 공동 참여로 이루어진 것이라 할 수 있다. 여기에 중인이나 양반들과 같은 지식계급까지 동참하여, 오늘날 우리가 볼 수 있는 문학적으로 형상화된 판소리 대본이 나타나게 된 것으로 여겨진다. 19세기 후반 신재효에 의하여 정리된 판소리 여섯 마당은 그러한 예로 간주된다.

송만재宋晩載의 <관우희觀優戲>(1810?)에 의하면, 판소리는 원래 ① <춘향가>, ② <심청가>, ③ <흥보가興甫歌>, ④ <수궁가>, ⑤ <적벽가赤壁歌>, ⑥ <변강쇠타령>, ⑦ <배비장타령裵裨將打令>, ⑧ <장끼타령>, ⑨ <옹고집타령雍固執打令>, ⑩ <왈짜타령曰者打令>, ⑪ <강릉매화타령江陵梅花打令>, ⑫ <가짜 신선타령>의 열두 마당이 있었음을 알 수 있다. 1940년에 간행된 『조선창극사』에는 위의 <왈짜타령> 대신에 <무숙武叔이타령>, <가짜 신선타령> 대신에 <숙영낭자전淑英娘子傳>으로 바뀌어졌을 뿐, 전체적인 마당 수에는 변동이 없다. 이 중 오늘날 우리가 알 수 있는 창은, 이선유李善有의 『오가전집五歌全集』(1933)에 수록된 <춘향가>·<심청가>·<박타령>(흥보가)·<수궁가>·<화용도華容道>(적벽가) 5편뿐이다. 신재효의 판소리 사설집에는 이 밖에 <변강쇠가>가 한 편 더 남아 있으므로, 결국 판소리 사설로 남아 있는 것은 모두 6편인 셈이다. 판소리 열두 마당 중 오늘날 그 내용을 확실히 알 수 있는 것은 이상의 6편과 고전소설로서 남아 있는 <배비장전>·<옹고집전>·<장끼전>의 3편을 합쳐 총 9편인데, 그 중 고전소설이 아직 발견되지 않고 있는 판소리는 <변강쇠타령>뿐이다. 나머지 <강릉매화타령>·<왈짜타령>·<가

짜 신선타령>은 미상이다.

판소리는 원래 열두 마당이 아니었을 가능성도 있다. 왜냐하면, '12'라는 숫자는 우리 민속에서 실수實數를 나타내기보다는 그저 복수 관념을 나타내기 위해 공식적으로 쓰이는 경우가 많기 때문이다. 가령 열두 거리 굿·십이 신장·열두 과장 탈춤·십이 가사·십이 잡가·열두 발 상모·열두 발 고누·열두 폭 치마·열두 대문·열두 고개 등이 그러한 예다. 한편 송만재가 기록한 <가짜 신선타령>과 정노식이 기록한 <숙영낭자전>이 정말로 판소리로 불렸다면 양자는 별개의 창본이었음이 분명하고, 또 고전소설 중에는 <두껍전>의 예와 같이 판소리조로 되어 있는 것도 더러 있으므로, '판소리 열두 마당'설은 매우 의심스런 것으로 생각된다.[6]

판소리의 표현적 특징은 무엇보다도 노래와 말, 즉 창과 아니리가 교차된다는 점이다. 물론 창에 비하여 아니리의 길이는 대체로 짧은 편이지만, 판소리 창에 있어서 아니리가 차지하는 역할은 매우 중요하다. 왜냐하면 아니리는 창자唱者로 하여금 고성高聲의 창에 이어 잠시 휴식을 취할 수 있게 해줄 뿐만 아니라, 장면 전환·시간 경과·행동 및 심리 묘사·등장인물 사이의 대화 등을 표시해 주기 때문이다.

판소리는 18세기라는 시대적·사회적 배경 속에서 배태된 예술의 한 양식이다. 특히 이 시대에는 문학적인 면에서 까다롭고 고상한 문어체의 양반 문학 대신에 쉽고 저속하기까지 한 구어체의 평민문학이 대두되고 있었다. 게다가 작품의 산문화·장편화라는 분위기 속에서 판소리는 산출되었던 것이다. 따라서 그 내용 속에는 낡은 도덕주의·신분주의 의식이 허물어지고, 인간성의 해방을 부르짖는 새 시대의 민중의식이 강렬하게 나타나고 있다. 예컨대 그들은 판소리를 통하여 신분적 굴레를 벗고 자유민이 되려는 의지, 화폐경제의 대두로 인한 신분과 돈의 갈등 문제, 지배층의 횡포에 대한 반항심, 유랑민 ― 곧 자신들의 생활 참상 따위를 은연중에

---

6) 김동욱金東旭, "판소리는 열두 마당뿐인가", 『낙산어문駱山語文』 2(서울대학교 문리과대학 국어국문학과, 1970).

드러내고 있는 것이다. 이것은 청중에 대한 판소리의 직접적 기능, 즉 오락적 기능과 아울러 간접적 기능을 수행하였을 것으로 간주된다.

판소리의 문체에는 열거법·반복법·의성법·의태법들이 흔히 사용되고 있다. 특히 판소리의 창자층은 고사 성어나 한시구들을 빈번히 인용하여 양반층을 겨냥하는 한편, 관용구·속담·곁말·상말들을 포함시켜 서민층의 흥미를 자아내게 하고 있다. 경우에 따라서는 노골적인 외설담도 서슴지 않는다. <변강쇠타령>과 같은 것은 그 극단적 예에 속한다. 청중의 흥미를 이끌기 위한 수단으로 이른바 삽입 가요를 군데군데 집어넣기도 한다. 판소리 사설의 요설화饒舌化는 청중에게 지리함을 줄 수도 있었지만, 그보다는 경이와 재미를 느끼게 하는 필연적 수단이었다고 할 수 있다.

7) 무가

무당이 신에게 비는 제의를 일반적으로 '굿'(무의巫儀)이라고 한다. 굿은 신령을 '맞이'해서 '놀이'시키고 '풀이'(신의 노여움·인간의 재액災厄)하는 종교의식이다. 따라서 굿거리는 신을 청해서(청배請陪), 찬양하며 즐겁게 하고(타령 등), 그 의사를 듣는(공수) 것으로 구성되어 있다. 굿에서 신을 놀이시키는 데(dromenon)에는 춤(무용)과 몸짓(연극)이 따르게 마련이고, 신을 풀이하는 데(legomenon)는 가락(음악)과 사설(문학)이 따르게 마련이다. 말하자면 굿은 미분화된 원시종합예술이라 할 수 있다. 이러한 굿에서 불리는 노래의 사설을 무가, 또는 신가神歌, 굿노래라고 한다.

흔히 민간에서는 여무[무巫]를 '무당'·'만신', 남무[격覡]를 '박수'·'화랭이' 등으로 구별하여 부르기도 하나, 일반적으로 '무당'은 무격의 통칭으로 사용되고 있다. 따라서 무가는, 곧 무당의 노래인 것이다. 무가의 구연은, 판소리의 경우처럼 일정한 사설을 반주에 맞춰 노래와 몸짓으로써 구연한다는 점에서 종합예술성을 띤다. 또한 무가나 판소리 모두 창자가 전문 직업인으로서 보수를 받고 구연을 한다는 점도 같다. 그러나 판소리가 오락을 목적으로 구연되는 광대의 노래임에 비해, 무가는 주술을 목적으로 구연되는 무당의 노래이다. 좀 더 자세히 규정한다면, 무가는 인간의 길흉사가 있을 때, 당사자의 요청으로, 그것을 위해 행해지는 제의의 장소에서, 초인적인 능력을 가진 존재로 믿어지는 무당에 의하여, 신을 위무慰撫하기 위하여 불리는 것이다. 따라서 무가는 구비문학 중에서도 가장 현실적인 기능을 가지고 있는 장르라 할 수 있다.

일반적으로 무당은 '신들림'[빙의憑依]에 의하여 신의 뜻을 알아내고, 신을 대신하여 예언을 하고 질병을 다스리는 역할을 수행하게 되는데, 그들이 제의의 과정에서 구술하는 말들은 모두 무가이다. 그러므로 무가의 내용은 신을 기리거나 달래든가 혹은 하소연하거나 얼르는 것으로 되어 있다. 제의에서 사제인 무당이 부르는 무가의 순서는, 먼저 대상 신격을 맞아들이고 그 내력이나 업적을 서술한 다음, 인간의 소원을 이야기하여 공수(신탁)를 받고, 그에 대한 감사를 표하였을 것으로 생각된다. 이 중에서 특히 대상 신의 내력이나 업적을 서술한 부분은 신화를 이루게 된다. 여기에서 신화와 무가의 원초적 관련성을 엿볼 수 있다.

우리나라 상고시가 중 무계 문학으로 거론되는 것은 <공후인>과 <구지가>이다. 특히 후자는 주술성이 명백히 나타나고, 신 또는 군장을 의미하는 '검/감'의 면모로 여겨지는 '거북'이 등장한다. 뿐만 아니라 <구지가>를 둘러싸고 있는 『삼국유사』 '가락국기'의 기록은 무의의 기술로 보이며, 공수의 흔적도 나타난다('사람 소리와 같기도 한데 그 모습은 보이지 않고 소리만 들려왔다.'(有如人音 隱其形而發其音曰)는 점에서, 이 노래는 구지봉에서 벌어진 영신제의迎神祭儀에서 무당에 의해 불린 것으로 생각되는 것이다. 신라 및 고려의 <처용가>도 무계 문학일 것으로 생각된다. 신라 <처용가>는 처용암을 중심으로 행해지던 용신에 대한 무당굿이 그 원류이며, 처용은 이곳 용신의 권속眷屬인 사제자의 하나였을 것으로 추정된다. 또한 고려 <처용가>는 일종의 무가로, 이것은 이를테면 무조巫祖

본풀이라 할 만한 것이다. 이 고려 <처용가>는 무巫가 선악 양 신격을 대변해서 부르는 문답체의 형식을 띠고 있으며, 서울 열두 거리굿 중 '창부거리'와 흡사한 면을 지녔다. 그 밖에 고려시대(혹은 조선 초?)의 무계문학으로서 『시용향악보』에 실려 전하는 <성황반城隍飯>, <내당內堂>, <대왕반大王飯>, <삼성대왕三城大王>, <대국大國> 1, 2, 3 등이 알려져 있으나, 이들 작품에 대해서는 내용 연구는커녕 어구 해석조차 명백히 이루어져 있지 않다. 한편 무가를 기록한 것은 아니지만,『동국이상국집東國李相國集』에 실려 전하는 이규보(1168~1241)의 고율시古律詩 <노무편老巫篇>도 당시 무속을 이해하는 데 매우 중요한 자료가 된다.

무가 자료는 1930년대에 이르러 비로소 수집되기 시작되었다. 손진태의『조선신가유편朝鮮神歌遺篇』에는 <창세가創世歌>를 비롯한 14편의 무가가 국한문 혼용과 일문日文으로 병기되어 있다. 또한 1937년에는 무가 총 72편을 채록(국문·일문)한 아카마쓰 도모시로[적송지성赤松智城]·아키바 다카시[추엽륭秋葉隆]의『조선 무속의 연구朝鮮巫俗の研究』상권(자료편)이 간행되었다. 해방 이후 현재까지 나온 무가집은 꽤 많은 수에 달하는데, 그 중 가장 방대한 것으로는 김태곤金泰坤의『한국무가집』(전 5권)을 들 수 있다.

무가의 분류는 일반적으로 굿의 종류에 의하거나, 문학의 장르에 맞춰 나누고 있다. 굿의 종류를 보면 재복과 행운을 비는 재수굿(축원굿), 치병治病이나 기타 제액除厄을 위한 우환굿(병굿 포함), 망자亡者의 저승길을 닦아주기 위한 <진오귀굿>(오구굿·새남[산음散陰]), 집을 새로 지었거나 이사한 뒤 가신家神을 봉안奉安하여 하는 성주맞이굿, 신이 내려 무당이 될 때(입무入巫) 하는 내림굿(강신降神굿), 부락신(동신洞神)에게 행운을 비는 당堂굿(서낭굿·도당굿·별신굿) 등이 있다. 이들 각 굿의 제차祭次는 한결같지 않으며, 지방에 따라서도 다르다. 가령 서울지방의 큰 굿(재숫굿·당굿 등)을 예로 보면, 보통 ① 부정不淨, ② 가망, ③ 말명, ④ 상산上山, ⑤ 별성, ⑥ 대감, ⑦ 제석, ⑧ 호구, ⑨ 성주, ⑩ 군웅, ⑪ 창부, ⑫ 뒷전의 열두 굿(거리)으로 되어 있으며, 각 굿에서 불리는 무가를 '－풀이'라고 부른다. 그리고 이 열두 거리의 전체적 구성은 처음에 청하는 제신이 오는 길을 깨끗이 하고(① 부정거리), 다음에 신을 모셔 즐겁게 한 뒤(② 가망거리~⑪ 창부거리), 마지막으로 청해온 신과 모여든 잡신들을 퇴송退送시키는(⑫ 뒷전) 세 부분으로 이루어져 있다. 또한 이들 각 거리의 내용적 구성도 대체로 ① 청신請神, ② 공수, ③ 오신娛神(타령・노랫가락)의 셋으로 되어 있다.

　무가의 장르적 분류는 서정무가와 교술무가敎述巫歌・서사무가・극무가의 넷으로 나눌 수 있는데, 이들 네 종류의 무가는 다시 전자 둘을 일반무가, 후자 둘을 서사무가로 묶을 수 있겠다. 서정무가는 대체로 창자의 감흥을 나타낸 것으로, '타령'이나 '노랫가락' 따위가 이에 속한다. 교술 무가는 문자 그대로 가르치고 서술하는 내용, 가령 역사적 설명・청배・공수・찬신讚神・축원 따위의 내용으로 되어 있다. 서사무가는 완결된 이야기를 갖추고 있는 설화(신화)적인 것인데, 그것이 무당에 의해 불린다는 점에서 신화와는 구별된다. 대상 신의 신격에 의해 이를 다시 일반신 서사무가(본풀이)・당신堂神 서사무가・조상신 서사무가로 세분하기도 한다.

　설화의 경우처럼 전국에서 구전되고 있는 서사무가들은 일정한 몇 가지 유형으로 정리할 수 있다. 대표적인 것으로는 오구굿에서 불리는 '오구풀이'(바리공주), 제석굿에서 불리는 '제석풀이'(단금애기), 성주굿에서 불리는 '성주풀이'(황제풀이) 등이다. 극무가는 무당굿놀이(무극)에서 연극적으로 불리는 것이긴 하나, 종교적 엄숙성이 희박하고, 오락성이 강하여, 이를 다른 무가들과 동격으로 다를 수 있을지는 다소 의심이 간다. 극무가의 예로는 동해안 지방의 '범굿', 경기지방의 '소놀이굿'・'장님놀이' 등이 알려져 있다.

　그러나 이상의 네 가지 무가, 즉 서정・교술・서사・극 무가들은 굿 속에 각각 독립적으로 들어 있는 것이 아니라, 부분적으로 나타나거나 때로는 뒤섞여 있어, 특정 무가 종류만을 독립적으로 판별하기 곤란한 경우도 많다.

구비문학의 다른 장르와 마찬가지로, 무가의 사설 역시 기록에 의해 고정된 형태로 전승되는 것이 아니라, 구전에 의해 원본에 가깝게 모방 전승되는 것이므로, 암기 및 구술을 가능하게 하여 주는 장치가 마련되어 있다. 이러한 장치 중 가장 중요한 것은 공식어법formula이다. 공식어법에는 단순한 단어나 어절의 반복뿐만 아니라, 사회적 전통으로부터 구연자가 물려받는 투어套語까지도 포함된다. 단어나 어절의 반복은 강조의 효과를 주고 리듬을 산출시키며, 다음에 이어질 내용을 예시해 준다. 반복은 똑같은 어사語辭의 반복뿐 아니라, 같은 범주에 속하는 어사들을 사용하기도 한다. 무가의 전승자는 이러한 공식어법으로 인하여 기억 및 구술을 쉽게 이룰 수가 있는 것이다.

사회 속에서의 무가의 제1차적 기능으로 종교적 기능을 들 수 있다. 무가는 무의巫儀(굿) 속에서 구연됨으로써, 어떤 형태로든 인간 또는 사령死靈의 운명을 변화시킬 수 있다고 믿어진다. 물론 이러한 무가의 종교적 기능은 무가 자체에 내재되어 있다기보다, 그것이 무당이라는 특정인에 의하여 굿이라는 특별한 의식 속에서 구연될 때 비로소 효력을 발생한다. 따라서 무당과 굿을 떠난 무가의 사설이란 아무런 의미 없는 주문이거나 일상적인 말에 지나지 않는다. 굿이 벌어지는 곳은 마을의 잔디 마당이요 구경판이다. '굿 구경' 또는 '굿이나 보고 떡이나 먹는다'는 말은 이것을 잘 예증해 준다. 굿판에 모여든 관중은 무당의 춤과 노래(무가)에 매료되어 함께 울고 웃으며 떠들어댄다. 굿판은 신과 무당과 인간의 화합의 장소이다. 이러한 오락적 기능을 무가의 제2차적 기능이라 아니할 수 없다.

8) 민속극

민속극은 구비 전승되던 공동 창작 희곡을 무대에서 공연하는 연극을 말한다. 그러므로 민속극에서는 배우가 말이나 몸짓으로 어떠한 사건을 표현하게 된다. 배우는 자신의 모습으로 무대 위에 서는 것은 물론, 탈(가면)을 쓰고 출연하거나, 혹은 인형을 무대 위에 내세우며, 경우에 따라 자신은 무대 밖에서 사건의 진행을 조정하기도 한다. 그러나 우리나라에 현전하는 민속극은 탈춤(가면극)과 인형극뿐이다. 따라서 우리나라의 민속극은 가장한 배우가 무대 위에서 구전으로 학습한 희곡을 말과 몸짓으로 표현하는 연극이라 정의할 수가 있다. 이런 점에서 판소리나 굿놀이(극적 무가) 따위도 민속극과 유사성을 띤다고 할 수 있다. 그러나 판소리는 일인 다역으로 공연되며 연극성이 미약하다는 점에서, 또 굿놀이는 다인 다역으로 공연되며 연극성이 민속극과 유사하나, 독자적으로 공연되지 못하고 굿거리의 한 부분으로 연출된다는 점에서, 둘 다 민속극의 범주에서 제외할 수밖에 없는 것으로 생각된다.

  엄밀히 말한다면, '가면극'이나 '인형극'은 문학적인 용어라기보다는 연극학적인 용어이며, '탈춤'은 무용학적인 용어이다. 또한 인형극의 별명인 '꼭두각시놀음'·'박첨지놀음'·'홍동지놀음'·'덜미' 등도 문학상의 용어가 아님은 마찬가지다. 문학적으로 '가면극 대사'(또는 희곡)나 '인형극 대사'가 좀 더 정확한 표현이겠지만, 이들은 다소 번잡한 느낌이 든다. 결국 불만스럽긴 하나, 이제까지 학계에서 관용되어 온 가면극과 인형극으로써 연극과 무용은 물론 문학까지도 포함하는 용어로 삼고자 한다.

  가면극의 발생 이전에 이미 '탈'이 존재하였음은 분명하다. 애초에 인간은 초인간적인 신을 시늉한 탈을 만들어 씀으로써, 그 자신이 초인적인 존재로 변할 수 있고, 나아가 초인적인 능력까지도 발휘할 수 있다고 믿었을 것이다. 또한 상상 속에 존재하는 신의 모습으로 탈을 만들어 씀으로써 악령이나 잡귀들을 물리치려 하였을지도 모른다. 이와 같은 주술적 목적에서 기원된 탈들이 집단을 위한 종교적 의례에 사용되다가, 농경사회가 점점 발달됨에 따라 농작물의 풍요를 빌기 위한 의례에도 사용되었을 것이다. 오늘날까지도 행해지고 있는 별신굿(서낭굿) 계통의 탈놀음들은 그러한 흔적을 보여 주는 예로 생각된다.

우리나라 가면무에 대한 최고 기록은 일본측 문헌에서 찾을 수 있다. 『일본서기』에는 기원후 612년에 백제사람 미마지味摩之가 중국의 오吳나라에서 배운 기악伎樂을 일본에 전한 것으로 기록되어 있고, 그로부터 다시 6백여 년 뒤인 13세기 중엽의 『교훈초敎訓抄』에도 그 대강의 내용이 적혀 있다. 이 기록에 의하면, 기악은 가면묵극假面默劇인 점이 현존 우리 가면극과 다르나, 집합장소로부터 놀이마당까지 음악에 맞춰 노는 '길놀이'가 있는 점, 사자탈이 들어 있는 점, 중[바라문婆羅門]에 관한 과장이 들어 있는 점 등으로 미루어, 우리의 민속극 — 특히 사자춤의 과장을 포함하고 있는 <북청사자놀이>·<봉산탈춤>·'오광대'·'야유野遊' 등과 매우 깊은 관계가 있음을 알 수 있다. 원래 사자란 동물은 한반도에서 서식하고 있지 않으며, 미마지도 중국의 남방인 오吳에서 배워왔다고 한 기록으로 보아, 사자 가면무가 국내 기원의 것이 아님은 분명하다. 어떤 주장에 의하면 그 원산지는 서역西域일 것이라고 한다.

한편 국내 기록을 찾아보면, 『문헌비고文獻備考』에는 신라 때의 가면무로 '황창무黃昌舞'라는 검무劍舞 및 '처용무處容舞' 같은 것이 있었음을 알 수 있다. 이 가운데 특히 처용무는 고려시대를 거쳐 조선조에까지 지속되어, <학연화대처용무합설鶴蓮花臺處容舞合設>(『악학궤범』)과 같은 종합 가무극으로까지 발전하였다. 한편 최치원이 <향악잡영鄕樂雜詠> 5수에서 읊은 금환金丸·월전月顚·대면大面·속독束毒·산예狻猊 중, '금환'을 제외한 나머지는 모두 가면무이다. 그 중 '산예'는 앞서 말한 바 있는 사자탈을 쓰고 추는 춤이다. 그러나 위에서 말한 것들은 가면극이라기보다 아직 춤의 수준을 벗어나지 못한 것들이었다.

『고려사』 예지禮志 태조 원년(918)조에 의하면, 이 해에 팔관회八關會를 베풀었는데, 장막을 친 다락 같은 무대인 채붕綵棚(산대山臺)을 설치하고 백희가무百戱歌舞를 보였다고 한다. 이에 대하여 여말의 시인 이색李穡(1328~1396)은 <산대잡극山臺雜劇>이란 시를 썼다. 또한 그의 시 <구나행驅儺行>에 의하면, 고려 때에는 궁중의 구나의례에서도 탈을 쓰고 하는 가무백희가 있었음을 알 수 있다.

조선조에 들면서 '결채산붕結綵山棚 나예백희儺禮百戱'하는 나례희(또는 산대희)의 공연은 종목이 더욱 다채로워지고 규모도 성대해졌다. 이를 전담하기 위한 관청으로 나례도감(혹은 산대도감)까지 설치하였을 정도였다. 그 공연은 주로 외국 사신을 맞거나 축역逐疫, 또는 그 밖에 조정의 여러 행사를 위하여 행해졌는데, 그 내용은 규식지희規式之戱·소학지희笑謔之戱·음악의 3부로 구성되었다. 나례희의 규모가 커짐에 따라 그 비용도 막대해졌으므로, 이를 중지하자는 조신朝臣들의 요청도 누차 있었으나 좀처럼 실행하지 못하다가, 영·정조 무렵에 이르러서야 비로소 조정의 공식 행사로서의 공연을 중단하였다. 그러나 상공업의 발달에 의한 자본주의 경제체제의 등장은 민간의 산대희 공연을 크게 진작시켰다.

한편 인형극의 경우도, 극 이전에 먼저 간단한 인형의 제작이 있었고, 이것이 발전하여 인형극으로 된 것은 훨씬 후대의 일이었을 것이다. 일찍이 공자는 '허수아비를 처음 만든 자는 그 후손이 없을 것이다.'(始作俑者 其無後乎, 『맹자』)라 하였으며, 열자列子는 '주나라 목왕 때 교인 중에 언사란 사람이 있었는데, 나무로 사람을 만들어 노래를 부를 수 있게 하니, 이것이 허수아비의 시초이다.'(周穆王時 巧人有偃師者 爲木人能歌 此傀儡之始也, 『열자』)라 하였으니, 고고학적 발굴품(가령 토우土偶)은 그만두고라도, '용俑' 또는 '괴뢰', 즉 인형의 제작 역사가 매우 오래 되었음을 알 수 있다. 우리나라의 경우 삼국시대에 이미 간단한 인형극이 있었을 것으로 생각되나, 그 확실한 문헌 자료는 남아 있지 않다. 다만 이수광李晬光의 『지봉유설芝峯類說』(1614)에 '허수아비 나무 인형 놀음은 고려 때에도 있었다고 한다. 대개 우리나라의 이런 놀음이 있은 지는 매우 오래이다.'(傀儡木偶戱 …… 高麗亦有之云 蓋我國有此戱久矣)라 한 것으로 미루어 고려 때에 인형극이 있었음을 짐작케 해준다.

표준어인 '꼭두각시'는 '꼭두'와 '각시'의 합성어이다. '꼭두'는 15세기 문헌들(『석보상절』·『월인석보』·『금강경삼가해金剛經三家解』)에서는 '곡

도’(괴뢰傀儡)로 나타나며, 그보다 좀 뒤『역어유해譯語類解』(1690)에도 ‘괴뢰’를 ‘곡도’라 적고 있다. 그런데 이 ‘곡도’는 중국어 ‘곽독郭禿 gok touk’ 및 일본어 ‘구구쓰クグツ’, 나아가 몽고어 ‘고독고친godoVočin’ 등과 연관되는 것으로 보아 외래어임이 분명하다. 반면 ‘각시’는 순수 국어로서, ‘각씨閣氏’라 쓰는 것은 한자 의음擬音인데, 그 뜻은 처녀 또는 신부新婦를 가리킨다.

민속극의 역사가 오래 되었음을 알려 주는 기록은 꽤 있으나, 그 종류나 내용이 어떠한 것들이었는지를 밝혀 주는 기록은 거의 없다. 단편적인 것이기는 하지만, 유득공柳得恭(?~1749)의 『경도잡지京都雜誌』에 ‘연극에 산희와 야희가 있어 이 양부는 나례도감에 속해 있다. 산희는 채붕을 만들고 장막을 드리워 사자와 호랑이를 만들어 만석중놀음을 하고, 야희는 당매와 소매로 분장하여 춤을 춘다.’(演劇有山戲野戲兩部屬於儺禮都監 山戲 結棚下帳 作獅虎曼碩僧舞 野戲 扮唐女小梅舞)라고 하며 민속극의 일종으로 산희와 야희가 있었음을 지적하고 아울러 그 등장인물에 대해 언급하고 있다. 또 이덕무李德懋의 <사소절士小節>에는 ‘철괴선鐵拐仙’과 ‘만석승曼碩僧’의 이름을 들고 있지만, 앞의 것은 진작 없어지고, 뒤의 것도 그 전편이 전하지 못하고 다만 수도승이 놀아나 난무亂舞하는 장면만 남아 연출될 뿐이다. 정현석鄭顯奭의 『교방제보教坊諸譜』(1872) ‘무무’편의 ‘승무僧舞’조에는 소기小妓·풍류랑風流郎·노승老僧·상좌上佐 등이 등장하고, 또한 ‘잡희雜戲’편에는 사당寺黨·풍각風角·초란焦爛(초라니)·산대山臺·곽독郭禿·취승醉僧의 6조條가 있어, 내용적으로 ‘산대’조(양반과 중·미인 모두가 가면(士與僧美人皆假面))는 샌님·노장·소무, ‘취승’조는 취발이의 등장을 시사하여, 이러한 춤과 잡희가 어우러져 오늘날의 산대놀이가 완성되었음을 짐작케 해준다.

현재 대본이 채록된 민속극 자료로는 다음과 같은 것들이 있다(괄호 속의 숫자는 중요 무형문화재 지정 번호임).

Ⅰ. 가면극

 1. 서낭굿(별신굿)계

  ① <하회河回별신굿탈놀이>(69), ② <강릉단오제江陵端午祭 관노官奴탈놀이>(*13) / ③ <동해안별신굿탈놀이>(*82-1)

 2. 산대극계

  1) 경기탈춤

  ① <양주별산대楊州別山臺놀이>(2), ② <송파산대松坡山臺놀이>(49)

  2) 해서海西탈춤

  ① <봉산鳳山탈춤>(17), ② <강령康翎(해주海州)탈춤>(34), ③ <은율殷栗탈춤>(61)

  3) 오광대五廣大

  ① <통영統營오광대>(6), ② <고성固城오광대>(7), ③ <가산駕山오광대>(73), ④ <진주晉州오광대>

  4) 야유野遊(야류)

  ① <수영水營야류>(43), ② <동래東萊야류>(18), ③ <북청사자北靑獅子놀음>(15)

Ⅱ. 인형극

 <꼭두각시놀음>(3)

민속극의 연행자演行者나 관중은 지배계급이 아닌 피지배계급이다. 따라서 거기에 전개되는 내용도 피지배계급의 사고나 생활상을 담고 있기 마련이다. 그들은 현실적으로 지배계급에 의하여 억눌림을 받고 살아가지 않으면 안 된다. 불만이 있더라도 정면 대결을 할 힘이 그들에게는 없다. 그러나 권위를 내세우고 복종만을 강요하는 사회체제 속에서, 그들은 차차 저항감을 싹틔웠다. 그들은 현실의 불만을 해소하기 위한 방법의 하나로 가면극·인형극이라는 수단을 고안해 내었던 것이다. 그리하여 현실적 인간이 아닌, 가면을 쓴 인물을 무대 위에 내세움으로써, 그들은 지배계층에 대한 비판을 감행할 수 있었다. 공격의 제1목표는 지배계층의 가식이요, 사회제도의 모순이다. 지배계층은 작품 속에서 여전히 허세를 부리며 체통을 지키려 하지만, 어느 사이에 무능하고 힘없어 보이던 피지배

계층에 의하여 조롱거리로 변한다. 전통적 도덕률은 무너지고, 인간의 본성이 강조된다.

조선조에서는 정치적·사회적 지배계층이었던 양반들과 더불어 승려들도 어느 의미에서는 정신적 지배계층이었다. 따라서 민속극에서는 파계승을 통하여 그들에 대한 피지배계층의 반감을 은연중에 보여 주고 있다. 가령 작품 속에서, 존경스러워야 할 노승이 여색에 미혹되어 평생을 살아온 불도佛道를 하루아침에 내던지고 환속하지만, 그는 세속적인 욕망마저 얻지 못하고 끝내 파멸하기에 이른다. 성聖과 속俗이 뒤바뀐 것이다.

사회제도에 대한 비판·저항은 이에서 그치지 않는다. 인간의 불평등은 신분 상에만 있었던 것이 아니라 성별 간에도 존재하여 왔다. 그 단적인 예가 축첩제도蓄妾制度였다. 남성 본위의 사회에서 일부다처제란 여성으로서는 감내堪耐하지 않으면 안 될 미덕으로 여겼다. 민속극의 경우에도 남녀 간의 불평등 문제는 거의 예외 없이 다루어지고 있다. 평생을 약속했던 부부가 노경老境에 이르러 축첩행위 또는 그 밖의 일로 인하여 말다툼을 벌인 끝에 할미는 죽게 되는 것이다. 말하자면 민속극에서는 이 불쌍한 할미의 죽음을 통하여 부당한 남성의 횡포를 고발하고 있는 것이라 아니할 수 없다.

역대의 문헌 기록이나 또는 현존 민속극의 길놀이(거리굿)·고사告祀 등을 통하여 엿볼 수 있는 바와 같이, 발생적으로 민속극에는 벽사辟邪 및 초복招福의 기능이 있었을 것으로 보인다. 그러나 이러한 주술적 기능은 점차 퇴색되고, 그 대신 오락적 기능이 두드러졌다. 따라서 모든 민중의 동참 속에 거행되던 제의는 어느덧 축제로 변모되어, 마시며 먹고 웃으며 떠드는 공동의 놀이판이 되었다.

● **참조 원고**

"구비문학", 성기옥·조희웅 외 7인 공저, 『한국문학개론』(새문사, 1992. 8).

2. 구비문학의 특질

 '문학이란 무엇인가'라든가 혹은 이와 유사한 제목의 문헌들이 끊임없이 신간 리스트에 등장하는 것을 보면 아직까지도 이에 대한 명쾌한 결론은 내려지지 못한 듯하다. 이는 아마도 '문학'과 같은 추상명사에 대한 개념 정의란 질문 제기만 가능할 뿐이지, 해답은 관점에 따라 달라질 수 있는 것으로, 애초부터 완벽한 정답이란 있을 수 없기에 생겨나는 현상일지도 모르겠다. 따라서 여기서 새삼 문학의 원론에 관한 논쟁을 거듭할 생각은 없으며, 다만 일반적으로 통용되고 있는 문학론서들의 의견을 참고하는 정도로 그치겠다.

 문학의 특질에 관하여 지금껏 개진된 주요 논점들을 정리하면, 문학은 ① 언어로써 이루어지며, ② 인생을 예술적으로 형상화하되, ③ 체험을 바탕으로 한 허구적 진실로서 제시하고, ④ 미적 만족을 추구한다는 것이다. 어떤 입문서에서는 '문학은 가치 있는 인간체험의 요소를 질서 있게 배열하고 조직적으로 서술함을 목적으로 삼는 것'이라 설명하고 있다. 물론 문학의 본질에 대한 이 같은 견해는 문학의 핵심을 바로 지적한 것이 아니라, 문학의 목적을 들어 매우 완곡한 수법으로써 문학이 가진 참모습의 일부를 지적하고 있는 데 불과하다. 그러나 이 정의는 문학의 본질이 지닌 여러 면모 중의 요점은 포착하고 있는 것 같이 생각된다. 참으로 문학의 세계는 인간 체험의 영역을 벗어날 수 없는 것이다. 아무리 문학작품이 공상과 상상으로 채색되어 있다 하더라도 그것의 본바탕은 인간의 체험에서 비롯된 것이라는 얼핏 보면 궤변 같은 단언은 실은 결코 궤변일 수가 없다. 문학은 체험에서 우러난 특정 인생을 모방 창조함으로써 발화자 자신뿐만 아니라 수용자의 정서적 반응을 기대하기 때문이다.

그런데 하나 주의하여야 할 것은 위에서 나열한 제 특질 중 '문학은 언어로써 이루어진다'는 선언에 관한 것이다. 주지하다시피 '언어'란 단어의 내포적 의미는 '말'과 아울러 '글'을 포함하는 것이다. 따라서 문학이란 단어의 외면적 의미에만 집착하여 문학의 범주를 '글로 된 것'에만 제한하려는 듯한 논자의 견해가 있다면 그것은 매우 잘못된 생각이다. '말로 된 것'도 당연히 언어의 범주에 포함될 뿐만 아니라, 나아가 앞서 살핀 여타의 문학 제반 요건(②~④)과도 합치되므로, 문학의 범주를 좁게 잡을 하등의 이유가 없는 것이다.

사실 동양에서 문학이라는 용어가 오늘날의 용례처럼 그렇게 협의적으로 사용되기에 이른 것은 비교적 근대 이후의 일이었으며, 서양에서도 문학을 지칭하는 용어로 문자letter를 의미하는 'litera'에서 기원한 'literature'란 용어가 탄생한 것은 18세기 이후의 일이었다.[1] 따라서 '문학' 혹은 'literature'란 용어에만 집착하여, 오랫동안 구전되어 온 문학 작품을 그것이 말로써 된 것이라는 이유만으로 문학의 울타리 밖으로 축출하는 태도는 옳지 못하다. 비록 표현의 수단이 말에 의한 것인가 글에 의한 것인가 하는 차이는 있지만, 이 양자는 전승의 수단이 다를 뿐 문학의 본질까지 차이나게 하는 것은 아니기 때문이다. 표현의 수단이야 어쨌든 작품 속에 형상화된 세계가 시대와 공간을 초월하는 것일수록 그 문학 작품은 항구성과 보편성을 지니게 되어 인류의 고전으로서 두고두고 감동을 주게 될 것이다.

---

1) René Wellek, "What is literature", P. Hernadi, ed., *What is Literature*(Bloomington : Indiana : Indiana University Press), p. 201.

문학 연구가들 사이에서 말로 된 문학에 대한 태도가 모두 호의적이었던 것도 아니었다. 말하자면 긍정적 시각과 아울러 부정적 시각도 아울러 있었던 것이다. 원시주의 옹호론자들은 구비문학이 모든 예술의 원천인 데 비하여 협의의 문학(즉 글로 된 문학)은 인공적이고도 피상적인 것에 불과하다는 입장을 표명하였다. 반면 개인주의 주창자들은 예술이란 개인의 행위이고 의식적 창조이므로 말로 된 작품들이야말로 선명한 윤곽을 잃어버린 협의의 문학에 지나지 않는다고 주장하였다. 이러한 양극적인 다툼 사이에 양자를 화해시키려는 절충주의적 입장도 표명되었다. 즉 말로 된 문학과 글로 된 문학은 배타적인 것이 아니라 양자 간에는 끊임없는 교류가 있었다는 순환론자들의 주장이 그것이다. 예술은 의식적인 창조를 필요로 하지만 개인이 창작에 사용하는 재료는 그 시대의 구비전승으로서, 글로 된 문학이 이룩되는 순간 이 협의의 문학은 또다시 구비전승 속으로 용해되고 만다는 것이 순환론자들의 주장이다.

문학의 이론가로서 널리 알려진 모울튼R. G. Moulton이나 웰렉R. Wellek도 각각 그들의 논저인 『문학의 근대적 연구*The Modern Study of Literature*』와 『문학의 이론*Theory of Literature*』 속에서 말이나 글로 된 문학 모두를 포괄하고 있다. 웰렉의 발언을 들어보자,

'문학literature'이라는 용어는 우리가 그것을 문학이라는 예술, 즉 상상력에 의한 문학에만 국한시킬 때 가장 올바른 것 같다. 이 말을 채용하는 데에는 몇 가지 문제점이 있다. 그러나 영어에서 이에 대치할 수 있는 용어들, 가령 '소설fiction'이나 '시poetry'와 같은 것들은 이미 협의의 의미가 부착되었거나, 혹은 '상상적 문학Imaginative literature'이나 '순문학belles-lettres'과 같은 예들은 어색하며 오해를 초래하기 쉽다. 'literature'란 용어에 대한 반대 이유 중의 하나는 그것이 쓰인 또는 인쇄된 문학에만 한정한다는(litera라는 어원 때문에) 암시를 준다는 것이다. 명백히 정당한 개념이 되기 위해서는 '구비문학oral literature'도 내포한 것이 아니면 안 된다. 이런 점에서 본다면 독일어 'wortkunst'나 러시아어 'slovesnost'가 영어

의 상응어보다는 정확하다.[2]

다음은 프랑스의 문학사가 미쇼G. Michaud의 의견이다.

> <리그베다>와 <시편>과 같이 길고 긴 시대에 걸쳐서 계승되어 온 집
> 단적인 전통에서 생겨난 시를 문학에서 제외해도 되는 것일까? 또 원시
> 서사시라든가 민간설화라든가 하는 것이 양피지나 파피루스 외에 정착되
> 기 이전에 몇 천 년인가에 걸쳐서 계승되어 온 무형의 텍스트류를 문학
> 에서 제외해도 되는 것일까? 문학이 종이와 철사로 된 텍스트 속에만 있
> 는 것이라는 식으로 결정하고 나선다면 민간전승이라는 것은 물론 제외
> 해 버려도 지장 없을 것이다. 그러나 그러한 터무니없는 결정은 누구도
> 할 수 없을 것이다.[3]

이제 말로 된 작품들까지 '문학'이라는 용어의 외연에 구애받지 않고
그 범주 속에 포함하여 사용하는 현상에 대한 설명이 어느 정도 이루어
졌을 줄로 믿는다. 다음에는 '말로 된 문학'을 지칭하는 용어로 무엇을
택할 것인가에 대해 논해 보자.

서구에서는, '말로 된 문학'의 정확한 상응어는 아니지만, 일반적으로
'folklore'란 용어가 종종 사용되어 왔다. 주지하다시피 이 용어는 1876년
영국의 민속학자 톰즈William J. Thoms(1803~1885)에 의하여 창안된 것이
다. 그는 Ambrose Merton이란 필명으로 런던의 주간지 *The Athenauem* (no.
982, 1876. 8. 22일자)에 '민간 구습popular antique'과 '민간 문학popular
literature'을 총괄하는 용어로써 이 단어를 처음 사용하고, 그 내용 속에는
생활 풍습manners, 습관customs, 전통적 신앙observances, 미신superstitions, 이야
기talk, 민요ballads, 속담proverb, 수수께끼riddles 등을 포함시켰다. 따라서 엄
격히 말한다면 'folklore'는 '민간folk'과 '지식lore'의 합성어로서 이를 학문분

---

2) R. Wellek and A. Warren, *Theory of Literature*(Harmondsworth, Middlesex : Penguin
　 Books, 1963), p. 22.

3) G. Michaud, *Introduction à une science de la littérature*, 원형갑元亨甲 역, 『문학의 열쇠』
　 (새문사, 1979), pp. 22~24.

야로 말한다면 민속학을 지칭한다.

톰즈에 의해 이 용어가 생겨나기 이전엔 'popular antiquities(고속古俗, 구풍舊風)'란 용어가 사용되고 있었으나, 너무 길며, 합성어로서 여러 가지 파생어를 만들 수 없다는 단점 때문에 학자들은 대안을 모색하고 있었다. 톰즈가 'Folk-Lore'의 사용을 제안한 후, 이 용어는 길이가 짧으며 외연적 의미가 명백하고 'folkloric, folklorist' 등의 파생어도 용이하게 만들 수 있다는 장점을 두루 갖췄으므로, 급속히 구미 제국의 학계로 파급되어 사용되기에 이르렀다. 프랑스에서는 문자의 힘을 빌지 않고 구전되는 민간전승을 가리키는 말로 'tradition populaire'란 용어가 있었지만, 역시 문법적 자립성이 결여되어 있었기 때문에, 'traditionisme, traditioniste'라 하는 단어를 만들어내기도 하였다. 그러나 이 말들도 정확히 동 학문의 내용을 표현할 수는 없었으므로, 드디어 'folklore'를 차용하여 'le folklore, folkorique, folkloriste' 등의 용어가 일반적으로 사용되기에 이르렀다. 독일에서도 'volkskunde, volkskündlich'라는 자국어가 있었음에도 불구하고 'Folklore, Folklorist'라는 단어도 병용되어 왔다.

'folklore'란 용어는 '민간의 지식' 혹은 '민속학' 전반을 가리키는 용어로써, '말로 된 문학'을 대치하기에는 너무 포괄적이다. 영미 학술 서적의 예를 보면 대체로 이 용어가 '글로 된 문학'을 지칭하는 용어로써 사용되기도 하였으나 그렇다고 하여 반드시 그대로 부합되는 용어였다고 볼 수는 없다. 거기에는 말로 된 문학 외에도 행위 전승을 비롯한 여러 민속이 포괄되어 있었기 때문이다. 따라서 외국의 예들을 본다면 영어의 'folk-literature'나 혹은 'oral literature', 불어의 'litterature orale', 독어의 'volksdichtung', 중국어의 '민간문예民間文藝', 일본어의 '구승문예口承文藝' 등이 사용됨을 알 수 있다. 종래 우리나라에서는 용어 사용자의 관점이 다름에 따라, 기록에 대해 구전임을 강조하였을 때는 구비문학, 구전문학, 구두문학口頭文學, 구승문학口承文學으로, 끊임없이 떠돌아다님을 강조하였을 때는 유동문학, 유전문학流轉文學, 표박문학漂泊文學, 적층문학積層

文學으로, 향유계층을 드러내려 하였을 때는 민간문학, 민중문학, 민속문학 등의 용어가 여러 시각에서 다양하게 사용되었다.

그러면 구전을 강조하는 용어로서 '구비문학'을 선택하는 이유는 무엇이며, 도대체 '구비'란 말의 의미는 무엇일까? 먼저 '구비'의 뜻부터 알아보자. 이 말의 사전적 정의는 '입으로 전하여 옮김', '대대로 전하여 오는 말'로 되어 있고, 이에 대한 보충설명으로 '비석에 새긴 것처럼 오래도록 전하여 온 말'이라 되어 있다.4) 이 한자어의 중국에서의 쓰임을 찾아보면, 『사해辭海』에는 '덕행이 뭇사람[중인衆人]의 입에 칭도稱道됨이 문자를 비석에 새긴 것과 같음을 이름'이란 뜻풀이 외에, 그 용례로써 '그대에게 권하노니 구태여 모진 돌에 새길 것 없다네, 길 가는 행인의 입이 돌비석인 것을'(勸君不用鐫頑石 路上行人口似碑)라는 『오등회원五燈會元』의 내용을 인용하고 있다. 우리나라의 옛 문헌인 『각수만록却睡漫錄』의 <유매쟁춘설柳梅爭春說>에서도 '그 덕정이 남민들의 구비로 사라지지 않고 있다'(其德政至今不泯於南民之口碑)란 용례를 찾을 수 있다.

그런데 이 용어를 우리 학계에서 말로 된 문학을 지칭하는 학술용어로서 사용하기 시작한 것은 언제쯤일까? 아직 세밀한 검토를 하지 못해 단언할 수는 없으나, 필자가 알고 있는 한에서는 1946년에 간행된 비노라도프의 『문학입문』의 경우를 예로서 들 수 있다. 비록 번역서이긴 해도, 이 책의 제3편 '예술 작품의 양식과 형태'라는 부분의 제8장은 '구비문학의 기본적 형태'라는 항목을 설정하여 동화(옛날이야기), 속담과 이언俚諺, 사담史譚, 가요, 속요 등에 대하여 간략히 서술하고 있다.5) 그러나 이 책에서의 '구비문학'이란 용어의 사용은 중역重譯의 결과일 가능성이 충분히 있다. 한편 이능우의 『입문을 위한 국문학개론』(1954)에는 다음과 같은 대문이 있다.

---

4) 이희승, 『국어대사전』(민중서관, 1961).
5) 비노그라도프, 조선문예연구회 역, 『문학입문』(선문사宣文社, 1946), pp. 173~179.

　구비문학은 다른 나라에선 노래하고 다니는 직업 방랑인이 있어 이들의 노래가 후에 기록으로 정착되었다는데, 우리나라에서는 이러한 흔적은 아직 찾지 못하고 있습니다. 고대의 신화 및 전설을 보고寶庫로 수록하고 있는 『삼국유사』에도 이러한 실마리는 없어 그대로 선행한 고기古記들만이 나타나고 있습니다. 그것이 어떠한 것이며, 역시 그 안에도 구비문학의 정착 경로는 밝혀지지 않았던지 상고할 길은 아직 없습니다.[6]

　그 후 1961년 서울대 문리대에서 '구비문학론'이라는 강의를 개설한데 이어 1967년에는 고려대 민족문화연구소에서 『한국문화사대계 Ⅴ 언어·문학사』 편에서 '한국구비문학사 상·하'를 수록하였고, 1971년에는 구비문학에 관한 최초의 개설서인 『구비문학개설』이 장덕순·조동일·서대석·조희웅에 의해 출간되었다. '구비문학'이라는 용어가 학계에서 통용되기 시작한 것은 이 무렵부터였던 것으로 생각한다. 이처럼 다소 난삽하고 낯설기도 하였던 '구비문학'이라는 용어가 별다른 거부감 없이 학계에서 수용되기에 이른 것은, 아마도 이 용어가 '기록문학'의 대칭어일 뿐만 아니라, 그 첫째 특질이라고도 할 수 있는 구전의 개념을 잘 표현해 주고 있다는 점에서일 것이다. 이 글에서도 이제부터는 '말로 된 문학'을 '구비문학'이라는 용어로써 대신하고자 한다.

　구비문학이 말로 된 문학이라는 것은 그것의 전승 수단이 말로써 이루어져 왔고, 따라서 그 시대적 상황이 문자 기록보다 훨씬 앞설 수 있음을 의미한다. 오랜 인류의 역사에서 문자의 발명이 이루어진 것은 비교적 최근의 일로, 아무리 소급해 보아도 기원전 3000~4000년 이상을 넘지 않는다. 기록의 수단이 되는 문자의 발명 이전에도 문학은 존재하였고, 이러한 문학적 자료들은 오랫동안 구전되다가 문자에 의해 정착되었다.

　기록문학사의 시작이 문자의 발명과 더불어 시작되었다면 구비문학사의 시작은 언어의 발명과 함께 시작되었다고 하여도 결코 틀린 말이 아

---

6) 이능우, 『입문을 위한 국문학개론』(이문당以文堂, 1954), p. 85.

닐 것이다. 다만 문자라는 기록 수단 외에는 기록 매체가 존재하지 아니하였으므로 이를 증명하기란 매우 어렵다. 그러나 오늘날 서구의 문학연구가들은 인류 최대의 고전 중의 하나인 호메로스의 작품들이 처음부터 문자로 만들어진 것이 아니라 구비문학 작품의 형태로 전래되던것이라는 의견에 아무도 이의를 제기하지 않는다. 기원전 수천 년경이집트와 메소포타미아에서 석판이나 토판에 설형문자로써 <길가메시 *Gilgamesh*>나 <두 형제*Two Brothers*> 따위가 기록되기 전에 이 이야기들이구비문학의 형태로 전래되었으리라는 점도 부인할 수 없는 사실이다.

구비문학은 통시성과 아울러 광역성의 특질을 지닌다. 똑같은 내용의구비문학 작품이 지리적 공간은 물론이고 언어 문화적 국경까지도 초월하여 존재하는 예는 비일비재하다. 그리하여 우리는 유사한 설화를 양극지방과 열대지방에서 발견하고도 별로 놀라지 않는다. 기록문학의 경우, 같은 내용의 작품이 존재한다면 표절 시비가 일고, 그 원작 판별을 위해무한한 노력을 하겠지만, 구비문학의 경우라면 내용상의 유사성은 별로문제되지 않는다. 오히려 구비문학 연구가들은 유사한 내용의 작품 발견하거나 발견된 유사작품에 대한 연구를 책무로 삼을 정도이다. 19세기에구비문학이란 새 학문이 본격적인 출발을 한 이래로 구비문학 작품의 비교연구가 이 학문 분야 종사자들의 가장 중심적인 연구 테마였다는 사실은 이 점을 잘 설명해 준다.

기록문학시대 이전은 말할 것도 없고 그 이후에도 근대에 이르기까지구비문학은 여전히 문학의 주류를 형성해 왔다. 동서양의 고대·중세문학의 원천을 이루었던 것은 구비문학이었다. 예컨대 『데카메론』, 『캔터베리이야기』, 심지어는 셰익스피어의 여러 작품들, '파우스트' 테마 등은 전형적인 예들이라 할 수 있다. 우리 문학사로 눈을 돌려 보더라도, <구지가>, <공후인>, <황조가>와 같은 고대 시가들을 구비문학과 전연 무관한 것으로 간주한다는 것은 상상조차 하기 힘들다. 또한 향가나 여요, 시조, 가사들이 대체로 상당 기간 동안 민간에서 구전되다가 기록되었고, 고전소설의 상당수는 구비문학에 원천을 두고 있다는 것은 새삼스러운 일이 아니다. 나아가 우리는 현대문학 작품들에도 구비문학의 영향이 적지 않음을 실증할 수도 있다. 전승의 과정에서 구비문학이 기록문학으로 되었다가 다시 구전문학 속으로 이행되는 경우도 드물지 않다. 이처럼 구비문학은 기록문학의 근간이 되어 왔을 뿐만 아니라, 구비문학 본연의 형태로서도 끊임없이 만들어지고 전승되어 왔다. 지구상에서는 아직도 기록문학이 없이 구비문학만 행해지고 있는 곳도 많다. 구비문학은 기록문학 이상으로 과거, 현재, 미래를 통하여 지속되는 통시적 문학이라 할 수 있다.

그리하여 동서양을 막론하고 각국 문학사의 초기 서술이 구비문학 중심으로 이루어지고 있음은 새삼 말할 필요도 없거니와, 초기에 이은 각 시대의 문학사적 기술에서 구비문학을 배제하는 것은 있을 수 없다. 그것은 많건 적건 혹은 알게 모르게 구비문학이 어느 시대에도 살아 있어 기록문학에 영향을 주어왔기 때문이다. 시대를 소급할수록 기록문학의 원천에는 구비문학의 그림자가 드리워져 있으며, 이러한 양자 간의 관계로 인하여 경우에 따라 양자를 구분하는 것조차 쉽지 않다. 그리하여 우리 문학사에서 설화와 소설의 경계 짓기, 혹은 소설 발생의 상한선 잡기를 둘러싼 논쟁들은 끊임없이 제기되어 왔고, 앞으로도 이 문제는 쉽사리 끝날 것 같아 보이지 않는다. 산문의 경우는 말할 것도 없고, 상고시대의 시가나 삼국시대의 가요를 문학사에서 언급하기 위해서는 그들이 결코 구비문학적 성격과 무관하지 않다는 시각으로부터의 조명이 필요하기 때문이다. 예컨대 <구지가>나 <황조가> 혹은 향가문학 작품들을 그 배경설화와 떼어놓고 논할 수는 없다.

<춘향전>이나 <심청전> 등 우리 소설 작품들이 구전설화를 모태로 하여 형성되었다는 주장은 결코 근거 없는 추정이 아니다. 가령 민간에서는 <심청전>의 줄거리를 이루는 이야기 요소로서의 효녀 설화, 인신공희 설화人身供犧說話, 태몽 설화, 용궁 설화, 맹인득명 설화盲人得明說話, 환생 설화還生說話 등이 소설과는 무관하게 널리 전하고 있기 때문이다. 이

처럼 구비문학은 기록문학의 원천이 된다. <심청전>이 구비문학에서 소재를 차용하였다고 하여 작품적 가치가 덜하다고 할 수는 없다. 구비문학의 생명력이 왕성하였던 때의 기록문학 작품이라면 구비문학과 기록문학 상호간의 영향의 수수는 당연한 것이기 때문이다. 카이저W. Kayser의 의견을 들어보자.

> 호머Homer나 셰익스피어Shakespeare 등의 고전적 명작이라고 일컬어지고 있는 작품들도 설화적 모태 속에서 성장하였다. 그러므로 설화는 창작문학 특히 소설의 원천이다. 그러나 테마 차용이 곧 문학 작품의 독창성 결여로 되는 것은 아니다. 작품이 소재를 차용한 것 자체를 비난할 필요는 있다. 비난해야 할 것은 오히려 차용한 소재를 작가가 효과적으로 재창조하지 못하고 있다는 데 있다. 문학의 테마는 아무리 새로운 이야기라도 결국 독자적이라기보다는 언젠가 전대인이 써먹은 것을 본의가 아니더라도 재탕하기 마련이다.

주제론자thematologist가 문학 작품의 '주제 찾기'에서 특히 중시하는 것은 민중의 자산인 설화이다. 우리는 현대시나 현대소설, 또는 현대극의 소재로서 구비문학 자료들이 이용됨을 흔히 발견한다. 그리하여 『임거정林巨正』과 같은 대하소설이 실은 민간설화의 짜깁기라 하여도 놀랄 필요도 없고, 서정주의 시에 대하여 '설화의 시적 변용'을 논하거나 김동리의 소설 작품들이나, 최인훈의 희곡 <옛날 옛적 훠어이 훠어이>의 근원설화를 논한다고 하여 그것이 특이한 것도 아니다.

시간 및 공간에서뿐만 아니라, 구비문학은 향유 계층에서도 편향성偏向性을 초월한다. 과거의 기록문학은 소수의 지식 계급의 독점물이었다. 문자의 해득에는 시간과 돈이 너무 많이 소요되었으므로, 시간과 경제적 여건 등에서 여유가 없었던 일반 서민들로서는 문자를 습득할 엄두를 내기 어려웠고, 특권층도 자신들의 특권을 계속 유지하기 위하여 좀처럼 문학의 공유를 허용하려 하지 않았다. 또 책이란 것도 대체로 내용이 너무 난해한데다가 워낙 값비싼 물품이었으므로 일반인이 접근하기에는 어려웠다. 그러므로 이것을 읽을 수 있는 사람들도 일부의 특수계층들이거나, 다수인이 낭독자를 중심으로 모여 감상하는 것이 대부분이었다. 따라서 기록문학 작품은 낭송자의 해석 내지 개변의 여지가 없는 작자의 의도적 표현으로 고정화함에 따라 작자의 개성을 나타내게 된다. 그러나 무문자 계급 민중들도 엄연히 문학을 향유해 왔다. 단 그들에게 있어서 문학의 전승은 이해와 전달에 비교적 용이한 구송에 의존하였다. 이러한 구비문학은 때로는 기록문학 향유자들에게도 영향을 끼쳤거나 심지어 기록문학 향유자들 자신이 구비문학을 즐기기도 하였다. 따라서 구비문학은 범계층적인 문학이라고 할 수 있다.

기록문학은 명백히 특정 개인의 창작물이다. 작자 스스로 이름을 드러내려 하지 않거나 오랜 세월이 흐르는 도중 작자가 잊혀지거나 잘못 알려지는 수가 있긴 하더라도, 기록문학 작품에는 엄연히 작자가 존재하여 자신의 특유한 문체로써 특정 의도를 작품 속에 반영하는 것이 원칙이다. 따라서 기록문학의 경우에는 독창성이 중시되는 반면 모방 행위는 표절로서 폄시된다. 개인 창작도 작자가 잊혀진 채 전승되다 보면 점차 구비문학화한다. 구비문학의 경우 작자는 크게 문제시되지 않으며, 또 특정 개인으로 작자를 제한하려 하지도 않는다. 구비문학에서는 기록문학의 작자를 대신하여 화자narrator가 존재하며, 심지어 화자가 작자의 역할을 담당하기까지 한다. 구비문학 작품은 초시공간으로 전승되는 동안 다수의 화자가 개입되고, 때로는 다수의 청자聽者도 수정을 거들게 되어 구비문학은 자연히 집체성을 띠게 된다. 따라서 구비문학 작품은 독창성보다 전형성이 훌륭한 작품을 판별할 수 있게 하는 요건이 되며, 개인의식보다 집단의식이 작품을 판별하는 중요한 요건으로 드러나게 된다.

기록문학의 경우 이른바 ‘작가 의식literary authorshlp’이 시작된 것은 극히 제한된 일부 지역에서였다. 그 밖의 지역에서는 여전히 이야기꾼과 음유시인epic singer이 존재하였고, 문학적 표현은 민중의 기억에 의존하는 것이 보편적이었다. 기록문학의 화자(이야기꾼, 노래꾼)는 누구나 될 수 있으나 그렇다고 하여 누구나 똑같은 수준의 화자가 될 수는 없다. 뛰어난 화자는 따로 존재하는 것이다. 가령 어떤 집단사회에 있어 탁월한 능력을 가진 사제자, 샤만, 통치자, 전사(戰士)들은 신화나 이야기, 노래들을 만들어내고 듣는 데 있어 커다란 역할을 하였다. 그들은 대체로 기억력이 탁월하며, 청자로서의 혹은 자신이 화자로서의 구연 기회를 다수 경험한데다가 발표력도 갖추고 있는 인물이었기 때문에 작가로서의 역할을 훌륭히 수행하였다. 화자가 경험적인 이야기(직접 체험, 혹은 전언傳言)를 전달하는 과정 자체, 예컨대 『켄터베리 이야기』, 『데카메론』, 『천일야화千一夜話』는 고대문학 형태의 전범典範이라고 할 수 있는 액자 형식frame story ; Rahmenerzählung을 낳았고, 이러한 형식은 후대 기록문학의 이른바 '액자소설'(예 : <운영전>, <고향>, <무녀도巫女圖>)로까지 발전하였다.

기록문학의 경우와는 달리 화자의 기억에 의존하여 구술되는 구비문학 작품의 각편들은 엄밀히 말한다면 동일한 것은 하나도 없다. 어떠한 화자도 이전의 이야기를 그대로 구술할 수 있는 화자는 없으며, 화자의 기억 상태에 따라 내용이 개변되기도 하고, 구연 당시의 여건에 따라, 혹은 청자들의 요구에 따라 생략 또는 새로 첨가되기도 하기 때문이다. 사실 화자가 구연 내용을 아무리 똑같이 반복하려 애쓴다 하여도 조사나 수식어까지 동일하게 되풀이할 수는 없다. 기록문학의 복사와는 같을 수 없는 것이다.

구비문학은 구연 즉시 시간과 함께 사라져가는 시간예술이며 시간과 공간에 따라 변모되는 유동성을 지닌 예술이다. 그러나 구비문학이 유동문학이라 하여 그것은 아무런 원칙도 없이 제멋대로 변해 가는 것은 아니다. 그것은 어디까지나 집단의 의식 속으로 전해지던 조상 전래의 기본 틀을 벗어나지 않는 범위 내에서 변용이 허용되는 것이다. 이런 원형 의식은 화자뿐만 아니라 청자에게 있어서도 그들은 간혹 화자의 구연 내용이 잘못되면 곧바로 수정해 주기도 한다.

구비문학 작품의 전승은 구연시마다 발화되는 내용 즉 각편version으로써 이루어지지만, 실제의 기억 전달은 유형type의 차원에서 이루어진다. '유형'이란 용어는 기록문학에서도 사용되는 수도 있지만, 그 경우는 막연히 종류나 유사성을 지칭하는 정도에 불과하다. 그러나 구비문학의 경우에는 '유형type'이란 어휘가 서사성을 지닌 작품들(설화, 서사민요, 서사무가 등)을 유별해 주는 구체적 단위 명칭으로서 사용된다. '유형'이란 그 의미 내용이 다른 이야기에 종속되지 않고 독립하여 존재하는 전승적인 서사물이다. 따라서 어떤 각편들이 같은 유형의 이야기 곧 유화類話로 인정되기 위해서는 스토리를 구성하고 있는 주요 모티프 및 그 배열순서가 같지 않으면 안 된다. 유형의 확정은 대체로 연구자에 의해 이루어지지만, 화자나 청자들에게도 유형에 대한 관념은 서 있어 구연시에 이를 적용한다.

학자들은 동일 유형에 속하는 유화 중 대체적인 모티프는 공유하고 있지만 일부의 상당히 주요한 모티프가 다른 것이 들어 있을 때 이를 아유형亞類型 subtype으로 인정한다. 그리고 전연 다른 유형의 이야기에서 주요 등장인물이 공통될 뿐만 아니라 내용도 유사한 경향이 보일 때 이를 하나의 이야기군群 cycle으로 규정한다. 한편 어떤 작품의 최초의 형태 혹은 그와 가장 가까운 형태를 가정할 수 있다면 그것은 원형原型 archetype이나 조형祖型 Ur-type이라 할 수 있겠다.

그러나 서사적 구비문학의 내용적인 최소단위는 유형이 아니라 이를 다시 세분함으로써 얻어질 수 있다. 논자에 따라 상당한 이론이 있기는 하지만 보편적으로 통용되는 것은 모티프motif[7]설이다. 모티프는 적역어適譯語가 없어 원어대로 '모티프'로 통용되는 경우가 많으나, 화소話素 혹은 주지主旨라 번역하기도 한다. 우리가 다수의 유화들을 비교하여 보면 공

---

7) 기록문학 연구가들은 일반적으로 'motive'라는 영어의 형태를 주로 사용한다. 그러나 구비문학 연구가들은 독어 'motiv'에서 유래한 'motif'를 대체로 사용하고 있다.

통되는 인물, 행위, 사물들을 발견하게 되는데 이것이 모티프가 될 수 있다. 모티프는 전승 속에서 살아남을 수 있는 힘을 가진 설화의 최소 단위이다. 그러나 모티프가 전승 속에서 잔존하는 힘을 가지기 위해서 그것은 무언가 이상한, 다시 말해 평이하지 않은 요소를 지니고 있어서 사람의 주의를 끌지 않으면 안 된다. 모티프는 특수한 인물이나 행위, 사물이어야만 하는 것이다. 단일 모티프가 독립 유형을 이루기도 하지만, 여러 모티프가 결합하여 하나의 유형을 구성하기도 한다.

모티프를 다시 세분하여, 동적인 단위로 '주크zug'를 설정하거나 이 '주크'를 다시 주체, 객체, 행위의 정적인 단위로 분해하여 '요소element'란 단위를 세우기도 한다. 주크는 요소의 움직임을 나타내는 것이다. 통상적으로 복수의 주크에 의해 모티프가 형성되나 경우에 따라서는 1개의 주크가 1개의 모티프를 이루기도 한다. 서사 구비문학이 시·공간으로 전승될 때 모티프나 주크는 불변한다. 만약 이것이 변한다면 내용조차 변하기 때문에 이들은 변화에 완강히 저항한다. 반면 요소의 변화는 설화의 내용을 별로 변하지 않고서도 지역의 풍속이나 시대, 사회에 알맞게 변화하므로, 요소는 전승 지역의 특성을 나타내게 되고, 따라서 유화類話 간의 요소 변화를 조사해 봄에 따라 문화권이나 전승권 설정도 가능해지는 것이다.

이야기 속의 구체적 인물, 장소, 시간은 달라져도 우리는 모티프를 인식할 수 있다. 이러한 특성에 착안하여 러시아의 문학 연구가 프로프V. Propp는 구비문학의 구조론을 창시하였다. 다음 예를 보자.

(1) 왕이 공주를 구하러 용사를 보낸다. 용사가 출발한다.
(2) 왕이 진귀한 보물을 찾으러 대신의 아들을 보낸다. 대신의 아들이 출발한다.
(3) 누이가 약을 구하러 남동생을 보낸다. 남동생이 출발한다.
(4) 계모가 제철이 아닌 과일을 구하러 의붓딸을 보낸다. 의붓딸이 출발한다.

아마도 이러한 상황은 얼마든지 가능할 것이다. 이 같은 이야기의 발단 부분에서 누구나 공통된 어떤 요소를 쉽사리 찾아낼 수 있을 것이라 여겨지는데, 그것은 아마도 첫 문장에서는 '누구'(주체), '왜', '누구'(객체)라는 요소일 것이고, 둘째 문장에서는 '누구'(주체), '행위'라는 요소일 것이다. 프로프는 이처럼 공통되는 요소들을 찾아 이들이 이야기 속에서 일정한 공통 역할을 하고 있다는 점에 착안하여 '기능function'이라 명명하였다. 그에 의하면 이야기 속에서 등장인물은 가변적이지만 구조를 이루는 사건의 전개(가령 파송派送, 출발 등)는 불변적이라는 것이다. 또 그는 구비 서사문학에는 이러한 기능이 총 31개나 됨을 발견하였다. 이러한 구조주의적 발상은 그 이래로 레비스트로스C. Lévi-Strauss, 던데스A. Dundes, 마란다와 마란다P. Maranda & E. K. Kängäs Maranda, 멜레틴스키E. Meletinski, 그레마스A. J. Greimas, 브레몽C. Bremond 등에 의하여 배우 다채롭게 발전되어 갔다.

기록문학의 경우라면 같은 작품 속에서 동일어구의 반복 사용은 특별한 경우가 아닌 한 피하는 것이 보통이다. 만약 기록문학 속에 반복적 어구가 즐겨 사용되고 있다면 그것은 그 작품이 구비문학적 전통 속에서 이루어진 것이라는 증거가 될 수 있다. 고대시가에서 자주 사용되는 여음 혹은 후렴구는 그러한 예라 할 수 있다. 구비문학은 인간의 기억 속에 남겨져서 전승되는 것이므로 기억을 돕게 하는 장치가 필요한데, 그러한 가장 보편적인 방법으로 흔히 반복법을 사용한다. 반복은 단어의 반복뿐만 아니라 형식이나 구조적 차원에서도 이루어진다. 가령 단순한 숫자상의 반복이나 음의 반복은 물론 행위의 반복(등장인물이 수행하는 과업의 점층적 수법)도 이루어지는 것이다. '상투어구formula'는 단어의 반복에 의해 이루어지며, 훌륭한 화자의 구연에는 이런 상투어구의 사용이 풍부하게 나타난다. 그들이 상투어구를 많이 사용하는 것은 구송시에 뒤따르는 내용을 생각할 여유를 갖고 리듬의 묘미를 살릴 수 있기 때문이다.

이러한 예에서도 알 수 있는 바와 같이, 구비문학과 기록문학의 차이를 드러내 주는 것은, 운율과 같은 어음語音 형식이나 문법, 혹은 수사법 따위의 언어 형식이 아니라, 표현 형식이라 할 수 있다. 이 표현 형식이란 바꾸어 말한다면, 작품 전개에 사용되는 표현 기법이다. 위에서 거론한 '상투어구'도 구비문학에서 흔히 사용되는 일종의 관습적 장치인 것이다. 작중 인물들의 유형적인 성격, 일정한 회수로써 반복되거나 점층적으로 진행되는 사건, 시간과 공간의 초월, 위기일발의 순간에 때맞추어 나타나는 구원의 손길 따위는 서사 구비문학에서 흔히 사용되는 표현기법들이다.

근본적으로 일회성을 지닌 구두언어口頭言語와 반복 확인이 가능한 기록문학의 경우에는 표현 기법에 상당한 차이가 있을 수 있다. 그 대표적인 예가 강조의 수법이라 할 수 있다. 구비문학의 경우에는 성격 창조나 상황 묘사를 자세히 할 수가 없고, 지나간 시간으로 소급할 수가 없다. 따라서 등장인물의 성격 묘사는 전형성을 띠거나 극단적이고도 고립적으로 나타난다. 구비문학은 본질적으로 중요한 것만 서술하고, 시간적 경과도 단 한 마디로 건너뛰거나, 심지어는 시간적 길이를 공간적 거리로 바꾸어 나타내기도 한다. 따라서 구비문학은 평면 위의 선상을 따라 점철點綴하는 식으로 진행된다.8)

일반적으로 국문학 연구가들은 문학의 종류를 나타내는 용어로 '갈래', '부문', '종류', '유형', '양식', '형태' 등으로 지칭하거나 '장르'라는 서구어를 그대로 차용하여 왔다. '장르'는 원래 생물학에서 생물 분류를 위하여 사용했던 용어이다. 생물학에서 생물의 분류는 하위 계층으로부터 'species 종種－genus 속屬－family 과科－order 목目－class 강綱－phylum 문門'의 순으로 유분類分하는데, 이 중 영어나 독어에서 사용하는 'genus'

---

8) 구비문학의 형식적 기법 문제에 대하여는 M. Lüthi, *Das europäische Volksmärchen : Form und Wesen*(Bern, 1947), trans. J. D. Niles, *The European Folktale : Form and Nature*(Philadelphia : Institute for the Study of Human Issues, 1982) 및 필자의 "한국신이담 논고", 국민대, 『어문학논총』 11(국민대 어문학연구소, 1992. 2)을 참조.

가 불어로 'genre', 즉 장르이다. 이 장르란 명칭을 처음 문학에 적용한 학자는 진화론으로 인해 생물학이 번성하던 19세기 프랑스의 브륀띠에르 Ferdinand Bruntiere였다. 하여튼 이 용어의 동계어인 'general'이란 말의 쓰임으로 보아 '장르'란 '종species'보다는 일반적이며, 상위 개념임을 알 수 있다. 반면 '종'이란 'special'의 뜻에서도 알 수 있는 것과 같이 장르보다 특수하며, 하위개념이다. 말하자면 장르는 문학의 종류를 가르는 데 있어 유개념類概念이고 상위 개념이며 큰 개념을 가리키는 것이다. 그런데 문학의 종류를 가르기 위해서는 세계적, 보편적인general 분류도 필요하지만, 지역적, 관습적인special 분류도 필요하다.

문학에 비하여 이를 세분한 구비문학이나 기록문학은 하위에 속하며 종개념이다. 반면 설화나 소설에 비하면 이들은 상위에 속하며 유개념이다. 문학의 분류는 전통적으로 서정, 서사, 희곡으로 3분하거나, 혹은 여기에 '교술敎述'이라는 것을 더하여 4분하는 방법이 쓰여 왔다. 이들은 세계 어느 곳의 문학에도 적용시킬 수 있는 보편적 장르들이다. 반면 예컨대 우리의 향가, 여요, 경기체가, 시조, 가사라는 장르들은 다른 나라 문학에는 없는, 즉 지역적이고도 관습적이며 특수한 문학의 종류들이다. 따라서 문학의 분류에는 유개념에 의한 분류와 함께 종개념에 의한 분류가 요청되는 것이다.

구비문학의 장르 구분은 어떻게 할 수 있을까? 구비문학은 일반적으로 설화, 민요, 무가, 판소리, 민속극, 속담, 수수께끼의 7종으로 분류하고 있다. 그러나 엄밀히 따진다면 이들 중 민요나 무가는 장르로 보기 어려운 측면이 있다. 왜냐하면 이들을 다시 서사, 서정, 희곡, 교술 따위로 세분할 수가 있으므로, 민요나 무가 자체는 상위 개념도 아니고 하위 개념도 아니다. 예컨대 상위 서사 장르에 하위 서사민요, 혹은 상위 서정 장르에 하위 서정무가가 배속될 수 있으므로 민요나 무가는 독자적인 자리를 차지하는 장르라 할 수가 없는 것이다. 그러므로 위에 적은 구비문학의 일곱 장르란 어디까지나 관습적 분류임을 알아야 한다.

　지금까지 필자는 구비문학의 특질을 중심으로 논해 왔다. 그리하여 맨 처음 구비문학의 정의에 관하여 약술한 데 이어 용어 자체를 검토하였으며, 다각적인 각도에서 구비문학이 지닌 특질들에 관하여 살펴보았다. 그리하여 그 시간적 통시성, 공간적 광포성, 기록문학의 원천성, 향유 계층의 집단성, 창작상의 화자와 청자의 관계, 유동성 및 불변성, 유형과 모티프, 구조와 형식, 장르상 특징들에 관하여 순차적으로 고찰하여 왔다. 물론 이 밖에도 논급되어야 할 문제들이 상당히 있겠으나 이만 생략하기로 하고, 소략疎略하기 짝이 없는 이 글이 구비문학 이해에 다소라도 보탬이 되기를 바란다.

● 참조 원고

　"한국고전문학의 특질 : 구비문학을 중심으로", 『우리문학』, 1992. 겨울호(우리문학사, 1992. 12)에 수록 후 윤채한 엮음, 『고전문학의 이해』(우리문학사, 1993)에 재수록.

3. 구비문학의 위상과 방향

 문학사를 포함하여 역사학의 출발은 도대체 어느 시점부터 시작되었다
고 볼 수 있는가? 이러한 질문에 대하여 우리는 일단 어떤 인간이 적어도
일정한 목적의식 하에 특정 사실들을 체계적으로 수집·기록하였다면 이
것이 바로 과학으로서의 역사학이 될 수 있는 것이라고 할 수 있지 않을
까 한다. 따라서 우리는 일연의 『삼국유사』나 홍만종의 『순오지』와 같은
문헌에서 구비문학사의 단서를 열 수도 있다. 특정 자료들의 수집, 분류,
기록의 3개 과정에는 반드시 기록자의 비평의식이 개재되기 마련이다. 따
라서 우리는 과거 문헌들의 문학사적 위치를 경시할 수 없을 것이다. 그
러나 엄밀한 의미에서 볼 때, 진정한 의미의 과학의 출발이란 단순한 '수
집―분류―기록'에서 그치는 것이 아니라, 이러한 작업의 다음 단계, 즉
연구 행위에 두지 않으면 안 될 것이다. 즉 어떤 사실에 대한 비평의식의
개연성 추구보다는, 실제로 표출된 학구적 태도에 의해서 과학적 근거가
마련될 수 있다는 것이다. 이러한 이유 때문에 이 글의 중점은, 자연 구
비문학 자체에 대한 '연구론'들이 나타나기 시작한 근대 이후에 두어질
것이다.

 주지하다시피 이 땅에 구비문학 연구가 본격화된 것은 1920년대였다.
당시의 식민지 당국은 통치 수단의 효과적 방편을 획득하기 위하여, 또한

소수의 민족주의자들은 고유문화의 확인 및 보존 계승을 위하여, 결과가 긍정적이었든 부정적이었든, 광범위에 걸친 구비문학 자료의 수집과 연구에 종사하였다. 이 무렵의 연구 결과가 그다지 만족할 만한 것은 못 되었다 하더라도, 이때에 수집된 자료로 인하여 그 연구자가 좀 더 가공되지 않은 순수한 자료들에 비교적 쉽게 접할 수 있었다는 점에서, 오늘날의 연구로는 좀처럼 미치기 어려운 신뢰성을 지니고 있음은 사실이다. 이 시기의 구비문학 연구는 물론 그에 대한 교육도 당시에 이 땅이 지녔던 역사적 상황으로 인하여 애써 '한국적인 것'에 대한 말살 내지 폄시, 또는 무시의 시류 속에서 제대로 이루어질 수 없었고, 겨우 암암리에 이루어진 개인 간의 전승으로 명맥을 유지해 오던 형편이었다.

　광복에 이은 정치적 혼란, 그리고 설상가상의 동란으로 인하여 민족문화의 숱한 유무형 자산들이 허무하게 사라졌다. 이러한 와중에서 한편으로 우리 언어, 나아가서는 문학 교육이 시작되고, 아울러 구비문학에 대한 인식도 차차 높아지게 된 것은 다행한 일이 아닐 수 없다. 초·중등학교의 교육과정 속에 구비문학 관련 자료들이 일부 포함되기 시작한 것이다. 그러나 구비문학이라는, 지금은 꽤 널리 수용되고 있는, 이 새로운 학문 분야가 통합적이고도 실체적인 개념으로 성립되는 데에는 상당한 시일이 걸렸다. 단적으로 말하여 1960년대 말에 이르도록 우리 학계에서는 '구비문학'이란 용어가 보편화되어 있지도 않았다. '설화론', '민요론', '판소리론' 등의 교과목들은 대학에 따라 개별적·선별적으로 강의되고 있었을 뿐이었다. 참고로 1970년대까지 간행된 '국문학개론'류들을 살펴보면 이러한 사정은 금방 드러난다. 즉 1949년에 간행된 우리어문학회의 『국문학개론』(일성당서점)에는 제8장이 '연극'(구자균 집필), 제9장이 '민요'(고정옥 집필)에 배정되었고, 1959년 양염규의 『국문학개설』(정연사)에는 제4장이 '창극', 제5장이 '민요'에 배정되었으며, 1961년에 간행된 이병기의 『국문학개론』(일지사)에는 제2장 시가문학 제1절에 '잡가', 제7절에 '극가', 제3편 산문문학 제1장에 '설화'가 배정되어 있다.

이러한 상황은 1970년대에 들어서면서 달라졌다. 1971년 당시 서울문리대에 있었던 장덕순 교수가 자신이 키운 제자들을 독려하여『구비문학개설』(일조각)을 펴낸 후, 점차로 이 새 학문(?)의 위상과 방향이 설정되어 갔던 것이다. 각 대학의 교과과정 중에 비록 명칭은 다르더라도. 유사한 장르들을 포괄하여 통합된 학과목이 전공 선택과목으로 점차 자리를 잡아가게 되었다. 이러한 형편은 1980년대 이후에 더욱 강화되어, 이제는 구비문학이나 그 하위 장르들이 신생 국문학과의 필수 설강 과목으로 확립되기에 이르렀다.

1984년에 개정된 국정 고등학교 국어 교과서에 장덕순의 집필로 처음 '기록문학과 구비문학'이라는 글이 수록되어 모처럼의 구비문학 교육의 전기를 맞는가 싶더니, 1989년 교과 개정 시에 그 글이 다시 제외되어 버렸다. 한편 1984년에 국어교과서와 별도로 발간된 검인정 '문학' 교과서 5종 중에 구비문학을 독립 단원으로 선정한 예는 하나도 없었다. 그러나 1989년 발간된 국정 국어 교과서에는 '구비문학' 과목이 빠진 대신, 검인정 '문학' 교재 8종 중 금성출판사(박동규·서대석 외 2인)와 동아출판사(우한용·박인기 외 2인)의 교과서에는 구비문학 장르가 별도로 설정되었다.

현재 시점에서 필자는 전국 각 대학에서 구비문학 교육이 어떻게 실행되고 있는지에 관한 정확한 통계 자료를 갖고 있지 못하다. 그러나 필자가 알고 있는 바로는 순천향대의 『대학국어』(1987)에 '한국구비문학개관', 동신대의 『언어와 문학』(1990), 국민대의 『교양국어』(1988)에 졸고인 '구비문학이란 무엇인가?'가 수록된 예가 있다.

한편 국문학과의 제1필수과목인 '국문학개론'의 예들을 보면 다음과 같다.

(1) 김기동,『국문학개론』(수정 재판, 진명문화사, 1976) [제4판 제3장 민속극 / 판소리]
(2) 구본혁 외 4인,『한국문학신강』(개문사, 1978) [제3장 1. 설화문학 ;

제4장 1. 고전극(판소리 포함)]

(3) 편찬위원회, 『한국문학개설』(형설출판사, 1980) [7. 민요와 신가 ; 8. 설화 ; 10. 판소리·희곡]

(4) 편찬위원회, 『국문학신강』(새문사, 1985) ['구비문학'장 포함]

(5) 이종출 외 7인, 『국문학개론』(교학연구사. 1986) [IX. 민요 ; X. 희곡(판소리 포함) ; XI. 설화]

(6) 편찬위원회, 『한국문학개론』(혜진서관, 1991) [II. 10. 민요, III. 구비서사문학 ; IV. I -2. 민속극]

(7) 성기옥 외 9인, 『한국문학개론』(새문사, 1992) ['구비문학'장 포함]

각 대학에서의 구비문학 교육 현황을 좀 더 세밀히 살펴보기 위하여 필자는 우선 다음과 같은 설문 시안을 작성하여 보았다.

(1) 관련 학과목 유무

(2) 해당과목 설치 학과명 및 과목명

(3) 수강 가능 범위 및 실태

(4) 해당 학과목의 개설 연도

(5) 설치 학년 및 학기

(6) 학점수

(7) 이수 구분

(8) 학부 및 대학원 간의 강의과목 연계성 여부

(9) 수강 인원

(10) 담당 강사

(11) 교재 및 부교재, 참고 도서

(12) 교과목의 학습 목표

(13) 강의 진행 방법

(14) 주별 진도표(sylabus)

(15) 중점 강의 내용

(16) 평가 방법

　　이와 같은 항목을 중심으로, 서울 시내 소재 30개 정규 대학들의 실상을 '요람' 및 전화 확인을 통하여 조사하여 보았다. 유감스럽게도 전국 각 대학의 현황은 미처 조사하지 못하였다. 그러나 결과는 아마 서울의 경우와 그다지 차이가 없을 것으로 생각된다.

각 대학의 구비문학 관계 강좌 설강 현황

대학명	강좌명	이수구분	학년	학기	학점(시간)	기타	근거
(1) 건국대	민속문학론	전공선택	3	1	3(3)		93 요람
(2) 경기대	구비문학론	동	3	1	3(3)		92-93 요람
(3) 경희대	구비문학개론	동	2	1	3(3)		90 요람
(4) 고려대	구비문학론	동	X	2	3(3)	민속연희론 (X-1[3] 전선)	94.1 전화 확인
(5) 광운대	구비문학론	동	2	1	3(3)		92-93 요람
(6) 국민대	구비문학개론	동	2	1	3(3)	설화문학론 (4-2[3] 전선)	94 요람
(7) 단국대	민속학개론	동	2	2	2(2)	설화론 (3-2[3] 전선)	94.1 전화 확인
(8) 덕성여대	구비문학론	동	4	2	3(3)		92-93 요람
(9) 동국대	한국구비문학론	동	4	2	2(2)	민속학개론 ([3] 교양)	92-93 요람
(10)동덕여대	한국구비문학론	동	X		3(3)		92-93 요람
(11)명지대	민속문학론	동	4	1	3(3)		94.1 전화 확인
(12)상명여대	구비문학론	동	3	2	3(3)		93-94 요람
(13)서강대	민속학개론	동	X	3(강2-세1)			90-91 요람
(14)서경대	구비문학론	동	4	1	3(3)		94.1 전화 확인
(15)서울대	구비문학론	동	4	1	3(3)		94.1 전화 확인
(16)서울시립대	구비문학개론	동	4	1	3(3)		91-92 요람
(17)서울여대	구비문학론	동	2	1	3(3)		93 요람
(18)성균관대	구비문학론	동	3	2	3(3)		91-92 요람
(19)성신여대	민속문학론	동	X		3(3)	민속학의이해 ([3] 교양)	93 대학 안내
(20)세종대	X	X	X	X	X	X	
(21)숙명여대	구비문학론	동	4	1	3(3)		93 요람
(22)숭실대	구비문학	동	4	2	3(3)		93-94 요람
(23)연세대	민속문학론	동	3	1	3(3)		93 대학 안내
(24)이화여대	한국민중문화론	동	1	1	3(3)		93 대학 안내

(25)중앙대	민속문학론	동	2	1	3(3)	민요론 (4-2[a3] 전선)	93-94 요람
(26)한국외대	민속문학론	동	4	2	2(2)		94.1 전화 확인
(27)한성대	구비문학개론	동	3	1	3(3)		92-93 요람
(28)한양대	구비문학	동	4	2	3(3)	설화문학론 [3] 전선	91 요람
(29)홍익대	구비문학론	동	4	2	3(3)		92 요람
(30)한국방통대	구비문학개론	동	4	1	3		94.1 전화 확인

이상과 같은 조사 결과를 놓고 생각해 보기로 하자.

1) '구비문학' 과목이 국문학과 이외의 학생들에게 개방되어 있는 경우란 별로 없다. 다만 '민속학개론'이 교양선택 과목으로 일부 대학에서 설강되고 있는 정도이다. 이럴 경우에 담당교수는 대체로 전임보다는 시간강사를 초빙하기 마련인데, 전체적인 실라버스 중에서 구비문학 분야에 대한 배려는 전적으로 담당강사에게 달려 있게 마련이고, 과목의 성격상 그 교과 내용 중 구비문학이 차지하는 비중이 클 수 없게 되어 있다.

2) 범대학적 차원이 아닌 국문학과의 경우로 한정하여 살펴보면, 조사 대상 30개 대학 간에 명칭의 차이는 다소 나타나고 있지만, 모든 대학에서 관련 학과목이 개설되어 있음을 알 수 있다. 학과목 명칭에 따른 통계를 보면 ① 구비문학론 11개 대학, ② 민속문학론 6개 대학, ③ 구비문학개론 5개 대학, ④ 구비문학 2개 대학, ⑤ 한국구비문학론 2개 대학, ⑥ 민속학개론 2개 대학, ⑦ 한국민중문학론 1개 대학이다.

이러한 명칭에 관한 필자의 생각을 개진해 보면, 우선 '민속문학론'에서 '민속'이란 수식어는 어떤 대칭어를 전제한 것이겠는데 그 실체가 뚜렷하지 않다. '시간예술'과 '공간예술', 혹은 '구비문학'과 '기록문학'의 관계는 양자가 대칭어임을 전제로 한 것이다. 또한 '민속'과 '문학'이란 두 단어의 합성이 타당한가를 생각할 때, '민속문학'이란 용어는 별로 적어適語로 생각되지 않는다. 왜냐하면 문학이 민간 풍속일 수가 있는가 하는 의구심 때문이다. 물론 '민속무용', '민속음악'의 예도 있지만, 이들은 전통음악, 전통무용으로 바꾸어 쓰는 경향도 있고, 문학의 경우와 좀 다르지 않나 하는 느낌이 든다.

단순히 '구비문학'이란 교과명은, '소설문학'이나 '시문학' 따위가 강의 제목으로 적당치 않듯, 그다지 적절치 않은 듯하다. 너무 포괄적이고도 모호하기 때문이다. 한편 '구비문학론'이나 '민속문학론'은 학부가 아닌 대학원 이상의 강의 제목으로 적합한 것이 아닌가 한다. 학부에서는 '구비문학' 자체의 특질을 중심으로 한 강의가 아니라 각 장르에 대한 개론을 중심으로 이루어지기 때문이다. '구비문학론'이란, 각 장르에 대한 개설이 아닌, 논문들의 선집이나 혹은 구비문학의 특징 등을 중심으로 한, 장르 전반에 대해 통합적으로 고찰하는 강좌이다. 그 밖에 '민중'이나 '한국'이란 수식어를 붙인 경우는 꼭 그러한 수식어가 필요한 것일까 하는 의문도 들고, '민중'의 경우는 그 정의나 개념이 모호하여 논란의 여지가 있다.

3) 모든 대학에서 '구비문학' 관련 학과목들을 전공선택 과목으로 부여하고 있으므로, 국문과 이외의 학생들에게도 수강상의 제한은 없다. 그러나 실제 운영 실태를 보면 타과생의 수강 실적은 적은 듯하다.

4) 각 대학에서의 '구비문학' 설강 연대를 정확히 파악하기는 지극히 어려우나 관련 자료를 바탕으로 하면 대체적으로 1970년대 이후가 아닐까 생각된다.

5) '구비문학'의 수강 대상은 1학년 1개교, 2학년 6개교, 3학년 6개교, 4학년 12개교, 학년 무구별 4개교로 나타났다. 이로써 보면 대체로 고학년에서 구비문학 교육이 이루어지고 있음을 알 수 있으나, 필자는 구비문학 교육은 저학년 강의가 좋지 않을까 하는 생각을 가지고 있다. 2학년 2학기나 3학년 1학기가 적당하지 않나 생각된다.

6) 학점 수는 2학점인 3개 대학을 제외하고 나머지 대학이 모두 3학점으로 되어 있다. 이 문제는 각 대학의 교육 정책에 연관된 문제이므로 췌언할 필요가 없겠다.

7) ‘구비문학’ 관련 과목의 이수구분은 전 대학에서 전공선택 과목으로 되어 있다. 이 밖에 몇 개 대학에서 ‘민속학’이 일반 교양과목으로 제공되는 예가 있고, 때로는 국문과의 학과목으로 ‘구비문학’ 외에도 민요론(1), 설화론(3), 민속극(1)을 전공선택 과목으로 제공하는 예가 있다.

8) (대학원 이상에서의 실태는 자료 미비로 생략)

9) 국문학과의 학년별 정원 및 담당 강사, 선택과목 간의 시간대 배정 등의 문제와 연관되게 마련이므로 일정치 않다.

10) 현재 구비문학 전공자가 적기 때문에 상당수의 강좌가 시간강사에 의하여 이루어지고 있는 형편이고, 강의를 전임교수가 맡고 있는 경우에도 진정한 의미에서의 구비문학 전공자로 보기 어려운 경우도 있었다. 구비문학은 아무나 담당할 수 있다는 인식이 절대로 있어서는 안 되겠다. 드물기는 하지만, 교수 채용 광고에서 ‘구비문학’ 전공자를 명시하는 현상은 나타나기도 하는 바, 이는 매우 바람직한 현상으로 보인다.

11) 구비문학론의 진행은 교재 없이 담당 교수의 특강 형식을 통해 이루어지든가, 아니면 장덕순 외 공저인 『구비문학개설』(일조각, 1971)이 대체로 사용되어 왔다. 그 밖에 김열규 외 공저인 『우리 민속문학의 이해』(개문사, 1979) 및 비교적 최근에 간행된 윤용식·최내옥, 『구비문학개론』(한국방송통신대학, 1989) ; 장권표, 『조선구전문학개요 — 고대·중세편』(사회과학출판사, 1990) ; 김선풍·김금자, 『한국민간문학개설』(국학자료원, 1992) 등이 참고문헌으로 이용될 수 있다.

12) 구비문학의 구연자(storyteller나 singer) 자신은 별 뚜렷한 목적 없이 구연 행위를 할 수 있겠지만, 적어도 구비문학 교육자는 자신의 목표가 명백하지 않으면 안 된다. 말하자면 구비문학 연구자 내지 교육자는 문학사에 있어서 구비문학이 차지하는 중요성을 인식하고 이를 피교육자들에게도 주지시켜야 한다. 더구나 우리문학사상 구비문학이 차지하는 위치가 남다른 바가 있음을 강조하는 것도 중요하다(서양에서도 1456년 구텐베르크의 성경이 나오기 이전에는 모든 문학이 구비문학이었고, 중세문

학이라고 일컬어지는 대부분의 작품들이 구비문학과 밀접한 관계에 있었다). 구비문학적 자료는 단순히 흥미있는 인간의 문화현상 정도로 인식되어서는 안 될 것이다. 이 문제에 대하여 정확한 실상을 파악하기는 어려우나, 각 대학의 요람에 나타나 있는 교과목 안내를 보면 대체로 짐작이 간다. 물론 이들이 실제 구비문학 담당 강사들의 언술이라고는 할 수 없으므로, 이를 가지고 잘잘못을 논할 수는 없겠다.

13) 일반적으로 대학에서의 강의 진행 방식은 담당교수의 강의와 피교육자 스스로의 연구 발표 등이 중심을 이루고, 그 밖에 질의 응답과 같은 세미나 형식을 취하고 있다. 경우에 따라서는 참고 자료가 배부될 수도 있을 것이다. 구비문학의 경우에는 좀 더 다양한 방법이 요구된다. 예컨대 시청각 교재의 활용이라든가 현지조사의 병행은 필수적이다. 현재 상당히 많은 대학들에서 현지조사가 실시되고 있으나, 사후 자료 조사 보고가 제대로 이루어지지 않는 경향은 시급히 시정되어야 할 것이다.

14-15) (생략)

16) 평가 방법 역시 다양하겠으나 필자의 예를 들어보면, 중간고사 20%와 학기말 성적 30%를 합하여 50%, 현지조사(요람의 실라버스 명기) 보고서 제출 20%, 평소 리포트 제출(구비문학 자료 정리 카드 50매 제출) 20%, 출석 10%, 계 100%로 처리하고 있다. 각자가 제출한 현지조사 보고서는 그대로 정리하여 매해 책자로 간행된다.

다음은 구비문학 연구의 방향을 간략히 살펴보기로 한다. 먼저 근간에 서구 논저들에 나타나고 있는 다양한 연구 방법들 중 주요한 것들을 열거해 보면 다음과 같다

(1) 구연론(storytellers나 singers의 oral perfomance, oral composition) : A. Lord, D. Hymes, R. Bauman……

(2) 도시 속의 folklore(modern folklore, ethnic & immigrant folklore) : Alan Dundes……*meta folklore / oral literary criticism

(3) 생태학적 연구 : Linda Défgh……

(4) 사회·문화적 상황론적 접근 : R. M. Dorson, Dan Ben-Amos……

(5) 역사 지리학적인 연구 : R. Christiansen, W. E. Roberts……

(6) 인류학적 혹은 민족학적 접근 : W. R. Bascom……

(7) 기능론 : G. Dümezil……

(8) 의례주의론

(9) 종교적 측면에서의 연구 : M. Eliade……

(10) 심리학적 연구 : Freud, Jung의 후계자들, E. Jones, G. Roheim, A. Dundes, Von Franz, B. Bettelheim……

(11) 언어학적 분석

(12) 구조/형태 분석 : Dundes, Lévi-Strauss, E.-K. & P. Maranda, E.M. Meletinsky……

(13) 상징론 : M. Leach, E. Fromm……

(14) 장르론/범주론 Dan Ben-Amos

(15) 구비문학과 예술 : 영화, 음악, 미술, 만화……

(16) 문학적 연구 : 문학으로서의 구비문학, 혹은 구비문학과 기록문학(테마론, 원천론, 비교연구) (ex. "뻐꾸기 둥지 위로 날아간 새"의 Trickster 연구)

(17) 역사적 연구(oral history)

(18) 구비문학사의 재구

(19) 서사형태의 연구 : J. Campbell……

(20) 기법 연구(art of the traditional narrative) : Max Lüthi……

(21) 현지 조사론

(22) 원 자료의 정리 : 자료 총서, 선집 편찬

(23) 컴퓨터를 이용한 연구

물론 이들 제 연구 방법론들 간에는 명확한 한계가 그어져 있는 것이 아니라, 상호 교차하거나 혹은 병행될 수도 있음을 감안하여야 할 것이다. 끝으로 우리 구비문학 연구자들이 시급히 대처하여야 할 문제점들에 대하여 두서없이 이야기해 보기로 한다. 그간 절대적으로 요청되던 학회

결성은 다행히 이루어졌으니, 그 다음에 이루어야 할 과업은 1979년 3월 9집으로 중단된 구비문학 잡지를 부활시키는 일이다. 학회지는 꼭 이론만이 아닌 현지 조사한 자료의 게재를 위하여도 지면을 할애할 필요가 있다. 그것은 임의의 제보뿐만 아니라, 학회 자체의 조사 계획에 따라 가령 특정 유형 자료를 집중적으로 조사할 필요가 있다. 참고로 이웃 중국의 예를 보면, 이미 오래 전부터 학술잡지로『민간문학』(월간) ;『민간문학논단』(계간으로 출발하여 최근에는 격월간으로 전환) 등이 꾸준히 지속되고 있을 뿐만 아니라, 논총 형식의『민간문예집간』(연간)까지 나오고 있다. 물론 이들에는 자료 제보가 상당한 부분을 차지한다.

  학회지 발간과 아울러 또 하나 요망되는 일은 구비문학 강의의 보조 자료가 될 수 있는 '구비문학선집' 및 시청각 교재의 편찬이다. 그간 각급 기관들의 꾸준한 자료 조사 결과에 힘입어 이제는 어느 정도 자료 축적이 이루어졌다고 하겠으나, 우리는 아직 실제 강의실에서 이용할 수 있는 편집된 자료집을 갖고 있지 못하다. 이러한 문제는 개인보다는 관계 연구자들의 공동 노력으로 해결하는 편이 바람직하다고 생각한다.

  다음은 자료 보관소(아카이브)의 설립이 시급하다. 1980년대 한국정신문화연구원(현 한국학중앙연구원)의 뒷받침으로 애써 수집된 자료 원본들이 자료집을 발간한 이후에는 내팽개쳐져 천덕꾸러기(?)로 되고 있다는 소식을 들을 때, 나아가 다른 기관이나 개인의 조사들도 조사 행위 자체로만 끝나거나 혹은 허무하게 사장되어 버리는 실정을 감안할 때, 학회 차원의 대처가 필요하리라 생각한다. 결국 우리의 영원한 문화적 재산이 될 수 있는 것은, 불완전하게 문서화한 자료가 아니라, 원자료 그 자체가 아닐까?

  구비문학 분야가 다른 어느 분야보다도 비교연구가 필요하며 보편성을 띠는 것임을 모르는 사람은 없을 것이다. 따라서 전통적인 문학 연구에서 필요로 하는 것보다도 구비문학의 연구에 있어서는 국내외의 다양한 논저들이 소용된다. 그러나 도서관 시설의 미비로 우리 연구자들은 관계 자료 및 연구 논저들의 획득에서 많은 어려움을 안고 있다. 따라서 어떤 방법으로든 연구자 간에 이들 자료 및 문헌들의 공유가 이루어질 수 있도록 힘써야 할 것이다.

앞서 연구방법론을 살필 때에 본 바 있지만, 구비문학(나아가 민속학) 연구의 최근의 동향은 각편이나 유형 연구와 아울러 매체나 상황 및 기능 연구들이 주류를 이루고 있다. 물론 이런 연구에 앞서 구비문학의 개념 정의 및 범주론이 필연적으로 행해져야 함은 두말할 여지도 없다. 따라서 우리 학계에서도 이러한 논의가 진지하게 이루어져야 할 것이다. 말하자면 어떤 것이 구비문학 연구가 되고 어떤 것은 구비문학 본연의 연구가 안 되는가를 따져보아야 한다는 말이다. 문학의 한 갈래로서의 구비문학은 용어 자체에 그것이 '구전'되는 '문학'이라는 점을 분명히 드러내 보이고 있다. 그럼에도 불구하고 구비문학이라는 이름 하에 구전되는 모든 것을, 문학이 아닌 것까지 다루고 있는 예를 종종 보게 된다. 예컨대, 금기어가 구비문학일 수 있는가? 또 무가나 판소리의 강의에서, 본말이 전도된 채 무당이나 광대, 혹은 그 사설보다는 가락에 치중하는 것은 분명 잘못된 것이 아닐까 한다. 또한 한 걸음 나아가 기왕의 구비문학의 하위 장르론이 과연 타당한 것인가도 검토해 볼 만한 과제이다. 가령 민요나 무가라는 장르가 성립될 수 있는가? 성립된다면 '장르종'과 '장르류'와의 관계는 어떠한가?

구비문학은 과연 소멸되고 있는가? 결론부터 말한다면 구비문학은 과거만의 것이라거나 소멸된다는 생각은 오산이다. 어느 시대에도 구비문학은 새로이 탄생하여 전승될 것이기 때문이다. 오늘날 우리 주변에서 관찰할 수 있는 가장 현저한 예로는 퀴즈와 조크를 들 수 있다. 날마다 새롭게 태어나는 'XX 시리즈' 형식의 이야기나 특정 고위인물(?)을 다분히 비하하는 숱한 '바보' 이야기, 이들은 특히 학생이나 직업사회에서 발생하는 새시대의 구비문학이다. 게다가 넓게는 개인의 추억담(가령 태몽담, 6·25때 이야기, 군대에서 겪은 이야기, 지방의 특정 인물에 얽힌 일화)

까지도 추가될 수 있다. 아직 이들에 관한 자세한 연구를 이룬 바는 없지만, 분명 이들 이야기의 상당 부분은 전승적 유형적 자료와 밀접한 관계가 있다

끝으로 흔히 간과하기 쉬운 문제이지만, 우리는 구비전승 자료라면 아무런 근거 없이 시대적으로 매우 오랜 이야기로 간주하여 버리는 경향이 있다. 그러나 사실은 이야기 속의 연대와 이야기 자체의 발생 연대와는 아무런 상관이 없는 것이다. 물론 역사적 사실에서 특정 구비문학 자료가 발생하였을 수도 있지만, 대개의 경우 역사에 대한 민중적 대상代償 심리로 창작된 것임을 생각할 때, 구비문학적 자료를 놓고 허구를 현실로 바꾸어 보려고 하는 노력은 그다지 믿을 만한 것이 못된다.

● 참조 원고

　“구비문학의 위상과 방향”, 『구비문학연구』 1(한국구비문학회, 1994. 6).

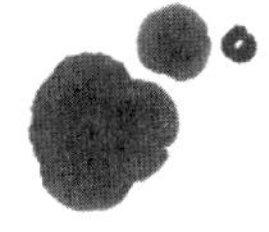

II. 구비문학의 역사

1. 상고·삼국시대 구비문학사

1) 머리말

구비문학사 연구는 구비문학 자료의 역사를 살피고 연구의 역사를 살피는 것이다. 이 중 자료의 역사란 기록을 전제로 하는 것인데, 구비문학 자료의 경우는 당연히 기록이 결여되어 있고, 정확한 발생 장소나 연대 및 유통 경로, 작자 등의 추정이 불가능하다. 나아가 원형 혹은 기본형의 추정이 매우 곤란하며, 유사 혹은 동일 삽화나 모티프의 생성 원인이 동일 민족의 이동 분파에 의한 것인지, 아니면 독립 발생의 것이 우연히 같거나 비슷하게 된 것인지를 판별하기가 매우 어렵다. 그러나 이러한 문제들에 대한 접근이 전연 불가능한 것은 아니다. 구비문학의 존재는 가령 (1) 후대적 상황(역사문화적 사실)에 바탕을 두고 선대를 추정해 보든가, (2) 글 이외의 인간이 남긴 그림이나 조형물로써 짐작해 보든가, (3) 후대인의 문자 기록 들을 통하여 재구해 볼 수도 있겠다. 물론 (1)과 (2)는 어디까지나 참고 자료에 지나지 않을 것이며, (3)이 주요 방법이 될 것이다. 따라서 구비문학사의 실상을 살피는 일은 기록문학사에 비한다면 오히려 열악하다. 그럼에도 불구하고 구비문학사의 탐구가 중요한 것은, 구비문학은 계층(신분, 식자 유무, 성별, 연령)을 초월하여 애호되어 왔다는 것,

그리고 구비문학은 기록문학과 양립하는 문학으로 중요할 뿐 아니라, 전사시대에서 비롯되어 전 문자시대를 통하여 향유되어 왔으며, 더 나아가 장래에도 끊임없이 이어질 것이라는 점, 그리고 기록문학의 밑바탕을 이루어왔고, 또 이룰 것이라는 점 때문이다.

문학의 발생이 언제 어떻게 이루어졌는가를 단정적으로 말할 수는 없다. 인류 초기의 문학적 자료들은 상당히 오랜 세월 동안, 첫 구연 직후에 사라져 버렸거나, 혹은 발생 시각은 잊혀진 채 전승되었을 것이며, 문자가 발명된 이후라도 문학적 기록은 물론 이를 대신할 수 있는 유물·유적이 시대순으로 고스란히 남아 있을 것이라고는 상상조차 할 수 없는 것이다. 따라서 우리는 다만 인류의 문명 내지 문화 발달의 일반적 단계로써 문학사를 유추할 수 있을 뿐이다. 또한 문학사는 문학의 정의 범주 여하에 따라 달라질 수 있다. 게다가 특정 국가 혹은 특정 민족의 문학사를 이야기하기 위해서는 문자 기록의 역사뿐만 아니라 무문자시대의 역사까지 고려하지 않을 수 없기 때문에, 문학사 기술은 고정적 국가 개념이나 민족 개념에 머무를 수는 없게 된다. 예컨대 우리가 고구려의 문학사를 기술하려면 그 범주는 필연적으로 오늘날의 한韓민족이나 국가 영역을 벗어나게 마련이다. 좀 더 상대로 소급한다면 그 범주는 더욱 확대되어야 할 것이다. 바로 이러한 점이 구비문학의 비교문학적 고찰이 요구되는 가장 커다란 이유이다.

구비문학은 말을 전제로 하고, 기록문학은 글(문자)를 전제로 한다. 따라서 구비문학사와 기록문학사의 성립은 각각 인류의 말과 글의 사용 이후로 상정想定하여 볼 수 있다. 물론 말과 글의 사용 직후 구비문학과 기록문학의 역사가 곧바로 비롯되었다고 할 수 없겠으나, 말과 글의 사용에서 문학사의 단서가 마련되었음은 부인할 수 없는 사실이다. 그런데 기나긴 인류의 역사를 생각하여 볼 때 말과 글의 역사는 비교가 되지 않는다. 흔히 말하기를 '인류 백만년' 운운 하지만, 문자 사용의 역사는 아무리 올려 잡아야 반만 년에 지나지 않는다. 이에 비해 구비문학의 역사가 장구함은 긴말이 필요없겠다. 다소 막연하기는 하지만, 구비문학의 출현은 문자의 출현 훨씬 오래 전, 인류가 언어를 가지게 되었을 무렵까지 거슬러 올라갈 수도 있을 것이다. 하지만 문제는 이를 확증시킬 수 있는 증거가 남아 있지 않다는 점이다. 어차피 구비문학은 현시간적 문학이기 때문에 그 정확한 과거의 흔적을 잡기란 불가능하다. 흔적을 확증시켜 줄 수 있는 자료, 다시 말하면 기록이 없는 한 구비문학사 기술은 추정에 그칠 수밖에 없다. 하지만 구비문학의 역사가 기록문학과 비교할 수 없을 만큼 장구하다는 것은 이론의 여지가 없다.

　구비문학은 그 특성 그대로 애초의 작자가 망각되고 전승되는 과정 속에 시공을 초월하여 끊임없이 재창조되어 왔다. 따라서 집단 속에서 창조된 구비문학의 테마는 범인류적인 것들이다. 예컨대 세계 창조의 문제, 인간 기원의 문제, 생사의 문제, 신령神靈의 문제, 나아가서는 성속聖俗·선악·현우賢愚·남녀 등의 문제가 그러하다. '생명수 찾기', '탐색', '트릭스터'와 같은 이야기는 미개와 문명사회를 막론하고 도처에 존재한다. 인류가 시간적으로 공간적으로 동근원적임을 가상한다면, 구비문학의 장르, 내용, 향유 계층의 보편성 따위는 새삼스러울 것도 없다. 그리고 보편성은 광포성을 의미하는 것이기 때문에 구비문학적 과제의 추구는 세계문학 추구의 과제이기도 하다.

　구비문학과 기록문학은 양자 모두 언어에 기반을 두고 있다는 점에서는 같다. 그러나 구비문학과 기록문학의 장르가 반드시 일치하는 것은 아니다. 문자에만 의존하는 기록문학과 달리 구비문학은 애초에는 말뿐만 아니라 노래와 춤도 동반하는, 이른바 원시종합예술적이었고, 이들이 독립적인 장르로 분화되기까지에는 상당한 시일이 경과한 이후였다. 따라서 구비문학에는 태생적으로 혼합 장르라 할 만한 것들이 존재한다. 민요나 무가, 판소리, 민속극 들이 그러하다. 뿐만 아니라 오늘날에 이르러서도 이들은 종種장르로서 그 자체가 독립 장르를 이루지만, 한편 유類장르로서 서정·서사·희곡·교술 같은 전 장르로 구분될 수도 있다.

원래 문학의 장르란 분해가 가능한 과학적 장치가 아니라 오랜 세월 속에 자연적으로 형성된 관습적 장치이다. 따라서 거기에는 시간적·공간적 제한이 따른다. 특정 시대, 특정 지역의 신화가 다른 시대, 다른 지역에서는 전설로 나타날 수도 있고 민담으로 나타날 수도 있다. 또 무가는 무가 자체로서도 존재하고 신화로서도 존재한다. 서사민요나 서사무가는 서사시일 수도 있고, 설화일 수도 있다. 이처럼 구비문학의 장르 구별은 애매한 점이 많기는 하지만, 대체로 말을 중심으로 하는 장르(속담·수수께끼), 이야기를 중심으로 하는 장르(설화, 곧 신화·전설·민담), 노래를 중심으로 하는 장르(민요), 이야기와 노래 외에도 행동이 주요 역할을 하는 장르(무가·판소리·민속극)의 넷으로 구분할 수 있다. 이 글에서는 이러한 통념상의 구비문학 장르들 중에서, 장을 달리하여 별도로 기술될 신화를 제외한 여타의 구비문학 장르들을 중심으로 기술할 예정이다. 그러나 구비문학을 논하면서 신화를 완전히 배제할 수는 없기 때문에, 신화는 필요한 경우에 간략하게 언급할 생각이다.

2) 상고시대

문자 이전 시대의 언어의 모습에 대하여 언어학자 랜개커R. W. Langacker는 다음과 같이 말하고 있다.

> 언어가 인류에게 어떻게 발생하게 되었느냐 하는 문제가 수 세기 동안 학자들의 흥미를 돋워 왔으나, 언어의 기원에 관해서는 정말 우리는 아무것도 모르고 있다. 어떤 언어를 역사적으로 될 수 있는 한 멀리까지 추적하더라도, 그것은 현대의 언어와 꼭같은 종류의 실체처럼 보인다. 2, 3천 년 전의 언어들도 오늘날의 언어보다 더 단순하거나, 더 원시적인 것 같지도 않으며, 종류에 있어서도 조금도 다른 것 같지 않다. 인류역사에 있어서 언어가 충분히 발달되지 않아서 오늘날 사용되는 복잡한 언어체계

보다 좀 더 원론적이고 선구적인 언어가 사용되었던 때가 있었음에는 틀림없다. 그러나, 여러 가지 근거로 보건대, 이 시대는 아득히 먼 과거임에 틀림없으므로, 이 초기시대의 기록을 찾으리라고 기대할 수는 없다. 인간 언어의 기원에 대해서는 우리는 항상 추리에 머물 가능성이 많다.[1]

우리 문학사의 성립을 이야기하자면 당연히 한국어의 성립을 살펴야 하겠지만, 그 시기가 언제쯤이었을까에 대하여는 언어학자들 사이에는 많은 이론들이 제기되고 있는 형편이며, 그 사용 공간의 범주도 확언할 수 없다. 이 문제는 언어학이 해결할 문제이니, 여기에서는 다만 문자를 사용하기 전, 대체로 3국 이전의 시기를 뭉뚱그려 막연히 '상고시대'라 규정하고 이야기를 시작하여 보기로 하자.

이론이 있기는 하지만, 고고사학자들에 의하면 한국인과 직접적으로 혈통이 닿은 최초의 인종은 신석기시대 중기에 한반도 북부에 살았던 고아시아인으로 상정되어 왔다. 연대로 추정한다면 B.C. 4000~3000년경, 그리고 그들은 주로 빗살무늬[즐문櫛文]토기를 사용하였으며, 생활 상대는 아직 수렵・어로에 의존하였다.[2] 이 시기의 유적지로 널리 알려진 것으로는 서울의 암사동巖寺洞과 양주 미사리美沙里, 부산 영도의 동삼동東三洞 등이 있다.[3] 물론 그들이 남긴 고고학적 유물은 매우 제한적이고도 단편적이어서 문학과 관련지어 언급할 여지가 거의 없다. 이어 신석기 후기(B.C. 2000~1000)를 거쳐 청동기(B.C. 1000~300)에 이르러 고아시아족이 알타이족으로 교체되고, 즐문토기도 무문토기無文土器로 교체되며, 생활 패턴도 농경생활 위주로 바뀌고, 이제까지의 씨족사회가 군주를 정점으로 하는 국가 형태로 변모되었다.[4] 아마도 고조선은 그러한 과정에서

---

1) R.W. 랜게커 / 박근우朴槿祐・최현욱崔鉉郁 공역, 『언어학개론』(학문사學文社, 1980), p. 27.
2) 김정배金貞培, 『한국민족문화의 기원』(고려대출판부, 1973).
3) 이기백李基白, 『한국사신론韓國史新論』[신수판新修版](일조각, 1990), pp. 17~18 ; 김원룡金元龍, 『한국고고학개설』(제3판, 일지사, 1986), p. 32ff.
4) 이기백, p. 25 ; pp. 32~33.

형성된 가장 현저한 예일 것이다. 이 시기의 생활이 집단 중심의 농경시
대로 나아감에 따라 청동기 혹은 철기로써 연모를 만들어 사용하게 되고,
또한 빈번한 전쟁에도 무기를 사용함에 따라 구비문학의 내용도 상당히
발전·변모되었을 것이다.

　이 시기의 문학적 자료라는 확증은 없지만, 어느 정도 당대의 형편을
짐작해 볼 수 있는 것들로서는 일부 암각화 및 후대의 신화적 자료들이
있다. 이들은 상고시대의 예술, 나아가서는 문학적 실상을 이야기해 주는
방증 자료로써 참고가 된다. 예컨대 울주蔚州 천전리川前里 천변川邊의 암
각화는 사실적이 아닌 기하학적 무늬를 보여 주고 있는데, 이들은 태양을
상징하거나 혹은 어떤 종교적 의미를 나타냈을 것으로 해석된다. 이와 비
슷한 예는 고령高靈 양전동良田洞의 암각화에서도 발견된다. 물론 이들이
곧 문학 자체라고 할 수는 없지만, 적어도 당시에 문학적 심상이 형성되
어 실재했음을 시사해 주는 것이라고는 할 수 있다. 또한 이 시기의 유물
로써 출토되는 토우土偶들 중에는 인물상들이 더러 보이는데, 이들은 부
족의 평화나 번창을 보장하는 조상신이나 수호신의 신상일 것이며, 동물
조각들도 번식과 행운을 비는 주술적 존재였던 것으로 추정된다.5) 언어
는 사라졌지만 언어가 표현하려 했던 의미의 세계는 이들을 통하여 아직
도 빛을 발하고 있는 것이다.

　고고·역사학자들에 의하면 고조선의 성립은 대략 B.C. 4세기 무렵일
것이라 한다. 이 무렵에는 철기문화가 수입되어 농업이 발달하기 시작하
고, 평양 일원을 중심으로 한 성읍국가가 성립되어 왕이 국가를 통치하기
시작하였다. 이 고조선 말기, 즉 B.C. 2세기 초 중국으로부터 망명하여
온 위만이 망명인들을 중심으로 하여 토착세력과 결합하여 국가를 이룩
하였으나, 이 위만조선은 B.C. 108에 중국의 한나라에게 멸망되고, 그 자
리에 한사군이 설치되었다. 한편 A.D. 1세기 초 한반도 북쪽 지방에는 부

---

5) 이기백, 59 ; 김원룡, pp. 97~100.

여가 연맹왕국으로 성립하였고, 비슷한 시기에 고구려가 이미 존재하였던 예맥 세력을 결집하여 한반도 및 만주에 걸친 연맹왕국으로 성립하였다. 또한 이 무렵 한반도 이남에서는 이른바 마馬·진辰·변弁의 삼한三韓이 백제·신라·가야伽倻로 재편되었다. 이 기간 중 한민족은 끊임없이 정치력으로 중국 세력과 싸우는 한편 문화적으로 중국의 선진 문명 특히 문자를 서서히 전수받기에 이르렀다.

상고시대 문학을 이후 시대의 문학과 구별지어 볼 수 있는 주요한 점은 순수 구비문학 시대라는 점이다. 아직 문자가 없었던 시기였기 때문에 고조선·부여·예·맥, 나아가 삼국의 초기 설화들은 기원후에야 한자를 빌어 문헌에 정착되었다. 단군신화의 현전 기록은 13세기 말 일연의 『삼국유사』에 의해 처음 이루어졌다. 그러나 연구가들(사학자·문학자)은 이 신화가 여러 가지 방증 자료로 미루어 매우 이른 시기의 것으로써 믿어 의심치 않는다. 그리하여 일찍이 김재원金載元은 중국의 무씨사당武氏祠堂 화상석畫像石에서 그 증거를 찾았고,6) 민속학자들은 단군신화에 나타나는 토템·통과의례·태양 숭배·천부지모天父地母 등등의 원시 신앙적 편린들을 그 논거로 삼았다.

1세기 경의 문헌인 『논형』에 수록되어 전하는 주몽전승은 단군전승보다는 보다 명백한 형성연대를 알 수 있는 경우다. 보통 우리가 '동명신화' 혹은 '주몽신화'라고 하는 것은 실은 해모수 신화와 주몽전설이 합쳐진 것이다. 이 전승의 기록 역사는 매우 장구한 것으로, 현전 최고 기록인 1세기 말의 『논형』을 비롯하여, 3세기 말의 『위략』 5세기 초 『후한서』7)와

---

6) 김재원, 『단군신화의 신연구』(정음사, 1947).

7) 주몽의 어머니 '유화柳花'가 『논형』에는 탁리국왕橐離國王 시비侍婢로 ; 『위략』[현 부전, 진수(233~297)의 『삼국지』 중 배송지裵松之(372~452)의 주에 인용]에는 고리국왕高離國王 시비 ; 『후한서』에는 색리국왕索里國王 시아侍兒로 나타난다. '색索'자에 대하여 『후한서』에는 세주細注로 "색索자는 혹은 '탁'으로도 발음하는데, 그 소리는 '도' 자와 '락' 자의 반절이다."[索或作橐音 度洛反]라 하고 있다. 그런데 7세기 전반의 문헌인 『양서梁書』에는 이 '탁橐' 자가 '고橐' 자로 되어 있다. 이로써 보면 현전 『논형』의 '탁리국橐里國'은 아마도 자형 유사로 인한 '고리국橐離國'의 오기가 아닌가도 생각된다.

같은 중국측 기록들과 아울러 5세기 초 <광개토왕릉비> 및 <모두루묘
지牟頭婁墓誌>와 같은 국내 기록도 있다. 따라서 주몽설화는『논형』소재
의 예로 미루어 기원 전후 무렵에 이미 널리 전승되었음이 분명하다. 더
구나 이 설화의 내용은 같은 책 소재 서언왕徐偃王설화와 함께 난생계라
는 점, 그리고 동이계東夷系의 전승이라는 점에서 발생적으로 어떤 연관이
있을 가능성을 시사해 주고 있다.

상고시대 말기, 즉 기원 전후에 이르러 중국 이주민들에 의해 한자가
수입·사용되면서부터 우리 선조들은 역사시대로 접어들게 되었다. 그러
나 그 당시에도 우리 선조는 기록을 남길 만한 데까지는 이르지 못하여,
현재 우리가 참고할 수 있는 문헌기록은 오직 중국측 사서인『삼국지三國
志』위지魏志 <동이전東夷傳>8)에 들어 있는 소수의 기록들뿐이다. '위지'
<동이전東夷傳>에 나타나는 기록들 중에서 구비문학과 관련이 되는 사항
들을 정리하여 보면 다음과 같다.

  (1) 부여9)
    1) 정월에 국중인이 모여 '영고迎鼓'라는 천제天祭를 지내는데, 날마다
       술 마시고 노래하고 춤을 추었다.
    2) 군사의 일이 있을 때 천제를 지낸 후 우제점牛蹄占을 쳤다.
    3) 장마가 지고 가물어 오곡이 잘 익지 않자 그 죄를 왕에게 돌려 왕을
       바꾸자거나 혹은 죽이자고 하였다.10)
    4) 동명신화
  (2) 고구려11)
    1) 사당을 세워 귀신·영성靈星·사직社稷에 제사하였다.
    2) 노래하고 춤추기를 좋아하여 밤만 되면 남녀들이 모여 노래하며 놀

---

8) 중국의 삼국 이전의 역사서인『후한서』에도 <동이전東夷傳>이 들어 있으나,『후한서』
   는 남조南朝 때의 송宋나라 범엽范曄이 짓고 양梁나라의 유소劉昭가 보충한 것이므로,
   편찬연대는『삼국지三國志』보다 오히려 늦은 것이다.
9)『삼국지』, <위지魏志>, <동이전東夷傳>, 부여조.
10) 유명한『황금 가지』를 연상케 하는 대목이다.
11)『삼국지』, <위지>, <동이전東夷傳>, 고구려조.

았다.

   3) 10월에 나라 안 사람들이 모두 모여 천제를 지내는데 이를 '동맹東盟'이라 하였다.

   4) 매년 10월이면 온 나라 사람들이 나라 동쪽에 있는 '수혈隧穴'이라는 동굴에 가 수혈신을 맞아 제사를 지냈다.

(3) 예濊[12]

   1) 별의 방위를 보아 그 해의 흉풍을 점쳤다.

   2) 10월에 천제를 올리는데 밤낮으로 술 마시고 노래 부르고 춤추면서 노는데 이를 '무천舞天'이라 했다.

   3) 범을 신으로 여겨 제사를 지냈다.

(4) 마한[13]

   1) 5월 파종 후에 귀신에게 제사를 지내는데 사람들이 모두 모여 밤낮으로 노래하고 춤추고 술 마시며 놀았다. 10월 농사일이 끝나서도 이와 같이 하였다.

   2) 고을마다 '천군天君'이란 제사장을 뽑아 천신에게 제사 지냈다.

   3) '소도蘇塗'라는 특정 지역에 큰 나무를 세우고 방울과 북을 매달아 놓고 귀신을 섬기며, 죄를 짓고 도망해 온 사람이 여기 머물렀다.

(5) 변진弁辰[14]

   1) 사람이 죽어 장사 지낼 때 죽은 사람이 날아가라는 뜻에서 큰 새의 날개를 달았다.

   2) 노래와 춤과 술 마시기를 좋아하는 풍속이 있었다.

    상고시대 한민족의 예술적 행동을 요약해 주고 있는 이 기록들을 통하여 우리가 알 수 있는 것은, 온 나라 사람들이 모두 참여하는 종합예술의 제전이 있었고, 그 장場에서는 대체로 천제를 지내거나 신을 위했으며 점을 쳤으며, 그리고 그들은 술 마시고 춤추고 노래하기를 좋아했다는 점이다. 그 밖에 범을 신으로 여겼다(예濊)거나 사자死者의 영혼이 육체로부터

---

12) 동상, 예濊조.
13) 동상, 한韓조.
14) 동상, 변진弁辰조.

분리되어 새처럼 날아간다고 생각했다(변진弁辰)는 점도 엿볼 수 있다. 이러한 점들은 곧 우리의 상대신화의 기원을 잘 설명해 주는 것이며, 그 저변에는 토테미즘이나 애니미즘, 샤머니즘 등등의 원시신앙이 자리잡고 있음을 시사한다. 혈연 중심의 씨족사회 혹은 이에 이어진 부족사회는 규모의 차이는 있지만 공동사회라는 점에서는 일치한다. 인간이 환경과 싸워 생존하기 위해서는 개인생활보다는 공동생활이 효과적임을 인식하게 되었고, 공동사회의 규모도 점점 확대되었다. 그리고 자연적으로 공동사회를 이끌어 나갈 강력한 군주의 필요성도 생겨났고, 초자연인 나아가 신적 존재를 가상하여 의지하려 했으리라 여겨진다. 따라서 이러한 의식의 장에서는 공동원 전체가 참석하는 천지신에 대한 제사는 물론 조상신에 대한 의식이 이루어졌고, 그 의식에는 자연적으로 노래와 이야기와 춤이 있게 마련이어서, 이른바 원시종합예술이 행해졌을 것이다. 위에서 살펴본 부여의 '영고'나 고구려의 '동맹', 마한의 '무천'이 그 좋은 예이다.

역사 초기에는 군주가 곧 국중대회를 주재하던 사제司祭였다. 단군신화에서 보이듯이 환웅이 풍백風伯·우사雨師·운사雲師를 거느렸다는 것은 그가 자연을 제어하고 나아가 인간사회의 곡식·수명·병·형벌·선악 따위를 관장하였음을 의미한다. 이는 샤만왕priestly king, 즉 군주가 제사와 정치를 아울렀던 이른바 제정일치 시대의 모습을 이야기하는 것이다.[15] 『삼국지』 위지 <동이전東夷傳>에 기록되어 있는 국중대회에서 행하여진 의식에서는 틀림없이 공동체의 시조신화 내지 건국신화, 혹은 영웅담이 춤과 노래와 이야기로써 표현되어졌을 것이다. 그것이 바로 시조신의 '본

---

15) 상고시대의 군주가 샤만 킹이었다는 증거로 흔히 『삼국사기』 남해차차웅南解次次雄조의 기록이 거론되어 왔다. 즉 '남해차차웅[자충慈充]이라고도 한다. 김대문金大問은 말하기를 무당을 말하는 방언이다. 세상사람들은 무당이 귀신을 섬기고 제사를 받들기 때문에 두려워하여 마침내 존장자尊長者를 '자충'이라 하게 되었다[이 즉위하니 이는 혁거세의 적자嫡子다(신라본기 제일 남해차차웅). 또한 동서 권32 잡지雜志에는 제2대 남해왕 3년에 비로소 시조 혁거세왕의 사당을 세워 사시로 제사하고 친누이 [친매親妹] 아로阿老로써 제사를 맡게 하였다.'고 되어 있다.

풀이'였고 해모수・주몽・박혁거세・수로・탐라의 삼성 신화였을 것이다. 그리고 점차 농경생활의 발전함에 따라 공동 의식에서는 가축과 곡식의 다산과 풍요를 비는 노동요도 행해지게 되었을 것이다.

언어학자들은 원시언어의 특징으로, 운문적이며, 의성어나 의태어가 발달하고, 직설적・실용적이며, 주술적・영탄적이라는 점 등을 들고 있다. 그런데 예술적 감응의 동기는 (1) 신에 대한 외경이나 생사 혹은 악괴惡怪에 대한 공포 ; (2) 풍요와 다산일 것으로 생각된다. 따라서 예술 작품 속에는 이러한 것들을 위한 예방이나 의지의 뜻이 담기거나, 또는 그 모양을 새기거나 그려 넣거나 하게 되는데, 이때 그 속에는 필연적으로 주술적 의도가 담기게 마련이다. 예컨대 상고시대의 문학 작품으로 전하는 <공후인>과 <구지가>에서 이러한 점들을 어느 정도 확인할 수 있다.

<공후인>은 고조선 때의 것으로 전해지는 유일한 작품이다. 이 노래는 원래 조선(고조선)의 한 나루에서 백발의 광부狂夫가 머리를 풀어 헤친 채 술병을 들고 강물을 건너려 하자 그의 아내가 쫓아가며 외친 넋두리조의 사설이라 한다. 그런데 나루터의 사공이 이를 목도하고 집으로 돌아와 자신의 아내 여옥麗玉에게 전언하자, 여옥이 공후라는 악기에 맞추어 광부의 처가 외친 사설을 노래한 것이 <공후인>으로 되었다는 것이다. 오늘날 이 노래에 대한 해석은 여러 가지 이견이 있으나, 노래의 주인공인 백수광부의 성격에 대하여는 대체로 무격일 것이라는 견해가 우세하다. 나아가 이 노래 자체를 무가적인 작품으로 보기도 한다. 별 방증 자료도 없이 2,000여 년 전의 작품이라 하는 노래의 진짜 성격을 이제 와서 단언키는 어려우나, 이 작품은 분명 구구전승되어 상당한 후대에 이르러 문헌에 정착하게 되었으니16) 구비민요임은 분명하다.

『삼국유사』 권2 <가락국기駕洛國記>에 실려 전하는 <구지가>에서는 무가적 성격이 보다 확실해진다. A.D. 42년 계욕지일禊浴之日에 가락의 부

---

16) 이 작품은 4세기 초의 서진西晉의 최표崔豹가 지은 『고금주古今注』에 실려 전한다.

족 대표인 구간九干 및 백성들이 구지봉 꼭대기에 올라 군장의 탄생을 기원하는 집단적 제의祭儀에서 주술적인 노래를 부르고 신탁을 받았다는 것(영신迎神)은, 제정일치 시대의 사제이자 군주였던 구간, 곧 무격이 제단에 나아가 본풀이를 낭송하는 한편 행위도 모방 재현했던 것으로 보인다. 더구나 이 노래는 전형적인 주가가 가지는 ① 대상의 환기, ② 대상에 대한 명령, ③ 명령에 대한 거부 가정, ④ 처벌 제시라는 전형적인 형식을 따르고 있고, 그 내용이 약 700여 년 후 신라의 향가인 <해가海歌>에 그대로 나타난다는 점에서 구비무가의 성격을 확증시켜 주고 있다.

그 밖에 이 무렵의 작품으로 고구려 유리왕이 B.C. 17년에 지었다는 <황조가黃鳥歌>를 들 수 있으나, 이는 그냥 하나의 신화적 이야기로 받아들이는 게 옳을 듯하다. 신화적 인물을 실제로 받아들이기도 어려운데 하물며 그가 지었다는 서정적 가요를 받아들이기는 더욱 어렵기 때문이다. 설령 사건 자체가 사실이라 하더라도, 이 시기에 이미 <황조가>와 같이 정제된 서정 한시가 지어졌다고 보기는 매우 어렵다. 그보다는 구전되던 민요적 노래가 유리왕의 이야기 속에 끼어든 것이라는 주장이 훨씬 설득력이 있을 것이다.17)

상고문학은 간단한 영탄조의 노래로 시작되어 차차 경험이나 가상에 바탕을 둔 본격적인 노래문학, 이야기문학으로까지 발전하여 갔을 것이다. 그리고 초기에 주술성 위주이던 것이 점점 주술성이 희박해짐에 따라 오락성을 띠게 되었을 것으로 생각된다. 상고시대 문학의 주제는 자연과 신(초월자)에의 화해, 또는 갈등, 외경, 징벌, 기원祈願 혹은 전쟁이나 질병, 식료 채취의 과정에서 생긴 경험 따위를 노래하거나 혹은 이야기하고, 나아가 좀 더 인지가 발달함에 따라 우주나 생물 혹은 무생물, 신앙과 습관, 특정 어휘의 기원을 설명하려 하였을 법하다. 그리하여 삶과 죽음의 문제, 영혼이나 귀신에 대한 신앙, 영육의 분리, 꿈과 현실의 미분

---

17) 정병욱鄭炳昱, '한국시가문학사, 상,' 『한국문화사대계 V 언어문학사』(고려대 민족문화연구소, 1967), pp. 771~775 참조.

화, 나아가 초인, 신적 존재에 관한 믿음, 인간과 동물의 미분화, 난생卵生, animal nurse, 동물 언어, 부성을 알 수 없는 모계사회와 같은 사회상의 반영(예 : 야래자 설화, 천부지모 설화), 세계의 기원(고리봉 전설, 거인설화) ; 천·지·인天地人 창조(산천 형성, 조물주의 조형, 혹은 천지개벽, 천인 하강, 지중 용출, 표착 설화), 별계 혹은 이계의 가상, 동식물의 생김새, 점복占卜, 인신공희 등등에 관한 이야기가 형성되었을 것이다. 물론 이 중 상당수는 이 시대의 산물이 아닌 훨씬 후대적 사고의 소산일 수도 있겠으나, 아마도 이런 특성들은 상고문학시대에 이미 민간신앙적 형태로 배태되어 구비문학 작품 속으로 침투되었으리라는 것이 필자의 생각이다. 예컨대 주몽전승은 그 대표적 작품이라 할 수 있다. 왜냐하면 거기에는 위에서 나열한 거의 대부분의 설화적 요소들(가령 태양 숭배, 천부지모, 난생, 궁시와 기마 같은 전쟁 영웅적 요소, 오곡의 종자 증여, 주술 등)이 들어 있기 때문이다.

3) 삼국시대

이 시대의 구비문학 자료를 검토하기 위하여 우선 문헌 목록부터 살펴보자. 『삼국사기』의 기록에 의하면, 고구려에서는 국초에 이미 『유기留記』 100권이 편찬되었다가, 후에 영양왕 11년(600)에 이문진李文眞에 의하여 『신집新集』 5권이 산수刪修되었고,[18] 백제에서는 근초고왕(346~375) 때에 고흥高興에 의하여 『서기書記』가 편찬되었으며,[19] 신라에서는 진흥왕 6년(545)에 거칠부居柒夫에 의해 『국사國史』가 편찬되었다고 한다.[20] 불행히도 이들은 모두 현전하지 않지만, 후일 『삼국사기』나 『삼국유사』 편찬의

---

18) 고구려본기 8, 영양왕嬰陽王 11년.
19) 백제본기 2, 근초고왕近肖古王 30.
20) 신라본기 4, 진흥왕眞興王 6.

근간이 되었을 것이다. 한편 신라 성덕왕 때 김대문金大問에 의해 편찬되었다고 하는『계림잡전鷄林雜傳』·『고승전高僧傳』·『화랑세기花郎世紀』·『악본樂本』·『한산기漢山記』들21)은 그 서명으로 보아 역사·지리서류로 짐작되며 그 중에는 상당한 설화들이 거두어져 있었을 것으로 짐작되나 모두 일실佚失되었다.22) 하지만 이들 문헌 소재의 설화들도 현전『삼국사기』나『삼국유사』기록 속에 상당수가 수렴되었을 것으로 생각된다.

삼국시대의 구비문학 자료를 풍부히 전하고 있는 것은 김부식金富軾이 지은『삼국사기』(1145)이다. 물론 이 책은 정사正史로 쓰인 역사서이니만큼 애초에 일반 민중의 문학적 자료를 담을 여지는 적었지만, 사료를 수집하는 가운데 끼어든 민간전승이 적지 않다. 이러한 자료는 3국의 본기에서도 간혹 찾을 수 있지만, 개인의 전기를 모아 놓은 열전에서 매우 풍부히 나타난다.『삼국사기』로부터 70년 후에 승僧 각훈覺訓이 편찬한『해동고승전』(1215)은 오늘날 잔권 2권이 남아 있을 뿐이지만, 역시 고승들의 전기 속에 구비 설화적 자료들이 적지 않게 보인다.『해동고승전』이후 다시 70여 년을 지나 편찬된 일연一然의『삼국유사』는 문자 그대로 '삼국의 유사'이니만치, 우리는 그 속에서 삼국시대의 매우 다양하고도 풍부한 구비문학적 자료들을 찾을 수 있다. 어찌 보면 이 책은 삼국의 설화집이라고 칭할 수 있을 정도로 많은 설화를 수록하고 있는데, 그 자료적 원천으로는 기록 문서뿐만 아니라 다량의 구전 자료가 포함된 것이 확실하다. 따라서『삼국유사』는 다분히 오늘날의 '현지조사 보고서'에 값할 만한 것이라 할 수 있다.

『삼국사기』의 기록을 따른다면 삼국의 건국 연대는 신라 B.C. 57년, 고구려 B.C. 37년, 백제 B.C. 18년의 순으로 되어 있다. 그러나 이 책이 3국을 통일한 신라측의 입장에서 쓰인 기록이요, 중국측의 기록이나 또 지리

---

21)『삼국사기』신라본기4 법흥왕法興王 15년 및 동 열전 6, 설총薛聰.
22) 수년 전에『화랑세기』가 발굴되어 화제가 된 바 있다. 아직 진부가 결론 난 것은 아니지만 위서僞書일 가능성이 많아 보인다.

적·고고학적 사실을 감안해 보면 실제는 고구려−백제−신라 순으로 3국이 형성되었으리라는 것이 학계의 통설이다. 이 무렵에는 이미 중국으로부터 이주한 중국인이나 상층 계급에서는 한자가 수입되어 사용되었을 것이나 그것이 일반·보편화되었다고 보기는 어려우며, 대부분의 문학적 활동은 구비문학적 형태로 전승되었을 것으로 보인다.

『삼국사기』혁거세조(B.C. 20)에 '호공瓠公이 마한왕에게 글을 올렸다.'는 기록23)과 동 온조왕溫祚王조(B.C. 18)에 '마한왕이 온조왕에게 글을 올렸다.'는 기록24)이 보인다. 한편『사기』나『한서』'조선전'에 1세기 말 "(위만의) 손자 우거右渠 때에 이르러 한나라에서 도망하여 이르는 자가 몹시 많았다."고 했고, 이어 "진번의 여러 나라들이 글을 올려 천자를 보고자 했다."고 한 것을 보면 당시의 한자 사용의 정도를 어느 정도 짐작해 볼 수 있다. 한사군시대(B.C. 108~A.D. 313)에 이르러서는 이 땅에 한자가 상당히 보급되었을 것이다. 실제 한반도에서 출토된 이 무렵의 유물 가운데에는 한자가 쓰여 있는 '진과秦戈'나 '점(염)제현秥蟬縣 신사비神祠碑' 따위가 있다. '점제현 신사비'의 내용 중에는 점제현의 장長이 산신에게 풍농과 도적이 없기를 기원하는 '오곡풍성五穀豊盛 도적불기盜賊不起'의 글구가 보인다. 따라서 3국 건국 초기에는 한자가 문어文語로써 기반을 다졌을 것으로 생각된다.『삼국사기』고구려 본기에는 '건국 초기에 처음으로 문자를 사용했을 때, 어떤 사람이 사적을 기록한 책 1백 권을 쓰고, 이것을『유기』라 하였다.'(國初始用文字 時有人 記事一百卷 名曰 留記)25)라 하였으니, '국초'가 정확히 어느 때를 가리키는 것인지 알 수 없지만, 상당히 이른 시기에 이미 한자로써 역사가 쓰였던 것임은 알 수 있다. 백제에서는 고이왕古爾王 27년(260)에 관제官制를 정비하고 동왕 29년에 율령律令을 반포하였고, 고구려에서는 소수림왕 2년(372)에 태학을 설치하고 귀

---

23) 신라본기 1, 시조 혁거세 거서간始祖赫居世居西干.
24) 백제본기 1, 시조 온조왕始祖溫祚王.
25)『삼국사기』영양왕 11년(600)조.

족의 자제들에게 『사기』·『한서』·『문선文選』 등을 교육하였으며, 또 이
해에 전진前秦의 순도順道가 불교를 전래하였다 하니, 이 무렵이면 삼국
모두에서 한자가 매우 광범위하게 사용되었을 것으로 여겨진다.

신라 『삼국사기』 유리왕儒理王 5년(A.D. 28)조에는,

> 5년 겨울 11월 왕이 국내를 순시하다가 한 노파가 추위와 굶주림에 죽
> 게 된 것을 보고 "내가 하찮은 몸으로 윗자리에 있어 백성을 잘 기르지
> 못하고, 늙은이와 어린이로 하여금 이 지경에 이르게 하였으니 모두 나의
> 허물이다."라고 하고, 옷을 벗어 입혀 주고 자기 먹을 음식을 미루어 먹
> 이고, 관리에게 명하여 곳곳마다 방문하여 홀아비·홀어미·고아·늙은
> 이·병자로서 자활할 수 없는 자를 급양케 하니, 이웃나라 백성들이 소문
> 을 듣고 오는 자가 많았다. 이 해에 백성들이 즐겁고 편안하여 비로소
> <두솔가>를 지으니 이것이 가악의 시초였다.[26]

라 하였고, 또 『삼국유사』 제3노례왕第三弩禮王조에는,

> 박노례이사금朴弩禮尼師今(혹은 유례왕이라고도 한다一作儒禮王)이……처
> 음으로 <두솔가>를 지으니 '차사 사뇌격'이 있었다.[27]

고 하였다. 『삼국유사』의 '두솔가兜率歌' 및 '비로소 지으니……이것이 가
악의 처음이었다(始製……此歌樂之始也).'의 의미 해석을 두고 수많은 이론이
있어 왔다. 하지만 위에 인용한 『삼국사기』의 배경설화와 함께 고려해 볼
때, 그 의미는 유리왕 혹은 유례왕 때[28]에 국가의 평강을 기원하는 뜻을

---

26) "五年冬十一月 王巡行國中 見一老嫗飢凍將死 曰予以眇身居上 不能養民 使老幼至於此極
　　是予之罪也 解衣以覆之 推食以食之 仍命有司 在處存問 鰥寡孤獨 老病不能自活者 給養
　　之 於是鄰國百姓聞而來者衆矣 是年民俗歡康 始製兜率歌 此歌樂之始也"(『삼국사기』 신
　　라본기 유리이사금儒理尼師今 5년).
27) "始作兜率歌 有嗟辭詞惱格"(『삼국유사』 권일 기이 제삼노례왕).
28) 조지훈은 '유리왕儒理王'을 제14대, '유례왕儒禮王'(284~298)으로 본다. 왜냐하면 『삼
　　국유사』에 '박노례이사금朴弩禮尼叱今 일작유례왕一作儒禮王'이라 했고, 『삼국유사』에

지닌 집단적 '두레노래' 즉 민요를 국가에서 받아들여 '다술노래(치민가治
民歌·안민가安民歌)'로 썼다는 뜻이 일반적 견해다.29) 『삼국유사』 제3노례
왕(유리왕儒理王)조에는 위 기록에 이어 '시제이사급장빙고작거승始製梨耜及
藏氷庫作車乘'이라 하였다. 이는 '쟁기와 보습 및 빙고를 만들고 수레를 만
들었다.'는 것이니, 이 무렵에는 소를 이용한 논농사가 상당히 행해지고
있었음을 시사해 준다. 따라서 이 무렵에는 논 농사를 하기 위한 협업 노
동이 필요하였을 터이고 이에 따른 <논 가는 노래>나 <모내기 노래>
따위가 있었을 수도 있다.

또한 『삼국사기』 유리왕儒理王 9년(A.D. 32)조에는,

> 왕이 6부를 정한 다음 한가운데를 갈라 둘로 나누고 왕녀 두 사람으로
> 하여금 각기 부내의 여자를 거느리고 각각 편을 지어 가을 7월 16일부터
> 날마다 일찍이 대부의 뜰에 모여 길쌈을 하고 한밤중에 파하되 8월 15일
> 이 되면 그 성적의 다소를 조사하여 진 편이 주식을 장만하여 이긴 편에
> 게 사례하도록 하였다. 그 날 밤에는 노래와 춤 및 온갖 놀이가 행해진다.
> 그것을 '가배嘉俳'라 일컬었다. 그때 진 편에서 한 여자가 나와 춤추고 탄
> 식하며 '회소會蘇 회소會蘇'라고 하는데 그 소리가 애절하고 청아하였다.
> 뒷사람이 그 소리로 인하여 노래를 짓고 이름을 <회소곡會蘇曲>이라 하
> 였다.30)

는 것이 있다. 부내部內의 여자들을 두 편으로 갈라, 왕녀 2인으로 거느리
게 하여 길쌈 시합을 하게 하고 8월 15일에 판정을 하여 진 편에서 음식

'노례왕弩禮王'이 『삼국사기』에는 '유리왕儒理王'으로 되어 있다. 유례왕 2년은 진수
의 『삼국지』가 완성되고, 백제가 왕인王仁을 일본에 보내어 천자문과 논어를 가르친
해다. 따라서 이때쯤이면 이두식 표기 발생 가능성 있으므로, 향가의 성립 연대는 3
세기경일 수 있다는 것이다(조지훈, "신라가요연구논고", 『민족문화연구』 1, 1964).

29) 조지훈, "신라가요연구논고", 『민족문화연구』 1(고려대 민족문화연구소, 1964).

30) "王旣定六部 中分爲二 使王女二人 各率部內女子 分朋造黨. 自秋七月旣望 每日早集六部
之庭績麻 乙夜而罷. 至八月十五日 考其功之多小 負者置酒食 以謝勝者 於是歌舞百戲皆作
謂之嘉俳 是時 負家一女子 起舞嘆曰 會蘇會蘇 其音哀雅 後人因其聲而作歌 名<會蘇
曲>"(『삼국사기』 신라본기 제일 유리이사금 9년).

을 마련하여 '가무백희歌舞百戱'를 하였는데, 이를 '가배嘉俳'(한가위)라 하였으며, 이때 진 편의 여자가 춤추며 <회소곡會蘇曲>을 불렀다는 것이다. 여기에서 가무백희의 때에는 많은 민요들이 불렸을 터이며, 특히 '회소곡'은 일종의 '길쌈 노동요'였을 것으로 추정된다.

현전 기록이 별로 없는 고구려의 구비문학적 자료를 엿보는 데 도움이 되는 자료는 비교적 풍부하게 남아 있는 무덤 벽화나 일부의 금석문들이다. 물론 이들 자체가 구비문학 자료는 아니며, 또한 무덤의 조성 연대가 초기의 것은 전혀 없고 거의 중·후기의 것들이긴 하지만, 그래도 이들은 당시의 구비문학적 사실을 살피는 데에 큰 도움을 준다. 다음은 고구려의 무덤 벽화들 중 구비문학적 자료와 연계될 수 있는 것들을 뽑은 것이다.

(1) 동수묘冬壽墓(안악安岳 3호분號墳, 황해도 안악군安岳郡 용순면龍順面 유순리兪順里) : A.D. 357. 250명 이상의 화려한 행렬. 동측실東側室에 그려진 그 당시 생활상을 보여주는 그림(외양간, 차고, 방앗간, 우물, 부엌 등).

(2) 쌍영총雙楹塚(평남 용강군龍岡郡 지운면池雲面 진지동眞池洞) : 거마행렬도車馬行列圖, 역사도力士圖, 청룡도, 백호도, 주실主室 정벽正壁엔 막을 친 목조 고옥과 그 안엔 주인 부부가 평상 위에 앉아 있는 그림.

(3) 강서대묘江西大墓(평남 강서군) : 전면 벽에 용 그림, 후면 벽에 봉학鳳鶴의 그림.

(4) 덕흥리 고분德興里古墳(평남 평남 강서군) : 견우직녀도牽牛織女圖.

(5) ① 통구通溝 5괴분塊墳 4호분號墳(길림성吉林省 집안輯安) : 인두사신人頭蛇身의 남녀. 남 = 일상日象 = 일신日神 ; 여 = 월상月象 = 월신月神을 양 손으로 받들고 있음. 그 밖에 단야신鍛冶神·화신火神·승학도乘鶴圖·우두인신도牛頭人身圖.

② 동 5호분 : 삼족오三足烏와 두꺼비[섬蟾]. 남자는 원 안에 삼족오가 있는 일륜日輪을 : 여자는 원 안에 두꺼비가 있는 월륜月輪을 받들고 있는 그림.

(6) 통구 무용총舞踊塚 : 주실 정벽엔 주인 접객도接客圖, 좌벽(동벽)엔 가무도, 서벽엔 수렵도, 남벽엔 나무, 천정에는 비천선인飛天仙人, 4신四神,

　　인면조人面鳥, 쌍학, 성신星辰의 그림 등.
　7) 우현리遇賢里 대묘 : 선녀채약도仙女採藥圖.

　『삼국사기』나 『삼국유사』가 3국 시대에 편찬된 것이 아니라, 고구려·백제·신라 3국이 신라에 의해 통일되었다가 다시 고려로 계승된 훨씬 후에 편찬되었던 까닭에, 당시 3국시대의 기록은 이미 거의 인멸되었을 뿐만 아니라, 잔존했던 자료들도 대부분 신라 계통의 것이었다. 따라서 이 두 책에는 고구려와 백제의 기록이 대단히 영성하다. 그 밖에 일부 국내외의 단편적 기록들이 보조자료가 될 수 있겠지만, 오늘날 우리가 삼국시대의 구비전승 자료를 검토하여 볼 수 있는 문헌적 근거는 사실상 이 두 책을 중심으로 이루어질 수밖에 없다. 그러므로 삼국시대 자료라고는 하지만 실제는 신라 것에 편중될 수밖에 도리가 없는 것이다.

　주지하다시피 『삼국사기』는 현재 남아 있는 이 땅 최초의 역사서이며 유가적 입장에서 편찬된 정사적 성격을 지닌다. 이 책의 편찬은 당시까지 잔존해 있던 『구삼국사』나 기타 문서 기록을 주로 참고하였으리라 생각되므로, 이 책에서 구비문학적 자료들을 추출하기란 쉽지 않다. 그러나 그 상당수의 내용이 구전 자료에 의거했음은 분명하다. 왜냐하면 모든 기록이 기록되는 순간까지는 구전되어 왔을 것이기 때문이다. 반면 『삼국유사』는 편자 일연이 동서 첫머리에서 강조하였던 것처럼, 처음부터 『삼국사기』에서 빠졌거나 소홀히 되었던 면을 보충한다는 입장에서 쓰였다. 그리고 『삼국유사』는 불가적 입장에서 쓰인 것이므로 양서의 성격은 확연히 다르다. 『삼국사기』가 사실에 치중하여 편년체로 쓰인 사서였음에 비해, 『삼국유사』는 신이神異가 돋보이는 기사체의 설화집이라 규정해 볼 수가 있다. 따라서 『삼국사기』의 내용에 구비문학적 자료가 보다 풍부할 것임은 두말할 필요도 없다. 하지만 『삼국사기』도 본기 중에 상당한 자료들이 보이고, 특히 열전 중에는 개인 전기 속에 구비전승 자료가 상당히 내포되어 있음을 간과하여서는 안 될 것이다.

그러면 이 두 책 속에 들어 있는 설화적 자료들을 살펴보기로 하자. 필자가 대충 찾아본 바에 의하면『삼국사기』에는 약 65화 정도,『삼국유사』에는 약 170화 정도의 설화적 자료가 포함되어 있다. 물론 이 숫자는 설화의 개념에 대한 연구자의 입장에 따라 달라질 수도 있겠고, 또 다삽화로 이루어진 이야기를 별개의 이야기로 분리시킬 경우 상당히 바뀔 수도 있기 때문에 절대적인 숫자는 되지 못한다. 그리고 이 두 문헌에 수록되어 있는 설화 자료 중 내용이 거의 유사한 중복 자료 25편을 감안하면,『삼국사기』와『삼국유사』의 수록 자료는 약 210편 정도가 된다. 이 중 반수 이상은『삼국유사』 '기이편紀異篇'을 제외한 나머지 부분에 들어 있는 고승 전기나 사찰 연기, 불교적 영험 등등에 관한 것들이며, 이들을 제외한 나머지 자료들은 대체로 여러 임금 및 그 신하들에 관한 이야기이다. 이로 미루어 현전 삼국시대 설화 자료들의 편중성을 대충 짐작해 볼 수 있다.『삼국사기』의 편찬 목적이 궁극적으로 통치 수단을 위한 것이고,『삼국유사』의 경우도 신앙의 포교를 위한 이적異蹟을 보이기 위한 것이므로, 이들 자료가 일반 서민들의 구비문학 자료와 거리가 먼 것은 당연하다.

하여튼 이 두 문헌에 수록되어 있는 설화의 종류를 주요 모티프에 따라 분류하여 보면 다음과 같다.

거인 / 골계滑稽 / 꿈 / 도덕(충효열) / 도술 내지 도술 경쟁 / 변신 / 석탑 내지 사원 연기緣起 / 수수께끼[미언謎言][31] / 신인神人(부처 · 천인 · 도인 등) 및 그 현형現形 / 용(특히 호국룡) / 주보呪寶 / 염정艶情 / 예언 내지 점복 / 요괴 내지 영혼 / 이계 / 이류교혼 / 탄생 / 태몽 / 풍속 유래 / 환생

이들은 하나의 설화 유형 안에 공존하든가 중복되는 경우도 많아 확연

---

31) 수수께끼 자체가 아니라 수수께끼를 포함하고 있는 이야기를 말한다.

한 변별력을 가지는 것은 아니다. 예컨대 특정인의 탄생설화 속에 태몽설화가 들어 있는 경우나 혹은 예언설화가 곁들여지는 경우가 그러하다. 또한 충효열 설화 속에는 당연히 그 밖의 여러 모티프들이 포함되게 마련이다. 따라서 위의 분류는 설화의 장르 분류를 이야기한 것이 아니라 흔히 거론되어 왔던 설화의 종류들을 뭉뚱그린 것임을 밝혀 두고자 한다.

　설화에 대한 국제 간의 비교문학적 고찰을 염두에 대고 삼국시대 설화 자료들을 검토해 보면 우선 가장 두드러지는 현상은 중국과의 관계를 이야기해 주는 것들이 많다는 점이다. 예컨대 <선덕여왕善德女王과 모란자牧丹子>(『삼국사기』, 신라본기 5 ; 『삼국유사』, 기이紀異), <선도산仙桃山 성모聖母>(『삼국사기』, 신라본기, 12 ; 『삼국유사』 감통感通), <묘옥 소주妙玉小珠>(『삼국유사』, 동상 2), <양명羊皿 환생>(동상), <명화공名畵工 장승요張承繇>(동상 탑상塔像), <장춘長春>(동상), <봉불아奉佛牙>(동상), <당제唐帝와 백월산白月山>(동상), <자장慈藏>(동상 탑상 ; 의해義解), <원광 서학圓光西學>(동상 의해), <의상 전교義湘傳敎>(동상), <낭지 승운朗智乘雲>(동상 피은避隱)과 같은 것들이다. 물론 이것은 중국과 우리나라의 역사·지리적 관계에 따른 문화교류 상의 사실을 감안한다면 당연한 것이겠다. 그 밖에 일본 관계 설화로는 <연오랑세오녀>(『삼국유사』, 기이)나 <호공>(『삼국사기』, 신라본기1) 같은 것들을 들 수 있고, 또 인도 관계 설화로는 <귀토지설>(『삼국사기』, 열전1) ; <수로왕비>(아유타국阿踰陀國 공주)>(『삼국유사』, 가락국기 ; 동 탑상) ; <황룡사黃龍寺 장륙존상丈六尊像>(동 탑상) 같은 것들을 들 수 있다.

　삼국시대의 설화적 자료 가운데 오늘날에도 민담으로 성히 구연되는 이야기들을 몇몇 들어보면 다음과 같다.

<추남楸南>(『삼국유사』, 기이) → <쥐의 뱃속 새끼까지 알아맞힌 점쟁이>
<경문대왕景文大王의 귀>(동상) → <임금님 귀는 당나귀 귀>
<서동薯童(무왕武王)>(동상) 혹은 <온달溫達>(『삼국사기』, 열전5) → <내

복에 사는 딸>과 <숯구이총각>
<신효거사信孝居士>(동상, 탑상) → <사람이 짐승으로 보이는 깃털>
<선율환생善律還生>(동상, 감통) → <저승에 다녀온 사람>

　　물론 이들은 삼국시대의 이야기가 원형 그대로 유전되는 것은 아니라, 상당히 변형된 형태로 구연되고 있다. 하지만 현전 민담의 내용으로 보건대, 이들이 삼국 설화의 맥락을 잇고 있는 변이형들임은 쉽게 알 수 있다. 한편 이제까지 제가諸家의 국문학사 논저들 가운데 흔히 거론되어 왔던 고전소설 및 삼국시대의 설화들의 연계에 관해서는, 그 내용을 실제 비교해 보면 너무나 동떨어진 감이 없지 않다. 따라서 이들 삼국시대의 설화를 특정 고전소설의 배경설화로 운위云謂하는 태도는 앞으로 마땅히 재고되어야 한다.

<방이> → <흥부전>
<효녀 지은> 혹은 <목주가木州歌> → <심청전>
<도미> → <춘향전>
<화왕계>32) → <화사>
<조신> → <구운몽>

　　삼국시대 설화를 논할 때 빼어놓을 수 없는 문헌은 『수이전殊異傳』의 존재이다. 이 책은 신라 말의 최치원崔致遠(857~?)이 편찬했다고도 하고, 혹은 고려 인종 때 박인량朴寅亮(?~1096)이 편찬했다고도 하여 그 확실한 편찬자는 알 수 없다. 이처럼 작자 및 편찬연대에 대하여는 이설이 있어 단정짓기 곤란하지만, 『해동고승전』(1215)이나 『삼국유사』(1280년 경)를 비롯한 여러 문헌의 인용 예들로 보아 문헌 자체의 사실성에 대하여는 의심의 여지가 없을 듯하고, 수록 각편들의 시대적 배경이 모두 고려 이

---

32) <화왕계>는 설총이 지은 것이란 점에서 설화라기보다는 창작물로서의 가전假傳이다. 하지만 그 소박성으로 미루어 설화로 보아도 괜찮겠다.

전인 점으로 미루어 삼국시대의 설화로서 다루는 것도 당연하다고 하겠다. 현전 일문들의 내용이 대체로 전기적傳奇的인 특성을 지니고 있음으로 보아, 이 책의 편찬 의도는 제명이 보여 주는 바 그대로 '신이한 이야기의 총집總集'을 뜻하였을 것으로 생각된다. 따라서 이 책이 완전하였다면 중국의 『수신기』에 걸맞은 이 땅 최초의 훌륭한 설화집이 되었을 것이다. 현전 12편33) 중 <최치원崔致遠>,34) <수삽석남首揷石枏>, <죽통미녀竹筒美女>, <노옹화구老翁化狗> 네 편을 제외한 나머지 작품은 『삼국유사』에서도 모두 찾을 수 있다. 이 가운데 특히 <최치원>과 <수삽석남> 같은 작품은 후대의 한국 소설 발달에 큰 영향을 미친 작품으로서 중시된다.

 삼국의 국가 체제가 점차 정비됨과 아울러 한자 사용이 점차 보편화되고, 나아가 한자를 이용한 자국어 표기를 다양한 방법으로 시도했을 것이라 생각된다. 우리말은 어휘뿐만 아니라 구문·어순 따위가 전연 다른 언어이므로 한문을 그대로 사용할 수 없었기 때문이다. 이러한 과정에서 우리말 표기를 위하여 한자의 음과 훈을 차용한 만들어진 것이 이른바 차자 표기법, 예컨대 향찰이나 이두였다. 이 중 이두는 단지 한문을 우리식으로 읽기 위해 한문에다 우리말로 토를 다는 수준이나 향찰은 한자의 음과 훈으로써 전면적인 국어 표기를 한 것으로, 이러한 향찰식 표기는 고구려의 장수왕대長壽王代 성벽 석각명石刻銘(446), 고구려의 충북 중원비中原碑(5세기 후반?), 신라의 울주蔚州 천전리서석추명川前里書石追銘(5~6세

---

33) 1. <원광법사전圓光法師傳> ; 2. <아도전阿道傳> ; 3. <보개寶開> ; 4. <최치원崔致遠> [선녀홍대仙女紅帶] ; 5. <수삽석남首揷石枏> ; 6. <죽통미녀竹筒美女> ; 7. <노옹화구老翁化狗> ; 8. <호원虎願> ; 9. <심화요탑心火繞塔> ; 10. <탈해脫解> ; 11. <당태종모란자병화화唐太宗牧丹子幷畫花> ; 12. <영오세오迎烏細烏>

34) 성임成任(1417~1480)의 『태평통재太平通載』 수록. 권문해權文海(1534~1591)의 『대동운부군옥大東韻府群玉』에는 <선녀홍대>란 제목으로 실려 있다. 그러나 『태평통재』의 것은 전기소설이라 하여도 좋을 만큼 창작문학화되어 있음에 비하여, 『대동운부군옥』의 것은 비교적 단순하다. 따라서 전자는 후자에 상당한 가필加筆을 한 것이 아닌가 여겨진다. 이 작품은 중국에서도 <쌍녀분雙女墳>이란 이름으로 알려져 있어 비교문학자들의 관심을 끌고 있다.

기 초?), 신라 진흥왕대 단양丹陽 신라 적성비赤城碑(551 이전?), 신라의 남
산신성비명南山新城碑銘(A.D. 591) 등에도 단편적으로 보이나, 문학 작품에
대대적으로 이용되고 있는 것은 바로 신라의 향가 작품들이다.35)

향가의 발생은 6세기 무렵으로 알려지고 있다. 가장 오래 된 작품은
6세기 경의 <서동요薯童謠>(A.D. 599)라 한다. 이 작품은 4구에 불과한
단순 소박한 시가로, 그 밖에도 초기에 이루어진 <풍요>, <헌화가>,
<두솔가> 같은 4구체 향가들은 대체로 민요적 성격을 지닌 것으로 보아
큰 잘못은 없을 것이다. <서동요>는 비록 개인 창작 작품이라고는 하지
만, 그 배경설화 중에 이 노래를 작자인 서동이 선화공주를 유인하기 위
하여 만들어 아이들을 시켜 부르게 했다는 점과 '동요만경童謠滿京'이라는
원문 구절을 감안하면 참요적讖謠的 기능을 가진 동요임을 알 수 있다.36)
또한 <풍요>는 온 성안에 남녀 백성들이 흙을 나르면서 '오다 오다 오
다 오다 셔럽다라'라는 반복적 가사를 불렀다는 것으로 미루어 집단 노동
요적 성격이 확연히 드러나 보인다. 또한 월명사가 지은 <두솔가>는 개
인 창작이지만, 하늘에 나타난 두 개의 해를 다스리고자 지어 불렀더니
변괴가 사라졌다는 설명설화로 보아 원래는 주술적 성격이 강한 민요였
을 가능성이 많다.

진성여왕 2년(888) 위홍魏弘과 대구화상大矩和尙에게 명하여 향가를 수
집 편찬케 했다는 『삼대목三代目』의 일실逸失은 한국 문학 연구자들에게는

---

35) 단 『삼국유사』의 향가는 신라시대에 창작된 작품임에는 틀림없으나 그 기록 연대는
13세기 후반이므로, 『삼국유사』 소수 14편의 향가는 당연히 13세기 후반경의 향찰
로 표기되었음을 간과해서는 안 된다. 이에 비하면 『균여전』의 '보현십원가' 11수는
10세기의 표기를 보여 주고 있어, 『삼국유사』의 것보다 앞선 것이다.
36) 신라 말의 최치원이 지었다는 <계림요鷄林謠>는 향가는 아니지만 '계림황엽鷄林黃葉
곡령청송鵠嶺靑松'이라는 어구로 보아 이 역시 참요임이 분명하다. 여기에서 '계림'은
신라의 서울인 경주, '곡령'은 고려의 서울인 송도를 가리킨다. 따라서 그 내용은 신
라의 멸망과 고려의 흥기를 뜻한다. 이 노래가 최치원작이라는 세전世傳은 필연 가
탁이겠지만, 고려말에 유행했다는 '목자득국木子得國'과 비교해 볼 때, 또 말세에는
대개 이 같은 유類의 참언이 있었던 점으로 미루어, <계림요>가 신라말의 참요이었
을 가능성은 충분하다고 하겠다.

통한스런 일이다. 이 문헌이 남아 있었더라면 당시의 문학 연구뿐만 아니라 언어 연구, 나아가서는 문화 연구에 엄청난 기여를 했을 듯싶다. 이는 일본의 『만요슈』(만엽집萬葉集)의 온존溫存이 오늘날 일본문학 연구에 얼마만한 기여를 하고 있는가를 미루어 보아서도 알 수 있다. 만약 『삼대목』이 온전했더라면 우리는 현전 향가 중의 민요적인 작품과 아울러 당대 민요 연구에 엄청난 진경을 보일 수도 있었을 것이다.

『고려사』 지志 권25 삼국 속악조에 실려 있는 3국의 가요들 가운데에는 비록 가사는 전하지 않지만, 유래 설화로 보아 구비문학적으로 상당히 흥미 있는 작품들이 있다. 고구려의 <명주가溟州歌>는 한 서생이 강릉에서 연인과 사귀다가 상경한 후 잊어버리고 말았다가 우연히 시장에서 산 물고기 뱃속에서 연인의 편지를 얻게 되어 재결합하게 된다는 신이한 이야기를 배경으로 하고 있다. 이 이야기는 오늘날까지도 전설 혹은 민담으로 전하고 있다. 또한 백제의 실전 가요인 <지리산>은 『삼국사기』 열전에 보이는 도미都彌설화와 유사한 점으로 미루어, 도미설화의 이본적 성격을 지닌다. <선운산禪雲山>[37]은 장사長沙 땅의 사람이 부역을 나갔다가 기한이 지나도 돌아오지 않으니 그 아내가 남편을 생각하여 선운산에 올라 이 노래를 지어 불렀다는 것으로, 그 기원설화의 주지主旨가 가사가 현전하는 백제의 노래 <정읍사>와 거의 비슷하다. <무등산無等山>은 전라도 광주에 있는 무등산 위에 성이 있어 백성들이 이것을 믿고 편안히 즐기며 노래했다고 하니, 일종의 '태평가'류의 민요였을 것이다. '가련완산아可憐完山兒 실부체련주失父涕連酒'(가엾은 완산아이 아비 잃고 눈물짓네.)란 한역시로 남아 있는 백제 말엽의 <완산요完山謠>는 그 유래 설명으로 미루어 참요였음이 분명하다.[38] 신라 자비왕(458~478) 때 백결百結선생이, 세모歲暮에 방아조차 찧지 못하는 가난함을 불평하는 아내를 위하여, 거문고로써 방아소리를 냈다고 하는 <대악碓樂>은 필연 '방아타령'류의 민

---

37) 『고려사』 권71 지志 25 악樂 2 삼국속악 백제.
38) 『삼국유사』 권2 후백제 견훤甄萱.

요였을 것이다. 신라 때의 작품으로 원가가 전하지 않는 작품으로 <목주가>39)가 있는데, 그 유래는 다음과 같다. 목주의 효녀가 부친과 계모를 지성으로 섬겼으나 부친은 후처의 거짓말에 속아 딸을 쫓아 버리고 말았다. 쫓겨난 딸이 산중에서 만난 노파의 며느리가 되어 근검하게 살아 부자가 되었는데, 생부와 계모가 어렵게 산다는 말을 듣고 자기 집으로 맞아 극진히 봉양했음에도 부모가 기뻐하지 않자, 효녀가 이 노래를 지어 스스로 한탄했다고 한다.

삼국시대에 가면이나 인형을 쓰고 가무를 했음을 시사하는 문헌 자료는 드물게나마 찾아볼 수 있지만, 이때에 이미 가면극이나 인형극이 성립되었음을 확증해 주는 자료는 전혀 남아 있지 않다. 다만 『일본서기』(720)의 기록에 '612년 백제인 미마지味摩之가 양梁나라에서 배운 기악伎樂을 일본에 전했다.'고 한 내용이 있는데, 지금까지 연구된 바에 의하면 이 일본의 가면무인 '기악'과 우리나라의 현전 가면극은 상당히 비교되는 점이 많다고 한다. 그것은 첫째 양자 모두에 집합장소로부터 놀이마당에 이르기까지 음악에 맞춰 노는 '길놀이'의 형태가 존재한다는 점 ; 둘째 모두 '중'에 관한 과장이 들어있다는 점 ; 셋째 오늘날 일본 관동지방 도처에 남아 있는 사자무獅子舞의 경우, 그 추임새 등이 우리나라 산대도감극의 춤과 흡사한 점이 있다는 점 ; 넷째 현전하는 일본의 기악 가면을 보면 그 모습이 우리의 가면과 상당히 유사하다는 점 등이 그것이다. 한편 최치원(857~?)의 <향악잡영鄕樂雜詠> 5수40) 중에 보이는 월전月顚·대면大面·속독束毒·산예狻猊 따위도 가면무일 듯한데, 특히 <산예>는 사자탈을 쓰고 추는 춤으로서, 이는 바로 후대의 <봉산탈춤>과 같은 가면극에 대비되어 주목된다.41) 물론 위에서도 이야기한 바 있지만 삼국시대에 가면을 쓰고 하는 춤이나 놀이는 있었을 가능성은 있지만, 대사가 수반된

---

39) 『고려사』 권71 지志 25 악樂 2. '목주木州'는 현 천안군 목천면木川面이다.

40) 『삼국사기』 권32 지志 1 악樂 11.

41) 이두현李杜鉉, 『한국연극사』(민중서관, 1973), p. 49 등 참조.

가면극이 있었다고 단정할 수는 없다.

구비문학의 제 양식 중에도 가장 단순한 것은 속담과 수수께끼이다. 이 중에서도 속담은 우리 일상 언어생활과 가장 밀접한 관계를 지니고 있다. 개인적 경험을 바탕으로 이루어진 속담은 차차 대중의 지지를 받아 공동 소유로 바뀌어 간다. 하지만 속담은 구어 속에서 발화되었다가 사라지고 말기 때문에 문자 기록 속에는 기록될 여지가 없었다. 때문에 어쩌면 가장 일찍 형성되고 가장 빈번히 구연되었을 터임에도 불구하고, 매우 오랜 후대에 의도적인 채록이 이루어지기 전까지는 자취를 남기지 못하고 말았다.

삼국시대의 속담은 기록의 인멸로 그 실상을 엿보기는 매우 어렵지만, 『삼국유사』 <욱면비염불서승郁面婢念佛西昇>조에는 매우 희귀한 자료가 수록되어 있다. 신라 경덕왕 때 강주康州(현 진주晉州)의 한 대가大家(한댁)에 욱면이라는 여종이 미타사에서 열리는 기도회에 참석하는 것을 미워한 주인이 매일 벼 두 섬씩을 찧게 하니, 욱면은 초경까지 다 찧어놓은 후 절에 가 염불하기를 마지 않으니, 이로써 '속담에 제 일이 바빠서 큰 집 방아 서둔다'(己事之忙 大家之春促)라는 말이 나왔다는 것이다.[42] 이 속담은 오늘날에는 '제 일 바빠 한데방아'라 하여 '한데, 곧 야외의 방아'라는 뜻으로 의미가 변해 사용되고 있으나, 원문을 따른다면 이는 '한댁[대가大家]의 방아'임을 알 수 있겠다.

『삼국사기』에 신라의 박제상이 고구려왕에게 가 볼모로 잡혀와 있던 신라의 왕자[복호卜好]를 돌려보내 준다면, 이는 마치 '아홉 마리 소에서 털 하나 떨어진 셈'(九牛之落一毛)이라고 한 대목을 보면 오늘날에도 흔히 사용되고 있는 '구우일모'라는 한자성어가 쓰였음을 알 수 있다. 그러나 이 속담이 원래 중국 것인가 토생적인 것인가 단정짓기는 어려우나, 유독 '구우九牛'라 한 표현으로 미루어 차용일 가능성이 많다. 조선 순조純祖 때 조재삼趙在三의 『송남잡지松南雜識』에는 신라시대의 속담이라 하여 '재송망

---

42) 『삼국유사』 권5 감통 제7 <욱면비염불서승郁面婢念佛西昇>.

정재松望亭’(솔 심어 정자)이란 것을 든 후에, 이 속담의 출처는 당시의 ‘내가 노인 곁을 지나치노라니, 아지 못하겠도다 노인의 심산이여! 저물녘에 솔을 심어 언제 정자 되기를 바라느뇨?(我過老人宅 不識老人心 何事殘陽裏 栽欲松望亭)’라 하였다. 자못 ‘우공이산愚公移山’투의 이 속담을 두고 신라시대의 것으로 단정한 이유는 아마도 그 출전이 당시唐詩라는 것에서 추정한 듯하나, 출전 문제는 인정한다 해도 우리나라에서의 속담 전승 연대를 신라시대로 단정할 근거는 되지 못할 것이다. 그리고 『삼국사기』<온달> 이야기에 나오는 ‘일두속유가용一斗粟猶可舂 일척포유가봉一尺布猶可縫’(곡식이 한 말이라도 절구질할 수 있으며 베가 한 자라도 꿰맬 수 있다.)[43]이나 <화왕계> 중의 ‘수유사마雖有絲麻 무기관괴無棄菅蒯’(실과 삼이 있다 하더라도 왕골이나 띠풀[44]도 버리지 말라.)는 속담이라기보다는 중국의 전고典故를 인용한 것에 불과하므로 속담으로 볼 수는 없다.

수수께끼도 많지는 않지만 몇몇 자료들이 남아 있다. 수수께끼는 ‘지혜’ 추구라는 특성 때문에 오랜 세월을 두고 대중에게 잊혀지지 않고 인기를 누려올 수 있었던 것으로 생각된다. 먼저 유리왕 28년(B.C. 9)에 고구려의 어린 왕자 무휼이 부여의 사신에게 내었던 수수께끼 ‘누란의 비유’를 들 수 있다. 부여왕이 고구려를 위협하니 힘이 약한 유리왕이 복종하려 하자 나이 어린 왕자 무휼無恤이 부여의 사자에게 말하기를 ‘여기 쌓아 놓은 달걀[누란累卵]을 헐지 않으면 부여왕을 섬길 것이나 그렇지 않으면 못 섬기겠다.’는 수수께끼를 전하였다. 이 말을 전해들은 부여왕이 신하들에게 그 뜻을 풀게 했으나 아무도 풀지 못하더니, 한 노파가 ‘달걀을 쌓은 것은 매우 위험한 것이다. 자기의 위험함은 알지 못하고 남을 범하려 함은 안전을 위험으로 바꾸려 함이니, 이는 차라리 제 일을 다

---

43) 출전은 『시경』에 나오는 ‘雖有絲麻 無棄菅蒯 雖有姬妾 無棄蕉萃 凡百君子 莫不代匱’이다.

44) ‘관괴菅蒯’는 빗자루나 자리의 원료를 뜻한다. 이 말의 출전은 원래 중국 한漢나라 때 민요라고 한다.

스림만 같지 못하다.’는 뜻이라 하였다.[45] 이는 전형적인 ‘수수께끼를 푼 아지담兒智譚’의 하나이다.

신라 태종 때의 예이다.[46] 신라의 김유신이 고구려를 치려 하니 당나라의 소정방이 종이에 난새와 송아지를 각각 그려 보냈다. 원효대사가 ‘서독화난書[47]牘畵鸞’을 반절反切로 풀어 ‘속환速還’이라 하니, 유신이 그 말에 따라 군사를 돌이켜 고구려군의 습격을 피했다는 것이다. 다음은 문무왕의 서제庶弟인 거득공車得公이 미복微服으로 순행巡幸을 하다가 안길安吉의 집에 유숙하였는데, 안길이 제 첩으로 하여금 천침薦枕케 하였다. 공이 안길의 집을 떠나며 만약 상경할 일이 있거든 자신의 집을 찾아오되 ‘내 집은 황룡사黃龍寺와 황성사皇聖寺 사이에 있으며 내 이름은 단오端午라 한다.’고 하고 떠났다. 후에 상경한 안길이 거득공의 집을 찾아 헤매던 끝에 지나던 늙은이에게 ‘두 절 사이에 있는 집은 대궐이고, 단오란 곧 술의戌衣(수레)이니 거득공의 집일 것’이라는 해석을 얻었다.[48] 그 밖에 잘 알려져 있는 <선덕여왕의 지기삼사知幾三事>[49]나 백제 말에 땅 속에서 발견된 거북의 등에 쓰여 있었다는 ‘백제원월륜百濟圓月輪 신라여신월新羅如新月’라는 구절[50]을 두 사람이 각각 다르게 해석했다는 것도 수수께끼적 요소를 지니고 있으나, 이들은 예언담 내지는 점복담으로 보아야 할 것이다.

◎ 참조 원고

“상고・삼국시대의 구비문학사”, 『어문학논총』 22(국민대 어문학연구소, 2003. 2).

---

45) 『삼국사기』 고구려본기 제1 유리왕琉璃王 28.
46) 『삼국유사』 권1 기이 2 태종춘추공.
47) 원문에는 ‘화畵’자로 되어 있으나 이는 문맥상 ‘서書’자이어야 한다.
48) 『삼국유사』 권2 기이 2 문호왕文虎[武]王 법민法敏.
49) 『삼국유사』 권1 기이 1 선덕왕善德王 지기삼사知幾三事.
50) 『삼국유사』 권1 기이 1 태종춘추공.

2. 고려시대 구비문학사

　고려조는 삼국 및 통일신라, 그리고 후삼국을 계승한 왕조로서 우리 민족은 비로소 실질적인 통일을 이룩하게 되었고 외견상으로나마 단일 문학사를 갖게 되었다. 이 시기는 시간적으로도 우리에게 좀 더 가깝고 잔존 기록의 양도 전대에 비해서는 풍부한 편이므로 보다 다양하고 확실한 구비전승적 자료의 흔적을 찾아볼 수 있게 되었다. 하지만 한 가지 아쉬운 점은, 민요의 경우를 제외한다면, 전반적으로 구비문학사를 서술하는 데 이 시기가 전 시대보다 나은 형편이라고 말할 수 없다는 것이다. 그 이유 중 하나는 아마도 이 시기에는 전대의 『삼국유사』와 같은 성격의 문헌이 남아 있지 않기 때문일 것이다. 물론 이 시기의 자료를 담고 있는 문헌으로는 『고려사』와 같은 사서 및 30여 종에 이르는 문집(이 중에는 패관 문학서라 불러온 것들을 포함한다), 고려 속요를 담고 있는 가집歌集들이 남아 있기는 하지만, 개중에 포함된 구비문학적 자료가 많다고 할 수는 없다.

　『고려사』에 포함되어 있는 설화의 양은 세가世家에 10여 화, 지志에 20여 화, 열전列傳에 60여 화 계 90여 화 정도이다. 종래 패관 문학서로 통칭되던 『파한집』·『보한집』·『역옹패설』에는 창작문학에 속할 시화를 제외하면 실제로 구비전승에 속하는 자료는 10여 편에 불과하다. 그 밖에 현전 문집에서 구비문학 자료들을 추출해 내기란 매우 어렵다.『동국여지승람』같은 문화 지리서에서도 이 시대의 자료를 꽤 찾아볼 수 있지만, 이들은 대부분 전대 여러 문헌 자료들을 전재轉載한 것이다. 민요의 경우는 조선조 중기 이후에 들어 비로소 한글을 빌어 기록해 놓은『악학궤범』이나『악장가사』,『시용향악보』의 속요들이 고려 때의 원모습 그대로라 할 수는 없겠지만, 그래도 구연되던 민요의 실상을 보여 주고 있음에는 틀림없다고 여겨진다.

『고려사』악지樂志에 수록되어 있는 노래에 대한 기록들은 비록 가사 자체를 보여 주고 있지는 않지만, 한역을 통해서 혹은 내용 설명을 통해서 그 모습을 재구해 보는 데 커다란 도움을 준다. 그리고 이제현李齊賢과 민사평閔思平의 <소악부小樂府> 총 17수도 고려조 민요 연구에는 매우 귀중한 재산이 된다. 여타의 구비문학 장르에 대한 자료들은, 민속극 및 무가에 대한 약간의 단편적 기록을 제외하고는 별로 찾아볼 수 없다.

『고려사』세가에는 고려 태조 왕건의 세계世系가 일목요연하게 정리되어 있다. 이 부분은 원서에서 밝히고 있듯이 김관의金寬毅가 편찬한『편년통록編年通錄』을 전재한 것이다. 그런데 그 내용을 보면 이것은 역사적 사실의 채록이라기보다는 구비전승의 수집이나 가작假作된 설화임이 분명하다. 이와 거의 유사한 기록은 후일 조선조 건국 후『용비어천가』편찬에서도 찾아볼 수 있다. 먼저 세계부터 정리해 보면 아래와 같다.

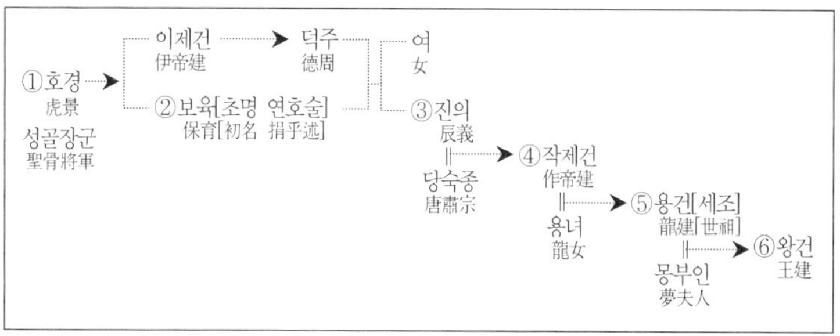

① 성골장군 호경이 동리의 9인과 평나산平那山으로 사냥 나갔다가 날이 저물어 굴속에 들어 유숙하려 했다. 이때 대호大虎가 나타났으므로 각자 쓰고 있던 관을 굴 밖으로 내던져 호랑이가 택하는 관의 임자가 희생이 되기로 했다. 호랑이가 호경의 관을 물었으므로 호경이 굴 밖으로 나서자 갑자기 굴이 무너져 호경을 제외한 모두 압사했다. 호경이 자신을 구해준 호랑이 곧 산신과 혼인했으나, 옛 아내[구처舊妻]를 잊지 못해 밤마다 나타나곤 했다. 그리하여 태어난 아들이 강충이었다. 이 이야기에 신조神助에 의한 압사壓死 모면 모티프나 영교靈交에 의한 출산 모티프는 민담에도 많이 나타나는 것들이다.

② 신라의 감관監官 팔원八元이 부소산扶蘇山의 산세를 살펴본 후 고려 태조의 선조인 강충에게 '부소산 남쪽으로 이사하고 소나무를 많이 심으면 3한을 통합할 자가 나오리라'라 하였다. 강충이 이 말을 따른 결과 두 아들을 낳았는데 차남이 보육이었다. 이는 나말여초에 민간에서 성행되었던 풍수 설화가 작용하여 이루어진 이야기로 생각된다.

③ 보육이 꿈에 곡령鵠嶺에 올라 오줌을 누었더니 그것이 삼한 산천에 흘러 넘쳤다는 이른바 <선류몽旋流夢> 설화다. 이 꿈 이야기를 들은 보육의 형 이제건이 자신의 딸(덕주德周)로써 처를 삼게 하였다고 한다. 이후 보육寶育이 마가갑摩訶岬에 암자를 짓고 살았는데 신라의 술사術士가 와 보고 '여기에 살면 반드시 당나라 천자가 와 사위가 될 것'이라 했다. 그 후 과연 보육은 두 딸을 낳았다. 이 대목에는 <선류몽> 설화 외에도 근친상간 설화와 풍수 설화가 혼융混融되고 있다.

④ 보육의 맏딸이 또 선류몽을 경험했는데, 그 이야기를 들은 아우 진의가 비단치마로써 꿈을 샀다. 이러한 <선류몽> 설화가 이미 신라 때 김유신의 누이동생인 문희文姬의 매몽買夢[1]에서도 나타나고, 또 고려 후대의 경종景宗 비 헌정왕후獻貞王后의 이야기에 반복된다는 것은 이 모티프가

---

1) 『삼국사기』, 신라본기 6 문무왕文武王 상 및 『삼국유사』 1 기이紀異 2 태종춘추공太宗春秋公.

구비전승의 정착임을 시사한다. 진의의 매몽담에서, 마침 동유東遊 왔던 당 숙종이 보육의 맏딸에게 옷을 꿰매 달라는 것을 진의가 대신하였다는 삽화는 앞의 <문희 매몽> 설화와 거의 유사하다. 또한 그가 이별에 즈음하여 '아들을 낳으면 이 궁시弓矢를 주라'하고 떠났다는 삽화는 주몽전승을 연상케 한다.

⑤ 진의가 낳은 아들 작제건의 어린 시절 이야기 역시 주몽전승과 유사하다. 주몽이나 작제건이 모두 궁시로써 신궁의 칭稱을 받는 점과 아비 없는 자식이라 놀림을 받고 자라다가 아버지를 찾아 어머니 곁을 떠나는 점이 그러하다. 다음에 이어지는 작제건의 부친 탐색담은 신라의 거타지 설화와 혹사한 삽화다. 그리고 함께 신라로 온 용녀가 침실 밖에 우물을 파고(광명사북정廣明寺北亭) 용궁을 왕래하며 작제건에게 '절대 엿보지 말라'는 당부를 하였으나 작제건이 금기를 깨뜨려 용녀가 용궁으로 돌아가 버리고 말았다는 이야기는 민간에서 널리 전하고 있던 <용궁색시> 혹은 <욕신금기浴身禁忌> 설화의 차용임이 분명하다.

⑥ 용녀 소생인 용건이 송악산 남쪽에 새 집을 지어 살았다. 이때 당나라 일행一行에게 지리법을 배워 돌아오던 도선이 용건龍建의 집을 보고 '기장을 심을 곳(종제지지種稌之地)에 어찌 삼[마麻]을 심었는가?'라고 탄식하였다. 이 말을 들은 용건이 도선에게 가르침을 청하고 그의 지시대로 집을 짓고 왕건(고려 태조)를 낳았다. 역시 풍수설화를 이용한 것이다.

이상에서 살핀 바와 같이 고려 국조 설화는 당대의 온갖 민간설화 모티프들이 종합된 결정판적 면모를 보여주고 있다.

고려 건국 초기의 설화로 또한 유명한 것은 향가의 잔영殘影으로 알려진 <도이장가>의 창작 배경설화를 들 수 있다. 태조가 견훤과 싸우다가 궁지에 몰렸을 때 신숭겸申崇謙과 김락金樂이라는 두 충신이 목숨을 바쳐 그를 구해 내고 죽었는데, 뒤에 태조가 그 은혜를 추모하기 위해 팔관회 행사 때에 풀[초草]로 두 공신의 인형을 만들어 앉혔더니, 두 공신이 술을 받아 마시기도 하고 일어나 춤도 추었다.[2] 뒤(예종 15년, 1120)에 이 사실을 전해 들은 예종이 감격하여 이 노래를 지었다고 한다. 이 싸움에서 군신간에 옷을 바꿔 입어 주군을 피신시킨 다음 태연히 죽음을 맞았다는 장렬한 이야기가 『평산신씨장절공유사平山申氏莊節公遺事』에 실려 전한다.

태조 때의 설화로 <낙타교>의 유래가 있다. 태조 25년(942) 거란이 사신을 보내 낙타 50필을 선사해 왔는데, 태조는 거란이 발해를 멸망시킨 무신無信을 탁하여 교빙交聘을 거절하고 그 사신 일행 30여 명을 섬[해도海島]으로 유배시키고 낙타를 만부교萬夫橋 아래 매어 놓아 굶어 죽게 하였다는 것이다. 따라서 이 다리를 '낙타교'라 부르게 되었다는 것이다. 이 사건은 같은 겨레의 국가인 발해를 멸망시킨 거란에 대한 고려인의 증오의 표시이자 앙갚음이었던 셈이다.

고려는 500여 년에 걸친 통치 기간 중 끊임없는 외세의 침략에 시달려야 했다. 거란·여진에 이어 몽고의 침략이 바로 그것이다. 온 백성이 고난과 맞서 싸우는 과정에서 자연 무수한 이야기들이 태어나기 마련이다. 30여 년 간에 걸쳐 세 번이나 쳐들어 온 거란과의 싸움에 대한 이야기는 사서史書에 간략히 기재되어 있지만, 보다 생생한 당대의 모습은 구비 설화로 전승되어 왔다. <뼈다귀 세찬> 이야기[3]는 1910년 제2차 침입 때 강감찬 장군의 지략에 의한 개경開京[송도松都 ; 개성開城] 탈환담이고, <설죽화> 이야기[4]는 1918년 제3차 침입 때 구주성 싸움에서 설죽화라는 처녀가 적병과 싸우다가 전사한 아버지의 원수를 갚기 위해 남장을 하고 강감찬 장군의 휘하로 달려가 적과 싸우다 전사한 이야기다. 역사상 유명한 구주대첩은 이렇게 한 처녀의 살신殺身으로 얻어진 것이라는 것이 민중의 판단이다.

12세기 초 북만주에서 세력을 결집해 가던 여진족이 점점 강성해져 고

---

2) 이 사실을 바탕으로 이때 우리나라에 인형극이 존재하였다는 가설이 주장되기도 하였다(고정옥, 『조선 구전문학 연구』, 과학원출판사, 1962, pp. 251~252).
3) 장권표, 『조선 구전문학 개요 : 고대·중세편』(사회과학출판사, 1990), pp. 64~65.
4) 동상, pp. 62~63.

려와 충돌을 빚게 되자 예종 2년(1107) 마침내 윤관 장군에 의한 여진 정벌이 단행되었고 함경도 북변을 점령하여 구성九城을 쌓았던 역사적 사실이 있다. 이때 마천령에 살던 달미라는 처녀가 고려군에게 쫓겨 가던 여진의 패잔병에게 납치되어 끌려가게 되었다. 도중에 날이 저물어 노숙하던 중 달미는 아군에게 적의 위치를 알리려 불씨에 몸을 던져 치마폭에 불을 붙이고 달렸다. 때마침 일어난 거센 바람으로 마천령 일대의 초목에 불이 번졌다. 마침내 달미는 하나의 봉화가 되어 아군에게 위치를 알려 적을 소탕할 수 있게 하였다. 이런 일이 있은 후 마천령 골짜기에는 봄마다 늘 달미의 치마폭에서 불이 붙듯 강한 바람이 일어 이것을 '달미바람'이라 하게 되었다고 한다.

고종 19년(1232)에 시작된 몽고의 침략은 그 후 30여 년에 걸쳐 여섯 차례나 계속되다가 고종 45년(1258)에는 굴욕적인 강화가 이루어졌다. 그 후 삼별초에 의한 대몽對夢 항쟁도 있었으나, 원종 14년(1273) 이마저도 제주도의 삼별초군 본거지가 함락됨으로써 고려는 국호를 원元이라 칭한 몽고에 굴복하게 되었다. 이후 고려의 임금은 그 칭호를 강등하여 '조祖'나 '종宗' 대신에 '왕王'자를 붙이게 되었고, 대대로 원나라의 공주를 정비로 맞아야 했다. 이러한 외세의 침략 와중에서 고려민은 상하를 막론하고 엄청난 고난을 극복하여야 했고, 또 그러한 과정에서 온 국민의 애국심이 요청되기에 이르렀다. 아마도 13세기 초 이규보李奎報(1168~1241)의 영웅서사시 <동명왕편> 집필, 이승휴李承休(1224~1301)의 『제왕운기帝王韻紀』 편찬, 혹은 13세기 말 일연의 <단군>신화의 재발굴과 『팔만대장경』의 간행 등은 모두 민족의 뿌리 찾기 내지는 결집, 혹은 승리의 기원 등에서 자연스레 이루어진 성과로 생각한다.

이 시기에는 몽고와의 직접적인 관계 속에서 많은 설화가 탄생하기도 하였다. 양 국민의 왕래, 특히 왕세자·부녀자·노예들의 원나라 서울 체류, 혹은 고려나 원나라 간의 여인을 주고받음은 아마도 구비문학 자료의 국제적 이동에 커다란 계기가 되었으리라 믿는다. 고려의 공녀貢女로 원나라에 갔다 돌아온 '찔레'의 원혼이 찔레꽃으로 되었다는 전설[5]이나 고려 속요 <쌍화점>의 제1련에 나타나는 '쌍화점雙花店에 쌍화雙花사라 가고신딘 회회回回아비 내손모글 주여이다'는 당대 풍속도의 단면도를 보여준다고 할 수 있다. 또한 원나라에 간 목은牧隱 이색李穡이 원나라 학자 구양현歐陽玄과 시재詩才를 겨룬 끝에 변방 소국인이라 깔보던 그를 감복感服시켰다는 이야기도 있다.[6] 이곡의 문집인 『가정집』에 수록되어 있는 <호종단胡宗旦의 단혈斷穴>[7]은 오늘날에도 삼별초난의 중심지였던 제주도를 중심으로 유행하고 있는데, 이는 대몽고와의 갈등 양상을 잘 드러내주는 이야기이다.

여기서 짚고 넘어가야 할 것은 중국으로부터 『태평광기』와 같은 거편巨篇의 설화집이 수입되었다는 사실과 또한 방대한 양의 불경을 총 집성한 『고려대장경』의 간행이다. 『태평광기』는 고려 의종毅宗 8년(1154)에 황문통黃文通이 찬한 윤포尹誧의 묘지명문墓誌銘文에 의해 인종仁宗 24년(1146) 이전에 전래되었음이 분명한데, 이 책이 국내에서 식자층을 중심으로 광범위하게 읽혀졌었으므로, 그 속에 포함된 6,900여 종의 설화들이 우리나라 설화에 미친 영향이 다대하였음은 말할 것도 없다.[8] 이전에도 삼국시대에 이미 『수신기』 같은 서적이 수입되었을 것으로 보이며, 그 밖에도 『유양잡조』 같은 문헌이 이미 국내에 수입되어 국내 설화 유형에 많은 영향을 미쳤을 것으로 생각되지만,[9] 이들의 수입에 대한 명확한 기록을 찾을 수 없음이 유감이다. 한편 대장경의 제1차 간행은 거란의 침입을 불력佛力을 빌어 물리치기 위하여 현종~문종 연간에 이루어졌고,[10]

---

5) 손동인, 『한국 전래 동화집』 6(창비아동문고 36, 창작과비평사, 1982), pp. 284~292.
6) 이훈종, 『허풍쟁이와 바람쟁이』(한길사, 1995), pp. 145~148.
7) 이곡李穀, 『가정집稼亭集』 6, <동유기東遊記>(1349).
8) 김현룡金鉉龍, 『한중 소설 설화 비교연구』(일지사—志社, 1976) 참조.
9) 『수신기』의 설화와 우리 설화의 비교에 대하여는 조희웅, "『수신기』 연구", 『구비문학』 4(한국정신문화연구원, 1980) 참조.
10) 이 초각본初彫本 대장경은 후일 몽고 침략시의 병화兵火로 거의 없어지고 잔권 약간이 일본 교토[경도京都] 남례사南禮寺에 보관되어 있다.

이어 의천義天의 속장경續藏經이 이루어진 바 있으며,[11] 제2차 『팔만대장경』은 1236년에 시작되어 1251년에 마침내 완성되었다. 이 거대한 경전 속에 포함되어 있는 많은 불전설화들은 후일 우리나라의 설화에 다대한 영향을 미쳤다.

『고려사』 소재 설화들 중 가장 두드러지게 드러나는 특성은 예언담적 성격이 매우 강하다는 점이다. 이 책에 수록된 약 90여 편의 설화 자료 중 50편 정도가 예언 모티프를 포함하고 있고, 더욱이 이 50여 편 중 30편 이상이 꿈 내지는 몽조夢兆와 관련되고 있다. 그 밖에 이조설화異兆說話 8편, 점복설화는 6편, 풍수설화는 7편, 참언讖言은 3편이나 된다. 이로써 보면 이 시대에는 초자연적 존재에 대한 믿음이 매우 강했음을 알 수 있다. 그러나 요무妖巫 타파에 대한 이야기도 5편(현덕수玄德秀·함유일咸有一·안향安珦·심양沈湯·이운목李云牧조 참조)이나 나타나는 점으로 미루어 지식인층의 미신 혁파革罷 노력도 상당하였음을 알 수 있다.

인간이 보금자리를 마련할 때에 주변 환경을 고려함은 당연한 일이겠다. 따라서 집터나 묘터를 고를 때에 산수 좋은 곳을 찾는 것은 아득한 옛날부터 있었음직하다. 그러나 산세山勢나 수세水勢, 혹은 방위 따위를 종합적으로 판별하여 이론화한 것은 훨씬 후대의 일이겠다. 체계적인 풍수도참설風水圖讖說이 확립된 시기를 확실히 알 수는 없으나, 우리나라에서 풍수 설화가 유행하게 된 것은 신라 말엽 풍수설이 우리나라에 유입되면서부터 민간에서 성행한 것으로 생각된다. 전하기로는 승 도선道詵이 중국에 가서 일행법사一行法師로부터 그 술법을 전수받아 왔다고 한다.

『고려사』에 나타나는 풍수설화는 위의 세계에 나타나는 이야기 외에도 다음과 같은 것이 있다. (1) 문종이 도선의 <송악명당기松嶽明堂記>에 '태조가 통일한 병신년으로부터 120년 안에 이곳(서강西江 병악餠岳 남쪽)에 궁궐을 지으면 국가 대업이 연장할 것'이란 말을 듣고 그 곳에 장원정長源

___

11) 이것 역시 몽고군의 침략으로 모두 산일散佚되고 약간의 잔권들이 국내외 여러 소장처에 나뉘어 전하고 있는 형편이다.

亭을 지었다는 이야기. (2) 도선이 '고려의 땅에 3경이 있는데, 11~12월엔 중경(송악松嶽)에 살고, 3~6월엔 남경(목멱木覓 곧 서울 남산南山)에 살고, 7~10월엔 서경(평양)에 살면 36국이 조천朝天한다.'는 글로써 남경으로의 천도를 청하였다는 이야기. 이상의 이야기는 모두 신라 말 내지 고려 초의 이야기로서, 이른바 양택풍수陽宅風水에 관한 것이다. 물론 이 무렵에 무덤 선정에 관한 것, 다시 말하면 음택풍수陰宅風水가 없었을 리 만무하다. 다만 한 국가의 역사를 담고 있는 문헌의 성격상 국가 및 국조의 탄생에 관한 이야기를 중점적으로 기술하다 보니 자연스럽게 그리 되었을 것이다.『고려사』권106 열전 19에는 보우선사普愚禪師가 공민왕에게 '한양에 도읍하면 36국이 조공하리라' 하여 왕이 이 말에 따라 한양에 궁궐을 지었다고 하는 이야기도 있다. 후에 조선 태조가 무학대사로 하여금 새 나라의 수도를 찾게 하고 한양漢陽으로 천도遷都하기까지에 관한 설화들이 민간에서 많이 전래된 것은 잘 알려진 사실이다.

인간은 누구나 어쩔 수 없이 국가나 개인의 장래 운명에 대한 희망과 불안을 안고 살아가게 마련이며, 또 미래의 운명을 엿보고 싶은 욕망을 가지고 있다. 따라서 점복 행위는 태고적 이래로 있어 왔으며 점점 정교화되고 의례화하여 갔다. 그리하여 인간은 미래를 예지豫知·예언하며, 혹은 어떤 사물이나 언어들이 보여주는 예조豫兆를 의미있는 것으로 풀이하려 하였고, 심지어는 미래를 적극적으로 진단하고 자기 뜻대로 이끌어 가려 하였다. 앞날의 길흉을 예언하는 '풍수도참설風水圖讖說'이 고려 성립 시기를 전후하여 유행하기 시작했던 것은 당시 불안한 사회적 정세 하에서는 자연스런 추세였다.

실재 여부를 단언할 수는 없지만, 당시에는 이른바 '도선비기道詵秘記'가 유행했다고 한다. 도선비기는 아니지만 『고려사』에는 후백제의 견훤이 '절영도絶影島 명마名馬가 이르면 백제가 망한다.'는 참언을 듣고, 일찍이 고려 태조에게 준 바 있던 명마를 돌려받았다는 이야기(세가世家 태조 1)가 기록되어 있다. 고려 태조의 '십훈요十訓要' 제5조에 '짐은 삼한 산천의 음덕에 힘입어 대업을 이룩하였다.'고 하고, 또 '거현 남쪽(거현남車峴南)·공주강 바깥(공주강외公州江外)은 배역형背逆形'이라 하여, 자기에게 끝까지 대항하던 후백제 땅을 반역의 땅이라 하였던 것은 당시에 풍수지리설의 위력을 말해준다. 숙종 때에는 김위제金謂磾가 도선의 밀기密記에 의거 도읍을 남경(한양漢陽)으로 옮기기를 청하여 동왕 4년 가을에 왕이 친행하여 둘러본 후 신하들에게 역사를 감독케 하여 5년 만에 일을 마쳤다고 한다.12) 또 인종 때에 이자겸은 '십팔자十八子'가 왕이 되리라는 도참설을 믿고 임금을 폐하고 자신이 왕이 되려는 야심을 품고 반란을 일으켰으나 실패로 끝났다(1127). 이에 묘청은 개경의 지덕地德이 쇠하고 서경의 지덕이 왕성하다는 이유를 들어 서경 천도설을 주장하다가 반대에 부딪치자 반란을 일으켰으나 그 역시 평정되고 말았다.

고려 후기에 유행한 『파한집』·『보한집』·『역옹패설』 같은 문헌들은 흔히 패관서라 일컬어지고 있는데, 그 대부분의 자료는 시화로 여겨질 자료들이나 간혹 구비 설화적 자료도 내포되어 있다. 몇 가지 예를 보면 『파한집』에는 이상향적 사고를 엿볼 수 있는 청학동靑鶴洞 전설이 보이고, 『보한집』에는 <김현감호金現感虎>의 유화인 <호변虎變> 설화, <김개인金盖仁과 의구비義狗碑>, <나무꾼과 선녀>와 비슷한 <서신일徐神逸과 사슴의 보은>, 『역옹패설』의 <박세통朴世通과 방리득보放鯉得報> 등은 모두 구비 설화의 채록이며, 후대에 많은 유화類話 들을 파생시켰다. 그 밖에 『고려사』의 <형제투금> 설화는 개화기 때의 교과서인 『고등소학독본高等小學讀本』 2(1907)에도 수록되었을 정도로 인기가 있었던 설화였다.

어떤 형제가 같이 길을 가다가 아우가 황금 두 덩이를 얻어서 그 하나를 형에게 나누어 주었다. 양천강에 이르러 또한 같이 배를 타고 길을 건너는데 아우가 갑자기 황금을 물 속에 던졌다. 형이 이상하게 생각하고 물은즉 대답하기를, "평소에 저는 형님을 대단히 사랑하여 왔습니다. 그

---

12) 『고려사』 권56, 지10, 지리1.

런데 지금 금을 나누어 가지고는 형님을 꺼리는 마음이 갑자기 싹트니 이것은 상서롭지 못한 일입니다. 그래서 이것을 강에 던지고 잊어버리려고 한 것입니다."라고 하였다. 형도, "네 말이 옳다." 하고 역시 황금을 물 속에 던졌다. 그때 함께 배에 탔던 사람들은 모두 어리석은 사람들이라 그 형제의 성명과 주소를 물어보지 않았다고 한다(有民兄弟偕行 弟得黃金二錠 以其一與兄 至陽川江 同舟而濟 弟忽投金於水 兄怪而問之 答曰 吾平日愛兄甚篤 今而分金 忽萌忌兄之心 此乃不祥之物也 不若投諸江而忘之 兄曰 汝之言誠是矣 亦投金於水 時同舟者 皆愚民 故無有問其姓名邑里云).[13]

고려 때의 민요, 곧 속요俗謠로서 오늘날까지 그 가사가 전하는 작품은 대략 10여 편이다.[14] 이들은 모두 『악장가사』·『악학궤범』·『시용향악보』에 실려 전하는데, 이들 문헌의 편찬은 조선조 초·중기의 것이다. 대부분 시대를 알 수 있는 기록이 남아 있지 않으므로 이 문헌들에 실린 것들을 고려시대의 작품으로 단정지을 수는 없지만, 대체로 그 내용·형식·정조情調의 순진, 사격詞格의 고박古朴, 작품정신과 시대상의 고구 등으로 미루어 고려 시대의 작품들로 인정해 왔다.[15] 물론 각 작품들은 원래의 작품으로부터 몇 백 년간을 구비전승되다 한글로 기록된 것인 만큼 원작으로부터의 변모의 여지는 충분히 있다. 그러나 구비전승이 의외로 형식적·내용적 특성에 힘입어 원형을 줄기차게 유지함을 감안하면 원작에서 전연 다르게 변모되었으리라고 생각되지는 않는다.

고려 가요에서 찾을 수 있는 민요적 특성은 몇 가지로 요약할 수 있다.

---

13) 『고려사』 권121, 열전34, 효우孝友, 정유鄭愈.

14) <동동>, <서경별곡>, <쌍화점>, <처용가>, <청산별곡>, <정석가鄭石歌>, <이상곡履霜曲>, <사모곡思母曲>, <가시리>, <만전춘滿殿春>, <유구곡維鳩曲>, <상저가相杵歌>. 그 밖에 <정읍사井邑詞>를 고려 때의 노래로 보기도 한다. 그러나 이들 모두가 민요였으리라는 추정에 대해서는 정병욱 같은 분은 회의적이다. 가령 <청산별곡>처럼 (1) 관용적인 이미지가 없고, (2) 구문에 있어서 동적이면서 논리성으로 일관하고, (3) 고도한 상징성을 지닌다는 점에서 민요가 아닌 개인 창작 작품일 것이라는 견해다.

15) 이 점에서는 양주동, 장지영, 김형규 등 여러 연구자들의 의견이 거의 일치하고 있다.

첫째, 소박한 민중의 생활상이나 정감을 솔직하게 드러내고 있으며, 특히 남녀 간의 적나라한 사랑을 표현한 작품들이 많다는 점이다. <가시리>, <서경별곡>, <만전춘>, <쌍화점>, <이상곡> 같은 작품이 그러한데, 이들 중에는 사랑의 표현이 너무나 노골적인 면이 많아 조선조에서는 '남녀상열지사男女相悅之詞'니 '사리부재詞俚不載'라 하여 개찬改竄되기도 하였다.

둘째, 후렴구의 사용이다. 후렴구의 사용은 '의미 있는 말'을 사용하기도 하나 고려조의 속요에서는 대체로 '아으 동동다리'(<동동>), '위두어렁셩 두어렁셩 다링디리'(<서경별곡>), '얄리얄리 얄랑셩 얄라리얄라'(<청산별곡>) 같이 '의미가 없는 말'이 사용되었다. 이러한 것은 <아리랑>이나 <쾌지나칭칭나네>, <강강수월래> 같은 민요의 후렴처럼 가장 널리 사용되는 수법으로 이들 작품이 민요에 속했던 것임을 잘 말해주는 증거라 하겠다. 강희맹姜希孟은 『금양잡록衿陽雜錄』'농구農謳'조에서 '신라 노래는 끝에 반드시 '다농다리호지리다리'라고 하였다.'(新羅曲終 多農多利乎 地利多利) 이처럼 후렴구를 꼭 의미있는 것으로 해석할 필요는 없을 것이다. <서경별곡>에도 들어 있는 '다롱디리'의 음사音寫일 듯하고, 민요에서의 이런 후렴구의 사용이 상상 외로 오래 되었을 가능성도 보인다.

셋째는 반복어구 및 연장체聯章体의 사용이다. 구비 시가는 입을 통하여 전승되는 만큼 그 망각을 방지하고 전승을 용이하기 위하여 유사한 어구의 반복이나 유사한 형식의 반복을 사용하기 마련이다. 이는 현전 민요의 창자들에서도 잘 알 수 있는 사실이다. 영장체는 균여의 향가 작품인 <보현십종원왕생가普賢十種願往生歌>에서도 그 발단을 보이고 있지만, 고려 가요에서는 대부분의 작품이 분련 형식을 보이고 있다. 특히 <동동>은 1월부터 12월에 이르기까지 월별로 분련되어 있어 이는 후대의 '달거리(월령체月令體)' 형식의 남상濫觴이 된다.

넷째는 관용구의 사용이다. 예컨대 '넉시라도 님은 훈디 녀져라 벼기더시니 뉘러시니잇가'(<정과정>)와 '넉시라도 님을 훈디 녀닛 경景 너기다니 뉘러시니잇가'(<만전춘>) ; '구스리 바회예 디신돌 긴힛쭌 그츠리잇가 즈믄히를 외오곰 녀신돌 신信잇딴 그츠리잇가'(<정석가>·<서경별곡>) 와 같은 것이다. 특히 <서경별곡>에는 유사한 의미의 '속담'적 표현이 반복되고 있어[16] 민요적 성격을 더욱 확실히 하여 주고 있다.

고려 속요로 생각되는 작품 중 비록 원문은 전하지 않으나 한역되어 전하는 작품들이 있다. 그것은 <소악부>라고 일컬어지는 작품들이다. '악부樂府'는 원래 중국에서 민요를 한시로 옮긴 것이므로, '소악부'란 '우리나라의 악부'라는 의미다. 고려시대의 소악부로는 익재益齋 이제현李齊賢이 만년 은둔 생활시(56세, 1342년 전후)에 지어 『익재난고益齋亂藁』에 실려 있는 11편[17] 및 이에 화답하여 급암及庵 민사평閔思平이 지은 6편이 전한다. 익재가 한역한 9편 중 7편은 『고려사』 악지 등에도 수록되어 새로운 것은 아니며, 나머지 3편은 이 책에서만 볼 수 있는 것으로 그 중 2편은 익재 자신이 제주도 민요를 한역한 것임을 밝히고 있다.

다음은 익재 소악부의 전前 9장章 중 첫 번째 작품인 <장암長巖>이란 작품이다. 장암 땅에서 귀양살이를 하던 두영철杜英哲이 그 곳에서 친해진 한 노인의 '벼슬길은 좋은 것이 아니니 함부로 나아가지 말라.'는 충고도 듣지 않고, 귀양이 풀려 다시 벼슬살이를 하다가 또다시 죄에 걸려 귀양살이를 가게 되니, 그 노인이 조롱하여 이 노래를 지었다고 한다.

---

16) '삭삭기 셰몰애 별혜 구은 밤 닷 되를 심고이다 그 바미 우미 도다 삭 나거시아 유덕有德ᄒ신 님믈 여희ᅌᆞ와지이다 옥玉으로 연連ㅅ고즐 사교이다 그 고지 삼동三同이 퓌거시아 유덕有德ᄒ신 님 여희ᅌᆞ와지이다 므쇠로 텰릭을 몰아 철사鐵絲로 주름 바고이다 그 오시 다 헐어시아 유덕有德ᄒ신 님 여희ᅌᆞ와지이다 구스리 바회예 디신돌 긴힛쭌 그츠리잇가 즈믄 히를 외오곰 녀신 돌 신信잇딴 그츠리잇가. [원문의 국문·한자 병기는 필자가 한 것임]

17) 국문가사가 전하는 <처용>, <서경별곡>(혹은 <정석가>?), <정과정곡> 및 한역가사만 전하는 <장암長巖>, <거사련居士戀>, <제위보濟危寶>, <사리화沙里花>, <오관산五冠山>. 그 밖에 <소년행少年行>·<수정사水精寺>·<탐라요耽羅謠>는 『익재난고』의 '소악부'에만 실려 있는 것이다.

拘拘有雀爾何爲　　참새야 참새야 너 무얼 하고 있니
觸着網羅黃口兒　　어린 네 새끼 그물에 걸렸는데
眼孔元來在何許　　눈구멍은 애당초 어디다 두었길래
可憐觸網雀兒癡　　멍텅구리 참새새끼 그물에 걸렸느냐?

다음은 후後 2장에 있는 <수정사水精寺>란 작품인데, 한 고관이 봉지련鳳池蓮이란 기녀가 돈 많은 중은 따르면서 사대부는 잘 따르지 않음을 희롱하여 지었다고 한다.

都近川頹制水坊　　도근천 냇물에 방축이 넘어가고
水精寺裏亦滄浪　　수정사 앞뜰까지 흙탕물에 잠겼네
上房此夜藏仙子　　승방에는 이 한 밤 미인을 재우다 보니
社主還爲黃帽郞　　주지는 뱃사공이 되고 말았네

다음은 급암소악부의 <안동자청安東紫靑>이란 작품이다.

紅絲綠絲與靑絲　　빨강·초록·파랑 실
安用諸般雜色爲　　어찌 모든 잡색 실을 쓸까보냐
我欲染時隨意染　　내 맘대로 물들일 수 있기에
素絲於我最相宜　　하얀 실이 내겐 좋아

『고려사』 악지에는 이 노래를 두고 부인의 수절을 강조한 노래라 하여 도덕적 해석을 내리고 있으나, 실제 내용은 오히려 그와 정반대로 자유분방한 애정 행각을 보여 주고 있는 듯하다. 악지의 편자는 아마도 민요를 유가적儒家的 잣대로 해석하려 한 때문인 듯싶다.

고려시대의 가요로 가사가 전하지 않는 작품은 약 40여 편이 전하는데 이 모두가 민요라 할 수는 없겠으나, 문헌에 나타난 창작 유래를 참작하여 볼 때 그 상당수가 민요였을 것으로 생각된다. <예성강禮成江>이란 작

품은 바둑을 잘 두는 당나라 상인 하두강賀頭綱이 예성강에서 한 미녀를 보고 그 남편과 자신의 재산과 미녀를 걸고 바둑내기를 하였다. 하賀는 처음에는 거짓으로 져주고 많은 재물을 내다가 마침내 내기에 이겨 미녀를 빼앗아 배에 싣고 가 버렸다. 그 남편이 비로소 회한에 차서 <예성강>이란 노래를 지어 불렀다. 이때 미녀를 싣고 가던 배가 바다 가운데에서 제 자리에서 맴돌고 나아가지를 않자 점을 쳐보니 '미녀를 돌려보내지 않으면 파선하리라'는 것이었다. 이에 뱃사람들이 두려워 여자를 돌려보내니 물결이 잦아졌다. 여자가 역시 노래를 지어 부르니 <예성강 후편>이 곧 그것이라 한다.[18] 유감스럽게도 이 노래의 전·후편은 모두 전하지 않으나, 내용을 추정해 보면 부부가 애정을 선후창 형식으로 표현한 민요였을 것으로 생각된다.

『문헌비고』에 의하면 고려조에 유행하던 많은 참요讖謠를 찾을 수 있다.[19] 이 중 <아야요阿也謠>는 '아야마고지나阿也麻古之那 종금거하시래從今去何時來'라는 것으로 충선왕이 원나라 악양岳陽에 가서 고국에 돌아오지 못한 채 죽은 것을 참讖한 노래라 한다. 이 노래에는 옛 신라 향가나 고려 속요에서 익히 보이는 감탄구 '아으' 혹은 '아아'에 해당하는 '아야阿也'가 나타나 있어 민요적 성격을 잘 드러내 주고 있다.[20] <우대후요牛大吼謠>는 '우대후룡리해牛大喉龍離海 천수롱청파淺水弄淸波'란 것인데, 공민왕이 홍두적란으로 안동으로 피난하게 되리라고 예언했던 작품이라 한다. '우牛'는 곧 난이 일어났던 '신축년辛丑年'의 '축丑'을 뜻하며, '용리해'는 왕이 대궐을 떠난다는 것이고, '대후'는 난리를 가리킨 것이다. 그러나 이

---

18) 『고려사』 권71, 지志 25, 악樂 2.
19) <보현찰요普賢刹謠>·<호목요瓠木謠>·<만수산요萬壽山謠>·<묵책요墨冊謠>·<아야요阿也謠>·<우대후요牛大吼謠>·<남구요南寇謠>·<이원수요李元帥謠>.
20) 아야阿耶-<찬기파랑가讚耆婆郎歌>·<우적가遇賊歌>·<광수공양가廣修供養歌>·<총결무진가總結無盡歌> ; 아야阿也-<제망매가祭亡妹歌> ; 아야阿邪-<원왕생가願往生歌> ; 아야야阿邪也-<도천수관음가禱千手觀音歌> ; 아으-<정과정>·<동동>·<처용가> 등.

것은 한자를 이용한 것으로 대중들에 의해 전파되었다고 보기는 무리일
듯하다. <이원수요>의 '서경성외화색西京城外火色 안주성외연광安州城外烟
光'은 이성계가 명나라를 치러 가던 길에 큰 야심을 품고 위화도威化島에
서 회군하여 서경을 불바다로 만들고 그 불빛이 안주성에까지 비치게 할
것임을 예언한 것이다.

『고려사』에는 고려말에 유행했다는 참요 '목자득국木子得國' 이야기가
나오는데, 이 이야기는 조선조 세종 때에 편찬된『용비어천가』제86장에
서도 찾아볼 수 있다.

『고려사』
  "그때 동요 중에 '목자木子가 나라를 얻을 것'이라는 말이 들어 있어,
  이 동요를 군민軍民들이 노소의 구별없이 부르곤 했다(時童謠有木子得國之語
  軍民無老少歌之)."21)

『용비어천가』
  "태조가 아직 등극하지 않았을 때 한 승려가 문간에 이르러 지리산 암
  석 중에서 얻었다는 이서異書를 바치니, 그 속에 '목자승저하木子乘猪下 복
  정삼한경復正三韓境'이란 문구가 있었다. 태조가 사람을 시켜 이를 맞아들
  이고자 하였으나, 이미 가 버리고 아무리 찾아도 간 곳을 몰랐다(太祖在潛
  邸 有僧踵門獻異書云 得之智異山巖石之中 書有木子乘猪下 復正三韓境之句 使人迎入 則已
  去 尋之不得)."22)

한편『용비어천가』제69장에도 '성 밖에 불이 비치어 십팔자十八子가
구救하시려니 가라 한들 가시리이까(火照城外 十八子救 縱命往近 噬肯往就).'라
한 데 이어 그 해설 기사 끝에 '참서에 십팔자가 삼한을 정복한다는 설이
있다(讖書有十八子征三韓之說).'고 하여, 당시 유행하던 참언을 들고 있다. '목

---

21)『고려사』권137, 열전50, 신우辛禑5(1379).
22)『용비어천가』권9, 제86장 후구後句 해설문 참조. 해당 원가原歌는 '석벽石壁에 숨었
   던 옛글이 아니런들 하늘 뜻을 뉘 모르오시리(巖石所匿 古書縱微 維天之意 孰不之知)'이다.

자木子'나 '십팔자十八子'는 곧 '이李' 자의 파자破字이니, 그 뜻은 모두 왕씨王氏 고려에 대신하여 이씨李氏 조선이 건국될 것임을 예언하는 내용이다. 이들이 여말에 민간에서 널리 전하던 것이라고 하지만, 민간 자생의 것이라기보다 도리어 혁명 기도 세력들의 의도적인 전언傳言이었을 것으로 생각된다.

고려 말 14세기 전후에 <모심기노래>가 존재하였음을 보여주는 기록이 있다. 충숙왕 때의 문신 박효수朴孝脩(?~1377)의 시에 "들바람은 때로 삽앙가挿秧歌를 보낸다."는 것이 있는데,23) 여기에서 '삽앙가'란 '모심기노래'를 가리킴이 분명하다. 자료의 불충분으로 단정지을 수는 없지만, 논농사의 발달 정도로 보아 국내에서는 훨씬 이전에 이런 유의 민요가 전국에서 성행되었을 것으로 생각된다.

이 시기에도 무의巫儀 곧 '굿'이 성행하였음은 앞서 살펴본바, 요무타파妖巫打破 이야기에서도 분명하다. 그러나, 구비문학 자료로서의 무가 자료가 뚜렷이 남아 있는 것은 별로 없다. 고려조의 궁중에서 나례儺禮 행사 때 사용되었다는 <처용가>는 그 내용으로 보아 신라 때의 <처용가>보다 훨씬 장편화되어 있고, 또 내용을 보아도 무가로서의 성격을 보다 분명하게 드러내 보여주지만, 후대 무가와의 연결 고리는 좀처럼 찾을 수 없다는 아쉬움이 있다.

<처용가>

    (前腔)   新羅聖代 昭聖代
                天下大平 羅侯德
                處容아바
                以是人生애 常不語ㅎ시란디
                以是人生애 常不語ㅎ시란디
    (附葉)   三災八難이 一時消滅ㅎ샷다
    (中葉)   어와 아븨 즈이여 處容아븨 즈이여

---

23) 『신증동국여지승람』 권28, 성주목星州牧 임풍루臨風樓.

(附葉)　滿頭揷花 계오(우)샤 기울어신 머리예
(小葉)　아으 壽命長願(遠)ᄒ샤 넙거신 니마해
(後腔)　山象이슷 깅어신 눈섭에
　　　　愛人相見ᄒ샤 오올어신 누네
(附葉)　風入盈庭ᄒ샤 우글어신 귀예
(中葉)　紅桃花ᄀ티 븕거신 모야해
(附葉)　五香 마ᄐ샤 웅긔어신 고해
(小葉)　아으 千金 머그샤 어위어신 이베
(大葉)　白玉琉璃ᄀ티 히어신 닛바래
　　　　人讚福盛ᄒ샤 미나거신 특애(ᄐ개)
　　　　七寶 계우샤 숙거신 엇게예
　　　　吉慶 계우샤 늘의어신 ᄉ맷길헤
(附葉)　셜믜(믜) 모도와 有德ᄒ신 가ᄉ매
(中葉)　福智俱足ᄒ샤 브르거신 비예
　　　　紅鞓 계우샤 굽거신 허리예
(附葉)　同樂大平ᄒ샤 길어신 허튀예
(小葉)　아으 界面 도ᄅ샤 넙거신 바래
(前腔)　누고 지어셰니오 누고 지어셰니오
　　　　바ᄂ도 실도 어ᄢ(업시) 바ᄂ도 실도 어ᄢ
(附葉)　處容아비롤 누고 지어 셰니오
(中葉)　마아만 마아만ᄒ니여
(附葉)　十二諸國이 모다 지어셰온
(小葉)　아으 處容아비롤(를) 마아만 마아만ᄒ니여
(後腔)　머자 외야자 綠李야
　　　　ᄲ리 나 내신(싢)고홀 미야라
(附葉)　아니옷 미시면 나리어다 머즌말
(中葉)　東京 ᄇᆞᆯ근ᄃᆞ래 새도록 노니다가
　　　　드러 내자리롤 보니 가ᄅ리 네히로셔라
(小葉)　아으 둘흔 내해어니와 둘흔 뉘해어니오
(大葉)　이런저긔 處容아비옷 보시면
　　　　熱病神이아 膾ㅅ가시로다

　　　　　千金을 주리여 處容아바

　　　　　七寶를 주리여 處容아바

(附葉)　　千金 七寶도 말오

　　　　　熱病神를(을) 날자바 주쇼셔

(中葉)　　山이여 미히여 千里外예

　　　　　處容아비를 어여려(녀)거져

(小葉)　　아으 熱病大神의 發願이샷다[24]

　　한편 『시용향악보』에 실려 전하는 <나례가儺禮歌>·<성황반城隍飯>·<내당內堂>·<대왕반大王飯>·<삼성대왕三城大王>·<대국大國> 1·2·3 따위들은 그 제명 및 내용들로 미루어 무가 계통임이 분명하다.

〈대왕반大王飯〉

　　　　八位城隍 여듧 位런 놀오쉬오

　　　　믓곳 가ᄉ리 쟝화새라

　　　　當時예 黑牡丹고리

　　　　坊廂애 ᄀ드가리

　　　　노니실 大王하

　　　　　디러렁다리 다리러디러리

〈삼성대왕三城大王〉

　　　　瘴ᄀᄉ실가 三城大王

　　　　일ᄋᄉ실가 三城大王

　　　　瘴이라 難이라 쇼셔란디 瘴難을 져차쇼셔

　　　　　다롱다리 三城大王

　　　　　다롱다리 三城大王

　　　　　녜라와 괴쇼셔

---

24) 『악학궤범』 권5 및 『악장가사』 참조.

　　그 밖에 같은 책에 있는 <구천九天>·<군마대왕軍馬大王>·<별대왕別大王> 들도 동계의 작품들로 여겨지지만, 이들은 단순한 구어조口語調 내지는 주문 형식으로만 되어 있어 판단하기 매우 곤란하다. 이들의 창작 연대에 대하여 고려 때의 것이라는 주장과 조선조 때의 것이라는 양설이 존재하여 뚜렷한 결론이 나 있지 않은 상태이나, 현전 내용으로 보아도 개인 창작시가 아닌 무가임이 분명할진대, 그들의 기록 연대는 크게 문제되지 않을 것이다. 무가는 무당이라는 특정인에 의해 전승되는 노래인 만큼 일반 민요보다도 그 전승력은 매우 강하며 원형의 유지도 매우 고착적일 것으로 생각된다. 따라서 위의 노래들은 고려 때에도 이미 존재하였을 가능성이 크다. 그런데 남은 문제는 이들의 자료들이 구체적으로 어떤 기능을 하는 굿에서 불리었는가 하는 것인데 아직까지 이에 대한 연구가 거의 되어 있지 않은 형편이므로 앞으로의 연구 결과에 미룰 수밖에 없다.

　　고려시대의 굿에 대한 단편적인 기록은 매우 많은 편이나, 그 내용을 종합적으로 파악케 해 주는 구체적인 기록으로는 이규보(1168~1241)의 <노무편老巫篇>이 좋은 참고가 된다. 하지만 이 시도 무당의 굿을 곁에서 보고 관찰한 감상을 적은 시작이니만큼, 굿의 겉모습은 매우 실감나게 표현해 주고 있지만, 불리어진 무가의 내용에 대한 언급은 매우 미흡하다. 특히 작자가 관찰한 무당은 그에 대한 행동묘사로 보아 강신무降神巫일 듯하므로 무가도 구비문학적 자료로서 쓸 만한 것은 못되었으리라 여겨진다. 시어 중에 나타나는 '제석帝釋'이나, 혹은 '칠원七元' 곧 '칠성七星'적 존재로 보아 '제석굿'이나 '칠성굿'과 연관될 듯하지만, 그 이상의 추정은 불가능하다.

　　고려시대에는 가면을 쓰고 놀이를 하였다는 기록이 꽤 많이 보인다. 예종이 1117년(예종 12)에 남경(한양)에 행차하였을 때 서울 근교에 살던 거란인들을 동원해 가무잡희를 공연시켰다는 기록이 있고,[25] 또 고종 4

---

25) "정묘일에 왕이 남경에 도착하였다. 이때에 귀순한 거란 사람들로서 남경 기내에 사는 자들이 거란의 가무와 여러 가지 유희를 연주하면서 왕을 맞이하였다. 왕이 수레

년(1217)에도 왕을 위한 잔치에서 북방인들이 채붕을 치고 잡희를 하였다는 기록이 보인다.26) 동왕 31년(1244)에도 연회에서 가면을 쓴 놀이꾼들이 잡희를 바쳤다는 말이 나온다.27) 또『고려사』전영보全英甫(?~1348)전傳28)에는 당시 탈을 쓰고 놀이하는 사람을 '광대廣大'라 불렀다는 기록이 있다. 이로써 보면 고려 중기 이후에 산대놀이가 성행되었을 것으로 보인다. 그러나 산대잡희에서 공연된 광대 탈춤이 곧 오늘날의 가면극 수준의 것이란 확증은 아직까지 발견된 바 없다. 이색李穡(1328~1396)의『목은집』에 들어 있는 <구나행驅儺行>을 통하여 당시의 공연 상황을 보면, 오방귀무五方鬼舞・사자무獅子舞・호인희胡人戲・처용무處容舞・불 토해내기[토화吐火]・줄타기[보색步索]・칼 삼키기[탐도吞刀]・인형희人形戲・백수희百獸戲 등 문자 그대로 온갖 잡희가 공연되었음을 알 수 있다.29) 이

를 멈추고 그것을 구경하였다(丁卯 王至南京 契丹投化人散居南京圻內者 奏契丹歌舞雜戲以迎駕 王駐蹕觀之)"(『고려사』권14 세가 14 예종 3 정유丁酉 12년).

26) "새로 급제한 임효명의 문전을 지나가는 사람이면 누구나 누구든지 불러들여서 술상을 차려 주었는데, 그것이 극히 사치스러웠으며, 또 고달고개로부터 가조리에 이르는 사이에 연이은 채붕을 매고 기악과 잡희를 크게 벌여 놓아 구경꾼이 담을 이루었다(新及第過者輒邀致 杯盤極侈 又自高達坂 至加造里 連亘結彩棚 大張伎樂雜戲 觀者如堵)"(『고려사』권129 열전 42 반역叛逆 3 최충헌崔忠獻).

27) "정해일에 왕이 간소한 연회를 배설하였다. 이 날 최이가 탈 쓴 사람과 온갖 광대를 바쳤다. 왕이 그들에게 은병 한 개씩 주고 또 기생들에게는 비단을 각각 두 필씩 주었다(丁亥 曲宴 崔怡進假面人雜戲 賜銀瓶人一口 又賜妓綾各二匹)"(『고려사』권23 세가 23 고종 2 갑진甲辰 31년).

28) "우리말로 탈을 쓰고 놀이하는 자를 광대廣大라 한다(國語假面爲戲者 謂之廣大)"(『고려사』권124 열전 37 폐행嬖幸 2 전영보全英甫).

29) "오방귀 춤추고 사자獅子가 들뛰며(舞五方鬼踊白澤) 불을 뿜어내기도 하고 칼을 삼키기도 하네(吐出回祿吞靑萍) 서쪽 하늘의 정기인 오랑캐가 있는데(金天之精有古月) 검기도 하고 누렇기도 한 얼굴에 눈은 파란 불빛이네(或黑或黃目靑熒). 그 중의 노인이 등은 구부정하면서도 키가 큰데(其中老者傴而長) 여러 사람들 모두 남극성이 아닐까 놀라고 감탄하네(衆共驚嗟南極星). 강남의 장사꾼은 오랑캐말 씨부렁거리며(江南賈客語侏離) 나아갔다 물러갔다 가볍고 빠르기 바람 속의 반딧불 같네(進退輕捷風中螢). 신라의 처용은 칠보 장식을 했는데(新羅處容帶七寶) 머리 위의 꽃가지에선 향기로운 이슬 떨어지네(花枝壓頭香露零). 긴 소매 이리저리 흔들며 태평무를 추는데(低回長袖舞太平) 불그레 취한 얼굴은 아직도 다 깨지 않은 듯(醉臉爛赤猶未醒) 누런 개가 방아 찧고 용은 구슬 다투고(黃犬踏碓龍爭珠) 온갖 짐승 더풀더풀 춤추니 요임금 시절 궁정 같네(蹌蹌百獸如堯庭)."

때 수많은 광대들이 가면을 쓴 채, 혹은 제 모습 그대로 무대에 등장하여 차례로 자신의 재주를 보여주는 모습은 연극적 대본을 가진 연극이었다기보다 오늘날의 곡예단의 공연에서도 찾아볼 수 있는 그러한 것이 아니었을까 추정해 본다. 따라서 고려시대에 이미 정제된 형태의 민속극 대본과 같은 구비문학 자료가 있었을 것으로 보기는 어렵다.

⬤ 참조 원고

"고려시대의 구비문학사", 『어문학논총』 23(국민대 어문학연구소, 2004. 2).

3. 조선조 초기 구비문학사—민요·속담
—새로 찾은 민요·속담 자료를 중심으로—

　이 글은 '한국구비문학사'를 종합 개괄槪括하기 위하여 시도해 온 일련 작업의 속고續稿다. 필자는 이미 "상고·삼국시대의 구비문학사"[1]와 "고려시대의 구비문학사"[2]를 기술한 바 있다. 따라서 이 글은 그 세 번째에 해당하는 셈이다. 필자가 '조선조의 구비문학사'를 계획함에 있어 시기구분을 '초기—중기—말기'로 나누려 함은, 조선조는 전대와 달리 상고詳考하여야 할 자료들이 비교적 풍부하기 때문이다. 이 글에서 구획 짓는 '초기'란 태조—명종 연간을 말한다. 이 시기의 시대적 특징을 살펴보면 역성혁명易姓革命에 따른 왕조 교체가 있었고, 이에 따른 정치적 갈등 알력이 심했다. 따라서 왕위 쟁탈이 빈번했고 당쟁이 심화했으며 내우외환內憂外患도 격렬했다. 이러한 사회·정치적 불안 속에서 상하층을 막론하고 '개인의 삶'은 크나큰 애환을 나타내기 마련이다. 이러한 모습들이 이 시기 구비문학 자료들을 통해 드러나는 것은 당연하다. 물론 초기는 이후 중기나 후기에 비하여는 여전히 관계문헌들이 적은 편이지만, 그래도 국가적 사료나 사적私的인 기록들이 적지 않게 남아 있어 도움이 된다.

---

1)『어문학논총』22(국민대 어문학연구소, 2003. 2), pp. 35~53.
2)『어문학논총』23(국민대 어문학연구소, 2004. 2), pp. 1~15.

　조선조의 시대구분을 초기－중기－말기의 세 시기로 구분하는 것은 순전히 편의상 그렇게 한 것이고, 일반 보편적인 사학계의 관용을 따른 것이다. 종래 행해지던 문학사의 시대구분을 구비문학사 서술에 그대로 적용하는 데에는 커다란 난점이 있다. 무엇보다 어려운 점은 구비문학 자료는 역사적 발생 시각을 알 수 없다는 점이다. 구비문학은 시간의 흐름과 함께 사라지는 시간예술이다. 따라서 이들의 전승은 끊임없이 재창조되어 나타난다. 구비문학적 자료 속에 등장하는 특정의 시·공간적 요소는 후대에 만들어 붙인 허구일 가능성이 크다. 예컨대 '함흥차사'에 관한 여러 설화나 속담들이 조선조 태조 때의 역사적 사실이라기보다 이후에 만들어진 것이기 쉽다는 말이다. 하지만 여러 정황적 사실들로써 미루어 보건대 구비문학 자료의 발생은 그 문면에 나타난 역사적 시기에서 그다지 멀지 않은 시기에 형성되었을 가능성은 충분히 내포하고 있다. 당대의 역사적 현실에 대해 긍정적 혹은 부정적 시각을 가진 개개인들이 그들의 정서를 구비적 자료에 각인刻印시켜 전승했을 것이기 때문이다. 따라서 특정 구비문학 작품에 나타난 시간적 증거에 따라 그 사적史的 기술을 한다는 것은 자칫하면 매우 무모하고도 허황된 것일 수도 있으나, 한편으로는 당대의 역사적 사실에 충분히 근거를 두고 있으며, 때로는 구체적 문헌적 논거도 갖고 있는 경우도 많으므로, 구비문학사의 기술은 과거 기록문학의 검토가 필수적이라고 할 수 있다. 또한 구비문학 자료에 나타나는 역사적 사실이 실제 사실이 아니라 하더라도, 후대인의 역사적 평가에서 만들어진 것이라는 점에서 '회고적 역사'로 간주하여 실제 이상의 의미를 부여해도 좋을 것으로 생각한다.

　구비문학의 주요 특징 중 하나로 흔히 민중적 특성이란 것을 들기도 하지만, 사실을 말하자면 구비문학은 민중들만의 것이 아니라, 때로는 왕공장상王公將相의 공유물이기도 하였다. 예컨대 설화가 상층에서도 애호되었던 것은 부인할 수 없는 사실이고, 속담이 후술할 바와 같이 지식인층의 기록 속에서 많이 나타나고 있음은 별로 새삼스러울 것이 없다. 원래

‘민중의 여론 수렴’이라는 특수 목적 때문에 행해지긴 했지만, 『조선왕조
실록』에는 곳곳에서 임금이 민요인 ‘농가農歌’를 청취했다는 기록을 적고
있다. 또 ‘무가’도 상층계급과 전연 무관했을 것으로 보기는 어려우며,
‘민속극’의 경우도 조선조 초기에 그 초기적 형태의 공연이 이미 이루어
졌다면, 이 역시 패이트론patron으로서 상층계급의 애호가 있었을 터이다.
따라서 상층·지식인층의 기록에 의한 구비문학사의 검토는 매우 필요하
고도 타당하다.

예부터 중국적 전통에 의하면 제왕은 민요를 통하여 왕정의 득실과 풍
속의 융체隆替를 알 수 있다고 여겨왔다. 따라서 역대 제왕은 민정을 살피
기 위한 수단으로 민간 가요에 유의하였다. 전설적인 상고의 제왕帝王인
순舜이 듣고 기뻐했다는 <격양가擊壤歌>3)나 <강구요康衢謠>,4) <남풍가南
風歌>5)의 고사는 아마 적례適例일 것이다. 현전 중국 최고最古의 시문학서
인 『시경』 305편 중 반 수 이상을 차지하는 ‘국풍國風’이란 것도 제왕이
지방의 민심을 살펴 의정爲政에 도움이 되게 하고자 채시관采詩官으로 하
여금 수집케 한 민요였는데, 그 주된 내용은 모두 청춘남녀·필부필부 간
의 사랑노래이거나 혹은 그들의 삶을 진솔하게 담아낸 것이었다. 중국에
서는 한 대漢代에 이르러 악부樂府란 관청까지 두어 민요를 채집하기도 하
였다.

유교적 국시를 표방한 조선조에서는 건국 초기부터 중국적 전통을 받
아들여 ‘새 국가에 새 가악’을 제정할 필요성이 제기되었다. 그리하여 그
기반 작업으로 구악舊樂 정리의 필요성이 대두되어 조야朝野에 산일散佚돼

---

3) ‘해 뜨면 나가 일하고, 해 지면 들어와 쉰다. 우물 파서 물 마시고, 논밭 갈아 밥 먹는
   다. 이런 내게 왕의 힘이 무슨 소용 있으리오(日出而作 日入而息 鑿井而飮 耕田而食 帝力于我
   何有哉.)’(『제왕세기帝王世紀』).
4) ‘우리 백성들 편안함은 모두 다 그 분의 은덕이라 자신도 모르는 사이에 왕도에 순종
   한다(立我蒸民 莫匪爾極 不識不知 順帝之則)’(『열자列子』).
5) ‘남풍이 솔솔불어 우리 백성들의 분노를 풀어주고 남풍이 제때 불어 우리 백성들의
   재산을 늘려준다(南風之薰兮 可以解吾民之慍兮 南風之時兮 可以阜吾民之財兮)’(『공자가어孔子家
   語』).

있는 전승가요를 찾아 다듬으려 했다. 하지만 결과적으로 볼 때 고려조의 민요는 어느 정도 수집 정리된 듯하나(『악학궤범』·『악장가사』·『시용향악보』 소재 고려 속요), 그마저도 '남녀상열지사男女相悅之詞', '비리지사鄙俚之辭', '음설지사淫褻之辭'라 폄하되어 '사리부재詞俚不載'하거나 원본과는 전혀 다른 모습으로 개찬改撰되어 버렸다. 이보다도 더 불운했던 조선조 초기의 민가民歌들은 미처 정리·편입될 여지도 없이 사라져 버렸다. 유감스럽게도 조선조 초기의 민요의 실상을 엿볼 수 있는 자료는 전혀 남아 있지 않다. 그러나『조선왕조실록』을 검토해 보면 조선조 초기에 조정에서 민요 채집의 필요성을 인식하고 이를 적극 주장했던 흔적은 곳곳에서 찾을 수 있다. 먼저 세종 12년(1430) 2월에 예조에서 박연朴堧이 임금에 올린 상소문에,

> ……원컨대 중외中外에 영을 내려 우리나라의 옛날 노래와 악전樂典을 널리 구하여, 만약 상세하고 완전한 구본舊本을 자진하여 고하고 바치는 사람이 있으면 관직으로 상을 준다면, 예전 음악이 없어지고 빠진 것을 거의 찾아 채우게 될 수 있을 것입니다. 이같이 한 후에 그 가곡의 가사를 추려 골라서, 그 중에 군신의 도가 합하는 것과, 부자의 은혜가 깊은 것과, 부부의 절의와, 형제의 우애와, 붕우의 신의를 읊은 것과, 빈주賓主 간에 함께 즐기는 것이 다 성정性情의 바른 길로 나와서 인륜과 세교에 관계되는 것들은 정풍正風으로 삼고, 그 남녀들이 서로 좋아하여 음란하게 놀고 간악姦惡하며 사욕을 채우기에 부끄러움이 없어 강상綱常에 빗나감이 있는 것은 변풍變風으로 삼을 것입니다.6)

라고 하여, 이른바 정풍正風과 변풍에 해당하는 민요를 모두 채록해야 할 것임을 주창한 바 있고, 또한 세종 15년(1433) 9월에는,

---

6) '願令中外悉求我朝舊時歌典 如有詳悉舊本 自告進呈者 賞之以職 則舊樂之缺 庶可塡補矣 如此 然後擇其歌曲之詞 其中君臣道合父子恩深 夫婦節義 兄弟友愛 朋友講信 賓主同歡 發於性情之正 有關於人倫世敎者 以爲正風 其男女相悅 淫遊姦慝 逞欲無恥 有愧於綱常者 以爲變風'(『세종실록』 권47, 12년 2월 19일 경인조庚寅條).

예조에서 아뢰기를, "성악의 이치는 시대 정치에 관계가 있는 것입니다. 지금 관습도감의 향악 50여 노래는 모두 신라·백제·고려 때의 민간 속어[이어俚語]로서 오히려 그 당시의 정치의 잘잘못을 상상해 볼 수 있어서, 족히 권장할 것과 경계할 것이 되옵는데, 본조가 개국한 이래로 예악이 크게 시행되어 조정과 종묘에 아악雅樂과 송頌의 음악이 이미 갖추어졌사오나, 오직 민속 노래들의 가사를 채집 기록하는 법 마련이 없사오니 실로 마땅하지 못하옵니다. 이제부터 고대의 노래 채집하는 법(採詩之法)에 의거하여, 각도와 각 고을에 명하여 노래로 된 악장이나 속어임을 막론하고 오륜의 정칙에 합당하여 족히 권면勸勉할 만한 것과, 또는 간혹 짝 없는 사내나 한 많은 여자의 노래로서 정칙定則에 벗어난 것까지라도 모두 샅샅이 찾아내어서 매년 세말歲末에 채택하여 올려 보내게 하옵소서." 하니, 그대로 따랐다.7)

고 하고 있다. 이 기사로써 보면 어떤 형태로든 민요 채집이 이루어졌을 가능성도 있겠으나, 실제로는 아무런 성과도 얻은 바 없이 유야무야有耶無耶로 끝난 듯하다.

성종 8년(1477) 7월의 기록에도 '외방의 민속가요와 수령의 정적政績을 견문한 것이 없어 기록할 수 없으니 각 도마다 주부교수州府敎授 중 몇 사람씩을 택차擇差하여 민풍民風을 보게 함이 편하겠다'는 윤대輪對가 있었으나, 예조禮曹의 반대로 실행되지 못하였음을 밝히고 있고,8) 중종 24년(1529) 5월의 조강朝講에서 시강관侍講官 원계채元繼蔡는 임금에게 민요의 중요성을 다음과 같이 역설하고 있다.

옛 사람들의 시는, 지금 시대 사람들이 제작에만 뜻이 있는 것과는 달

---

7) '禮曹啓 "聲樂之理 有關時政 今慣習鄕樂五十餘聲 竝新羅百濟高(句)麗時民間俚語 猶可想見當時政治得失 足爲勸戒 我朝開國以來 禮樂大行 朝廟雅頌之樂已備 獨民俗歌謠之詞 無採錄之法 實爲未便 自今依古者採詩之法 令各道州縣 勿論詩章俚語 關係五倫之正 足爲勸勉者及其間曠夫怨女之謠 未免變風者 悉令搜訪 每年歲抄 採擇上送 從之'(동상, 권61, 15년 9월 12일 신묘辛卯).

8) 『성종실록』 권82, 8년 7월 23 무자戊子.

라서, 민요의 가사가 모두 자연적으로 우러나온 것이었습니다. 그러므로 국가 정사政事의 잘잘못과 풍속의 융체隆替를 여기에 따라 알 수가 있었습니다. 이래서 옛적에는 채시採詩하는 법이 있었습니다. 후세에 와서는 채시하는 법이 없어져, 옛 사람들이 이른바 시라는 것을 다시 볼 수 없게 되었습니다. 그러나 지금도 항간巷間에서 언어로 흥얼거리는 내용의 화평과 수원愁怨에 따라, 국정의 잘못과 풍속의 미악美惡을 대략은 알 수 있습니다. 시대에는 고금의 차이가 있지만 민요의 가사가 성정에서 나오는 것은 고금이 다르지 않습니다.9)

이러저러한 이유로 조선조 초기 역대의 임금들은 농민들을 가까이 불러 민요(농가農歌) 듣기를 좋아하였다. 이는 치정治政의 방편이었거나 단순한 소리 듣기 차원에서 이루어진 것일 수도 있지만, 결과적으로 민요에 대한 군주君主의 관심은 그만큼 민간 음악의 발전에 기여했음을 부인할 수 없다. 다음의 실록에 나타나는 조선조 초기 농요에 대한 관계 기록들을 간단히 정리해 본다.

    (1) 세종 2년(1420) 5.20(정해丁亥) : 임금이 풍양10) 이궁離宮으로 문안 가다. …… 또 숙에게 말하기를, "내가 근래에는 항상 밭 갈고 심는 것을 봄을 날마다 악樂을 삼았나니, 이제 농부를 불러서 <u>농가</u>를 부르게 해 보고자 한다." 하니, 숙이 대답해 말하기를, "옛날에 격양가가 있었사오니, 그것이 세세世世의 일인가 하나이다." 하니, 상왕이 "그렇다." 하였다(上朝豐壤離宮 … 又語肅[元肅]曰 : "予近常見耕稼之事 日以爲樂 今欲召農夫 使歌農歌." 肅對曰 : "古有 <擊壤之歌> 盛時事也." 上王曰 : "然.").

    (2) 세종 2년(1420) 5.26(계사癸巳) : 상왕이 농부 10사람을 불러서 누樓 앞에서 <u>농가</u>를 부르게 하고 술을 하사하였다(上王召農夫十人于樓前 唱農歌

---

9) '侍講官元繼蔡曰 古人之詩 非如今時之人 有意於製作 其民俗歌謠之詞 皆出於自然 而王政之得失 風俗之隆替 從可知矣 是以 古者有採詩之事 迄于後世 無採詩之法 而古人之所謂詩者 不復見矣 然今者閭巷之間 其言語謳吟之際 因其和平 愁怨 而王政之得失 風俗之美惡 亦略可見矣 時雖有古今 而其民俗歌謠之詞 出於性情者 則無古今之異'(『중종실록』 권65, 24년 5월 20일 갑인甲寅).
10) 현 남양주시 진접읍榛接邑 내각리內閣里 소재.

仍賜酒).

(3) 세종 10년(1428) 1.18(신축辛丑) : 공신功臣 성산부원군星山府院君 이직李稷 등이 상소하기를…… "양녕대군 이제李褆는 세자로 있을 때에 불의한 짓을 마음대로 행하였으며, 폐위되어 밖에 있으면서도 허물을 고칠 마음이 없었습니다. 태종께서 빈전殯殿에 계실 때에 사람을 청하여 밭을 매게 하면서 <u>농가</u>를 부르게 하였고, 장사 치른 지 얼마 되지 아니하였는데 남의 개를 빼앗아 짐승을 사냥하며 놀이하였으니, 그밖의 불의한 행실은 이루 다 기록할 수 없습니다."(功臣星山府院君 李稷等上疏曰……今讓寧大君 褆 爰在儲副 恣行不義 廢位居外 罔有悛心 太宗在殯之時 請人芸田 俾唱農歌 山陵未幾 奪人狗兒 從獸遊戱 其餘不義之行 不可勝記).

(4) 세종 10년(1428) 1.20(계묘癸卯) : 대사성 김맹성 등이 연명으로 글을 올려 양녕讓寧을 벌할 것을 간곡히 청하다. …… 후에 태종께서 세상을 떠나시게 되매 재궁이 빈소殯所에 있는데도 사람을 청하여 밭의 김을 매게 하면서 <u>농가</u>를 부르게 하고는, 종자에게 이르기를, '즐겁다.'고 하였으며……(大司憲金孟誠·左司諫金孝貞等 進交章曰……及至太宗賓天 梓宮在殯 請人芸田 俾唱農歌 謂從者曰 : "樂哉!")

(5) 세조 2년(1457) 12.9(갑신甲辰) : 충청도 제천 사람 박효선이 <u>농가</u> 한 편을 지어 올리니, 명하여 관습도감에 내리었다(忠淸道 堤川人 朴孝善 作農歌一篇以獻 命下慣習都監).

(6) 세조 4년(1459) 5.21(정미丁未) : 임금이 중궁과 더불어 임영대군 이구李璆의 집에 거둥하고, 이어서 서교에 행행幸行하여 관가하였는데, 농인 이서우 등이 <u>농가</u>를 부르며 치전하니, 명하여 주육을 먹이게 하였다(上與中宮幸臨瀛大君 璆第 仍幸西郊觀稼 農人李徐右等唱農歌治田 命饋酒肉).

(7) 세조 8년(1463) 2.28(계사癸巳) : 유구국 사신 선위사 이계손의 <문견사목>에 이르기를 : …… 가무에 대하여 물으니, 대답하기를, '한 사람이 손바닥을 치면서 노래하면 여러 사람이 모두 화창和唱하고 손을 흔들면서 춤 추는데, 조정의 정악은 없다.'고 하고, 이어서 반인으로 하여금 노래하고 춤추게 하였는데, 그 노래 소리는 우리나라의 <u>농가</u>와 같았고 춤은 야인의 춤과 같았습니다(琉球國使臣宣慰使李繼孫上 <聞見事目>曰……問歌舞 答曰 "一人擊掌而歌 衆皆和之 搖手而舞 無朝廷正樂." 仍使伴人歌舞 其歌聲似我國農歌 舞似野人之舞).

 (8) 세조 12년(1467) 윤3.14(을유乙酉) : 명하여 농민으로 <u>농가</u>를 잘하는 자를 모아서 장막 안에서 노래하게 하였는데, 양양의 관노 동구리란 자가 가장 노래를 잘하였다. 명하여 아침 저녁으로 먹이고 악공의 예로 수가하게 하고, 또 유의 1령을 내려 주었다(命聚農人善農歌者 圍帳內歌之 襄陽官奴同仇里者 最善歌 命饋朝夕 以樂工例隨駕 又賜襦衣一領).

 (9) 세조 12년(1467) 11.7(을해乙亥) : 노래하는 기생(가기歌妓) 8인과 <u>농가</u>를 부르는 여자까지 뽑아서 칭호를 9기妓라 하였다. 농가를 부르는 여자(농가구農歌嫗)는 농가를 창唱하는 여자로서, 집이 가난하여 그 남편과 더불어 날마다 장거리의 가게에 나가서 농가를 부르면서 남에게 빌어 생활을 하였는데, 임금이 이 말을 듣고서 달마다 필요한 양식을 공급해 주고 매양 내연에서는 반드시 여자에게 명하여 농가를 부르게 하여서 즐거움을 삼고 또한 민사의 고생되는 것을 알았다(選歌妓八人 幷農歌嫗 號爲九妓 農歌嫗者 唱農歌女也 家貧 與其夫日往市肆 唱農歌乞丐爲生 上聞之 月給資糧 每於內宴 必命嫗唱農歌以爲歡 亦知民事之艱難).

(10) 세조 12년(1467) 12.22(기미己未) : 술자리를 베풀고, 춘번자삽모를 두루 하사하고는 명하여 차례대로 술잔을 올리게 하였다. 영기가 풍악을 연주하고, <u>농가</u>를 부르는 여자(농가구農歌嫗)에게 구의 1령을 하사하였다(…… 設酌 遍賜春幡子挿帽 命以次進酒 伶妓奏樂 賜農歌嫗裘衣一領).

(11) 세조 14년(1469) 3.14(갑술甲戌) : 호조에 명하여 <u>농가</u>인 유광우·장을진·막금을·봉거천에게 각각 베[포布] 2필씩을 내려 주고, 또 병조로 하여금 역마를 주어 집에 돌아가게 하였다(命戶曹 賜農歌人兪光右·張乙珍·莫金乙·奉巨千 布各二匹 又令兵曹 給驛還家).

(12) 성종 19년(1488) 윤1.22(정해丁亥) : 봉상시부정이 서인을 거느리고 차례로 1백 무를 갈기를 마쳤다. 밭이랑을 다스리는 자가 <u>농가</u>를 부르면서 밭이랑을 다스리기를 마치고는, 봉상시정이 늦벼[동稑]와 올벼[류稑] 씨를 받들고 뿌리기를 마쳤다(奉常寺副正帥庶人 以次耕百畝 畢治畝者 唱農歌 治田畝畢 奉常寺正捧種稑之稑播之).

　　위에 든 여러 기사 중 자료 (2)는 집단 노동요의 가창을 그려 볼 수 있게 해 주는 흥미 있는 자료이다. 자료 (3)과 (4)는 양녕대군이 세종대왕에게 세자의 자리를 물려주게 된 여러 원인 중의 하나로, 그가 상 중임에도 불구하고 농부들에게 농가를 부르게 하고 즐거워하였다는 점을 들고 있다. 자료 (5)는 제천 사람 박효선이 농가 한 편을 지어 올렸다고 하고 있으니, 그것은 구비전승이 아닌 창작일 것이므로 순수 농가로 볼 수는 없고, 혹 전승농가를 개작한 것일 수도 있겠다. 자료 (6)은 임금이 친히 농사짓는 현장에 나아가 농부들이 농가를 부르면서 농사짓는 광경을 관람하였다는 것인데, 이런 것이 '살아 있는' 진짜 농업 노동요였을 것으로 간주된다.

자료 (7)은 화자가 중국에 사신으로 갔다가 만난 유구국 사신의 말을 인용하여, 그 나라의 농가가 우리의 것과 흡사함을 적고 있다. 자료 (8)은 임금이 농가를 잘 부르는 자들을 뽑아 노래를 부르게 한 뒤, 그 중 가장 잘한 사람에게 상을 내리고 악공과 같이 예우해 주었다는 것으로, 일종의 '농가 가창 경연대회'에 대한 재미난 자료라 하겠다. 자료 (9)는 주목할 만한 자료이다. 농가를 잘 부르는 어떤 여자가 남편과 함께 매일 거리에 나가 농가를 불러 생계를 유지했다는 것인데, 이는 과거 노래를 불러 생계를 유지하던 전문 민요 가창인의 존재를 증언해 주는 좋은 자료로 생각된다. 실제 이 여자의 노래를 들어본 임금은 그를 다른 여덟 명의 가기歌妓에 합쳐 9기로 대우하면서, 궁중 연회가 있을 때마다 농가를 부르게 하여 농부의 고충을 파악했다고 했으니, 이 여자는 가창력 덕분으로 출세를 하게 된 예인藝人의 본보기라 할 것이다.

김안로金安老(1481~1537)의 『용천담적기龍泉談寂記』(1525)에는 연산군(1495~1505)의 학정과 말로를 그렸을 다음과 같은 짤막한 민요[참요讖謠] 한 편이 기록되어 있다.

<blockquote>
忠誠詐謀乎　　　　충성이 사모냐
擧動喬桐乎　　　　거동이 교동이냐
興淸雲平置之何處　홍청운평 어디갔나
乃向荊棘底歸乎　　가시 밑에 돌아가네
</blockquote>

이 노래를 바로 이해하기 위하여는 먼저 그 중에 담긴 중의적重義的 은

유를 파악해야 할 것이다. 우선 '사모詐謀'는 '사모紗帽'와 의미가 중첩되어 있다. 이는 연산군 때의 관료들이 '사모'에 '충성'이란 휘장을 달고 다녔던 사실에 근거한 것이라 한다. '교동喬桐'은 강화도江華島 교동도喬桐島를 가리키는 것이며, '거둥[거동擧動]'은 '임금의 행차'를 이르는 말이니, 이 구절은 임금이 교동으로 갔다는 뜻이 되겠는데, 실제로 평소에 정처 없이 나돌아다니는 버릇이 있던 연산군은 중종반정으로 임금 자리에서 쫓겨나 교동으로 유배당한 후 그 곳에서 죽었다. 호색의 연산은 고을마다 채홍사採紅使니 채청사採靑使니 하는 관원을 파견하여 미녀[홍청紅靑]들을 뽑아 올려 기녀로 삼고 그 중에서도 특히 총애하는 미희를 '운평雲平'이라 했다고 한다. 따라서 '흥청興靑'은 '흥청대다'와 '홍청紅靑'의 중의적 수법으로 쓰인 어휘인 셈이다. '가시 밑[형극저荊棘底]으로 돌아갔다'는 말 역시 이중의 뜻으로 쓰였다. 우선 '가시'는 여자를 뜻하는 '각씨'의 방언으로서 이 말을 '여자 밑으로 돌아갔다'는 뜻이다. 동시에 '가시'는 '위리안치圍籬安置'와 연계되어 있다. '위리안치'란 죄인을 유배지에서 달아나지 못하도록 가시로써 울타리를 만들고 그 안에 가두어 둠을 뜻하니, 결국 노래의 마지막 구는 연산군의 말로를 비유한 뜻이 된다. 물론 이 민요의 정확한 발생 연대나 유행 연대는 알 수 없지만, 연산군의 몰년歿年이 1505년이고, 김안로가 경기도의 유배지에서 『용천담적기』를 쓴 것은 1525년이니, 이 민요의 유행연대의 상하한선은 분명하다 하겠다.11)

참언讖言은 민중 사이에서 떠돌아다니는 말이라는 점에서는 민요의 성격을 지녔다고 하겠으나, 처음에는 의미 불명의 내용에 대한 의문을 자아내게 하다가 마침내는 뜻풀이가 주어진다는 점에서 일종의 수수께끼라고도 할 수 있다. 그러나 참언이 반드시 민요로 전승되는 것은 아니다. 참언은 대체로 주문呪文과 같은 한자로 이루어져 있고, 파자破字 수수께끼의 형태를 띠는 경우도 많다. 『용비어천가』(1445) 제69장에는, 지금 그 진위

---

11) 이 민요의 뜻풀이는 고정옥의 『조선 구전문학 연구』(평양 : 과학원출판사, 1962), p. 190을 많이 참조하였다.

를 확인할 수 없지만, 참서讖書를 인용한 '십팔자정삼한十八子正三韓'이란 것이 기록되어 있다. 그 뜻은 '십팔자' 곧 '이李(씨)'가 삼한을 차지한다는 것이다.12) 또 『용비어천가』 제86장에는, 태조가 잠저시潛邸時에 만난 한 이승異僧에게서 지리산 바위 속에서 얻었다는 이서異書를 받았는데, 그 속에는 '목자승저하木子乘猪下 부정삼한경復正三韓境'이란 어구가 있었다고 한다.13) '저猪'는 곧 '돼지'를 가리키는 한자인데, 이는 '해亥'로도 쓰인다. 태조가 을해생乙亥生이니, 이 말의 뜻은 '을해년에 태어난 이씨가 나타나서 삼한 땅을 다시 차지한다'는 것이다. 그 밖에 조선조 초기에는 '삼존삼읍三尊三邑 응멸삼한應滅三韓'14)이나 '목자장군검木子將軍劒 주초대부필走肖大夫筆 비의군자지非衣君子智 부정삼한격復正三韓格'15)이란 참언이 유행했는데, '존읍尊邑'은 '정鄭'자의 파자이므로 '삼존삼읍'은 세 사람의 정씨를 가리킴이다. 또 '목자木子'는 물론 이태조요, '주초走肖'는 '조趙'로 '조준趙浚'을 가리키고, '비의非衣'는 '배裴(＝裵)' 곧 '배극렴裵克廉'을 가리킨 것으로, 조준이나 배극렴은 모두 태조를 도와 조선조를 건국한 개국공신들이다.16) <구변진단지도九變震檀之圖>에는 '건목득자建木得子(李)가 반드시 임금이 된다'고 하였고,17) 권근權近(1352~1409)이 쓴 <신도지神道誌>에도 '구변도지국九變圖之局 십팔자지설十八子之說 자권군지세이유自權君之世已有'라 하여, 이 참언이 이전부터 세상에 유포되어 온 것인 듯 적고 있다. 하지만 이들 대부분은 혁명에 가담한 층이 자기 합리화를 위하여 일부러 퍼뜨린 것일 수도 있다. 민담 중에는 이성계가 위화도威化島에서 회군했을

---

12) 『신증동국여지승람』 30 진주晉州 고적 암岩 '암석이서嚴石異書'에도 같은 기사가 보인다.

13) '得之智異山巖石中 書有 木子乘猪下 復正三韓境'(『태조실록』 권1, 태조 1년 7월 17일조).

14) '其一曰 三奠三邑 應滅三韓 人謂三奠爲鄭道傳 鄭摠 鄭熙啓也'(『태조실록』 권1, 태조 1년 7월 17일조).

15) '其二曰 木子將軍劍 走肖大夫筆 非衣君子智 復正三韓格 人謂非衣是裵克廉也'(『태종실록』 권22, 11년 윤12월 25일 신사辛巳).

16) '又有 非衣走肖三奠三邑 等語'(위와 같음).

17) '高麗書雲觀所藏秘記 有建木得子之說 又有王氏滅李氏興之語'(위와 같음).

때, 세상에는 ‘까마귀 머리가 하얘지고 말머리에 뿔이 돋히고, 무쇠기둥에 좀이 나면 이씨가 득국得國한다’는 참언이 돌았다고 하는데,[18] 실은 이 이야기는 이미 중국의 옛 문헌인『논형論衡』에 보이니, 중국의 이야기가 국내에 유입되어 전승되다가 태조 이야기에 덧붙은 것임을 알 수 있다.[19]

　태종 때에는 ‘남산왕벌석정무여의南山往伐石釘無餘矣(저 남산에 가서 돌 뜨는 정 남은 게 없네)’라는 동요[참요讖謠]가 유행하였다고 한다. 그로부터 얼마 되지 않아 개국공신이었던 남은南誾·정도전鄭道傳 등이 사변事變 때문에 처형당하는 일이 벌어졌다. 이 수수께끼 같은 참요의 뜻을 풀어보면 우선 ‘남산’의 ‘남’은 ‘남은’을 가리키고, ‘정’은 동음의 ‘정’으로 ‘정도전’을 가리킨다. ‘무여’의 ‘여餘’를 우리말로 풀이하면 ‘남을(또는 남은) 여’이니, 결국 ‘무여’는 ‘남은 게 없다’는 뜻이 된다.[20] 이처럼 참요는 난세나 혁명기에 많이 나타나게 마련이고, 성공 혹은 실패의 전조로서 민심을 현혹시키는 위력을 지닌다. 성종 때에는 ‘망마다승슬어이라望馬多勝瑟於伊羅’라는 참요가 유행했는데, 여기에서 ‘망마다’는 ‘막 마다(고 하다)’이며 ‘승슬어이라’는 ‘싫어라’라는 뜻이니, 이는 성종이 왕비 윤씨를 죄가 있다고 끝내 폐한 사실을 풍자한 참요였다고 한다.[21] 연산군 때에는 ‘견소의로고見笑矣盧古(웃기리로고) 구질기로고仇叱其盧古(거칠기로고) 패아로고敗阿盧古(패하로고)’라는 참요가 있었는데, 당시 사람들은 세 개의 문구로 된 이 말 끝이 모두 ‘－로고’로 되어 있어 ‘삼합노고’라 했다고 한다. ‘노

---

18)『구비문학대계』1-4, pp. 148~149, ‘오두백烏頭白’ 및 pp. 899~901, ‘위화도의 회군’ 참조.

19) 燕太子丹 朝于秦 不得去 從秦王求歸 秦王執留之 與之誓曰 使日再中 天雨粟 令烏白頭 馬生角 廚門木象生肉足 乃得歸 當此之時 天地祐之 日爲再中 天雨粟 烏白頭 馬生角 廚門木象生肉足 秦王以爲聖 乃歸之(『논형論衡』, 감허感虛). 기타『박물지博物志』권8, 사보史補 ;『풍속통의風俗通義』권2 등 참조.

20) 김안로金安老,『용천담적기龍泉談寂記』(1525) ; 어숙권魚叔權,『패관잡기稗官雜記』(16세기 중엽), 4 ; 허봉許篈,『해동야서海東野書』(16세기 중엽), 中宗 上 ;『동국여지비고東國輿地備考』(19세기 후반) 등 소재所載.

21)『용천담적기龍泉談寂記』;『해동야서海東野書』, 중종中宗 상.

고/노구'란 원래 '쇠탕기'를 가리키는 말로 대·중·소의 3종이 있어, 이 세 가지 한 벌을 함께 겹쳐 넣어 둔 것을 민속에서는 '3합노고'라 한다. 위 참언의 뜻은 연산군이 도에 어긋나고 황란荒亂해서 이미 이루어진 큰 사업을 망가뜨리고 몸조차 보존하지 못하여 남에게 비웃음을 당할 것임을 가리킨다.[22] 연산군 때에는 또 '매이역가每伊毅可 수묵묵首墨墨'이란 참요도 횡행했다는데, '매이'는 세상에서 웃어른에게 붙이는 말이며, '역毅'은 반정으로 등극케 되는 중종의 이름과 음이 같은 글자이고, '가'는 사람들이 서로 이름을 부를 때 쓰는 어조사인 '아/야'이고, '수묵묵'은 일을 할 우두머리가 묵사동墨寺洞에 있다는 것이니, 뒤에 정국공신靖國功臣이 된 박원종朴元宗과 성희안成希顔의 집이 종남산終南山 밑 묵사동墨寺洞에 있었기 때문에 만들어진 말이다.[23] 이처럼 참언은 특정 시기의 민심의 향방을 나타내 주는 풍향계이고, 역사적 은어로써 사회비평적 기능을 한다는 데 의의가 있다.

조선조 초기까지에는 아직 속담 자료의 집성이 이루어지지 않았다. 하지만 이 시기 속담 자료를 검토하는 데는 『조선왕조실록』 소재 약 30여 편 및 기타 개인 저술 문헌들에 산재되어 있는 약간 편의 속담 자료들을 이용할 수 있다. 또한 중기 초반에 이루어진 홍만종洪萬宗의 『순오지旬五志』에 수록되어 있는 150편의 자료들이 이미 이전에 실제 사용되던 자료임이 분명하므로, 초기 자료로 현재 거론할 수 있는 속담의 총수는 근 200여 편에 달하는 셈이다. 그 밖에 발생 시기가 확실한 것은 아니지만 시대적 배경이 조선조 초기로 되어 있는 속담들 약 30여 편을 더할 수 있고, 또 미처 수탐搜探치 못한 문헌 자료들의 추가 가능성을 감안한다면, 이 시기 속담으로 현재 사용할 수 있는 자료들은 뜻밖에도 적지 않음을 알 수 있다.

먼저 조선 초기의 속담 자료로 『조선왕조실록』에서 찾은 사례들을 살

---

22) 위와 같음.
23) 위와 같음.

펴보기로 하자. 실록은 조정에서 군신의 언행을 중심으로 기록된 관찬 사서이다. 따라서 그 중에는 속담과 같은 비속한 언어가 끼어들 여지가 전연 없을 듯 하나 실제로 실록을 뒤져본 결과 의외로 많은 속담 예들을 찾을 수 있었고, 그들의 실제 사용자도 군왕으로부터 고관대작들, 혹은 재야의 유학자들이었음을 알 수 있었다. 물론 실록에는 상민常民들의 언어들을 기록할 여지는 거의 없었고, 따라서 그들의 속담이 기록되기보다는 양반들의 상소문, 계문啓聞, 척독尺牘이나 임금과 신하와의 문답 중에서 구어체인 속담이 끼어든 것이다. 먼저 실록에서 찾은 속담 예들을 실록의 기사 수록 연월일, 속담 사용자, 한문 속담 원문 및 국문 해석순으로 정리한다.

(1) 정종 2(1400).10.3 [定宗] '鬼神有降禍福與責取之'(귀신이 禍福을 내리고 責하고 取한다.)

(2) 태종 4(1404).9.21 [太宗] '願生高麗國 親見金剛山者'(고려에 태어나 친히 금강산을 보는 것이 願이라.)

(3) 태종 6(1406).5.13 [太宗] '高麗公事 不過三日'(고려 공사 不過三日이라.)

(4) 태종 9(1409).10.27 [臺諫] '知子莫如母'(자식을 아는 것은 어미 같은 이가 없다.)

(5) 세종 3(1421).2.18 [時稱] '五方猪尾'24)

(6) 세종 8(1426).6.11 [前都按撫使 辛有定] '雖丐者 死有餘衣'(걸인이 죽어도 남는 옷은 있다.)

(7) 세종 9(1427).2.24 [刑曹參判 鄭招 등] '白鷹不壽'(흰 매白鷹는 오래 살지 못한다.)

(8) 세종 16(1434).8.5 [許稠 啓] '乞宿門庭者 謀諸閨房'(뜰에서 자고 가기를 애걸하는 자가 안방을 꾀한다.)

---

24) 원문에 '사람이 쫓아다니며 아부하기 좋아하고, 가는 곳마다 아부하지 않는 데 없음'을 뜻한다고 풀이되어 있다. 돼지 꼬리는 늘 휘둘려서 가만 있지를 못하므로 이런 속담이 생긴 것이다.

(9) 세종 17(1435).9.25 [世宗] ‘我國之法 三日而廢’(우리 나라의 법은 3일
만에 폐지된다.)

(10) 세종 18(1436).閏6.22 [世宗] ‘高麗公事三日’(고려 공사 삼일이라.)

(11) 세종 24(1442).7.29 [世宗] ‘童牛折轅 必成良牛’(송아지가 멍에를 꺾으
면 반드시 좋은 소가 된다.)25)

(12) 세종 24(1442).8.3 [鄭甲孫 等更啓] ‘負兒之言 傾耳而聽’(업은 아이의
말도 귀담아 들으라.)

(13) 세종 26(1444).7.16 [世宗] ‘一日之延 十日之延 十日之延 一歲之延也’(하
루가 늦어지면 10일이 늦어지고, 10일이 늦어지면 한 해가 늦어진다.)

(14) 세종 27(1445).7.9 [世宗] ‘投鼠忌器’(쥐를 치려도 그릇을 꺼린다.)

(15) 세종 28(1446)-1-21 [黃守身等啓] ‘率從之人 嘗曰 今雖宰相 後日必在吾
曹掌握’(거느리고 다니던 사람이 일찍이 말하기를, ‘지금은 비록 재상
이지마는 훗날에는 반드시 우리들의 손아귀에 있을 것이다.’ 한다.)

(16) 세종 28(1446).5.3 [李季甸 등] ‘猫畜之家 鼠不肆行’(고양이를 기르는
집에는 쥐가 마음대로 돌아다니지 못한다.)

(17) 세종 30(1448).7.24 [鄭麟趾] ‘潤地椓杙’(무른 땅에 말뚝 박는다.)

(18) 세종 30(1448).8.8 [睦孝智 上書] ‘本命之方 不可犯動’(本命의 方位는 범
하여 움직일 수 없다.)

(19) 문종 1(1450).10.21 [尹鳳] ‘雁過留聲 人過留名’(기러기는 가더라도 소
리를 남기고 사람은 가더라도 이름을 남긴다.)

(20) 세조 1(1455).12.10 [世祖] ‘人窮尙攀荊棘’(사람이 궁하면 가시[荊棘]라
도 붙잡는다.)

(21) 세조 11(1465).3.26 [前 行上護軍 金新民 上言] ‘東八准將軍’(동팔준 장
군.)26)

(22) 세조 14(1468).2.2 [前 繕工錄事 全思禮 上書] ‘一日沐浴 則三日休息 二
日沐浴 則六日休息’(1일을 목욕하면 3일을 休息함이고 2일을 목욕하
면 6일을 휴식함이다.)

(23) 세조 14(1468).3.5 [世祖] ‘好事不如無’(좋은 일은 없는 것만 같지 못하다.)

(24) 성종 5(1474).7.28 [洪錫 上書] ‘一女之怨 六月降霜’(한 여자의 원망이

---

25) 원문에는 이 속담의 의미를 ‘무사에게 비유한 말’이라 하고 있다.
26) 원문에 ‘문신이 무사를 기롱하는 거만한 말’이라 뜻풀이가 되어 있다.

6월에 서리를 내리게 한다.)

(25) 성종 6(1475).5.10 [鄭佸 등 上訴] '泥佛在邑而願佛在京'(泥佛은 고을에
     있고 願佛은 서울에 있다.)27)

(26) 성종 7(1476).7.15 [鄭佸 等] '蛇入直筒 曲性猶在'(뱀은 곧은 筒에 들어
     가도 굽은 성질은 그대로 있다.)

(27) 성종 12(1481).4.10 [李克增] '耕後之旱 可得而食 鋤後之旱 不可得而食'
     (논갈이한 뒤에 가물면 곡식을 먹을 수 있으나, 호미질한 뒤에 가물
     면 곡식을 먹을 수 없다.)

(28) 성종 13(1482).8.24 [姜希孟] '成均館小朝廷也'(성균관은 작은 조정이
     다.)

(29) 성종 22(1491).4.10 [沈澮 啓] '旱旱未爲害也'(일찍 가뭄이 드는 것은
     해롭지 않다.)

(30) 연산 3(1497).8.24 [燕山君] '狗項聖旨'(개목의 성지라.)

(31) 중종 7(1512).11.23 [大司憲 李自健 上訴] '朝鮮之法 三日而止'(조선 법
     은 사흘이면 폐지된다.)

(32) 중종 10(1515).閏4.24 [大司諫 尹殷輔 등 上訴] '朝鮮之法 三日而已'(조
     선의 법은 사흘뿐.)

(33) 중종 14(1519).12.3. [正言 趙琛] '朝鮮之法 三日也'(조선의 법은 사흘
     밖에 안 간다.)

(34) 명종 16(1561).4.24 [明宗] '爲先敍用 永不敍用'(영원히 써서는 안 될
     사람을 우선적으로 서용한다.)

  이상 총 34개 속담 자료 중 31개는 '언언諺'이라 했고, '속언俗諺'(29, 33)
의 경우와 '비언鄙諺'(23)의 경우도 각각 2개 혹은 1개씩 나타났으며, 그
밖에 '속위지俗謂之'(5)라 한 것도 하나 있었다. 그러나 '속담俗談'이란 용
어가 쓰인 예는 단 하나도 없는 것으로 미루어, 조선조 초기에는 '속담'
이란 용어 대신에 '언諺' 혹은 여기에 관식어冠飾語인 '속俗'이나 '비鄙' 따
위가 붙은 용어가 주로 사용되었음을 알 수 있다.

───────────────

27) 원문에 '수령은 고을에서 하는 일 없이 녹祿만 먹고 권귀權貴가 서울에서 보호하고
   구제한다.'는 뜻을 나타낸다고 풀이되어 있다.

위에 적은 34개 예를 왕대별王代別로 나누어 보면『정종실록』에 1개 ;
『태종실록』에 3개 ;『세종실록』에 14개 ;『문종실록』에 1개 ;『세조실록』
에 4개 ;『성종실록』에 6개 ;『연산군일기』에 1개 ;『중종실록』에 3개 ;
『명종실록』에 1개이다. 이 중 '고려(혹은 조선)공사삼일'(3, 9, 10, 31, 32,
33)과 같이 동일한 내용의 속담 6개를 1개로 계산하면 총 29개의 속담
자료를 찾을 수 있는 셈이다. 이 '고려(혹은 조선)공사삼일'은 초기의 실
록뿐만 아니라, 후대의『인조실록』,『경종실록』,『영조실록』들에서도 거
듭 나타나고, 또『어우야담於于野談』이나『순오지旬五志』같은 문헌에도 수
록되어 있음으로 보아, 조선조 위정자爲政者들의 조령모개적朝令暮改的인
폐습이 매우 뿌리 깊었음을 잘 드러내 주는 예라 할 것이다.

일반 신하들이 속담을 사용했음은 물론 군왕도 종종 사용했음을 알 수
있는데, 정종 1회, 태종 3회, 세종 5회, 세조 3회, 연산군 1회, 명종 1회로
써 나타난다. 특히 세종 연간에는 임금 스스로 5회의 속담 사용례를 보였
을 뿐만 아니라, 그 밖에도 신하들의 사용 예가 9회나 나타남으로 보아,
조정에서 군신간에 격의隔意없이 속담이 비교적 많이 사용되었음을 알 수
있다. 이들 속담들은 물론 당시 민간에서 실제 사용되던 것들이 많겠으
나, 개중에는 그 격조로 미루어 간혹 경서와 같은 옛 문헌에서 인용한 금
언류金言類 자료들도 있을 것으로 여겨진다.

성현成俔(1439~1504)의『용재총화慵齋叢話』에는 당시 사용하던 속담을
인용하여,

"하루 내내 걱정거리는 이른 아침에 먹은 술이요, 일년 내내 걱정거리
는 발에 맞지 않는 신이요, 일생 내내 걱정거리는 성질 사나운 아내며, 세
상에 쓸모없는 것은 배부른 돌담, 수다스러운 아이, 손 큰 아낙네다. 이들
은 비록 상스러우나 역시 격언이다."라고 하였다.[28]

---

28) "諺云 一日之患 卯時酒 一年之患 狹窄靴 一生之患 性惡妻 又云腹肥石牆 多語兒童 費手
　　室婦 無所用 言雖鄙俚 亦是格言也"(『용재총화』권8).

고 하였고, 윤근수尹根壽(1537~1616)의 『월정만필月汀漫筆』(1557?)에도,

> 　　우계牛溪 성혼成渾은 나를 볼 적마다 권해 말하기를, "벼슬을 내어놓고 물러가 살라."고 하였으나, 나는 "물러가 살 곳이 없다."고 대답하곤 했다. 우계가 말하기를, "비록 물러가 살 곳이 없다 하더라도 용감히 물러난다면 가난하더라도 살아갈 수는 있을 것이다. 언諺에도 말하기를, '산 입에 거미 줄 치랴'라고 했으니 이는 참으로 좋은 격언이다."[29]

라고 하였다. 그 후 숙종 때의 문인으로 호를 현묵자玄默子라 했던 홍만종은 자신이 편찬한 『순오지』(1678)에 '경향 각지에서 주워 모은' 속담 다수를 수록하며, 속담은 예나 지금이나 뜻이 통하기 때문에 노소없이 사용하고 성현이나 변사辯士들도 즐겨 썼으며, 비록 속담이라도 그것은 사리에 맞기 때문에 선인先人들이 소장訴狀이나 척독에 많이 사용했음을 말하였다. 속담에 관한 그의 관심이 상당히 지속적이었음은 그가 채록한 속담의 수가 150편이나 된다는 점뿐만 아니라, 여러 문헌에 나타나는 속담 예들을 계속 주시했던 사실에서도 확인된다. 그는 우선 명종 때 사람 어숙권魚叔權이 지은 『패관잡기稗官雜記』에서 '서로 어울리지 않음'의 비유로 기록했던 속담, 즉 '초헌軺軒에 채찍질' ; '짚신에 정분丁粉 칠' ; '거적문에 돌쩌귀' ; '사모紗帽에 갓끈' ; '방립方笠에 쇄자刷子질' ; '중 재齋 올리는 데 춤추기'의 6개에 이어 '무용유해無用有害'한 것을 뜻할 때 사용하는 속담, 즉 '봄비 잦은 것' ; '돌담 배 부른 것' ; '사발 이 빠진 것' ; '늙은이가 부랑浮浪한 것' ; '아이 입 싼 것' ; '중 주정하는 것' ; '진흙 부처 내 건너기' ; '지어미 손 큰 것'의 8개를 인용했다. 이 중 '돌담 배 부른 것' ; '아이 입 싼 것' ; '지어미 손 큰 것'은 위의 『용재총화』에도 이미 나타났던 것들이다. 또한 소재蘇齋 노수신盧守愼(1515~1590)의 상소문(<걸해소乞解

---

29) 每見牛溪嘗勸我休官退去　答余以無用可歸　牛溪曰　雖無可歸處　若勇往決歸　則亦可食貧度日　諺曰生人無蛛網喉口之理　眞格言也(『월정만필月汀漫筆』).

疏>)에 나타나는 속담 '산 개가 죽은 정승보다 낫다'와 제호霽湖 양경우梁
慶遇(1568~?)의 서간에 나타나는 '한 손바닥이 소리 날까' 및 허균許筠
(1569~1618)의 서간들에서 '산 입에 거미줄 치랴?' ; '열 번 찍어 넘어가
지 않는 나무 없다' ; '나는 놈 위에 걸터앉은 놈' 따위를 드는 등 총 11
개의 자료를 들었다.[30] 허균의 사용 예 중 '산 입에 거미줄 치랴?'는 것
은 이미 『월정만필』에도 들어 있던 것이다.

그런데 현묵자는 이 자료들에 대하여 "개중에는 옛 사람이 즐겨 썼으
나 오늘날에는 별로 쓰지 않는 것도 있다. 반대로 여기 기록한 것들을 뒷
사람이 즐겨 쓸는지도 알 수 없다."는 뜻의 말을 하였고, 예컨대 '빨리 먹
으면 목이 멘다'거나 '고삐가 길면 밟힌다', '적게 먹고 가는 똥 누라' 등
과 같은 속담은 방언이라고 경솔히 여길 일이 아님을 밝혔다. 이로써 그
의 속담에 대한 관심이 단순한 호기심에서 그친 것이 아니라 학구적인
데까지 나아갔음을 알 수 있다. 다음에 초기에 전승되었을 속담 자료 중
현재도 널리 사용되고 있는 자료들을 일부 발췌해 보면 다음과 같다.

(1) 화병畫餅 (그림의 떡)
(2) 발로축암發怒蹴巖 (성나서 바위 차기→성 내어 바위 차니 제 발만
　　아프다)
(3) 만칙일滿則溢 (차면 넘친다)
(4) 오비이락烏飛梨落 (까마귀 날자 배 떨어진다)
(5) 경전하사鯨戰鰕死 (고래 싸움에 새우등 터져 죽는다)
(6) 양금신족量衾伸足 (이불 보고 발을 뻗으라→누울 자리 봐 가며 발
　　뻗친다)

---

30) 本朝魚足堂叔權 亦以軺軒馬鞭 藁履丁粉 薦門鐵樞 紗帽纓子 方笠刷子 僧齋胡舞 六語 爲
　　不相親者之刺 又以春雨數來 石墻飽腹 沙鉢缺耳 老人潑皮 小叟捷口 僧人醉酒 泥佛渡川
　　家母手鉅 八條爲無用有害之喩 其餘閭巷間日用方言 無慮幾百課 雖婦人小子皆能知之　言
　　雖鄙俚 亦多合於事情 先輩文人 或用於疏章尺牘中 如狗活者勝於死政丞之語 盧蘇齋用於
　　乞解疏 獨掌不鳴 梁霽湖用於與人書 忙食噎喉 十斫木無不顚 飛者上有跨者 許筠亦用於簡
　　牘 俱載其本集 盖居其方者 自不得不用耳(홍만종, 『순오지』).

(7) 숙호충비宿虎衝鼻 (자는 범 코침주기)

(8) 동족방뇨凍足放尿 (언 발에 오줌 누기)

(9) 주마가편走馬加鞭 (달리는 말에 채찍질)

(10) 실마치구失馬治廐 (말 잃고 외양깐 고치기)

(11) 비불외곡臂不外曲 (팔이 들이 굽지 내 굽나)

(12) 결자해지結者解之 (맺은 자가 풀어줘야 한다)

(13) 양수집병兩手執餠 (두 손에 떡 쥐었다)

(14) 신목웅부信木熊浮 (믿는 나무에 곰이 핀다)

(15 망식일후忙食噎喉 (급히 먹는 밥이 목이 멘다)

(16) 비장필천轡長必踐 (고삐가 길면 잡힌다)

(17) 급채봉비협給債逢批頰 (빚 주고 뺨 맞는다)

(18) 기마욕솔노騎馬欲率奴 (말 타면 종 데리고 다니고 싶다)

(19) 수우강남隨友江南 (친구 따라 강남 간다)

(20) 부저소정저釜底笑鼎底 (가마솥 밑이 동솥 밑 비웃는다)

(21) 포저감장수苞苴甘漿水 (뚝배기보다 장맛이 달다)

(22) 십작목무불순十斫木無不順 (열 번 찍어 안 넘어가는 나무 없다)

(23) 일어혼전천一魚渾全川 (한 마리 물고기가 온 냇물 흐려 놓는다)

(24) 비자상유과자飛者上有跨者 (나는 놈 위에 타는 놈 있다)

(25) 오비수삼척吾鼻垂三尺 (내 코가 석자다)

(26) 난상지목물앙難上之木勿仰 (올라가지 못할 나무는 쳐다보지도 말아라)

(27) 소식방세분小食放細糞 (적게 먹고 가는 똥 누라)

(28) 적공지탑불타積功之塔不墮 (공든 탑은 무너지지 않는다)

(29) 불연지돌연불생不燃之堗烟不生 (아니 땐 굴뚝에 연기 날까?)

(30) 구수사취라당직口雖斜吹鑼當直 (입은 비뚤어졌어도 나발은 바로 불어라)

(31) 수심가지인심난지水深可知人深難知 (물 깊이는 알 수 있어도 사람의
　　 마음 속 깊이는 알 수 없다)

(32) 래어불미거어하미來語不美去語何美 (오는 말이 고와야 가는 말이 곱다)

(33) 주어작청야어서청晝語雀聽夜語鼠聽 (낮말은 새가 듣고 밤말은 쥐가
　　 듣는다)

(34) 종루비협사평반목鐘樓批頰沙平反目 (종루에서 뺨 맞고 사평에가서 눈
　　 흘긴다)

　　이들 자료 중 어떤 것은 오늘날 시대 발전에 따라 현묵자가 채록했던 자료와는 약간 바뀐 채 사용되는 것도 있다.

(1) 비장필천轡長必踐 (고삐가 길면 잡힌다→꼬리가 길면 밟힌다)

(2) 부저소정저釜底笑鼎底 (가마솥 밑이 동솥 밑 비웃는다→똥 묻은 개가 겨 묻은 개 나무란다)

(3) 일어혼전천一魚渾全川 (한 마리 물고기가 온 냇물 흐려 놓는다→미꾸라지 한 마리가 온 웅덩이를 흐린다)

(4) 비자상유과자飛者上有跨者 (나는 놈 위에 타는 놈 있다→뛰는 놈 위에 나는 놈 있다)

(5) 구수사취라당직口雖斜吹鑼當直 (입은 비뚤어졌어도 나발은 바로 불어라→입은 비뚤어졌어도 말은 바로 해라)

(6) ‘종루비협사평반목鐘樓批頰沙平反目 (종루에서 뺨 맞고 사평에 가서 눈 흘긴다→종로에서 뺨 맞고 한강에서 눈 흘긴다)

와 같은 예들이 그런 경우다. ‘급채봉비협給債逢批頰’(빚 주고 뺨 맞는다)와 같은 경우는 오늘날 매우 비속한 형태로 바뀐 채 사용되기도 한다. 또한 개중에는 ‘오비이락’ ; ‘주마가편’ ; ‘결자해지’처럼 구어체로 풀어쓰기보다는 한자성어 그대로 쓰이는 것도 있다.

　　현묵자가 들었던 사례들 중 기원설화를 가진 속담들, 즉 <두더지 혼인>(鼹鼠婚) ; ‘옻나무궤’(櫨木櫃) ; ‘박쥐구실’(蝙蝠之役) ; ‘고양이목에　방울 달기’(猫項懸鈴) ; ‘슬갑膝甲 도둑질’(膝甲盜賊) ; ‘천원자天圓子를 어디에 쓰랴’(天圓子將焉用哉) ; ‘믿던 나무에 곰이 떴다’(信木熊浮) ; ‘화간和奸은 중학생中學生이 하고 활인별제活人別提가 파직罷職당한다’(和奸 活人別提罷職)와 같은 것들은 대부분 민간어원설적인 것인데, 특히 ‘편복지역蝙蝠之役’이나 ‘묘항현령猫項懸鈴’의 경우는 이솝우화에도 들어 있다는 점을 생각해 보면, 기원전에 이루어진 이 같은 설화가 시·공간적으로 확산擴散되던 도중에 조선조 초기에 우리나라에서도 유전流轉되었음을 알 수 있다. 다만 현묵자는 ‘신목웅부信木熊浮’의 설명에서,

옛날 어떤 사람이 산중에서 좋은 재목을 보아 두었다가 그것을 베어 쓰려고 다시 그 곳을 찾아갔더니 그 언저리를 곰이 와서 점령하고 있기 때문에 쳐다보기만 하고 그대로 돌아갔다는 이야기가 있다. 이것은 믿던 일이 허탕이 되었다는 말이다.

라고 했는데, 이는 방언으로 '곰팡이'를 뜻하는 '곰'을 '곰[웅熊]'으로 오해한 데에서 생겨난 포크에티몰로지folk-etymology임이 분명하다. 하여튼 『순오지』에 수록되어 있는 속담을 비롯한 여러 형태의 자료들로 미루어, 홍만종은 조선조 중기까지에 그다지 흔치 않던 구비문학 자료 수집자 혹은 포크로리스트folklorist 중의 요인要人이라고 불러도 괜찮을 듯하다.

다음에는 실제 사용 예를 문헌에서 찾지는 못했으나 그 내용으로 미루어 조선조 초기에 유전되었을 법한 속담 예들은 덧붙여 보기로 하겠다.

(1) 송도 말년松都末年에 불가살이不可殺伊(여말)

(2) 함흥차사咸興差使(조선 태조)

(3) 소 뒤에 꼴 두기(우후치추牛後置蒭) (김시습金時習 1435~1493)[31]

(4) 관후하기는 맹정승(맹사성孟思誠 1360~1438)이라

(5) 결백하기는 황정승(황희黃喜 1363~1452)이라

(6) 귀한 자식 매 한 대 더 때리라(동상)

(7) 꼿꼿하기는 황정승이라(동상)

(8) 엄하기는 황정승일세(동상)

(9) 계란에도 뼈가 있다(계란유골鷄卵有骨, 同上)[32]

(10) 송도계원松都契員이라(한명회韓明澮 1415~1487)

(11) 참새는 작아도 일만 잘한다(윤효손尹孝孫 1431~1503)

---

31) 『순오지』에 나타나는데, 이 책에서는 기원에 대한 언급없이 그 뜻을 '어리석은 사람은 가르쳐도 유익함이 없다는 말'이라고 풀이하였다. 이긍익李肯翊(1736~1806)의 『연려실기술燃藜室記述』에서는 이 속담의 기원을 김안로(1481~1537)의 『용천담적기』에 기록되어 있는 김시습(1435~1493)의 일화를 들었다.

32) 순조 때 조재삼趙在三의 『송남잡지』에 황희黃喜(1363~1452)의 고사로 인용했다. "諺傳黃尨村雖位尊宰相 然食數不足頷頰 故御批一日南門所入物貨 盡賜矣 適大雨 無所入 及暮有鷄卵一包來 烹將食之 皆有骨 骨方言壞也 段也."

(12) 문익공(정광필鄭光弼 1462~1538)이 내려본다
(13) 말이란 아해 다르고 어해 다르다(상진尙震 1493~1564)
(14) 이황선생李滉先生(1501~1570) 부인 같다
(15) 솔 심어 정자라(박계현朴啓賢 1524~1580)

앞에서도 여러 번 언급한 바와 같이 구비문학은 시간예술이다. 따라서 채록되지 않은 구비문학에 대해 언급한다는 것은 불가능하다. 간혹 구비문학에 대한 문헌 기록이 있다 하더라도 그것은 대개 구연현장의 묘사에 지나지 않는 것이지, 작품 자체의 내용을 담고 있는 것은 아니다. 이것은 무가의 경우를 보면 명백하다. 무가 구연이 태고 적부터 있어온 것은 두말할 여지도 없지만, 그 내용을 알 수 있게 된 것은 20세기에 들어서서 무가 채록이 이루어지고 나서부터이다. 민속극의 경우도 마찬가지다. 이 땅에서 민속극이 존재했음을 알려주는, 매우 이른 시기의 기록들이 적지 않게 있다. 하지만 민속극의 구비문학적 내용이 채록된 것은 역시 20세기 이후의 일이다. 근래에 많은 민속극 연구자들의 활발한 자료 탐색이 이루어짐에 따라 민속극 연구도 장족의 발전을 하였다. 그리하여 조선조 초기에 이미 간단한 형태의 꼭두각시극 즉 인형극 공연이 행해져 왔음을 확신할 수 있게 되었다. 하지만 이들 모두가 무언의 인형놀음 형태에 그친 것일 뿐 대사가 따른 연극, 곧 구비문학이 동반된 연극이었다는 증거는 어디에서도 찾아볼 수 없기 때문에, 현재로서는 새로운 기록의 출현을 기대할 뿐이다.

참조 원고

"조선조 초기의 구비문학사 : 새로 찾은 민요·속담 자료를 중심으로", 『어문연구』 131[34 : 3](한국어문교육연구회, 2006. 9).

4. 조선조 초기 구비문학사−설화 1

구비문학의 전 장르 중 가장 호한浩瀚한 자료를 후대에 남긴 것은 물론 설화이다. 조선조 초기 설화를 살피기 전에 우선 이 시기 자료를 담고 있는 주요 문헌들을 일별해 보고자 한다. 『조선왕조실록』에는 방대한 양의 사료가 담겨져 있기는 하지만, 개중에는 설화적 자료가 인용되거나 혹은 후대에 설화로 변개되어 전하는 자료들이 간간이 검출되므로 정밀한 검토가 요망된다. 세종 때 권제權堤·안지安止·정인지鄭麟趾 등이 왕명을 받아 편찬했다는 『용비어천가』(1445, 이하 『용가』로 약칭)는 주지하다시피 열성조기列聖肇基의 원대함과 왕업의 간난艱難함을 노래하여 왕가王家의 무궁함을 송축頌祝하고 새 나라가 천명에 의한 역성혁명易姓革命이었음을 널리 알린다는 목적성이 매우 강한 시가서였다. 매장마다 시가의 의미 설명을 위해 첨부된 설화들의 대부분은 급조되었을 가능성이 많지만, 당대 설화를 살피는 데에는 매우 중요한 자료라고 할 수 있다. 이 책에는 조선 개국 선조들의 이야기가 체계 없이 서술되고 있는데, 처음부터 제22장까지는 도조度祖의 이야기를 중심으로 환조桓祖와 익조翼祖의 이야기가 약간 덧붙여져 있고, 제27장 이하에서 제88장까지는 태조의 무공담이 거의 전부를 차지한다. 이 부분에서 특히 두드러지고 있는 설화는 신기神技에 가까운 태조의 궁술담들이다. 다음 제90장에서 제107장까지에는 태종의 일화들이 이어진다.

단종 2년(1454)에 완성되었다는『세종실록지리지』나 중종 25년(1530) 간행된『신증동국여지승람』[1] 55권 25책은 지리서이니만큼 전국에 걸친 지명 유래담이 다수 포함되어 있다. 하지만 조선조 이전의 자료들이 대부분이고 이후의 자료는 그다지 많지 않다. 이 시기에 이루어진 성임成任(1421~1484)의『태평광기상절太平廣記詳節』(1462)이나『태평통재太平通載』(성종연간) ; 편자 미상인『태평광기언해』들은 대체로 중국 설화의 집성이기 때문에 상술한 필요는 없겠으나, 이 방대한 설화집이 우리나라 설화에 끼친 심중한 영향을 고려한다면 간과할 수만은 없는 문헌임이 분명하다.

이 시기 편찬된 설화 관련 문헌 중 매우 중요한 것은 서거정徐居正(1420~1488)이 편찬한『태평한화골계전太平閑話滑稽傳』(1482)을 비롯하여『필원잡기筆苑雜記』(1487),『동인시화東人詩話』(1474) 같은 것들을 들 수 있다. 특히『태평한화골계전』은 우리나라 최초의 설화집의 영예를 부여해도 좋다고 생각한다. 그 이유는 이 책에 수록되어 있는 자료가 271편이나 되고[2], 내용도 당시의 여타 문헌들이 아직 잡록의 성격을 벗어나지 못하였음에 비하여, 보다 설화적 성격에 근접한 이야기들로만 정선하여 수록하고 있기 때문이다. 이 책의 편찬을 일기一期로 하여 강희맹姜希孟(1424~1483)의『촌담해이村談解頤』; 이륙李陸(1438~1498)의『청파극담靑坡劇談』; 성현成俔(1439~1504)의『용재총화慵齋叢話』; 남효온南孝溫(1454~1492)의『추강냉화秋江冷話』와『사우명행록師友名行錄』; 조신曹伸(성종－연산군 연간)의『소문쇄록謏聞瑣錄』; 송세림宋世琳(1479~?)의『어면순禦眠楯』; 이자李耔(1480~1533)의『음애일기陰崖日記』; 김정국金正國(1485~1541)의『사재척언思齋摭言』; 어숙권魚叔權(중종－명종 연간)의『패관잡기稗官雜記』; 허봉

---

1)『동국여지승람』초판본은 원래 1477년에 편찬된『팔도지리지』에『동문선』(1478)에 수록된 동국 문사의 시문을 첨가하여 1481년 50권으로 편찬되었으며, 그 뒤 몇 차례에 걸친 수교 과정修校課程을 거친 끝에 수정증보가 이루어져 1530년에 속편 5권을 더한 55권의『신증동국여지승람』이 간행되었다.
2) 박경신朴敬伸 대교對校・역주譯註,『태평한화골계전』(국학자료원, 1996) 참조.

許筠(1551~1588)의 『해동야언海東野言』 같은 유서들이 끊임없이 편찬되었다. 물론 이들 중에는 내용으로 미루어 설화서라기보다는 잡록집 혹은 사담집史譚集에 가까운 것도 있으나, 범박凡朴한 의미로 이들을 '이야기문학' 서적으로 규정해도 큰 잘못은 없을 것으로 판단된다.

『석보상절釋譜詳節』(1447) 또는 『월인석보月印釋譜』(1459)는 석가釋迦의 전생을 서술한 불교서적이지만, 그 중에 들어 있는 갖가지의 이야기들이 우리 설화에 준 영향을 무시할 수 없다. 윤리서로서 공간公刊된 『삼강행실도三綱行實圖』(1481)나 『속삼강행실도續三綱行實圖』(1514) 같은 것들도 충·효·열 설화의 형성과 전파에 큰 역할을 했을 것으로 생각된다. 한편 조선조 중초기에 간행된 유몽인柳夢寅(1559~1623)의 『어우야담於于野談』(1608), 홍만종洪萬宗(1623~1659)의 『명엽지해蓂葉志諧』와 『순오지旬五志』(1678) ; 성여학成汝學의 『속어면순續禦眠楯』(17세기 전반) 같은 문헌은 비록 간행시대는 윗책들보다 다소 뒤지나 그 속에 수록된 자료들은 대부분 초기의 것으로 생각되므로 함께 다루어도 무방하다고 생각된다.

조선조 초기(여말·태조-명종) 180여 년간의 많은 설화 자료를 요령 있게 조감鳥瞰하기 위하여는 이를 다시 시기별로 세분하여 살필 필요가 있다. 그런데 시대 구분에 앞서 미리 전제해 두지 않으면 안 될 일은 구비문학 자료들에 나타나는 시대적 배경들이 과연 역사적 시간과 일치할 수 있을까 하는 문제이다. 물론 설화적 시대 배경과 역사적 시간은 전연 별개의 것으로, 발생적으로 보면 확실히 전자는 후자보다 뒤늦게 이야기 창작자가 임의로 붙인 것임에 틀림없다. 다시 말한다면 구비문학 작품의 시대적 배경은 역사적 사실이 아니라 문학적 허구이다. 하지만 모든 구비 자료가 역사와 전혀 무관한 것으로 볼 수는 없다. 설령 훨씬 후대에 조작된 이야기라도, 그 이야기 자체는 특정 과거의 역사적 사실에 대한 후대인의 재해석에서 산출되었을 것이고, 또 발생 시기 자체도 역사적 사실의 당대 혹은 그리 멀지 않은 때로 가상해 볼 수 있다. 요컨대 모든 설화들에 나타나는 시대적 배경을 역사적 실재로 받아들이기 어렵다고 하더라도 사담史譚(좀 더 폭넓게는 야담)에 속하는 이야기들은 다른 어떤 종류의 이야기들에 비해서 실 시간에 근접해 있는 것으로 추정해 볼 수 있다.

따라서 설화 자료들에 나타나는 시간적 배경을 중심으로 조선조 초기의 전체 시기를 ① 태조~태종, ② 세종~문종, ③ 단종~예종, ④ 성종~연산군, ⑤ 중종~인종, ⑥ 명종의 여섯 시기로 나누기로 한다. 이렇게 여섯 시기로 나누는 기준에 대한 필연적인 이유가 있는 것은 아니다. 이는 다만 서술의 편의를 위한 순전히 자의적恣意的인 구획이긴 하지만, 굳이 이유를 말해야 한다면 설정기준은 다음과 같다. 먼저 제1시기인 여말 내지 태조~태종 연간의 30여 년은 창업의 기초가 이루어진 시기로 묶을 수 있다. 제2기인 세종~문종 30여 년간은 정치 문화적 기반이 튼실해지고 민생도 안정된 시기라고 할 수 있다. 단종은 문종의 아들이라는 왕계로 보나, 재위년이 불과 3년이라는 점, 또는 세조와의 대립각으로 보면 당연히 '세종~문종~단종'으로 묶을 수도 있으나, 반면에 세조의 왕위 찬탈이라는 역사적 사건과는 불가분리의 관계에 있음을 감안하여 제3기로 묶는다. 제3기인 단종~세조~예종 연간은 반세대에 불과한 짧은 시기이지만, 단종 폐위와 세조 찬탈이라는 엄청난 역사적 사실을 배경으로 만들어져 유전되는 수많은 설화들의 존재를 고려하여 한 시기로 묶는다. 제4기인 성종~연산 30여 년간은 두 군주가 부자간임에도 후세에 한 쪽은 성군으로 한 쪽은 폭군이란 극단적인 평가를 받기에 이르렀고, 연산은 끝내 부왕의 윤비尹妃 폐출이 사단事端이 되어 쫓겨나고 반정反正이 이루어졌다는 점에서 한 묶음이 될 수 있다. 반정으로 왕위에 오른 제5기의 중종은 39년간이나 왕위에 있었으니 초기의 여러 임금 중에서는 가장 오래 보위寶位에 있었던 셈이다. 반면 그의 세자였던 인종은 불과 1년 만에 세상을 떠났으므로, 이를 한 시기로 묶는다. 마지막 제6기의 명종은 22년간 통치한 후 선조에게 왕위王位를 물려주어 조선조의 초기를 마감하고 중기로 넘어가게 된다.

어느 시대이건 왕조 혹은 군왕의 교체에는 많은 조짐이 있게 마련이다.

그 조짐은 크게는 천재지변으로 예고되기도 하고, 자그만한 자연현상으로도 나타나기도 한다. 혹은 예언적 성격을 띤 꿈이나 점복占卜으로 나타날 수도 있으며, 신이한 인물이나 사물들의 예고로써도 나타난다. 저 『삼국사기』나 『삼국유사』, 혹은 『고려사』들의 각 왕조 말에 나타났던 무수한 이조異兆의 기록은 이러한 면을 잘 드러내 주고 있다. 여말 선초의 분위기를 잘 보여주는 하나의 예로 『청구야담靑邱野談』에 수록되어 있는 <문이형낙강봉포은問異形洛江逢圃隱>을 들 수 있다.

> 고려 말의 한 사냥꾼이 짐승을 쫓아 깊은 산속으로 들어갔다가 날이 저물어 어떤 초옥에 유숙하게 되었는데, 그 집 주인의 부탁으로 그의 딸과 부부가 되어 살게 되었다. 어느 날 장인이 작별을 고하며 자기의 정체에 대하여는 "내년 5월 단오에 청천강 나루터에 가 있으면 푸른 도포를 입고 푸른 나귀를 탄 초립동을 만날 테니 물어보라." 하고 사라졌다. 과연 이듬해 단오에 초립동을 만나게 되었는데, "그대의 장인은 '우禹'라는 영물일세. 그가 사라지면 여러 영웅이 나타나 세상은 어지러워질 것이네. 이제 고려도 오래 가야 30년밖에 못갈 걸세."라고 예언했다. 그 후 고려는 과연 30년이 못 되어 망했다.

<조화신造化神과 송악松岳, 대동강, 삼각산의 신> 이야기는 어떤 한량이 만났던 고려·고구려 호국신들의 슬퍼하는 모습과 신흥국 조선의 호국신이 기뻐하는 모습을[3] ; <삼각산신에게 쫓기는 송악산신> 이야기는 태조의 꿈을 빌어 신구 두 왕조의 호국신의 다툼을[4] ; <이태조와 군자금軍資金> 이야기는 북두칠성신들이 태조에게 건국의 군자금을 마련해 준 일을 설화화하고 있다[5]. 또 송도(고려) 말년에 나타났었다는 <불가살이不可殺伊>의 전승도 교체기의 불안했던 시대적 상황을 비교적 잘 드러내 주

---

3) 손진태, 『조선민담집』(동경 : 향토연구사, 1930), pp. 50~51.
4) 윤태영尹泰榮·구소청具素靑, 『이조오백년야사』(대일출판사大一出版社, 1977), pp. 67~68.
5) 한국구비문학회 편, 『한국구비문학선집』(일조각, 1977), pp. 40~41.

는 예화라고 할 수 있다.

한 국가의 성쇠에는 당연히 신구 왕조를 둘러싼 많은 충신과 열사들의 이야기가 따르게 마련이다. 저 백제의 <낙화암落花岩과 삼천궁녀>가 그랬듯, 고려에 대하여는 이른바 <동·서 두문동杜門洞 의사義士>들의 애사나 <선죽교善竹橋의 혈흔血痕>이 전하고, <등경登檠바위>, <부조不朝고개>, <왕지王至>(충남 홍성洪城), <남선굴南仙窟>, <수레너머고개>, <노고소老姑沼>, <태종대太宗臺>(강원 횡성橫城), <횡지암橫指岩> 등등 고려 충신들의 자취는 전국 도처에 적지 않게 남아 있다. 그만큼 고려 멸망이란 역사적 사건의 여파가 컸던 때문이리라. 역성혁명을 이룩한 이씨 왕조는 왕씨들의 씨를 말리기 위해 고려 왕족들을 모두 모아 영종도로 귀양 보내던 도중 배 밑에 구멍을 뚫어 몰살시켰다고도 하고, 겨우 잔명을 보존한 왕씨들은 '전全·전田·금琴·옥玉' 등으로 성을 고쳐 목숨을 부지했다는 속설까지 전한다. <아기장수> 유형 설화인 <우투리 전설>은 무참히 깨어진 고려왕조에의 꿈을 영원히 간직하려는 연민憐憫 의식의 소산일 것이다. 이 같은 패망한 고려조 충신들의 애화의 한편에는 신흥 조선조 충신들의 권모술수와 무용담이 존재하기 마련인데, 이에 대해서는 나중에 언급하기로 한다.

조선조 초기 설화를 대표하는 중심인물은 태조 이성계다. 그에 관한 이야기들은 『용가』를 비롯한 관변서적에서 많이 찾을 수 있고, 그 밖에도 민간전승으로 많이 전한다. 『용가』에 기록되어 있는 설화의 총수는 대략 70여 화 정도이다. 이 중 태조의 선조담은 약 5화, 태조 약 40화, 태종 약 15화, 기타 10여 화이다. 따라서 전체 이야기의 중심은 태조 및 태종에 집중되어 있으며, 그 중에서도 특히 태조담이 70% 이상을 차지하고 있음을 알 수 있다. 선조담 중에 익조의 적도赤島 이거移居(제4장) ; 도조의 궁술(제7장) 및 적지赤池의 백룡·흑룡의 싸움(제22장) 같은 것은 특히 설화적 성격이 두드러진 예들이다. 이태조에 관한 이야기들은 대체로 조선조 건국에 대한 전조前兆 및 예언적 성격이 짙은 것들과 이태조의 무용담 및 전공을 이야기한 것들의 두 가지로 나누어 볼 수가 있다. 이 모두 조선조 건국의 당위성 및 필연성을 강조하기 위한 목적성이 두드러진 것이지만, 앞의 경우는 외자적外自的인 여건 즉 천명을 보이기 위한 것이고 뒤의 것은 즉자적卽自的인 자질을 천명하려 했던 것이다.

다음은 『용가』 제13장과 제84장의 인용이다.

> 말쏘물 술븅리 하디 천명天命을 의심疑心ᄒ실씨 꾸므로 뵈아시니
> 놀애를 브르리 하디 천명天命을 모ᄅ실씨 꾸므로 알외시니
>
> 님그미 현賢커신마론 태자太子를 몯 어드실씨 누본 남기 니러셔니이다
> 나라히 오라건마론 천명天命이 다아갈씨 이본 남기 새 닢 나니이다

위의 제13장은 태조가 꿈에 하늘에서 받았다는 '금척金尺'의 사실(몽금척夢金尺)을 읊은 내용6)이고, 제84장은 고려 왕조의 천명이 다해가고 '고목생화枯木生花'7)하듯 조선 왕조의 신흥함을 예찬하고 있는 것이다. 두 편 모두 조선조 건국이 인위人爲가 아닌 천명임을 돋보이고 있다. 특히 '금척'은 '정치의 잘잘못을 재는 척도'를 의미하는 것으로, 그것을 하늘로부터 부여받았다 함은 왕조의 정통성을 온 천하에 표명하는 것으로, 신라 때의 <천사옥대天賜玉帶>와도 동궤同軌의 설화라 할 수 있다. 이 '몽금척'은 태조 2년(1393)에 정도전에 의해 태조의 공덕을 찬미하기 위한 악장으로 만들어져 <수보록受寶錄>과 아울러 궁중에서 연주되었다.8) 그 밖에 도참설 및 참언으로써 조선조 개국을 예언하는 『용가』의 이야기(제15장,

---

6) '上在潛邸 夢有神人執金尺自天而降 授之曰 慶侍中復興 清矣而已老 崔都統瑩 直矣而少戇 持此正國 非公而誰'(『태조실록太祖實錄』 권1 元年 7월 17일 병신丙申) ; '我主上殿下 在潛邸時 夢見神人 以金尺授之 若曰 以此均家齊國'(『태조실록太祖實錄』 권4 2년 7월 26일 기사己巳 ; 『삼봉집三峯集』 권2 악장樂章). 그 밖에 『세종실록世宗實錄』 권111 29년 6월 4일 을축乙丑 등에도 같은 기사가 나타난다.

7) '先開國一年 復條達敷榮 時人以爲開國之兆'(『태조실록』 권1, 원년元年 7월 17일).

8) 『태조실록』 권4, 2년 7월 기사己巳.

제16장, 제69장, 제84장, 제85장, 제86장)들에 대하여는 후술하기로 한다.

새 왕조를 연 이태조의 무용담은 『용가』의 가장 핵심적인 이야기라고 할 수 있다. 그리고 그 대부분은 태조의 신기에 가까운 궁술에 대해 이야기하고 있다. 구체적인 예로 그는 한 번의 실수도 없이 스물한 마리나 되는 담비를 계속 잡아 보였으며(제32장) ; 표적의 왼쪽 눈시울만 맞추었고(제37장) ; 여진과의 싸움에서는 70여 발을 계속 쏘아 적군에 명중시켰다(제39장). 또 세 마리의 노루를 두 개의 화살로 잡은 다음, "세 마리가 나란히 있었다면 한 화살로 꿰뚫을 수 있었을 것"이라고 하였고(제43장), 십발십중十發十中의 경이적인 모습도 보였으며(제49장) ; 뽕나무 위에 앉은 두 마리의 비둘기를 한 살로써 모두 떨어뜨렸고(제57장) ; 70여 보 밖에 있는 소나무의 솔방울을 쏠 것이라고 예고하고, 유엽전柳葉箭으로 쏘아 일곱 발에 일곱 번 예언한 바대로 맞추었다. 또 말을 탄 채로 100여 보 앞에 있는 나무등걸을 세 번 쏘아 세 번 다 적중하였고(제58장) ; 쥐를 맞추기만 하고 죽이지는 않는 경탄할 만한 재주도 보이었다(제88장)고 하였다.

『용가』에 나타나는 태조의 여타 무훈담武勳譚들은 주로 외적과의 싸움을 다룬 것들인데, 그 중에서 특히 원나라 나하추(납합출納哈出)와의 전투(제35장) ; 왜구와의 싸움, 특히 적장 아기바투(아지발도阿只拔都)를 제압한 태조와 귀화인 이지란李之蘭(퉁두란佟豆蘭)의 활약(제50장) ; 여진인 삼선三善·삼개三介(제38장) 또는 호발도胡拔都와의 싸움(제57장) 등은 실사實史로서보다는 영웅서사시적 면모를 잘 드러내 주고 있는 장면들이다. 그 밖에 태조와 관련하여 널리 전하는 <치마대馳馬臺 전설>은 영웅전설에 흔히 수반되는 명마의 이야기로, 그의 천생의 영웅적 면모와 아울러 인간적인 한계를 잘 보여주고 있다. 저 삼국통일의 영웅 김유신金庾信이 자신의 잘못을 애마에게 돌려 베어 버렸듯, 태조는 명마의 능력을 미처 살피지 못한 채 베어 버렸다. 자신들의 근본적인 약점은 헤아리지 못한 채 순간적인 오판으로 애꿎은 말들만 희생시킨 영웅들의 인간적인 모습이다.

다음은 『용가』의 첫 장과 끝 장의 내용이다.

　　海東(해동) 六龍(육룡)이 ᄂᆞᄅᆞ샤 일마다 天福(천복)이시니
　　古聖(고성)이 同符(동부)ᄒᆞ시니

—『용가』 제1장

　　千歲(천세) 우희 미리 定(정)ᄒᆞ샨 漢水以北(한수 이북)에 累仁開國(누인개
국)ᄒᆞ샤 ㅏ年(복년)이 ᄀᆞᆺ업스시니
　　聖神(성신)이 나ᅀᆞ샤도 敬天勤民(경천근민)ᄒᆞ샤ᅀᅡ 더욱 구드시리이다
　　님금하 아ᄅᆞ쇼셔 洛水(낙수)예 山行(산행) 가 이셔 하나빌 미드니잇가

—『용가』 제125장

　　제1장에서 노래한 '해동 육룡'은 물론 '목조→ 익조→ 도조→ 환조→ 태조→ 태종'이다. 『용가』가 이처럼 첫머리부터 육룡을 내세운 것은 왕조 건립이 일조일석에 이루어진 것이 아니라 누대에 걸쳐 천명을 받고 끊임없이 공덕을 쌓은 결과임을 강조하기 위함일 것이다. 그리하여 종장에서는 이를 다시 한 번 강조하여 열성조기列聖肇基의 원대함과 천명개국天命開國임을 천명한데 이어 후손들은 모름지기 경천근민敬天勤民하여 선조의 공업을 잘 보전하라는 감계鑑戒로 끝맺었다. 그런데 조선조 국조설화가 이처럼 6대에 걸친 공업을 노래한 것은 이 책이 편찬된 세종대로부터 6대를 역산逆算 소급한 것이며, '6'이란 계대繼代의 설정은 아마도 특정 개인의 선계先系를 따질 경우 전통적으로 본인으로부터 5대조까지를 따지는 풍습에 기인했을 것으로 생각된다. 이는 고려 국조 설화가 호경대왕虎景大王(성골장군聖骨將軍) → 강충康忠 → 보육寶育 → 진의辰義 → 작제건作帝建 → 용건龍建 → 왕건王建(태조) 6대에 걸치고 있음과 같다.

　　목조(이안사李安社) 관련 전승으로는 풍수설화인 묘지 이야기가 구전되고 있고,9) 또 『완산읍지完山邑誌』 고적조에 기록되어 있는 <호운석虎隕石> 전설도 있다. 하지만 이 <호운석> 이야기는 『세종실록지리지』 황해도 우봉현牛峰縣 '구룡산九龍山'조에는 고려 성골장군 호경대왕의 이야기로 기

---

9) 『한국구비문학대계』(이하 『대계』로 약칭), 2-3, p. 217 및 p. 307.

록되어 있고, 민간전승에서는 태조,[10] 혹은 그의 백시伯氏인 이원계李元
桂[11]의 이야기라고도 하니, 동일 이야기가 전승 과정 속에서 구연자에 따
라 이리저리 바뀌었음을 알 수 있다. 익조 전승은 이미 상술한 바 있는
<적도 이거>[12] 및 <관음굴觀音窟> 전설[13]이 있으며, 도조 전승은 그의
뛰어난 궁술에 얽힌 이야기[14] 및 <적지赤池>[15] 전설이 있다.

> 赤帝(적제) 니러나시릴씨 白帝(백제) 흔 갈해 주그니 火德之王(화덕지왕)
> 올 神婆(신파)ㅣ 알외ᅀᆞᆸ니
> 黑龍(흑룡)이 흔 사래 주거 白龍(백룡)올 살아내시니 子孫之慶(자손지경)
> 올 神物(신물)이 ᄉᆞᆲ니
>
> —『용가』 제22장

위의 후구에서 보듯 도조가 백룡·흑룡의 싸움에서 백룡을 도와주고
그 결과 후손이 새 왕조를 열 기틀을 얻게 되었음을 노래하고 있는데, 이
는 전구에 나타나 있는 적제赤帝의 아들이라는 한고조漢高祖가 백제白帝의
화신인 대사大蛇(용?)를 죽이고 새 왕조를 건립했다는 이야기와 상당히 닮
았다. 아마도 조선 국조설화의 창작자는 오행상극설의 '화극금火[赤]剋金
[白]'에 기초한 한조漢朝의 국조설화를 흉내내어 백룡·흑룡의 상징적인
이야기를 만들어냈을 것으로 생각된다. 그리고 조선조 국조들인 육룡의
탄생설화에는 대체적으로 귀자 용손 출현의 몽조夢兆가 수반되어 나타나
고 있다.

조선조가 내세웠던 '천명'에 대해 앞에서도 여러 차례 언급한 바 있지

---

10) 예능연구실 편, 『구비전승자료 : 전남·북도』(문화재관리국 문화재연구소, 1987), p.
462.
11) 『경기신문』, 1974. 1. 1.
12) 『용가』 제4장 및 『신증동국여지승람』 50, 경흥慶興 고적 참조.
13) 『신증동국여지승람』 현산峴山 형승形勝 및 양양襄陽 불우佛宇 참조.
14) 『용가』 제7장.
15) 『용가』 제22장 및 『신증동국여지승람』 50, 경흥 산천 참조.

만, 도대체 '천명'이란 무엇인가? 천명은 '하늘에서 받은 명령'이자 '하늘에서 받은 운수'이다. 따라서 그것은 인력으로 어쩔 수 없는 지상至上 명령이므로 바꿀 수도 피할 수도 없는 것이다. 공적이든 사적이든 상대를 설득해야 할 경우, 매우 모호하기는 하지만 이보다 더 강력한 무기가 없을 것이다. 운명담은 이러한 필요성에서 의도적으로 만들어진 이야기들로 생각된다. 그리고 이런 것들의 대부분은 초월적인 존재에 의탁하는 점복담, 꿈설화, 풍수담 같은 형태로 나타나고 파자의 형식을 취함이 특징이다. 예컨대 태조가 의주義州의 점쟁이를 찾아가 '문問' 자를 집어들고 자신의 신수身數를 물었다. 점쟁이가 해석하기를, '좌군우군左君右君하니 군왕지상君王之相'(왼쪽에서 보아도 '군' 자요, 오른쪽에서 보아도 '군' 자)이라 했다. 태조가 의심하여 가만히 거지를 시켜 '문問' 자를 다시 뽑게 했더니, 점쟁이는, '구괘어문口掛於門하니 걸인지상乞人之相'(문에 입이 달렸으니 천생 거지가 될 팔자이라 하였다고 한다.[16] 이것은 복자卜者가 의뢰인에게 특정한 글자를 뽑게 하고 그 글자의 모양으로써 길흉을 판단하는 이른바 파자점의 하나이다. 민담 중에는 이런 이야기도 있다. 어떤 두 사람이 점쟁이 앞에 나아가 차례로 흙 위에 드러눕는 시늉을 하여 보이자, 점쟁이는 한 사람은 '흙 위에 가로눕는 것은 임금 왕王 자字'니 임금될 팔자라 풀고, 또 한 사람은 '흙 위에 가로누우니 천생 강시僵屍가 될 팔자'라고 풀었다는 것이다. 물론 이들 이야기가 반드시 태조의 이야기라고 할 수는 없지만, 구연자에 따라 이태조의 이야기라 하기도 한다.

태조의 꿈 이야기로 이런 이야기가 있다. 그가 연 사흘간 같은 꿈을 꾸었는데 첫날은 염소를 잡으려 뿔을 잡았더니 뿔이 빠져 버리고, 꼬리를 잡으려니 꼬리가 빠져 버렸다. 몽둥이 세 개를 등에 지는 꿈도 꾸었다. 둘째 날은 자신이 목이 없는 병이 되어 보였다. 셋째 날에는 큰 가마솥에 들어가는 꿈을 꾸었다. 그래 해몽사를 찾아가니 그는 마침 출타 중이었고

---

16) 삼륜환三輪環, 『전설의 조선傳說の朝鮮』(박문관博文館, 1919), pp. 108~110.

그 딸이 매를 맞고 목이 잘려 가마솥에 넣어져 삶아질 흉몽이라 풀어주었다. 뒤늦게 만난 노파가 꿇어 앉아 딸의 해몽을 사과한 후, 염소는 '양羊'과 같은 것이므로, '양羊' 자의 두 뿔을 제거하고 꼬리도 없애면 '王' 자가 되니 임금이 될 꿈이요, 몽둥이 셋을 짊어진 것은 '왕王' 자를 의미하며, 목이 없는 병은 밑을 바쳐 써야 하므로, 사람들이 받들어 모신다는 의미요, 큰 가마솥에 들어간 것은 쇠로 만든 성 안으로 들어간다는 뜻으로, 결국 태조의 꿈은 장차 귀히 될 것을 예고한다는 풀이였다.[17] 이 역시 꿈의 현실성을 확신하는 민중들이 해몽과 파자를 적절히 섞어 만든 운명담이다. 세상사람들은 흔히 '운명은 재천在天'이라 하여 막연한 희망을 갖거나 정반대로 체념하기도 한다. 꿈을 통해 계시된다는 '하늘의 참뜻'은 차라리 미지의 상태로 두고 망각하는 편이 좋을 듯하다. 왜냐하면 피할 수 없는 미래를 예견하게 된다면 그처럼 불행한 일은 없을 테니까.

다음은 태조와 무학대사의 이야기로 넘어가자. 태조가 하루는 이상한 꿈을 꾸었다. 여러 마리의 닭이 일시에 울고, 태조가 허물어진 집에 들어갔다가 서까래 세 개를 지고 나왔으며, 또 피었던 꽃이 지고 거울이 떨어져 보인 꿈이었다. 점쟁이가 노파에게 해몽을 부탁했더니, 노파는 극구 사양하는 대신 설봉산雪峯山 속 토굴에 살고 있는 이승[무학無學]을 찾아가 물어 보라고 일러 주었다. 그래 중을 찾아가 꿈풀이를 들어보니, 여러 집 닭이 한꺼번에 '꼬끼요' 하고 운 것은 '고귀위高貴位'를 의미하고, 서까래 세 개를 지고 나온 것은 '王'자 모양을 뜻하며, 꽃이 떨어지면 열매가 있게 마련이요, 거울이 깨지면 큰 소리가 나게 마련이니, 모두 임금이 될 길몽이라는 것이었다. 후에 태조가 왕자王字 해석을 해 준 보답으로 '석왕사釋王寺'를 창건케 하고, 중(무학)을 국사國師로 봉했다고 한다.[18] 어떤 민

---

17) 임석재, 『옛날이야기 선집』 4(교학사, 1971), pp. 231~236.

18) 『순오지』 참조, 또는 『순오지』를 인용한 『연려실기술燃藜室記述』 권1(민족문화추진회 본), p. 580의 기록도 참조할 수 있다. '太祖 潛龍時 '夢入破屋中 負三椽以出' *家鷄一時鳴者高貴位 負三椽者王字也.

담에는 닭이 '꼬꼬'하고 울어 '고고高高'라고 풀고, 다드미소리가 나는 것은 장부의 좋은 일을 뜻하는 것으로 풀었다고 다소 변형된 것도 있다.[19] 그런데 『고려사』 세가世家 권4 고려 현종顯宗조에 이미 '계명고귀위鷄鳴高貴位 침향어근당砧響御近當 시즉위지조야是卽位之兆也'란 이야기가 있음으로 미루어 이는 오랜 민간전승을 태조에게 전이시킨 예로 보인다. 또 『용재총화』 권6에도 어떤 세 사람의 꿈 이야기로 '경타우지鏡墮于地', '애부현우문艾父懸于門', '풍취화락風吹花落'의 꿈 이야기를 싣고 있는 것으로 보아, 결국 이성계의 꿈 이야기는 민간전승의 복합판인 셈이다.

　『용가』 제29장에는 태조 잠저시에 상명사相命師 혜징惠澄이 태조의 상相을 본 후 자기 벗을 보고, "많은 사람의 상을 보아왔으나 이모(=이성계) 같은 이는 처음 보았다."고 하자, 벗이 "부명賦命이 좋아도 위位가 장상將相을 다했으니 그만 아닌가?"라고 반문하니, 혜징이 말하기를, "장상이 무엇인가? 뒷날 반드시 왕씨를 대신하여 왕이 될 것이다."라고 하였다는 이야기가 나온다. 이성계가 고려의 신하로서 문무의 극에 이르렀으니, 그것으로 만족해도 좋겠다는 말에 혜징은 그의 관상을 보고 왕이 될 것임을 예언한 것이다. 결국 이러한 명운담은 민간에 뿌리깊게 퍼져 있던 관상이나 파자, 해몽, 지술地術 따위에 대한 믿음에서 생긴 것이다. 그런데 왜 유독 태조의 영웅성 및 등극에 관한 이상의 많은 이야기들이 발생한 것일까? 아마도 그 첫째 이유는 정권 담당층에서 자작自作 전파한 것들도 있겠고, 아니면 이런 유類의 유언비어를 은근히 권장 두둔한 때문일 수도 있을 것이다. 그리고 그가 일반 서민으로서 꿈도 꾸어서는 안 되는 임금 지위에까지 올랐던 사실은 역시 천명이 아니고서는 가능하지 않다는 민중의 믿음 때문이었을 것으로도 생각된다.

　상법相法에 의하면 수한壽限은 인간에게만 있는 아니라 국가에게도 있다고 한다. 이성계의 꿈을 풀어준 후 무학대사는 "함경도 길주吉州의 명적

---

19) 『대계』 713, p. 141.

사명積寺가 퇴락해 오백 나한이 추위에 떨고 있으니, 그 나한들을 석왕사로 옮기되, 단 한 번에 한 분씩 모셔다가 안치하시라."고 부탁했다. 그래서 이성계가 3년 간에 걸쳐 나한들을 수백 리 길에 한 번에 한 분씩 모시다가 마지막 두 분이 남았을 때, 진력이 난 이성계가 두 분을 한 번에 모셨더니, 그 날 밤 꿈에 나한羅漢 한 분이 대로하여 다시 명적사로 날아가 버리는 것을 보았다. 꿈 이야기를 들은 무학이 탄식하여 말하기를, "대국大國 왕자王者는 떼어 놓은 일이었는데, 이제 조선 임금밖에 못하게 되었다."고 하였다.[20] 혹은 이성계에게 유점사 부처 백 개를 하루에 하나씩 안동 서광사로 옮기라고 이성계에게 권유하자, 99일째에 한꺼번에 두 개를 옮겨 천 년 사직이 못되고 500년으로 그쳤다고 하기도 하였다.[21] 그런데 조선조의 수한에 대하여 충남 공주군 계룡면 월남리 계룡산 연천봉連天峰의 돌에 새긴 '방부인재구혹다화方夫人才口或多禾 소륙팔년이화낙지小六八年李花落地'란 글이 있는데, 그 돌의 내용인 즉, '방부方夫'는 '경庚' 자字요, '인재人才'는 '술戌' 자字니, 곧 경술년(1910)에, '구혹口或' 곧 '국國'이 '다화多禾' 즉 '이移한다'(바뀐다)는 것이라 한다.[22] 그 밖에 세상에는 '갑신을유甲申乙酉 천범회남주千帆會南洲'라는 '무학비전無學秘傳'이란 것이 있어서, 이것이 곧 일제 패망 직전 곧 갑신(1944)·을유(1945)의 상황을 적중시켰다고 하는데, 물론 이러한 이야기들은 근대 즉 조선조가 명운을 끝낸 일제 때나 해방 후에 어떤 호사가가 지어낸 이야기일 것으로 추정된다. 대대로 '도선비기道詵秘記'니 '무학비전'이니 '정감록鄭鑑錄'이니 하는 것들이 유행했지만, 이들은 민중이 난세의 간고艱苦를 겪으며 과거 역사에 대한 반추와 암울한 장래에 대한 희망이 강하게 어우러져 생겨난 것이다.

---

20) 『명승괴승기담名僧怪僧奇談』(향민사, 1962), p. 30.
21) 정상박, 『전설의 사회사』(민속원, 2004), pp. 159~160.
22) 김근수金根洙, 『학창난고學窓亂稿』(성암저작집誠巖著作集 1, 청록출판사, 1979), pp. 265~266.

조선조 초기 설화 중 태조 관련 설화군들과 아울러 또 하나의 설화군을 이루는 것은 한양 천도漢陽遷都에 관한 이야기다. 물론 고려 건국시에도 도선류道詵類의 풍수지리설은 중요한 역할을 했지만, 그것은 조선 건국시에도 매우 큰 영향을 미쳤다. 한양 천도설은 『고려사』·『용비어천가』·『필원잡기』·『택리지』·『순오지』·『주영편晝永編』·『동국여지비고東國輿地備考』 들에 두루 나타나는데, 이들 여러 기록을 종합하여 한양에 도읍이 이루어지기까지 역사적 사실을 훑어보겠다. 고려 숙종 1년(1096) 김위제金謂磾가 『도선비기道詵秘記』에 의거 서울을 남경南京(양주 목멱楊州木覓)으로 옮길 것을 건의하자, 동왕 6년 최사추崔師諏·윤관尹瓘 등을 보내 현지를 답사케 하니, 그들이 돌아와 '노원역蘆原驛·해촌海村·용산龍山 등지의 산수는 서울을 세우기 적합지 않으나, 삼각산 면악面岳(백악白岳) 남쪽만은 산수의 형세가 옛기록과 부합한다.'고 하고, '주산主山(백악) 대맥大脈 임좌壬坐[배背] 병향丙向'에 도성을 세울 것을 건의하기까지 했으나, 미처 궁궐을 짓지는 못했던 듯하다.

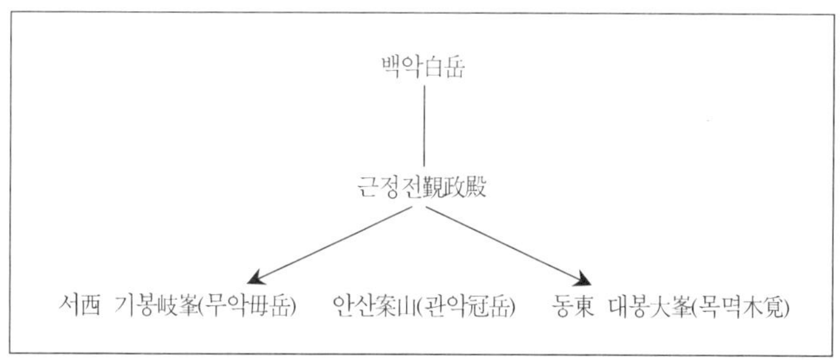

이후 공민왕 6년(1357)에는 왕사王師 보우普雨가 '한양에 도읍을 정하면 36개국이 조공朝貢한다.'는 도참설을 들어 다시 천도를 주장하니, 왕이 점을 쳐 보고 '정괘靜卦'를 얻은 반면 이제현李齊賢은 '동괘動卦'를 얻게 되어 마침내 한양에 궁실을 축조했다. 이어 우왕禑王 8년(1382)에 홍순洪順이 상서上書하여 '남경南京의 진산鎭山인 삼각산은 불[화火]을 상징하는 산이

니 수성水性을 가진 나라인 고려에서는 거기에 수도를 정함이 옳지 않다.'
고 반대했다고 한다. 조선조가 건국한 이듬해 즉 태조 2년(1393)에는 태
조가 왕사인 무학無學을 데리고 계룡산에 가 지형을 살핀 후 역사役事를
시작하였다가, 하륜河崙이 풍수설을 근거로 반대하여 중지하고,23) 다시 지
사地師 윤신달尹莘達의 의견을 듣고 무학의 주장대로 한양으로 확정하였다
고 한다. 이상의 기록은 도참설에 근거하기는 하였지만 한양 천도의 역사
적 사실은 비교적 사실에 합치하는 것으로 생각된다.

　고려가 이씨 성을 가진 사람을 뽑아 한양부윤을 삼은 것은 도참설 때
문이었다고 한다. 『필원잡기』에는 '한양이 이씨의 도읍이 된다.'는 도참
설에 의거하여 고려조에서 한양에 남경을 세우고 오얏나무[李]를 심고
이성인李姓人을 부윤府尹으로 삼고 왕이 해마다 한 번씩 순행하여 용봉장龍
鳳帳을 묻어 지기地氣를 눌렀다고 하고 있고, 『순오지』에는 고려 숙종 때
『도선비기道詵秘記』에 있는 '목멱산木覓山 밑이 가도지지可都之地'라 한 것
에 의거해 한양의 삼각산을 주산으로 한 '임좌병향지지壬座丙向之地'에 궁
궐을 세웠고 했다. 또 『택리지擇里志』에는 고려조 중엽에 "왕씨를 이어 임

---

23) 전설에 의하면, 태조가 계룡산에 가 많은 사람들을 동원하여 도읍터를 닦았는데, 웬
　　떡장수 노파가 와서 "여긴 정씨의 터이니 공연히 애쓰지 말고 이씨의 터인 한양을
　　찾아 가라."고 하고 홀연히 사라졌다. 태조가 떡장수 노파가 실은 계룡산 산신임을
　　알고 공사를 중지하게 하고 한양으로 올라가 다시 터를 잡았다. 태조는 떡장사 노파
　　의 가르침에 보답하기 위해 계룡산에 신사神祠를 짓고 '신은사神恩寺'라 했다. 이 절
　　이름은 고종 말에 이르러 '신원사新元寺'로 개명되었다[『학창난고學窓散藁』, p. 263].
　　태조의 명을 받은 무학대사가 계룡산 근처에서 도읍터를 찾던 이야기는 『대계』4-5,
　　p. 818 참조.
　　또 이런 이야기도 있다. 이성계가 계룡산 신도안에 대궐터를 잡아 공사를 시작하니,
　　계룡산 산신이 나타나 이곳은 정씨의 도읍지이니 한양으로 옮기라 하고, 산신령이
　　자기 딸로써 이성계를 전송케 했다. 이성계가 꿈에 본 신령의 딸을 연모하다가 그녀
　　와 작별하던 곳에 초상을 만들어 봉안케 하고 불당리라 이름짓게 하니, 지금의 계룡
　　면 경천리가 바로 그 곳이라 한다[임헌도林憲道, 『한국전설대관』, pp. 87~90, <불당
　　리佛堂里의 내력>]. 혹은 태조가 계룡산에 터전을 닦다가 땅에서 '화다구혹禾多口或'
　　이라 쓴 석비石碑를 얻었는데 그 뜻을 알 수 없던 차, 지나던 노인이 '이국移國'의 뜻
　　이니 다른 곳으로 옮기라고 충고하여 도읍지를 한양으로 잡게 되었다고도 한다(임
　　석재, 『옛날이야기선집』 5, pp. 206~207).

금될 사람은 이씨이고 한양에 도읍한다.”는 『유기留記』의 기록에 따라 윤관尹瓘을 시켜 백악산白岳山 남쪽에 터를 잡고 오얏을 심어 자라나면 자르곤 하여 기를 눌렀으므로 그 곳의 지명을 ‘벌리伐李’24)라고 했다고 적고 있다. 별설에 의하면, 고려 때 ‘장차 이씨가 한양에 도읍한다.’는 도선道詵의 도참설을 믿고 그 기운을 미리 막기 위해 한양 동쪽에 있는 동촌東村에 오얏나무를 많이 심었다가 무성해지면 베어 버리고, 지명도 한자명으로 ‘예리동刈李洞’이라 했는데, 조선조에 들어와 ‘종리촌種李村’ 혹은 ‘어의동於義洞’이라 고치고 오얏 대신 버들을 많이 심어 ‘양류촌楊柳村’이라 했다고도 한다.25) 그리고 한강 남쪽 잠원동蠶院洞의 기원도 국초의 풍수설과 관련이 있다.26) 풍수설은 곧 오늘날의 지리학에 해당하는 것으로 과학적 타당성도 물론 많지만 개중에는 미신에 의거한 속신도 꽤 많이 작용했을 것으로 보인다. 따라서 한양 천도에 관한 많은 설화들도 천도 당위론에 초점을 맞추어 후대에 확대 재생산된 경우가 많을 것으로 생각한다.

천도와 관련하여 조선조 건국담에서 빼뜨릴 수 없는 또 하나의 설화군은 무학대사의 이야기이다. 그가 한양 근처에 이르러 도읍지를 물색하던 중 소를 몰아 밭을 갈던 노인이, “미련하기 무학 같은 소야. 바른 길을 버리고 굽은 길을 찾는구나!”라고 꾸짖는 소리를 엿듣고 가르침을 부탁했더니, “십리만 더 들어가 보라.”고 해서 지금의 도성터를 잡았다고 한다. 그래서 후에 노인이 밭을 갈던 곳을 ‘왕심리枉尋里’ 또는 ‘왕십리往十里’라 부르게 되었다. 무학이 백운대에서 맥을 찾아 만경대萬景臺27)를 거쳐 서남쪽

---

24) 『오백년기담』, p. 4(광학서포廣學書舗, 1913)에 의하면 서울 동북쪽 혜화문惠化門 10여 리에 가면 번리樊里[현 번동樊洞]가 있는데, 이곳은 원래 ‘벌리伐李’라 하던 곳을 후에 개명한 것이라 한다.

25) 『지명총람』 Ⅰ(서울편), p. 247.

26) ‘잠원동蠶院洞’은 원래 한양 도읍 때 풍수설에 따라 남산의 누에를 먹이기 위해 이 마을에 뽕나무를 많이 심어 ‘잠실蠶室’이란 이름이 생겼는데, 후에 잠실리蠶室里와 구별하기 위해 ‘신원新院’의 ‘원자院字’를 따 잠원동蠶院洞으로 고쳤다(『지명총람』 Ⅰ, p. 165).

27) ‘만경대’는 무학대사가 태조의 명을 받고 이 봉우리에 올라 나라를 다스릴 도읍터를

으로 가다가 비봉碑峰에 이르러 비석에 쓰인 '무학이 잘못 찾아 이곳에 이르렀도다(무학오심도차無學誤尋到此)'란 여섯 글자를 보고 "이것은 곧 도선이 세운 것이다."라고 했다.28) 결국 무학은 인왕산仁王山 아래 끝에 세 곳 맥이 합쳐져 한 들판으로 된 것을 보고 드디어 궁성터를 정했는데, 그곳은 곧 고려 때에 오얏을 심었던 곳이었다. 이에 앞서 태조는 개성에서 등극 후 도읍터를 새로 정하려 신하들을 시켜 도읍지를 물색하게 했는데, 권중화權仲和 · 조준趙浚 등이 무악29)의 땅을 조사하여 보고하기를, "무악 남쪽 일대가 도읍을 정할 만하나, 다만 명당이 좁은 것이 유감"이라고 했다. 이에 경기좌우관찰사 하륜은 "아무리 명당이 좁다 하더라도 개성이나 평양에 비하면 오히려 넓은 편"이라 했다. 태조가 즉위 3년(1394) 8월에 무학을 데리고 손수 답사했으나, 정도전 등의 반대로 뜻을 이루지 못하고, 결국 북악의 남쪽으로 결정했다.30) 이상과 같은 이야기들은 모두 조선조 초 한양에 도읍을 정하는 데에 막강한 힘을 발휘했던 풍수지리설에 관한 것이나, 한양과 무악에 입지를 선정하기 위한 정신廷臣들의 논쟁 사실을 제외한 대부분의 이야기들은, 예컨대 왕십리 전설이나 비봉 전설의 예처럼, 설화적 세계에서나 있을 법한 허구적 이야기들임을 알 수 있다.

바라보았으므로 생긴 이름이다(『지명총람』 I, p. 22). 한편 성동구 도선동 · 문화동의 뒷산 봉우리인 '무학봉'은 서울에 도읍을 정할 때 무학대사가 이곳에 올라 이 지방의 지형을 살펴보았다는 데에서 유래한 이름이다(같은 책 같은 쪽).

28) 『택리지』 ; 『동국여지비고東國輿地備考』 2, 한성 · 산천. 이 비석이 실은 '진흥왕순수비眞興王巡狩碑'임은 훨씬 후대에 이르러 추사秋史 김정희金正喜에 의해서 밝혀졌다.

29) 현 서울의 서강西江 · 신촌新村 일대. 이 재(고개)의 이름은 속전에는 무학대사의 이름을 따 '무학재'라 했다고 하지만, 『신증동국여지승람』 권3 산천조나 『동국여지비고』 권2 산천조에는 '무악毌岳'이라 적혀 있고, 혹은 '모악母岳'으로 표기된 문헌도 있다. 어미가 아기를 업은 채 뒤를 돌아보다 바위가 되었기 때문에 '모악母岳재'[혹은 부아악負兒岳]라거나, 혹은 무학대사로 인해 '무학無學재'가 되었다는 것들은 단순한 구비전승에 불과하다.

30) 『지명총람』 I, pp. 68, 77. 상도동上道洞 동남방의 사자암獅子庵은 태조 5년(1396) 무학대사가 도읍터를 잡으려고 한양의 지세를 살펴보는데, 한양의 외백호外白虎인 만리재가 백호의 형상으로 그 세력이 급하고 위태하여 분망히 움직이는 기운이 많으므로, 그 백호형白虎形인 만리현萬里峴(만리재)의 맞은편 관악산에 호압사虎壓寺를 지어 백호를 눌렀으며, 또 '사자암'도 지었다고 한다(『지명총람』 I, p. 151).

　천도에 관한 논의 과정은 입지 선정 문제에만 그친 것은 아니다. 나아가 장래 국운 성쇠론에까지 미쳤으며, 주도 사상의 갈등까지 빚었음을 알 수 있다. 전승에 의하면 그 대립각은 유학자인 정도전과 승려인 무학을 양극에 놓고 있다. 도선의 『산수비기山水秘記』에 "국도國都를 정할 때 중의 말을 들으면 국초國礎가 연장될 것이나 정성鄭姓의 말을 쫓으면 5세가 되지 못하여 혁명이 일어나고 200년 만에 큰 난리가 일어나 백성이 어육魚肉이 될 것이다."란 말이 있었다고 한다. 그런데 태조가 궁궐을 잡을 때, 무학대사가 인왕산을 주산으로 삼고 북악과 남산으로 좌우 용호龍虎를 삼으려 했더니, 정도전이 "예부터 제왕은 남면南面하여 천하를 다스렸으나 동향東向한 것은 보지 못했다."고 반대하여 좌절되고 말았다. 무학이 탄식하여 말하기를 "내 말대로 하지 않으면 200년 후 내 말을 생각할 때가 있으리라." 하였더니, 과연 5세 만에 세조의 찬탈이 있었고, 200년 후에 임진왜란이 일어났다고 한다.[31] 별전에 의하면, 정도전은 자좌오향子座午向을 고집하고, 무학은 해좌사향亥座巳向을 주장하여, 무학은 정도전의 주장을 따른다면 머지않아 골육상쟁이 날 것이라고 반대했으나, 정도전은 골육상쟁이 나도 나라는 온전할 수 있다 하여 결국 무학이 지고 말았다고 한다.[32] 또 서울에 처음 성을 쌓을 때 무학대사가 '선바위'를 성 안에 넣어야 한다고 주장하고, 정도전은 바깥에 내어야 한다고 주장하여 해결이 나지 않자 태조에게 판단을 요청했다. 태조가 정도전의 "이 바위를 성 안에 넣으면 불가佛家가 왕성하고 성 밖에 놓으면 유가儒家가 왕성해진다."는 말을 들어 성 밖에 내놓게 하였다. 이에 무학이 한탄하여, "이 뒤로 중은 선비의 책보나 짊어지고 시중하는 신세가 되었다."고 하였다고 한다. 이는 위에서 살폈던 바와 같이 개인에게와 마찬가지로 나라에도 국운이 따른다는 속신에서 비롯된 이야기일 것이다. 특히 위의 예들은 유학儒學을 국시國是로 삼은 조선조에서는 고려 때와는 달리 승려가 천인으로

---

31) 『지명총람』 Ⅰ, p. 24.
32) 박종수·강현모, 『용인중부지역의 구비전승』(태학사, 2000), pp. 358~359.

전락했던 데에서 나온 전설로 생각되는데, 이처럼 주도계층의 숭유억불崇儒抑佛에 의한 불세佛勢의 자연적인 몰락을, 설화를 통하여 민간적인 시각으로 해석하고 있다는 점이 흥미롭다.

도성 터가 일단 특정 지역으로 결정된 뒤에는 구체적으로 어느 지점에 성을 쌓아야 하는가가 문제다. 조선조의 경우도 한양이 도읍지로 결정된 후, 무학이 외성을 쌓으려 했으나, 둘레의 원근 범위를 결정치 못해 고심하던 중, 하룻밤 자고 일어나 보니 간밤에 큰눈이 내려 바깥쪽은 눈이 쌓였으나 안쪽은 녹아 없어졌다. 이에 눈을 따라 성을 쌓도록 명했으므로 신도읍지의 명칭은 '눈[설雪]의 울타리'란 뜻으로 '설울'이라 불리게 되었고 이 '설울'이 다시 변하여 '서울'이 되었다고 한다. 물론 '서울'은 신라 이전부터 있었던 고유어인 '셔볼' 혹은 '서벌徐伐 / 서러벌徐羅伐'의 후대적 변음임을 전혀 알지 못하고, 민중들이 만들어낸 그럴 듯한 어원설에 의한 것임은 두말할 여지도 없겠다. 그런데 처음에 서울에는 궁궐보다 4대문을 먼저 지었다고 한다. 그 이유는 궁궐을 지으면 자꾸 무너져 내려 그 원인을 몰랐더니, 소를 몰며 '무학같이 미련한 소'라 꾸짖던 농부가 일러 주기를 "서울은 봉황이 날개를 펴고 앉은 형국인데, 봉황의 허리에 집을 세우니 무너질 수밖에 없다. 우선 봉황의 두 나래쪽에 집을 먼저 세우면 안 넘어진다."고 하여 그대로 따랐더니 무사했다고 한다.[33) 이는 민간에서 성행했던 비보풍수담裨補風水譚의 일종이다. 위에서 인간의 삶의 터가 장래 복지 형성에 매우 중요하다는 이른바 양택풍수陽宅風水의 예를 보아왔다. 이는 개인은 물론 국가도 인간이 실제 생활을 하여야 하는 공간 설정이 매우 중요하다는 민간의식을 단적으로 보여주는 예라 할 것이다.

한편 음택풍수설陰宅風水說의 요체要諦는 인간은 죽어서 땅에 묻히고 그 지기地氣의 덕으로 그 후손이 번창 혹은 쇠멸한다는 것이다. 따라서 개국시조가 되기 위해서는 천명은 물론이요 조상의 음덕 즉 지덕地德도 받아

---

33) 중국민간문학연구회연변분회 편, 『민간문학자료집』 4(연길 : 중국민간문학연구회연변분회, 1984), pp. 524~526.

태어나야 한다. 신화적 영웅은 대개 천부지모天父地母의 소산이고, 이성계 역시 예외는 아니었다. 전설에 의하면, 무학대사가 이성계의 부친(환조桓祖) 묘소를 점지해 주고, 그 지덕을 받아 이성계가 조선 태조로 되었다고 한다. 즉 이성계가 부친 환조가 별세하자 복지를 구하러 다녔다. 이때 산에 나무를 하러 갔던 나무꾼이 우연히 지나던 이상한 중 두 사람34)이 명당에 대해서 이야기하는 것을 듣고 돌아와 이성계에게 전했다. 이성계가 두 중을 집으로 모셔다 융숭한 대접을 하며 묘지 선정을 간청한 끝에 마침내 왕후지지王侯之地를 지시받으니35) 이 곧 정화릉定和陵 터였다. 이 두 중은 나옹懶翁과 무학無學이었다고 한다. 그런데 한 가지 흥미 있는 사실은 『오산설림초고』보다 약 반 세기 앞선 중국 명나라의 왕문록王文錄의 『용흥자기龍興慈記』에도 이와 비슷한 이야기가 실려 전한다고 하는데, 이 책에는 명태조인 주원장의 선조 묘지전설로 수록되어 있으며, 주원장이 두 도사의 말을 도청하고 천자의 땅에 장사지냈다는 것으로 되어 있다.36) 별전에 의하면, 함경도 명풍수였던 태조의 선조가 묘자리를 찾으러 전국을 유랑하던 중, 경상도 웅천에 이르러 '천자 날 자리(天子之地)와 왕이 날 자리(王侯之地)'가 있는 수중명당을 발견하고, 수변에서 놀던 아이에게 유골을 넣어 줄 것을 부탁하니, 아이가 명풍수의 부탁에 따라 제 선조 유골을 '천자 날 자리'에 묻고, 풍수는 조선의 왕이 된 이성계를 낳고, 아이는 자라 명나라 태조가 되었다는 이야기가 있다.37) 또한 수중명당의 이야기는 후금의 시조 탄생담으로 전하는 오지암鰲池岩(혹은 오제암烏啼岩)에서 태어나 자라난 노달치老獺稚(노라치 = 누르하치) 전설과 거의 흡사하다.38)

---

34) 장로長老 = 나옹 ; 소작少者 = 무학無學이었다고.

35) 왕후지지王侯之地와 장상지지將相之地 중 전자를 선택했다고 하는데, 차천로車天輅의 『오산설림초고五山說林草藁』와 작자미상의 『자경지함흥일기慈慶志咸興日記』 등에 실려 전한다.

36) 장소는 중국 사천泗川 양가돈楊家墩 소재(손진태, 『조선민족설화의 연구』, 을유문화사, 1947, pp. 72~73 참조).

37) 최상수崔常壽, 『한국민간전설집』, p. 182, <웅천熊川 천자봉天子峰>.

38) 금서룡今西龍, "주몽전설 급 노달치 전설朱蒙傳說及老獺稚傳說", 『예문藝文』 6 : 11(1915.

한편 중국의 상주象州에 북이 있었는데 지푸라기 세 개를 던져 북소리를 내게 하는 사람이 천자라고 하였다. 그런데 주대명이 지푸라기를 던지니 북소리가 났고, 후에 주대명이 천자가 되었다.[39] 짚북치기로 택서擇壻하는 삽화 역시 상기 노달치(노라치) 전설에도 들어 있으므로 양자의 혼동은 분명해 보인다. 선조의 건국 연대는 1392년, 그리고 명나라의 건국 연대는 이보다 약간 앞선 1368년, 우연히도 양국이 비슷한 시기에 새 나라를 열었다. 더구나 양국은 국가의 규모면에서 자연 대·소의 구별이 있게 마련이었다. 더구나 민간전승에 의하면 명나라의 태조 주원장은 동국東國, 즉 우리나라 출신이라 하였다. 그가 경상남도 웅천熊川 태생이란 '천자봉天子峰' 전설의 신빙성은 매우 의심스럽지만, 하여튼 여러 가지 이유가 종합적으로 작용하여 조선 태조와 명태조, 혹은 훨씬 후대에 청태조 이야기들까지 착종錯綜되어 간 듯하다.

구비전승 중에는 이태조가 주원장과 직접 대면하거나 또는 대결했다는 이야기가 있다. 이태조가 스스로 주원장과 국량을 비교해 본 결과 소국小國의 왕으로 만족하게 되었다는 것이다. 태조가 일찍이 부친 이자춘의 휘하에 있던 중 중국에서 주원장이 포의布衣로 일어나 중원을 공략攻略하여 원나라를 몰아내려 한다는 말을 듣고, 그의 기상을 엿보고자 하여 천리마를 몰아 중국으로 가 명나라 진영에서 주원장을 바라본바 천자의 상임을 알아보고 경탄을 마지않고 돌아왔다. 후에 왕위에 나아간 이성계는 다섯째 아들 정안군靖安君(방원芳遠)을 시켜 자신의 초상화를 명태조에게 바치게 했다. 주원장은 진중에서 마주쳤던 이성계를 알아보고 대뜸 '빛나는 진중에서 다만 한 사람을 보았노라'(탁탁진중일견인濯濯陣中一見人)이라 써 주었다 한다.[40] 또 다른 민간전설에는 이태조가 주원장을 만나러 중국으

---

11), pp. 110~111 ; 최상수, 『한국민간전설집』, pp. 468~469, <노라치>. 노라치의 셋째아들이 청태조라고 한다.

39) 『대계』 1-8. p. 351.

40) 윤태영尹泰永·구소청具素靑, 『이조오백년야사』(대일출판사, 1977), pp. 66~67.

로 가던 중 주막에서 만나 술을 마시게 되었는데 주막집 주인이 두 영웅을 스스로 평가하여 주원장에게는 큰 잔 혹은 금잔을, 이성계에게는 작은 잔, 혹은 은잔을 주며, 주원장은 대천자가 되고 이성계는 조선 왕이 될 것이라고 했다는 이야기도 있다.[41] 모두 대국과 소국을 차별하려는 구별의식에서 만들어진 이야기임을 알 수 있다. 그리고 그가 구렁이의 화신이라 하는 민간설화들이 특히 많은데, 이는 '대명천자'에서 비롯된 '대명大明이'가 '대맹이'의 방언으로, '대맹이'는 '대망大蟒이'에서 만들어졌다는 민간어원설적인 발상에서 나온 것으로 보인다.

　주원장과 이성계에 관한 설화는 훨씬 후대에 유행했던 〈주원장실기〉나 〈장백전〉 같은 소설의 영향이 컸을 것으로 생각한다. 물론 부분적인 설화적 삽화들이 민간전승으로 유전되다 소설 속으로 유입되었을 가능성도 배제할 수는 없으나, 개중에는 아무래도 소설의 유행에 따라 설화로 구연되었을 것임을 추량케 해주는 사례들이 적지 않다. 주원장이 동국 태생으로 거지대장으로 유랑하다가 중국에 들어가 명나라를 일으켰다는 이야기는 그러한 예일 것이다. 또 주원장이 갓 태어났을 때 손바닥에 '왕王'자 혹은 '대명천자 주대명'이란 글자를 쥐고 태어났다는 이야기도 그러하다. 장백이 주원장과 천하를 다투려다 주원장의 처남이 되어 승복하고 말았다는 이야기는 소설을 그대로 설화로 옮긴 것이다. 넓게 생각한다면 소설에서의 장백과 주원장의 다툼 이야기가 설화에서 이성계와 주원장의 다툼 이야기로 변조되었을 가능성도 있다.

　조선조는 출발기부터 많은 난관이 가로놓여 있었다. '신하로써, 임금을 친(이신벌군以臣伐君) 태생적인 약점 때문에 대내적으로는 구왕조의 신하들은 물론 일반 백성들의 전폭적인 지지를 받기가 어려웠던 데다가, 같은 이유로 대외적으로도 인정을 받기가 어려웠다. 명나라도 신왕조임은 마찬가지였지만 강자의 논리가 약자에게까지 적용되지는 못했다. 명나라는 조

---

41) 『대계』 1-3, p. 310 ; 동, 1-8. p. 351 ; 동, 2-2, p. 669 ; 동, 2-8, p. 742 등 참조.

선조를 승인하지 않았던 것이다. 그럼에도 많은 외교적 난관을 무사히 극복하고 명나라에 가서 대공을 이루고 돌아온 조반의 이야기는 꽤 감동적이라 할 수 있다. 조선 태조가 나라를 세운 후 중국어를 아는 대신 조반趙胖을 명나라 사신으로 보냈다. 명나라 황제가 이태조가 왕씨를 내쫓고 나라를 세운 일을 꾸짖었다. 조반이 역대에 왕업을 창건한 임금은 거의 천명에 의한 것임을 말하고 넌지시 명나라 일도 지적했다. 황제가 조반이 어떻게 중국어를 말할 수 있느냐고 묻자, 자신은 중국에서 자라났기 때문이라 하고, 전에 원나라의 승상(탈탈脫脫)의 군중에서 황제를 만난 적도 있다고 했다. 명 황제가 크게 기뻐하여 조반의 손을 붙잡고 반가워한 후 조반을 융숭히 대접하게 하고 드디어 '조선朝鮮'이란 글자를 써 주며 조선 건국을 인정했다고 한다.42) 이 대목까지는 사실일 수가 있다. 그러나 이어지는 이야기는 순전한 허구이다. 즉 조반이 귀로에 황해도 서흥 구읍瑞興舊邑 주막에서 자는데 세 사람의 중이 현몽하여 "우리는 오운산五雲山 석불인데, 명나라 황제가 이번에 당신 목을 베려는 것을 우리가 목숨을 대신한 것이다. 우리 목은 아무 데 바위 밑에 있으니 목을 황토로 붙여 세우고 절을 세워 달라."고 하자, 조반이 그 말을 들어주고 절이름을 속명사라 하고, 법당에 오색구름이 드리웠으므로 마을 이름을 오운리라 했다고 한다. 이처럼 국가적 대사시마다 중국의 허락을 받아야 했던 치욕적인 역사에 더하여, 허구적 설화에서도 스스로 대국, 만승지국萬乘之國이기를 포기하고 소국, 천승지국千乘之國으로 만족해야만 했던 조선조의 처지가 매우 안타까울 뿐이다. '안시성 싸움'과 같은 삼국시대의 웅혼한 기상이 후대로 갈수록 설화적 작품에서조차 왜소해졌음은, 아마도 조선조의 상층부에 의한 유학이라는 외래적 사상의 강요가 궁극적으로는 민중의 아이덴티티 형성에까지 영향을 미쳤기 때문인 것으로 생각된다.

　태조 때의 설화로서 몇 가지를 더 언급해 보기로 한다. 무학대사의 예

---

42) 『자해필담紫海筆談』

언가적 풍모를 보여 주는 이야기로는 '삼인봉三印峯' 전설이 있다. 이성계가 왕위에 오른 뒤 각도 감사들에게 왕자 해몽을 해 준 이승(무학대사)을 찾으라고 명령했다. 이에 경기·황해·평안 세 감사가 그 이승이 깊은 산 속에 있다는 소문을 듣고 찾아가 산봉우리 위의 소나무에 감사인監司印들을 걸어놓고 암자로 가서 이승을 만났다. 감사들이 이승에게 그처럼 외진 곳에 거처하는 이유를 묻자, 이승은 "감사 세 분이 저 산봉우리 위 소나무에 감사인을 걸 것을 예상하여 암자를 짓고 기다리고 있노라."고 대답했다. 세 감사가 그 중이 무학인 줄 알고 태조(이성계)에게 모셔 갔다. 이러한 일이 있은 후 그 산봉우리를 '삼인봉'이라 하게 되었다는 것이다. 무학대사를 왕사로 맞은 태조는 그를 몹시 신임했던 듯하다. 그러기에 태조와 무학대사 군신간의 농담에서 상대방의 얼굴을 솔직히 말해 보기로 하고서, 태조가 무학을 가리켜 '돼지얼굴'이라 했음에도 무학은 태조를 '용안龍顔'이라 했다. 이에 태조가 그가 솔직하지 못하다고 책망하니, 무학은 '돼지 눈에는 돼지, 부처 눈에는 부처로 보인다.'고 응구첩대했다고 한다.[43] 정상적인 경우라면 임금을 면전에서 '돼지'라 하고 자신은 '부처님'으로 비한다는 것은 있을 수 없는 일이다. 하지만 소담에 불과한 이야기를 통하여 한 인물의 인간성을 부각시키려 한다면 이보다 더 좋은 장치는 없을 것이다. 무학대사의 일화는 그 밖에도 각처의 유적과 연관되어 전승되는 것이 많은데, 무학대사가 창건했다는 개운사開運寺(1396년 창건) 전설[44]을 비롯하여 청성백靑城伯 심덕부沈德符의 집터인 원교圓嶠 터 전설,[45] 의안대군義安大君(방석芳碩)의 묘지전설[46] 등 대체로 풍수 전설에 속하는 것들이다.

태조의 젊었을 때의 로맨스를 이야기하여 주고 있는 신덕왕후神德王后

---

43) 『개벽』, 신간3[2 : 1](1935. 1).
44) 『지명총람』 Ⅰ, p. 125.
45) 동상, p. 75.
46) 『기전문화畿甸文化』 5(인천교대 기전문화연구소, 1988. 12), pp. 118~119.

강씨康氏[47]와의 염정담도 유명하다. 하지만 이 유형이 이미 『고려사』 왕비 열전에 고려 태조와 왕비 오씨吳氏(장화왕후莊和王后)의 이야기로 기록되어 있음을 보면, 이 설화는 조선 초기 훨씬 이전부터 있었음을 알 수 있다. 아마 설화자가 '태조'라는 이름을 오인했거나 아니면 교묘히 착종시킨 때문일지도 모른다. 하여튼 이 이야기는 후일 연산군 때 <유기장柳器匠 이장곤李長坤>의 이야기로도 유명하니, 설화가 유전하는 도중 시·공간에 따라 특정인물에 고착해 변용되는 좋은 예로 생각된다. 개국공신들의 이야기 중 우선 들 수 있는 것은 배극렴裵克廉과 설중매雪中梅란 기생의 이야기[48]이다. 때와 장소는 이태조가 등극한 첫 해에 맞이한 58세 탄신의 잔치석상이었다. 공민왕恭愍王의 정비定妃로부터 고려의 국새를 빼앗아 바치고 1등 공신의 반열에 올랐다는 배극렴이 시중들던 기생 설중매에게 호기스럽게 수청을 명했다. "네가 동가숙東家宿 서가숙西家宿한다 하니 오늘 나를 천침薦枕함이 어떠냐?" 설중매의 거침없는 대답은 이러했다. "동가숙 서가숙하는 천한 몸으로 사왕씨事王氏 사이씨事李氏하는 정승을 모시면 어찌 좋지 않겠습니까." 가시 돋친 천기의 말에 배정승은 대꾸할 말을 잃었다. 다음은 정도전의 일화이다. 그가 흰 신과 검은 신 한 짝씩을 신고 관아에 나왔다. 서리胥吏들이 이를 고告하여도 그는 웃고 말뿐 신을 바꾸어 신지를 않았다. 일을 다 마치고 나서야 그는 말하기를, "왼쪽에서는 흰 것만 보고, 오른쪽에서는 검은 것만 보면 무슨 걱정이 있는가?"[49] 아마 이러한 배포를 지닌 그였기에 신왕조를 세우는데 아무런 두려움 없이 앞장섰을 것이다.

　태조의 말년 이야기는 곧 태종조의 이야기이기도 하다. 이때의 전승설화로는 단연 '함흥차사' 이야기가 으뜸이다. 태조가 사랑하던 신덕왕후

---

47) 정릉貞陵은 바로 신덕왕후의 능이었고, 정릉의 원당으로 두부를 바치는 조포사造泡寺로 시작되었던 것이 오늘날의 봉국사奉國寺라고 한다.
48) 『오백년기담』, p. 2.
49) 『필원잡기』 1.

소생의 방석芳碩·방번芳蕃 형제를, 신의왕후神懿王后 소생인 방원芳遠이 무참히 죽이자, 세상사에 염증을 느낀 태조는 왕위를 정종에게 물려준 채 함흥 구저舊邸로 가 버리고 말았다. 정종에 이어 왕위에 오른 태종은 태조를 서울로 돌아오게 할 생각으로 연달아 사자를 보냈지만, 태종을 미워한 태조는 번번이 애꿎게도 자신을 모시러 온 사자를 올 때마다 죽이곤 했다. 이 때문에 '다시는 돌아오지 않는 경우'를 일컬어 '함흥차사'라는 말이 생기게 되었다. 태종은 다시 정승이자 태조의 옛 친구의 아들인 성석린成石璘을 밀파密派했다. 그 역시 부자지정으로써 태조를 회유하려 했으므로 즉참하려 하자, 다급해진 석린은 자신이 태종의 명령을 받고 온 것이 아니라며, 만약 자신의 말이 거짓이라면 대대 자손이 소경으로 될 것이라 맹세하고50) 목숨을 부지하고 돌아갔다. 다음에는 태조와 구의舊誼가 깊었던 박순朴淳이 자청하여 함흥으로 갔다. 그는 꾀를 내어 어미를 찾는 망아지와 생쥐로써 태조의 마음을 일시 돌리는 데 성공을 했다. 그러나 박순이 떠나간 즉시 태조는 역정을 내어 신하를 시켜 "박순이 흥룡강興龍江을 넘었거든 살려두고 아직 못 넘었거든 참하라."고 분부했다. 공교롭게도 박순은 중로에 병이 나서 머무느라 흥룡강을 넘지 못하여 죽음을 당했다. 박순의 주검을 눈으로 목격한 태조는 비로소 서울로 돌아오게 되었다. 태종은 부왕을 맞으려 하륜의 말을 들어 '살곶이벌(전천평箭串坪)'에다 굵은 기둥을 세우고 차일을 치고 기다렸다. 태조가 태종을 본 순간 급히 활을 쏘았으나, 태종은 몸을 피하고 살은 기둥에 박혔다. 그제야 태조는 활을 내던지며, "천명이로다." 하고 체념하게 되었다. '함흥차사'라는 속담의 근원설화이기도 한 이 유명한 이야기는 여러 개의 삽화가 매우 복잡하게 연속되어 있다. 태조는 거듭 무고한 생명을 죽인 끝에 아들 방원까지 죽이려 했을 만큼 몰인정하고 고집이 세었으나, 사리를 깨우친 다음

---

50) 이것이 빌미가 되어 성석린의 후손 중에는 유독 맹인이 된 자가 많았다고 한다. 석린의 장남 지도至道와 차남 발도發道는 눈이 멀고 그 장손 창산군昌山君 구수龜壽 및 그 증손도 모두 태아시에 소경(복중위맹腹中爲盲)이 되었다는 것이다.

에는 마침내 자신의 고집을 꺾어 버리는 인간적인 면모를 보여주었다. 반면 이 이야기는 태종의 효심을 보인 것이기도 하다.

같은 무렵의 설화로는 의정부議政府·망우리忘憂里·퇴계원退鷄院 따위를 들 수 있다. 망우리라는 지명은, 태조가 신후지지身後之地를 정하지 못해 애쓰던 차에 검암산儉岩山(동구릉東九陵이 있는 산)에 이르러 비로소 합당한 곳을 정하고 돌아오다 이 고개에서 능을 쓸 산을 바라보며 "이제야 모든 근심을 잊겠다"고 했기 때문에 생긴 이름이라 한다. 의정부라는 지명도에 대한 유래도 같은 시기의 설화로 전한다. 이른바 '왕자의 난'에 세사에 염증을 느껴 왕위를 정종에게 물려주고 함흥 구저로 갔다가 '함흥차사'의 곡절을 거친 끝에 서울로 돌아오려 했다. 그 사이 정종은 태종의 위협을 못 이겨 불과 2년이 못 되어 왕위를 넘겨주고 말았다. 이에 태조는 격로하여 서울로 들어가지 않고 중도에 머물러 있었기 때문에 대신들은 서울에서 상왕이 있는 곳까지 가서 결재를 받아야 했다. 때문에 그 곳의 지명이 '의정부議政府'란 이름이 생기게 되었다고 한다.51) 오늘날까지 태조가 함흥에서 돌아오던 중 여드레를 묵었다는 '여덜배미'(팔야리八夜里), 혹은 그가 일시 묵었다는 '왕숙천王宿川'이나 '대궐터(내각리內閣里)' 따위의 인근 지명 전설地名傳說에 당시 자취가 남아 있다. 퇴계원은 태조가 이곳에 이르러 유숙하다가 닭이 울고 새벽을 맞았다고 해서 '퇴계원退鷄院'이라 했다하기도 하고,52) 태종의 소행에 역정을 내어 '퇴!'하고 침을 뱉고 물러났다고 해서 '퇴계원'이라 했다53)는 매우 유치한 지명유래전설도 전한다.

태조에 이어 왕위를 물려받은 인물은 그의 둘째 아들이자 신의왕후神懿王后 한씨 소생의 방번芳蕃이었다. 하지만 보위寶位에 앉은 지 불과 2년 만

---

51) 태조는 생애의 마지막을 현 남양주군 진접면榛接面 내각리內閣里 풍양궁豊壤宮에서 지내다가 승하했다고 한다.

52) 『대계』 1-4, p. 1029.

53) 이수자李秀子, 『설화 화자 연구說話話者研究』(박이정, 98), p. 42.

에 정종은 동복同腹이자 태조의 다섯째 아들인 방원의 핍박을 못 이겨 자리를 내어놓을 수밖에 없었다. '용들의 찬가讚歌'인『용비어천가』에도 정종은 끼어 있지 않다. 말하자면 그에게는 '용'이 될 만한 징표가 부족했던 셈인데, 이에 비하면 태종은 대조적이다. 모두 아는 바와 같이, 용을 제왕의 상징으로 여겼던 것은 동양의 보편적 전통 문화사상이었다. 용은 초자연적인 힘, 지혜, 강함, 숨겨진 지식, 생명을 부여하는 강이나 바다의 힘을 상징하며, 따라서 용은 천자天子로서 임금의 표지이자 현자의 표지이기도 하다.54)『용가』 제100장에 의하면 태종(방원)이 궁(경덕궁敬德宮)에 있을 때, 새벽녘에 광채 찬란한 백룡이 태종의 침실 위에 나타났다가 사람들이 보매, 갑자기 구름안개에 싸여 어디론지 사라졌다 하고,55) 또『용재총화』에는 박석명朴錫命이 방원과 함께 자다가 곁에 용이 있어 기이히 여겼는데, 후일 그가 왕이 되었다는 내용이 있다.56) 이처럼 그는 설화 속에서 거듭 용의 징표를 확인시키고 실려 있다.

방원이 미등극시에 고려 충신 정몽주와 사적인 술자리를 빌어 시조 한 수씩을 창수唱酬하며 각각 자신의 의중意中을 암시하였다는 <하여가何如歌>와 <단심가丹心歌>의 이야기는 유명하다.

<하여가>
　이런들 엇더ᄒ며 져런들 엇더ᄒ료(如此亦何如 如彼亦何如) 만수산萬壽山 드렁츩이 얼거진들 엇더ᄒ리(萬壽山葛藟 纏綿亦何如) 우리도 이ᄀᆺ치 얼거져 백년百年ᄭᅡ지 누리리라(我輩若何如 百年亨何如)

<단심가>
　이 몸이 주거주거 일백번一百番 고쳐 주거(此身死了死了 一百番更死了)
　백골白骨이 진토塵土이 되여 넉시라도 잇고 업고(白骨爲塵土 魂魄有也無)

---

54) J.C. Cooper, *An Illustrated Encyclopaedia of Traditional Symbols*(Thames and Hudson, 1978), p. 55.
55)『용가』, 제100장 ;『동국여지승람』 4, 개성 상上 궁실 '경덕궁敬德宮'.
56)『용재총화』 3 ;『계서야담』, '박문숙공석명朴文肅公錫命'.

님 향向한 일편단심一片丹心이야 가실 줄이 이시랴 (向主一片丹心 寧有改
理與之), 『圃隱集』 ; 『海東樂府』[57)

이 자료가 구비전승이 아닌 사실이라는 증거는 없지만, 하여튼 태종은
일찍부터 고려 왕조를 갈아엎고 새 왕조를 세우려는 의지가 매우 강했음
을 알 수 있다. 그는 자신의 야망을 관철시키기 위하여, 고려조 충신들과
조선조의 정적政敵들을 제거하고 무고한 사람의 많은 목숨을 앗기는 했으
나, 일단 왕위에 오른 후에는 사직을 튼튼히 하고 백성들을 안무하기 위
해 많은 힘을 기울였던 듯도 하다. 이런 이야기가 있다. 어느 해 메뚜기
가 극성하여 백성들의 농사를 망쳐지는 것을 보고, 그는 들판에 나아가
메뚜기를 산 채로 삼키기도 하였다. 가뭄이 오래 계속되자 자신의 부덕의
소치로 여겨 세종에게 전위했다. 그래도 가뭄이 그치지 않자, 임종에 유
언하기를 "이후에는 내가 죽은 날만이라도 반드시 비를 내리게 하겠다."
고 했다. 그 후 정말 태종의 기일忌日(음력 5월 10일) 전후에는 비가 내리
곤 하여 이를 '태종우'라 일컫게 되었다고 한다. 민간설화 중에 매년 칠
월칠석七月七夕의 밤에는 견우직녀牽牛織女가 하늘에서 단 하루 만의 해후邂
逅를 하느라 눈물을 흘려 지상에는 비가 온다는 속전이 있듯이, 이 태종
우 전설도 그러한 민간 속신에서 비롯된 것이지만, 한편으로는 설화를 빌
려 백성을 사랑하는 그의 후덕厚德을 나타내 보인 것으로 볼 수도 있다.
그 밖에 태상왕 태종과 김효성金孝誠, 이호성李好誠 사이에 맺어진 군신 간
의 훈훈한 인정담도 야사로 전한다.[58) 태종이 옛 스승인 원천석을 찾아보
았던 때의 일화(태종대 전설)는 앞에서 이야기한 바 있다.

태종 때에 큰 활동을 했던 인물 중에는 무신 이숙번李叔蕃(1373~?)과
하경복河敬復,[59) 문신 하륜·조준·변계량卞季良 등의 이야기가 야사로 전

---

57) 국문시는 『청구영언』 ; 한역시는 『포은집圃隱集』 ; 『해동악부海東樂府』 ; 『순오지』 등
   참조. 한역시는 문헌에 따라 약간 다르게 기재되어 있다.
58) 홍기문, 『북한사람이 즐겨 읽는 옛날이야기』(물결, 1964 ; 1988), pp. 79~90.
59) 『용재총화』 3 ; 『대계』 8-3, p. 179, <매화를 꺾은 양정공>.

한다. 안성군安城君 이숙번이 태종을 도운 일로 공신이 되어, 서대문 안쪽에 호화스런 집을 지었다. 그는 인마人馬의 소리를 듣기 싫어하여 문을 막고 통행을 금지시키니, 문을 막은 집이라 하여 새문가塞門家라 하고 그 마을을 새문塞門골이라 부르게 되었다 한다. 국초 때에는 서전문西箭門을 서대문으로 사용하다가, 세종 때에 이르러 서전문을 막고 남쪽에 돈의문敦義門(서대문)60)을 세우게 되니, 서전문쪽 동리를 새문골, 돈의문은 '새 문'이라 부르게 되어, 그 안쪽을 '새문안' 혹은 '새문동塞門洞'이라 부르게 되었다고 한다.61) 이 이야기가 얼마나 신빙성이 있는지는 모르겠으나, 여러 가지 이설들이 전하는 걸 보면 민간어원설에 의한 지명유래담일 가능성이 커 보인다.

호정浩亭 하륜은 조선 초기의 책사策士로 유명하다. 그는 개국 과정에서 지모智謀로써 공훈을 쌓은 바 있고, 태종의 등극시에 일부러 국그릇을 엎질러 정안군靖安君(태종)의 옷을 더럽힌 다음 사과를 핑계대고 뒤쫓아 가 왕위 차지에 대한 계략을 바쳐 정사원훈공신定社元勳功臣이 되었다. 그가 일찍이 예천 군수가 되어 호색행위를 하자 도사都事가 그의 허물을 들어 성적 평가를 하등에 두려하자, 감사監司 김주가 이를 만류하며 후일을 예단하여 상등에 두었다. 그 후 김주가 정사의 난62)에 관련되어 위험에 처했을 때 김주의 아내가 하륜의 말머리에 꿇어 앉아 김주의 아내라고 하자 하륜이 힘써 구하여 죄를 면하였다고 한다.63) 양양군에 있는 하조대河趙臺는 하륜(1347~1416)과 조준(1346~1405)이 유상遊賞하던 곳이라 한다.64) 그 밖에 야사에 의하면 춘정春亭 변계량(1369~1430)은 재상의 자리에 올라 유복했음에도 너무 인색했다는 악명이 남아 전한다. 이들은 역

---

60) 이 서대문은 1915년에 일본인들이 길을 넓히기 위해 헐어 없앴다.

61) 『지명총람』 Ⅰ, 223.

62) 이태조 때 일어난 방석의 난.

63) 『용재총화』 ; 『청파극담』 등 참고.

64) 양양군襄陽郡 현북면縣北面 하광정리下光丁里 해변 소재. 현산峴山 형승形勝 및 양양 고적 ; 강원도. 『향토의 전설』(1979), pp. 201~203 등 참조.

사적으로 매우 모범적인 인물들이었지만, 한편으로는 상식적으로 잘 이해
되지 않는 기습奇習이 있어 늘 설화에 오르내렸던 모양이다. 요컨대 설화
는 일반적으로 지어낸 이야기에 지나지 않지만, 앞서 누누이 시사한 바와
같이, 그것은 허구 이상의 진실을 담고 있는 이야기이므로, 문학뿐만 아
니라 역사, 사상 연구에도 크게 이바지할 수 있다.

◉ 참조 원고

“조선조 초기의 구비문학사 : 설화자료를 중심으로 (1)”, 『어문학논총』, 개교 60주년 기념
특별호(국민대 어문학연구소, 2006).

5. 조선조 초기 구비문학사―설화 2

‘왕자의 난’으로 인해 매우 소란스러웠던 태종대를 지나 세종대에 이르면 일단 사회·정치적으로 안정기에 접어듦에 따라 각종 제도가 완비되고 문화·예술적으로도 새로운 전기를 맞게 되었다. 훈민정음이라는 획기적 문자의 창제로 문자가 소수 특수 계층의 전유물이 아니라 일반 대중들의 지적 재산일 수 있게 되었다. 더구나 이 시기 지식인층은 새 문자에 의한 외국문학의 소개에 병행하여 과거나 당대 자료의 편찬 내지 집성에 현저한 성과를 이루어냈다. 그리하여 이 시기에 이르러 비로소 허다한 민간 전래의 구비문학 자료가 기록으로 정착할 수 있게 되었다. 사실 이전까지만 하여도 문헌의 극소성으로 말미암아 구비문학의 흔적을 살피는 데에는 어려움이 적지 않게 있었다. 그러나 이 시기에 이르러서 당대 및 이전 시기의 자료 집성이 다방면에서 이루어져 상당한 양의 자료를 접할 수 있게 되었다.

글머리에서도 이미 논급한 바 있거니와 이 시대의 설화 관련 자료들은 대체로 세 가지 방면에서 찾아볼 수 있다. 첫째 부류는 중국으로부터 전래된 설화 선집을 들 수 있다. 예컨대 『태평광기』 및 그 언해나 한역 불전, 혹은 『석보상절』 또는 당명황 고사나 이를 집성한 『당명황계감언해』 같은 것들이 이에 해당한다. 둘째 부류는 국내외 민간설화의 집성인데, 『용비어천가』나 『태평통재』 같은 것이 있다. 다음 셋째 부류는 역사·지리서 편집에 따라 수집된 설화들이다. 15세기 전반에 이루어진 『고려사』(1449~1451)나 『세종실록지리지』(1454)에는 이왕에 전승되어 온 『삼국사기』나 『삼국유사』 들에서 전재된 자료들이 다수이지만, 개중에는 당시 민간전승 자료에서 온 것으로 보이는 자료들이 꽤 섞여 있다. 물론 그 상당수가 지명 전설이나 역사적 인물의 일화라는 한계가 있기는 하다.

기록에 의하면, 『용비어천가』는 세종 27년(1445) 4월 5일 권제權踶·안지安止·정인지鄭麟趾 등이 찬진撰進·간행한 것으로 되어 있으나, 실제로는 이때 완성을 못보고 동 29년 2월에 완성되었을 것이라 한다. 어쨌든 『용비어천가』의 원주 속에 들어 있는 많은 이야기들은 조선조 초기 선왕들의 이야기들로서 상당 기간 동안 구전되어 왔음을 알 수 있다. 한편 『고려사』도 『용비어천가』와 거의 같은 무렵인 1449년(세종 31)~1451년(문종 1)에 걸쳐 이루어졌지만, 그 기반 작업은 훨씬 이전부터 이루어졌던 것으로 추정된다. 1395년(태조 4년)에 『고려국사』라는 것이 편찬되었다고 하지만 이 책은 현재 전하지 않는다. 태종 14년(1414)에는 『고려국사』의 개수 작업에 착수하였다고 하나 이 작업의 끝을 보지 못하고, 세종 1년(1419)에 다시 개수 작업이 시작되어 동 3년(1421)에 완성되었다. 이후에도 두 차례의 개수 작업 끝에 『고려사』는 문종 1년(1451)에 완성되었다. 양서는 모두 건국설화를 수록하고 있다는 공통점을 지적할 수 있는데, 설화의 내용 형식이 한 집안의 누대에 걸친 신이한 일을 담고 있다. 각 영웅들 관련 설화들도 기본적으로 '영웅의 일생' 공식을 보여주고 있어 귀인탄생설화나, 명궁설화, 풍수설화 등과 매우 유사함을 보이고 있다는 사실이 매우 흥미롭다. 이 두 책의 구체적 내용 언급은 앞에서 이미 한 바 있으므로 생략한다.

『세종실록지리지』는 『조선왕조실록』 중의 하나인 이른바 '세종실록' 제148권~제155권에 수록되어 있는 8권8책의 '지리지'이다. 『조선왕조실록』 중에 지리지는 이것이 유일한데, 이 책을 바탕으로 후일에 『동국여지승람』과 같은 전문 지리서가 편찬되었다. 원래 이 지리지는 세종 원년 (1424)에 변계량에게 지지地誌 및 주·부·군·현의 연혁을 찬진하라고 명하여 이듬해 『경상도지리지』가 이루어졌고, 이후 나머지 7도 지리지와 합해 『신찬팔도지리지』가 이루어졌으며, 단종 2년(1454)에 이를 다소 가감하여 『세종실록』의 '지리지'로 하였다. 그러나 이 지리지를 전반적으로 검토한 바에 의하면 이전의 문헌 기록들이 지방별로 나뉘어 들어갔을 뿐 별로 새로운 자료라 할 만한 것은 그다지 많지 않다.

단군전승의 경우를 들어 보자. 『세종실록』 권154 지리지 평양도 평양부 '영이靈異'조에,

『단군고기』에 이르기를, 상제 환인이 서자가 있으니, 이름이 웅인데, 세상에 내려가서 사람이 되고자 하여 천부인 3개를 받아 가지고 태백산 신단수 아래에 강림하였으니, 이가 곧 단웅천왕이 되었다. 손녀로 하여금 약을 마시고 인신이 되게 하여, 단수의 신과 더불어 혼인해서 아들을 낳으니 이름이 단군이다. 나라를 세우고 이름을 조선이라 하니, 조선, 시라, 고례, 남·북옥저, 동·북부여, 예와 맥이 모두 단군의 다스림이 되었다. 단군이 비서갑 하백의 딸에게 장가들어 아들을 낳으니 부루이다. 이를 곧 동부여 왕이라고 이른다. 단군이 당요와 더불어 같은 날에 임금이 되고, 우가 도산의 모임을 당하자, 태자 부루를 보내어 조회하게 하였다. 나라를 누린 지 1천 38년 만인 은나라 무정 8년 을미에 아사달에 들어가 신이 되니, 지금의 문화현 구월산이다. 부루가 아들이 없어서 금색 와형아를 얻어 기르니, 이름을 금와라 하고 세워서 태자를 삼았다. 그 정승 아란불이 아뢰기를, "일전에 하느님이 나에게 강림하여 말하기를, '장차 내 자손으로 하여금 여기에다 나라를 세우도록 할 것이니 너는 다른 곳으로 피하라. 동해 가에 땅이 있는데, 이름은 가섭원이며, 토질이 오곡에 적당하여 도읍할 만하다.'고 하였습니다." 하고, 이에 왕을 권하여 옮겨 도읍하였다. 천제가 태자를 보내어 부여 고도에 내리어 놀게 하니, 이름이 해모수이다. 해모수가 하늘로부터 내려오는데 오룡거를 타고, 종자 1백여 인은 모두 백곡을 탔는데, 채색 구름이 그 위에 뜨고, 음악소리가 구름 가운

데에서 울렸다. 웅심산에서 머물러 10여 일을 지내고 비로소 내려왔다. 머리에는 오우의 관을 쓰고, 허리에는 용광검을 찼는데, 아침이면 일을 보고 저녁이면 하늘로 올라가니, 세상에서 이르기를, '천왕랑'이라 하였다.[1]

란 기록이 있는데, 그 앞 부분에 나타난 '단웅천왕이 손녀로 하여금 약을 마시고 인신이 되게 하여 단수신과 더불어 혼인을 하여 단군을 낳았다.'는 내용과 '환웅이 웅녀와 혼인하여 단군을 낳았다.'는 『삼국유사』의 기록과는 다른 반면 『제왕운기』(a.1280)의 기록과 유사하고, 그 뒷부분의 내용은 『삼국유사』나 이규보의 <동명왕편> 기록과 상당히 흡사하다.

한편 『세종실록』 권40 10년(1428) 6월 14일 을미조, 권75 18년(1436) 12월 26일 정해조 및 동 지리지 권154 '평안도 평양부' 기록들에는 단군 사당 건립을 둘러싼 당시의 조정 논의가 기록되어 있는데, 이들 자료를 통하여 단군에 대한 당시의 시각을 어렴풋이나마 느낄 수 있다. 물론 이전에도 국조 단군에 대한 전승은 매우 빈번히 이루어졌겠지만, 이 무렵에 이르러 조정의 공론장에서까지 단군에 대한 전승의 문제가 활발히 논의되기에 이른 것은 새 왕조를 건립하고 민심을 결집시키기 위한 조처라고 할 수 있다. 이 시기에 단군의 개국 이야기는 『용비어천가』의 제9장, 제42장, 제58장, 『고려사』 권58 지리지 풍산豊山조 및 서경西京조 등의 많은 기록에도 등장함을 보면 당시 이 전승이 매우 널리 유전하였음을 알 수 있다.

구전 혹은 문헌기록을 통한 세종시대의 구비문학 자료들은 몇 가지로 나누어 볼 수 있다. 즉 태종의 계위를 둘러싼 네 왕자들의 이야기, 태종의

---

1) '檀君古記云 上帝桓因有庶子 名雄 意欲下化人間 受天符印 降太白山神檀樹下 是爲檀雄天王 令孫女飮藥成人身 與檀樹神 婚而生男 名檀君 立國 號曰朝鮮 朝鮮尸羅高禮南北沃沮東北沃沮濊與貊 皆檀君之理 檀君聘娶非西岬河伯之女 生子曰夫婁 是謂東夫餘王 檀君與唐堯同日而立 至禹會塗山 遣太子夫婁朝焉 享國一千三十八年 至殷武丁八年 乙未 入阿斯達爲神 今文化縣九月山 夫婁無子 得金色蛙形兒養之 名曰金蛙 立爲太子.' * 『조선왕조실록』의 원문 및 해석은 국사편찬위원회의 한국사 데이터베이스의 『조선왕조실록』을 인용했다.

장자인 양녕대군에 얽힌 이야기, 세종의 여러 왕자들에 관한 이야기 등 왕가담이 첫째 갈래이고, 임금과 신하 간의 이야기가 둘째 갈래이며, 명신 특히 청백리들의 이야기가 셋째 갈래이다. 이 시기에는 그 어떤 시기보다도 유난히 청백리들의 이야기가 많았던 듯하다. 예컨대 황희나 맹사성, 유관 같은 명신들의 근검에 관한 이야기는 아직까지도 회자될 정도이다.

태종의 네 아들 즉 양녕대군·효령대군·충녕대군(세종)·성녕대군 중에 가장 많은 일화를 남긴 인물은 양녕대군이다. 양녕대군은 사자嗣子로서 당연히 왕위에 오를 수 있었음에도 불구하고 셋째아우에게 왕위를 양보하고 말았는데, 성격적으로 현실의 속에 얽매이지 않고 방종에 가까운 생활을 했던 호방한 성격에 기인했던 것 같다.『용재총화』권4에 나타난 바, 양녕대군이 젊었을 때 학업에 힘을 쓰지 않고 새잡이 따위 장난에만 골몰했다고 한다. 이에 대군의 교육을 맡았던 이래李來(1362~1416)[2]가 대군을 극간하자, 대군이 이래 보기를 원수같이 여겼다고 하는데, 대군은 처음부터 왕위에는 그다지 관심이 없었던 듯하다. 또한『용재총화』권4의 다음 기록에 의하면 그는 원래 문보다 무에 관심이 컸었음을 알 수 있다.

> 태종이 궁중에 감나무를 심고 매우 사랑했다. 새가 와서 감나무에 달린 감을 쪼아 먹자 태종이 새를 잡을 명궁을 구하라 했다. 신하들이 대군을 지목하여 적임자라고 하니, 평소에 대군의 행실을 미워하던 태종도 대군이 번번이 명중시키자 매우 기뻐했다.

이러한 대군이었으니 태종이 순차를 무시하고 평소 문학 수업에 열중하던 충녕대군을 세자로서 염두에 두었음직하다. 부왕의 뜻을 눈치챈 양녕은 일부러 광인 행세를 하여, 결국 태종이 세자인 양녕을 폐하고 13세의 충녕을 세자로 책봉하니, 양녕과 효령은 스스로 궁궐을 떠나, 양녕은 천하 만유의 길에 올랐고, 효령은 과천 관악산에 들어가 염불암에 기거하

---

2) 이존오李存吾(1341~1371)의 아들.

며 왕궁이 그리워질 때마다 높은 봉우리에 올라 서울을 바라보곤 하여 '망경대望京[景]臺'란 이름이 생겼다고 전한다.

민간 전래의 속담인 '효령대군의 북껍질'이라는 이야기의 진실 여부는 알 수 없으나, 그 배경설화의 내용은 당시의 사정을 잘 시사해 주고 있다.

효령대군은 양녕대군이 왕위에 뜻을 두지 않는 걸 보고 다음은 자기 차례였으므로 공부를 열심히 했다. 이를 본 양녕대군이 효령대군에게 말하기를, "어리석구나 효령이여! 넌 충녕의 성덕을 듣지 못했느냐?" 효령이 깨닫고 절로 들어가 종일 양손으로 북을 치니 북껍질이 늘어졌다.[3]

비슷한 이야기로 <왕형불형王兄佛兄>이라는 것이 있다.

양녕대군은 천성이 너그럽고 활달하여 평생 동안 사생활을 즐겨, 주색과 사냥 외에는 한 가지도 손을 대지 않았다. 때문에 주색에 빠져 세자의 자리를 잃었다. 그의 아우 효령대군이 불교를 좋아하여 불사佛事를 베풀고 양녕을 청하였더니, 양녕은 사냥꾼들을 데리고 가 사냥을 하게 하고, 자기는 불사에 참여했다. 효령이 한창 부처에게 예배를 하는데, 양녕은 사냥꾼들이 잡아 바친 고기를 씹고 술을 마시면서도 태연자약했다. 효령이 정색하고 나무라니 양녕은 웃으면서 말하였다. "나는 평생에 하늘이 복을 후하게 주므로 괜찮다. 살아서는 왕의 형이요, 죽어서는 부처의 형이 될 것이니……"[4]

양녕대군의 호색담으로는 야담으로 전하는 유부녀 어리於里와의 이야기가 있고, 또한 평양 기생 정향丁香과의 이야기도 유명하다. 특히 정향과의 염정담은 수많은 야담·야사집들에 중복 기재되어 있고,[5] 또 인기 있었

---

3) 『오백년기담』(광학서포廣學書舖, 1913), p. 7, '효령대군고피孝寧大君鼓皮'

4) 위의 책, pp. 7~8.

5) 『청구야담』, 『매옹한록梅翁閒錄』, 『파수편破睡篇』, 『대동기문大東奇聞』, 『해동기화海東奇話』, 『기문총화記聞叢話』, 『동패집東稗集』, 『동야집사東野輯史』, 『이순록二旬錄』, 『국조명신록國朝名臣錄』, 『집록輯錄』 등.

던 고전소설 <정향전>으로도 지어졌을 정도이니, 그 인기가 대단했음을 짐작할 수 있다. 우리 설화 중에는 기생의 양반훼절담이 상당히 많은데, 양녕과 정향의 이야기도 같은 부류의 이야기임에는 틀림없으나, 다른 이야기들이 대개가 기생이 여색에 초연한 체하는 양반을 우롱하는 성격이 강하여 파국으로 끝남에 비하여,6) 이 이야기는 해피엔딩으로 끝난다는 점이 특이하다.

세종의 여덟 아들 중 둘째인 수양대군(세조)은 물론 조카인 단종의 왕위를 빼앗고 왕위에 올라 많은 설화군이 만들어져 전승되고 있으나, 이에 대하여는 뒤에 다시 이야기할 바가 있으므로 할애하고, 여기에서는 세종의 다섯째 아들인 광평대군의 일화 하나만 들어보기로 한다. 즉 광평대군廣平大君 이여李璵가 어렸을 적에 관상쟁이가 대군의 상을 보고 나서는, '굶어 죽을 것'이라 예언했다. 세종이 "내 자식이 어찌 굶어 죽을 이치가 있겠느냐?" 하면서도, 염려가 되어 동쪽의 적전籍田을 모두 대군에게 하사했다. 그러나 뒤에 광평이 생선을 먹다가 가시가 목에 걸린 것이 병으로 되어 굶어 죽었다고 한다.7) 이런 이야기는 예언담에 속하는 것으로서, 흥미의 초점은 오히려 대군보다 무명의 명상인名相人의 신이성에 두어지는 경향이 짙다. 민간에는 이런 부류의 유형이 꽤 많이 전승되고 있는데, 예컨대 중국 한나라 때의 인물인 등통鄧通은 굶어 죽을 상을 지니고 있어서 문제文帝가 동산銅山을 주어 부자가 되게 했지만, 그는 결국 절식絶食해야 하는 병에 걸려 죽었다고 한다.8)

세종은 호학好學의 군주로서 문학과 예술뿐만 아니라 기술 진작에도 힘

---

6) 예컨대, 『고금소총』 소수所收 제서 중의 <색무영웅色無英雄>, <혹기위기惑妓爲妓>, <기롱장백妓籠藏伯>, <궤중제독櫃中提督>, <건귁어사巾幗御使>, <포쇄루각曝曬淚脚> 등. 『임영지臨瀛誌』에 실려 있는 세종 때의 어사를 역임한 이현로李賢老(?~1453)와 기생 옥영玉英의 이야기도 유화이다.
7) 『지봉유설』, 기예부技藝部, 방술 ; 『계서야담』, no. 210(6 : 34), <광평대군휘여廣平大君諱璵>. 『계서야담』 원전의 '전璵' 자는 오기다.
8) 『순오지』 참조.

썼다. 그는 1420년(세종 2)에 궁중 안에 학문 연구를 위한 집현전集賢殿을 설치하고, 많은 인재를 모아 연구에 전심토록 하는 한편, 국내외의 많은 도서를 모아 연구에 이바지하도록 했다. 또는 학자가 조용한 산사에 가 충분한 연찬을 할 수 있도록 휴가를 주되, 그 기간 동안에 아무런 경제적 불안감 없이 연찬과 저술에만 집중할 수 있도록 국비를 지급케 했다. 이는 근대 연구기관의 모습과 별다름이 없었던 셈이고, 오늘날의 연구년제가 이미 세종 때에도 실행되었음을 알게 해 준다. 이런 상황 속에서『고려사』,『팔도지리지』,『삼강행실도』,『동국정운』,『용비어천가』,『월인천강지곡』등의 역사·지리·지리·어문학 서적들이 속속 간행되는 쾌거를 맞게 되었다.

조선조는 건국 이래 순조대까지 역대 제왕들이 '청백리' 제도를 지속하여 총 215명이 녹선錄選되기에 이르렀는데, 이 중 세종대의 인물은 모두 15명이었다.

> 정척鄭陟(진주인晉州人, 판윤判尹, 공대공恭戴公)
> 최만리崔萬里(해주인海州人, 부학副學)
> 황희黃喜(상相)
> 유관柳寬(상相)
> 맹사성孟思誠(상相)
> 유겸柳謙(지주인晉州人, 문형조文刑曹 좌참의左參議)
> 이석근李石根(익안대군益安大君, 방의 자방의자芳毅子)
> 민불탐閔不貪(여흥인驪興人, 주부主簿)
> 홍계방洪桂芳(남양인南陽人, 참의參議)
> 박팽년朴彭年(육신六臣)
> 이정보李廷俌(경주인慶州人, 감사監司)
> 이지李知(경주인慶州人, 판관判官)
> 황효원黃孝源(상주인尚州人, 좌찬성左贊成, 양평공襄平公)
> 유염柳琰(진주인晉州人, 이판吏判, 문간공文簡公)
> 김장金鏛

청백리록淸白吏錄에 오른 총 215명 중 세종조의 인물은 위와 같은 15명으로, 숫자로만 보면 명종조 45명, 중종조 34명, 선조조 25명, 숙종조 22명, 성종조 20명에 버금가는 것이다. 특이한 현상은 청백리가 유독 조선조 초기에 몰려 있다는 점인데, 이는 청백리 선정이 무슨 과학적 준칙準則에 의거했다기보다, 다분히 시대적 필요성에 의한 통치 수단의 하나였던 것이므로, 왕조별 비교가 별 의미는 없겠다. 그런데 세종조에 청백리로 선정된 인물들 중에 유난히 그 이름이 후세에까지 전해진 인물이 많았다는 사실이 상당히 주목된다.

'명군名君 아래 현사賢士 있다.'고 하듯이, 세종 시대에는 역사상 이름 높은 인재들이 많이 배출되었다. 특히 위에서 본 것처럼 청백리가 두드러져 보이는데, 황희·맹사성·유관과 같은 인물이 대표적이다. 이들의 청렴결백에 관한 전승은 매우 많은데, 같은 내용에 대해서 때로는 주동인물이 착종되어 나타나는 경우도 흔하다. 이러한 현상은 아마도 민간전승의 성격상 유사한 종류의 이야기들이 어떤 특정 인물을 중심으로 수렴收斂되었기 때문일 것이다. 예를 들면 조선 건국에 대한 풍수 예언가적 인물로서는 무학도사가, 사기꾼의 전형으로 김선달이, 희작시戱作詩의 대가로 김삿갓이, 암행어사의 모범으로 박문수가 으레 설화로 전승되는 것과 같은 이치일 것이다.

'황희 황정승' 또는 '황방촌'黃厖村이라 불리는 황희黃喜(1363~1452)에 관한 이야기가 유별나게 많다는 사실이 주목을 끈다. 그는 3조에 걸쳐 벼슬을 했고, 또 93세에 이르기까지 30여 년에 걸쳐 재상자리에 있었다고 하니 그럴 법도 하다는 생각이 든다. 우선 구전되는 이야기들 중 주요한 화제와 자료 출처만을 열거하면 다음과 같다.

(1) <황희의 도량>(『필원잡기』 ; 『청파극담』)
(2) <계란鷄卵에도 유골有骨>(『송남잡지』)
(3) <네 말도 옳다>(언언시시言言是是)(『연암집』 ; 『오백년기담』, 1913, p. 8)

(4) <농부의 말에 크게 감동하다>(안동수安東洙, 『죠선긔담』, 1922, p. 63)

(5) <황정승의 상소>(백준선 편, 『옛말』 2, 1965, pp. 304~309)

(6) <납거미만을 먹고 사는 공작>(『한국구비문학선집』, 1977, p. 55)

(7) <세 왕조에 걸쳐 벼슬하여 영의정 30년을 지낸 황희>(역사삼조歷仕三朝 영상 30년領相三十年 황희), 윤태영 · 구소청, 『이조오백년야사』, 1977, pp. 106~1079))

(8) <황해 황정승>(『한국구비문학대계』 1-6, 1982 pp. 83~103)

(9) <황방촌 일화>(『위의 책』 4-2, 1981, pp. 658~660)

(10) <가난한 황정승>(『위의 책』 6-3, 1984, pp. 446~448)

(11) <황희 정승의 탄생 유래>(『위의 책』, 1985, 6-4, pp. 896~901)

(12) <얻어먹고 자란 황방촌>(『위의 책』 7-8, 1983, pp. 664~665)

(13) <대국천자와 대적한 황방촌 대감>(『위의 책』 7-8, 1983, pp. 929~931)

(14) <청백리 황희 정승과 박광대>(『위의 책』 7-9, 1983, pp. 571~572)

(15) <황희 정승 일화 1>(『위의 책』 8-8, 1983, pp. 584~585)

(16) <황희 정승 일화 3>(위의 책, p. 586)

(17) <황희 정승 일화 4>(위의 책, pp. 587~588)

(18) <황희승상의 고사(黃喜丞相的故事)> : 황희와 김종서(黃喜和金宗瑞)(연변조선족자치주, 『길림성민간문학집성』, 상, 1987, pp. 308~310)

(19) <아는 놈도 못 믿어>(이훈종, 『거시기』, 1988, p. 226)

(20) <저녁 걱정도 정승과 상의해야 하오?>(이훈종, 『허풍쟁이와 바람쟁이』, 1995, pp. 139~141)

(21) <귓속에서 나온 파랑새>(위의 책, pp. 139~141)

(22) <고쟁이만 입은 황희 정승>(상명대학교 구비문학연구회 수집 · 조사, 『구비문학 대관』, 1996, pp. 47~48)

(23) <황희 정승 설화 1 : 개가법 고친 황정승>(이수자, 『설화 화자 연구』, 1998, pp. 155~156)

---

9) 이 이야기는 여러 설화집들에 수록되어 있는데, 그 중 모리가와 기요히토[삼천청인森川淸人]의 『조선 야담 · 수필 · 전설』(경성ローカル사, 1944), pp. 294~295, '죄는 말에게[罪は馬に]'라는 이야기는, 황희의 아들 황수신이 부친의 나무라는 소리를 듣고 제 잘못을 늦게 깨달아, 삼국시대의 '김유신과 천관녀'처럼 말목을 자르는 것으로 되어 있다. 이처럼 변용된 이야기는 해방 이후의 설화집들에도 더러 보인다.

   (24) <황희 정승 설화 3 : 도둑을 회개시킨 황정승의 가난>(위의 책, pp. 157~161)

   (25) <황희 정승 설화 4 : 쌍골을 가진 황희 정승>(위의 책, pp. 414~415)

위의 자료들 중 황정승의 근검勤儉에 관한 이야기는 (2, 6, 7, 9, 10, 12, 14, 17, 20, 22, 24) 등으로 가장 많은 숫자를 차지하고 있는데, 이들은 그가 얼마나 청렴결백한 삶을 살았는가를 잘 말해주고 있다. (2)는 오래 전에 이미 속담이 되었을 정도로 유명한 이야기이다. 그의 가난한 삶을 딱하게 여긴 임금이 어느 날 도성 안으로 들어오는 달걀을 모아 그에게 주도록 명했던바, 하필이면 그 날 큰비가 내려 도성 밖 장사들의 도성 출입이 끊겨, 겨우 어떤 장사가 가져온 달걀조차도 곯은 것이었다는, 다분히 '가난도 팔자'라는 뜻이 담겨 있는 이야기이다. (3)은 특히 황정승 일화로 널리 구전되어 온 이야기10)인데, 그 내용은 그가 청백리에 그친 것이 아니라, 대단한 예지력의 소유자로 사후에까지 우리나라와 대 중국과의 외교에 지대한 공헌을 했다는 뜻을 담고 있다. 보고된 자료들에 의하면 중국에서 보내온 공작새의 먹이로 '낙거미, 납거미, 낮거미, 낱거미' 등을 들고 있는데, 사전을 찾아보면 '낮거미'나 '낱거미'란 것은 없고, '납거미'만 찾을 수 있다. 한편 '낙거미'는 '납거미'의 방언이라 한다. 아마도 '납거미'란 것을 잘 모르는 제보자들이 구술한 것을 조사자들이 소리나는 대로 채록하여 보고한 탓으로 생각된다.11) 자료 (13)도 중국(호국) 천자가 조선에 인재를 시험하려 했으나 황방촌의 유언으로 해결하였다는 점에서는 유사한 내용의 이야기이다. (10)은 황정승의 딸들이 배고픔을 이기지 못하고 하소연하자 황정승이 도술로써 나락을 쏟아지게 했으나, 그 중 소량만을 취하고는 다시 사라지게 하고 나서, "이 나락은 까막까치의 먹이

---

10) 현재까지 현지조사 보고서에 나타난 자료만 하여도 약 30화 정도나 된다.
11) 필자가 채록했던 위의 『한국구비문학선집』의 자료도 당시에는 '낮거미'로 표기했었다.

인데 우리가 모두 차지하면 그들은 굶어 죽는다. 내가 살자고 많은 중생을 굶어 죽일 순 없다.”고 했다는 것인데, 그의 올곧은 성품을 알 수 있게 해주는 이야기이다. 전승 중에는 그 밖에도 황정승이 도술에 능했음을 일러주는 이야기가 더러 있어 위의 (15)와 같은 예가 그러하다. (22)는 황정승의 가난을 가장 극명하게 드러내주는 이야기로, 입을 옷이 없어 벌거숭이 몸에 두루마기만 걸치고 조정에 나갔다가 발각되는 바람에 망신을 당했다는 이야기이고, (24)는 황정승집으로 도둑질을 하러 갔던 도둑이 빈 솥뚜껑을 열어보고 놀란 후, 방안에서 들리는 정승 부부의 대화를 듣고 크게 감동하여 개과천선했다는 이야기다. 물론 실제로는 이런 일이 있을 수 없었겠지만, 황정승의 가난함을 과장하여 이런 이야기까지 생긴 것으로 간주된다.

다음은 황희의 도량이나 인품을 드러내 주는 이야기들을 검토해 보겠다. 우선 『필원잡기』나 『청파극담』 등의 기록에 의하면, 그는 도량이 커 종의 자식들이 울부짖거나 장난을 쳐도 꾸짖지 않았고, 수염을 당기고 뺨을 쳐도 하는 대로 두었다고 한다. 한 번은 글을 쓰는데 종의 아이가 책에 오줌을 쌌으나 잠자코 닦아낼 뿐 화를 내지 않았다고 한다. 또 『용재총화』에는 이웃집 개구쟁이들이 돌팔매로써 황정승 집의 배나무를 맞춰 배들을 떨어뜨리자, 황정승이 하인에게 주워다 아이들에게 주게 했다는 일화도 있다. 그의 후덕함을 이야기해 주는 널리 알려진 자료 (3)은 종들이 의견 차이를 보여 다투다가 차례로 제 의견이 맞다고 황정승의 동의를 구하자 “네 말이 맞다.”고 했다는 이야기이다. 이 이야기는 이본에 따라서는 “개가 새끼를 낳았는데 제사를 지내야 하나?” 또는 “사람이 출산을 했는데 제사를 지내야 하나?” 하는 다툼(자료 16)이나, “이는 옷에서 생기나 몸에서 생기나?” 하는 다툼(자료 17)에 대해, 양론 모두 옳다고 했다는 식으로도 변용되어 있다.

황정승의 이야기로 또 하나 유명한 이야기는 ‘남의 장단점에 대해서는 말하지 않는다.’(불언인장단不言人長短, 자료 4)는 것이다. 황정승이 어느 날 길을 가다가 검은 소와 누런 소 두 마리를 함께 부리는 농사꾼을 보고, 다가가 그 두 소 중에 어느 쪽이 더 일을 잘 하는지 물어보았더니, 농부가 가까이 다가와 황정승에게만 들리게 검은 소가 잘 한다고 말해 주었다. 그래 왜 누가 듣는다고 그렇게 작은 목소리로 이야기하느냐고 물었더니 농부는 저 같은 미물에게라도 면전에서 좋고 나쁨을 표해서는 안 된다고 했다. 이 같은 미천한 농부의 말에 황정승도 커다란 감동을 받지 않을 수 없었다는 이야기이다.

황희는 따뜻한 마음의 소유자로서 유능한 후진에 대한 배려도 아끼지 않았다. 그리하여 마음속으로 늘 아꼈던 김종서(1390~1453)가 방자함을 보이자 호되게 꾸짖고, 김종서에 대한 흉흉한 소문이 돌았을 때, 지략(귀에서 파랑새가 나갔다는 소문을 일부러 부인을 통해 퍼뜨려)으로써 김종서에 대한 소문이 무고誣告임을 임금에게 적극 발명해 주기도 했다(자료 18, 21). 또 민간 총각이 궁녀를 사랑하다 발각되어 처벌당하기에 이르자, 총각의 투서를 받아보고 사정을 헤아린 황정승 부인이 황정승을 꾀로써 회유하자, 황정승이 임금님에게 나아가 <진드기와 파리의 싸움>이라는 비유를 통해, "진드기나 파리 같은 미물도 제 뜻대로 짝을 찾는데, 만물의 으뜸이라는 인간이 짝 짓는 걸 죄 준단 말인가?" 하여 임금의 마음을 돌리게 했다고도 한다(자료 5). 결국 황정승은 지략으로써 총각과 궁녀를 혼인시키기에 이르렀는데, 바로 그가 개가금지법을 제정했다는 자료 (23)은 참으로 아이러니가 아닌가 생각된다. 물론 그때까지 개가가 만연함에 따라, 세력자는 많은 첩을 두는 반면 미천한 자는 장가조차 가지 못하는 사회적 현실을 감안하여 만든 법이라고는 하나, 결과적으로 미천한 자, 혹은 여성들이 더욱 인고忍苦의 세월을 보내야 했음은 말할 것도 없다.

그 밖에도 황정승에 대한 이야기 중에는 민간에 전하는 다른 설화가 병용된 경우가 더러 있다. 자료 (8)에 내포되어 있는 황정승의 아들 수신守身(1407~1467)의 연명설화는 민간에 널리 전하는 '연명설화'[12]가 착종된 것으로 보이고, 자료 (7)에 나타나는 황수신이 그 부친의 꾸지람을 받고 기생집 출입을 끊는 이야기13)는 <김유신과 천관녀> 이야기와 혹사하다. 위의 자료 목록에는 포함시키지 않았지만, 『한국구비문학대계』 7-11에 있는 <황희 정승 이야기>14)는 다분히 <명의 허준>의 이야기라 전하는 이야기와 유사하다. 그리고 『한국구비문학대계』 3-3의 <이인 사위 얻은 황정승>이라는 이야기15) 역시 '최치원담'(<최치원전崔致遠傳>)의 변용임이 분명하다. 이 역시 앞서 말한 특정 인물에게 각종 전승 민담이 수렴되는 현상으로 생긴 현상일 것이다.

고불古佛 맹사성孟思誠(1360~1438)의 근검 역시 대단했던 모양이다. 그도 영상의 지위에 있었음에도 불구하고 녹봉을 받아 모두 빈자貧者 구제에 쓰고 자신은 입을 옷조차 별로 없었다고 한다.16) 이 맹고불에 대해 전해지는 이야기 중에는 <침인연沈印淵>17) 전설과 <공당문답公堂問答>18)이라는 이야기가 유명하다.

<침인연>

맹사성이 촌로 차림으로 하인을 데리고 소를 타고 온양에 있는 어머니 산소에 성묘하러 가고 있었다. 양성陽城과 진위振威라는 두 고을 원님이 맹정승이 온다는 소식을 듣고 그들을 맞이하기 위해 기다리다가, 웬 촌 늙은 이가 재상이 지나갈 길을 지나가는 것을 보고 호령했다. 촌로로 생각됐던 노인이 대꾸하기를, "맹고불이 제 소 제가 타고 온양에 가는데 누가 간다 못 간다 한단 말이냐?"고 했다. 두 고을 원님이 깜짝 놀라 도망치다가 관인을 길가 연못에 빠뜨렸다고 하여 그 연을 '침인연'이라 부르게 되었다.

---

12) 예컨대 손진태, 『조선민담집』, pp. 113~119, <9대 독자와 두 처녀九代獨子と二處女>와 비교.

13) 주 193) 참조.

14) 『한국구비문학대계』 7-11, pp. 307~311.

15) 『한국구비문학대계』 3-3, pp. 57~61.

16) 이수자, 『설화 화자 연구』(박이정, 1998), pp. 329~330.

17) 『지봉유설』. 아래 요약은 최동주崔東洲 술述, 『오백년기담』(광학서포, 1913), p. 9의 것을 참조했다.

18) 『명엽지해』 ; 『연려실기술』 등. 아래 요약은 위에 적은 『오백년기담』, p. 9의 것을 참조했다.

<공당문답>

　맹사성이 시골집에 갔다가 서울로 돌아올 때 중로에서 비를 만나 용인의 한 여관에 들었는데, 이미 한 사람이 추종을 성하게 거느리고 들어 있었다. 공이 초라한 행색으로 들어가 앉자, 그 사람이 여느 나그네로 알고 불러 담소하며 '공公' 자 '당堂' 자 음으로 말끝을 붙여 문답하기로 했다. "무엇하러 서울에 가는공?" "벼슬 구하러 올라간당" "무슨 벼슬인공?" "녹사綠事 시험이당" "내가 시켜줄공" "에이 안 될거당" 후일 그 사람이 정부에 시험보러 들어가니, 공이 있다가 묻기를, "그간 어떠한공?" 그 사람이 비로소 깨닫고, "죽여지이당"이라 대답하자 함께 있던 모든 사람들이 놀라 이상스레 여기니, 공이 자초지종을 이야기했다. 이에 모두 대소하고 그 사람을 녹사로 삼았다.[19]

　두 이야기 모두 맹고불이 서울에서 고향인 온양을 왕래할 때의 이야기로서, 그의 행장이 워낙 검소했기 때문에 상대방이 처음에는 그를 촌백성 쯤으로 여겼던 것이겠다. 앞의 이야기는 현 장호원읍 소재 '침인연'의 지명유래 전설이고, 뒤의 이야기는 민담이다. 앞 이야기에서 두 고을 원님이 당황한 나머지 달아나다가 관인을 연못에 빠뜨렸다는 것도 재미있거니와, 뒤 이야기에서 양인이 '공' 자와 '당' 자의 운을 달아 대화를 했다는 내용이 참으로 묘미가 있다. <공당문답>의 후일담으로, 녹사가 맹공에게 조례를 드리러 갔다가 맹공이 기침起寢을 하지 않아 기다리다 못해 그냥 돌아간 후 그 아들에게, "내가 배운 게 없어 이런 치욕을 당하니 너는 많이 배워 대관臺官이 꼭 되거라."고 했다. 이에 그 아들이 대관(맹정

---

19) 『연려실기술』 세종조 상신相臣 맹사성 조 : '公自溫還朝 中路遇雨 入龍仁旅院 有一人 騎從甚盛 先處樓上 公入處一隅 登樓者 是嶺南人 欲爲錄事取才 上來者也 見公招與共登 談笑博戲 且約 以公字堂字 爲問答之言終 公問曰 何以上京乎公(무엇하러 서울에 가는공) 其人曰 求官上去堂(벼슬 구하러 올라간당) 公曰 何官公(무슨 벼슬인공) 其人曰 錄事取才堂(의정부 녹사취재란당) 公曰 我當差除公(내가 꼭 시켜줄공) 其人曰 嚇不堂(에이, 안 될 거당) 後日 政府之坐 其人取才入謁 公曰 何如公(어떠한공) 其人如覺之 遽曰 死去之堂(죽여지이당) 一坐驚怪 公以其實語之 諸宰大笑 公遂以爲陪錄事 賴公之薦 屢典州君 後人稱之 爲公堂問答.'

승)에게 시 한 구절을 써 바쳤는데, 이를 본 맹정승이 크게 깨닫고 녹사의 아들을 잘 가르쳐 사위로 삼았다고 한다.[20] <공당문답>과 같은 이야기는 재담류로, 그 형식과 내용 양면으로 우리 구비문학사상 매우 걸출한 자료로 생각된다.

앞서 든 황희의 일화들은 대체로 그가 상위층이었음에도 청빈한 삶을 솔선하여 모범을 보인 점을 보여준 데 비하여, 맹사성의 일화들은 양반들이나 관료들에 대한 훈계가 중심이 되어 있다. 맹정승이 여름철 휴가 때 시골집에 내려와 쉬다가 냇가에 나가 삿갓을 눌러쓰고 낚시를 하고 있었다. 이때 한 선비가 대안對岸에 이르러서 양반은 물을 적셔서는 안 된다며 월천을 해 달라고 명령을 했다. 선비가 맹정승 등에 업혀 물을 건너다가 잘못하여 맹정승이 쓴 삿갓을 쳐 떨어뜨리자 망건에 붙은 금관자를 보고 놀라 용서를 빌었다는 이야기가 있다. 또한 민간 전승 중에 맹정승이 밭일을 하고 있던 중 군수가 찾아왔으나, 그를 뙤약볕 아래 오랜 시간 동안 세워둔 채 일을 마치고서야 접견하고 훈계했다는 이야기나, 맹정승의 생일을 맞아 많은 벼슬아치가 잔치에 참석하여 축하를 하고 있을 때, 전첨지란 한미한 선비가 수수팥떡을 가져가니, 아무도 그의 초라한 행색을 보고 거들떠보지도 않음을 보고, 맹정승이 가미하여 먹자 모두 감식甘食하게 되었으므로, 맹정승이 "떡에 가미하면 맛이 있듯이 전첨지도 옷을 잘 입으면 훌륭해 보인다."며 "사람은 다 동등하다."고 했다는 이야기도 있다.[21] 맹사성이 태종의 부마 조대림의 방자함을 꾸짖어 태장을 쳤다가 임금의 진로를 사 처형되기에 이르렀다. 그러나 정승들의 충간에 힘입어 감형되어 상원리역 찰방察訪(역리驛吏)으로 쫓겨가 농사를 짓고 살았다. 그런데 강원감사를 맞아 송아지를 타고 가서 감사에게 진수성찬을 올리고 자기는 보리밥에 고추장을 비벼 먹으며, 자신은 죄인이므로 보리밥을 먹는

---

20) 『한국구비문학대계』 8-9, pp. 965~969, <맹사공 정승>.
21) 각각 『한국구비문학대계』 4-3, pp. 514~517, <선비 업고 물 건네준 맹정승> ; 같은 책, pp. 517~519, <맹정승 관장 훈계>. ; 같은 책, pp. 593~596, <맹정승과 전첨지>.

게 마땅하고, 국록으로 크는 말을 탈 수 없다고 하매, 감사가 돌아가 상소를 하니, 임금이 감동하여 그를 다시 재상으로 삼았다고 한다.22) 물론 이러한 이야기들이 어느 정도의 역사적 신빙성이 있는지 알 수는 없다. 그러나 민간에서 형성되어 오랫동안 민중의 뇌리 속에 각인刻印되고 신앙되어 왔다는 점을 감안한다면, 역사가 인간사의 거울로서 중요한 것이라면, 그 무엇보다도 이들 이야기에 대해서도 우의적寓意的인 역사적 가치를 인정해야 할 것이다. 이것은 마치 우리가 '역사의 할아버지(조祖)'란 호칭을 붙여 중시하는『사기열전』이, 그 서술된 그 내용 자체가 사실이기 때문에 중요한 것이 아니라, 역사가 문학화하였기 때문에 더욱 역사성이 돋보이고 후대에 감계鑑戒를 준 것이라는 점에서 중요하다는 사실과 비교해 볼 수 있다.

맹사성의 설화 중에는 그가 풍수에 능했다는 이야기들이 제법 많다. 그 중 안동부사 재직 중에 있었다는 두 가지 일화만을 소개한다.

(1) 맹사성이 일찍이 지방관이 되어 경상도 안동부 부사로 부임했다. 당시 안동부에는 김씨(경주 혹은 의성김씨)가 번성하여 어떤 신임 부사라도 김문金門에 우선 신임을 알려야 하는 형편이었고, 그렇잖으면 관직이 끊길 정도였다. 맹부사도 안동에 도착하자 신연하인新延下人들이 그를 관사로 모셔 간 것이 아니라 김가金家로 갔다. 맹부사가 이상히 여겨 종자從者에게 물으니, 종자가 이전의 사정을 실토했다. 맹부사는 분함을 누르고 김가에 착임着任 인사를 끝낸 후 관사로 돌아와 이 폐단을 없애려 했다. 가만히 김가의 집터를 보니 잠두산蠶頭山 아래에 자리 잡았고, 그 앞에는 뽕나무숲이 번성했다. 그래 부중府中의 가구街區를 개정하여 안막安幕에서 낙수洛水로 직류하는 물을 우회시켜 김가와 상림 사이로 흐르게 하고, 냇가 언덕 위에는 옻나무를 심었다. 이 때문에 잠두가 먹을 것이 없어 옻나무잎을 먹고 드디어 굶어 죽자 김가의 운도 오래지 않아 절멸絶滅하고 말았다.23)

---

22)『한국구비문학대계』 2-4, pp. 446~449, <맹정승 이야기>.
23) 전승 자료 채록.

(2) 경북 안동에 청상과부가 많았다. 맹사성이 낙동강의 수계水界 '인人' 형에 대하여 북쪽에서 유출하는 수계를 '이二'형으로 뚫어 소통시켜 '인형仁形'으로 만들고 읍내 각처에 나무를 심어 그 배치를 마치 '수壽' 자형처럼 하며 수水의 인仁과 목木의 수壽로서 읍을 포용하게 하니, 안동은 장수長壽 발복發福의 땅으로 되어 요절하는 자가 없어졌다.[24]

앞의 이야기는 맹사성이 지방에서 행패를 부리는 호족들을 풍수술로 멸망시킴으로써 기강을 바로잡은 이야기며, 뒤의 이야기는 역시 풍수술로써 지방 민심을 안정시켰다는 이야기이다. 이들은 풍수설에서 주장하는 형국形局으로 비보裨補하여 인간의 행운을 바꿀 수 있다는 신앙에서 이루어진 것이다. 이러한 이야기들은 근거 없는 허구로만 돌릴 것이 아니라, 풍수설 자체가 오늘날의 경제지리학적으로 보아도 타당성을 인정할 수 있고, 또 맹사성이 목관牧官으로서 선정善政을 베푼 예화라는 점에서 설화적 의의를 인정할 필요가 있다.

세종조의 청백리 중 유관(1346~1433)의 이야기로 '우산각골'의 유래담이 널리 알려져 있다. 그는 조선조 초 개국원종공신開國原從功臣에다 대사성·관찰사·대사헌·정조사正朝使·대제학·우의정을 역임한, 말하자면 인신人臣으로선 최고위에 달하는 벼슬을 두루 역임한 인물이었음에도, 그의 생활은 매우 청빈했던 듯하다. 그의 집은 사방 몇 간밖에 안 되고 울타리도 없었으므로, 이를 딱하게 여긴 태종이 선공감繕工監에 명하여 밤중에 대나무 울타리를 만들어 주되 그 사실을 알리지 말도록 했을 정도였다.[25] 하루는 장맛비가 쏟아져 지붕이 새자, 공이 방안에서 우산을 들고 비를 가리면서 부인에게 말하기를, "우산이 없는 집은 어떻게 견딜까?"라고 하니, 부인이 답하여, "우산 없는 집은 반드시 예비가 있겠지요."라고 하여, 공이 듣고 웃었다는 것이다.[26] 오늘날 동대문구 신설동에

---

24) 유증선柳增善, "안동安東의 비보풍수裨補風水 신앙전설과 그 배경", 『안동문화』 6(안동교대 안동문화연구소, 1973).
25) 『동국여지비고東國輿地備考』 2, 한성부漢城府 부방府坊 북부.

있는 '우산각골'이라는 이름은 여기에서 유래된 것이라 한다. 하여튼 그의 지위에 비한 생활상이 이처럼 청빈하였음에 세종 때에 청백리로 녹선되었던 것은 당연한 일일 것이다. 한편 같은 때의 청백리로 이름 높았던 최만리崔萬里는 세종에게 한글 창제 반대 상소문을 올렸던 일 때문에, 흔히 '최만리 일파 운운' 하며 지목되어 비난의 대상이 되고 있다. 그러나 학계에는 잘 알려진 바와 같이, 그가 반대했던 이유는 한글 창제로 인한 급작스런 국어생활의 혼란을 염려한 충정에서 우러나왔던 것임을 감안한다면, 그처럼 일방적으로 매도할 만한 일은 아니다. 당시 최만리의 집이 바로 '만리재'에 있었고, 오늘날 중구 '만리동'은 바로 그를 기념한 명칭이라고 전한다.27)

　과학적 근거가 별로 없는 민간 신앙은 그 폐해가 막대한 것이지만, 워낙 그 뿌리가 시공간적으로 만연된 것이기 때문에 바로잡기 어려운 법이다. 그 대표적인 예를 들면 풍수 사상이나 무속 사상과 같은 예를 들 수 있다. 이러한 믿음들은 현재까지도 성행되는 형편이니 과거에는 말할 것도 없는 것이다. 세종조의 어효첨魚孝瞻(1405~1475)은 그러한 미신적 행위의 방지·철폐를 위하여 많은 노력을 했던 인물 중의 하나였다. 『동각잡기東閣雜記』에 실려 있는 이야기를 보면, 정통 연간正統年間(1436~1449)에 풍수가 왕에게, "궁성 북쪽길에 담을 쌓고 문을 내어 왕래를 제한하고, 성 안에 흙을 돋우어 산을 만들라."고 건의했다고 한다. 이에 대해 어효첨이 불가함을 극언으로 상소하니, 세종이 가상히 여기고 풍수의 건의를 물리쳤다고 한다. 또 같은 책에는 아래와 같은 이야기도 있다.

　　서울의 각 관아마다 작은 건물을 지어놓고 지전紙錢을 잔뜩 매달고 신
　　상神像을 그려 붙이고는 부군府君이라 불렀다. 모두들 그 앞에 모여 어지

---

26) 위의 책. 『용재총화』, 『필원잡기』, 『청파극담』 등에도 유사한 이야기가 수록되어
　　있다.
27) 한글학회 편, 『지명총람 Ⅰ : 서울편』, p. 61.

러이 제사 지내니, 새로 부임해 오는 관원마다 오직 삼갈 뿐이었다. 형조
에도 그것이 있었는데, 어효첨이 집의(1450)가 되자, 하인이 옛 관습을 말
하매, 효첨은 "부군이 다 무엇이냐?" 하고 지전과 신상을 모두 불태우게
했다. 그가 거치는 관부의 부군사府君祠를 모두 폐하고 불질러 버렸다.

물론 이런 이야기는 하나의 모범적인 사례로나 경종으로써 남았을 뿐,
그 때문에 악습이 치유되었던 것 같지는 않다. 하지만 민간전승 중에 그
와 같은 이야기들이 꽤 있는 것을 보면 선각자들의 교정 노력이 지속되
어 왔음은 분명하다.

신숙주申叔舟(1417~1475)는 세종~성종 연간에 걸쳐 대활약을 한 인물
이다. 특히 그는 세조가 일으킨 계유정난癸酉靖難에서 어린 세손(단종)을
보호하라는 선왕의 유명遺命을 저버리고, 세조의 편에 서서 주도적 역할
을 하여 공신 반열에 오른 대표적 인물이다. 이에 대하여는 후술할 바가
있을 것이다. 그러나 그러한 역사적 사건에 서기 이전, 즉 세종대(1443)에
그는 통신사 변호문卞孝文의 서장관書狀官으로서 일본에 다녀온 일이 있는
데, 이때 남긴 글이 유명한 『해동제국기海東諸國記』이다. 야사에 의하면 그
는 귀국시에 많은 피로인被擄人들을 배에 태워 귀국하게 되었다고 한다.
그러나 갑자기 태풍을 만나자 배에 탔던 사람들이 모두 죽음을 두려워하
여 잉부孕婦를 태운 때문이라 하며 그 여자를 물에 던지려 했다. 이때 신
숙주가 '남을 죽여 살기를 구함은 부덕한 짓'이라 하고 그만두게 했는데,
다행히 바람이 잦아들어 여자는 목숨을 보존할 수 있었다.[28] 이 같은 이
야기는 역사상의 아이러니를 잘 보여주는 것으로 생각된다. 그토록 인명
을 존중했던 그가 얼마 지나지 않아 저 피비린내 나는 단종 폐위를 주도
하고 사육신을 비롯한 많은 인물들을 죽음으로 몰아넣었기 때문이다.

세종을 이어 왕위에 오른 문종은 재위 기간이 겨우 3년에 지나지 않았
기 때문에 따로 거론할 설화 자료가 별로 없다. 다만 전대에 편찬이 시작

---

28) 『대동운부군옥大東韻府群玉』.

되었던『고려사』139권이 1451년,『고려사절요』가 1452년에 왕의 재위 중에 완성되었다는 점만을 짚어 보고 싶다. 이들 제서는 역사서이긴 하지만, 인물이나 지명 전설에 관한 기록을 많이 담고 있기 때문에, 구비문학사를 살피는 데에도 매우 의의가 크다. 특히『고려사』는 조선조 이전의 구비문학 자료 전반을 보여주는 거의 유일한 문헌이라 할 수 있으므로 더욱 그렇다.

● 참조 원고

"조선조 초기 제2기 구비문학사",『어문학논총』26(국민대 어문학연구소, 2007. 2).

6. 민담의 역사적 연구

　　본론에 들어가기 앞서 먼저 민담에 관한 두 가지 문제점을 짚고 넘어
가고자 한다. 그 첫째는 민담이란 장르가 과연 독립적으로 존재하였던가
하는 문제이다. 도대체 민담이니 전설이니 신화니 하는 구별 개념은 언제
부터 생겼을까? 분명 이러한 3분법적인 장르 간의 개념 확립이 근대 이
전에 있었을 리는 만무하다. 물론 '민담' 따위의 용어의 사용례를 역사적
문헌에서 찾아본다면 못 찾을 리도 없을 것이다. 그러나 이들 용어의 개
념은 현재 학계에서 사용하고 있는 것과 일치하지 않는다. 설령 그것이
포괄적인 뜻에서의 '민간 서사'를 지칭하는 경우라도, 그것은 아마 현재
의 '민담'보다 포괄적이거나 아니면 협의적으로 사용되었을 것이다. 요컨
대 『삼국유사』나 『삼국사기』에 실려 전하는 이야기 자료들은, 다만 '세상
에 전하던 이야기'를 기록자가 의도적으로 채록한 것이지, <해모수 신화
解慕漱神話>와 <주몽 전설朱蒙傳說>과 같은 구별의식은 없었을 것이다. 따
라서 '민간에 전하는 이야기'의 뜻으로 말한다면, 그것은 '전설'일 수도
있고, '민담'일 수도 있으며, 단순히 '이야기'(설화)라 할 수도 있다.

　　여기에서 왜 새삼 용어 문제부터 논하는가 하면 바로 민담의 사적 연
구를 뜻하면서, 현재적 관점에서만 생각하여 과거의 설화적 자료를 민
담·신화·전설로 확연히 구분하여 그 중 어느 하나로만 논할 수는 없기

때문이다. 엄격히 말한다면, 설화에 대한 3분법적 가설이 어렴풋하게나마 태동한 것은 1900년대 이후의 일로서, 1960년대 이전까지만 하더라도 용어상의 착종이 매우 흔하였다. 가령 '민담'을 '설화'(협의)라고 한다든지 '전설'이라 한다든지 하는 예이다. 한편 '설화'라는 용어의 역사적 용례는 매우 오랜 것으로 생각되지만, 그것이 오늘날처럼 구비문학의 한 장르를 지칭하는 학술 명칭으로 정착된 지는 그리 오랜 것 같지 않다. 한 마디로 말한다면, 용어상으로 개화기 이전은 '종합설화시대'라고 하는 것이 옳을 것 같다. 따라서 과거에는 3분법과 같은 구분 개념보다는 통합 개념이 존재했던 것이 사실이므로, 여기에서의 논의도 '민담'에 대한 논의에만 제한하지 않고, 통합설화 개념을 적용시켜 볼 작정이다.

두 번째 문제는 민담에 대한 역사적 연구가 과연 가능한가 하는 점이다. 주지하다시피 민담은 구비로 전승되는 것이므로, 사적 기록과는 본질적으로 다른 것이다. 따라서 기록된 자료로 민담을 논한다는 것은 한계가 있다. 더구나 자료의 기록 연대가 과거로 소급되는 것일수록 기록자의 의도나 창의성이 개입되었을 가능성이 많을 것이므로, 연구자는 이에 주의하지 않으면 안 될 것이다. 민담은 또한 그 사적 연대를 전연 알 수 없다는 점에서 사적 연구가 거의 불가능하다고 할 수도 있다. 도대체 우리는 <나무꾼과 선녀>나 <콩쥐팥쥐>담의 기원이나 형성을 어느 시기에 두어야 하며, 그 궤적을 어떻게 찾을 것인가? 하다 못해 몇 세기부터 몇 세기라는 근사치조차 어림잡기 힘든 형편이다. 그리고 민담의 사적 공간 역시 알 수 없기는 마찬가지이다. 역사지리학파는 현전 자료에 근거하여 발생지를 추적하려 노력하지만, 그 결과는 어디까지나 추정에 지나지 않는다. 그리하여 우연히도 가장 앞선 기록을 가진 장소가 원향原鄕으로 조심스럽게 점쳐지는 것이다. 이처럼 사적 기록과 사적 시간과 사적 공간이 모두 결여된 민담을 사적으로 연구한다는 것은 출발부터가 방향이 잘못된 것임을 실토하지 않을 수 없다. 따라서 거창하게 내건 논제는, 속된 말로 '3박자가 다 안 맞는 것'이다. 게다가 앞서 말한 바처럼 엄밀히 말하여 사적으로 '이야기(혹은 설화)'가 있었을 뿐이지 '민담'이란 실재하지 않았다는 점까지 감안한다면, 여기에서의 논의는 '4무四無의 허상虛像'을 놓고 이야기하는 셈이 되니 문제가 보통 심각한 것이 아니다.

그렇다면 이러한 이야기문학을 사적으로 연구하는 방법은 전연 없는 것일까? 과거의 민간전승의 이야기가 '설화'냐 '민담'이냐 하는 문제를 떠나서, 이야기문학이 하여튼 실재했었고 면면히 전승되었다는 것만은 부인할 수 없는 사실이다. 그리고 그들은 상당히 변개되기는 하였지만 기록문학 속으로 녹아 들었다. 사실 인류 문학사의 시초가 순수 창작에서 비롯되었다기보다 구비문학에 원천을 두고 있음을 우리는 익히 알고 있다. 따라서 문학연구가들은 민간 전승의 이야기나 노래를 탐색하지 않을 수 없는 필연성이 생긴다. 민담이 당초 기록·시간·공간 들이 결여된 것이라 할지라도, 이러한 결여점들은 기록 속으로 들어가면 해소된다. 말하자면 아이러니컬하게도 기록을 바탕으로 하면 이야기문학에 대해서도 사적 연구가 가능해지는 것이다. 이처럼 우리는 과거의 민간설화들을 기록(또는 문헌)의 시대순에 따라 논할 수 있고, 실제 지금까지의 모든 문학사들은 이러한 태도를 견지하여 왔다. 따라서 여기에서의 논의도 이러한 전철을 따르고자 한다.

우리 민족 최고最古의 설화문학 자료가 단군신화 내지는 해모수 신화, 또는 주몽 전설이란 것은 대체로 인정해 온 터이지만, 실제로써 생각하면 이들의 시간적·공간적 범주는 매우 불확실하다. 무엇보다도 단군신화의 문헌 자료 자체는 10세기 이상을 소급하지 못한다. 그러나 단군신화와 관련하여, 중국 산동반도 가상현嘉祥縣에서 발견된 무씨사당武氏祠堂 화상석畵像石의 내용을 동일 계통으로 인정하려는 가설을 받아들인다면 문제는 전연 달라지게 되어,1) 단군전승의 연대적 상한은 기원전으로까지 소급될 수도 있다. 물론 이 화상석 자체를 단군신화의 표현으로 보려는 견해는

---

1) 김재원金載元, 『단군신화의 신연구』(정음사, 1947). 동 석궐石闕의 조성 연대가 중국의 한漢 건화建和 원년(A.D. 147)이라 한다.

명확한 근거가 없는 상당히 무리한 추론에 지나지 않는 것이고, 대부분의 중국측 학자들은 그것을 중국의 상고신화로 간주하고 있기도 하다. 그러나 이러한 석각화의 표현을 특정 신화의 반영으로 보기보다는, 동일 계통의 유형적 이야기가 민족 이동에 따라 시대와 장소에 따라 의상을 달리 갈아입고 나타난 것으로 보면 어떨까 한다. 단군신화에 관한 이 같은 시공의 확대는 그만큼 동 설화에 대한 사적史的인 연구의 시야를 넓혀 주는 것이라 할 수 있다.

한편 주몽전승도 국내의 최고자료로는 5세기경의 <광개토왕릉비廣開土王陵碑>나 <모두루묘지牟豆婁墓誌>를 들 수 있지만, 중국측 자료에 의하면 이 연대는 수세기를 소급할 수 있다. 즉 동 설화가 후한의 왕충王充(A.D. 27~96?)이 쓴 『논형論衡』에는 '북이北夷 고리국왕槀離國王의 시비侍婢'에 관한 이야기로 나타나는 바, 그 대체적인 줄거리가 후대의 주몽전승과 거의 유사하다. 왕충의 『논형』 저작 사실에 대하여는 『후한서』에도 명기되어 있으므로 의심할 나위가 없다. 다만 현전 동서가 원본 그대로인지에 관해서는 이론이 많다. 어쨌든 우리가 『논형』의 주몽전승을 인정한다면, 그것은 1세기 후반의 기록으로서, 주몽의 고구려 건국 연대(B.C. 37)와 불과 1세기여의 상거相距밖에 없는 셈이 된다. 물론 사학계에서는 고구려의 이 건국연대는 신라측의 의도적 기록이고, 고구려는 훨씬 이전에 성립된 것으로 보고 있다. 어쨌든, 중요한 것은 주몽전승이 1세기경에 이미 중국에까지 잘 알려져 있었다는 사실이다.

그러나 우리가 단군과 주몽전승을 설화학적으로 중시하려는 이유가 단지 이들의 시·공간적인 광범성·고래성古來性 때문만은 아니다. 여기에서 나아가 이들 자료 속에 나타나는 설화적 모티프의 면면이 우리에게 중요한 것이다. 즉 그 중에 설화적 모티프의 핵심적 요소들이 들어 있고 바로 이들이 후대 설화의 원천이 된다는 점에서, 이들 설화는 한국설화 나아가서는 한국민담의 사적 연구를 위해서 매우 중요하다. 다시 말한다면, 단군전승과 해모수·주몽전승에는, 톰슨의 『모티프-인덱스』의 모티프 대항목이나 민담의 형태론적 연구가들, 가령 프로프Propp가 추출한 기능 항목들이 거의 대부분 들어 있다고 할 수 있다. 예컨대, 초월적 영웅·결핍·탐색·파견·금지·위반·조력자·주보呪寶·사기詐欺·변신·난제·해결·투쟁·승리·신표信表·인지認知·결혼 등등이다. 더구나 해모수·주몽전승은 형태론적 연구가들이 중시했던 민담 <지하국대적퇴치>의 경우처럼, 전형적인 '영웅의 일생'을 보여주는 우리 이야기문학의 원형이다.

1세기부터 7세기 전반까지 삼국시대 및 7세기 후반부터 9세기까지 통일신라시대의 설화적 자료로서 지금까지 남아 있는 자료의 수는 대충 200여 편을 헤아린다. 이 숫자는 물론 11세기 중반에 완성된『삼국사기』및 13세기 말에 이루어진『삼국유사』를 중심으로 한 것이고, 또 정리자에 따라 개념 정의 및 유형의 설정에 따른 차이가 있을 수 있다. 필자의 시험적인 작업에 의하면, 대충『삼국사기』60여 편[2] ;『삼국유사』160여 편이라는 결과를 얻었다. 이들 자료의 상당수는 그것이『삼국유사』라는 불교적 성격의 문헌에 수록되어 있는 것이기 때문에 불교의 이적異蹟을 중심으로 한 것이지만, 그 밖에 건국에 관련된 이야기를 비롯하여 3국 간의 대립, 외적과의 투쟁과정 속에서 생겨난 애국충절에 관한 내용도 적지 않게 포함되어 있다. 그리고 이러한 건국설화나 불교설화들은 민담적 범주에 속하는 것은 별로 없고 그 대부분 전설 범주에 속하는 것들이다.

삼국시대의 설화로서 가장 먼저 거론할 수 있는 설화군들은 주몽朱蒙·혁거세赫居世·탈해脫解·알지閼智·수로首露 등 건국 영웅들의 이야기이다. 관계 설화 총 20여 편 중에는 주몽이나 탈해의 경우처럼 전형적인 영웅의 일생을 잘 드러내 보여주는 것도 있지만, 나머지는 일부 요소가 결여되었거나 전승의 과정 속에서 누락된 채 전하는 것도 있다. 이들 내용 속의 천상인의 하강, 신인혼神人婚, 동물에 의한 보호, 양부모에 의한 양육

---

2) 이 중 절반 정도는『삼국유사』와 중복되고 있다.

등의 모티프는 설화의 발전 과정 속에서 적강謫降, 계급을 초월한 혼인, 구원자의 보호, 양부모에게 의탁 등의 양태樣態로 변모되고, 이야기문학의 종착점인 소설 속으로도 용해되어 갔다. 그리고 주몽·탈해 전승 중의 일부 삽화는 '트릭스터담'의 남상濫觴이 되고 있다는 점에서도 주목된다.

삼국시대의 또 다른 설화군들은 국제 관계에서 생겨난 이야기들이다. 신라·백제·고구려 삼국 간의 전쟁을 중심으로 하고, 때로 중국이나 일본과의 접촉·갈등 속에서 배태된 이러한 설화들은 주로 역사적 영웅과 연관되고 있는데, 온달溫達·호동好童·유유紐由·을지문덕乙支文德·도림道琳·추남楸南·박제상朴堤上·김유신金庾信·김춘추金春秋·백석白石 등이 그러한 예들이다. 이러한 영웅들의 전승에는 그들이 행한 실제의 위업에다 민간전승적 모티프들이 부가되어 차츰 신비화되어 갔을 것으로 믿어진다. 개중에는 단편적 일화에 지나지 않는 것도 있지만, 혹은 완결된 전기적傳記的 형태를 띠는 것도 있어, 후대의 다양한 야담 발달의 원천이 되기도 하였다.

새삼 말할 것도 없지만, 『삼국유사』 소재 설화의 대부분은 불교 관계 설화들로서, 총 수는 100여 편에 달한다. 설화의 목적 자체가 불교라는 특정 종교의 포교에 관계되는 것인 만큼 그 내용도 불교의 이적을 드러내는 것들, 즉 승려나 부처의 가르침과 연관되고, 나아가 특정 사찰의 창건연기創建緣起와 관련된다. 삼국시대의 이러한 종교적 분위기가 다음 대代인 고려시대에도 지속되었겠지만, 이후에는 삼국시대만큼 불교설화가 집중적으로 산출되지는 않았다. 문헌이 인멸된 탓도 있겠으나, 신앙열이 점차 미약해진 반면 유교적 관념이 점차 강해진 때문인 것으로 여겨진다. 이 밖에 상론詳論은 피하지만, 삼국시대의 설화 중에는 민간신앙이나 민속과 연관되어 발생한 이야기들도 제법 눈에 띄는데, 이들은 대체로 신괴성을 띠는 것이 그 특징이라 할 수 있다. 몇 가지 예만을 들어본다면, 사금갑射琴匣·처용랑處容郎·도화녀桃花女·지귀志鬼·경문왕景文王·거타지居陀知 설화 등이다. 그리고 조신 설화調信說話의 경우는 그 형식과 내용적 특성이 후대의 액자문학(특히 설화와 소설)이나 꿈문학의 시원始源이 되었다는 점에서 중요하다.

삼국시대 설화 중에서 후세 설화로 직접적인 맥락이 지어지는 몇 가지 예들을 살펴보겠다. 우선 <보희지몽寶姬之夢>과 <거타지 설화>는 모두 고려 국조 설화에도 그대로 반복되고 있다. 신라의 보희와 거타지가 고려 국조설화에서는 보육寶育과 작제건作帝建으로 바뀌었을 뿐, 양자의 선류몽旋流夢이나 악룡 퇴치의 내용은 거의 같다. 알천공閼川公이 맨손으로 호랑이를 잡는 이야기나, 효자 상득向得이나 성각聖覺의 할고담割股潭은 과거 민간에 매우 흔했던 이야기 유형들이며,3) <성부산星浮山 전설>4) · <원성대왕元聖大王이 된 김경신金敬信>5) · <경문대왕景文大王의 삼선三善>6) 등도 개인의 운명 예언담류로 잘 알려진 것들이다. 또한 <추남의 환생담> · <경문왕의 나귀귀> · <견훤구인甄萱蚯蚓> · <명화공名畵工 장승요張承繇> · <신효거사信孝居士>7) · <귀토지설龜兎之說> 들은 모두 후대에까지 지속적으로 전승되어 지금까지도 널리 구연되고 있을 정도이다. 그리고 <조신 설화>나 <도미 설화都彌說話>, <온달 설화> 등은 후대의 소설 형성의 선구적 자료들로서 기왕에 상당한 주목을 받아왔음을 간과해서는 안 되겠다.

이 시기의 설화 중에서 특히 우리가 주목하는 것은 문화의 교류에 따른 중국이나 인도 설화들의 유입이다. 이러한 예들 가운데 오랜 것으로는 고구려 벽화 중 중국 길림성吉林省 집안集安의 통구고분군通溝古墳群 5괴분塊墳(5세기 말 내지 6세기 초)에 보이는 남녀의 머리 위에 그려진 일륜日輪 속의 삼족오三足烏 및 월륜月輪 속의 섬여蟾蜍의 그림일 것이다. 이들은 말

---

3) 『삼국유사』 1, 기이紀異 2, 진덕왕眞德王조.
4) 동상, '태종춘추공'조.
5) 동상, 2, '원성대왕'조.
6) 동상, 3, '사십팔 경문대왕'조.
7) 이 설화와 현전 민간설화와의 관계에 관해서는 필자의 "『삼국유사』 소재 불교설화의 형성", 『설화학강요說話學綱要』(새문사, 1989), pp. 211~212 참조.

할 것도 없이 중국의 복희伏羲·여와女媧 신화의 표상으로서, 당시 이 신화가 고구려에도 유입되어 있었음을 알 수 있다. 또한 덕흥리德興里에 남아 있는 고구려 고분에는 견우牽牛·직녀織女의 모습이 뚜렷이 각인刻印되어 있다. 이 유명한 설화가 언제 이 땅에 유입되었는지 알 수는 없으나, 중국의 문헌 기록 중 최고의 예가 이미 『시경』에 보이며,8) 『사기』 '천관서天官書'에는 직녀를 '천제녀손天帝女孫'이라 하고 있고, 당송唐宋 간의 문헌인 『백씨육첩白氏六帖』에 인용된 『회남자淮南子』에는 구체적으로 "칠석날 오작이 냇물을 메꾸고 다리를 놓아 직녀를 건넸다(七夕烏鵲塡河成橋渡織女)."라는 내용이 나타나고 있다. 따라서 <견우직녀> 설화의 생성연대가 한나라 때, 즉 B.C. 140년 이전으로 소급될 수 있다고 하니,9) 국내에 유입된 시기도 기원 초까지는 소급될 수 있을 것으로 보인다.

앞에서 『논형』에 기록된 주몽설화의 이야기를 언급하였지만, 이 자료는 그 후 4~5세기경에 간보干寶의 『수신기搜神記』, 남송南宋 배송지裵松之(372~452)의 『삼국지』 및 남송 범엽范曄(398~445)의 『후한서』에도 거의 그대로 나타난다. 여기에서 우리가 특히 주의할 것은 이른바 지괴소설류의 대표적인 문헌인 『수신기』의 유입에 대한 문제이다. 물론 우리가 현재 알 수 있는 문헌 기록은 『수신기』가 고려 선종宣宗 8년(A.D. 1091) 이전에 우리나라에 수입되었다는 것뿐이나,10) 원저의 저작 연대가 4세기 전반이라는 사실을 생각한다면, 이 연대는 훨씬 소급될 수가 있다. 문제는 이 책에 들어 있는 이야기 가운데 현재 우리나라에서도 유전流傳되고 있는 것이 약 20여 편이나 된다는 점을 고려한다면, 양국 설화의 유사함이 단지 우연이라고 생각할 수는 없을 것 같다. 그 중에서도 <남두성南斗星과 연명설화延命說話> ; <비효선費孝先과 매점구명買占求命>(<천량점>)11) ;

----

8) 維天有漢 監亦有光 跂彼織女 終日七襄 雖則七襄 不成報章 睆彼牽牛 不以服箱(『시경』, 소아小雅, 대동편大東篇).

9) 왕효렴王孝廉, 『중국적 신화세계中國的神話世界』(북경 : 작가출판사, 1991), pp. 137~138 passim.

10) 『고려사』, 세가, 10, 선종 8년 병오丙午조.

<효자 왕상王祥의 고빙득리叩氷得鯉> ; <곽거매아郭巨埋兒> ; <백조처녀전설白鳥處女傳說>(<선녀와 나무꾼>) ; <송사종宋士宗과 욕신금기 설화浴身禁忌說話> ; <이탄녀李誕女의 공희供犧와 대사 퇴치大蛇退治> ; <이신순李信純의 의구비義狗碑> 등은 우리 민담의 사적인 고찰을 하는 데에 매우 의미를 지니는 것들이다.12) 특히 곽거의 매아전설은『삼국유사』의 <손순 매아孫順埋兒>와 동일한 것이다.『수신기』보다 좀 연대가 늦지만, 신라의 <방이설화>를 수록하고 있는 것으로 잘 알려진 9세기 중반경 당唐 단성식段成式의『유양잡조酉陽雜俎』역시 우리 설화의 사적 규명을 하는 데에 커다란 도움이 된다고 하겠다. 가람은 일찍이 이 방이설화를 <홍부전>의 근원설화로 규정한 바 있지만,13) 이러한 견해는 너무 부회附會된 것이다. 왜냐하면 형제간의 우애를 다루고 있다는 점을 제외하면, 양작품의 내용상의 거리가 상당하기 때문이다. 차라리 방이설화는 현전 <도깨비방망이> 설화와 연계시켜 보는 것이 좋을 듯하다.

불교의 전래와 함께 우리나라의 설화에 인도의 불전설화佛典說話의 영향이 컸음은 손진태의『조선민족설화의 연구』에서 상세히 논구論究된 바 있다. 동저에서 다루어진 불전 기원의 설화 유형만 하더라도, <대홍수>·<별주부鼈主簿>·<기로棄老>·<부처 쟁병夫妻爭餅>·<선인 습금善人拾金>·<섬여蟾蜍의 나이자랑>·<불식경不識鏡>·<서산대사西山大師> 등과 같은 것이 있다. 그런데 이러한 불전설화가 우리나라에 유입된 경로를 추정하여 본다면, 인도에서 직수입되었다기보다 필시 한역漢譯 불전佛典을 경유했을 것으로 추정하는 것이 타당하다. 따라서『자타카』나『판차탄트라』의 검토와 아울러『생경生經』이나『백유경百喩經』같은 문헌들의 검토

---

11) 이 설화와 우리나라의 '천량점'설화의 비교 연구는 필자의 "천량점(AT 910B)",『한국설화의 유형』(증보개정판, 일조각, 1996), pp. 139~140 참조.

12)『수신기』와 한국설화의 비교 관계는 필자의 "『수신기』연구",『설화학강요』(새문사, 1989), pp. 184~206의 논문 참조.

13) 이병기李秉岐·백철白鐵,『국문학전사國文學全史』(신구문화사新丘文化社, 1957), p. 76 ; 80 ; 161 ; 163 참조.

가 필요하다. 물론 한韓－인印 간의 설화의 유전流傳 관계를 삼국시대에만 국한시킬 수는 없을 것이고, 상기 설화 유형들이 언제 이 땅에 유입되었는가도 정확히 알 수는 없다. 아마 개중에는 불교를 국시로 내세운 고려 때에 이루어진 것들도 있음직하고, 조선조에 들어 불경 언해 작업이 시작되면서 그 영향으로 유입된 것도 상당수 있을 것이다. '한－인'설화 간의 단속적斷續的 문화파文化波의 가능성을 고려해 볼 때, <귀토 설화龜兎說話> 처럼 『자타카』－『생경』－『삼국사기』의 경로를 분명히 보여주는 예들은 민담사상 중요한 의의를 지닌다. 더구나 이 이야기가 조선조 후기에 소설화됨으로써, 양 장르 간의 비교연구 즉 '설화의 소설화' 작업의 선편先鞭을 잡게 한 점도, 우리 문학사상에 민담이 기여한 현저한 예로써 지적해 두고자 한다.

고려조의 설화를 사적으로 검토하려 할 때 우선 문제 삼아야 할 점은 대상 문헌에 관한 것이다. 설화 분야에 관한한 고려시대의 문헌 자료는 오히려 전대前代에 비해서도 빈약하다고 할 수밖에 없다. 문헌의 수량으로 따진다면, 『고려사』와 『제왕운기帝王韻紀』 및 여러 문집, 그리고 패관서稗官書가 상당수 남아 있어 그래도 여건이 괜찮은 듯하지만, 이들 제서에 실제 포함된 설화 자료의 총수는 대단한 것이 못 된다. 우선 『고려사』의 경우만 하더라도 90여 편을 헤아릴 수 있을 뿐이고, 패관서들에 들어 있는 순수 민담류도 기껏해야 십수 편에 불과하다. 이처럼 설화전승의 여건이 훨씬 좋아졌을 터임에도 불구하고, 실제의 결과는 그렇지 못했음은 웬일일까? 아마도 한문학, 즉 기록문학의 발달로 인한 구비문학에 대한 경시 풍조가 그 주된 원인이었을 것으로 보인다. 때문에 고려 말에 유행한 패관류의 서적에도 한시작漢詩作의 여기餘技로 얻어진 시화류가 중심을 이루고, 일반 민간설화들은 별로 찾아볼 수 없게 되었다고 할 수 있다.

고려조 설화문학의 첫 페이지를 장식하는 것은 국조설화이다. 역사상에 존재하였던 대부분의 국가가 건국설화를 가지고 있으므로, 고려가 국가 창건에 관한 설화를 가진다는 것은 하등 새삼스러울 바가 없는 것이지만, 고려의 경우는 그것이 단대單代가 아닌 호경虎景 – 강충康忠 – 보육寶育 – 진의辰義 – 작제건作帝建 – 용건龍建 – 왕건王建에 이르기까지 누대累代에 걸친 설화군으로 존재한다는 것이 좀 색다르다. 『고려사』 모두冒頭의 '고려 세계世系'에 실려 있는 이 이야기들은, 12세기 중엽의 김관의金寬毅가 편찬한 『편년통록編年通錄』이나 13세기 말엽 민지閔漬가 편찬한 『편년강목編年綱目』을 인용한 것으로, 그 대체적인 형성 연대는 11세기 초엽 이후 12세기 중엽일 것으로 추정되고 있다. 『고려사』의 내용으로 미루어 보건대, 이 설화의 제작자들은 민간에서 전승되는 산신·풍수·몽조夢兆·용신龍神 따위의 이야기에다 중국에다 씨족의 뿌리를 두려는 사대주의적 발상에서 유래한 성씨기원설화까지도 덧붙여 이 같은 이야기들을 만들어냈을 것으로 보인다. 이러한 설화 창작의 범례를 우리는 조선조 건국시에도 다시 목도目睹할 수 있게 된다.

『고려사』에 나타난 설화적 자료들에 대하여 일반적 경향은 참요讖謠나 참언을 내포한 설화, 도참설圖讖說을 띤 설화(풍수설화, 특히 여말·선초 중심), 그리고 가요들의 배경설화('악지樂志' 중심), 점복과 태몽 및 해몽설화 들이 중심을 이루고 있다는 점이다. 이들은 당시의 시대적인 사조와도 무관하지 않은 듯하다. 해몽담 중에 다음과 같은 것이 있다. 현종顯宗이 잠저시潛邸時에 꿈에 다드미 소리와 닭 우는 소리를 들었는데, 술사術士가 이를 풀기를 '어근당御近堂'과 '고귀위高貴位'라 하였다는 것이다. 닭의 울음소리를 한자로 음사音寫하여 '고귀위'로 한 것은 후대의 <춘향전>에도 나타난다. 그밖에 『고려사』 소재 설화 중 주목할 만한 것들로 <탐라耽羅의 3성三姓 설화>, <장화왕후莊和王后 설화>, <헌정왕후獻貞王后 설화> 같은 것을 들 수 있다. 이 중 <삼성 설화>의 경우는, 세 신인이 지하로부터 용출聳出하여 표함漂函을 타고 온 세 청의녀靑衣女와 혼인하였다는 설화로서, 특정 지역과 성씨에 적용했다는 점이 흥미롭고 한편 <장화왕후 설화>는 어쩌면 음담淫談 기록의 선례로 생각되어 흥미롭다. 또한 <헌정왕후 설화>는 상술한 바 있는 신라시대 보희의 선류몽旋流夢 내지 매몽買

夢, 그리고 김춘추에 의한 화형火刑의 모면 등의 설화적 사건을 그대로 복사·재현하고 있다는 점에서 주목된다. 더구나 선류몽 설화는 고려 국조 설화에도 보육의 꿈으로 나타났던 것이 아닌가? 이는 민담적 모티프 및 유형이 시대의 경과에도 불구하고 반복 재생되고 있는 좋은 예이다.

『수이전』의 성립이 언제 누구에 의해서 이루어졌는가에 대해서는 많은 논란이 되어 왔다. 그러므로 여기서 무슨 새로운 의견을 논하려 하기보다 제설 중 박인량朴寅亮(1047?~1096)의 편찬설을 받아들여, 11세기의 문헌으로 가정하고 동저에 수록돼 있었던 것으로 여겨지는 설화적 자료들을 언급해 보고자 한 것이다. 물론『수이전』의 편자를 박인량으로 인정하려는 근거는 무엇보다도 각훈覺訓의『해동고승전』(1215) 아도조阿道條에 '약안박인량若按朴寅亮『수이전殊異傳』'이란 기록에 있다. 반면 신라 말의 최치원 편찬설은 조선조 중기의 권문해權文海(1534~1591)의『대동운부군옥』에 느닷없이 나타나는 것이므로 이를 그대로 믿기는 어렵다. 오늘날 알려진『수이전』일문佚文14) 중,『태평통재太平通載』에 수록된 <최치원>과 같은 것은 설화라기보다 창작 작품에 가까우나, 이것과 거의 합치되는 설화적 내용이『대동운부군옥』에 <선녀홍대仙女紅帶>란 제목으로 실려 있는 것으로 미루어, 그 수록 연대는 거꾸로 되었지만,『대동운부군옥』에 실린 설화적 자료를 바탕으로 기록자가 창의를 더하여『태평통재』의 것과 같은 자료를 만들어냈을 것으로 짐작된다. 하여튼『수이전』의 성립을 11세기 후반의 것으로 보면, 당시 중국의 송나라에서는『태평광기』가 편찬되었을 무렵이니, 아마 수이전의 편찬자도『수신기』나『태평광기』와 같은 유서類書를 의도하였을 법하다. 이 점은 현전 일문들의 내용이 모두 신괴성을 드러내고 있다는 점에서도 타당하다고 여겨진다. 특히『대동운부군옥』소재 전 5편은 변신설화 계통임이 특징이며, 그 중에서도 <수삽석

---

14) 아도전『고승』; 원광법사전『삼유』; 보개『통재』; 영오세오『필원』; 탈해『필원』; 당태종모란자병화화『절요』; 수삽석남『군옥』; 죽통미녀『군옥』; 노옹화구『군옥』; 선녀홍대『군옥』; 호원『군옥』; 심화요탑『군옥』.

남>과 <선녀홍대>는 이른바 <시애설화屍愛說話>류로서, 15세기 『금오신화』의 <만복사저포기萬福寺樗蒲記>·<이생규장전李生窺墻傳>·<취유부벽정기醉遊浮碧亭記> 등으로 이어지고 있다.

송나라 이방李昉(915~996) 등이 편찬한 『태평광기』(977~978)가 우리나라에 수입되어 우리 문학에 끼친 영향에 관하여는 지금까지 설화 연구자나 고전소설 연구자들에 의하여 단편적 혹은 총체적으로 많은 언급이 있어 왔다.[15] 총 510권(목록 10권 포함)에 달하는 이 방대한 분량의 패설서가 이 땅에 수입된 정확한 연대를 알 수는 없다. 종전에는 그 수입 연대를 대략 고려 고종 2~3년경의 작품으로 보이는 <한림별곡>에 나타난다는 점으로 미루어, 1215년 이전 즉 대략 12세기 경일 것으로 추정하여 왔다. 그런데 최근 고려 의종 8년(1154)에 황문통黃文通이 찬한 윤포尹誧의 묘지명에 '또 금나라 황통 6년에 <태평광기촬요시> 1백 수를 지어 상께 올리니 임금이 지주사 최유청을 보내어 장유하여 이르기를 운운'(又於大金 皇統六年 纂太平廣記撮要詩一百首 隨表進呈 上敎遺知奏事崔惟淸奬諭曰 云云)[16]이라는 명문銘文에 의하여 인종 24년(1146) 이전까지 소급해 볼 수 있게 되었다.[17] 하여튼 이 방대한 문헌이 수입된 처음에는 그것을 접할 수 있었던 계층도 매우 제한적이었을 것이므로, 식자층을 중심으로 읽히다가 차차 독자층이 확대되어 갔을 것으로 생각된다. 총 92부 6,900여 종의 이야기[18]를 포함하고 있는 이 책은 워낙 호한한 내용이라, 그 안에서 찾을 수 없는 설화 모티프가 거의 없을 정도이므로, 구체적으로 어떤 특정 설화가 우리 문학에 영향을 미쳤을 것이라고 단언하기 어렵지만, 선학들의 연구

---

15) 김태준, 『조선소설사』(학예사, 1939) ; 손진태, 『조선민족설화의 연구』(을유문화사, 1947) ; 주왕산周王山, 『조선고대소설사』(정음사, 1950) ; 김일근金一根 교校, 『태평광기언해』(통문관, 1957) ; 박성의朴晟義, 『한국고대소설사』(일신사日新社, 1958) ; 김현룡金鉉龍, 『한중 소설 설화 비교연구』(일지사一志社, 1976).

16) 조선총독부 편, 『조선금석총람朝鮮金石總覽』, 상.

17) 이내종李來宗, "선초鮮初 필기筆記의 전개양상에 관한 연구", 고려대 박사학위 논문(1997), p. 99.

18) 김현룡, 앞의 책, pp. 24~25.

결과에 따른다면 다대한 영향 관계가 있었음은 부인할 수 없다. 더구나 15세기 후반에 이르러 이 문헌은 성임成任에 의하여 『태평광기상절太平廣記詳節』(1462) 50권으로 축약 간행되고, 이어 상당수의 내용이 『태평통재』 100권에도 포함 간행되었고, 『태평광기언해』까지 출간되었으니, 그 인기가 어느 정도였을까는 가히 짐작하고도 남음이 있다.

고려조 후기에 몽고로부터의 설화 자료 유입 가능성에 대하여 잠깐 논급해보려 한다. 이 무렵(13세기 중반경~14세기 중반경) 고려 왕조는 근 1세기 간에 걸쳐 몽고의 세력 하에서 연명延命하지 않으면 안 되었다. 대를 이어 국왕들은 원元나라의 공주를 왕비로 맞아야 했으며, 그 소생의 왕자들은 원나라 서울에서 볼모로서 생활하지 않으면 안 되었다. 이러한 상황 속에서 몽고로부터의 설화 유입이 있었을 것으로 생각된다. 일찍이 손진태의 『조선민족설화의 연구』에서도 북방민족 영향의 설화로서, ① ＜대전쟁 전설＞(＜형매결혼兄妹結婚＞), ② ＜견묘犬猫의 보주 탈환寶珠奪還 설화＞, ③ ＜지하국 대적 제치 설화地下國大賊除治說話＞, ④ ＜일월 전설日月傳說＞(＜해와 달이 된 오누이＞), ⑤ ＜쇠똥에 자빠진 범＞(＜지게가 져다 버린 범＞), ⑥ ＜흥부 설화興夫說話＞ 등을 예로 들었다. 그리고 이런 설화들의 전파 시기 및 전파자는 대체로 고려 중엽 이후의 몽고나 고려 이주 귀화인들이었을 것으로 보고, 특히 일월 전설과 흥부 설화의 경우는 역코스를 밟아 원나라에 귀화한 고려 여성에 의해 수출된 것으로 보았다. 그리고 그는 ＜쇠똥에 자빠진 범＞에 대하여는 아무런 논의 없이 '서장西藏 → 몽고 → 고려'의 경로를 추정하였다. 그의 주장 중 전달 시기 및 전달 경로에 대하여는 선뜻 찬동하기 어렵다 하더라도, 일찍이 양 지역 간에 설화 수수授受가 상당히 있었으리라는 가정은, 역사적・지리적 관계를 생각해볼 때 충분히 가능한 일이겠다. 인도에서 발원하여 티베트-몽고를 경유하였을 것으로 생각하는 또 하나의 예는 ＜임금님 귀는 당나귀 귀＞(AT 782)를 들 수 있다. 이 유형을 집중적으로 연구한 서구학자들 [Crooke (1911) ; Lehmann-Nitsche(1936) ; Vasmer(1938)]은 "＜당나귀 귀

임금>설화는 인도 이동以東에는 존재하지 않는다"는 가설을 모두 굳게 믿어왔으나, 스코비Scobie(1977)가 『삼국유사』의 예를 들어 이의를 제기한 이후에 상황은 완전히 변하고 말았다. 더구나 스코비는 이 이야기가 9세기경의 것임을 들어, 지금까지 알려진 동방의 자료 중에서 최고의 것임을 밝혔다. 현재까지 알려진 이 유형의 분포 지역은 한국을 포함하여 아시아·유럽·아프리카의 35개 지역이다.19) 개중에는 중국 측의 사례가 빠져 있으므로 일단 티베트—몽고의 경로를 상정想定해 볼 수 있다.

다음으로 살펴볼 것은 여말의 문집 및 패관 문학서들이다. 그러나 문집들이 정통 한문학서라는 성격상 일반 설화가 채록될 여지가 거의 없었으며, 패관 문학서들에도 한문학의 여록餘錄쯤으로 생각되는 잡다한 시화만이 점철點綴되어 있다. 다만 익재益齋의 『역옹패설櫟翁稗說』만은 '패설'이라는 서명에 걸맞게 20여 편의 설화적 자료를 포함하고 있는데, 그것도 실존 인물들의 일화에 속하는 것으로, 순수 민담에 가까운 자료는 거의 찾아볼 수 없다.

이상에서 고려 말기까지의 설화(민담을 중심으로 한)들에 대하여 주마간산격走馬看山格으로 살펴보았다. 양으로 따진다면, 이 시기에 산출된 설화적 자료로서 문헌에 현전하는 것은 어림잡아 약 300여 편 정도를 헤아릴 수 있다. 내용적으로는 시대적·사상적 여건에 의해 불교설화가 중심을 이루었고, 그 대부분이 전설류에 속하고, 신이담적 성격을 지니는 것이었다. 그리고 종교의 전래와 함께 중국을 통하여 인도 설화가 유입되었으며, 문화적 접촉에 따라 중국이나 몽고와의 설화 교류도 있었다. 더구나 이러한 설화적 자료들은 계속 전승되는 일변 소설문학이 형성되는 데에 커다란 기여를 하였음도 살펴보았다. 그러나 유감스럽게도 자료적 한계로 인하여 설화의 각 시대적 발전 양상이나 구체적 특징을 구체적으로 살펴보지는 못하였다.

---

19) 경문왕 설화에 대한 집중적 연구는 필자의 "임금님 귀는 당나귀 귀(AT 782)", 『한국 설화의 유형』(일조각, 1996), pp. 328~353 참조.

조선조에 들어서면서 민담사에 주요한 전기가 된 새로운 양상이 나타났다. 그것은 조야朝野에서 각각 이야기 자료들의 의도적인 수집 및 찬집이 이루어졌다는 점이다. 우선 왕실에서는 자신들의 역성혁명을 정당화·합리화하기 위하여 무엇보다 신성한 가계家系를 확립 선포할 필요가 있었기 때문에, 민간에 전승되던 이야기를 적극 이용하지 않으면 안 되었다. 물론 개중에는 사실에 입각한 역사적인 자료도 어느 정도 있었겠지만, 근본조차 희미한 선대의 이야기들은 신화적 자료로써 분식되지 않으면 안 되었다. 때로는 중국 제왕들의 기이한 사적이나 삼한三韓·고려의 전승들을 모방하기도 하였다. 이런 과정을 거쳐 나타난 것이 『용비어천가』(1445)이다. 이 책 속에 나타난 이야기들의 면모를 보건대 그것은 확실히 민간신앙과 결부된 설화적 자료들이 주류를 이루고 있다. 가령 도참설에 관련된 이야기이거나 또는 예조豫兆 특히 몽조담夢兆譚과 같은 것이다. 이들은 조선 국조설화에만 존재하는 것이 아니라, 보편적 전승설화적 모티프로서 도처에 편재하는 것들이다. 따라서 이야기 성격으로 보나 자료의 연대로 보나 이들을 국조신화로 규정하는 것은 그다지 적합한 것 같지 않다.

조선조 초기에 관盲의 주도로 이루어진 또 하나의 이야기 자료의 집성은 지리지 편찬 작업에서 찾아볼 수 있다. 이들도 물론 위정자의 입장에서는 통치의 목적으로 수행하였던 바였지만, 결과적으로 볼 때 그 속에는 민간에서 전승되던 이야기 자료들이 상당수 거두어졌다. 『신찬팔도지리지』(1432)에 이은 『세종실록지리지』(1454), 그리고 다시 이를 바탕으로 『여지승람』(1481), 이어 『동국여지승람』(1486)을 거쳐 『신증동국여지승람』 55권의 완성(1530)에 이르는 사이에 많은 민간전승의 보완이 이루어졌다. 이들 자료의 성격은 대체로 역사와 결부된 지역적 전설류들이고, 전대의 역사서들에서 비롯된 중복자료들이 상당수를 차지한다. 개중에는 유형화된 보편적 설화 모티프가 특정 개인에 고착화하여 나타난 사례들이 엄청나게 많다. 예컨대 필자가 조사하여 본 효자효녀설화의 예만 보더라도 축호축호逐虎 101예, 단지斷指 77예, 생물자래生物自來 혹은 생어자약生魚自躍 50예, 할고割股 23예 들이 나타나고 있다. 하지만 위의 문헌들에는 책의 성격상 본격 민담류에 속하는 자료들은 거의 보이지 않는다.

한편 민담사상 이 시기의 주목할 만한 현상은 설화적 자료를 다수 포함하고 있는 사찬私撰 패설집과 아울러 본격 설화집에 값할 만한 문헌들이 등장하기 시작하였다는 사실이다. 그 주요 서목을 살펴보면, 서거정徐居正(1420~1488)의 『태평한화골계전太平閑話滑稽傳』과 『필원잡기筆苑雜記』, 성임成任(1421~1484)의 『태평통재』,20) 남효온南孝溫(1454~1492)의 『추강냉화秋江冷話』, 강희맹姜希孟(1424~1483)의 『촌담해이村談解頤』, 성현成俔(1439~1504)의 『용재총화』, 이륙李陸(1438~1498)의 『청파극담靑坡劇談』,21) 채수蔡壽(1449~1515)의 『촌중비어村中鄙語』,22) 조신曺伸의 『소문쇄록謏聞瑣錄』 같은 것들인데, 서명으로 미루어 보아도 대충 그 내용적 성격이 짐작될 수 있다. 이들은 모두 한문으로 쓰였고, 그 편자가 한결같이 당대의 명문장가였으며, 그 내용이 대체로 역사적 명인名人 특히 유자儒者의 이야기라는 점에서 공통된다. 그러나 개중에는 도학자의 고담준론보다는 평범한 인간으로서의 해학적인 면모나 어처구니없는 실언·실행이 숨김없이 드러나고, 이야기 속의 등장인물도 양반 식자층뿐만 아니라 승려·기생·아전·촌민에 이르는 다양한 인간 군상들이 망라되어 있다는 점에서, 정통문학의 세계와 판이하게 대비되는 구비문학의 특성을 보여주고 있다. 이 중 『골계전』(1477)·『촌담해이』(1486)·『용재총화』(1499)는 조선조 초기를 대표할 수 있는 주요 설화 자료집이라 할 만하다. 자료의 양으로

---

20) 원래 100권 중 현재는 일부 잔권만 남아 있다. 해방 전에 이인영李仁榮이 『진단학보震檀學報』 12(1940)에 소개하였던 권68~70 및 권96~100과, 고려대 만송문고晚松文庫에 권7~9, 강릉 선교장船橋莊에 권28~29 및 권65~67이 알려져 있다. 현재 남은 자료 282화 중 국내 문헌으로부터의 인용 7화를 제외한 275화가 중국 역대의 문헌에서 온 것이라 한다(이내종李來宗, "선초 필기의 전개양상에 관한 연구", 고려대 박사학위 논문, 1997, p. 115 및 p. 130).

21) 이육의 시문집 『청파이선생문집靑坡李先生文集』 권2에 수록되어 있음.

22) 현 부전.

보더라도『골계전』에 총 146편,23)『촌담해이』에 총 10편,24)『용재총화』에 총 326편25)이 수록되어 있다. 그리고『골계전』과 및『촌담해이』에는 서문,『촌담해이』에는 발문이 남아 있어서 당대 유서들의 편찬 과정 및 의도를 이해하는 데 좋은 참고가 된다. 한편『태평광기』를 이어받아 분류 편목篇目을 선보였던『태평통재』의 방법은『청파이선생문집靑坡李先生文集』(권2)의『청파극담』에도 계승되어 '골계' 외 15목目의 편목을 보이고 있는데, 이는 설화 분류 의식이 적용된 최초의 예라는 점에서 주목된다.

조선조 중기의 첫 세기인 16세기에 이르러 전대의 소담집으로 송세림宋世琳(1479~?)의『어면순禦眠楯』과 정미수鄭眉壽(1456~1512)의『한중계치閑中啓齒』가 이룩되었고, 그 밖에 패설집으로 어숙권魚叔權의『패관잡기稗官雜記』, 김안로金安老(1481~1537)의『용천담적기龍泉談寂記』같은 것이 있었다. 전대의 자료집들에 비하여 이들은 대차 없으므로 더 이상의 논급은 피하기로 한다. 단지 이 시기 민담사에 있어서 한 가지 생각하고 넘어가야 할 일은 한일 양국 간의 설화 교류 문제이다. 물론 유사 이래로 양국 간의 접촉은 끊임없이 이루어져 왔고, 특히 삼국시대의 양 지역 간의 문화적 교류는 새삼 말할 바도 없다. 따라서 설화의 교류도 광범위하게 이루어졌을 것으로 생각한다. 한 예로 필자는 별고에서 현전 양국 설화의 비교 결과 300여 유형이 합치되고 있음을 논한 바도 있지만,26) 그 구체적 수수의 연대를 추량할 도리는 없다 할 것이다. 다만 역사상 우리 민족이 맞은 크나큰 비극 중의 하나였던 임진왜란 및 근대의 합일합방이라는 대사건이 양국 간 설화 수수에 크나큰 계기가 되었을 것임은 명확한 사

---

23) 민속자료간행회,『고금소총古今笑叢』(1959) 의거. 한편 일본에 있는 금서문고본今西文庫本에는 187화가 포함되어 있다.
24) 역시『고금소총』수록 자료에 의거하였으나, 원본에는 훨씬 많은 이야기들이 수록되어 있었으리라 여겨진다.
25) 이 중 설화적 자료로 볼 만한 것은 40여 편이다.
26) 조희웅, "동아시아 설화문학 Type-Index 작성을 위한 기초 연구 : 한·일 설화를 중심으로", 국민대,『어문학논총』15(1996. 2).

실이라 하겠다. 이 시기에 지위·성별·지역에 관계없이 수많은 사람들의 교류가 있었고, 따라서 그들과 함께 이야기 자료도 수수되었을 것이다.

16세기 말에 이루어진 양국 간 민담의 교류를 증명하여 주는 구체적인 예를 하나만 들어보자. 조선조 중기의 학자이며 의병장이었던 강항姜沆 (1567~1618)의 『수은집垂隱集』 권3에는 그가 일본에 포로로 잡혀 갔을 때 일본의 스님인 '순수좌舜首座'에게 들었다는 이야기로 이른바 <혹부리 영감> 이야기를 수록해 놓았다.27) 동서의 문면에 의거하면 이 이야기는 일본에서 국내로 유입된 것이다. 그러나 이 이야기가 세계 광포 설화로, 아아르네-톰슨의 『민담의 유형』에는 AT 503 'The Gifts of the Little People'로 등재되어 그 분포 지역도 유럽 전역 외에 페르시아·인도·일본·남북미에 달하고 있으므로, 전파의 방향을 반대로 생각할 수도 있겠다. 특히 이 이야기는 중국에서는 전국시대 말로부터 진秦나라(기원 전후)에 걸쳐 이루어진 것으로 보이는 『산어産語』에 이미 유화가 보이고, 그 후대 문헌인 『희유소람嬉遊笑覽』에 인용되어 있는 『소림평笑林評』에도 실려 있는 것이라 한다. 한편 일본의 경우에는 가마쿠라[겸창鎌倉]시대 초기의 『우치습유물어宇治拾遺物語』(12세기 말~13세기 전)에 제3화로 들어 있고, 에도[강호江戶]시대 초기에 이루어진 『성수소醒睡笑』 권1 및 권6에도 수록되어 있다고 한다.28) 어쨌든 우리나라에는 문헌 예가 남아 있지 않아 중국과 일본에 비해 시가적으로 훨씬 뒤지는 것이 사실이나, 설화의 분포 상태로 보아 이 이야기 유형이 임진란 당시에 일본을 통하여 입수되었다고만 볼 수는 없다.

조선조 중·말기 곧 17세기는 가히 '설화문학의 개화기'라 이를 만하다. 그만큼 많은 설화 자료들이 이 시기에 집성되었기 때문이다. 유몽인柳夢寅(1559~1623)의 『어우야담』은 유서 중 압권이라 이를 만한 것으로, '야담'을 표제로 내세운 최초의 것이며, 당초 10여 권으로 이루어졌던 것

---

27) 정병헌·이지영·최원오 편, 『우리고전문선』(심지, 1994), pp. 335~337.
28) 이나다 고지[도전호이稲田浩二] 외편, 『일본석화사전』(홍문당弘文堂, 1977), p. 354.

이 저자가 모반죄로 처형당한 후 많이 산일散佚되었다고 한다. 1964년 그의 종후손인 유제한柳濟漢이 제 이본을 수집·정리하여 간행한 5권 1책본에 의하여 설화 자료들을 대략 140여 화 추출할 수 있는데, 대부분 명인들의 일화류이지만, 개중에는 순수 민담에 속하는 자료도 간혹 포함되어 있다. 그 한 예로 <두더지 혼인> 유형을 들 수 있는데, 이 이야기는 원래 불전설화로서 『판차탄트라』(B.C. 3세기? ; A.D. 6세기 페르시아어역본)·『카타사리트사가라』(A.D. 11세기 후반) 등에 원천이 있고, 일본의 경우에도 『사석집沙石集』(1283)에 유화가 보인다. 우리나라의 경우에는 『어우야담』의 예가 가장 오래 된 것이지만, 아마도 그 전래는 훨씬 오래 전부터였을 것으로 생각되며, 후술할 홍만종의 『순오지』와 이광정李光庭의 『망양록亡羊錄』에도 인용 예가 나타난다. 이수광李晬光의 『지봉유설芝峯類說』(1614)은 일종의 백과사전적 저서(총 25부 182항 3435목)이지만, 그 중 어언부語言部 해학諧謔 등 곳곳에 민담 자료들이 포함되어 있어 참고가 된다. 예컨대, <자린고비>,29) <처첩쟁발妻妾爭髮> 설화 등을 들 수 있겠다. 그 밖에 이 시기 소담집으로는 성여학成汝學의 『속어면순續禦眠楯』이 있고 패설서로는 차천로車天輅(1556~1615)의 『오산설림초고五山說林草稿』,30) 김시양金時讓(1581~1643)의 『하담파적록荷潭破寂錄』 같은 것을 들 수 있다. 이 중 『속어면순』(32화)은 전대의 『어면순』(82화)의 속서續書를 표방한 것인데, 그 내용도 음설담淫藝譚에 속할 만한 것이 대부분으로, 당시의 유교사회의 전통 속에서 이 같은 집록이 이루어져 유서의 한 선구가 되었다는 점에서 주목된다. 그런데 『고금소총』 수록분에 의하면 양서 모두 획일적인 4언의 화제話題가 붙어 있으나, 이것은 원래부터 있었던 것이라기보다 후대 편집자에 의해 붙여진 것이 아닌가 한다.

---

29) 자린고비설화는 『어우야담』(제35화)에도 충주지방의 '고비高蚍의 이야기'로 들어 있다.

30) 『대동야승大東野乘』 수록본에는 야담 일화 145편이, 『시화총림詩話叢林』 수록본에는 시화를 중심으로 한 30편이 선록選錄되어 있다.

17세기 후반의 민담 자료 관계 문헌으로는 홍만종(1623~1659)의『명엽지해蓂葉志諧』(1678?)와『순오지』(1678)가 특기할 만하다. 이 양저는 같은 저자에 의해 같은 시기 같은 장소에서 이루어진 것이지만(병으로 서호西湖에 칩거할 때의 지은 것임), 그 내용과 성격은 매우 다르다. 전자는 전대의『어면순』이나『속어면순』계열의 맥을 이은 것으로 79개의 이야기가 들어 있고,31) 후자는 일종의 잡록집으로 개중에는 설화적 자료도 상당수 내포되어 있다. 그리고『순오지』하권에 있는 속담의 유래담 중에는 상술한 <두더지 혼인>(언서혼鼴鼠婚) 외에 <박쥐구실>(편복역蝙蝠役)과 <고양이 목에 방울 달기>(묘항현령猫項懸鈴) 이야기가 보인다. 이 두 자료는 이솝우화로 널리 알려진 것이므로, 일단 이 무렵 국내에 이솝우화가 유입되어 있었다는 사실은 알 수 있으나, 그 자세한 유입 과정은 미상이다. 일본의 경우, 1593년에 이미 영자본英字本 이솝우화집이 간행된 데 이어 일문日文『이소뽀모노가타리』(이증보물어伊曾保物語, 이솝이야기)가 수차 간행되었다 하므로, 우리나라에도 그와 멀지 않은 때에 이 우화집의 일부가 어떤 형태로든 알려졌을 가능성은 충분히 있다고 하겠다.

조선조 후기는 '설화문학의 전성기'였다. 이 시기에 설화문학은 매우 다양한 형태로 발전하였는데, 그 중 가장 두드러진 특징은 민간전승 채록자들이 기존 자료에다 자신의 창작을 가미하여, 잡록패설에서 미분화되어 있던 '야담'을 독립 장르로까지 발전시켰다는 점이다. 또한 설화는 이 시기에 이르러 소설문학 흥성의 배종胚種이 되었다. 이러한 실례들은 우선 18세기 초·중반에 나타난 신돈복辛敦福의『학산한언鶴山閑言』, 정재륜鄭載崙(1648~1723)의『공사문견록公私聞見錄』, 이희겸李喜謙의『청야만집靑野謾輯』(1739),32) 이광정李光庭(1674~1756)의『망양록亡羊錄』,33) 유광익柳光翼

---

31) 정대일丁大一 편,『명엽지해蓂葉志諧』(삼문사三文社, 1932)에는 76화가 들어 있으나, 민속학자료간행회 편,『고금소총古今笑叢』[유인본油印本, 1958]에는 79화가 들어 있다. 양본의 목차를 비교해 보면, 전자에는 '찬랑숙수贊郞熟手' 1편이, 후자에는 '공당문답公堂問答'·'분귀취처粉鬼娶妻'·'유기선납柳器善納'·'신기원요伸妓寃妖'의 4편이 더 들어 있다.

(1713~1780)의 『풍암집화楓巖輯話』 등에 수록된 자료들에서 찾을 수 있다. 이들 중 상당수는 꽤 장편화되어 있을 뿐만 아니라, 각 작품마다 제목이 붙어 있으며, 단순한 전승자료의 기록에서 그치지 아니하고 기록자의 의식이 반영되어 있다는 점에서, 소설문학에 매우 근접한 것으로 간주된다.

18~19세기에 걸쳐 설화문학이 소설문학에 끼친 영향은 이루 매거하기 어려울 정도다. 이전에도 설화적 모티프나 삽화가 소설에 혼입된 경우도 적지 않았지만, 조선조 후기에 이르러서는 설화 유형 전체가 소설화되는 경향이 두드러졌다. <흥부전>·<토끼전>과 같은 판소리계 소설을 비롯하여, <지하국대적퇴치> 설화와 <최충전>, <양산백축영대> 설화와 <양산백전>, <손 없는 색시>와 <연당전>(혹은 <황연단전>), <천량점> 설화와 <정수경전>, <콩쥐팥쥐> 설화와 <콩쥐팥쥐전>은 모두 민간설화를 이용한 소설 작품들이다. 이들은 모두 특정 설화유형과 특정 소설 작품을 비교한 결과이지만, 이 밖에도 여타의 소설 작품 속에서 모티프적 차원의 혹은 테마적 차원의 설화적 원천을 찾아내기란 그다지 어렵지 않다.[34] 한 가지 흥미로운 사실은 보통 '아라비안 나이트'로 알려진 『천일야화千一夜話』의 '바깥 액자 이야기' 곧 셰헤라자드가 천하룻밤 동안 기나긴 이야기를 하게 된 연유에 해당하는 이야기가 적어도 19세기 말에 전래되어 있었다는 사실이다. 그것은 한국정신문화연구원(현 한국학중앙연구원)에 소장되어 있는 필사본 소설 『유옥역전』이 바로 동 설화의 번안인 것으로 미루어 알 수 있다. 동서의 필사연대가 '을미칠월일'로 되어 있는

---

32) 고려 말부터 조선조 숙종에 이르기까지의 야사를 연대순으로 수록한 책으로, 총 100여 편의 자료 중 30여 편이 후대의 『청구야담』과 중복되어 있다.

33) 『눌은집訥隱集』 권21에 들어 있는데, 21편의 수록 작품 중에는 '두더지 혼인'·'고양이 목에 방울 달기'·'눈과 비단띠를 바꾼 지렁이와 가재'와 같은 순수 민담들이 들어 있다.

34) 조희웅, "설화와 소설", 『사재동박사회갑기념논총史在東博士回甲紀念論叢』(중앙문화사, 1995).

걸 보면, '을미'는 1835년과 1895년, 1955년에 해당하니, 이 중 여러 여건을 생각하여 1895년이 옳지 않을까 한다. 그러므로 『천일야화』계 이야기 자체의 전래는 훨씬 전으로 소급될 수도 있겠다.

한국 문학사상 19세기에 두드러지게 나타났던 현상 중의 하나로 설화 자료의 결집結集을 들 수 있다. 이때를 전후하여 『동패낙송東稗洛誦』·『선언편選言篇』·『해동야서海東野書』·『기문총화記聞叢話』·『계서야담溪西野談』(이희평李羲平, 1772~1839)·『청구야담靑邱野談』·『몽유야담夢遊野談』(이우준李遇駿, 1801~1867)·『동야휘집東野彙輯』(이원명李源命, 1807~1887) 같은 유서들이 속속 편찬되었으니, 이 중 주요 문헌의 수록 편수를 보면 『계서』 321편, 『청구』 293편, 『동야』 260편의 순이다. 그러나 그 모두가 양반 문인층에 의하여 기록된 것이기 때문에, 이들 중에는 국제 간의 비교 연구를 가능케 하여 주는 자료들, 이른바 세계 광포 설화에 해당하는 것이 별로 없음이 유감이다. 이 점은 1889년에 발간되었던 알렌H. N. Allen의 『한국 민담집Korean Tales』에 이르러서도 나아진 바가 없다. 이 책에는 <까치가 종을 쳐서>·<견우직녀>·<견묘쟁주> 외에는 <흥부전>·<토끼전>·<춘향전>·<심청전>·<홍길동전> 같은 소설 작품을 싣고 있기 때문이다. 민담사적으로 볼 때 가장 선편을 잡았다고 할 만한 자료집으로는 1899년에 간행된 가린Garin의 『한국·만주·요동반도 기행』의 부록을 들 수밖에 없다. 이 책은 우선 연대적 의의는 물론, 현지조사 자료 64편을 채록하고 있다는 점에서 중요하고, 나아가 초간 이래 수개 국어로 계속 번역하여 중간되었다는 점에서도 그러하다.[35]

20세기에 들어서서 상당기간 동안은 한국 설화의 자료 채집 내지 연구가 지지부진함을 면치 못했다. 물론 그 원인이 국권의 상실에 있었음은 두말할 필요도 없다. 간혹 이루어진 업적들이 있었다 하더라도, 대부분 외국의 선교사나 학자들에 의한 종교적 혹은 정치적 목적 하에 쓰인 것

---

35) 조희웅, "한국 설화학사 기고 : 서구어 자료(Ⅰ·Ⅱ기)를 중심으로", 『동방학지』 53 (1986. 12), pp. 418~421.

들이었다. 이러한 와중에서 얻어진 정인섭鄭寅燮의『온돌야화』(1927)와 손진태의『조선민담집』(1930) 같은 것은, 비록 국문이 아닌 일본어로 간행된 것이긴 하지만, 한국민담의 연구를 위하여는 매우 귀중한 문헌이다. 미견未見이나 비슷한 시기에 현지조사를 바탕으로 이루어진 것이라는 한충韓冲의『우리 동무』(1927)도 재발굴해 낸다면 좋은 자료집이 될 것이고, 좀 뒤진 것이긴 하지만 박영만朴英晩의『조선전래동화집』(1940) 역시 빼어놓을 수 없는 것이다. 한편 연구 방면으로는 손진태가 1927~1929년에 걸쳐『신민新民』잡지에 연재하였다가, 해방 후 단행본으로 묶어 간행한『조선민족설화의 연구』(1947)는 아직까지도 설화연구에 있어서 독보적인 위치를 잃지 않고 있다.

　겸하여 1932년에 정대일丁大一의 이름으로 간행되었던 음설집淫藝集『명엽지해』에 대하여 잠시 언급하고자 한다. 이 책에 수록된 '명엽지해'는 원래 일본인 마에마 교사쿠(전간공작前間恭作)의 소장이었던『고금소총』36)의 부록으로 있던 것으로, 동서는 1932년 4월에 100부 한정판으로 삼문사三文社에서 발행되었다. 이 책에 첨부된 손진태의 서문에 의하면, 당초에 "지난 달(2월) 정대일 군이 우리 집을 방문하여 이 책을 보자, 군은 이미 탈고하여 '청구외담靑丘猥談'이라 이름한 자신의 책을 '속지해續志諧'로 이름을 바꾸고, 이 책의 속편으로 두 책을 합하여 발행하여 연구자들에게 전할 것을 바랐다. 본래 나는 이를 거절할 이유가 없었고, 나아가 내 자신이 가지고 있었던 농민들의 외담猥談 약간편까지도 정군에게 제공하였다."고 하였으나, 실은 이 정대일이란 인물은 손진태 자신이 세혐世嫌을 피하기 위해 가탁한 이름일 것으로 생각된다. 하여튼 이는 마치 저 유명한 러시아의 민담 수집가였던 알렉산더 아파나시에프의『러시아 비화집秘話集』을 생각하게 한다. 그는 1855년으로부터 63년에 걸쳐 러시아의 민담

---

36) 유몽인의『어우야담』, 김시양의『하담기문荷潭記聞』, 김육金堉의『잠곡필담潛谷筆談』, 김득신金得臣의『종남총지終南叢志』, 임방任埅의『천예록千倪錄』등에서 인용한 총 54조가 수록되어 있다.

채집에 종사하여 약 600여 화를 모아 『러시아 민담집』을 편집·간행하였
는데, 채집 과정 중에 얻었던 자료 중 감히 일반에 공개하기 어려웠던 이
른바 음설담류淫藝譚類들은 수필본手筆本으로 묶어 '러시아민담, 비인쇄용,
1857~1862, 수집·정리 및 각종 필록筆錄·교합校合 A. 아파나시에프'라
고 하였다. 이 책은 후에 그의 유산 상속인에게 넘어갔다가, 다시 아카데
미아라는 출판사로 인도되고, 1939년에는 또다시 레닌그라드(현 페테르
부르크)의 러시아문학연구소로 넘어가 현재 이 연구소의 서고에 비장되어
있다고 한다. 이 고본에는 모두 164화 가량이 수록되어 있으나, 1865년경
스위스 쥬네브에서 출판된 인쇄본에는 간행연도도 없고 간행지, 편자, 발
행자도 없이 다만 '수도형제단인쇄공방修道兄弟團印刷工房에 의해서'·'몽매
蒙昧의 해'·'오로지 고고학자와 애서가를 위해 소수 한정판으로 발간함'
이라 하고, 서명은 『러시아 비화집』이라 하였는데, 그 중에는 모두 77화
가 들어 있다고 한다.37) 하여튼 『명엽지해』에 합록된 정대일 명의의 『속
지해續志諧』는 그 내용으로 보아 아파나시에프의 전례를 좇지 않을 수 없
었던 것으로 이해된다.

이상에서 필자는 한국 민담, 넓게는 설화문학 자료의 전승 실태를 시대
적으로 대충 훑어 왔다. 본고는 원래 "한국 구비문학사의 재조명"이란 커
다란 주제 아래 '민담' 분과의 것으로 계획되었던 것인 만큼, 역사적 조
감鳥瞰에 치중하다 보니 분석적이 못 되고 너무 피상적인 데 머무르고 말
았다. 그러나 민담 자료 전승의 가닥은 주마간산격이지만 희미하게나마
더듬어 본 것으로 위안을 삼고, 좀 더 정세한 후고가 있기를 기대해 본다.

● 참조 원고

"민담의 사적 연구", 『구비문학연구』 5(한국구비문학회, 1998. 1).

---

37) 아파나시에프[アファナ-シエフ] 편 / 나카무라 요시가즈[中村喜和] 역, 『러시아골계담[ロ
   シア滑稽譚]』(축마서방筑摩書房, 1977), p. 229 해설 참조.

Ⅲ. 속담과 수수께끼

◈ ◈ ◈

1. 언諺과 속담

　속담俗談의 사전적 정의는 '옛적부터 내려오는 민간의 격언'[1]이라든가, 혹은 '예로부터 민간에 전하여 오는 쉬운 격언이나 잠언'[2]이라 되어 있다. 오늘날 이 '속담'이란 낱말은 대개 이 같은 고정적 의미로써 학술적 용어로서 통용되고 일반적으로도 사용된다. 하지만 문헌을 상고하여 보면, '속담'이란 낱말은 그다지 보이지 않고, 과거에는 주로 '언諺' 내지는 이 글자와 복합된 '속언俗諺', '이언俚諺', '비언鄙言', '동언東諺' 따위가 더 널리 사용되었음을 알 수 있다. 이들 중 '우리나라'를 뜻하는 말을 덧붙인 '동언'의 경우를 제외한 다른 예들은 '낮다', '천하다', '민간' 등의 의미를 덧붙이고 있음을 주목할 수 있다. 그러나 '속俗'이나 '이俚', '비鄙'와 같은 수식어들이 훈訓 그대로 반드시 낮고 천함을 의미한다고만 볼 수는 없다. 이들은 다만 주로 사용하고 있는 계층에 따른 구별의식에서 비롯된 것이다. 즉 '상층' 대 '하층', '지식인층'(양반층) 대 '서민층'(민간)의 구별 의식에서, 속담은 조정이나 양반이 아닌 야野나 일반 백성 사이에서 사용된 말임을 나타내기 위한 것이다. 따라서 속담이나 이언, 비언은 천한 말이나 낮은 말이라기보다는 속간俗間, 세간世間 또는 일상생활 속에서 사용

<hr>

1) 이희승李熙昇, 『국어대사전』(민중서관, 1961).
2) 국립국어원, 『표준국어대사전』(국립국어원, 1999).

되는 말이라는 함축된 의미를 지닌다.

『삼국사기』, 『삼국유사』, 『고려사』에 보이는 속어·속언俗諺·언·이어·이언·언전諺傳의 사용례를 검토해 보면 이들 용어가 우리가 오늘날 말하는 '속담'의 의미로 쓰인 예는 거의 없다. 이것은 이들 어휘들에 많이 쓰인 '언' 자의 원 의미를 중국의 옛 자서字書들에서 상고해 보아도 알 수 있다. 『설문說文』에 의하면 이 글자는 '전해 내려오는 말(傳言也)'을 의미한다고 했고 <단주段注>에는 '전해 내려오는 말은(傳言者) 고어다(古語也)'라 풀이한 데 이어 '무릇 경전에서 말하는 언이란 전대의 옛 가르침 아닌 것이 없다(凡經傳所稱之諺 無非前代故訓)'고 하여, 이 말이 후대의 속담이란 말의 쓰임과 일맥상통함을 시사하였다. 한편 『광아廣雅』 석고釋詁 4에도 '언은 전해오는 것이다(諺 傳也)'라는 것이 보인다. 요컨대 '언'이란 민간에 전해 내려 오는 말의 뜻이었음을 확인할 수 있다. 그 밖에 『광운廣韻』에서는 '언은 속언이다(諺 俗言)'이라 하고, <석문釋文>에서는 '언은 속어다(諺 俗語也)'라고 하여 이들은 모두 이속俚俗에서 행해지는 촌스런 말의 뜻으로 풀이하고 있다. 따라서 '언'이 지녔던 원뜻을 종합해 보면 이 말은 전해오는 이야기(전설)를 의미하거나, 혹은 민간에서 사용하는 말(이어)을 의미하고, 여기에서 나아가 우리나라에서는 특히 중국말에 대해 우리말을 가리키는 경우도 많다.

다음 예들은 조선조 이전의 옛 문헌들에서 '언'의 쓰임을 찾아본 것이다.

① 계림 북쪽 산을 금강령이라 한다. 이 산의 남쪽에 백률사栢栗寺가 있다. 이 절에는 부처의 상이 하나 있는데, 어느 때 만들어졌는지는 알 수 없으나 자못 영험이 뚜렷하다. 어떤 이는 말하기를, "이것은 중국의 신장이 중생사의 관음보살을 만들 때 함께 만든 것이다."고 하였다. 또 세상에서는 이렇게 말하기도 한다. "이 부처님이 일찍이 도리천에 올라갔다가 돌아와서 법당에 들어갈 때에 밟았던 돌 위의 발자국이 지금까지도 지워지지 않고 남아 있다."3)

② 근고에 와서 미타전은 허물어졌으나 절만은 아직도 홀로 남아 있다.

세간에 전하는 말에는, "태종이 삼국을 통일한 후에 병기와 투구를 이 골짜기 속에 감추어 두었으므로 무장사라 했다."고도 한다.4)

③ 서로 전하여 이르기를, '의자왕과 여러 후궁들이 화를 면하지 못할 것을 알고 차라리 자진을 할지언정 남의 손에 죽지 않겠다.' 하여 서로가 이끌고 와서 강물에 몸을 던져 죽었으므로 속칭 "타사암이라 한다."고 했으나, 이것은 세상에 전하는 말이 와전된 것이다.5)

④ 신라 때 이후로 소사로 되어 있다. 산 위에 사당이 있는데 매년 봄과 가을에 왕이 향과 축문을 보내어 제사를 지낸다. 현종 2년(1011) 거란병이 장단악 사당에 이르렀을 때, 마치 군기와 군마가 있는 듯이 보여, 거란병이 겁을 내어 감히 더 침입하지 못했으므로, 왕이 사당을 복구하여 귀신에게 보답케 했다. 세상에 전하기를 신라인이 당나라 장수 설인귀를 모셔 산신으로 삼았다고 한다.6)

위의 예들에서 '언' 자의 쓰임을 보면 모두로 '전해 내려오는 말 혹은 이야기' 곧 '전설'을 뜻한다. 그러나 '언諺' 자는 흔히 같은 음이나 뜻을 지닌 '어'나 '언言' 자로 바뀌어 쓰이기도 했다. 다음 예들이 그러하다.

주인은 그녀가 자신의 직분에 맞지 않게 하는 짓을 못 마땅히 여겨 곡식 두 섬을 하룻밤 동안에 다 찧게 했는데, 계집종은 초저녁에 다 찧어 놓고 절에 가서 염불했으며(속담에 "제 일이 바빠 큰댁 방아 서두른다"는 말이 여기에서 나왔다.) 밤낮으로 조금도 게을리 하지 않았다.7)

---

3) '鷄林之北岳 曰金剛嶺 山之陽有柏[栢]栗寺 寺有大悲之像一軀 不知作始 而靈異頗著 或云 是中國之神匠 塑衆生寺像時幷造也 諺云 此大聖曾上忉利天 還來'(『삼국유사』 권3 탑상塔像4 백률사柏栗寺).

4) '近古來殿則壞圯 而寺獨在 **諺傳**太宗統三已後 藏兵鍪於谷中 因名之'(『삼국유사』 권3 탑상4 무장사미타전鍪藏寺彌陀殿).

5) '相傳云 義慈王與諸後宮 知其未免 相謂曰 寧自盡 不死於他人手 相率至此 投江而死 故俗云墮死岩 斯乃**俚諺**之訛也'(『삼국유사』 권1 기이紀異1 태종춘추공).

6) '自新羅爲小祀 山上有祠宇 春秋降香祝行祭 顯宗二年 以丹兵至長湍嶽神祠 若有旌旂士馬 丹兵懼而不敢前 命修報祀. **諺傳**羅人祀唐將薛仁貴爲山神云'(『고려사』 권56 지지10 지리1).

특히 이 예는 우리나라 최고의 속담 자료로서 널리 알려진 것이지만, 편찬자의 주석 속에 쓰인 이 말은 당시 '속담'에 비견되는 '이언'이라는 장르 명칭을 가리킨 것이라기보다는 단순히 '세상에 전하는 말'이나 '전설'을 지칭한 말로 생각된다.

이언이나 이어가 '세상에 전하는 말'에서 나아가 '우리말'의 뜻으로 사용된 예도 많이 찾을 수 있다. 물론 양자는 같은 의미라고 볼 수도 있으나, 위의 예들이 특정한 이야기를 담고 있는 서사의 틀을 보이고 있는 것이라면, 이 경우는 단지 어휘적 차원의 것이라는 점에서 구별된다.

(1) 이로부터 나라의 풍습에 해마다 정월 상해, 상자, 상오일에는 모든 일을 조심히 하고 감히 움직이는 것을 삼갔다. 그리고 15일을 오기일이라고 하여 찬밥으로 제사를 지냈는데 지금까지도 이를 행하고 있다. 이언에는 이것을 '달도'라고 하니 이는 곧 슬퍼하고 조심을 하며 모든 일을 금하고 꺼려 한다는 뜻이다.[8]

(2) <고려(사)> 속악고에 여러 악보가 실려 있다. 그 <동동> 및 <서경> 이하 24편은 모두 이어로 쓰여 있다.[9]

(3) 왕이 그것을 쪼개려 하였으나 깨뜨릴 수가 없었으므로, 마침내 그 어머니에게 돌려 주었다. 그 어머니가 그것을 감싸서 따뜻한 곳에 두니, 한 사내아이가 껍질을 깨뜨리고 나왔다. 그의 골격과 외모가 뛰어났다. 그의 나이 7세에 보통 사람과 크게 달라서 스스로 활과 화살을 만들어 쏘았는데 백발백중이었다. 부여 속어에 활을 잘 쏘는 사람을 '주몽'이라 하였기 때문에 이로써 이름을 지었다고 한다.[10]

---

7) '主憎其不職 每給穀二碩 一夕舂之 婢一更舂畢 歸寺念佛'(**俚言**己事之忙 大家之舂促 蓋出乎此] 日夕微怠'(『삼국유사』 권5 감통感通7 욱면비염불서승郁面婢念佛西昇).

8) '自爾國俗 每正月上亥上子上午等日 忌愼百事 不敢動作 以十五日爲烏忌之日 以糯飯祭之 至今行之 **俚言**怛忉 言悲愁而禁忌百事也'(『삼국유사』 권1 기이1 사금갑射琴匣).

9) '高麗俗樂考諸樂譜載之 其動動及西京以下二十四篇皆用俚語'(『고려사』 권71 지25 악樂2 속악).

10) '王欲剖之 不能破 遂還其母 其母以物裹之 置於暖處 有一男兒 破殼而出 骨表英奇 年甫七

(4) '아사'는 우리말로 '아홉[九]'를 뜻하고, '달達'은 우리말로 '달[月]'을 뜻한다. '아사달'을 '구월산'이라 함은 딱 들어맞는 것이다.[11]

(5) 우리말로 '모란꽃'을 '함박꽃'이라고도 한다.[12]

이들 예에서 '이어', '이언', '속어', '속언' 들은 모두 '말'이란 뜻을 가졌다. 특히 '속어'의 경우는 '속담'에 매우 유사한 것이면서도 의미의 차이는 분명해 보인다.

또한 다음 인용문에서 '비언'의 경우를 보자.

(1) 임금이 웃으며 말하기를 비언에 이런 이야기가 있다. 옛날 혀가 짧은 사람이 있었는데, 남에게『맹자』를 가르치다가, '수'자를 '두'라고 읽으며 말하기를, "나는 비록 '두'라고 읽지만, 너는 어찌 '두'라고 읽느냐?"라고 했다는 것이다. 이제 대간이 한 말은 바로 이와 똑같은 것이 아니냐?[13]

(2) 전해 오는 말에 의하면, 충주에는 '삼다'라는 것이 있으니 '석다'·'인다'·'언다'가 그것이다.[14]

여기에서 '비언'이나 '속언'은 바로 '민간에 전해오는 말', 나아가서는 '옛날이야기'를 가리킨 것이다. 곧 '전설'이나 '민담'의 뜻으로 사용한 것이다. 결론적으로 말하여 근대 이전까지는 속담이란 용어가 쓰인 예를 그다지 찾을 수 없고, 이와 유사한 의미를 지닌 낱말들도 그 속뜻은 매우

歲 嶷然異常 自作弓矢 射之 百發百中 扶餘**俗語** 善射爲朱蒙 故以名云'(『삼국사기』 권13 고구려본기 제1).

11) '阿斯者 **俗諺**九也 達者 俗諺月也 以九月山當之者近是'(이익李瀷[1681~1763], 『성호선생전집星湖先生全集』 권26 서書 답안백순答安百順 병자丙子). (이하 원문 해석은 대체로 '한국고전번역연구원' 사이트의 것을 사용했음을 밝혀둔다.)

12) '**俚言**呼牧丹曰 含朴'(이인상李麟祥[1710~1760], 『능호집凌壺集』, '유태백산기遊太白山記').

13) '上笑曰 **鄙諺** 古有舌短者 敎人孟子 而讀叟爲杜曰 我雖讀爲杜 汝何讀爲杜云矣? 今臺言, 正類是也'(『승정원일기』, 영조 23년[1747] 10월 12일).

14) '**俗諺**相傳曰 忠邑有三多 石多人多言多'(이규경李圭景[1788년~?], 『오주연문장전산고五洲衍文長箋散稿』, 천지편天地篇 지리류地理類 주군州郡 충주형승변증설忠州形勝辨證說).

달랐다고 할 수 있다.

전승적인 언술 가운데 속담과의 구분이 매우 애매한 것으로는 금기어[속신어俗信語]일 것이다. 금기어 역시 무엇인가 경험을 바탕으로 하고 있고, 교훈을 목적으로 한다는 점에서는 속담과 다를 바 없다. 예컨대 '문지방에 걸터앉지 마라', '방안에서 우산 펴지 마라'는 민간에서 전해지는 신앙어라는 점에서 '속담'일 수가 있는 것이다.

(1) 정초와 신상 등은 아뢰기를, "매를 바칠 시기가 아닌 것이 첫째의 옳지 못한 것이요, 귀한 물건이 아닌 것이 둘째의 옳지 못한 것이요, 쌍의 수효가 적은 것이 셋째의 옳지 못한 것이요, 속언에, '흰 매[백응白鷹]는 오래 살지 못한다.'고 하는데, 지금 바치는 것은 모두 흰 매이니, 넷째의 옳지 못한 것입니다."15)

(2) 『유양잡조』에 이르기를, 고양이의 눈은 맑은 날 아침에는 동그랗지만, 정오에 이르면 한 곳으로 모아져 길쭉하게 된다. 그 코는 늘 차나 오직 여름 하지 하루 동안은 따뜻하다. 속언에 '고양이가 낯을 씻다가 귀 아래까지 내려가면 손님이 이른다'고 하는데 이 이야기는 매우 오래된 것이다.16)

(3) 속언에 '섣달그믐에 잠을 자면 양 눈썹이 새하얘진다'고 한다.17)

그러나 이들 예에서 쓰인 '언'이나 '속언'은 엄격히 말하면 '속담'이 아니다. 왜냐하면 속담이란 비유적 수법으로 사용되는 것인데, 위의 예들을 보면 다만 속신을 말할 뿐이지 비유가 내포되어 있는 것은 아니기 때문이다. 따라서 이들을 어떤 다른 경우에 전용해 쓸 수 있는 것은 아니다.

---

15) '招[刑曹參判鄭招]・商[禮曹判書申商]等曰, "進鷹非時 一不可也 非貴品 二不可也 連數小 三不可也 **諺謂**白鷹不壽 今所進皆白鷹 四不可也'(『조선왕조실록』 세종 9년 정미[1427] 2월 24일).

16) '酉陽雜俎曰 猫目晴朝晝圓 及午竪斂如綻 其鼻常冷 唯夏至一日暖 **俗言**猫洗面過耳則客至 云 其說亦久矣'(이수광李睟光[1563~1628], 『지봉류설』 권20 금충부禽蟲部 수獸).

17) '**諺傳** 除夜睡 兩眉皆白'(홍석모洪錫謨, 『동국세시기東國歲時記』[1849]).

한편 문학작품이나 일상생활 속에서 자주 사용되는 고사성어를 보자. 고사성어는 대체로 과거에 실제로 있었다고 여겨지는 이야기들에 근거한다. 우리의 경우는 국내는 물론 역사적으로 문화적 교류가 지대했던 중국의 고사들이 빈번히 인용되었으므로, 그 영향은 실로 막대했다. 오랜 세월을 통하여 중국 고사는 문헌에서 구전으로, 상층에서 하층으로 전이轉移되었다. 고사 중에는 당초의 성현들이나 위인의 언행이었던 것이 시대가 흐름에 따라 점점 속담으로 변한 경우도 적지 않다.

속담이란 용어가 본격적으로 사용되기 시작한 것은 20세기 이후라고 할 수 있다. 이 시기 이전에는 '언諺'을 비롯하여 '어語'·'언言'과 결합한 '속俗'·'비鄙'·'이俚'·'이里'·'향鄕' 등이 주로 사용되었으나, 이들 용어들이 언제나 지금과 같은 '속담'을 지칭한 것은 아니며, 전설이나 속신어俗信語, 또는 우리말 따위를 폭넓게 가리키는 말이었다. 이 중에서 가장 빈번히 쓰인 것은 '언諺'계의 것이다. 참고로 한국고전번역원과 국사편찬위원회 사이트의 고전문헌 검색 기능을 이용하여 관련 어휘를 찾아본 결과를 통계로 제시하면 다음과 같다.

	문집총간	국학원전	국역총서	왕조실록	승정원일기	일성록
동언東諺	11	1	0	0	0	0
비언鄙諺	35	9	0	1	54	0
속담俗談	19	4	9	7	61	0
속어俗語	186	36	63	18	62	0
속언俗言	113	28	12	9	35	0
속언俗諺	61	13	15	18	35	0
언소위諺所謂	121	7	0	0	0	0
언왈諺曰	180	35	2	1	145	0
언유지諺有之	25	2	4	0	12	1
이언俚言	32	5	2	6	6	4
이언俚諺	45	7	2	1	8	2
이언里諺	13	0	1	2	5	0
상담常談	296	19	24	19	582	0

위의 자료들을 찾아 확인할 수 있는바 이들 모두가 속담은 아니며, 오히려 속담이 아닌 경우가 더 많음을 알 수 있다. 단 '언諺'의 경우는 그래도 대체로 속담을 가리키는 경우가 매우 많다. 물론 문집의 경우 위의 양 사이트에 올라 있는 것은 극히 일부분이므로, 앞으로 문집이나 그 밖의 문헌 조사를 통하여 우리는 훨씬 더 많은 속담 자료를 얻을 수 있을 것임은 분명하다. 그리고 위 도표에 든 용어 외의 다른 검색어로 찾을 수 있는 자료들도 있을 것이며, 아예 특별한 용어를 사용하지 않고 속담 자료를 사용한 경우도 매우 많기 때문에, 전대 문헌에서 확인할 수 있는 속담 자료의 수는 실로 상당수에 이른다. 한편 위 표에서 보인 '국학원전'과 '국역총서'는 중복되는 것이 많지만, 그렇지 않은 경우도 적지 않으며, '국역총서'의 경우는 역자가 원전의 용어를 임의로 번역 — 예컨대 원전의 '이어'를 번역에선 '속담'으로 번역하는 식 — 한 경우나 번역자가 붙인 각주 속에 나타나는 경우도 있기 때문에 용어만 보고 확단하기는 어렵다. 그리고 『승정원일기』와 『일성록』은 현재 전질의 내용이 입력된 것이 아니므로 부분적인 검색만을 할 수 있기 때문에18) 현재로서는 사실에 가까운 통계수치조차 제시할 수 없으며, 이는 원전 입력이 모두 이루어진 후에야 가능할 것이다.

조선조에서도 '속담'이란 용어가 사용된 예는 별로 찾을 수 없다. 필자가 과문천식寡聞淺識한 탓인지는 몰라도, 위 통계에 나타난 '속담'이라는 말이 쓰인 경우는 대부분 원전의 '언'자를 번역자가 임의로 '속담'으로 바꾸어 놓은 것이며, 나머지 '속담'으로 되어 있는 것도 실은 '세상에 전하는 말'이나 '민간의 말' 정도의 뜻을 가진 단어로만 사용되었을 뿐, 실제의 속담이 거론되고 있는 경우는 거의 없다. 필자가 찾은 유일한 예는 『승정원일기』 영조 49년(1773) 5월 6일자의 다음 예뿐이다.

---

18) 『승정원일기』는 인조~고종, 『일성록』은 정조 1~4년 및 10~11년까지만 검색이 가능하다.

근래에 봄비가 지나쳐서 여름철 농사가 한참인 때면 논이 수렁이 될
정도입니다. 신이 천하고 잡스럽긴 합니다만 속담으로써 아뢰겠습니다.
신이 일찍이 들은 속담에 의하면, '봄비가 잦으면 부녀자의 씀씀이가 헤
프다'고 합니다. 이 말은 대개 소비가 지나쳐 살림이 줄어든다는 뜻을 이
른 것입니다.[19]

이 인용에 나타난 속담은 장령掌令 신응삼辛應三이 영조에게 한 말 속에
서 나타난 것이다. 이 속담의 사용은 1403년 권근權近(1352~1409)이 지은
'계미정월이십삼일대우癸未正月二十三日大雨'라는 시에 '이언비방낭수대俚諺比
方娘手大'[20]라 한 것에서 찾아볼 수 있고, 중종 때 어숙권의 『패관잡기』 권
4에도 '쓸데없이 해롭기만 함'을 뜻하는 속담 9개를 드는 가운데 '춘우삭
래春雨數來'를 들고 있다. 또한 영조 다음 임금인 정조도 같은 속담을 임금
스스로 언급하고 있어 자못 흥미롭다.

임금이 말하기를, "봄비가 이처럼 작년 겨울 오랜 가뭄 때문인 듯하다.
속담에 말하기를 '봄비가 잦은 것은 주부의 손포가 큰 것과 같다'고 했는
데, 해를 이어 점점 더하니 금년 일은 참으로 염려된다."[21]

앞서 든 영조 때의 기사를 제외하면 『패관잡기』를 비롯하여 정조 때의
기사, 『동언해』 모두가 '속담'이 아닌 '언'으로써 표기하고 있음을 알 수
있다. 이로써 보면 개화기 이전에는 속담이란 말이 아직 익은 단어로써
쓰이지 않았던 데 비해, '언'이 보편적으로 쓰였음을 알 수 있다.

한편 '상담常談'의 예는 얼핏 보아 '상말/쌍말'(상스런 말)로 생각하기

---

19) '近來春雨則或過 而當夏劇農之節 反有靳澤之歎 臣以俗談仰達 殊涉猥屑 而竊嘗聞**俗談曰**
　　春雨之頻數 婦女之手闊 蓋謂過費而還縮也'(『승정원일기』 영조 49년[1773] 5월 6일).

20) 『양촌선생문집陽村先生文集』 권9 시 '계미[1403]정월 23일'.

21) '上曰 春雨如是頻數 似是昨冬久旱之致 **而諺曰** 春而雨頻 如婦而手闊 連年稍登之餘 今
　　年年事 誠可慮也'(『승정원일기』 정조 5년[1781] 2월 10일). 편자미상의 『동언해東
　　言解』에는 '봄비가 잦으면 마누라 손포가 커진다(춘우빈실처수대春雨頻室妻手大)'고
　　되어 있다.

쉽다. 그러나 위의 도표에서도 알 수 있는 바와 같이, 이 용어는 가장 높은 사용례를 보이고 있기는 하지만, 그 실제의 뜻을 확인해 보면 거의 모두가 '일상적인 말'을 의미한다. 그리고 속담의 뜻을 나타낸 경우도 드물다. 조경남趙慶男의 『속잡록俗雜錄』에서 하나의 예를 들면, "주상께서는 인덕이 매우 높으시와 법을 왜곡하고 정을 따르셨는데, 흉역의 진술이 모두 한 사람의 입에서 나오듯 하니, 상담에 이르기를, '효도란 온갖 행실의 근원이다.' 하였은즉 지난 일을 가지고 본다면, 이것을 차마 할 수 있다면 무엇인들 차마 할 수 없으랴."22)라 한, 자전慈殿(인목왕후仁穆王后)의 말에 나온 '상담'은 문자 그대로 '늘 하는 말'을 뜻하는 것이지 속담을 이른 말은 아니다. 『영조실록』에 나타나는 몇 가지 예를 더 들어보겠다.

(1) 임금이 말하기를, "상담_{常談}에, '가정 안의 아름답지 못한 일은 외부 사람들에게 말하지 않는다.' 하였다."23)

(2) 내가 생맥산을 복용할 적에 오미자의 빛깔이 자색이었기 때문에 웃으면서 말하기를, "'상담에 다병을 주병으로 여긴다.' 하였었는데, 내가 이것을 마신 것을 가지고 사람들이 혹은 술을 마신다 한 것인가?"24)

(3) 경종과 대비께서 믿는 바는 다만 나뿐이었는데, 춘추가 그리 높지 않으셨는데도 갑자기 이 지경에 이르렀으니, 상담에 이르기를, '양자로서 만일 효도를 다한다면 기출이 아니더라도 기출과 같다.'고 하였는데, 오늘날 행할 수 있는 예절은 마땅히 다 해야 할 뿐이다.25)

---

22) '主上仁德甚高 屈法伸情 而凶逆之招 如出一口 常談曰 孝者百行之源 以往事觀之是可忍也 何者不可忍也'(조경남의 『속잡록』).

23) '上曰 : "**常談** 家間不美之事 不說於外人 向來宦寺之事 予之所以不卽言者 非優游不斷也 乃由於不忍言之故也'(영조 5년 기유[1729] 8월 29일[신미]).

24) '上曰 : "予服生脈散 五味子色紫 故笑曰 **常談**以茶瓶爲酒瓶' 予飮此 人或謂飮酒耶?'(영조 5년 기유[1729, 옹정 7] 12월 9일[기유]).

25) '上曰 : "景廟與大妃所侍者惟予 而春秋未高 遽爾至此 **常談**云 '養子若盡其孝 非己出而猶己出' 今日可行之禮, 惟當盡爲矣'(영조 6년 경술[1730, 옹정 8] 7월 15일[임오]).

위에서 영조가 '상담'이라 한 말들은 '일상적인 말'을 들어 한 말이지, 속담을 인용한 것이라 할 수는 없다. 이들은 일상적 교훈이나 언어를 반복한 것일 뿐, 속담의 커다란 특성인 비유적 수법이 보이지 않는 것이다.

'상담'이 '속담'의 뜻에 걸맞게 사용된 예는 이규경李圭景의 『오주연문장전산고五洲衍文長箋散稿』나 유계兪棨(1607~1664)의 『시남집市南集』에서 찾을 수 있다.

(1) 비언은 오늘날의 세상에서 말하는 상담이다. 사마자장(사마천司馬遷)이 『사기』를 지을 때 비언을 잘 인용하곤 했지만, 그 이전에 소진과 장의 같은 변사들도 곧잘 비언을 쓰곤 했으며, 이들은 그때의 상담이어서 지금으로 말한다면 격언 아닌 것이 없다. 소진이 인용한 비언으로는 '소꼬리가 될지언정 닭의 입은 되지 마라'는 것이 있고, 사마천이 인용한 비언으로는 '소매가 길면 춤추기 좋다'·'밑천이 많아야 장사도 잘한다'[26]·'소에게 붙은 등에는 잡아도 서캐와 이는 잡지 못한다'는 것이 있다. 또 한나라 성제가 인용한 언어인 '고기를 먹는데 말간을 먹어보지 못했다(고하여 맛을 모른다고 할 수는 없다)'[27]와 『골계전』에 사용된 언어들에 이르러는 격언의 문장 아님이 없다.[28]

(2) '3일공사'란 참으로 우리나라 민간의 상담이다.[29]

이 인용례들에서 '비언'·'상담'·'언어' 들은 모두 '속담'의 뜻을 지녔

---

26) 『한비자』에 들어 있다.

27) 『사기』 유림전儒林傳에 나오는 말로, 원전에는 '식육불식마간미위부지미食肉不食馬肝未爲不知味'로 되어 있는데, 한국고전번역원의 '문집총간'조를 검색해 보면, 조선 조의 9개 문집들에 인용되어 있음을 알 수 있다.

28) '**鄙諺** 即今俗所謂**常談**也 司馬子長好引用之作史 而子長之先 蘇秦·儀好辯之士 每用鄙諺 酒當世之常談 以今看之 則無非格言 如蘇秦所引鄙諺 有寧爲雞口 勿爲牛後 子長所引鄙諺 長袖善舞 多錢善賈 搏牛之蝱 不可以破蟣蝨 至於漢成帝 引**諺語** 食肉不食馬肝 及史之滑稽 傳所用諺語 莫非格言之有文章者'(『오주연문장전산고』 시문편 논문류 문자 유언·비언변증설荐言鄙諺辨證說).

29) '三日公事 固是東野常談'(유계兪棨[1607~1664], 『시남선생별집市南先生別集』 권4 서書 여송영보서與宋英甫書).

다. 다만 예거한 말들이 모두 역사적 인물들의 발언으로 여기고 '격언格言'과 동등한 것으로 본 것에서, 출처를 알 수 없는 민간 전래의 속담들과는 다르게 보고 있음을 짐작할 수 있다.

일반적으로 '언諺'이나 '비언鄙諺'·'속언俗諺'·'이언俚諺' 등에 대한 느낌은 대체로 '낮거나' '천하다'는 것과 관련있는 듯하다. 이러한 생각은 언문諺文의 예나 비鄙·속俗·이俚의 훈訓으로써 생각한다면 그럴 법도하다. 그러나 이들 어휘는 결코 사전적인 정의 그대로 '상말, 속된 말, 속어'를 뜻하였다고 볼 수 없다. '향가鄕歌'가 결코 '천한 노래'·'낮은 노래'를 뜻하였다고 볼 수 없듯, 이들도 낮거나 천한 말을 뜻한 것이 아니라, 생활어인 '우리말'을 가리키는 내포적인 의미를 지녔던 것으로 볼 수 있는 것이다. 이 점은 이들 용어가 쓰인 문맥을 분석해 보면 확연히 드러나며, 나아가 과거 지식인층의 속담에 대한 관심이 지대하였을 뿐만 아니라, 지식인층이 자신의 언술 속에 속담을 즐겨 포함 사용했음에서도 확인된다.

평서민이나 천인들이 사용한 속담에 대한 기록은 남아 있지 않아 알 수 없으나, 상층 계급들의 속담 사용 기록들은 꽤 많이 남아 있으므로 그 대강을 살필 수 있다. 문헌을 상고詳考한바 일반 양반들의 속담 사용은 그렇다 하더라도, 군왕들의 빈번한 속담 사용은 정말 뜻밖이라고 하지 않을 수 없다. 아래 통계에서도 알 수 있는 바와 같이 제왕 중 특히 영조나 정조와 같은 임금은 속담에 대한 상당한 지식을 가지고 있었음을 알 수 있다.

태종	1	세종	4	세조	4
연산군	9	중종	2	선조	8
광해군	4	인조	2	효종	3
현종	1	숙종	6	경종	1
영조	137	정조	37	순조	1

위의 통계로만 보면, 예컨대 연산군이 여러 속담을 사용한 것처럼 보이나, 실은 아홉 번 모두 '투서기기投鼠忌器'(쥐를 때려잡고 싶어도 그릇 깰

까 못한다.)는 중국 기원의 속담을 쓴 것이다. 세종의 4회 사용도 '투서기기'가 두 번, '아국지국我國之法 삼일이폐三日而廢'(우리나라의 법은 삼일이면 없었던 것으로 된다.)라는 속담[언諺]이 한 번, '임금은 항상 깊은 궁안에 있으므로 바깥사람과 서로 보지 못하게 하는 것이 좋다. 만일 대낮에 밖에 나오면 그 나라에 흉한 일이 생긴다.'(人君長在深宮 不令外人相見可矣 若於白日出外 則其國有凶)는 고언古諺이 한 번이다. 이 중 '아국지법 삼일이폐'라는 속담은 분명 우리나라 고유의 것이 분명한데, '삼일공사三日公事'·'고려(조선)공사삼일高麗[조선朝鮮]公事三日'·'조선지법삼일朝鮮之法三日'·'조선지법삼일이지朝鮮之法三日而止'·'고려정령삼일高麗政令三日'·'고려지정불과삼일高麗之政不過三日'·'고려백천사지가삼일高麗百千事只可三日' 등의 어구로, 문헌의 예만 하여도 39회나 찾을 수 있다. 그만큼 조정의 정령변개가 심했음을 반증하는 것이리라. 영·정조가 속담을 빈번히 사용했음은 우선 두 임금의 재위 연대가 각각 52년과 24년에 이르는 장기 집권이었던데다가, 무엇보다도 방대한 양의 『승정원일기』를 검색할 수 있었기 때문으로 여겨진다. 더구나 당대에는 '실학'이 성해진 반면 임금이 '문체반정文體反正'을 공론하였을 정도로 점점 구어체의 사용이 빈번해졌던 것과도 무관하지 않을 것이다.

영조가 사용한 속담을 그 명칭에 따라 한 가지씩 예를 들어보면 다음과 같다.

(1) 비언에 말하기를 '새 법이 아무리 좋아도 옛법만 못하다'고 했다. (鄙言曰 新法雖好 莫如古法)

(2) 비언에 말하기를 '적게 먹고 적게 싸라'고 했다. (鄙諺云 小食細下)

(3) 속언에 이르기를 '가는 해를 붙잡아 둘 수는 없다'고 했다. (俗諺曰 日不可繫置)

(4) 언에 이른바 '몽둥이가 가벼운 소치'라는 것이다. (諺所謂椎輕之致)

(5) 언에도 '믿는 나무에 곰 피었다'라는 말이 있다. (諺有之 信木生苺)

(6) 이언에도 '나락을 벤 후에야 먹는다'고 한다. (里諺曰 刈而後食)

(7) 이언에서 말하는 바처럼 '꿈에도 모르는 일'이다. (俚語所謂夢寐所不知事)

(8) 이언에 '양반은 비록 굶는 한이 있더라도 걸식하지는 않는다'고 했다.
(俚諺 兩班雖餓 而不乞食)

물론 이들의 경우에서 속담의 이칭은 별 의미가 있어 보이지는 않는다. 왜냐하면 이들 명칭을 임금이 실제로 구별해 썼다기보다는, 구어를 받아 적은 史官이 임의로 기록한 것이기 때문이다. 그렇다 하더라도 당시에 속담을 어떻게 불렀으며, 그 성격을 어떻게 이해하고 있었는가를 엿보는 데는 상당히 도움이 되는 자료들이라 하겠다.

다음은 영조의 속담 인용례 중 가장 많이 나타나는 '언왈' 운운의 것 중 지금까지도 널리 사용되는 몇몇 예들을 보인 것이다.

(1) 언인지사역言人之事易 (남의 말하기는 쉬운 법이다.)

(2) 독장난명獨掌難鳴 (외손뼉이 소리나랴?)

(3) 초문정승부인지사初聞政丞夫人之死 급급치왕急急馳往 급문정승지상출及聞
政丞之喪出 즉완완이래則緩緩而來 (정승부인이 돌아갔다고 하면 급히 달려가지만 정승이 돌아갔다면 천천히 간다.)

(4) 장자당부長者當負 (어른이 져야 한다.)

(5) 무경야지수無經夜之讎 (날 샌 원수 없다.)

(6) 부로칙위고婦老則爲姑 (며느리가 늙어 시어머니가 된다.)

(7) 춘우부절春雨不節 (봄비는 철이 없다.)

(8) 설하유부舌下有斧 (혀 밑에 도끼 들었다.)

(9) 불위승발검不爲蠅拔劍 (파리 보고 칼 빼어들지 않는다.)

(10) 경전하사鯨戰蝦死 (고래 싸움에 새우등 터진다.)

(11) 다상좌칙파부多上佐則破釜 (상좌가 많으면 솥이 깨진다.)

(12) 말내불가번시襪內不可翻示 (버선목도 뒤집어 보이지 못한다.)

(13) 식여분이생천년호食汝糞而生千年乎 (네 똥 먹고 천년을 사느냐?)

영조가 속담을 많이 알고 있었으며, 또 실제로 언어생활에서 이를 잘

구사하였음은 현재까지 찾아낸 140여 개의 많은 속담 사용례들이 증명해 준다. 특히 영조는 지존至尊으로서는 입에 담기 어려운 야비한 속담까지 군신들 앞에서 사용했다는 점이 매우 흥미롭다.

그렇다면 과거 군왕이나 상층의 지식인들은 속담을 왜, 어떤 경우에 사용하였을까? 그 경위를 엿보기 위하여 위 ③의 자료를 좀 더 자세히 보기로 하겠다. 『조선왕조실록』 권25, 영조 6년 2월 5일조를 보면 이 날 큰 지진이 있었음을 알 수 있다. 그리하여 영릉 행행을 중지하고, 대소 공사를 승정원에 보류해 두라는 사간원의 계啓가 있자, 영조는 다음과 같이 답하였다.

> 오늘 궁 밖의 여러 신하들은 집에서 자손을 안고 희롱하며 편히 누워 궁에 들어오는 자가 없었다. 언에 이르기를, '정승부인이 돌아갔다고 하면 급히 달려가지만 정승이 돌아갔다면 천천히 간다'고 했는데 이 말은 참으로 빈말이 아니다.30)

또 기우제 지내기를 주장하는 신하에게는 신중히 할 것을 당부하며 속담을 인용하여 말했다.

> (가뭄으로) 지난 해 이미 큰 살상을 보았는데 올해 또 흉년이 든다면 다만 백성들이 살 수 없을 뿐만 아니라 나라가 지탱할 수 없는 것이다. 인애스런 하늘이 어찌 이에 이르렀을꼬? 언에 말하기를 '바야흐로 비가 오려는데 기우를 하면 비가 오지 않는다'함은 대개 그 성실치 못함을 나무란 것이다. 만약 조금 가문다고 해서 기도함을 예사로 하면 이는 성실치 못한 것이고 도리어 폭우를 만날 것이다.31)

---

30) '今日在外諸臣 抱子弄孫 安臥其家 無一人入來者 諺曰 初聞政丞夫人之死 急急馳往 及聞政丞之喪出 則緩緩而來云者 眞不虛也'(『승정원일기』, 영조 6년 2월 5일).

31) '念去年旣大殺 今年又失稔 則不惟民無孑遺 國將不得支矣 仁愛之天 豈至於此乎? 諺曰 將雨而祈雨 則不雨 蓋譏其不誠也 如以稍旱 軏事祈禱 則是不誠實 而反歸煩瀆矣'(『승정원일기』 영조 8년 윤5월 25일).

다음은 하인을 꾸짖는 상전의 태도에 대한 당부다.

> 임금이 말하기를, 언에 '꾸짖는 것도 때가 있어야 한다'고 했다. 상전된 자가 꾸짖을 때를 가려 꾸짖어야 노복이 두려워하지, 꾸짖음이 너무 잦으면 도리어 희롱처럼 돼 버리는 것이다.[32]

이처럼 임금의 속담 사용은 경연經筵 석상에서나 혹은 상소문이나 신하들의 주언奏言에 대한 비답批答에서 많이 나타나고 죄인 국문시鞫問時에도 사용되었다. 아마 속담은 실생활에서도 애용되었으리라 여겨진다. 임금으로서 신하나 백성들을 교시함에 속담은 격언이나 마찬가지로 효과적이었을 것이다.

속담이 경험적 사실에서 이루어진 언술로서, 유사한 국면에 전용되어 비유적 표현으로 사용되며, 문학적 양식으로는 가장 짧은 것이라 함은 새삼 말할 것도 없다. 따라서 이 양식은 인류가 언어생활을 영위하기 시작한 초기부터 서서히 형성되어 전승되었을 것으로 생각한다. 하지만 그것은 구비로 전승되었기 때문에 이를 확인할 도리는 없고, 후대에 이루어진 문헌 기록을 통하여 단편적인 편린을 엿볼 수 있을 뿐이다. 우리는 상대上代의 성현들이 남긴 경전 속에서도 많은 속담의 예들을 찾아볼 수 있는데, 이들이 자신의 창안인지 혹은 전승의 인용인지는 알 수 없다.

(1) 『공자가어孔子家語』 : '물이 너무 맑으면 물고기가 없고, 사람이 너무 살피면 따르는 무리가 없다.'(수지청즉무어 인지찰즉무도水至淸則無魚 人至察則無徒)[33]

(2) 『노자老子』 '금과 옥이 집에 가득하다'(금옥만당金玉滿堂) : '큰 그릇은 늦게 이루어진다.'(대기만성大器晩成)

---

32) '上曰 諺有之 申飭有時爲之 可也 爲上典者 時其申飭 而申飭則奴僕畏之 過於煩數 則還似 譏弄矣'(『승정원일기』 영조 13년 1월 2일).

33) 『사기』 동방삭전東方朔傳에도 보인다.

　(3) 『열자列子』 : ‘신묘神廟를 들어가면 귀신이 보이는 것 같고, 짐승 잡는
　　　집을 지나가면 털방석이 생각나고, 매화를 보면 이가 시어진다.’
　(4) 『한비자韓非子』 ‘멀리 있는 물은 가까운 불을 끄지 못한다.’(원수불구
　　　근화遠水不救近火) : ‘털을 불어 흠을 찾는다.’(취모멱자吹毛覓疵)
　(5) 『회남자淮南子』 ‘뱃전에 표시를 해 두고 물에 빠진 칼을 찾는다.(각주
　　　구검刻舟求劍’는 것과 ‘그림책을 들여다보며 천리마를 구한다.’(안도색
　　　기按圖索驥)

　우리나라에서 지식인이 속담에 대해 구체적인 관심을 보인 예는 조선
중기 성종조 어숙권魚叔權의 『패관잡기稗官雜記』에서 찾을 수 있다.

　　속담에 봄비가 자주 오는 것, 돌담이 배가 부른 것, 사발이 귀가 떨어
　진 것, 늙은이가 부랑한 것, 작은 아이가 입이 빠른 것, 중이 술에 취한
　것, 진흙 부처가 내를 건너는 것, 집 주무가 손이 큰 것, 도시락을 먹는
　데 소리가 나는 것으로 쓸모없는 일을 삼는다. …… 우리나라 속담에 일
　이 서로 맞지 않는 것을 일러 말하기를, ‘초헌에 말 채찍, 짚신에 징, 거
　적 문에 쇠 지두리, 사모에 영자, 삿갓에 털이개, 중의 재에 춤’이라 하니,
　말은 비록 상스러우나 또한 족히 한 번 웃음거리는 된다.[34]

　『패관잡기』의 저자는 ‘쓸모없는 일’을 가리키는 속담 9개를 초들은 다
음[35] 중국의 이의산李義山(이상은李商隱)이 지적한 ‘살풍경한 일들’을 가리
킨 말―‘맑은 샘에 발 씻는 것’(청천탁족淸川濯足)・‘꽃 위에 잠방이를 햇
빛 쬐는 것’(화상쇄곤花上曬褌)・‘산을 등지고 누각을 세우는 것’(배산기루
背山起樓)・‘거문고를 태워 학을 굽는 것’(소금자학燒琴煮鶴)・‘꽃을 대하고

---

34) ‘諺以春雨數來 石墻飽腹・沙鉢缺耳・老人潑皮・小兒捷口・僧人醉酒・泥佛渡川・家母
　　手鉅・食簞有聲・爲無用之事 … 本國諺語 謂事之不相稱者 曰 軺軒馬鞭・藁履丁粉・薦
　　門鐵樞・紗帽纓子・蒻笠刷子・僧齋胡舞　言雖鄙俚 亦足以資一笑也’(『패관잡기』 권4. 『국
　　역 대동야승』 Ⅰ, 민족문화추진회, 1971, 역문 : pp. 530~531 ; 원문 : p. 775 참조).
35) 홍만종도 그의 저서 『순오지』에서 출전은 명기하지 않은 채 어숙의 속담 인례를 재
　　인용했는데, 다만 『순오지』에서는 ‘식단유성食簞有聲’의 예가 누락되었다.

차를 마시는 것'(대화끽다對火喫茶)・'소나무 사이에서 길잡이가 외치는 것'(송간갈도松間喝道)36)을 인용한 다음 우리나라 속담 중에 '일이 서로 맞지 않는 경우'를 가리키는 것들 여섯 개를 들었다. 이 글을 통하여 우리는 어숙권이 같은 경우를 알리는 속담을 여러 개 뽑아낼 정도로 당시 민간에는 많은 속담이 유전되고 있었음을 알 수 있다. 그는 속담에 대하여 '상스럽고', '족히 한번 웃음거리가 된다'고 하였지만, 이는 그만큼 속담이 실제 언어생활과 밀접한 관계가 있으며, 매우 재미있는 언어표현이라는 효용성을 가리킨 것으로 받아들여야 할 것이다.

정한강鄭寒岡 구述(1543~1620)는 <함주지 서咸州志序>에서 "이언속담은 오히려 세상 사람들을 가르치는 데 관련되는 것이므로 감히 사라지게 해서는 안 된다. …… 고을에서 찾을 수 있고, 적을 수 있고, 귀감이 되며, 경계가 되는 것은 이보다 더 나은 것은 없다."37)고 하였다. 물론 여기에서 말하는 이언속담이란 책의 성격상 전설과 같은 것에 무게가 실린 말이지만, 어쨌든 속담의 중요성을 잘 지적한 말이라 할 것이다.

우리나라에서 속담을 본격적으로 최초로 모은 현묵자玄默子 홍만종洪萬宗(1643~1725)의 『순오지旬五志』에는 총 151개의 속담이 실려 있다. 이 책은 자서自序에 나타나 있는 대로 '사가잡설詞家雜說 여항이어閭巷俚語'를 모은 것이다. 또한 자서나 백곡栢谷 김득신金得臣이 쓴 서문에 의하면, 이 책은 저자가 병으로 서호西湖에서 지내던 기미년己未年(1679) 겨울에 단 15일 만에 썼으므로, 서명을 『열자列子』에 나오는 '순오이반旬五而返'이란 말을 본떠 붙인 것이라고 한다. 하권 끝에 모아 붙인 속담의 숫자는 이본에 따라서 조금씩 차이가 보이는데, 김사엽・방종현 공편 『속담 대사전』38) 부록에 실린 자료에는 2자 속담인 '승소僧梳(중의 얼레빗)'로부터

---

36) 중국 만당晩唐 때의 시인 이상은(812~858)이 지은 중국 속담집 『잡찬雜纂』에 들어 있다.

37) '俚諺俗談 尙可爲世敎所關 則不敢遂爲之泯沒也 … 於是凡郡之可考可述可鑑可戒者 無復有餘蘊'(『한강집寒岡集』 권10 서 함주지서).

38) 『속담 대사전』(교문사敎文社, 1949). 단 이 책은 중간에 빠진 자료가 더러 있고 오자

시작하여 자수 순으로 속담을 싣고, 마지막으로 14자 속담 '견객용이표궤반見客容以瓢饋飯　견주객이수끽반見主客以手喫飯'(손님 보아 바가지로 대접하면, 주인 보아 손으로 먹는다)이란 것으로 끝난다. 이에 비해 태학사太學社에서 영인해 낸 『홍만종 전집』, 하권[39] 수록본에는 『속담 대사전』에 비하여 마지막에 '달야곡문수상達夜哭問誰喪'(밤새도록 울고나서 누가 죽었느냐고 묻는다)이라는 것이 더 있다. 또한 이민수李民樹 역본譯本 『순오지』[40]에는 『속담 대사전』본의 마지막 속담인 '견객용이표궤반見客容以瓢饋飯……'에 이어 첨부된 것으로 여겨지는 4자 속담 8개가 추가되어 있고, 몇 가지 방언에 대한 설명을 더한 뒤에, 마지막으로 '속담을 쓴 위의 부록으로 몇 가지 더 써놓았으나, 종이가 다한 까닭에 여기에 다시 쓴다'고 하고 14개의 속담을 덧붙여 놓았다. 결국 이 본에는 그 밖에 여러 곳에 삽입되어 있는 속담 자료까지 합하여 모두 170여 개의 속담이 수록되어 있는 셈이다.

　『순오지』에는 속담을 수록한 끝에 다음과 같은 후기가 붙어 있다.

> 　이 방언(속담)들은 모두 오늘날에 늘 사용되는 것들이다. 이것은 서울과 시골 각지에서 유행되는 방언을 모두 주워 모아 기록한 것이나 이로써 선배들의 문자에 기록된 방언을 이제 와서 비로소 알게 된 것도 많다. 이 같은 것은 생각건대 옛적에는 쓰기를 좋아했으나 오늘날에 이르러서는 쓰지 않는 것도 적지 않다. 그러니 내가 여기 기록한 것도 뒷사람들이 즐겨 쓸지는 어찌 알겠는가? 또 뒷날 사람들이 지금 보기를, 지금 내가 옛 사람 보는 것처럼 할지 누가 알겠는가?

　저자는 이 글을 통하여 자신이 수집한 속담들의 출처를 밝힘과 아울러 시대에 따른 속담의 부침浮沈을 예단豫斷하고, 나아가 속담의 중요성을 에

誤字도 적지 않은 편이다.
39) 『홍만종 전집』, 상(태학사, 1980), p. 119.
40) 『순오지』(을유문고 65, 을유문화사, 1971).

둘러 지적하고 있다. 이 책에는 매 속담마다 간단한 해설을 붙여 후대인
이 그 뜻을 이해하는 데 커다란 도움을 주고 있다는 점에서 추장推奬할
만하다.

　성호星湖 이익李瀷(1681~1763)은 『백언해百諺解』를 지어 총 389개의 속
담을 거두었는데, 전편이 4언 2구로 한역되어 있다는 점에서 특이하다.
또한 수록 편수로는 19세기까지에 이루어진 우리나라 속담집 가운데 최
대분량이라 할 수 있다. 이 책의 발문跋文을 살펴보기로 하자.

　　언은 거칠고 속된 말로서 부녀자와 아이들 입끝에서 이루어지고 위항
　간에서 행해지게 되었다. 인정을 살피고 일의 이치를 징험하여 골수에 사
　무치고 아주 작은 것까지 살필 수가 있다. 그렇지 않다면 그것이 어찌 유
　포되고 오래 전하여 없어지지 않음이 이 같을 수 있겠는가? 『시경』에 말
　하기를 '꼴 베는 사람이나 나무하는 사람에게 묻는다' 하니, 그들의 말은
　참으로 경전에 근거하여 뜻을 인용함이 없고 또 화려하게 채색하여 귀를
　기쁘게 하고 마음으로 탄상하게 함은 없지만, 채록하기만 한다면 어찌 실
　무에 적당하지 않겠는가? 저 경전에 보이는 '자기 곡식 큼을 알지 못한
　다'는 것 따위41)는 높이 올리고 후세 사람에게 퍼뜨리는 것이니, 이는 물
　어보기 위한 증좌인 것이다. 이로써 집안일과 나랏일을 처리하니 폐할 수
　가 없는 것이다. 진실로 말로써 도움되게 한다면 어찌 옛날과 지금, 또는
　성인과 어리석은 자의 구별이 있으랴? 언을 없앨 수 없음은 분명하다. 나
　는 일찍이 여항에서 들은 것이나 거리에서 들은 것을 그대로 적어 두곤
　했다. 한때의 방언이 오래 되면 원뜻을 잃을까 두려워하여, 거기에 몇 마
　디 풀이를 곁들여 제목을 붙여 '백언해'라 하니, 백은 큰 숫자를 뜻한 것
　이다.42)

---

41) 아래 주 46) 참조.

42) '諺者粗俗之談也　成於婦孺之吻　行於委巷之間　察之人情　驗之事理　有刺骨入髓　覈究乎毫
　芒之細者　不然其何能流而布之　傳久而不泯若是哉　詩曰詢于芻蕘　芻蕘之爲言　固無據典引
　義　增華飾彩　可以悅耳而賞心者　然且採之　豈非蹈于實而適乎務哉　其見於經則莫知苗碩之
　類　卽尊之丌上。播之後人。此爲詢之之證案　以之處家事措國政　要不可廢也　苟使言而裨益
　何有於古今聖愚之別　諺之不可沒也明矣　余嘗有聞於閭井　聞於行道　輒隨而錄之　旣而又懼
　夫一時方言　久或迷指　於是加之數語爲之解　目之曰百諺解　百者大數也'(『성호전집星湖全

이 글에 의하면 속담은 인정을 살피고 일의 이치를 징험하여, 집안일과 나랏일을 처리하는데 매우 유용한 것이라 했다. 심지어 성인의 말씀을 적은 경전의 말과 골목이나 거리 도처에서 듣게 되는 속담과는 별 차이가 있을 수가 없어, 속담을 듣는 대로 모았다고 했다. '백언해'란 서명은 꼭 100개의 언을 모아서 그런 것이 아니라, '백'이란 그저 많다는 뜻으로 붙였음도 알 수 있다.

같은 책에 수록되어 있는 문인 윤동규尹東奎의 행장行狀에는,

> 우리나라의 이담 중 인정에 절실한 것을 모두 모아 그 뜻을 해설하고 이름 지어 '백언해'라 했다.43)

고 되어 있다. 이로써 보면 성호는 속담을 모아 엮으면서 각 속담들에 대해 간단한 뜻풀이까지 붙인 듯하다. 그러나 필자가 접한 본44)에는 속담 원문만 수록되어 있고 해설은 보이지 않으니, 이는 축약본인 때문인지나 모르겠다. 이 점에 대해서는 후고後考를 요한다.

또한 이익의 『성호사설』 권28에는,

> 이의산의 『잡찬』45)으로 사람들은 살풍경에 대한 몇 가지 말만 있는 줄로 알고, 그 밖에 허다한 것이 있는 줄은 알지 못한다. 비록 그 사람이 어질지는 못할지라도, 요속에서 채집하고 인심에서 징험하면, 때로는 깨우치고 반성할 것이 있다. 이를테면, "제 자식 악함을 알지 못하고, 자기 곡식 자람을 알지 못한다."46)는 유는 가담이언에 지나지 않지만, 군자는 취택함이 있으니, 소리가 들려오면 마음이 통하게 되어 유익하지 않은 것이

集』 권56 제발題跋 백언해발).

43) '至於東邦俚談之類 切實人情者 亦皆採而解說其旨 名曰百諺解'(『성호전집星湖全集』, 부록 권1 행장行狀).

44) 『성호전집』 7(여강출판사驪江出版社, 1984), pp. 431~443.

45) 의산義山 이상은李商隱이 지은 책으로, 여러 가지 사물에 관한 사항을 '살풍경殺風景', '불여불해不如不解' 등과 같이 내용별로 분류 기록했다. 앞의 주 36) 참조.

46) 『대학』에 나오는 구절로 원문은 '古諺有之 人莫知其子之惡 莫知其苗之碩'이다.

없다. 나는 예전에 『백언해』를 지은 적이 있었는데, 그 사물의 태도를 형
용한 것이 인정에 절실히 가까워서 진실로 없어서는 안 될 것도 있었으
니, 의산의 『잡찬』이 이와 무엇이 다르랴.[47]

고 되어 있다. 여기에서도 속담은 인정에 매우 가까운 것이며, 그로 인하
여 깨우치고 반성할 바가 있어 유익하므로 버릴 수 없는 것이라 했다. 성
호는 속담의 의의를 잘 인식하고 그 수집에 열성을 들였음을 알 수 있다.

현묵자나 성호에 이어 다시 한 세대 뒤에 신후담愼後聃(1702~1761)도
속담에 상당한 관심을 가지고 수집하여 '찰이록察邇錄'을 엮었다. '찰이록'
은 저자의 말대로 '가까운 것을 살펴 적은 글'이란 뜻이다.

이 '찰이록' 50여 조항은 내가 아이 적에 적어놓은 것이다. 이속과 천
근한 것들을 적은 것이어서 '찰이'(가까운 것을 살핌)라고 이름 붙였다.
이들은 대개 이속에서 사용되는 말들이어서 때때로 이치에 맞는 것들이
있으므로 군자들도 없애지 않았으니 경전에서 '언'이라 한 것이 바로 이
러한 것들이다. 이들은 의리를 순화하지 않고 비속한 말들을 섞은 것이므
로, 그 해 역시 작지는 않다.[48]

저자가 대체로 성호와 유사한 뜻을 지니고 속담을 채록했음을 알 수
있고, 또 경전에도 언諺이 인용되었음을 지적하여 속담의 중요성을 강조
했다. 그러나 속담은 '순화하지 않은 비속한 말들'이므로 해가 작지 않을
것이라는 우려를 덧붙여, 속담의 장점과 아울러 단점까지 인식했음을 보

---

47) '李義山雜纂 人知有殺風景數語 而不知更有許多在也 雖其人未必賢 採諸謠俗 驗之人心
時有可警省者 如子惡苗碩之類 不過街談俚諺 君子有取 聲入心通 莫非有益也 余昔作百諺
解 其形容物態 切近民情則誠有不可沒也 義山之纂 何以異是'(『성호사설星湖僿說』 권28
시문문詩文門 잡찬雜纂).

48) '右察邇錄五十餘條者 卽余童幼時所記也 以其記俚俗淺近之言 故名曰 察邇 盖俚俗之言
往往有近理者 是故君子之所不廢 如經典之稱諺是也 乃其不馴義理 雜以鄙俗之說 則其害
亦不細'(신후담, 『하빈선생전집河濱先生全集』, 하빈잡저河濱雜著 Ⅲ, 찰이록, p. 410).

여주었다. 글 끝에 '기유 중추'란 기록 연대가 밝혀져 있어, 이 글은 1729년에 이루어진 것임을 알 수 있다.

'찰이록'보다 또 한 세대쯤 지나 유한준兪漢雋(1732~1811)이 <언총>을 엮은 것으로 보이나, 이 책은 아직 보지 못하여 무어라 말할 수는 없다. 다만 그의 문집(『자저준본自著準本』 1)에 들어 있는 '언총발諺叢跋'이란 글에 '내가 일없이 한가한 날에 이언 몇 백 수를 모으고 <언총>이란 이름을 붙였다.'[49]라 하였으니, 이것이 발견된다면 또 하나의 속담집을 더하게 되리라 본다.

비교적 널리 알려진 이덕무李德懋(1741~1793)의 『열상방언洌上方言』[50]에는 3언 2구로 된 총 99개의 속담이 모아져 있으나, 이것에는 아무런 해설이나 서문·발문 따위가 붙어 있지 않다. 이보다 약간 뒤에 쓰였을 것으로 보이는 다산茶山 정약용丁若鏞(1762~1836)의 <이담속찬>도 조선 후기 속담을 고찰하는 데에는 매우 중요한 문헌이다. 그 서문에서 다산은 다음과 같이 쓰고 있다.

> 왕동궤의 『이담』은 고금의 비언을 수집한 것이다. 경서와 사서에도 꽤 누락된 것이 있어 이제 다시 수록한다. 석천 신승지가 역시 10여 개를 채집하여 도와주었다. 성옹의 '백언'은 우리나라의 비언을 모은 것이지만 운이 모두 맞지 않음을 생각하여, 나는 이제 운을 붙일 수 있는 것은 운을 붙이고 또 빠진 것도 거두어 넣었다. 돌아가신 둘째 형님께서 바다 가운데 자산에 계셨을 때 역시 수십 개를 모아 보내 주셨다. 이제 모두 모아 한 편을 만들고 '이담속찬'이라 이름을 붙였다. 가경 경진년 봄에 철마산초가 쓴다.[51]

---

49) '余暇日無事 采里諺凡幾百則 名曰諺叢'(유한준, 『자저준본』 1 발跋).
50) 『청장관전서青莊館全書』 권62.
51) '王氏耳談者 古今鄙諺之萃也 經史所著 頗有脫漏 今復收錄 石泉申承旨綽亦以十餘語採而
助之 因念星翁百諺 即吾東鄙諺 而皆不叶韻 今取可韻者韻之 因又收其脫漏 先仲氏在玆山
海中 亦以數十語寄之 今會通爲編 名之曰耳談續纂 嘉慶庚辰春 鐵馬山樵書'(『여유당전서
與猶堂全書』 제1집 잡찬집雜纂集 제24권 이담속찬耳談續纂 서序).

이 글에 보이는 '석천 신승지'는 신작申綽(1760~1828)을 말하고, '성옹'은 물론『백언해』를 지은 성호 이익을 말한다. 또한 '선중씨先仲氏'는 정약전丁若銓, 정약종丁若鍾, 정약용丁若鏞 형제 중 정약전을 말하며, 그는 1801년 신유박해辛酉迫害 때 자산玆山(흑산도黑山島)에 귀양갔다가『자산어보玆山魚譜』를 남기고 그 곳에서 죽었다. 정약용도 신유박해 때 천주교도로 지목되어 장기長鬐로 유배되었다가 다시 황사영백서黃嗣永帛書 사건 때에 강진康津으로 이배移配되어 다산茶山 기슭의 산정에서 19년 간 생활하며 많은 서적을 저술했는데,『이담속찬』은 유배생활을 마친 1820년에 이루어진 것이다. 위 인용문에서 보았듯 '이담속찬'이란 서명은 중국의『이담』에 이어 편찬했다는 뜻으로 붙인 것이며, 그 내용을 보면 처음에 '동언東諺'이라 하여 총 210개가 수록되어 있는데, 이 중 60개는 '손암巽菴' 곧 정약전이 수집하여 보내 준 것이다. '동언'에 이어 경사에서 인용한 (경사소인經史所引) 속담 177개가 수록되었다. 1908년 광학서포廣學書舖에서 발간한 양재건梁在謇 역술본에는 마지막에 부록으로 '이담속찬습유耳談俗纂拾遺'를 덧붙이고 동언(위항습유委巷拾遺) 31개를 첨가하였다.52)

19세기 초중반경에 이루어졌을 것으로 보이는 이규경李圭景(1788~?)의『오주연문장전산고五洲衍文長箋散稿』에는 속담을 따로 모아 놓지는 않았으나, 그 중에는 꽤 많은 속담이 인용되고 있다. 저자의 속담에 대한 생각은 '비담변증설'이라는 글에서 찾을 수 있는데, 이것은 이미 살핀 바 있으므로 다시 논급치는 않겠다. 거의 동 시대에 이루어진 것으로 조재삼趙在三(1808~1866)의『송남잡지松南雜識』도 있는데, 그 중 '방언류'라는 분류 항목 속에는 방언과 아울러 속담이 대략 150여 개 정도가 섞여 있다. '방언류'라 한 항목 명칭에서도 짐작할 수 있는 바와 같이 그 속에는 우리 말 어휘에 대한 사적인 고찰이나 어원 규명이 상당 부분을 차지하고 있다. '아망위阿望衛'조를 보면 그 자체는 속담을 말한 것은 아니지만,

---

52) 게일James Gale의 *Korean Grammatical Forms*는『이담속찬』에 수록된 속담 중 200개를 영역한 것이다.

속담에 '아망위에 턱 걸었다'는 것의 의미를 알 수 있게 해주고, '오정신烏精神'조는 '까마귀고기를 먹었나'하는 속담의 유래를 설명해 준다. 저자의 박물학적 기호는 대단하여, 그 중에는 '범강장달范疆張達'·'장도감張都監'·'왕장군지고자王將軍之庫子'·'백문선허무사白文善許文書'·'효령대군고피孝寧大君鼓皮'·'목불식정目不識丁'·'슬갑적膝甲賊'·'계란유골鷄卵有骨' 같은 말들의 유래담 내지는 설명담이 나타난다. 물론 사실 여부를 확인하긴 어렵지만, 작자가 근거없이 만들어낸 이야기라기보다는, 아마도 민간 전승의 이야기를 모아 적은 것으로 생각된다. 특히 이 방언류의 중간 부분에는 2자 내지 10여 자로 이루어진 속담들이 집중적으로 배치되어 있다.

속담의 사용자는 일반 대화 속에서 조크를 즐겨 던지는 것처럼 불시에 적재적소에 맞추어 사용해야 하는 순발력이 필요하다. 속담집을 읽고 이해했다고 해서 속담을 쉽사리 사용할 수 있는 것은 아니다. 따라서 역대 군왕 중 영조가 비교적 속담을 많이 사용했다는 것은 단지 그때의 기록이 많이 남은 때문만은 아니다. 개인에 따라 일상생활 속에서 속담을 많이 사용하는 사람이 있는가 하면 별로 사용하지 않는 사람이 있을 수도 있는 것이다. 어찌 보면 그것은 개인의 기호라든가 자질의 차이, 나아가서는 속담 구사력의 수준에 따라 편차가 매우 큰 것이다.

이 글에서는 우선 오늘날 통용되고 있는 '속담'이란 어휘가 과거에는 어떻게 쓰였는가를 살펴보았다. 그 결과 '속담'이란 용어는 19세기 이전에는 별로 쓰이지 않았으며, 그 대신 비록 통일된 용어는 없었으나 '언諺'자 계통의 용어들이 주로 사용되었음을 확인하였다. 이와 아울러 관련 어휘들이 뜻하는 의미 범주에 대하여도 자세히 살폈다.

두 번째로 필자는 지식인층이 속담의 중요성을 인식하고 채집에 힘을 썼던 실상을 개관하여 보고자 하였다. 나아가 속담 수집자가 남긴 기록들을 통하여 속담에 대한 그들의 인식도 살펴보았다.

속담은 일상 언어에서 사용되어 시간과 함께 멸실돼 버리고 흔적을 남기지 않는다. 이런 점에서 속담은 결코 붙잡아 둘 수 없는 언어행위이겠다. 그러나 다행히도 발화된 내용은 문자의 형태를 빌어 기록되기도 한다. 예컨대 관에 올린 상소문이나 상대방에게 보낸 서간문, 재판에 대한 판결문, 지식인이 남긴 여러 형태의 문학 작품들―예컨대 소설이나 야담, 각종의 잡록, 민속문학의 대본 등―에서 간간이 당대에 사용되었음직한 속담들이 끼어 있다. 이제 이들을 모두 찾아내어 정리하고 비교하고 유래를 찾으며 의미를 규명하는 일이 숙제로 남아 있다. 그러나 이 일이 전혀 불가능한 일이 아님은 이 글을 준비하는 과정에서 확인할 수 있었다. 앞으로의 과제로 삼겠다.

● 참조 원고

"언과 속담", 『어문학논총』 27(국민대 어문학연구소, 2008. 2).

2. 수수께끼 소고小考

1) 명칭

'수수께끼'[1]의 어원은 현재로서는 알 수 없다. 어찌 보면 '수수겪다'란 단어에서 파생된 전성명사轉成名詞인 듯싶으나 '수수' 또는 '수수꺾다'가 명확히 어떤 개념을 나타내는 단어인지는 단정짓기 곤란하다. 간혹 '수수께끼'의 어원을 찾으려는 시도가 전혀 없었던 것은 아니었으나 그들은 모두 이른바 민간어원설의 범주를 벗어나지 못하였다. 차라리 이들보다는 '수수꾸다'(부질없는 말을 하여 남을 부끄럽게 만들다)란 현존 단어가 더 시사적인 듯하지만 이 역시 추측의 역域을 벗어나지 못하는 것으로, '수수께끼'의 어원에 관한 한 언어학자의 명쾌한 해명이 있기를 바랄 뿐이다.[2] 다만 하나 확실한 것은 이 용어의 문헌 사용례가 근대 이전으로 그다지 거슬러 올라가지는 않는 점으로 보아 비교적 근래의 조어造語임이 분명하다는 것이다.

---

1) 서울·경기 일원에선 '수수꺼끼'가 더 일반적으로 쓰이고 있으나, 본고에서는 표준어인 '수수께끼'를 사용하기로 한다.
2) 이 문제에 대하여 지속적으로 천착한 결과 후에 대체로 해답을 찾은 바 있다. 본서 p. 217 참조.

다음에 혹 참고가 될 듯하여 각 지방의 방언을 예시하여 보겠다.[3]

　　수수께끼(서울·경기 양주·광주·강원 춘천)
　　수수거끼·수수겨끼(평북 벽동碧潼)
　　수수고끼(평남 개천价川)
　　쉬수께끼, 쉬시객끼·쉬시겻끼(평북 의주)
　　수리처기(경북 상주)
　　두리치기·수수젹기(강원 강릉)
　　수지적기·수수잡기·수시접기·수때지기(경남 남해)
　　수지기·시끼저름·씩끼저름(경남 동래)
　　시끼저리·쉬쉬저끔(함남 함평咸平)
　　시저끔(함남 함흥)
　　준추새끼(전북 정읍)
　　춘추새끼·춘치새끼(전남 함평咸平)
　　춤추새끼·순치새끼·예숙제낄락·걸룰락(제주)

2) 발생

　하나의 수수께끼를 놓고 그 발생 연대를 논한다는 것은 매우 어려운 일이기는 하지만 전연 불가능하다고만 볼 수는 없다. 수수께끼 중에는 그 내용 자체가 어렴풋하게나마 발생 연대를 나타내주고 있는 것도 있기 때문이다. 가령 '공동우물에 지렁이 한 마리 있는 것'(석유등), '가리면 보이고 안 가리면 안 보이는 것'(안경) 같은 것은 분명히 근대로 내려오지 않으면 안 된다. 또한 이보다도 더 확실하게 발생 연대를 시사해 주고 있는 것으로는 '터지면 하나, 안 터지면 둘'(38선), '콩은 콩인데 못 먹는 콩(베트콩)'과 같은 것도 있다. 그러나 이와 같이 수수께끼 자체가 발생 연대를

---

3) 필자가 조사한 것 외에 '수수께끼'의 방언형으로 『한글』지, 『큰사전』 등을 참조하였다.

나타내주고 있는 것은 수수께끼의 전 집성으로 보면 극소수에 불과하다.

수수께끼의 발생 연대를 추정하는 데 또 하나 간과해서는 안 되는 것은 '열매가 먼저 열고, 꽃이 뒤에 피는 것'(목화)과 같이 목화의 도래 연대가 고려 공민왕 때라고 해서 수수께끼 자체도 그때 발생했다고 볼 수는 없는 점이라 하겠다. 그러므로 뚜렷한 근대 문물의 소산임을 명시해주는 증거 자료가 없는 한 수수께끼의 발생 연대를 따질 수는 없는 것이다.

『삼국유사』를 비롯한 여러 고문헌에 나타나는 자료들로 미루어 수수께끼의 역사는 매우 오래 된 것 같다. 그러나 수수께끼라는 문학 장르를 인식하고 의식적으로 수집하였던 것은 20세기에 들어와서였다. 이러한 점으로 보면 설화나 민요·속담 등의 타 구비문학 장르에 비하여 수수께끼에 대한 연구는 너무나 일천日淺하다 아니 할 수 없다.

한편 유사한 형식과 내용을 가진 수수께끼가 전국적으로 또는 국경과 민족을 초월하여 존재한다고 할 때, 이것을 전파로 보느냐 독립 발생으로 보느냐 하는 것도 단정 짓기 곤란한 일이라 하겠다. 구조나 모티브가 복잡한 민담에 비하면, 구조가 비교적 간단하여 기억에 용이한 수수께끼는 그만큼 전파성이 강하다고 생각할 수 있다. 그러나 수수께끼가 기억에 용이한 간단한 문장으로 이루어져 있다는 것은 그만큼 유사한 수수께끼가 다른 지역에서 얼마든지 생길 수 있다는 가능성도 있다. 즉 수수께끼의 주제에 대한 간단한 은유는 인간이면 누구든지 착안할 수 있고 또 공감할 수 있는 것이므로 독자적 발생의 가능성도 크다고 보겠다. 물론 수수께끼의 주제가 어떤 민족 또는 지방 고유의 것이라면 그 민족 또는 그 지방의 고유 발생임은 틀림없을 것이다. 그러나 주제가 인류 공통 소유의 것이라면 그 수수께끼가 전파에 의한 것인가 독자 발생에 의한 것인가 하는 것은 그야말로 영원한 수수께끼가 될 수도 있다.

3) 내용

하나의 완전한 수수께끼는 문항(해설)과 답항(주제)의 두 요소가 병존함으로써만 성립한다. 그러나 이 양자는 따로 떨어져 있는 것이기는 하나 각각 분리시켜서는 아무런 의의도 없다. 왜냐하면 근본적으로 이 양 요소는 독립 발생적이 아닌 상호 연계적連繫的인 것이기 때문이다. 이러한 수수께끼의 양 요소의 내용분석은 매우 중요한 의미를 갖는다. 그것에 의하여 우리는 수수께끼의 창작자이며 향유자인 민중의 철학, 문학적 자질, 기호와 취향 등을 파악할 수가 있고, 더 나아가서 수수께끼의 발생 연대, 발생 장소, 수수께끼 향유자의 성별과 계층까지도 검증해 낼 수가 있기 때문이다.

보통 문항의 내용은 답항의 시늉[態態]이나 소리[音音]에 관한 것임을 필자는 이미 지적한 바가 있거니와,4) 본고에서는 중복을 피하여 주제의 내용 분석 결과만을 논하기로 하겠다.

수수께끼 주제의 내용은 주로 인간을 둘러싸고 있는 물질세계와 유관한 것으로, 이를 좀 더 세분하여 본다면 다음과 같다.

첫째, 인간 및 인체
둘째, 동식물 및 이들과 연관된 사물
셋째, 자연현상 및 풍토·천체
넷째, 일상생활(의식주)을 영위하기 위한 기구

이러한 결과에서 우리는 수수께끼꾼에 대한 다음과 같을 몇 가지 사실을 알아낼 수 있다. 즉 수수께끼를 즐겨 사용하는 사람들은 도시인인가 농촌인인가 또는 성별은 어떠한가 등인데, 물론 이 같은 사실들은 실제 현지조사를 통하여 얻은 통계에 의하면 보다 더 정확히 밝혀질 수 있겠

---

4) 『구비문학개설』, pp. 210~212.

지만, 불행히도 그러한 통계적 자료를 가지고 있지 못한 필자로서는 이러한 간접적인 방법을 원용援用할 수밖에 없었음을 밝혀 둔다.

수수께끼 주제의 내용은, 공간적으로 도시적이기보다는 대체로 농촌의 풍경을 드러내 주는 것이 대다수다. 물론 주제의 성질로 보아 도시와 농촌을 구별할 수 없는 것들은 일단 제외한 상태에서의 이야기이기는 하지만……. 그리하여 분석 결과 '전화', '교통순경', '치과의사', '연탄'과 같이 명백한 도회의 산물은 극히 희소하고 '논 임자', '멍석', '도리깨', '흙벽', '갈잎', '개살구' 등과 같은 농촌의 산물이 수수께끼 주제의 주류를 이루고 있음을 밝혀낼 수 있다. 이것은 곧 수수께끼의 산지産地 및 애용 장소를 말해 주는 단서가 되는 것이라 본다.

다음으로 언급하고자 하는 것은 수수께끼를 이야기하는 사람의 성별 문제다. 이 경우에도 역시 주제의 성질로 보아, 성별을 구별할 수 없는 경우를 제외하면, 거의 대부분이 부녀자와 유관한 살림살이 용구用具임을 알 수 있다. 이로 보면 수수께끼의 애용자는 남성이라기보다는 오히려 부녀자 층이 아닌가 생각된다.

끝으로 검토하고 넘어갈 것은 수수께끼를 즐겨 이야기하는 사람들의 연령층 문제다. 이것을 주제 분석을 통하여 단정 짓는다는 것은 매우 곤란한 일이 아닐 수 없다. 왜냐하면 '팽이', '연', '고무풍선'이 아동 용구이고 '담뱃대', '재떨이', '반짇고리'가 성인 용구라 하여, 전자는 어린이들 사이에서 수수授受되는 수수께끼인 반면에, 후자는 어른들 사이에서 수수되는 수수께끼라고 분리할 수는 없기 때문이다.

그러므로 수수께끼를 주고받는 사람들의 연령 문제는 주제 분석에 의하기보다 앞에서도 잠깐 말한 바 있듯이 실제 현지조사를 통하여 이루어지지 않으면 안 된다. 이러한 방법에 의해서 이제까지 그저 막연하게 아동과 아동 사이, 혹은 어른과 아동 사이에서 수수된다는 상식적인 생각에서 진일보하여 좀 더 과학적인 통계자료를 얻을 수 있으리라 본다.

구체적인 연령층은 그만 두고라도 수수께끼가 주로 아동들 사이에서

행하여지는 것만은 틀림없는 사실이다. 이것은 수수께끼의 형식이 간단명료하여 기억이 용이함과 동시에 재현이 가능하고, 내용이 흥미롭고, 더 나아가서 문학성이 그 속에 내포되어 있기 때문이 아닌가 생각된다.

4) 종류

수수께끼는 민간전승 수수께끼Volksrätsel ; descriptive, folkriddle ; popular riddle와 문헌전승 수수께끼Kunsträtsel ; literary riddle ; artistic riddle로 나눌 수 있다.5) 민간전승 수수께끼가 민중의 소박한 지식의 표현이라면 문헌전승 수수께끼는 지식인의 해박한 학식의 표현이다. 그러므로 후자는 의식적으로 만들어진 인공적인 것이며, 전파의 폭이 매우 제한되거나 혹은 그저 문자로 기록되어 전하는 데 그친다. 이에 비하여 전자는 개인 창작이 아닌 민중 공동의 소산이므로 세계 도처에서 유사한 내용의 수수께끼가 존재할 수 있으며 아울러 광역에 걸친 전파가 이루어질 수 있다. 가령 우리는 상술한 바의 문헌전승 수수께끼의 예를 『삼국유사』 등의 책에서 찾아볼 수 있을 것이다.6)

한편 민간전승 수수께끼는 다시 세 가지로 나누어 생각할 수가 있다. 그 첫째는 우리가 보통 '수수께끼'라고 일컫는 것으로, 이것만이 본래의 진정한 의미의 수수께끼라고 할 수가 있는 것이다. 이 진정한 의미의 수수께끼에는 언제나 해답자가 물음에 답할 수 있게 하는 열쇠가 주어지게 마련이다. 이 종류의 수수께끼에는 외형이나 동작 또는 성질을 묘사하는

---

5) 외국에서는 수수께끼를 ① conundrun(pun에 의한 것), ② enigma(메타포에 의한 것)로 나누는 방법, 또는 ① logogriph(문자의 가감・도치에 의한 것), ② enigma(allegory와 parable에 의한 것), ③ rebus(단어의 가감에 의한 것), ④ charade(단어를 구성하고 있는 문자나 음절에 의하거나 구句를 이루고 있는 단어에 의하는 것), ⑤ epigram, ⑥ arithmetical riddle(숫자에 의한 것) 등으로 나누는 방법도 있다.

6) 『구비문학개설』, pp. 206~207.

시늉[態]에 관한 수수께끼와 음의 상사相似나 생략법을 이용한 소리[음
音]에 관한 수수께끼로 유별하여 볼 수가 있다.[7] 둘째는 퀴즈quiz라고 불
러 마땅할 것으로, 해답자는 물음에 제공되지 아니한 그 어떤 특별한 열
쇠를 가지고 있지 않으면 거의 해답이 곤란하거나 또는 전연 해답이 불
가능하게 된다.

퀴즈의 특징으로 다음과 같은 점을 들 수 있다.

> 첫째, 비은유적 표현이다.
> 둘째, 문항은 답항에 선행한다.
> 셋째, 답항이 하나의 문장을 구성하는 경우가 많다. 하나의 단어로 되
> 더라도 이유나 설명이 부가되어야 한다.
> 넷째, '무엇'에 관한 것이라기보다는 '어떻게', '왜', '누구'에 관한 것이다.
> 다섯째, 답항은 합리적이라기보다는 엉뚱하거나 엉터리없는 것이 매우
> 많다.
> 여섯째, 대개가 고유의 것이 아닌 외래적인 것이며, 발생 연대도 상당
> 히 근대적인 것임이 분명하다.[8]

퀴즈는 문항의 내용에 의해 방법을 묻는 것, 이유를 묻는 것, 선택을
요구하는 것, 촌수寸數를 묻는 것, 수數를 묻는 것 등으로 세분될 수 있
다.[9]

민간전승 수수께끼의 세 번째로는 이른바 파자 수수께끼를 들 수 있는
데, 이것은 한자 사용 문화권 내에만 있는 특이한 형태다. 물론 이 유형
의 수수께끼는 한자에 대한 소양素養을 가지고 있는 제한된 사람들 사이
에서만 수수되고, 또 주제가 문자로 이루어지고 있다는 점에서 'popular
riddle'이라기보다는 'literary riddle'에 가까운 점도 내포 있음이 사실이다.

---

7) 『구비문학개설』, pp. 210~212.
8) 위의 책, pp. 212~213.
9) 위의 책, pp. 213~214 참조.

그러나 이 유형의 수수께끼가 문헌에 기록되어 전하기보다는 민간에서 제한된 범위이긴 하지만 구구 전승되고, 또한 수수께끼의 문제 자체는 다른 민간전승 수수께끼와 별로 다른 점이 없다는 점에서 민간전승 수수께끼에 포함시키고자 하는 것이다. 또한 파자 수수께끼는 넓은 의미로 본다면 퀴즈의 일종으로 볼 수도 있겠으나 그 형태적 특징으로 말미암아 따로 독립시켜 놓는다.

5) 기능

수수께끼의 기능은 오락적 기능과 지력智力 계발啓發 기능의 두 가지를 들 수 있다.

수수께끼는 즐거움을 위해서, 파적破寂을 위해서 행해진다. 이러한 오락적 기능은 수수께끼에만 한정되어 있는 것이 아니라 다른 구비문학 장르, 아니 더 나아가서 모든 문학 장르 전반에 공통되는 기능이라 할 수 있다. 그러나 다른 문학 장르들이 교훈성이라든가 주술성이라든가 혹은 그 밖의 어떤 다른 목적성을 아울러 갖고 있는 경우가 많음에 비하여 수수께끼는 오직 흥미 그 자체만으로써 끝나는 경우가 대부분이다. 이런 의미에서 수수께끼가 갖는 오락적 기능은 다른 어떤 문학 장르들에 비해서도 현저하다고 아니 할 수 없다.

또한 수수께끼를 주고받은 아동들 사이, 또는 아동과 어른 사이에서는, 상대방의 지적 능력을 계발시키기 위하여 수수께끼를 제시하는 수도 있다.[10] 이런 경우의 수수께끼는 흔히 퀴즈로 변질되기가 쉽다. 여하튼 여기에서 우리는 수수께끼의 부차적 기능, 즉 지력계발의 기능을 인지할 수 있다. 우리는 많은 민담들에서 수수께끼가 어떤 주인공의 지력 테스트를

---

10) 파자 수수께끼는 흔히 지력을 테스트하기 위하여 사용되고 있다.

위한 수단으로 사용되는 예를 알고 있다. 이들 민담 속에서 부과된 수수께끼를 해득解得한 주인공은 재산·권력과 같은 행운을 얻게 된다.

문화인류학자들은 수수께끼 속에서 사회적 기능을 찾아내려 하였다. 즉 어떤 특정 민족에게 있어서 수수께끼는 통과의례와 떼려야 뗄 수 없는 관계를 맺고 있다는 것이다. 예를 들면 난제를 해결하고 아내를 얻게 되는 일련의 민담들에서 입사식入社式의 잔재를 찾아냈던 것이다. 수수께끼 풀기가 성년 의례의 중요한 과제로 인정된 것이다. 우리는 그러한 수수께끼의 기능적 가능성을 우리의 옛 문헌에서 찾아볼 수 있다. 『삼국사기』 구려본기句麗本紀에는 다음과 같은 기록이 있다.

> 유리가 어렸을 때, 거리에 나가 놀면서 참새를 쏘다가 물긷는 부인의 물동이를 잘못 쏘아 깨뜨렸다. 그 부인이 꾸짖어 말하기를, "이 아이는 애비가 없어서 이렇게 논다."라고 하였다. 유리가 부끄럽게 여기고 돌아와서 어머니에게 물었다. "우리 아버지는 어떤 사람이며 지금은 어디에 계십니까?" 어머니가 대답하였다. "너의 아버지는 비상한 사람이어서 나라에서 용납하지 않았기에, 남쪽 지방으로 도망하여 나라를 세우고 왕이 되었다. 아버지가 떠날 때 나에게 말하기를 '당신이 만약 아들을 낳으면, 나의 유물이 칠각형의 돌 위에 있는 소나무 밑에 숨겨져 있다고 말하시오. 만일 이것을 발견하면 곧 나의 아들일 것이오.'라고 말했다." 유리가 이 말을 듣고 바로 산골로 들어가 그것을 찾았으나 실패하고 지친 상태로 돌아왔다. 하루는 유리가 마루에 앉아 있었는데, 기둥과 주춧돌 사이에서 무슨 소리가 나는 듯하여 가보니, 주춧돌이 칠각형이었다. 그는 곧 기둥 밑을 뒤져서 부러진 칼 조각을 찾아냈다.[11]

동명왕이 유리태자類利太子에게 남긴 수수께끼는 '칠릉석상송하七稜石上

---

11) '類利幼年出遊陌上彈雀 誤破汲水婦人瓦器 婦人罵曰 此兒無父 故頑如此 類利歸問母氏 我父何人 今在何處 母曰 汝父非常人也 不見容於國 逃歸南地 開國稱王 歸時謂子曰 汝若生男子 則言我有遺物 藏在七稜石上松下 若能得此者 乃吾子池 類利聞之 乃往山谷索之 不得倦催而還 一旦在堂上 聞柱礎間若有聲 就而見之 礎石有七稜 乃搜於柱下 得斷劍一段'(『삼국사기』 권 제13 고구려본기 제1 시조동명성왕·유리왕瑠璃王 조).

松下'에 있는 장물藏物을 찾으라는 것이었다. 유복자遺腹子 유리가 부왕을 만나기 위한 전제조건은 난제 해결이었던 셈이다.12) 위의 인용문에 나타난 바에 의한다면 유리는 결코 자신이 지닌 지혜력에 의하여 유실물遺失物을 찾아낸 것은 아니었고, 다만 우연한 계기였던 듯싶지만, 하여튼 유리는 무사히 부여된 과업을 해결하고 고구려라는 사회의 일원一員이 될 수 있었다. 그러므로 우리는 이 문맥 속에서 수수께끼가 지닌 의례적 기능의 일단을 암시받을 수 있을 것 같다.

6) 결어

이상에서 필자는 수수께끼의 명칭, 발생, 내용, 종류, 기능 등에 관하여 살펴보았다. 수수께끼의 명칭은 현재로서는 그 어원을 알 수 없으나 비교적 근대 이후의 조어造語이리라는 매우 추상적인 견해를 밝히고, 더 나아가서 각 지방의 방언을 조사하여 혹시 어원 규명에 실마리가 되지 않을까 하여 덧붙여 놓았다.13)

수수께끼의 발생이 인류의 문화사상 매우 오래된 것임은 현존 기록으로 보아서도 충분히 미루어 알 수 있는 일이다. 그러나 하나의 수수께끼를 놓고 발생 연대를 따진다는 것은 특수한 경우를 제외하고는 거의 불가능한 일이겠다. 또한 수수께끼의 발생지역에 관해서도 이와 똑같은 말을 할 수 있다. 즉 어떤 수수께끼의 주제가 일정 지역에만 한정된 사물 혹은 현상이 아닌 한, 그 수수께끼가 전파에 의한 것인가 독자발생에 의한 것인가 하는 것을 따질 수 없다는 것이다.

---

12) 유리 전승의 난제해독難題解讀이 책봉식冊封式 절차에 수반隨伴된 시련 과정의 구술상관물口述相關物일 가능성에 대하여는 이미 김열규金烈圭에 의하여 자세히 논급論及된 바 있다(『한국민속과 문학연구』, p. 110ff. 참조).

13) 위의 주 3) 참조.

수수께끼의 내용을 분석한 바에 의하면, 그것은 주로 인간을 둘러싸고 있는 물질세계와 유관하다. 또한 수수께끼가 즐겨 이야기되고 있는 곳은 공간적으로 보아 도시라기보다는 농촌이고, 연령과 성별은 주로 아동 층과 부녀자 층이라고 말할 수 있다.

여기에 첨언添言하고 싶은 것은 앞으로의 수수께끼 채집자는 반드시 채집 상황 및 제보자提報者 상황을 명기하여야 한다는 점이다. 이것은 설화의 경우처럼 장르 자체의 산 연구를 위해서 필요 불가결한 것이기 때문이다. 수수께끼의 종류는 문자전승 수수께끼와 민간전승 수수께끼로 대별大別할 수 있는데, 후자는 다시 참된 수수께끼, 퀴즈, 파자 수수께끼로 세분된다.

끝으로 수수께끼의 기능은 현재로서는 오락적인 것과 지력 계발의 기능을 들 있겠으나, 때로는 사회적 의례적 기능도 있을 수 있음을 가정하여 보았다.

● 참조 원고

"수수께끼 소고", 『문화인류학』 4(문화인류학회, 1971. 12).

◈ ◈ ◈

3. 고전에 나타난 수수께끼

처음엔 네 발로 걷고, 다음엔 두 발로 걷고, 마지막으로 세 발로 걷는
것이 무엇이냐?

이것은 희랍 신화에 나오는 유명한 '스핑크스의 수수께끼'이다. 뿐만
아니라, 우리는 이보다 더 오래된 것으로, 『구약성서』 <사사기>에 나오
는 '삼손의 수수께끼'도 알고 있다.

먹는 자에게서 먹을 것이 나오고, 강한 자에게서 단것이 나왔느니라.

이러한 예들은 요컨대 인류가 아득한 옛날부터 수수께끼란 특이한 양
식을 지녀 왔음을 말해주는 근거가 된다. 우리나라의 경우에는 불행히도
문헌의 인멸로 『삼국사기』(1145)나 『삼국유사』(1285)를 더 거슬러 올라
가는 자료가 없다. 그러나 현존 최고의 이들 문헌 속에는 상당수의 수수
께끼적 자료들이 포함되어 있어 주목된다. 비록 문헌 연대가 12세기를 넘
지는 못한다 하더라도, 수록된 자료들의 실제 형성 연대는 이보다 몇 세
기 이전으로 소급될 수도 있지 않을까 생각된다. 수수께끼란 문학 양식이
인지의 발달과 함께 자연적으로 생겨난 가장 단순하고도 시적인 것이며,
생활과 결부된 것임을 생각할 때, 그럴 가능성은 더욱 크다고 보겠다.

1)

수수께끼가 인류의 문화사상 가지는 기능은 대체로 다음과 같다.

첫째, 수수께끼는 즐거움을 위해서, 심심풀이를 위해서 행해진다. 이러한 수수께끼의 오락적 기능은 수수께끼에만 한정되어 있는 것이 아니라, 모든 문학 장르 전반에도 공통되는 것이다. 그러나 다른 문학 장르들이 교훈성이라든가, 주술성이라든가, 혹은 그 밖의 어떤 다른 목적성을 아울러 갖고 있는 경우가 많음에 비하여 수수께끼는 오로지 흥미 그 자체만으로 끝날 경우가 대부분이다.

둘째, 수수께끼는 시적(문학적)인 기능을 갖고 있다. 수수께끼가 구비문학의 주요 연구 대상이 됨을 여기서 새삼 논할 겨를이 없지만, 결론적으로 말하여 수수께끼는 시와 상당히 밀착되어 있다. 그리하여 수수께끼를 정의하여 포터C.F. Potter와 같은 학자는, '수수께끼는 본질적으로 메타포라고 하였다. 그리고 메타퍼는 연상, 비교, 유사점과 차이점의 인지認知와 같은 일차적인 지적 과정의 결과'라고 하여, 아리스토텔레스와 유사한 입장을 취하였다. 수수께끼는 곧 시다. 그러므로 수수께끼를 창작해 내는 인간의 마음속에는 시적인 기능이 항상 작용하고 있다고 하겠다.

셋째, 수수께끼를 주고받는 사람들 사이에서는 상대방의 지적 능력을 시험하고 일깨우기 위해 수수께끼를 제시하기도 한다. 이런 경우에 수수께끼는 흔히 퀴즈로 변질되기가 쉽다. 여하간 여기서 우리는 수수께끼의 또 다른 기능—즉 지력 계발智力啓發의 기능을 알 수 있다.

넷째, 어떤 인류학자들은 수수께끼 속에서 사회적 기능을 찾아내려고 한다. 즉 어떤 특정 민족에게 있어서 수수께끼는 통과의례通過儀禮와 뗄 수 없는 관계를 맺고 있다는 것이다. 예를 들면 어려운 문제를 풀고 아내를 얻게 되는 민담들에서 입사식入社式의 흔적을 찾아냈던 것이다. 수수께끼 풀기가 성년 의례의 중요한 과제로 인정된 것이다.

2)

  앞에서도 말한 바와 같이 『삼국유사』에는 수수께끼의 자료들이 상당수 들어 있다. 그 중 몇 가지의 예를 들어 보자. 이 책의 권1 '선덕여왕 지기 삼사知幾三事'에, 당태종이 선덕여왕에게 모란꽃 씨와 분홍, 자색, 흰색으로 그린 모란꽃 그림을 선사하니, 여왕은 이 그림을 보고, "이 꽃은 틀림없이 향기가 없을 것이다."라고 예언하였다. 모란꽃 씨를 심었더니 과연 향기가 없음을 알게 되자 놀란 신하들은 그 까닭을 여왕에게 물었다. 여왕의 대답은 이러하였다.

  "꽃에 나비가 없으니 향기가 없는 것이 아니냐? 이것은 내가 독신으로 사는 것을 풍자한 것이다."

  또한 같은 책의 권1 '사금갑射琴匣'조에 소지왕炤知王이 기사를 시켜 까마귀를 뒤쫓게 하니, 기사는 까마귀를 잃고 다만 못 속에서 나온 노인이 준 글만을 가지고 돌아왔다. 그 글 겉봉에 쓰였으되 '떼어 보면 두 사람이 죽을 것이고, 떼어 보지 않으면 한 사람이 죽을 것이다.'라고 되어 있었다. 이를 점친 일관日官이 아뢰기를 '두 사람이란 백성이요, 한 사람이란 임금님이십니다.'라고 하여 수수께끼는 풀리고, 왕의 목숨을 노리던 두 간부(왕비와 중)을 처치할 수 있었다.

  『삼국유사』에는 원효대사가 수수께끼에 능했던 것으로 기록되고 있다. 즉 소정방蘇定方이 신라에 보낸, 의미를 알 수 없는 송아지와 난鸞새의 그림을 원효가 반절反切로 풀었으니, 그 뜻인즉 '군사를 속히 돌이키라는 말'이라는 것이었다. 이 말을 따라 신라군은 위기를 면하였다(태종춘추공조太宗春秋公條).

  또한 원효는 스스로 '누가 자루 없는 도끼를 빌려 주겠는가? 나는 하늘을 받칠 기둥을 찍으련다.'는 수수께끼로써 요석공주瑤石公主를 맞았다는 기록도 보인다(제4卷四 원효불기元曉不羈). 이 책 권2 문호왕 법민文虎[武]王法敏조에는 거득공車得公과 안길安吉 사이의 수수께끼가 실려 있다. 즉 지방을 암행하던 거득공이 안길에게 후대를 받고 떠날 때, "나는 서울 사람인데, 내 집은 황룡사와 황성사 두 절의 중간에 있고, 내 이름은 단오(민간 풍속에 단오를 '수리'라 한다.)요. 그대가 만약 서울에 오거든 내 집을 찾아주면 고맙겠소."란 수수께끼를 남기고 떠났다. 후에 안길이 서울에 가 거득공의 집을 찾았으나 아는 사람이 없었는데, 길 가던 한 노인이 '두 절 사이에 한 집은 곧 대궐이고, 단오 곧 수리(수레)란 것은 거득공'이라고 해석하였다는 것이다.

이 밖에도 『삼국유사』에는 예언과 관련된 수수께끼가 상당히 있다. 그 하나만 예로 들어 본다면, 백제의 의자왕은 땅 속에서 나온 귀배문龜背文(거북의 잔등에 쓰인 글씨)에 '백제는 보름달과 같고 신라는 초승달과 같다'란 글의 뜻을 무당에게 풀게 하였다. 그랬더니 무당의 해석인즉 '보름달이란 꽉 찬 것이니 차면 이지러지는 법이고, 초승달이란 차지 않은 것이니 점점 차게 되는 법'이란 것이었다. 왕은 노해서 무당을 죽였다. 또 어떤 사람이 "보름달은 꽉 찬 것이고 초승달은 약한 것이니, 생각건대 백제는 성해지고 신라는 점점 약해진다는 것이다."라고 말했다. 이 말을 듣고 왕은 기뻐했다. 예부터 간하는 말은 쓰고, 아첨하는 말은 달게 들리는 것이 인간의 상정이었던 것이다.

　　3)

문학 작품 속에 나타나는 수수께끼들은 단순히 재담으로 그치는 경우가 대부분인 것 같다. 물론 개중에는 지력 테스트의 성질을 띠고 있는 것이 전연 없는 것은 아니다. (예컨대 <최치원전>의 경우와 같은 것) 특히 구비문학적 작품 중 민담들에 많이 들어 있는 수수께끼들은 때로는 사회적 기능의 흔적을 보여주는 것도 있으며, 지적 능력의 계발을 목적으로 한 것도 많다. 그러나 기록문학적 작품은 연대적으로 보아 상당히 후대의

것인 탓이겠지만, 이러한 수수께끼의 여러 기능은 없어지고 다만 오락적
인 기능만 남게 된다.

　<춘향전>의 경우를 보자.

　　　"춘향아, 좋은 수가 있다. 수수께끼 하여 보자."
　　　"그럽시다. 도련님이 먼저 하오."
　　　"그러면 너 안다 안다 하니 먼 산 보고 절하는 것이 무엇이냐?"
　　　"방아지 무엇이오."
　　　"또 안다 안다 하니 대대 곱사등이가 무엇이냐?"
　　　"나 모르겠소."
　　　"그것을 몰라? 새우란다."
　　　"너 졌지? 또 안다 안다 하니 안진(앉은) 고리, 선 고리, 뛰는 고리, 입
　는 고리가 무엇이냐?"
　　　"그런 수수께끼도 있나? 나는 모르겠소."
　　　"내 이르면 들어 보아라. 안진 고리 동고리, 선 고리 문고리, 뛰는 고리
　개고리, 입는 고리 저고리지 그것을 몰라? 너 졌지? 무슨 핑계하려느냐?"
　　　"도련님, 내 할 것이니 알아내오."
　　　"어서 하여라."
　　　"도련님 안다 안다 하니 손님 보고 먼저 인사하는 것이 무엇이오."
　　　"개지 무엇이냐?"
　　　"또 안다 안다 하시니 서모 파는 장사가 무엇이오?"
　　　"세상에 그런 장사도 있나? 나 모르겠다."
　　　"얼어미(어레미 : 구멍이 굵은 체)[1]장사를 몰라요?"
　　　"옳거니, 참 그렇구나."
　　　"또 안다 안다 하니 나는 개, 차는 개, 미는 개, 치는 개가 무엇이요?"
　　　"나 모르겠다."
　　　"나는 개는 솔개, 차는 개는 노리개, 미는 개는 고물개[2], 치는 개는 도
　리깨지. 그것도 몰라."

— 이고본춘향전李古本春香傳에서

---

1) 여기서는 '얼어미' 즉 '서모庶母'의 뜻으로 쓰였다.
2) 고무래.

다음은 봉산 탈춤의 대사다.

> 생원生員 : "주둥이는 하얗고 몸둥이는 알락달락한 자가 무슨 자냐?"
> 서방書房 : (한참 생각하다가) "그거 그거 피마자3)가 아니요?"
> 생원 : "아아, 거, 동생이 용할쎄."
> 서방 : "형님, 내가 한 자 부루라우?"
> 생원 : "그리 하게."
> 서방 : "논두렁에 살피4) 짚고 섰는 자가 무슨 자요?"
> 생원 : (한참 생각하다가) "아, 그것은 논임자가 아닌가?"

위에서 인용한 두 작품의 경우는, 수수께끼가 모두 재담으로서 쓰인 것 외에 아무것도 아니다. 말하자면 작품 속에서의 수수께끼의 도입이 필연성에 의하여 된 것이 아니라, 이 부분은 빼어버려도 작품의 진행에는 아무런 영향이 없다는 것이다. 그러나 이와는 정반대의 경우, 작품 속에서의 수수께끼의 역할이 증대될 때, 우리는 이른바 미스터리 소설과 같은 작품을 대하게 될 것이다.

● **참조 원고**

"고전에 나타난 수수께끼", 『유아발달』 3 : 8(22)(유아발달사, 1975. 8).

---

3) '아주까리'의 씨.
4) 땅과 땅 사이의 경계선을 간단히 나타낸 표.

4. 수수께끼의 생태학적 고찰

　수수께끼는 원래 구비문학의 한 장르로, 진정한 의미의 수수께끼란 은유를 써서 대상을 정의하는 언어 표현법을 말한다. 그러나 수수께끼란 용어는 오늘날 매우 다양한 의미로 사용되고 있다. 본래적인 의미의 수수께끼를 가리키는 것 외에도 의문스러운 어떠한 사물 또는 어떠한 사건에 대하여 이 용어를 사용하는 경우도 많다. 가령 '수수께끼 속의 인물'이라느니, '수수께끼로 빠진 사건', 또는 '우주의 수수께끼' 따위의 용례 속의 수수께끼는 말로써 미궁迷宮 속의 대상이나 신비스런 대상을 가리키고 있는 것이다.

　이것은 마치 오늘날 '신화'란 용어가 원초적인 의미에서 변질되어 우리의 일상생활 속 깊숙이 침투되어 있는 현상과 비슷하다. 시험 삼아 서점으로 나아가 서가에 진열된 책들을 뒤적여 보라. 그 제목이나 내용 속에 얼마나 다양하게 이들 용어가 쓰이고 있는가를 발견할 수 있을 것이다. 그러나 이들은 본래적인 수수께끼나 신화와는 거리가 먼, 일종의 메타포(은유隱喩)로 쓰인 용례들인 것이다.

　그러면 수수께끼란 애초에 어떻게 하여 생긴 것일까? 하나의 예를 들어보자. 여기 한 사람이 '송아지'를 보았다. 그 사람은 그 동물의 명칭이 '송아지'란 것은 알지 못하지만, '소'란 명칭에 대해서는 알고 있다. 그리하여 다른 사람에게 이렇게 물었다. "뿔 없는 소는 무엇인가?" 그렇다. 이것이 바로 수수께끼가 생겨나는 하나의 현상인 것이다. 모든 언어는 그것을 사용하는 언중言衆 사이에서 이와 비슷한 경로를 통하여 학습되고 전달된다. 그리하여 어휘 사전에 올라 있는 단어의 항목들을 수수께끼의 답항이라 한다면, 그 뜻풀이는 수수께끼의 문항問項이라 할 수가 있다.

그렇지만 이것은 초기적인 수수께끼 발생의 한 예를 든 것일 뿐, 어휘 사전 자체를 수수께끼집과 동일시할 수 없음은 분명하다. 그렇다면 양자를 구별 짓는 근본적인 차이는 무엇일까? 그것은 어휘사전의 직설적인 단어 정의와는 달리 수수께끼의 경우는 은유적인 수법이 작용된다는 점을 들 수 있다. 가령 벽시계(추가 달려 있는)에 대하여 어휘사전은 기본적인 정의 끝에 '위쪽에는 숫자판이 있고 아래쪽에는 추가 있어 규칙적으로 움직이며 똑딱거림'이란 설명을 덧붙일 수도 있다. 반면 수수께끼는 '위층에서는 산수 공부 아래층에서는 음악 공부'라고 은유법을 사용하여 묘사한 것이다. 그리하여 수수께끼의 창작과 해독에는 인간의 지혜의 번득임이 요구된다. 고도로 계획된 수수께끼일수록 보통 사람으로서는 좀처럼 풀어내기가 어려운 것이다. 반면 부과된 난제를 무사히 해득한 사람이 있다면 그의 탁월한 능력을 인정해도 좋다. 이러한 수수께끼의 특성으로 인하여 고대 사회에서는 한 사회의 지도자를 뽑기 위한 의식이나 또는 입사식入社式 등에서 수수께끼의 해독을 요구하기도 하였던 것이다.

희랍 신화에서 저 유명한 스핑크스와 오이디푸스 이야기를 살펴보자. 고대 희랍의 테베 교외에 스핑크스라는 괴물이 나타나 행패를 부리고 있었다. 그는 얼굴은 여자, 가슴과 다리와 꼬리는 사자, 그리고 커다란 날개가 달려 있는 괴물이었다. 이 괴물은 테베 교외의 길목을 지키고 서 있다가, 지나가는 나그네를 잡아먹었다. 이렇게 사람이 자꾸 잡혀 먹히는 바람에 테베 시민들은 큰 골치를 앓고 있었다. 선왕先王 라이오스의 뒤를 이어 테베의 왕이 된 크레온은 포고布告를 내려, 이 괴물을 없애는 자에게 왕위와 선왕비先王妃 요카스타를 주겠다고 약속하였다. 이에 무술에 능하고 모험을 좋아하던 오이디푸스라는 영웅이 괴물 스핑크스를 죽이기로 하고 스핑크스 앞에 나타났다. 스핑크스가 그에게 수수께끼를 물었다. "아침엔 발이 네 개, 낮에는 발이 두 개, 저녁엔 발이 세 개가 되는 짐승이 무엇이냐?" 오이디프스의 대답은 "그것은 '사람'이다. 사람은 어렸을 때는 네 발로 기고, 자라서는 두 발로 걷고, 늙어서는 지팡이를 짚고 다니니까 세 발을 쓰는 것이다."고 하였다. 스핑크스는 패배를 자인하고 바다에 뛰어들어 자살해 버렸다. 물론 오이디푸스는 약속대로 테베의 왕위를 물려받고, 요카스타를 아내로 맞았다. (그러나 이 여자가 자기의 친어머니인 줄은 꿈에도 몰랐고, 그의 비극은 여기서 시작되었지만 ……). 하여튼 오이디푸스는 수수께끼를 푼 결과 왕위에까지 오를 수 있었다.

고구려의 유리태자가 부왕父王이 남긴 '일곱 고개 일곱 골짜기(칠령칠곡七嶺七谷 석상지송石上之松)'라는 수수께끼를 해결하고 마침내 왕위를 계승한 것도 마찬가지라 할 수 있다. 유리태자는 말하자면 부왕이 제시한 난제를 해결함으로써 한 국가의 임금이 되기 위한 능력을 인정받았던 셈이다.

앞에서 수수께끼의 주요한 특질 중의 하나가 은유적인 것임을 말한 바 있지만, 수수께끼의 또 다른 특징으로는 이른바 '오도성誤導性'의 문제를 들 수 있다. 오도성이란 수수께끼를 창안創案하는 사람이 그 문제 속에 일부러 오답을 유도시키기 위한 요소를 내포시킴으로써 해답자의 생각을 엉뚱한 곳으로 빗나가게 하는 성질을 말한다. 가령 '갓은 갓인데 쓰지 못하는 갓은?'(쑥갓)이란 문항 속에는 해답을 오도하기 위한 '방'이란 말이 들어 있으며, '닦을수록 더러워지는 것은?'(걸레)이란 문항도 얼핏 보아 '닦는다 = 더러워진다'라는 일상적 사실과 어긋난 상황을 서술함으로써 해답자의 판단을 흐리게 하고 있는 것이다. 이러한 예는 '이기고도 지고 가는 것은'(상을 타서 등에 지고 가는 것), '이 세계(세 개)가 없어지면 어디로 가나?'(치과) 등의 경우도 마찬가지다.

우리나라는 오랫동안 한자 문화권에 속해 왔다. 지식인층의 문자 생활이 한자에 의존했던 만큼 자연 한자와 관련된 수수께끼도 많이 생겨났다. 글자의 획수가 복잡하다거나 뜻[훈訓]이 어려울 때에는 수수께끼를 이용한 교육 방법이 효과적일 때가 많다. 심한 경우에는 문자의 희롱에까지 이르긴 하지만, '유씨劉氏'를 일컬어 '묘금도卯金刀 유'로 풀어 말한다거나, '수壽'자를 '사일공일구촌士一工一口寸'으로 풀어 말하기도 한다. 한자 수수께끼(자미字謎, 또는 파자破字)는 이와 같은 원리를 이용하고 있다. 가령 '임금님이 귓속말을 하는 자는?'(성聖), '섰거라 섰거라 가로되 가로되 비켜라 비켜라 제쳐라 제쳐라 하는 자는?'(경競), '이 세상에서 제일 큰 자는?'(부夫, 왜냐 하면 하늘 위를 뚫고 올라갔으니까), '제 아내를 마구 때리는 자는?'(아내 처妻) 등등.

좀 긴 것으로는 김삿갓의 해학시 이야기에도 나오는 것이지만, '천탈관이득점天脫冠而得點하고 내소장횡대乃笑杖橫帶한 자는?'이란 물음의 답은 '견자犬子' 곧 '개자식'이다. 왜냐 하면 '천天' 자가 관(一)을 벗고 점을 얻으면 '견犬' 자요, '내乃' 자가 지팡이 짚기를 우습게 생각하여 내버리고 그 대신 띠(一)를 둘렀으니, '자子' 자가 되는 때문이다. 그러면 '크고도 무거우면서 힘은 하나도 없는 자?'는 무엇일까? 이것은 수수께끼로 제시하는 것으로 그치고 해답은 상상에 맡긴다.

전근대 사회에서는 이러한 한자의 파자를 이용한 '참요'란 것이 있어서 종종 민중의 마음을 사로잡았던 일이 있다. 그 중에는 고려 말에 유행했다는 '목자득국木子得國' 곧 '목자木子(李)가 나라를 얻는다'는 것이나, 기묘사화 때 '주초위왕走肖爲王' 곧 '조趙(조광조趙光祖)가 왕이 된다'는 것처럼, 창안자創案者의 일정한 의도가 개재되기 마련이다. 그러므로 이들은 일종의 유언비어라고 할 수 있겠다.

수수께끼는 오락성이 강해질수록 작위성作爲性이 심하여져 퀴즈로 변질되기 쉽다. 사실 최근 학생층에서 인기가 있었던 수수께끼란 대개 이러한 종류의 것이었다. 가령 프랑스의 작가 '에밀·졸라'가 천하의 불효자가 되며, '발자크'가 미치광이로 둔갑하고, 심지어 '도끼로 이마……', '깐 이마 또……' 운운과 같은 우스갯소리들이 등장했던 것은 각국 언어들의 발음상의 특징을 이용한 것이었다.

또한 한때 매우 크게 유행했던 '참새 시리즈'니 '식인종 시리즈'니 하는 것들은 수수께끼의 영역을 완전히 벗어난 것이었다. 이들은 비은유적이다. 답항에 이유 설명이 따라야 하고, '무엇'에 관한 것이라기보다는 '어떻게', '왜', '누구'에 관한 것이며, 답항이 합리적이라기보다는 엉뚱하거나 엉터리없는 것이 대부분이기 때문에 원래적인 수수께끼와 마땅히 구별되어야 할 것이다.

● **참조 원고**

"수수께끼의 생태학적 고찰", 『성대학보』(1983. 11. 7).

참고문헌

[國文書]

<江陵秋月>
<金鈴傳>
<김연단전>
<金圓傳>
<梅花傳>
<박천남전>
<三說記>
<淑英娘子傳>
<순금전>
<연당전>
<五花傳>
<丁香傳>
<薛公瓚傳>(蔡壽)
<崔致遠傳>
<春香傳>(李古本)
<황연당전>
강원도, 『강원의 설화 Ⅱ : 강원도 내륙 남부』, 강원도, 2005.
江原道, 『鄕土의 傳說』, 江原 春川, 1979.
慶熙大, 『한국의 민속』 3, 1986.
고정옥, 『조선구전문학연구』, 평양 : 과학원출판사, 1962.
『舊約聖書』.
金根洙, 『學窓亂稿』, 誠嚴著作集 1, 靑鹿出版社, 1979.
김기창·박미영, 『한국구전설화집, 9 : 충남 청양편』, 민속원, 2004.
金明漢 搜集整理, 『삼태성 三星』, 연변인민출판사, 1983.
金思燁·方鍾鉉, 『俗談大辭典』, 敎文社, 1949, 『金思燁全集』 6, 박이정, 2004.
김선풍·리룡득 공편, 『전설 속에 피어난 꽃이야기』, 집문당, 1995.
金烈圭, 『韓國民俗과 文學硏究』, 一潮閣, 1971.
金元龍, 『韓國考古學槪說』, 第3版, 一志社, 1986.
金一根 校, 『太平廣記諺解』, 通文館, 1957.
金載元, 『檀君神話의 新硏究』, 正音社, 1947.
金貞培, 『韓國民族文化의 起源』, 高麗大出版部, 1973.

金台俊, 『朝鮮小說史』, 學藝社, 1939.

金鉉龍, "螺中美婦 說話 形成攷", 『국어국문학』, 55-57, 국어국문학회, 1972. 11.

金鉉龍, 『韓中小說說話比較研究』, 一志社, 1976.

노영근, "民譚과 '아내찾기' 話素", 『語文學論叢』, 20, 國民大 語文學硏究所, 2001. 2.

민관동, "<우렁이색시> 설화의 形成과 演變의 小考", 『商山韓榮煥博士 華甲紀念論文集』, 刊行
　　　　委員會, 1994.

민족문화추진회 역, 『국역 대동야승』, 전 17책, 고전국역총서, 민족문화추진회, 1971.

朴敬伸 對校·譯註, 『太平閑話滑稽傳』, 國學資料院, 1996.

朴晟義, 『韓國古代小說史』, 日新社, 1958.

朴英晚, 『朝鮮傳來童話集』, 學藝社, 1940.

박종수·강현모, 『용인중부지역의 구비전승』, 태학사, 2000.

박종익, 『한국구전설화집』 1, 민속원, 2000.

朴昌默 수집 정리, 『사랑산 恩愛峰』, 연변인민출판사, 1982.

백준선 편, 『옛말』 2, 조선문학예술총동맹출판사, 1965.

상명대학교 구비문학연구회 수집·조사, 『구비문학 대관』, 천안문화원, 1996,

成均館大學校 國語國文學科, 『第2次 3個年計劃 安東文化圈學術調查報告書 1967~1969』, 成均
　　　　館大學校, 1967.

成耆說, 『韓國口碑傳承의 硏究』, 一潮閣, 1976.

成耆說, 『韓日民譚의 比較研究』, 一潮閣, 1979.

誠信女大 師範大, "민담 수집 자료", 『香蘭文學』 6, 성신여대 국어교육과, 1976. 2.

소포클리즈 / 李京植 譯, 『이디프스王』, 博英文庫 3, 博英社, 1974.

손동인, 『한국 전래 동화집』 6, 창비아동문고 36, 창작과비평사, 1982.

孫晋泰, 『朝鮮民族說話의 研究』, 乙酉文化社, 1947.

송재선, 『우리말속담큰사전』, 서문당, 1983.

安東洙, 『반만년간 죠션긔담 半萬年間 朝鮮奇譚』, 朝鮮圖書株式會社, 1922.

梁柱東, 『麗謠箋註』, 7版, 乙酉文化社, 1963.

예능연구실 편, 『구비전승자료 : 전남·북도』, 문화재관리국 문화재연구소, 1987.

吳英姬, "金谷地域의 民譚", 『韓國의 民俗』 3, 慶熙大 民俗學研究所, 1986. 4.

劉魁立, "중국형 우렁각시형 설화의 역사적 발전 과정에 대하여", 崔仁鶴 編, 『韓中日 說話 比
　　　　較研究』, 民俗院, 1999.

柳增善, "安東의 裨補風水 信仰傳說과 그 背景", 『安東文化』 6, 安東教大 安東文化研究所,
　　　　1973.

柳增善, "조개색시 求婚民譚 小攷", 『韓國民俗學』 5, 民俗學會, 1972. 10.

尹泰榮·具素靑, 『李朝五百年野史』, 大一出版社, 1977.

李基白, 『韓國史新論』, 新修版, 一潮閣, 1990.

李來宗, "鮮初 筆記의 전개양상에 관한 연구", 博士學位 論文, 高麗大 大學院, 1997.

李能和 / 李載崑 옮김, 『朝鮮巫俗考』, 文藝新書 44, 東文選, 1991.

李秉岐·白鐵, 『國文學全史』, 新丘文化社, 1957.

이수자, “우렁색시형 설화의 연구 : 변이 양상을 중심으로”, 『梨花語文論集』 7, 梨花語文學會, 1984. 12.

李秀子, 『說話話者硏究』, 박이정, 1998.

이우성(李佑成), “고려말기의 小樂府”, 丁奎福 편, 『한국고전문학의 원전비평』, 새문사, 1990.

이훈종 엮음, 『거시기 莒食記』, 敎文社, 1988.

이훈종, 『허풍쟁이 바람쟁이』, 한길사, 1995.

이희승 편, 『국어대사전』, 민중서관, 1961.

임석재 엮음, 『옛날이야기선집 (우리나라)』, 전 5책, 교학사, 1971.

任晳宰 調査, 『多島海地域의 說話와 民謠』, 無形文化財調査報告書 第45號, 文化財管理局, 1968.

任晳宰, 『任晳宰全集 : 韓國口傳說話』, 전 12책, 평민사, 1988.

任晳宰・張籌根, 『重要無形文化財指定資料 : 關北地方의 巫歌』, 文化財管理局, 1965.

林憲道, 『韓國傳說大觀』, 精硏社, 1973.

장권표, 『조선 구전문학 개요 : 고대・중세편』, 사회과학출판사, 1990.

張德順・趙東一・徐大錫・曺喜雄 共著, 『口碑文學槪說』, 一潮閣, 1971.

鄭吉云 정리, 『백일홍 百日紅』, 연변인민출판사, 1979.

鄭炳昱, “한국시가문학사, 상”, 『한국문화사대계 V 언어문학사』, 고려대 민족문화연구소, 1967.

정병헌・이지영・최원오 편, 『우리고전문선』, 심지, 1994.

정상박, 『전설의 사회사』, 민속원, 2004.

丁若鏞 / 丁海廉 역주, 『아언각비雅言覺非・이담속찬耳談俗纂』, 現實叢書 33, 現代實學社, 2005.

趙芝薰, “新羅歌謠硏究論考”, 『民族文化硏究』 1, 高麗大 民族文化硏究所, 1964.

曺喜雄, “高麗時代의 口碑文學史”, 『語文學論叢』 23, 國民大 語文學硏究所, 2004. 2.

曺喜雄, “동아시아 說話文學 Type-Index 작성을 위한 기초연구 : 韓・日說話를 중심으로”, 『語文學論叢』 15, 國民大 語文學硏究所, 1996. 2.

曺喜雄, “上古・三國時代의 口碑文學史”, 『語文學論叢』 22, 國民大 語文學硏究所, 2003. 2.

曺喜雄, “說話와 小說”, 『史在東博士回甲紀念論叢』, 中央文化社, 1995.

조희웅, “손 없는 색시(AT 706) 考”, 『水余成耆悅博士還甲紀念論叢』, 인하대출판부, 1989. 12.

조희웅, 『고전소설 이본목록』, 집문당, 1999.

조희웅, 『이야기문학 모꼬지』, 박이정, 1995.

曺喜雄, 『韓國說話의 類型』, 增補改訂版, 一潮閣, 1996.

조희웅・조흥욱・조재현 엮음, 『영남구전자료집 7 : 경남 창녕군』, 박이정, 2003.

周王山, 『朝鮮古代小說史』, 正音社, 1950.

중국민간문학연구회연변분회 편, 『민간문학자료집』 4, 연길 : 중국민간문학연구회연변분회, 1984.

秦聖麒, 『南國의 傳說』, 一志社, 1968.

차병걸 / 림승환・한광일・서종식 정리, 『車炳杰 옛이야기집 (上) : 팔선녀八仙女』, 목단강 : 흑룡강조선민족출판사, 1987.

崔南善, “壇君及其硏究”, 『別乾坤』, 1928. 5. 崔南善 / 高麗大學校亞細亞問題硏究所 六堂全集編纂

委員會 編,『六堂崔南善全集 2』, 玄岩社, 1973 所收.
崔常壽,『韓國民間傳說集』, 通文館, 1958.
崔榮典,『百花譜』, 創造社, 1963.
최운식 외,『한국구전설화집, 6 : 홍성편 Ⅰ』, 민속원, 2002.
최운식 편저,『한국의 민담』, 시인사, 1987.
崔仁鶴 編著,『한·중·일 설화 비교연구』, 민속원, 1999.
최준 수집 정리 / 안도현문학예술계연합회 편,『해동의 여왕』, 1989.
崔喆,『新羅歌謠硏究』, 開文社, 1979.
프로이트 / 金聖泰 譯,『情神分析入門』, 世界思想文學全集 5, 東西文化社, 1975.
프로이트 / 金大圭 譯,『꿈의 解釋』, 東西文化社, 1975.
韓國口碑文學會 編,『韓國口碑文學選集』, 一潮閣, 1977.
韓國文化象徵辭典編纂委員會 編,『한국문화상징사전』, 東亞出版社, 1992.
韓國精神文化硏究院,『韓國口碑文學大系』, 韓國精神文化硏究院, 1980~1987.
한글학회,『한국지명총람 Ⅰ : 서울편』, 한글학회, 1966.
韓相壽 編,『忠南의 口碑傳承, 上』, 大田 : 韓國藝術文化團體總聯合會 忠淸南道支會, 1987.
鄕民社編輯部,『名僧怪僧奇談』, 鄕民社, 1962.
玄容駿,『濟州島神話』, 1976.
洪萬宗 / 李民樹 譯,『旬五志』, 乙酉文庫 65, 乙酉文化社, 1971.

[漢文書]

覺訓,『海東高僧傳』.
干寶,『搜神記』.
姜沆,『看羊錄』.
『古今笑叢』.
『孔子家語』.
『攪睡襍史』.
瞿佑,『剪燈新話』.
權近,『陽村集』.
權文海,『大東韻府群玉』.
『奇聞』.
『記聞叢話』.
金富軾,『三國史記』.
金時習, <南炎浮洲志>.
金時讓,『紫海筆談』.
金安老,『龍泉談寂記』.
金宗瑞·鄭麟趾 等編,『高麗史』.
金泰甲 主編,『吉林省民間文學集成 : 延邊朝鮮族自治州故事卷』, 上 / 下, 1987.

段成式, 『酉陽雜俎』.

『大東野乘』, 慶熙出版社, 1968.

『大學』.

『東國輿地備考』.

民俗學資料刊行會 編, 『古今笑叢』, 民俗學資料刊行會, 1958.

裴永鎭, 『朝鮮族民間故事講述家金德順』, 上海文藝出版社, 1982.

范曄, 『後漢書』.

＜四大記＞.

司馬遷, 『史記』.

徐居正 等編, 『三國史節要』.

徐居正, 『筆苑雜記』.

成任, 『太平通載』.

成俔, 『慵齋叢話』.

宋世琳, 『禦眠楯』.

『承政院日記』, 국사편찬위원회 인터넷 사이트의 자료마당－승정원일기.

『詩經』.

『時用鄕樂譜』.

愼後聃, 『河濱先生全集』, 河濱雜著 Ⅲ, 察邇錄, 아세아문화사, 2006.

『樂章歌詞』.

『樂學軌範』.

艾伯華, 『中國民間故事類型』, 北京：商務印書館, 1999.

梁誠之·盧思愼·姜希孟·徐居正 等撰, 『東國輿地勝覽』.

魚叔權, 『稗官雜記』.

列禦寇, 『列子』.

王先謙, 『東華錄』.

王充, 『論衡』.

王孝廉, 『中國的神話世界』, 北京：作家出版社, 1991.

姚思廉, 『梁書』.

劉敬叔 撰, 『異苑』.

兪棨, 『市南集』.

柳蒙寅, 『於于集 附 於于野談』, 景文社, 1979.

劉安, 『淮南子』.

＜柳與梅爭春＞.

尹根壽, 『月汀漫筆』.

李穀, 『稼亭集』.

李光庭, 『訥隱集』.

李圭景, 『五洲衍文長箋散稿』.

李奎報, 『東國李相國集』, ＜東明王篇＞.

李肯翊,『燃藜室記述』.

李德懋,『靑莊館全書』, X, 고전국역총서 193, 민족문화추진회, 1981.

李陸,『靑坡劇談』.

李昉 等編,『太平廣記』, 古新書局, 1977.

李穡,『牧隱集』.

李睟光,『芝峯類說』.

李源命,『東野彙輯』.

李耳,『老子』.

李瀷,『星湖僿說』.

李瀷,『星湖全集』7, 驪江出版社, 1984.

李瀷,『芝峯類說』.

李仁老,『破閑集』.

李麟祥,『凌壺集』.

李廷馨,『東閣雜記』.

李齊賢,『櫟翁稗說』.

李齊賢,『益齋亂藁』.

李重煥,『擇里志』.

李荇 等撰,『新增東國輿地勝覽』.

李義平,『溪西野談』.

一然,『三國遺事』.

任堕 編,『千倪錄』.

丁乃通,『中國民間故事類型索引』, 沈陽 : 春風文藝出版社, 1983.

鄭道傳,『三峯集』.

鄭夢周,『圃隱集』.

丁若鏞,『耳談續纂』, 廣學書舖, 1908.

鄭麟趾·安止·權踶,『龍飛御天歌』.

鄭樞,『寒岡集』.

『朝鮮王朝實錄』, 국사편찬위원회 인터넷 사이트의 자료마당－조선왕조실록.

趙在三,『松南雜識』, 亞細亞文化社, 1986.

中國民俗學會 編,『民俗學集鐫』, 第一期, 臺北 : 東方文化書局, 1974.

陳壽,『三國志』.

車天輅,『五山說林草藁』.

『靑邱野談』.

崔東洲[崔永年] 述,『五百年奇譚』, 廣學書舖, 1913.

崔滋,『補閑集』.

韓非,『韓非子』.

『海東野書』.

赫連挺,『均如傳』.

洪萬宗, 『蓂葉志諧』.
洪萬宗, 『旬五志』.
洪萬宗, 『詩話叢林』, 亞細亞文化社, 1973.
洪萬宗, 『洪萬宗全集』, 上, 太學社, 1980.
洪錫謨, 『東國歲時記』.
<花史>.
『和順邑誌』.
<花王傳>.

[日文書]

『日本書紀』.
關敬吾 外, 『日本昔話大成』 2, 東京：角川書店, 1978.
關敬吾, 『昔話の歷史』, 東京：至文堂, 1978 重版.
關敬吾, 『日本昔話集成』 6, 東京：角川書店, 1958.
今西龍, "朱蒙傳說及老獺稚傳說", 『藝文』 6：11, 1915. 11.
金奉鉉, 『朝鮮の民話』, 國書刊行會, 1976.
金奉鉉, 『朝鮮の傳說』, 國書刊行會, 1976.
大林太郎, "說話における東洋と西洋", 『講座 東洋思想, V. 9：東洋と西洋』, 東京：東京大出版部,
        1967.
稻田浩二 외 4인 編, 『日本昔話事典』, 東京：弘文堂, 1977.
白川靜, 『字統』, 平凡社, 1984.
斧原孝守, "『シディキュル』說話の比較資料", 『比較民俗學會報』 10：7[通卷 52], 東京：比較民
        俗學會, 1989. 7.
三輪環, 『傳說の朝鮮』, 博文館, 1919.
森川淸人, 『朝鮮 野談・隨筆・傳說』, 京城ローカル社, 1944.
小島瓔禮, "『シディキュル』說話の展望と問題の興味", 『比較民俗學會報』 3：12[通卷 33], 東
        京：比較民俗學會, 1987. 12.
孫晉泰, "朝鮮巫覡の神歌 (其四)", 『靑丘學叢』 8：2[通卷 28], 靑丘學會, 1937. 5.
孫晉泰, 『朝鮮民譚集』, 東京：鄕土硏究社, 1930.
矢島文夫 編, 『古代エジプトの物語』, 現代敎養文庫 835, 東京：社會思想社, 1974.
施翠峰, 『臺灣の昔話』, 東京：三彌井書店, 1977.
アファナーシエフ / 中村喜和 譯, ロシア滑稽譚, 筑摩書房, 1977.
柳田國男, 『桃太郎の誕生』, 東京：角川書店, 1951.
李星華 編著・君島久子 譯, 『中國少數民族の民譚：白族民間故事傳說集』, 東京：三彌井書店,
        1980.
赤松智城・秋葉隆, 『朝鮮巫俗の研究』, 大阪屋號書店, 1937.
丁大一 編, 『蓂葉志諧』, 三文社, 1932, 『孫晉泰先生全集』 3, 太學社, 1981 所收.

諸橋轍次, 『大漢和辭典』, 大修館書店, 1956.
朝鮮總督府 編, 『朝鮮金石總覽』, 上, 朝鮮總督府, 1919.
池田四郎次郎, 『故事熟語大辭典』, 寶文館, 1981.
崔仁鶴, 『朝鮮昔話百選』, 東京 : 日本放送出版協會, 1974.
太安麻呂, 『古事記』.

[英文書]

Burne, Charlotte, Sophia, *The Handbook of Folklore*, Lodon : The Folk-Lore Society, 1914.

Cooper, J. C., *An Illustrated Encyclopaedia of Traditional Symbols*, London : Thames and Hudson, 1978.

Eberhard, Wolfram, *Typen Chinesischer Volksmärchen*, FFC 120, Helsinki : Suomalainen Tiedeakatemia, Academia Scientiarum Fennica, 1937.

Ikeda, Hiroko, *A Type and Motif Index of Japanese Folk-Literature*, FFC 209, Helsinki : Suomalainen Tiedeakatemia, Academia Scientiarum Fennica, 1971.

Lichtheim, Miriam, *Ancient Egyptian Literature*, vol. II : The New Kingdom, Los Angeles : University of California Press, 1976.

Eliade, Mircea, *The Sacred and Profane*, New York : Harcourt, Brace & World, 1957, 엘리아데, M. / 이은봉 옮김, 성(聖)과 속(俗), 한길그레이트북스 030, 한길사, 1998.

Langacker, Ronald. W., *Language and its structure ; some fundamental linguistic concepts*, New York : Harcourt, Brace & World, 1973, 랭개커 / 朴槿祐·崔鉉郁 공역, 『言語學槪論』, 學文社, 1980.

Megas, Georgios A., *Folktales of Greece*, Chicago : The University of Chicago Press, 1970.

Seki, Keigo, "Types of Japanese Folktales", *Asian Folklore Studies*, vol. 25, Tokyo : Society for Asian Folklore, 1966.

Thompson, Stith, *Motif-Index of Folk Literature : a classification of narrative elements in folktales, ballads, myths, fables, mediaeval romance, exempla, fabliaux, jest-books, and local legends*, 6 vols, Indiana University Studies Nos. 96-97, 100, 101, 105-106, 108-110, 111-112, Bloomington, Indiana : Indiana University, 1932~1936.

Thompson, Stith, *The Folktale*, New York : Holt, Rinehart and Winston, 1946.

Thompson, Stith, *The Types of the Folk-Tale*, FFC No. 184, Helsinki : Suomalainen Tiedeakatemia, Academia Scientiarum Fennica, 1964.

Ting, Nai-Tung, *A Type Index of Chinese Folktales*, FFC 223, Helsinki : Suomalainen Tiedeakatemia, Academia Scientiarum Fennica, 1978.

ㅇ

저자 조희웅

주요 경력

서울 출생
서울대학교 문리과대학 국어국문학과 졸업
동 대학원 문학석사·박사
한양대학교 전임강사
하버드대학 및 규슈대학 객원교수
국민대학교 교수를 거쳐 현 명예교수

주요 저서

『구비문학개설』, 『조웅전』(완판 교주), 『조선후기 문헌설화의 연구』, 『한국구비
문학대계』(1-1 서울 도봉구 편, 1-4 경기 의정부시·남양주군 편, 1-6 경기 안성
군 편, 1-8 경기 용인군 편), 『한국설화의 유형』, 『설화학강요』, 『이야기문학 모
꼬지』, 『고전소설 이본목록』, 『고전소설 작품연구 총람』, 『고전소설 문헌정보』,
『Korea Folktales』, 『경기북부 구전자료집』 Ⅰ·Ⅱ(공편), 『고전소설 줄거리 집성』
Ⅰ·Ⅱ, 『편옥기우기』(공역), 『영남 구전자료집』 1~8(공편), 『영남 구전민요 자
료집』 1-3(공편), 『고전소설 연구보정』 상·하, 『조웅전』(경판 교주)

글누림 학술 총서 3

이야기문학 실타래

초판 인쇄 2008년 12월 23일 | 초판 발행 2008년 12월 31일

지은이 조희웅

펴낸이 최종숙 | 책임편집 권분옥 | 편집 이소희 김지향

펴낸곳 글누림출판사 | 등록 제303-2005-000038호(등록일 2005년 10월 5일)

주소 서울시 서초구 반포 4동 577-25 문창빌딩 2층

전화 02-3409-2055, 2058 | 팩시밀리 02-3409-2059

홈페이지 http://geulnurim.co.kr | 전자우편 nurim3888@hanmail.net

ISBN 978-89-6327-003-6 93810

정가 30,000원

* 잘못된 책은 교환해 드립니다.